Magus Magellans Gezeitenwelt 4
Die Purpurinseln

ROMAN VON THOMAS FINN

PIPER FANTASY

Zu diesem Buch

Monde sind verstrichen, seit die kurjamäische Karavelle Stern von Andhakleia das Opfer von Piraten wurde. Unter großen Entbehrungen gelingt es der Mannschaft, das Schiff wieder seetüchtig zu machen und die Reise ins Reich Eulykien fortzusetzen. Ihr Ziel ist das Orakel von Thalliopê, hinter dem sich die rätselhafte Sphinx verbirgt. Von ihrer Weissagung erhoffen sich die kühne Kapitänin Surjadora und Prinz Nukulahi wertvolle Hinweise auf das verborgene Grab des Leomedes, welches das Geheimnis des Weltennetzes bergen soll. Kaum hat die Mannschaft das Land erreicht, suchen neue Katastrophen Schiff und Besatzung heim. Während Krieger aus dem fernen Kontinent Serkan Katau die Stadt überfallen, regt sich die Magie des neuen Zeitalters und treibt Surjadora und ihre Gefährten zu den fernen Gipfeln des Jarmatengebirges. Zur gleichen Zeit wütet auf den Purpurinseln der Königsmörder Tongaro. Noch immer hofft eine Schar gefangener Frauen, allen voran die bildschöne Tuilaepe, auf die Rückkehr des Prinzen …

Magus Magellan ist das Pseudonym für die preisgekrönten Autoren Bernhard Hennen, Hadmar von Wieser, Thomas Finn und Karl-Heinz Witzko. In der »Gezeitenwelt«-Saga erzählen sie von der Wiedergeburt der Magie in einer Welt, in der Träume sich erfüllen und Märchen Wahrheit werden.
Weiteres zur Gezeitenwelt:
www.gezeitenwelt.de
Thomas Finn, geboren 1967 in Chicago, lebt als Drehbuch- und Romanautor in Hamburg. Derzeit schreibt er Romane außerhalb der »Gezeitenwelt«. Sein phantastischer Thriller »Der Funke des Chronos«, ein Werk in der Tradition H. G. Wells', führt einen Zeitreisenden ins 19. Jahrhundert.
Weiteres zum Autor: www.thomas-finn.de

Magus Magellans Gezeitenwelt 4

Die PurpurInseln

ROMAN VON THOMAS FINN

Piper München Zürich

Vom Gezeitenwelt-Zyklus liegen bei Piper vor:
1 Der Wahrträumer (Bernhard Hennen; auch Serie Piper 6541)
2 Himmlisches Feuer (Hadmar von Wieser; auch Serie Piper 6542)
3 Das Weltennetz (Thomas Finn; auch Serie Piper 6543)
4 Die Purpurinseln (Thomas Finn; auch Serie Piper 6544)
5 Das Traumbeben (Karl-Heinz Witzko)
Das Geheimnis der Gezeitenwelt (Magus Magellan; Serie Piper 6566)

Von Thomas Finn liegt außerdem bei Piper vor:
Der Funke des Chronos

FSC

Dieses Taschenbuch wurde auf FSC-zertifiziertem Papier gedruckt. FSC (Forest Stewardship Council) ist eine nichtstaatliche, gemeinnützige Organisation, die sich für eine ökologische und sozialverantwortliche Nutzung der Wälder unserer Erde einsetzt (vgl. Logo auf der Umschlagrückseite).

Ungekürzte Taschenbuchausgabe
Februar 2006

Umschlagkonzept: Büro Hamburg
Umschlaggestaltung: Nele Schütz Design, München
Umschlagabbildung: gettyimages und Mauritius
Innenillustrationen: Caryad
Karten: Franz Vohwinkel
Satz: Satz für Satz. Barbara Reischmann, Leutkirch
Papier: Munken Print von Arctic Paper Munkedals AB, Schweden
Druck und Bindung: Clausen & Bosse, Leck
Printed in Germany
ISBN-13: 978-3-492-26544-7
ISBN-10: 3-492-26544-8

www.piper.de

Für Momo und Dietmar,
denen ich auf stürmischer See so manche Kurskorrektur
zu verdanken habe

Du siehst Dinge, und du sagt: Warum?
Aber ich träume von Dingen, die es nie gegeben hat,
und ich sage: Warum nicht?

George Bernard Shaw

Gestrandet

Meer des Schlafes, auf einem Eiland nahe der Küste, am 9. Tag des Grünen Erntemondes zur Mittagszeit, im 459. Jahr der Abwesenheit Gottes

Gleich dem Atem eines lauernden Jägers schwebte das Geräusch über dem Wasser; es klang fremd und auf eigentümliche Weise bedrohlich. Nukulahi hielt in seiner Arbeit inne und blickte sich aufmerksam um. Doch ebenso unerwartet, wie der Laut an seine Ohren gedrungen war, ebbte er wieder ab.

Der Küstenstreifen, auf dem der coleopäische Prinz stand, war, soweit das Auge reichte, mit schwefeligem Sand, ölig glänzenden Steinen und Büscheln vertrockneten Grases bedeckt. Wie meist um diese Tageszeit hatte der Seewind aufgefrischt und trug einen schwachen Geruch nach verfaulten Eiern heran.

Doch was mochte das Geräusch verursacht haben? Nukulahi ermahnte sich, wachsam zu bleiben.

Schiffsführerin Surjadora hatte ihm das Kommando über ein gutes Dutzend Seeleute anvertraut, mit denen er mehrmals in der Woche mit dem Beiboot der *Stern von Andhakleia* und zwei Flößen, die aus Resten des zerstörten Vorderkastells ihrer Karavelle gefertigt waren, vom hiesigen Eiland aus zum nahen Festland übersetzte. Die mühsame Plackerei war notwendig, um möglichst unbemerkt von etwaigen Feinden die Reparatur an der schwer beschädigten Karavelle ausführen zu können, mit der sie vor so langer Zeit erst in den Osten und schließlich in den Süden Ajunas aufgebrochen waren. Der Prinz erinnerte sich noch gut an jenen unheilvollen Tag, da sie in Sadi einen Lotsen an Bord genommen hatten, der sie unversehrt durch das Meer des Schlafes hätte führen sollen. Doch statt seinen Auftrag zu erfüllen, hatte der Fremde sie in ein gefährliches Blasenmeer gelockt, dessen giftigem Odem die halbe Mannschaft erlegen war. Kurz darauf hatten Piraten versucht, das Schiff zu entern. Allein dem Schmaläugigen Gijao war es zu verdanken, daß sie diese Begegnung überlebt hatten. Dennoch waren zwölf Besatzungsmitglieder an der verpesteten Atemluft über dem Meer zugrunde gegangen. Die Überlebenden hatten noch Tage darauf unter Schwächeanfällen gelitten.

Das Eiland, das die Besatzung der Karavelle seitdem zum Versteck gewählt hatte, war unbewohnt, und die wenigen Pflanzen, die hier wuchsen, sahen braun und kränklich aus, waren sie doch von den Ausdünstungen der nahen See gezeichnet. Und so schaffte er mit den Seeleuten seit nunmehr fünf Monden Bauholz, Nahrungsmittel und Trinkwasser mühsam vom Festland herbei.

Hilfe von fremden Schiffen wagten sie nicht in Anspruch zu nehmen. Am fernen Horizont waren zwar immer wieder die Umrisse fremder Segler auszumachen, doch da nicht zu unterscheiden war, ob es sich dabei um friedliche Handelsschiffe oder weitere Piraten handelte, hatte Schiffsführerin Surjadora den Befehl erteilt, sich bis zum Ende der Reparaturen bedeckt zu halten.

Auch die Expeditionen zum Festland hatten sich als gefährlich erwiesen. Schon bei ihrer ersten Erkundungsmission hatte der Seemann Parvateo in den Wäldern des unbekannten Landstrichs drei halbverweste Leichen entdeckt, die kopfüber von einem Baum gehangen hatten. Wer sie dort aufgeknüpft hatte oder warum die Unbekannten dieses Schicksal hatten erleiden müssen, ließ sich nicht sagen. Doch die Toten hatten den Männern Angst eingejagt.

Einen Mond später hatte sich der übergesetzte Holzfällertrupp vor einer Schar kriegerisch anmutender Fremder auf Pferden verstecken müssen, die von dem dumpfen Schlag der Äxte angelockt worden waren. Als sie später Steuermann Lakshapheus von der Begegnung berichtet hatten, hatte dieser vermutet, daß es sich bei den Fremden um Angehörige eines der Reitervölker von Huarama gehandelt habe. Aus unbekannten Gründen war er überzeugt davon gewesen, daß Nukulahi und die seinen gut daran getan hatten, ihnen aus dem Weg zu gehen.

Auf diese Weise war Mond um Mond verstrichen, während die schwer beschädigte *Stern von Andhakleia* Stück um Stück instand gesetzt wurde …

Erst eine halbe Stunde zuvor waren der Prinz und seine Männer mit neuer Festlandsbeute auf die kleine Insel zurückgekehrt. Nukulahi stand neben einem schwarzen Felsen und half einigen Seeleuten dabei, einen Baumstamm an Land zu hieven, der schon am Vortag in drei Teile zersägt worden war. Nicht weit von ihm entfernt dümpelten das Beiboot der Karavelle und ihre beiden großen Flöße in der Brandung. Die übrigen Seeleute waren damit beschäftigt, Fässer mit Frischwasser aus einer kleinen Quelle, die sie drüben auf dem Festland entdeckt hatten, zu einem einfachen Holzschlitten zu rollen. Mittels seiner Hilfe würden sie das kostbare Naß zu der Bucht schaffen, in der die Arbeiten am Schiff vonstatten gingen.

Direkt vor dem Schlitten aber stand erwartungsvoll Tvashi, ihr Schiffsjunge. Dem Knaben waren die Strapazen der letzten Wochen am wenigsten anzumerken. Für ihn schien die ganze Unternehmung ein einziges großes Abenteuer darzustellen. Der Wind spielte mit seinem zerzausten Haar, und das schmutzige Hemd hing ihm wie zerrissenes Segeltuch aus der Pluderhose – eine Gewohnheit, die dem Schiffsjungen regelmäßig eine Standpauke von Schiffsführerin Surjadora eintrug, die auch in dieser Lage Wert auf Disziplin und Ordnung unter den Mitgliedern ihrer Mannschaft legte. Nukulahi hingegen brachte Tvashis Anblick jedesmal aufs neue zum Schmunzeln.

Während er sich anschickte, dem Jungen eine scherzhafte Bemerkung zuzurufen, erklang der eigentümliche Laut aufs neue.

Es hörte sich an, als zerplatzten Schaumblasen. Das Geräusch jedoch hatte nichts mit jenem wohligen Knistern gemein, mit dem Gischt an Land zerstiebt, sondern ähnelte eher einer leisen, schnellen Abfolge heimtückischer Schnalzlaute. Nukulahis Augen verengten sich zu schmalen Schlitzen, und das Lachen und Schwatzen der Männer um ihn herum war nicht mehr als ein Summen in seinen Ohren.

Bei Eomes, was war das?

Der Coleopäer sah sich um und musterte jenen Bereich, wo Land und Meer aufeinanderstießen. Sein Blick heftete sich auf einen langgezogenen Gürtel verfaulenden Tangs, der ihn an einen glitschigen Wall gemahnte, errichtet von den Gezeiten, um den braunschillernden Schaumkronen Einhalt zu gebieten, die mit jeder Brandungswelle an die Küste des Eilands schwappten.

Da nahm er aus den Augenwinkeln heraus eine Bewegung wahr, keine vier Schritt von dem Jungen entfernt. Vor Schreck stellten sich seine Nackenhaare auf.

»Tvashi, paß auf! Neben dir ...« Sein Warnruf war noch nicht verhallt, als er auch schon den Baumstamm fallenließ, den er gepackt hatte, und zum nahen Boot hetzte, wo sein Speer quer über einer der Sitzbänke lag.

Der Schiffsjunge fuhr erschrocken hoch. Auch die übrigen Seeleute hatten den Ruf vernommen; verwundert hielten sie in ihrer Arbeit inne und wandten sich dem Prinzen und dem Jungen zu. Doch niemand verstand den Grund für Nukulahis eigentümliches Gebaren. Am trüben Himmel über ihnen kreiste einsam ein Federschnabel. Das Meer zwischen der Insel und dem Festland lag verlassen da. Hier war nichts, was auf eine Gefahr hindeutete.

Nukulahi wußte es besser.

»Was ist denn, Nukulahi? Hier ist doch ...«

Schon fuhr der Prinz Tvashi ins Wort. »Verdammt, Tvashi. Weg von dem Schlitten. Sofort!« Meerwasser umspülte die Waden des Prinzen, und die bronzenen Schuppen seiner Kriegsschürze klimperten gefährlich, als er in einer fließenden Bewegung nach seinem Speer griff und mit der Waffe in der Hand herumfuhr. Keinen Herzschlag lang hatte er den Strand aus den Augen gelassen. Der Knabe wollte seiner Aufforderung soeben nachkommen, als einer der Männer entsetzt aufbrüllte und auf das Wasser zeigte.

Dort, wo sich Tang und Meerschaum zu einem widerwärtigen Gemisch vereinten, erhob sich ein zuckendes schwarzes Etwas aus den Fluten – ein gewaltiger schwarzer Brocken mit gezackten Kanten, der zudem über ein Paar gestielter Augen verfügte, mit denen er heimtückisch die Umgebung musterte. Die eigentümlich tickenden Schnalzlaute waren jetzt unüberhörbar und verdrängten die aufgeregten Rufe der Männer, die panisch vor dem unbekannten Schrecken Reißaus nahmen. Bevor Nukulahi eingreifen konnte, hatte sich die monströse Krabbe auch schon auf ihren acht Schreitbeinen aus dem Schlamm gewühlt und jagte seitwärts auf den Schiffsjungen zu. Die beiden großen Scheren des Meeresungetüms klickten gefährlich.

Tvashi schrie vor Furcht, wirbelte herum und versuchte verzweifelt hinauf auf den Schlitten zu springen. Doch seine Füße fanden im Sand keinen Halt, und er strauchelte.

Während das Ungetüm näher kam, wurde Nukulahi bewußt, wie gewaltig es war. Die Krabbe wies Größe und Umfang eines Wagenrades auf, wie er sie in den Städten am Rand der Welt kennengelernt hatte. Mehr noch: Sie reichte ihm und den Männern fast bis zu den Oberschenkeln. Kalkablagerungen bedeckten ihren mächtigen schwarzen Panzer, und die ehrfurchtgebietenden Beine wiesen jeweils den Umfang dicker Holzscheite auf. Doch all dies war nichts im Vergleich zu den kürbisgroßen Scheren, die erregt auf und zu klappten.

Nukulahi stürmte nach vorn, holte weit aus und schleuderte in einer kraftvollen Bewegung den Speer, den ihm Schiffsführerin Surjadora damals bei der Abfahrt aus Andhakleia geschenkt hatte. In der jetzigen Lage war er froh darüber, daß seine alte Waffe mit der Spitze aus coleopäischer Bronze bei dem Zwischenfall in der andhakleischen Himmelswarte zu Bruch gegangen war. Eisen, wie es die Völker am Rand der Welt zu schmieden vermochten, war sicher das einzige Mittel, mit dem man einem Wesen wie diesem zu Leibe rücken konnte.

Der Speer beschrieb eine gerade Linie, hieb mit großer Wucht gegen den Panzer des Ungetüms – und prallte an dem Schild ab. Verzweifelt ballte der Coleopäer die Fäuste. Immerhin, der Angriff hatte das Ungetüm in der Bewegung innehalten lassen. Schon sah es sich nach seinem neuen Gegner um.

Tvashi richtete sich flink wieder auf und setzte in einem gewaltigen Sprung über den Schlitten hinweg. Erst als er gute zehn Schritte zwischen sich und das Meerungeheuer gebracht hatte, drehte er sich um und beobachtete bang die Anstrengungen der Seeleute, der Riesenkrabbe beizukommen. Die waren indes nicht untätig geblieben. Vier Männer unter Führung von Krishphos, die sich schon bei der Rettung der Schiffbrüchigen auf den Sireneninseln mit ihrem Mut hervorgetan hatten, hielten Äxte und Entermesser in den Händen. Gemeinsam kreisten sie das furchterregende Geschöpf ein. Auch die anderen Männer griffen jetzt zu den Waffen.

»Bei der Knute des heiligen Chrysantho, ist das Vieh riesig!« ächzte einer der Männer. »Schaut euch bloß die verdammten Scheren an!«

»Ihr wolltet mir ja nicht glauben«, fiel ihm Krishphos ins Wort. »Dieser Kerl in der sadischen Hafenschenke hatte mir doch erzählt, daß es im Meer des Schlafes von solchen Biestern nur so wimmelt. Jetzt habt ihr den Beweis.«

Der Seemann spuckte verächtlich aus und behielt die Krabbe mißtrauisch im Blick.

Die Stielaugen des Ungetüms pendelten indes aufgeregt hin und her. Ein penetranter Gestank nach totem Fisch schwängerte die Luft und ließ die Männer den schwefeligen Geruch des Meeres vergessen.

Das Geschöpf wirkte wie auf dem Sprung.

»Hat er dir auch erzählt, wie man dem Ungetüm beikommt?« wollte einer der Umstehenden mit banger Stimme wissen. Krishphos schüttelte unwillig den Kopf.

Nukulahi, der seinen Speer längst wieder an sich genommen hatte, reihte sich in den Kreis der Männer ein. Beiläufig strich er sich das lange Haar zurück und grübelte nach. Einen Augenblick lang hatte er das unheimliche Gefühl, als musterte ihn die Krabbe besonders eingehend, doch er mochte sich täuschen. Mit Sicherheit war dieses Ungetüm das größte Wesen seiner Art, das er je zu Gesicht bekommen hatte, viel größer als die roten, handtellergroßen Schwemmkrabben auf Pilu'huata und Lolo'tuma. Ja, das Geschöpf vor ihm war sogar größer als die seltenen Lahabehi-Krabben, die nicht nur den Fischern im Reich der Tausend Inseln, sondern auch deren Netzen gefährlich werden konnten. Lahabehi-Krabben erreichten immerhin die Größe eines Arms.

»Wir müssen es umwerfen.« Die Stimme des Prinzen war nicht

mehr als ein Flüstern. Inzwischen hatten sich ihnen drei weitere Bewaffnete angeschlossen, die einander furchtsame Blicke zuwarfen. »Dieses Ding dürfte auf der Bauchseite weniger gepanzert sein als auf dem Rücken«, fuhr Nukulahi fort. »Oder wir warten, bis sich unser Freund von selbst wieder zurückzieht.«

»Ein guter Einfall«, meinte Krishphos und winkte zweien der Männer zu, die dem Tier den Rückweg zum Meer abschnitten. »Wenn wir eine Gasse bilden, dann ...«

Weiter kam er nicht. Plötzlich klickten die Scheren des Ungeheuers, und das Tier gab ein zischendes Geräusch von sich. Sand stob auf, und von einem Augenblick zum anderen jagte die Riesenkrabbe auf Nukulahi zu.

Speer in Brandung!

Nur seiner Behendigkeit hatte er es zu verdanken, den Speer gerade noch rechtzeitig zwischen sich und das riesige Geschöpf zu bringen. Mit einem häßlichen Kratzen schrammte die eiserne Spitze über den Panzer der Krabbe und verkeilte sich nahe dem Bruststück. Der Prinz stemmte sich in den Sand, woraufhin das Ungetüm ruckartig zum Stehen kam.

»Schnell, macht schon!« preßte der Prinz zwischen zusammengebissenen Zähnen hervor. Die Waffe in seinen Händen zitterte unter der Belastung, und er mußte seine ganze Kraft einsetzen, um den fürchterlichen Gegner auf Abstand zu halten. Die Ausgeburt des Meeres führte derweil vor ihm auf dem Strand einen merkwürdigen Tanz auf. Unversehens spritzte Nukulahi Sand ins Gesicht, und er war einen Augenblick lang wie geblendet. Dann vernahm er ein häßliches Knacken, und er ahnte mehr, als daß er es sah, daß die Riesenkrabbe den hölzernen Schaft des Speeres mit den Scheren zertrümmert hatte.

Immer noch ohne jede Orientierung taumelte der Coleopäer nach vorn und fürchtete schon, in die Zangen des Ungetüms zu geraten. Doch im nächsten Augenblick brandete wütender Kampflärm um ihn herum auf. Mit dem Mut der Verzweiflung und von allen Seiten zugleich droschen die Seeleute jetzt mit ihren Äxten, Beilen und Entermessern auf das Meeresungeheuer ein. Splitter vom Panzer flogen durch die Luft, und ein lautes, schrilles Fiepen gellte über den Strand. Krishphos gelang es, der Krabbe mit einem gut gezielten Hieb seiner Holzfälleraxt eines der Beine abzuschlagen. Giftigrot spritzte es über den Strand. Wütend versuchte das Ungeheuer mit seinen Scheren nach dem Bein des Matrosen zu schnappen.

Inzwischen hatte sich Nukulahi den Sand aus den Augen gewischt und setzte mit dem verbliebenen Rest seines Speerschafts zu einem weiteren gutgezielten Hieb an. Mit Wucht sauste das Holz auf die wütende Krabbe nieder. Kurz darauf zeugte nur mehr eine blutende Wunde davon, wo sich soeben noch eines der Stielaugen befunden hatte.

»Aus dem Weg!«

Lautstark verschafften sich hinter ihnen fünf Seeleute Gehör. Die Männer wuchteten unter lauten »Hei-Ho!«-Rufen einen der großen Baumstämme heran und warfen ihn mit wütendem Gebrüll auf den Rücken des Ungeheuers. Die monströse Krabbe knickte unter der Wucht des Aufpralls ein und gab erneut eine Folge schriller Pfeiftöne von sich. Doch diesmal war sich der Prinz sicher, daß die Laute von der Todesangst des Tieres herrührten.

Schon bald hatten die Männer dem unter dem Stamm eingeklemmten Ungeheuer bis auf ein Bein sämtliche Glieder abgehackt. Schließlich rollten sie das schwere Holz beiseite und warfen das Geschöpf auf den Rücken. Anschließend hieben sie mit ihren Äxten so lange auf die weiche Unterseite ein, bis die auch letzten Zuckungen des Tieres erstarben.

Stille senkte sich über den Küstenabschnitt, die nur von dem Säuseln des Windes und den angestrengten Atemzügen der Seemänner durchbrochen wurde. Fassungslos beäugten die Matrosen das vor ihnen liegende Geschöpf. Niemand von ihnen hatte ein solches Monstrum je zuvor gesehen.

»Wenn ich wieder in Andhakleia bin, wird mir niemand von meinen Freunden glauben, daß ich mal mit so einem Ungetüm gekämpft habe.« Überrascht drehten sich die Männer zu Tvashi um, der sich unbemerkt in den Kreis der Umstehenden geschoben hatte. Noch immer war der Junge vor Schreck aschfahl im

Gesicht, aber sein Blick funkelte vor ehrlich empfundener Genugtuung.

Krishphos musterte den Jungen, dann lachte er schallend. Auch die anderen Seeleute stimmten in das Gelächter ein, und selbst Nukulahi konnte sich ein Schmunzeln nicht verkneifen.

»Wieso, was habt ihr denn?« wandte sich Tvashi empört an die Umstehenden. Doch zu Nukulahis Erleichterung blieben sie ihm die Antwort schuldig, denn in diesem Augenblick tauchten hinter einer hohen Düne zwei vertraute Gestalten auf.

Die eine war schon von weitem durch ihr langes, sonnenhelles Haar zu erkennen: Kallyê, die bildhübsche Leiterin des eulykischen Handelskontors in Andhakleia, die sie vor vielen Monden unter den Schiffbrüchigen auf den Sireneninseln aufgelesen hatten. Sie war in ihr enganliegendes grünes Gewand gekleidet, das ihre weibliche Figur betonte. Sowohl die silberne Kette, die sie um den Hals trug, als auch der lange Dolch, der in einer kostbaren, mit Mondsteinen verzierten Silberscheide in ihrem Gürtel steckte, erinnerten an ihre vornehme Herkunft.

Der coleopäische Prinz wußte als einer der wenigen an Bord, daß Schiffsführerin Surjadora tief in der Schuld der Eulykierin stand. Die geplante Reise nach Thalliopê, zugleich die Heimat Kallyês, war immerhin mit dem Gold der Kontorsleiterin bezahlt worden.

Wie jedesmal, wenn Kallyê in Erscheinung trat, verstummten die Männer und zwinkerten einander bedeutungsvoll zu. Nukulahi mußte sich wie schon oft während ihrer langen Reise eingestehen, daß ihm die zweideutigen Blicke der Matrosen insgeheim einen Stich versetzten. Ihm war klar, woran die Seeleute dachten.

Und woran dachte er, wenn er Kallyê sah?

Manchesmal kam es ihm so vor, als legte sie es darauf an, die Männer herauszufordern. Oder galten diese Versuche allein ihm? Er hatte nicht vergessen, daß Kallyê in Sadi versucht hatte, ihn zu verführen. Eomes sei Dank hatte er dieser Versuchung widerstehen können und sich beherrscht, um sich seine Jungfernschaft zu bewahren, ganz wie es die coleopäische Tradition vorsah.

Natürlich hatten sie einander seitdem nicht aus dem Weg gehen können. Doch in all den Monden, die sie zusammen verbracht hatten, hatten sie es vermieden, über jenen Abend in Sadi zu sprechen. Längst war zwischen ihnen eine Art Freundschaft erwachsen, auch wenn Schiffsführerin Surjadora ihn beständig ermahnte, nicht allzu vertrauensselig gegenüber der Kontorsleiterin zu sein.

Manche Nacht aber lag er insgeheim wach und dachte an jenen Abend in Sadi zurück, und seine Gedanken kreisten nicht mehr allein um jenes harmlose Lied vom Silbergarten, das Kallyê ihm damals vorgesungen hatte. Selbst seine Versuche, in solchen Momenten das Bild seiner coleopäischen Braut Tuilaepe heraufzubeschwören, die fern im Reich der Tausend Inseln auf ihn wartete, konnte ihn nicht davor bewahren, von der schönen Eulykierin zu träumen. Dafür verabscheute er sich selbst, denn in diesen Augenblicken war es nicht viel besser um ihn bestellt als um den verräterischen Thronräuber Tongaro, den zu stürzen er bei Eomes' Namen geschworen hatte.

Der einzige Mann an Bord, den Kallyês Anblick scheinbar unbeeindruckt ließ, befand sich an ihrer Seite: Garuleos, der Schiffskoch der *Stern von Andhakleia.* Man mußte nur einen Blick auf seinen ausladenden Bauch werfen, um zu wissen, daß seine Leidenschaft anderen Genüssen galt. Schweren Schrittes stapfte der dicke Seemann neben der Eulykierin durch den Sand und machte durch heftiges Winken auf sich aufmerksam. Als er und Kallyê bei ihnen angekommen waren, griff er japsend nach einem Tuch und wischte sich über die schweißbedeckte Stirn.

»So weit ist es von der Bucht zwar nicht«, stöhnte er auf. »Aber bei den pöbelnden Götzen vom Ende der Welt, ich schwöre, bei diesem verdammten Sand hier kommt es mir jedesmal so vor, als müßte ich einen halben Tagesmarsch hinter mich bringen.«

Zwei der Männer lachten schadenfroh, und Nukulahi legte dem Schiffskoch verschmitzt die Linke auf die Schulter, schon um dem eindringlichen Blick zu entgehen, den Kallyê ihm zuwarf. »Wenn Ihr wünscht, übe ich mit Euch einige Laufschritte, die mir einst mein alter Lehrmeister Buralofa beigebracht hat.«

»Prinz, haltet Ihr mich für verrückt?« Garuleos tippte sich empört gegen die glänzende Stirn. »Ich habe einen Ruf zu verlieren. Zeigt mir lieber, was Ihr diesmal von Eurem Festlandsausflug mitgebracht habt.«

Tvashi drängelte sich nach vorn und deutete aufgeregt auf die tote Riesenkrabbe. »Schau doch, Garuleos. Dort!«

Nur zu gern gaben die Seeleute die Sicht auf das Meerungeheuer frei, das hinter ihnen am Strand lag. Nukulahi hörte, wie Kallyê beim Anblick der toten Bestie überrascht die Luft anhielt. Der Schiffskoch hingegen lächelte verzückt.

»Donnerwetter! Und auch schon in handliche Stücke zerlegt. Daraus läßt sich doch mal ein leckeres Süppchen zaubern. Wo habt Ihr die denn gefunden?« Garuleos bückte sich und strich mit der Rechten furchtlos über die scharfen Scheren. »Ich wette, daß das Fleisch zart und saftig ist. Das wird vielleicht ein Gaumenschmaus! Kapitänin Surjadora wird sich freuen. Aber hättet Ihr davon nicht noch drei oder vier weitere Exemplare mitbringen können?«

»Noch so ein Spruch, und wir stecken Euch selbst in den Kochtopf!« Innerhalb von Augenblicken war der Schiffskoch von aufgebrachten Matrosen umringt, die ihm wild gestikulierend den Kampf mit der Riesenkrabbe schilderten.

Kallyê lachte leise und wandte sich Nukulahi zu. »Ich freue mich, daß du bereits heute zurückgekommen bist.«

Der Prinz atmete tief ein und nahm den betörenden Geruch wahr, der von Kallyê ausging. Er wußte nicht, welche Öle sie aufgelegt hatte, aber hier an diesem Ort waren sie ein Labsal für seine Sinne. Erneut gewahrte er, wie schön die Eulykierin war. Unwillkürlich tastete er nach Tuilaepes Tuch, das er wie immer eng am Leib trug; es kam ihm wie ein Rettungsanker vor. Vielleicht wäre es gut, wenn er Kallyê irgendwann von seiner Braut erzählte? Vorsichtshalber.

»Ja, ich bin auch froh, daß wir wieder zurück sind. Auch wenn ich nicht damit gerechnet habe, ausgerechnet hier auf einen solchen Gegner zu stoßen.« Seine Antwort war schroffer ausgefallen, als er es vorgehabt hatte. Nukulahi warf den zertrümmerten

Speerschaft grimmig auf den nahen Schlitten. Vielleicht wußte Zimmermann Tarjixes noch etwas mit den Holzrest anzufangen. »Aber was meinst du mit ›bereits heute‹?«

»Nun, nach Aussage von Kapitänin Surjadora wird sich heute entscheiden, ob wir mit der *Stern von Andhakleia* wieder in See stechen können – oder ob wir das Schiff für immer aufgeben müssen.«

Betroffen starrte der Prinz sie an. »Was soll das heißen?«

Kallyê zog sorgenvoll die Stirn in Falten und strich sich eine widerspenstige Haarsträhne aus dem Gesicht. Selbst diese Geste wirkte bei ihr bezaubernd.

»Ich schlage vor, du sagst den Männern, daß sie sich beeilen sollen. Ihr seht euch das besser selbst an.«

Myrianders Segen

Meer des Schlafes, auf einem Eiland nahe der Küste, ein wenig später

»Die Männer sind bald soweit, Kapitänin.« Vor dem Zelt erklang gedämpft die Stimme von Steuermann Lakshapheus. Surjadora schaute gedankenverloren von ihrem Logbuch auf, das aufgeschlagen vor ihr auf der Seekiste lag. Die Pergamentseiten waren dicht mit der sorgfältigen, ihr eigentümlichen Handschrift gefüllt, die keinen Raum für verspielte Schnörkel ließ.

Ursprünglich hatte sie nur vorgehabt, die Eintragungen vom Vortag zu überprüfen, doch in einem für sie seltenen Anflug von Rührseligkeit hatte sie weiter zurückgeblättert, bis sie bei jenen Aufzeichnungen angelangt war, die Zeugnis von ihrer spektakulären Expedition in den Ozean des Morgens gaben. Im Namen Mahatargos' III., des Maharadschas ihrer kurjamäischen Heimat, war es ihre Aufgabe gewesen, mit Hilfe einer alten Seekarte die sagenumwobenen Purpurinseln zu finden, jene geheimnisvolle Quelle des katauekischen Purpurreichtums, die sie für Kurjameos hatte erschließen sollen.

Doch es war anders gekommen, als sie geplant hatten. Zwar waren sie vom König der neuentdeckten Inselwelt auf die Hochzeit seines Sohnes Nukulahi und einer Inselschönheit namens Tuilaepe eingeladen worden, doch schon wenige Stunden später waren sie in eine entsetzliche Verschwörung verstrickt worden. Und als wäre all dies noch nicht genug der Schrecken gewesen, war zur selben Zeit eine unvorstellbare Katastrophe über die Welt hereingebrochen, ein himmlischer Schrecken, der all ihre sorgfältig ausgetüftelten Pläne umgestoßen und ihrer Flottille beinahe den Untergang beschert hatte …

»Kapitänin?«

Surjadora atmete tief ein, strich hastig den blauen Stoff ihres marinefarbenen Saris glatt und setzte ihre Maske des unerschütterlichen Gleichmuts auf. Keinen Augenblick zu spät, denn schon schlug ihr Steuermann die Zeltbahn am Eingang zurück und lugte besorgt durch den Spalt. Die Kapitänin schaute ihm geradewegs in die dunklen Augen.

»Ja, ich habe Euch gehört, Lakshapheus. Geht ruhig schon vor, ich bin sogleich bei Euch.«

Der Mann musterte sie aufmerksam, strich sich nachdenklich über den Wickelbart und nickte dann. Kurz darauf war er wieder verschwunden.

Surjadora atmete wieder aus. Lakshapheus war ein guter Mann, der beste Steuermann, den sie je in Dienst gestellt hatte. Seit jenem fernen Tag, da sie ihn auf dem Sklavenmarkt von Markomassa freigekauft hatte, teilten sie die Freuden und Entbehrungen, die ihnen ihre Fahrten auf See bescherten. Aber manchmal führte Lakshapheus sich ihr gegenüber wie eine Glucke auf.

Surjadora wußte selbst, daß sie ihrem treuen Steuermann gegenüber ungerecht war. Aber heute war eben einer jener Tage, an denen es ihr niemand recht machen konnte. Genau genommen handelte es sich um den 148. Tag, an dem sie schon morgens so gereizt war, daß sie am liebsten mit einem Belegnagel auf irgend jemanden losgegangen wäre, vorzugsweise auf diesen Katauëken Gijao näng Singua, der ihre halbe Ladung über Bord hatte kippen lassen. Denn so lange war es her, daß ihre stolze Karavelle von diesem elenden sadischen Lotsen in die Falle der Piraten gelockt worden war.

Zugegeben, ohne Gijaos Maßnahme würden sie heute vielleicht allesamt das Schicksal ihrer toten Kameraden teilen. Aber irgendein unberechenbarer Teil ihrer selbst *wollte* diesem durchtriebenen Katauëken die Schuld an der ganzen Misere geben.

Mürrisch klappte Surjadora den Deckel der Truhe auf und warf das Logbuch hinein. Anschließend erhob sie sich von dem mit Perlen bestickten Sitzkissen, das sie vor acht Jahren auf dem großen Markt in Elephantinos erworben hatte, und streckte ihre knackenden Glieder. Sie hatte das gute Stück für nur fünf Silberdubokinen erstanden. Doch selbst die Erinnerung daran, daß es ihr damals gelungen war, diesen eitlen elephantinischen Händler um ganze zwei Silberdubokinen herunterzuhandeln, verschaffte ihr heute keine rechte Freude. Es wurde verdammt noch einmal Zeit, daß sie wieder Planken unter den Füßen spürte.

Wie so oft in den letzten Wochen stieß Surjadora mit dem Turban gegen das schräg gespannte Tuch ihres Zeltes und bedachte es mit finsterem Blick. Wütend rückte sie ihre Kopfbedeckung zurecht, fegte mit einem leisen Fluch auf den Lippen das Segeltuch im Eingangsbereich zur Seite und trat ins Freie.

Die herzförmige Bucht, die sich nun vor ihren Augen ausbreitete, wurde von zwei Dutzend weiteren Notquartieren gesäumt. Seit Monden schon dienten sie als Unterkünfte für die Mannschaft.

Mit einem Blick auf zwei Hemden, die inmitten des Lagers an einer gespannten Wäscheleine hingen, stellte sie fest, daß der Wind beständig aus Nord-Nordwest wehte. Mit sich brachte er wie immer den fauligen Geruch vom Meer des Schlafes.

Dem Gefühl auf ihrer Wange nach mußte die Brise im Vergleich zum Morgen um einen Strich oder zwei aufgefrischt haben. Bestes Segelwetter. Hoffentlich war das ein gutes Omen.

Nicht weit von dem Zeltplatz entfernt, im Süden der Bucht, befand sich das Lager mit all den verbliebenen Gütern, die sie aus dem Bauch der schwer beschädigten Karavelle geborgen hatten, darunter gebogene Stoßzähne aus kurjamäischem Elfenbein, große Fässer mit merkantilischem Wein, mehrere Teppiche aus Gautamar, die ihren Weg zu den Häfen der Halbinsel Gwanapur gefunden hatten, und vieles andere mehr. Doch bei alledem handelte es sich nur um einen Bruchteil jener Güter, mit denen der Stauraum ihres Schiffes gefüllt gewesen war, als sie Sadi verlassen hatten.

Dann, endlich, richtete sie ihr Augenmerk auf ihr Schiff: die *Stern von Andhakleia.* Wie eine stolze hölzerne Festung, die von einem breiten Wassergraben eingefaßt wurde, thronte die Karavelle inmitten der matt schimmernden Bucht. Da die Männer das Schiff weitgehend leergeräumt hatten, lag sie hoch auf dem Wasser. Zwei Flöße dümpelten neben einer der Außenbordwände, und Dutzende von Männern turnten an Deck herum. Leise waren die kehligen Rufe von Schiffszimmermann Tarjixes zu hören, der die Mannschaft energisch zur Arbeit antrieb.

Surjadora atmete tief ein. Der Geruch schmelzenden Pechs trieb über das gekräuselte Wasser, und dumpf dröhnte von drüben der Hammerschlag.

Es hatte lange gedauert, das Schiff wieder in diesen Zustand zu versetzen. Der Beschuß, dem die *Stern von Andhakleia* beim Angriff der Piraten ausgesetzt gewesen war, hatte große Schäden angerichtet. Unter anderem waren mehrere Löcher in die Bordwand gerissen worden, darunter zwei, die unterhalb der Wasserlinie lagen und die sie auf dem Meer nicht hatten reparieren können.

Sie selbst war damals wie zahlreiche andere Mitglieder ihrer Mannschaft ohne Bewußtsein gewesen. Brahthos, den sie wegen seines besonnenen Vorgehens vor vier Monden zum Oberbootsmann befördert hatte, hatte damals alle verfügbaren Männer zu den Pumpen beordert und ein Lecksegel ausbringen lassen, mit dem er den Untergang der Karavelle abgewendet hatte, bis sich vor dem Bug des Schiffes diese Insel aus dem Meeresdunst geschält hatte.

Das Eiland mochte auf den ersten Blick karg und trostlos erscheinen, doch sie hatten Glück im Unglück gehabt. Die Bodenproben am Talg des Bleilotes hatten ergeben, daß der Grund der Bucht aus Sand bestand. Man hatte die Karavelle dort also getrost aufsetzen können.

Anschließend hatten sie das Zeltdorf errichtet und die Waren und Vorräte zusammen mit dem Ersatzteillager der Karavelle aus dem Schiffsbauch geschafft. In den darauffolgenden Tagen war die beschädigte Karavelle unter Anleitung von Schiffszimmermann Tarjixes auf die Seite gelegt worden, damit dieser mit seinen Gesellen den Boden hatte bearbeiten können.

Die schwere Plackerei war letzten Endes von Erfolg gekrönt gewesen, denn inzwischen wirkte die Karavelle fast wieder wie neu – wäre da nicht der gebrochene Hauptmast, der noch immer wie ein häßlicher Stumpen zwischen den neuen Aufbauten hervorlugte. Diesen Makel zu beseitigen würde sich als der gefahrvollste Teil ihrer Arbeit erweisen – eine Aufgabe, die ihnen heute bevorstand und die über das Wohl der Männer entscheiden würde.

»Ah, da ist die Kapitänin. Dann können wir wohl beginnen.«

Erst jetzt bemerkte Surjadora, daß Steuermann Lakshapheus nicht weit von ihrem Zelt entfernt auf sie gewartet hatte. In seiner Begleitung befanden sich Oberbootsmann Brahthos und der Nautiker Gijao näng Singua.

Ausgerechnet der Kataueke.

Der Anflug der guten Stimmung, der Surjadora beim Anblick ihres Schiffes erfaßt hatte, verflog sogleich wieder. Der Mangalier war in die einfache Kleidung eines kurjamäischen Seemannes gehüllt, nur, daß er sein Hemd offen bis zu den Oberschenkeln trug. Das schwarze Haar lief am Rücken in einem dicken Zopf aus.

Als Gijao sie erblickte, verzogen sich seine Lippen zu einem feinen Lächeln. Höflich verneigte er sich.

Natürlich hatte Surjadora nicht im Sinn, sich noch einmal von ihm täuschen zu lassen. Lieber hätte sie es gesehen, wenn der Kerl zum Wergzupfen eingeteilt worden wäre. Die vorhandenen Vorräte waren ohnehin knapp genug bemessen.

Die Kapitänin erwiderte das Lächeln des Mandeläugigen mit falscher Freundlichkeit und verschränkte die Arme auf dem Rücken.

»Nun, meine Herren, wollen wir zur Tat schreiten. Ich gehe davon aus, daß alles so weit vorbereitet ist, daß wir die letzte Etappe der Reparaturen in Angriff nehmen können?«

»Jawoll, Kapitänin.« Oberbootsmann Brahthos leckte sich fahrig über die Lippen und nestelte einmal mehr an seinem kupfernen Aionarsstern, der ihm vor der Brust baumelte. Surjadora wußte, daß Lakshapheus den Mann verdächtigte, als Spitzel für einen gewissen *pater* Massimilio zu dienen, jenen Kirchenmann, der in Andhakleia die Aufsicht über das Waisenhaus führte, in dem ihr Schiffsjunge Tvashareo aufgewachsen war. Doch Brahthos' Benehmen war stets tadellos gewesen. Surjadora neigte inzwischen dazu zu glauben, daß die Verdächtigungen unbegründet waren.

Der Oberbootsmann deutete zur Bucht. »Wie Ihr sehen könnt, Kapitänin, warten die Männer nur noch auf Euer Kommando.«

Surjadora folgte seinem Fingerzeig. Die Zufahrt zur Bucht wurde von einer hohen, schwefelgelb schimmernden Klippe gesäumt, die aus dem dunkelsandigen Untergrund der Insel wie der Reißzahn eines kurjamäischen Tigers ragte.

Surjadora hatte die beiden verbliebenen Elephantinen der *Stern von Andhakleia* sofort nach Anlaufen der Insel hinauf auf die Klippen schaffen lassen, um die Bucht mit den Torsionsgeschützen gegen feindliche Angriffe zu sichern. Doch seit dem Vortag thronte dort oben in schwindelerregender Höhe ein Kran, dessen beweglicher Arm weit über das Felsmassiv hinausragte. Die mit großem Aufwand errichtete Konstruktion war aus den Stämmen gefertigt worden, die Nukulahi vom nahen Festland aus herbeigeschafft hatte. Stück für Stück hatten ihre Männer die Einzelteile des Krans auf das Massiv geschafft und dort oben zusammengebaut – eine handwerkliche Meisterleistung, die sie ohne die sachkundige Anleitung ihres Zimmermanns niemals hätten vollbringen können. Jetzt blieb ihnen nur noch zu hoffen, daß der Kran hielt und die entscheidende Reparatur gelang.

Als stünde ihr die Sorge ins Gesicht geschrieben, meldete sich nun auch Gijao zu Wort.

»Ich bin sicher, stolzeste Blüte des Meeres, das alles gutgehen wird. Morgen oder übermorgen wird uns unser Weg weiter nach Süden führen.«

»Sicher wird er das«, giftete sie zurück. »Und anschließend werde ich Euch wieder nach Andhakleia bringen.«

Das siegesgewisse Lächeln des Kataueken verdüsterte sich, wie Surjadora mit Genugtuung feststellte. Sie sah sehr wohl, daß sich Lakshapheus und Brahthos vielsagende Blicke zuwarfen, doch sie hatte schließlich niemandem Rechenschaft abzulegen. *Sie* war hier die Kapitänin.

»Ah, und da hinten kommen auch der Prinz und seine Leute.« Lakshapheus räusperte sich. »Sie hätten zu keiner besseren Stunde zurückkehren können.«

Tatsächlich tauchten hinter einer Düne die Köpfe Nukulahis, Kallyês und Tvashareos auf. Der Junge stürmte mit ausgestreckten Armen voran und schlitterte den sandigen Hügel hinab. Über Surjadoras Gesicht flog ein scheues Lächeln.

Schließlich kam auch der Rest der Seeleute in Sicht, die an langen Seilen den Holzschlitten hinter sich herzogen, auf dem Fässer und weitere Baumstämme festgezurrt waren.

»Gut, meine Herren. Verlieren wir keine Zeit. Laßt uns herausfinden, ob uns der Abwesende auch weiterhin gewogen ist.« Die Kapitänin wandte sich vom Anblick der Neuankömmlinge ab und eilte mit energischem Schritt zu einem der Flöße, während Gijao und ihre beiden Offiziere sich auf den Weg zum Ende der Bucht machten. Sie würden über Hängeleitern und künstlich angelegte Treppen auf das Steilmassiv gelangen, um dort an Ort und Stelle die Arbeiten am Kran zu beaufsichtigen.

Surjadora wollte das Floß gerade betreten, als Nukulahi zu ihr geeilt kam. Nicht zum ersten Mal mußte sich die Kapitänin eingestehen, daß der Prinz ein überaus gutaussehender junger Mann war. Seine golden schimmernde Kriegsschürze hob sich angenehm von seiner dunklen Haut ab, und sein geschmeidiger Gang und das Spiel seiner Muskeln ließen niemanden darüber in Zweifel, daß der Coleopäer ein begnadeter Kämpfer war. Surjadora wußte noch immer nicht zu sagen, ob diese kokette eulykische Kontorsleiterin den Prinzen aus persönlichem Gefallen umgarnte oder ob es der Purpurreichtum seiner Heimat war, der sie schon seit Monden wie eine rollige Katze um ihn herumschleichen ließ. Bislang hatte sich der Coleopäer als charakterfest erwiesen. Sie hoffte, daß es auch weiterhin so blieb.

Beunruhigt strich sich Nukulahi das lange Haar zurück und musterte die Kapitänin mit ernster Eindringlichkeit.

»Schiffsführerin, Kontorsleiterin Kallyê berichtete mir, es gebe Schwierigkeiten bei der Reparatur des Schiffes …«

Die Kapitänin hob gleichmütig eine Augenbraue und lud den Prinzen ein, mit ihr zusammen auf das Floß zu steigen. Anschließend gab sie den Männern Weisung, zum Schiff überzusetzen.

»Nein, noch haben wir keine Schwierigkeiten. Aber es könnte zu welchen kommen. Am besten, Ihr seht Euch die Arbeiten vor

Ort an. Im Gegensatz zu mir könnt Ihr schließlich schwimmen. Womöglich erweist sich dies ein weiteres Mal als zweckdienlich ...«

Schweigend setzten sie zur *Stern von Andhakleia* über, wo ihre Leute bereits das Fallreep zu Wasser gelassen hatten. Kurz darauf standen sie an Deck der Karavelle, wo sie von Zimmermann Tarjixes in Empfang genommen wurden.

»Ich freue mich, Kapitänin, daß Ihr die Arbeiten selbst beaufsichtigen werdet.« Im struppigen Vollbart ihres Landsmannes hatten sich einige Sägespäne verfangen, und die Ringe unter seinen Augen ließen ahnen, daß er die Nacht über gearbeitet hatte.

»Natürlich, Tarjixes«, Surjadora gestattete sich ein knappes Lächeln und hoffte, daß ihre eigene Aufregung nicht zu offensichtlich war. »Habt Ihr gedacht, ich wollte dem Spektakel von Land aus zusehen?«

»Natürlich nicht, Kapitänin.«

»Gut, dann laßt uns anfangen!«

Tarjixes nickte, wandte sich ab und brüllte seine Kommandos über das Deck. Ein gutes Dutzend Seeleute enterte das Fallreep und besetzten die Flöße. Der Anker wurde eingeholt, und am Bug des Schiffes wurden lange Trossen zu Wasser gelassen. Gemeinsam mit Nukulahi eilte Surjadora hinauf zum Achterdeck, wo sich das Steuerrad der Karavelle befand.

»Nun sagt schon, Schiffsführerin: Warum seid Ihr so besorgt?« Der Coleopäer stemmte die Hände in die Hüften und beäugte sie eindringlich. Unvermittelt lief ein leichtes Zittern durch das Schiff. Die Trossen hatten sich gespannt, und die Ruderer vorn auf den beiden Flößen zogen die Karavelle Stück für Stück in tiefes Wasser, dorthin, wo sich der steil aufragende Felsen befand.

»Wir werden heute den Hauptmast ersetzen«, erwiderte Surjadora, ohne den Blick von dem mächtigen Felsriesen abzuwenden. Auch Nukulahi legte den Kopf in den Nacken, um einen Blick auf die weit über ihnen verankerte Konstruktion zu werfen. Langsam zogen die Männer das Schiff unter den Felsen, bis sich der zerstörte Kreuzmast genau unter dem Ausleger des Krans befand.

»Anker werfen!« gellte Surjadoras Befehl über Deck. Sogleich rumpelte die Ankerkette durch die eisenverstärkte Klüse und klatschte laut ins Wasser. Die Männer auf den Flößen holten die Ruder ein, die Trossen entspannten sich, und Zimmermann Tarjixes scheuchte den Rest der Mannschaft auf, um die Karavelle an Ort und Stelle zu verholen.

Surjadora eilte zur Bordwand, um die Handgriffe der Matrosen zu überwachen. Fehler konnten sie sich heute auf keinen Fall erlauben.

»Den gebrochenen Mast aus dem Schiff zu entfernen ist der leichteste Teil der Übung. Aber wenn wir den neuen Mast einsetzen, kann es Ärger geben. Uns stehen hier an diesem Ort leider nicht die Hilfsmittel einer Werft zur Verfügung.« Die Kapitänin schaute dem Prinzen in die dunklen Augen. »Der neue Mast ist gut und gern 20 Schritt lang.«

»Ich weiß ... Ich war dabei, als wir den langen Stamm auf die Insel gebracht haben.«

»Richtig. Entscheidend ist aber sein großes Gewicht. Wenn wir den Mast mittels des Krans einsetzen«, sie deutete in die Höhe, wo Lakshapheus und die anderen nach und nach eine lange Trosse herabließen, »und er sich dabei löst, so daß er nicht auf der Mastspur auf dem Kiel landet, sondern auf dem Schiffsboden aufschlägt, dann besteht die Gefahr, daß er die Bordwand durchschlägt. Unsere Hauptsorge ist die Trosse des Krans. Wir wissen nicht, ob sie stark genug ist, den neuen Mast zu halten. Aber wir haben keine andere, die lang genug ist. Sollte die Trosse reißen, dann können wir nichts mehr für das Schiff tun. Das Wasser ist an dieser Stelle acht Schritt tief. Der Mast wird die Karavelle durchstoßen und auf dem Meeresboden festnageln wie ein Holzspieß die Käfer, die Ihr uns damals bei Euren Hochzeitsfeierlichkeiten vorgesetzt habt. Anschließend können wir dabei zusehen, wie die *Stern von Andhakleia* Stück für Stück untergeht.« Surjadoras Stimme hatte einen äußerst mißmutigen Klang angenommen, und sie klopfte sich gegen den Turban. »Also wünscht uns Glück, Prinz. Ansonsten ...«

Ohne ein weiteres Wort wandte sie sich ab und hastete hinunter zum Hauptdeck, wo die Männer schon dabei waren, die Verkeilungen des zerbrochenen Mastes loszuschlagen und die Trosse des Krans anzubringen. Endlich steckte sich Zimmermann Tarjixes die Finger in den Mund, legte den Kopf in den Nacken und stieß einen lauten Pfiff aus.

Kurz darauf spannte sich das schwere Seil, und der Maststumpf wurde wie ein kranker Zahn aus dem Schiff gezogen. Ächzend und knarrend schwenkte der ausladende Arm des Krans hoch über ihren Köpfen herum und setzte den alten Mast nahe der Klippen ab, wo ein halbes Dutzend weiterer Männer schon darauf wartete, die Last in Empfang zu nehmen. In ihrer Obhut befand sich auch der neue Mast. Sorgfältig verbanden sie ihn mit der Trosse.

»Betet zu Eurem Eomes, mein Lieber«, wandte sich die Kapitänin wieder an Nukulahi, der ihr gefolgt war und die Arbeiten ebenso atemlos verfolgte wie sie selbst.

Unter der Mannschaft war inzwischen jedes Gerede verstummt. Mit bangen Blicken sahen die Männer zu, wie der neue Mast Schritt für Schritt angehoben wurde, bis er frei in der Luft pendelte.

Der Kran hoch über ihnen knarrte und quietschte besorgniserregend, doch die Trosse hielt. Die Männer um sie jubelten; Mützen und Turbane wurden durch die Luft gewirbelt, und die Männer fielen sich in die Arme.

Surjadora mochte ihre Freude noch nicht so recht teilen. Langsam schwenkte der Arm des Krans wieder zum Schiff herum, bis der neue Mast wie ein riesiger Speer senkrecht über dem Schiff hing. Wieder quietschte und ächzte es über ihnen. Die Trosse war zum Zerreißen gespannt, aber sie hielt noch immer. Ganz langsam wurde der Mast weggefiert und zum Kiel des Schiffes geführt.

Zimmermann Tarjixes war mit seinen Männern längst im Schiffsbauch verschwunden, um den Mastfuß mit dem Spurzapfen der Mastspur zusammenzuführen.

»Noch gute zwei Schritt«, gellte sein Ruf dumpf zu ihnen hinauf. Surjadora wollte seine Anweisung gerade weitergeben, als ein lauter Knall über ihren Köpfen zu hören war. Holzsplitter und kleinere Felsbrocken regneten auf das Schiff herab, und ferne Schreie gellten aus der Höhe zu ihnen in die Tiefe. Nicht die Trosse war der Schwachpunkt ihres Plans – es war der Kran selbst!

Die hölzerne Plattform, auf der die Konstruktion stand, kippte unvermittelt in Richtung See und drohte mitsamt dem Aufbau von der Klippe zu rutschen.

Beim Buckligen! Dort oben mußten sich die Verankerungen gelöst haben, mit denen sie den Kran an das Felsgestein gekettet hatten. Mit einem Ruck senkte sich der Schlagbaum über ihnen, dann kam die schwere Konstruktion wieder zum Stillstand. Halb hing sie über der Felskante, halb wurde sie noch von irgendwelchen Seilen gehalten. Weitere Gesteinsbrocken fielen in die Tiefe und prasselten auf die Karavelle nieder.

»Weg hier!« tönte es von oben. Surjadora glaubte in dem panischen Schrei die Stimme ihres Steuermanns herausgehört zu haben.

»Verdammt, was ist denn los? Ich brauche sofort ein paar Männer hier unten. Schnell!« Auch die Stimme der Zimmermanns, der von der drohenden Katastrophe noch nichts mitbekommen hatte, klang im höchsten Maße beunruhigt. An Bord und auf dem Wasser brach unterdessen das Chaos aus. Schreiend versuchten sich die Seeleute auf den Flößen in Sicherheit zu bringen.

Laut brüllte Surjadora ihre Befehle, doch während sie noch hoffte, wieder Ordnung in die Reihen bringen zu können, wurde sie mit großer Wucht von einem Gesteinsbrocken an der Schulter getroffen. Stöhnend sackte sie auf die Planken.

Als sie sich benommen umsah, bemerkte sie, daß vier Männer ohne Rücksicht auf ihr Leben durch die Vorluk in die Tiefe des Schiffsbauchs sprangen, um Tarjixes zur Hand zu gehen. Sie mußten das Schiff in Sicherheit bringen!

Wieder knarrte es weit über ihren Köpfen, und der Schlagbaum des Krans ruckte ein weiteres Stück in die Tiefe. Die gesamte Konstruktion oben auf dem Felsen war nun endgültig in Schieflage geraten. Mit lautem Schrei stürzte plötzlich ein Mensch in die Tiefe. Wild schlug er in der Luft um sich, bevor er sich wie eine Kerze streckte und steuerbords inmitten einer großen Fontäne auf dem Wasser aufschlug. Der Zopf, das Hemd ... das mußte der umtriebige Kataueke gewesen sein!

Surjadora richtete sich auf und stürzte zur Reling, völlig die Gefahr außer acht lassend, die weit über ihr dräute. Doch von Gijao war nichts zu sehen. Der coleopäische Prinz aber kletterte flink wie ein Knurrsalamander an dem neuen Mast empor. Zwischen seinen Zähnen blitzte die Klinge eines Entermessers, das er einem der Seeleute abgenommen hatte. Was hatte Nukulahi vor? Natürlich! Surjadora bewunderte die schnelle Auffassungsgabe des Coleopäers. Wenn der Kran in die Tiefe stürzte, mußte jemand die Trosse kappen, wollten sie verhindern, daß der Mast ein weiteres Mal brach. Doch viel wahrscheinlicher war, daß der schwere Holzaufbau selbst auf dem Schiff aufschlug.

»Wir haben es!« schallte es dumpf aus dem Schiffsbauch. Offensichtlich war es Tarjixes und seinen Leuten gelungen, den Mastfuß zu verankern. Keinen Herzschlag zu spät. Polternd und dröhnend gaben die letzten Verankerungen nach, die den Kran auf dem Massiv gehalten hatten, und die schwere Holzkonstruktion neigte sich mit lautem Quietschen weiter hinab. Nukulahi hatte indes das Mastende erreicht und hackte mit wuchtigen Hieben auf die Trosse ein.

Ein letztes Rumpeln ertönte über ihren Köpfen, und ein schwerer schwarzer Schatten stürzte auf sie herab.

Surjadora schloß in stiller Erwartung die Augen, nun von Hunderten Klaftern Holz erschlagen zu werden. Doch statt dessen riß ein heftiger Luftzug an ihrer Kleidung, dem ein lautes Klatschen folgte. Von Kopf bis Fuß mit Spritzwasser eingedeckt, riß sie die Augen auf und sah, wie zwei Mannlängen neben der Karavelle der schwere hölzerne Kran in den Fluten versank. Wie gelähmt starrte sie dem Unheil nach, das ihr Schiff und auch sie nur um Haaresbreite verfehlt hatte.

Beim heiligen Myriander! Sie war davon überzeugt, allein mit diesem Erlebnis alle Gunst des Hochheiligen auf einen Schlag verbraucht zu haben.

Wie im Nebel drangen die Jubelrufe der Seeleute an ihre Ohren. Hoch über ihr, an der Spitze des Mastes, winkte ihr Nukulahi zu, bevor er sich wieder auf den Weg nach unten machte.

Dieser verdammte Heißsporn! Der Prinz hatte es doch tatsächlich geschafft, die Trosse zu kappen. Mit breitem Grinsen wischte Surjadora sich die Wassertropfen aus dem Gesicht.

»Ihr da! Bei den ungezählten Köpfen der Hydra ... hört mich denn niemand?«

Surjadora wirbelte herum. Das war doch die Stimme des Kataueken! Gijao war aus gut 25 Schritt Höhe in das Meer gestürzt. Sie hätte keine einzige Kupferdubokine mehr für sein Leben gegeben.

»Könnte mir bitte jemand an Bord helfen?« Gleich einer Korkboje hüpfte der Kopf des Nautikers auf dem Wasser; sein langes schwarzes Haar rahmte ihn ein wie ein Schleier aus Tinte. Mit ruhigen Schwimmzügen hielt er auf die Karavelle zu. Nichts wies darauf hin, daß ihm der Sturz Schaden zugefügt hatte.

Wie hätte es auch anders sein können? Dieser Kerl war einfach nicht kleinzukriegen.

Kopfschüttelnd griff Surjadora zu einem Seil, verknotete es an der Reling und warf es grinsend dem Nautiker zu.

»Donnerwetter, Gijao, Ihr konntet es wohl nicht abwarten, wieder zurück an Bord eines ajunäischen Schiffes zu kommen!«

Der Kataueke ergriff dankbar das Seilende und schaute gereizt zu ihr auf. »Aber nicht doch, stolzeste Blüte der steinigen Liga. Du bist es, zu der ich zurückwollte. Bis ich dir begegnet bin, war mein Leben öde und voller Langeweile.« Ächzend zog er sich am Seil in die Höhe. »Ich finde, du solltet dich geschmeichelt fühlen«, fuhr er fort, während er mit seinen Füßen Halt an der glitschigen Bordwand suchte. »Denn ich wette, daß dir noch nie ein Mann nachgesprungen ist. Schon gar nicht aus solch einer Höhe.« Der katauekische Nautiker grinste frech über das ganze Gesicht.

Surjadora bemerkte zu ihrem Ärger, daß einige ihrer Matrosen feixend dem Gespräch lauschten. Das Blut schoß ihr ins Gesicht. Mit einem Ruck löste sie den Seemannsknoten. Gijao, der sich schon halb aus dem Wasser gezogen hatte, klatschte zurück in die Fluten.

Mit einer gewissen Genugtuung drehte sie sich zu den acht Männern um, die sich an der Reling versammelt hatten. Unter ihnen befand sich inzwischen auch der coleopäische Prinz.

»Habt Ihr nichts zu tun?«

Sogleich zerstreuten sich die Seeleute, doch die Kapitänin hielt den bärtigen Segelmacher ihrer Karavelle zurück. »Parvateo, irgendwelche Verletzte?«

»Nein, Kapitänin. Wir haben wirklich Glück gehabt. Zwei oder drei Männer haben Schürfwunden. Aber nichts Schlimmes. Und so, wie es aussieht, haben sich auch der Steuermann, Oberbootsmann Brahthos und die anderen in Sicherheit bringen können.«

Surjadora warf einen Blick zur steilen Felswand hinauf, wo sie Lakshapheus und seine Leute beim Abstieg ausmachen konnte. Erleichtert atmete sie aus und betrachtete dann zufrieden den neuen Hauptmast.

»Gut. Gebt den Männern Bescheid, daß wir als nächstes die Ladung wieder aufnehmen werden.«

Unten im Wasser wurden die wütenden Rufe des katauekischen Nautikers laut. Surjadora drehte sich zufrieden zu Nukulahi um. »Mein Prinz, seid doch bitte so gut und helft Gijao aus dem Wasser. Nicht daß sich unser katauekischer Gast noch eine Erkältung holt ...«

Der lange Zwangsaufenthalt auf dem Eiland ging nunmehr langsam dem Ende entgegen. Mit Sicherheit kann gesagt werden, daß die Geschehnisse während der langen Reparaturarbeiten zu einem Gefühl der Verbundenheit unter den Schicksalsgefährten beitrugen, das spätere Entscheidungen und Ereignisse nachhaltig beeinflußte.

Gegen Ende des Grünen Erntemondes im 459. Jahr der Abwesenheit Gottes war die STERN VON ANDHAKLEIA so weit wiederhergestellt, daß man mit ihr den Gefahren des Meeres trotzen konnte. Die beiden Elephantinen wurden von der Klippe gehievt und vorn auf dem Bugkastell eingesetzt.

Surjadora bestimmte das Fest der Rückkehr des Lichts im Jahr 460 der Abwesenheit Gottes zum Tag ihres neuerlichen Aufbruchs.

Das Meer wurde stürmischer, je weiter die Karavelle ihren Kurs nach Süden fortsetzte.

Zu diesem Zeitpunkt konnte niemand an Bord ahnen, daß sich am fernen Horizont bereits weitere Schicksalsschläge abzeichneten.

Nicht nur, daß sich die Kirche des Abwesenden Gottes anschickte, die Spur der Kapitänin aufzunehmen. Auch zwei katauekische Pfauenschiffe aus dem fernen Tschöng-Hau Leng an der Mangalischen Küste jagten zu ebendiesen Stunden über den Ozeans des Abends. Getrieben wurden sie von einem mehr als denkwürdigen Passagier, und auch sie hatten das Orakel von Thalliopê zum Ziel…«

SCHWESTER DOLORES,
CHRONIK EINER
VERLORENEN ZEIT,
BD. 11, NIEDERGELEGT
ZU CANTAMO
IM 540. JAHR
DER ABWESENHEIT
GOTTES

Kirchengeheimnisse

Castrum dei *des* princeps *von Andhakleia, Goldschlägerviertel von Andhakleia, zur Mittagszeit am 8. Tag des Sturmmondes, im 460. Jahr der Abwesenheit Gottes*

Pater Massimilio saß an einem Pult in der ihm zugewiesenen Amtsstube der Ordensburg des Kirchenfürsten von Andhakleia. Eifrig studierte er die Berichte der vergangenen Tage. Wieder kein Hinweis, der ihm bei seiner Suche weiterhalf!

Bereits vor zehn Monden war *princeps* Purusheos seinem Wunsch nachgekommen, ihn von seinen Verpflichtungen im Waisenhaus der Stadt zu entbinden. Seit dieser Zeit hatte er das kirchliche Spitzelnetz im Universitätsviertel mit einer Besessenheit ausgebaut, die ihn selbst erschreckte. Leider war es ihm noch immer nicht gelungen, einen der Philosophen für seine Sache zu gewinnen. Sicher, fünf Studenten arbeiteten ihm seit geraumer Zeit zu, und auch unter den Bediensteten des Universitätsgeländes besaß er Augen und Ohren. Doch den Verlust von Schwester Rawalpinda konnte niemand von ihnen ausgleichen.

Massimilio wandte sich gedankenverloren von den eng beschriebenen Pergamentbögen ab. Sein Blick glitt an den mit Dokumentenrollen gefüllten Regalen vorbei und erfaßte den kleinen Tisch neben der Tür. Auf ihm stand eine Karaffe aus jenem bunten Glas, für das dieses Königreich so berühmt war. Ein Geschenk Rawalpindas. Seine einzige Erinnerung an sie.

Noch immer empfand er leisen Schmerz, wenn er an seine einstige Geliebte dachte. Bis heute hatte er keinen Hinweis darauf finden können, welchem Schicksal sie anheimgefallen war. Weder hatte man in den vergangenen Monden ihren Leichnam entdeckt, noch war nach Aussage von *princeps* Purusheos eine Nachricht von Bord der *Stern von Andhakleia* eingetroffen. Es war zum Verzweifeln.

Er wußte, er *fühlte*, daß sie tot war. Indes blieb ein schwacher Rest an Hoffnung, daß man sie vielleicht doch auf das Schiff der Kapitänin gebracht und mit der Karavelle verschleppt hatte.

Ein Klopfen an der Tür schreckte ihn aus seinen Gedanken.

»Herein.« *Pater* Massimilio legte die Unterlagen zur Seite und blickte zur Tür, in der nun *pater* Bavaphios stand, der *magister officiorum* des Kirchenfürsten.

»Bruder«, die Stimme des Priesters hatte einen Unterton, der dem Merkantilier gar nicht gefiel, »du wirst erwartet. Ich soll dich in die kleine Kapelle führen.«

»Und wer wünscht mich dort zu sprechen?« wollte Massimilio stirnrunzelnd wissen.

Die kleine Kapelle befand sich in einem abgelegenen Teil im Westtrakt des *castrum dei* und wurde nur für kleinere Zeremonien oder vertrauliche Zusammenkünfte genutzt. Der Sekretär schluckte und schien unangenehm berührt. Offenbar wußte er nicht so recht, was er auf diese Frage antworten sollte.

»Mir wurde aufgetragen, darüber zu schweigen.« Bavaphios betonte das letzte Wort auf eigentümliche Weise. Was sollte diese Geheimniskrämerei?

Massimilio schob die Berichte seiner Spitzel ungehalten in eine lederne Mappe und klappte sie zu. Dann erhob er sich, folgte dem Kirchensekretär nach draußen und schloß sorgfältig seine Stube ab. Bavaphios führte ihn durch die Gänge der Ordensburg hinunter zur Kapelle und schwieg auch weiterhin, was ungewöhnlich für ihn war. Massimilio fand für dieses Gebaren keine Erklärung. Hatte er sich vielleicht etwas zuschulden kommen lassen? Oder, schlimmer noch, hatte man gar einen Hinweis auf den Verbleib Rawalpindas gefunden? Sollte letzteres der Fall sein, ahnte er, wie er das Verhalten des Kirchensekretärs zu deuten hatte.

Kaum hatten sie die letzte Biegung des Ganges erreicht, der direkt zur Kapelle führte, als Massimilio wie vom Donner gerührt stehenblieb. Vor der Tür zur Kapelle hatte ein Ritter mit prachtvoller Rüstung Stellung bezogen. Der bronzene Muskelpanzer, die Arm- und Beinschienen, alles war ganz im Stil des Alten Imperiums gefertigt. Seine Rechte hielt eine Hellebarde umfaßt, und seine Linke ruhte auf dem Waffengurt mit der verzierten Schwertscheide. Der lange rote Umhang wurde auf der linken Schulter von einer goldenen Spange mit einem weißemaillierten Gottesstern gehalten. Zweifellos war es kein Angehöriger der Kirchentruppen, der vor ihm stand, sondern ein Ritter des *ordo executionis silentii finiti*, der bewaffnete Arm des Roten Ordens.

Jetzt wußte er, wer ihn zu sprechen wünschte: Priester des *ordo silentii mysteriorum*. Die Bewahrer der verbotenen Geheimnisse der Kirche.

Massimilio war nicht wohl zumute. Noch nie hatte er einem Mitglied dieses Ordens persönlich Rede und Anwort stehen müssen. Böse Zungen behaupteten, die Roten Priester und ihre Ritter hätten die rote Ordenstracht deswegen gewählt, weil soviel Blut an ihren Händen klebte, daß ihre Soutanen immer besudelt wären. Vermutlich war dieser Umstand mit ein Grund dafür, warum viele Priester die Brüder und Schwestern dieses Ordens so fürchteten. Einige von ihnen hielten den Roten Orden sogar für die treibende Kraft hinter dem Thron der *primarchin*. Ob an dem Gerücht etwas dran war, wußte Massimilio nicht zu sagen. Ganz sicher aber trug die Geheimniskrämerei des Ordens zu dieser Vermutung bei. Er selbst wußte nur, daß es stets einen wichtigen Anlaß gab, wenn sich dessen Priester in einer Stadt blicken ließen.

Pater Bavaphios, der neben ihm stehengeblieben war, warf ihm einen um Verständnis heischenden Blick zu, nickte fahrig und eilte schnellen Schrittes zurück in seine Amtsstube. Ein wenig ähnelte sein Abgang einer Flucht, doch Massimilio konnte seinen Glaubensbruder verstehen. Auch ihm war alles andere als wohl zumute. Tief atmete er ein und ging hoch erhobenen Hauptes auf den Ritter zu. Er hatte sich nichts vorzuwerfen. Dennoch, das ungute Gefühl blieb.

Eigentlich hätte der Gerüstete unter dem Helm mit dem Busch aus rotgefärbtem Roßhaar und den tief herabgezogenen Wangenklappen unsäglich schwitzen müssen. Doch im Gegensatz zu ihm selbst war dem Mann keine Regung anzumerken. Der *pater* wußte, daß der Ritter vor ihm zu den zuverlässigsten Kämpfern der Kirche zählte. Sollten die Roten Priester dem Mann befehlen, ihn zu erschlagen, so täte er das, ohne zu zögern.

Er würde auch dann gehorchen, wenn die Priester verlangten, Hand an sich selbst zu legen.

Erst als Massimilio schon ganz nah vor ihm stand, öffnete er steif die Tür.

Im Innern der Kapelle war es etwas kühler als draußen auf dem Gang. Es roch angenehm nach Sandelholz. Die Wände waren weiß getüncht, und durch die bunten Bleiglasscheiben der beiden hohen, bogenförmigen Fenster zu seiner Rechten fiel warmes Licht auf die schlichten Sitzbänke, die sich in zwei Fünferreihen an den Wänden zu seiner Linken und Rechten erstreckten. Ein Gang in ihrer Mitte führte zur Stirnseite der Kapelle, wo Massimilio einen entzündeten Rauchkessel ausmachen konnte. Er stand zu Füßen der Marmorstatue des heiligen Chrysantho. Die kurjamäischen Bildhauer hatten den Schutzpatron der *iudicatoren* als bärtigen Mann mit gestrengem Gesichtsausdruck dargestellt. Sein kräftiger Leib wurde von einer wallenden Tunika bedeckt, und in seinen Händen hielt er Schwert und Feder, die Attribute eines Richters.

Gefaßt blickte Massimilio zu den vorderen Sitzreihen, auf denen sich drei Rote Priester niedergelassen hatten und ihm die Rücken zuwandten. Sie schienen ins Gebet vertieft. Links und rechts vom Eingang hatten zwei weitere Ordensritter Aufstellung bezogen. So unbewegt, wie sie mit ihren rotschimmernden Rüstungen und Umhängen dastanden, ähnelten sie Statuen aus geronnenem Blut.

Doch Massimilio war nicht der einzige Priester im Raum, der eine weiße Soutane trug. In der Sitzreihe unmittelbar vor den drei Ordensangehörigen, ganz in der Nähe des Rauchkessels, saß ein rothaariger Priester, der ihm ebenfalls den Rücken zugekehrt hatte. Seine weiße Tracht nahm sich zwischen dem Blutrot der Priestersoutanen wie ein fahler Knochensplitter aus.

Gleich neben ihm kauerte ein Fremder, der keinesfalls der Kirche angehörte, ein pausbäckiger Mann mittleren Alters mit Rahmenbart. Als einziger im Raum trug er einen Turban, der mit verdrehten Lederschnüren verziert war – so wie es das wandernde Handwerksvolk dieses Reiches tat. Immer wieder sah sich der Pausbäckige verstohlen zu den drei Priestern hinter ihm um. Mehr noch, der Fremde wirkte zutiefst eingeschüchtert.

Ein dumpfer Laut erklang hinter Massimilio und durchbrach das eisige Schweigen in der kleinen Kapelle. Die Tür war wieder ins Schloß gefallen. Das Geräusch hatte etwas Endgültiges.

Als ob die drei Roten Priester einem unbekannten Ritus folgten, schlugen sie gemeinsam ihre Kapuzen zurück und drehten ihm ihre Gesichter zu. Es waren eine Frau und zwei Männer.

Massimilio hatte gehofft, auf den Anblick vorbereitet zu sein. Doch wie schon damals, während seiner Novizenzeit in Grazzianda, als er das erste Mal in seinem Leben Mitgliedern des Roten Ordens begegnet war, stellten sich ihm die Nackenhaare auf. Die Gesichter der Priester waren blaß, so als hätten sie schon seit Jahren die Sonne nicht mehr gesehen. Am unheimlichsten aber war der Anblick ihrer Münder, denn ihre Lippen waren mit Golddraht vernäht. Das Gesicht der Priesterin wurde überdies durch eine wulstige Narbe entstellt, die von ihrem Haaransatz bis hinunter zum Kinn verlief. Doch nicht nur das. Massimilio gewahrte, daß ihnen allen die Hände fehlten. Ihn schauderte.

Über welches geheime Wissen geboten die Mitglieder des Roten Ordens? Aus welchem Grund waren sie so verzweifelt darum bemüht, sich selbst davor zu bewahren, Geheimnisse der Kirche in Wort oder Schrift an Außenstehende zu verraten, daß sie sogar den eigenen Körper verstümmelten?

Die Ordensschwester mit der Narbe wandte sich dem rothaarigen Priester in der Sitzreihe vor ihr zu und berührte ihn an der Schulter.

Der *pater* zuckte leicht zusammen, dann erhob er sich, strich die weiße Soutane glatt und wandte sich ebenfalls zu ihm um. Seine grünen Augen standen im reizvollen Kontrast zu der Haarpracht, die sein Haupt wie Feuermoos umschmeichelte. Wäre da nicht der gestrenge Zug um seine Lippen gewesen, Massimilio hätte den Priester geradezu als hübsch bezeichnet.

»*Mater* Schahikehe heißt dich willkommen, Bruder.« Der rothaarige *pater* sprach mit auffallend heller Stimme, und sein Dialekt ließ erkennen, daß er ebenfalls aus dem Merkantilischen Imperium stammte. »In ihrer Begleitung befinden sich *pater* Nutuga und *pater* Ephistaiphos.«

Der Priester deutete zu den Genannten, die beim Klang ihrer Namen kaum merklich nickten. Auch dies hatte etwas Gespenstisches.

»Ich selbst bin Bruder Darius. Ich diene dem *ordo silentii mysteriorum* als Sprecher.«

Massimilio atmete scharf ein. Es gelang ihm nicht, seinen Blick von den versiegelten Mündern und den Armstumpen abzuwenden. Die Roten Priester mochten als grausam gegenüber den Feinden der Kirche gelten, doch ihre Mitglieder schonten sich selbst auch nicht. Im Gegenteil.

»Wir sind aus Cantamo angereist«, fuhr der Priester fort, »da du eine Entdeckung von höchster Dringlichkeit gemacht hast. Ich bitte dich nun vorzutreten, damit *mater* Schahikehe, *pater* Nutuga und *pater* Ephistaiphos dich näher in Augenschein nehmen können.«

Massimilio räusperte sich befangen und fühlte ein unangenehmes Ziehen auf seiner kahlen Kopfhaut. War das eine gute oder eine schlechte Nachricht? Keinesfalls konnte es bei alledem um den Verbleib Rawalpindas gehen. Es mußte vielmehr mit diesem Namen auf der Roten Liste zu tun haben ... Leomedes.

Wie gewünscht trat Massimilio einige Schritte vor und verbeugte sich knapp.

»Ich bin mir der Ehre bewußt, die mir in dieser Stunde zuteil wird«, verlautete er.

»Bruder Massimilio, mit deinem beständigen Kampf gegen die Feinde der Kirche hast du dir einen Ruf erworben, der bis nach Gandallo vorgedrungen ist«, fuhr *pater* Darius fort. »Bis heute warst du sehr erfolgreich darin, innere und äußere Feinde der Kirche aufzuspüren und diese vor ein Kirchengericht zu stellen. Der Rote Orden wünscht daher zu erfahren, ob du Aionar an anderer Stelle dienen möchtest. An einer Stelle, der es dem *ordo silentii mysteriorum* gestatten würde, dich mit einer Aufgabe zu betrauen, die ein höheres Geheimnis der Kirche berührt.«

Massimilio versteifte sich unmerklich, und seine Finger klammerten sich an den Stoff seiner Soutane. Er verstand sofort, wovon Bruder Darius sprach. Er konnte es auch in den stummen Blicken lesen, die ihm *mater* Schahikehe, *pater* Nutuga und *pater* Ephistaiphos zuwarfen.

»Der Grad der Weisheit, den du in diesem Fall erlangst, bedingt freilich, daß du dein Leben als Mitglied des Roten Ordens beschließt«, war Darius' klare Stimme erneut zu vernehmen. »Willigst du ein, wird es kein Zurück mehr geben. Du weißt, auf welche Weise der Orden dafür sorgt, daß seine Mitglieder die gehüteten Geheimnisse bewahren.«

Die Gedanken in Massimilios Kopf überschlugen sich. Wenn er einwilligte, war dies ein Wendepunkt in seinem Leben. Nichts würde mehr sein wie zuvor. Der Weg, den ihm der Rote Orden antrug, war ein Pfad der Schmerzen. Ein Pfad, an dessen Ende ihn unweigerlich jenes Schicksal ereilen würde, wie es die vier Ordenspriester in diesem Raum bereits auf sich genommen hatten. Würde er die gleiche Kraft wie sie aufbringen können? War sein Glaube überhaupt fest genug?

Massimilio haderte mit sich selbst. Wieder mußte er an Rawalpinda denken. Er sollte sich nicht länger etwas vormachen. Seine Geliebte war tot! Wenn er jemals herausfinden wollte, welchem Geheimnis sie auf die Spur gekommen war und was ihre Mörder planten, dann blieb ihm nichts anderes übrig, als das Angebot des Roten Ordens anzunehmen.

Mehr noch. Konnte es für einen Mann wie ihn überhaupt einen besseren Weg geben, der Kirche zu dienen? Vielleicht war es das, was er Rawalpinda schuldig war? Tief atmete er ein und wischte seine Zweifel und Ängste beiseite. Er würde diesen Weg nicht nur einschlagen, er würde ihn hocherhobenen Hauptes beschreiten.

Wie um sich selbst in seinem Entschluß zu bestärken, strich Massimilio seine Soutane glatt.

»Ja, ich werde dem Wunsch des *ordo silentii mysteriorum* nachkommen. Ich schwöre vor Aionar und den Heiligen, daß ich der Kirche mit all meinen Fähigkeiten nach bestem Wissen und Gewissen dienen werde.«

Mater Schahikehe nickte zufrieden und bedeutete Bruder Darius fortzufahren.

»Demut vor den Oberen, Vertrauen in die Gerechtigkeit der Kirche und die Bereitschaft zur Selbstaufopferung sind die minderen Gaben, die ein Mitglied des Roten Ordens besitzen muß. Die erste Prüfung hast du bestanden, Bruder Massimilio. Du wirst im Anschluß an diese Unterredung mit uns nach Gondallo aufbrechen, zum Hauptsitz des *ordo silentii mysteriorum*. Den Grund dafür wirst du heute noch erfahren.«

Mater Schahikehe klopfte mit ihrem Armstumpen zweimal gegen das Holz der Lehne. Pater Darius klatschte daraufhin laut in die Hände. »Ich muß nun alle bitten, den Raum zu verlassen, die nicht dem Roten Orden angehören oder von ihm berufen wurden.«

Die beiden Ritter des *ordo executionis silentii finiti* hoben ihre Hellebarden an, öffneten die Tür und rückten ab. Auch der fremde Turbanträger, der dem Gespräch die ganze Zeit über aufmerksam gelauscht hatte, erhob sich. Doch Schahikehes Sprecher sah die Bewegung aus den Augenwinkeln und legte ihm flink die Hand auf die Schulter. »Du nicht, Meister Karabad.«

Mit fahrigem Blick setzte sich der Unbekannte wieder. Massimilio wollte zu gern wissen, welche Rolle der Fremde in den Plänen des Roten Ordens spielte. Er würde es sicher bald erfahren.

Erwartungsvolle Stille legte sich über den Innenraum der Kapelle, als sich die Tür ein weiteres Mal öffnete. *Novizen* in weißen Soutanen trugen jetzt ein Schreibpult mit Tintenfaß, Pergamentbögen und eine Ebenholzkiste herein und stellten die Gegenstände vor dem Standbild ab. Der Deckel der Kiste war mit Muschelintarsien geschmückt, die eine stilisierte Hand darstellten. Massimilio fragte sich, was das zu bedeuten habe. Anschließend eilten die *Novizen* gesenkten Blickes zurück zum Eingang.

Kaum hatte sich die Tür zur Kapelle geschlossen, erhoben sich die drei Roten Priester. Es handelte sich um eine Geste der Geschlossenheit. Vielleicht war es genau das, was die Welt in diesen Tagen brauchte? Geschlossene Reihen und entschlossenes Handeln.

Mater Schahikehe trat in den Zwischengang. Die Ordensschwester musterte den Merkantilier mit aufforderndem Blick und hob ihre Armstumpen. Es war ein schauderhafter Anblick.

»Ich verstehe nicht ...«, hob Massimilio zu sprechen an, doch *pater* Darius bedeutete ihm abzuwarten. Gemeinsam mit *mater* Schahikehe trat er zu der Kiste. Er zog einen Schlüssel mit aufwendigem Zackenbart hervor, schloß die kleine Truhe auf und klappte den Deckel zurück. Darin lag, in roten Samt gebettet, eine eiserne Hand mit Lederbändern. Massimilio war gespannt, was das zu bedeuten hatte.

Schahikehes Sprecher hob die Hand vorsichtig heraus. Anschließend befestigte er sie am rechten Armstumpen der Ordensschwester und fixierte die Lederbänder an Unterarm und Ellenbogen. Ein weiteres Mal griff er in die Kiste und zog eine Pfauenfeder hervor.

Eine Schreibfeder! Jetzt begriff der Merkantilier, wozu die Prothese diente.

Darius widmete sich mittlerweile den Fingern der künstlichen Hand. Ihre Glieder waren beweglich, wie Massimilio nicht ohne Erstaunen feststellte. Sicher handelte es sich dabei um eines der Wunderwerke des *ordo mechanici dei*, des Ordens der Baumeister, Schmiede und Erfinder Gottes. Mehrfach hallte ein metallisches Klicken durch die Kapelle, dann hatten die Finger eine Position eingenommen, die es Darius ermöglichten, die Schreibfeder dazwischenzuklemmen.

Weiter vorn kratzte sich der Turbanträger unruhig am Hals. Auch er ließ Darius und *mater* Schahikehe nicht aus den Augen.

Die Rote Priesterin betrachtete die metallene Hand eingehend und stellte sich anschließend vor das Schreibpult. Vorsichtig tunkte sie die Feder in das Tintenfäßchen und begann mit langsamen und schwerfälligen Bewegungen zu schreiben.

Als sie damit fertig war, trat sie einen Schritt zurück, und Darius überreichte dem Merkantilier das Pergament, ohne selbst einen Blick darauf zu werfen. Die Handschrift war zittrig und ungelenk. Massimilio brauchte eine Weile, um sie zu entziffern.

Sei nicht so schreckhaft, Bruder Massimilio! Wenn du bereits meinen Anblick nicht erträgst, wie willst du dann der Fratze des Buckligen standhalten, sobald er dir ins Antlitz blickt?

Ertappt starrte Massimilio die Ordensschwester an. Offenbar stand ihm die Bestürzung, die er beim Anblick der Roten Priester empfand, deutlich ins Gesicht geschrieben. Er räusperte sich befangen und gab *pater* Darius das Pergament zurück, der es Schahikehe erneut vorlegte.

»Der Bucklige? Wie darf ich das verstehen, *mater*?«

Wieder kratzte die Feder über das Blatt, als *mater* Schahikehe ihre Antwort niederschrieb.

Unsere Gegner sind einem höheren Geheimnis der Kirche auf die Spur gekommen. Es betrifft den Buckligen.

»Wie bitte?« Massimilio riß entsetzt die Augen auf. Bei Aionar! Es ging also um den achten Hochheiligen! Er wußte sehr wohl um die Auseinandersetzungen, die seinetwegen in der Kirche geführt wurden. Doch weder die *primarchin* noch einer ihrer Vorgänger hatten jemals in diesen Streit eingegriffen.

Die Ordensschwester schrieb derweil ungerührt auf einem zweiten Pergament weiter. Diesmal dauerte es etwas länger, bevor Massimilio das Blatt ausgehändigt bekam.

Der Bucklige hat einen Namen. Dieser Name lautet Leomedes. Er gehörte einst zu jenem Kreis der acht Hochheiligen, die sich in den Zeiten der Götzenkriege um Aionar versammelten. Damals, als sich der Abwesende Gott noch in Fleisch kleidete. Leomedes ist der Begründer des ordo mechanici dei. *Im Gegensatz zu den anderen sieben Hochheiligen war Leomedes von Hochmut und krankhaftem Stolz erfüllt. Als Aionar der Welt entsagte und ihr Schicksal in die Hände seiner treuesten Diener legte, war es Leomedes, der sich von ihm abwandte und ihn und die anderen sieben zu verraten suchte. Im Gegensatz zu ihnen wollte er die Herrschaft über die Welt antreten und diese mit der ihm gegebenen Macht nach seinem Willen formen. Mehr noch, er versuchte selbst Göttlichkeit zu erlangen und die Welt, wie Aionar sie uns hinterlassen hatte, zu zerstören. Doch sein Plan scheiterte. Die Hochheiligen vertrieben den Abtrünnigen. Es heißt, sie hätten die tiefsten Gräben der Meere und die höchsten Gipfel der*

Berge nach ihm abgesucht. Doch ist es ihnen nie gelungen, ihn aufzuspüren. Die Kirche hatte stets befürchtet, der Verräter besitze eine geheime Zuflucht. Seit Aionars Entrückung haben sich Generationen von Gottesdienern darum bemüht, dieses Versteck zu finden. Bislang erfolglos.

Massimilio ließ das Blatt sinken. Sein Mund war vor Aufregung trocken geworden. Erschüttert blickte er in die Runde. Er hatte mit vielem gerechnet, aber nicht mit einer solchen Eröffnung. Darum also ging es bei dem Verrat des Buckligen! Der Vater der Lügen hatte die größte Ketzerei begehen wollen, die überhaupt vorstellbar war.

»Und was ist der Grund, daß Ihr ausgerechnet mir dieses Geheimnis anvertraut?«

Wieder fuhr die Feder Schahikehes langsam über das Pergament, und der Merkantilier konnte es kaum abwarten, bis ihm Darius endlich die Antwort überreichte.

Das Grab, das in der andhakleischen Himmelswarte aufgebrochen wurde, barg die Überreste einer gewissen Lucretia Siolante da Gona.

Massimilio hob eine Augenbraue, als er den Namen las. Die Tote, an der sich die Kapitänin und ihre Spießgesellen versündigt hatten, war, soweit er wußte, Baumeisterin und Architektin gewesen. Massimilio verstand nicht, worauf Schahikehe hinauswollte. Aufgeregt las er weiter.

Der Rote Orden verfügt seit kurzem über Beweise, daß Lucretia zu Lebzeiten zu den ruchlosesten Anhängern des Leomedes gehörte. Den Roten Orden beunruhigt, daß Lucretia Siolante da Gona in ihren letzten Lebensjahren möglicherweise herausgefunden hat, wo sich Leomedes einst versteckt hielt. In ihrem Grab könnte sich der entscheidende Schlüssel befunden haben, die verborgene Zuflucht des Leomedes aufzuspüren.

»Darum geht es also. Kapitänin Surjadora ist auf der Suche nach dem verbotenen Wissen dieses … Leomedes!« Massimilios Stimme war nur mehr ein Hauch. »Sie hat Andhakleia schon vor Monden verlassen. Leider weiß ich noch immer nicht, was das Ziel ihrer Reise ist. Eine Nachricht von dem Gefolgsmann, den ich an Bord eingeschleust habe, steht bedauerlicherweise aus.«

»Doch, Bruder Massimilio, dein Spitzel hat sich gemeldet«, erhob Bruder Darius die Stimme. »*Princeps* Purusheos hatte allerdings Anweisung, erst den Roten Orden zu verständigen, bevor er diese Neuigkeit an dich weiterleiten durfte.«

Massimilio spürte einen leichten Stich und nickte zögerlich. Gewiß, er konnte dem Kirchenfürsten keinen Vorwurf machen, aber dennoch ...

»Seine Botschaft hat uns aus Sadi erreicht«, fuhr Schahikehes Sprecher fort. »Das Ziel der Kapitänin ist das Orakel von Thalliopê.«

Der merkantilische *pater* legte den Kopf nachdenklich auf die Seite. »Thalliopê? Warum hat die Kirche das Orakel nicht bereits selbst befragt?«

Aufmerksam blickte er *mater* Schahikehe an. Die Ordensschwester tauchte die Schreibfeder ihrer künstlichen Hand erneut in das Tintenfaß. Wieder kratzte die Feder über das Pergament.

Du beweist Scharfsinn, Bruder Massimilio. Die Kirche hat bei der Suche nach Leomedes' Zuflucht schon vor langer Zeit die Hilfe der Geringeren Schwestern in Anspruch genommen. Doch ihre Antworten haben sich als wenig hilfreich erwiesen. Leider wissen wir nicht, was diese Kapitänin im Grab der Baumeisterin gefunden hat. Vielleicht verfügt sie jetzt über Möglichkeiten, aus der Antwort des Orakels neue Schlüsse zu ziehen? Aber auch wir haben neue Hinweise entdeckt!

Mater Schahikehe wartete, bis Massimilio zu Ende gelesen hatte. Dann wandte sie sich zu dem Turbanträger um, der zusammenzuckte, als er ihre Blicke auf sich ruhen spürte. Bruder Darius verstand Schahikehes Geste als Aufforderung, sich seinerseits an den Mann zu wenden. »Meister Karabad, erkläre dem *pater*, welche Entdeckung du gemacht hast!«

Der Pausbäckige erhob sich von der Sitzbank und vermied es, die Roten Mönche anzusehen. Sein Blick war starr auf Massimilio gerichtet. Fahrig leckte er sich über die Lippen.

»Nun, ähem, ich bin Maler und Bildhauer. Unter meiner Hände Arbeit sind zahlreiche Heiligenstatuen entstanden. Ich ...«

»Komm zur Sache, Meister Karabad!« unterbrach ihn Schahikehes Sprecher mit einem Anflug von Ungeduld.

»Ja, ja, sicher.« Der Maler wischte sich mit dem Aufschlag seiner Weste den Schweiß von der Stirn. »Vor zwei Jahren wurde ich von der Kirche nach Elephantinos bestellt. Dort lebt auch meine Verlobte. Wir wollen bald heiraten ... Wie auch immer. Elephantinos ist nach der Weltenkatastrophe von einem Erdbeben heimgesucht worden. Zahlreiche Bauwerke haben große Schäden erlitten, so auch die Basilika der heiligen Lakshmadora. Sie hat einst den Riesen von Elephantinos bezwungen.«

Massimilio hob neugierig eine Augenbraue. Der pausbäckige Maler sprach unterdessen weiter. »Meine Aufgabe war es, die Bethalle zu restaurieren. Das Unglück hat dort erhebliche Schäden angerichtet. Und dabei ...«, er warf den Roten Priestern erstmals einen scheuen Blick zu, »... dabei ist unter dem Verputz eines Heiligenfreskos *das* hier zu Tage getreten. Im Original füllt es fast eine ganze Wand.«

Meister Karabad zog ein Pergament hervor, auf dem eine Karte zu sehen war.

Massimilio trat vor und nahm die Zeichnung an sich, auf der Küstenlinien und Gebirgszüge zu erkennen waren. Umrahmt waren sie von eigenartigen Glyphen, Spiralen und Mustern. »Was ist das?«

»Die legendäre Vivo-Schrift«, antwortete ihm *pater* Darius. »Das letzte Geschenk Aionars an seine Heiligen.«

Der Merkantilier erinnerte sich. Von dieser geheimnisvollen Schrift hatte er schon einmal gehört. Angeblich konnten nur die Priester des Roten Ordens die Vivo-Schrift lesen.

Mater Schahikehe lenkte Massimilios Aufmerksamkeit mit dem Finger ihrer Prothese auf die Küstenlinien und Gebirgszüge. Bruder Darius sprach erneut für sie.

»Das ist es nicht allein, was unsere Aufmerksamkeit geweckt hat. Die Karte zeigt unserer Ansicht nach einen Abschnitt Südajunas. Ganz sicher sind wir uns aber nicht. Bei dem Gebirge könnte es sich um die Jarmaten handeln. Und dies hier«, er deutete auf einen Berggipfel, über dem das Zeichen eines

Halbmondes eingezeichnet war, »ist jener Ort, zu dem die Karte weist.«

»Da war noch etwas …« Meister Karabad starrte *mater* Schahikehe an, so als wollte er sie um Erlaubnis bitten, fortfahren zu dürfen. Die nickte zögerlich.

»Unter dieser Bergkuppe befand sich ein Name in der *lingua dei*. Er lautete … Leomedes. Die Brüder und Schwestern vom Roten Orden haben mich gebeten, diese Stelle in der Abschrift auszusparen.«

»Bruder Massimilio, du solltest wissen, daß die Basilika, in der Meister Karabad tätig war, ebenfalls von Lucretia Siolante da Gona errichtet wurde …«

Massimilio schaute von der Karte auf und musterte *pater* Darius nachdenklich. Das also war der Hinweis auf die Umtriebe der ehemaligen Baumeisterin, den die Ordensschwester gemeint hatte. Die Himmelswarte war eines der ehrwürdigsten Bauwerke Andhakleias. Seit ihrer Errichtung wurde sie von der Priesterschaft genutzt. Die Augen des *paters* verengten sich vor Wut, als ihm bewußt wurde, wie viele Jahrhunderte lang die kirchlichen Astronomen dort oben ihren Dienst verrichtet hatten, ohne zu wissen, daß just schon zu ihren Füßen eine Hochverräterin bestattet war. Ihre Gegner waren ihnen also nur um wenige Wochen zuvorgekommen.

»Aber das ist bei weitem noch nicht alles«, fuhr der Maler unbekümmert fort. »Da gab es auch noch weitere Merkwürdigkeiten, zum Beispiel …«

»Karabad, wir danken dir.« *Pater* Darius schnitt dem Maler barsch das Wort ab, und Massimilio fragte sich, was es war, das man vor ihm geheimhalten wollte.

»Dann … dann darf ich jetzt gehen?« hob der Pausbäckige hoffnungsfroh an. »Wie ich schon sagte, meine Verlobte wird sich Sorgen machen. Ich bin nun bereits seit vielen Monden in der Fremde.«

»Sicher, Meister Karabad. Die Ritter des *ordo executionis silentii finiti* werden dich hinausbegleiten.«

Pater Nutuga, der dem Gespräch die ganze Zeit über ungerührt an der Seite von *pater* Ephistaiphos gelauscht hatte, trat zur Tür der Kapelle und klopfte mit einem seiner Armstumpen dagegen. Wenige Augenblicke später öffnete sich das Portal, und die zwei Ordensritter standen wieder im Raum.

Meister Karabad verabschiedete sich hastig und eilte dem Ausgang entgegen.

Würden die Priester Meister Karabad ohne weiteres gehen lassen? Als wollten die Roten Ritter Massimilio eine unmißverständliche Antwort auf diese Frage geben, stürzten sie sich unvermittelt auf den Handwerksmeister. Bevor der Maler wußte, wie ihm geschah, hatten sie ihn gepackt und stülpten ihm einen Helm über. Überrascht erkannte der Merkantilier, daß er über Sichtschlitze verfügte; die Mundöffnung fehlte allerdings. An den Seiten befanden sich Schlösser, die die Ritter zuschnappen ließen. Die lauten Protestschreie des Malers gingen in unverständliches Gurgeln über. Er wehrte sich nach allen Kräften, doch gegen die erfahrenen Gottesstreiter waren seine Mühen vergebens. Augenblicke später schleiften die Roten Ritter den Maler aus dem Raum, und die Tür zur Kapelle schloß sich wieder.

Massimilio wandte sich unbehaglich *mater* Schahikehe und den drei anderen Priestern zu, die dem Schauspiel ungerührt zugesehen hatten. »Was geschieht jetzt mit Meister Karabad?«

Bruder Darius hob eine Augenbraue. »Er hat der Kirche treu gedient. Wir sind uns sicher, er wird dies auch weiterhin tun. In einigen Jahren wird er die Notwendigkeit dieser Maßnahme einsehen. Er wird uns in die Berge von Gondallo begleiten, denn er gehört von nun an dem Roten Orden an. Es gibt Aufgaben, für die man keine Hände benötigt ...«

Mater Schahikehe tauchte die Schreibfeder ihrer metallenen Hand ein weiteres Mal in das Tintenfaß.

In unserer Ordensburg werden wir die Zeichnung mit jenen Hinweisen vergleichen, die wir in den Roten Kammern verwahren. Wenn sich bestätigt, was wir vermuten, werden wir dich ausschicken, um die Zuflucht des Buckligen für uns zu finden. Du wirst alles tun, um unsere Feinde daran zu hindern, Leomedes' Geheimnisse in die Welt zu tragen!

Massimilio nickte beklommen, und *mater* Schahikehe blickte ihm ernst in die Augen. Erneut beschrieb sie das Blatt, doch diesmal schien es nicht mehr als ein Wort zu sein.

Die Ordensschwester wies ihren Sprecher an, es zu lesen.

»Entschuldige, Schwester. Das hatte ich vergessen.« Darius wandte sich wieder Massimilio zu. »Eine Frage, Bruder. Dieser Spitzel, den du an Bord der Kapitänin eingeschleust hast ... Wir haben bis heute nicht in Erfahrung bringen können, wen du mit dieser Aufgabe betraut hast.«

Verwundert blickte Massimilio *pater* Darius und die Ordensschwester an. Natürlich, woher sollten sie. Als er es ihnen erklärte, zeigte sich erstmals auch auf ihren Zügen ein Anflug von Überraschung.

Eulykischer Winter

Hafen von Thalliopê, Südspitze des ajunäischen Kontinents, zur Mittagszeit am 24. Tag des Sturmmondes, im 460. Jahr der Abwesenheit Gottes

Klirrendkalter Wind strich über die Decksaufbauten der *Stern von Andhakleia*, auf denen der Frost Spuren wie Zuckerguß hinterlassen hatte.

Surjadora stand dick vermummt am Vorderkastell und beobachtete aufmerksam, wie treibende Eisschollen vom Bug der Karavelle beiseite geschoben wurden, während das Schiff langsam in den Hafen von Thalliopê einlief.

»Holt die Segel!«

Achtern brüllte Steuermann Lakshapheus seine Kommandos, und rege Betriebsamkeit brach an Deck aus. Die Rahen wurden gefiert, Dutzende Männer enterten die Wanten, und nach und nach wurden die Segel eingeholt und festgezurrt. Langsam verlor die Karavelle an Fahrt.

Der Großteil ihrer Mannschaft war noch nie zuvor in solch kalten Regionen gewesen, und dementsprechend verwundert zeigten sich die Männer noch immer über die weiße Pracht, die man bereits Tage zuvor an der Küste Eulykiens hatte ausmachen können. Es sah aus, als hätte der Abwesende selbst die gelblichen Klippen, die fremdartigen Nadelbäume und die fernen Berge dieses Landes mit Abertausenden weißer Daunen bestreut.

Surjadora beglückwünschte sich dafür, daß sie vor ihrer Abfahrt entsprechende Kenntnisse über die Region beim Kapitänsrat Andhakleias verschafft und genügend warme Tuche für ihre Mannschaft mitgeführt hatte.

Als auf dem Meer die ersten Schneeflocken an Bord niedergegangen waren, hatten sich einige der Seeleute entsetzt unter Deck geflüchtet. Doch das Zürnen von Oberbootsmann Brahthos und nicht zuletzt die Entdeckung ihres Schiffsjungen Tvashareo, daß sich aus der kalten weißen Masse hervorragend Bälle formen ließen, mit denen man sich gegenseitig bewerfen konnte, hatten dem Argwohn der Männer geschwind ein Ende gesetzt.

Doch das winterliche Vergnügen hatte geendet, als die Besatzung hatte feststellen müssen, daß die Arbeit an Bord bei der schneidenden Kälte zur anstrengenden Qual ausartete. Glücklicherweise befand sich unter den Seeleuten ein fähiger Lederwerker, der den Männern aus dem mitgeführten Leder warme Stiefel genäht hatte. Die Seeleute hatten sich zwar erst daran gewöhnen müssen, doch ohne das Schuhwerk wäre die Arbeit an Deck völlig unmöglich gewesen.

Aus der kleinen Kombüse ihres Schiffskochs Garuleos dampfte es. Tag und Nacht köchelte dort ein großer, gußeiserner Topf mit Brühe vor sich hin, von der Garuleos großzügig ausschenkte. Selbst er hatte unterschätzt, wie sehr die Männer bei dieser Kälte nach warmem Essen gierten.

Doch all diese Unbill lag jetzt hinter ihnen.

Das Ziel ihrer Reise war endlich erreicht; viele Monde später zwar, als sie es geplant hatten, doch sie hatten es geschafft. Surjadora fühlte trotz der großen Vermögensverluste, die sie nur schwer würde ausgleichen können, einen eigentümlichen Stolz auf sich und ihre Mannschaft.

Thalliopê war eine beeindruckende Stadt. Breit gelagert erstreckte sich vor ihr der mit Eisschollen bedeckte Hafen, in den dick vermummte Eulykier mit Äxten und Hämmern eine Fahrrinne geschlagen hatten. Die Arbeiter standen tatsächlich auf dem Eis, so dick war es! Erstaunlich. Überhaupt schien es ihr, als ob sich die Menschen hier mit ihren hellen Haaren und der blassen Haut von Generation zu Generation der winterlichen Umgebung angeglichen hätten.

Ein Räuspern neben ihr machte sie auf den Kataueken aufmerksam. Gijao trug ein breites Stirnband über dem Scheitelschopf und war wie jeder an Bord in wärmende Kleidung gehüllt. Verwundert nahm Surjadora wahr, daß er ihr eine Holzschüssel hinhielt, aus der es dampfte.

»Ich habe mir gedacht, stolzeste Blüte der Ehernen Liga, daß dir bei dieser Kälte sicher nach etwas Warmem zumute sei.« Er lächelte. »Jeder der Männer hat heute schon mehrfach eine Schüssel dieser wunderbaren Brühe zu sich genommen. Du aber nur einmal. Und daß, obwohl Hunger und Kälte schnell mißmutig machen. Mein Vetter Liän meinte einmal, nur ein voller Bauch könne vergeben ...«

Surjadora musterte Gijao und war tatsächlich versucht zuzugreifen. Sie hatte in der Tat Hunger, wie sie beim Duft der Brühe feststellte. Doch sie schaffte es eben noch, diese Regung zu unterdrücken. Sie wußte, worauf dieses katauekische Schlitzohr anspielte. Das Schiff lief in einen Hafen ein. Und der Nautiker hoffte darauf, daß sie ihm hier, wo am ehesten mit dem Eintreffen katauekischer Pfauenschiffe zu rechnen war, die Freiheit schenkte.

Er hatte tatsächlich viel für sie und ihre Mannschaft getan, und einen Moment lang war sie versucht, ihm nachzugeben.

Gijao schien zu spüren, daß er sie beinahe herumbekommen hatte. Sie merkte es an dem triumphierenden Funkeln, das sich in seine Augen stahl. Ein Funkeln, wie sie es schon oft bei Verhandlungen mit katauekischen Fernhändlern gesehen hatte. Das war nicht nur Triumph, darin schimmerte auch wieder diese Überheblichkeit durch, mit der die Katauеken die Ajunäer behandelten. Als wären sie kleine Kinder, denen man ganz nach Belieben Anweisungen erteilen konnte. Nein, nicht mit ihr!

Sie und Gijao spielten dieses Spiel schon seit Monden. Sie würde ihm zeigen, daß ihm mit ihr keiner dieser speichelleckerischen *mercatoren* aus dem Merkantilischen Imperium gegenüberstand! Sie zwang sich, an die kostbare Ladung zu denken, die man auf seine Anweisung hin über Bord geworfen hatte. Und streng gemahnte sie sich wieder an die Ereignisse jenes unseligen Nachmittags im Palast von König Mahatargos III., als der Katauеke sie zu vergiften getrachtet hatte.

»Ein netter Versuch, Gijao. Aber Ihr seht es selbst, wir laufen in den Hafen ein, und somit ist es für Euch wieder an der Zeit, das Kabelgatt aufzusuchen.« Sie winkte kurzerhand Lakshapheus und zwei Seeleute herbei.

Gijao war die Enttäuschung über diese Entscheidung deutlich

anzumerken. Doch statt Genugtuung zu empfinden, schlich sich mit einemmal das Gefühl in ihr Herz, sich schuldig gemacht zu haben. Sie war ungerecht zu ihm. Mehr als ungerecht. Doch ihr unbändiger Stolz fegte die Bedenken beiseite, und Gijao wurde abgeführt.

»Nehmt die Brühe ruhig mit. Da unten ist es kalt«, rief sie ihm hinterher und ließ den Blick unbeachtet, den ihr der Steuermann zuwarf. Surjadora wußte selbst, daß Gijao längst die Sympathien der Mannschaft gewonnen hatte. Doch *sie* würde er nicht einwickeln. Entschlossen verbannte die Kapitänin den Nautiker aus ihren Gedanken und zog räuspernd den Fellmantel über ihrem Sari straff. Kurz stutzte sie, wie so oft in den letzten Tagen, über das sonderbare Gefühl des dicken Stoffes zwischen den Fingern. Offenbar war das Straffziehen des Saris ihr über die Jahre hinweg zur Marotte geworden. Erst jetzt, da der dicke Mantel sie beständig darauf aufmerksam machte, wurde ihr bewußt, wie häufig sie sich dieser Geste bediente.

Sie verschränkte die Hände hinter dem Rücken und blickte zum Hafen, in den sie einfuhren. Er war riesig. Überall an den Anlegestellen waren Schiffe zu sehen: Koggen, Holken, Galeassen, Karacken, Galeeren und andere, selbst für Surjadora bizarr anmutende Wasserfahrzeuge aus aller Herren Länder.

Doch so imposant der Hafen auch war, noch mehr faszinierte sie Thalliopê selbst. Der Blick der Kapitänin wurde von einer großen Anlage weißer Säulentempel in Bann gehalten. Sie stand ganz zuoberst auf einem breiten, weiß verschneiten Felsplateau, das knapp hinter dem Hafen aus der Ebene wuchs. Die Stadt selbst schmiegte sich zu Füßen dieser Säulenanlage hangabwärts bis zu der breiten Bucht, in die sie eingelaufen waren, und wurde von schroffen Felsbildungen aus einem gelblichen Gestein gesäumt. Hohe Stadtmauern zogen sich wie eine Kette über diese Erhebungen.

Thalliopê war sicher nicht ganz so groß wie Andhakleia, doch die Stadt strahlte etwas Altes und Ehrwürdiges aus. Und mit Sicherheit war diese Metropole überaus reich.

Hafenlotsen kamen auf sie zugerudert und wiesen der *Stern*

von Andhakleia einen Liegeplatz neben einer bauchigen Holk aus Urtumbra zu, während sie backbords an einer Felsinsel inmitten des Hafenbeckens vorbeifuhren. Auf ihr erhob sich ein weiterer prachtvoller Säulentempel.

»Thalliopês Gezeitentempel!« Die Stimme der eulykischen Kontorsleiterin war nicht mehr als ein Hauch, als sie sich neben der Kapitänin ans Schanzkleid stellte. Surjadora warf Kallyê einen kurzen Seitenblick zu und tat so, als verstünde sie den Sinn der Anlage.

»Man kann ihn nur bei Ebbe erreichen, zumindest in wärmeren Monden. Er ist dem Mond und dem Meer geweiht.«

Überrascht stellte die Kapitänin fest, daß die Züge Kallyês weicher, nachdenklicher geworden waren. Ohne Zweifel hatten die Ereignisse der Reise auch bei ihr Spuren hinterlassen. Ob sie ihr allerdings trauen konnte, wußte die Kapitänin immer noch nicht zu sagen.

»Seht, dort!« Die Eulykierin deutete zu zwei großen steinernen Wolfssphingen, wie Surjadora sie schon in Andhakleia, im Kontor Kallyês, gesehen hatte. Erst jetzt entdeckte sie, daß diese den Zugang zu einer breiten, mit gelblichen Bodenplatten gepflasterten Allee flankierten, die sich in Serpentinen zu der Stadt hinaufschlängelte und dort oben vor einem großen Stadttor endete. Auf der Allee waren unzählige Gestalten zu erkennen, deren Kleidung verriet, daß sie aus den unterschiedlichsten Ländern des Kontinents zusammengeströmt waren. Pilger!

Sie alle hatten die große Tempelanlage zum Ziel, die über der Stadt thronte.

»Du meine Güte, wollen die alle zum Orakel?« Surjadora konnte nur schwer ihren Ärger über diese Erkenntnis verbergen.

»Ja, so ist es.« Kallyê hüstelte, und eine Atemwolke bildete sich vor ihren Lippen. »Gewöhnlich sind es zu dieser Jahreszeit nicht so viele. Es wird mit der Katastrophe zusammenhängen. So viele Pilger wie jetzt sieht man hier sonst erst im Sommer.«

Surjadora schürzte unwillig die Lippen und warf einen Blick auf die vielen Händlerinnen, die sich dem zugewiesenen Liegeplatz der Karavelle näherten. Die vergangenen Monde hatten der Kapitänin Zeit gegeben, sich mit den eigentümlichen Sitten und Bräuchen dieses Landes auseinanderzusetzen. Daß Eulykien von Priesterinnen regiert wurde, wußte sie bereits. Doch daß auch alle Geschäfte in der Stadt nur mit dem Einverständnis der Familienvorsteherinnen abgewickelt werden durften, war Surjadora noch bis vor kurzem unbekannt gewesen. Sie hatte die weibliche Führung des eulykischen Kontors in Andhakleia bis zu ihren Gesprächen mit Kallyê stets für eine lokale Besonderheit ihrer Stadt gehalten. Tatsächlich aber schienen die Männer hier noch viel weniger Rechte zu genießen als die Frauen daheim in Kurjameos. Wie unterschiedlich doch die Traditionen und Sitten sein konnten …

Surjadora fühlte einen kleinen Stich in der Brust. Wäre sie hier geboren, dann hätte sie mit Sicherheit ein anderes Leben führen können. Dann wäre sie nicht gezwungen gewesen, all die Jahre ihr Geheimnis mit sich herumzutragen, jenen dunklen Fleck aus Selbstsucht und Herzlosigkeit, der es ihr an manchen Tagen unmöglich machte, in den Spiegel zu sehen.

Manchmal fragte sie sich, ob all ihre Fahrten nicht vielmehr eine Flucht vor sich selbst waren. Vielleicht …

Die Karavelle schrammte am eisverkrusteten Kai entlang. Einige Männer sprangen von Bord, um das Schiff an den Pollern festzumachen.

»Gibt es etwas, was ich hier zu beachten habe?« wollte sie zögernd wissen. »Es ist gut möglich, daß ich dem Orakel vielleicht auch einen Besuch abzustatten gedenke. Wo ich schon einmal hier bin …«

Die Kapitänin fühlte den prüfenden Blick der Kontorsleiterin, tat aber so, als bemerkte sie ihn nicht.

»Man wird versuchen, Euch alles mögliche aufzuschwatzen, Kapitänin. Maklerinnen werden versuchen, Euch Zimmer in den teuersten Herbergen der Stadt zu vermitteln. Und man wird Euch auch einzureden versuchen, daß Ihr für viel Gold Tieropfer darbringen müßt. Andere werden Euch rituelle Lieder lehren wollen und vieles mehr. Ihr werdet es nicht erleben, daß die Priesterinnen den Händlerinnen widersprechen. Aber all das ist unnötiger Zierat, und viele Pilger begreifen dies erst, wenn sie vor dem Orakel stehen. Doch ich rate Euch, Euch eine *Prokinetrix* zu erwählen.«

»Eine was?« Surjadora schaute die Kontorsleiterin fragend an und wunderte sich insgeheim, wie offen Kallyê zu ihr sprach.

»Eine Vorgeherin! Es wird Tage, vielleicht sogar Wochen dauern, bis Ihr zum Orakel vorgelassen werdet. Seht doch, all die Pilger dort!«

Kallyê deutete hinauf zu der langen Schlange von Menschen. Viele der Angereisten hatten am Rande der mit Statuen und kunstvoll beschnittenen Bäumen gesäumten Allee sogar Zelte aufgeschlagen.

»Auch sie warten schon lange. Eine *Prokinetrix* wird Euren Platz in der Schlange einnehmen und Euch diesen freihalten, damit Ihr Euch in der Zwischenzeit anderen Dingen zuwenden könnt. Natürlich wird sie vorgeben, noch viel mehr für Euch tun zu können. Aber das ist es im wesentlichen, was ihre Aufgabe ausmacht.«

Surjadora schüttelte angesichts dieses Geschäftssinns den Kopf. Doch gleichzeitig überlegte sie sich, was sie selbst den Pilgern wohl alles anzudrehen versucht hätte, wäre sie in Thalliopê aufgewachsen.

»Wesentlich ist, daß Ihr eine Orakelpriesterin oder einen Tempelschreiber findet, der Eure Frage niederschreibt. Dieser Vorgang wird die größte Summe verschlingen, denn man wird Euch gemäß Eurer Herkunft und Eures Standes einschätzen.«

Surjadora war verwirrt. »Ich dachte, man stellt die Frage der Sphinx persönlich?«

Doch noch während sie dies aussprach, kam es der Kapitänin absurd vor, einem Geschöpf gegenüberzustehen, das am ehesten einem Kindermärchen entsprungen zu sein schien. Kontorsleiterin Kallyê warf ihr einen Blick zu, in dem die Kapitänin etwas wie Mitleid zu lesen glaubte. Doch der Eindruck verflüchtigte sich schnell wieder.

»Das glauben die meisten. Ihr erhaltet von den Priestern eine Mondscheibe mit einer Zahl. Erst wenn Ihr aufgerufen werdet, dürft Ihr vor die Sphinx treten und Eure Frage wiederholen. Und dann wird sie Euch Antwort geben.«

»Und diese Antworten? Sind sie verständlich?«

In diesem Augenblick näherte sich dem Schiff eine Frau mittleren Alters, die wie die Kontorsleiterin auffallend blasse Haut hatte. Eine eulykische Priesterin! Unter ihrer Haube lugte eine blonde Locke hervor. Sie war in eine prächtige Tunika gehüllt, und ihre Hände wurden von einem wärmenden Muff gegen den eisigen Wind geschützt. Am auffälligsten aber war der reiche Silberschmuck an Hals, Hüftgürtel und Oberarmen, in dem Symbole wie Mondsichel, Wolf und stilisierte Pflanzen vorherrschten.

Herrisch zog die Priesterin die schmalen Augenbrauen nach oben und musterte die Kapitänin mit festem Blick.

Kallyê straffte sich, und ihre Worte erklangen noch eine Spur leiser. »Die Antworten der Sphinx sind kryptisch. Aber immer steckt darin ein verborgener Sinn. Mehr kann ich nicht für Euch tun.«

Für einen Augenblick schien die Kontorsleiterin zu überlegen, ob sie Surjadora die Hand reichen sollte. Doch statt dessen neigte sie in einer anmutigen Geste ihr Haupt, drehte sich um und eilte auf das Hauptdeck, wo die Männer bereits das Gatter zum Stauraum geöffnet hatten. Alles, was der Eulykierin nach dem Schiffsunglück mit der *Leokothea* geblieben war, trug sie bereits in ihrer Tasche bei sich.

Surjadora bemerkte, wie die Kontorsleiterin unvermittelt in ihrem Schritt verharrte. Sie sah zu Prinz Nukulahi auf, der sie vom Achterkastell aus beobachtete. Er trug inzwischen einen weißen Turban, der sein dunkles Gesicht wirkungsvoll zur Geltung brachte und ihn wie der Rest seiner Kleidung vor der Kälte schützte. Überhaupt unterschied er sich nur noch wenig von den übrigen Kurjamäern an Bord, sah man davon ab, daß Surjadora ihm schon vor Tagen vornehmere Kleidungsstücke hatte aushändigen lassen.

Der Coleopäer sah mit seinen undurchdringlichen, dunklen Augen auf die Eulykierin herab und nickte zum Abschied.

Einen Augenblick lang wirkte es auf Surjadora so, als wollte die Kontorsleiterin zu ihm eilen. Doch dann wandte sie sich wortlos ab und trat zu dem Steg, der sie hinüber zum Kai brachte. Als sie und die fremde Priesterin sich begegneten, wechselten sie einen knappen Gruß. Darauf verschwand Kallyê inmitten des Treibens aus Schauerleuten, Eisbrechern und Händlerinnen, die die Hafenanlage der Stadt bevölkerten, und war nicht mehr zu sehen.

»Wünscht Ihr zu handeln, oder wünscht Ihr den Rat der Göttlichen einzuholen, aus deren Antworten die Weisheit der Sterne spricht?«

Die Priesterin hatte die Kapitänin auf dem Heckkastell sofort an ihren Abzeichen erkannt und überging Steuermann Lakshapheus, der sich ihr bereits zugewandt hatte. Sie sprach in geschliffener *lingua dei.*

»Beides!« Surjadoras Stimme klang mürrisch. »Sagt mir einfach, wo ich einen Tempelschreiber finde.« Hinter der Priesterin näherte sich eine geschäftstüchtig wirkende Frau mit drei halbwüchsigen Mädchen, die trotz der Kälte mit roten Wangen ein frommes Lied angestimmt hatten.

»Und seid so gut und richtet Euren Landsfrauen aus, daß ich nicht vorhabe, mir irgendeinen Unsinn aufschwatzen zu lassen. Ich bin Kurjamäerin. Ich weiß selbst, wie man den Leuten das Geld aus der Tasche zieht ...«

Die PHILOPHORE

Tempelanlage von Thalliopê, zwei Tage später, abends

Kallyê saß müde an ihrem Schreibpult in einem Erker des Tempelarchivs. Nachdenklich betrachtete sie den Federkiel in ihrer Rechten, dessen dunkles Ebenholz im Licht der Kerzen matt schimmerte. Sicher hatte sie ihn schon zum tausendsten Mal in den Glasbehälter mit Tinte getaucht, der in einer runden Aussparung der Schreibplatte stand.

Die hohen Regale, die sich im Dunkeln hinter ihr erhoben, quollen vor Schriftrollen förmlich über. Sie säumten Wände und Zwischengänge der Halle bis zur Decke, und jede der Hallen dieses Gebäudes ähnelte einem Labyrinth mit Wänden aus Holz, Pergament und Papyrus.

Hin und wieder hörte sie aus der Tiefe des Saals das leise Maunzen der Chiropitoi, wie die verspielten Katzenaffen mit dem samtweißen Fell genannt wurden. Sie waren darauf dressiert, für die Priesterinnen Pergamentrollen aus den oberen Etagen der Regale zu holen. Derzeit befanden sie sich in ihren großen Käfigen am Eingang der Bibliothek, denn im Gegensatz zu richtigen Katzen waren sie tagaktive Tiere. Bei Nacht dämmerten sie schlaftrunken vor sich hin und ließen sich nur von Gefahren für ihr Leben aufschrecken.

Kallyê seufzte und atmete tief ein. Es roch es nach Staub und altem Leder. Viele der Aufzeichnungen, die hier lagerten, waren bereits so alt, daß sie mürbe geworden waren. Eine ganze Heerschar an Skriptorinnen und Archivarinnen war damit beschäftigt, die Rollen nach Jahren, Königreichen, Regionen, Familien, Stichworten und anderen Themenbereichen zu katalogisieren. Einige der Rollen kopierte man, um sie mehreren Abteilungen zugleich zuordnen zu können. Angeblich existierten tief im Tempelberg drei weitere Gewölbeebenen, in denen sich Abertausende von Aufzeichnungen befanden.

All das war der eigentliche Schatz des Orakels: Wissen über alles und jeden. Kenntnisse, die benötigt wurden, um auf jede

Frage an das Orakel eine passende Antwort geben zu können. Speziell ausgebildete Sprecherinnen, sogenannte *Manteiai*, waren ausschließlich damit betraut, die eingereichten Fragen entsprechend dem hier lagernden Wissen zu bearbeiten und diese dann dem Ritus gemäß in geheimnisvolle Worte zu kleiden.

Manchmal dauerte dieser Prozeß viele Tage und Wochen. Das war der eigentliche Grund dafür, daß die Schwesternschaft es begrüßte, wenn die geschäftstüchtige Bevölkerung Thalliopês die Pilger in der Zwischenzeit beschäftigt hielt; zumindest, wenn es nicht den heiligen Mondriten des Silbernen Tempels widersprach. Selbstverständlich betrachteten die Herrinnen des Silbergartens es zudem als vorteilhaft, wenn die Pilger ihren Reichtum noch auf andere Weise in der Stadt ließen.

War wirklich alles nichts als Lüge? Kallyê spürte wieder jene Leere in sich, die sie schon in Andhakleia auszuhöhlen begonnen hatte. Der Federkiel in ihrer Hand zitterte, und sie hielt erschöpft inne.

Mit Wehmut dachte sie an die langen Monde ihrer Reise zurück. An Bord der Karavelle hatte sie sich auf gewisse Weise geborgen gefühlt. Es war wie damals gewesen, als sie als junges Mädchen im Tempel als Priesterin aufgenommen worden war. Anfangs kam sie sich kindisch vor, sich dies überhaupt einzugestehen. Doch die feste Gemeinschaft, die sie auf der *Stern von Andhakleia* kennengelernt hatte, hatte ihr tatsächlich so etwas wie Sinn und Rückhalt gegeben.

Kallyê hatte gehofft, daß sie dieses Gefühl inmitten ihrer Schwestern wiederfinden würde, doch die Jahre in Andhakleia hatten sie von den anderen entfremdet.

Wieder einmal wanderten ihre Gedanken zu dem coleopäischen Prinzen. Nukulahi war anziehend, auch – oder gerade – nach den Maßstäben, die eine Eulykierin an einen Mann stellte. Aber das allein war es nicht, was sie zu ihm hinzog. Es war vielmehr diese Arglosigkeit, die sie auf eine Weise rührte, die sie selbst überraschte. War es überhaupt Arglosigkeit? Manchesmal sprach aus dem coleopäischen Prinzen eine Weisheit, die sie …

erschreckte. Nie sprach er falsch, stets wußte man bei ihm, woran man war.

Und vor allem: Tief in sich verborgen trug er einen Glauben, um den sie ihn beneidete. Einen solchen Glauben hatte sie einst auch besessen. Wenn er von diesem Eomes sprach, der in seiner Heimat verehrt wurde, sprach er stets so von ihm, als hätte er einst existiert. Als flösse dessen Blut tatsächlich in den Adern seiner Familie.

Unvermittelt flammte Zorn in ihr auf, und ohne es zu bemerken, drückte sie die Feder in ihrer Hand fester und fester auf das Papier. Es war doch absurd. Hier saß sie, eine Frau an der Schwelle zum Alter, und hing träumerischen Gedanken über einen *Prinzen* nach. Über Heimat, Geborgenheit und eine Zukunft ... in der sie sich sogar eine Familie ausmalte. Nein, sie durfte sich nicht beirren lassen. Das alles war töricht. Sie hatte ihren Weg gewählt. Außerdem gab es keine Götter auf dieser Welt. Und es gab auch keine Wunder, wie so viele es sich erhofften. Die Aionarspriesterschaft im Norden, deren ganzer Glaube sicher ebenso verlogen wie jener der Schwesternschaft war, war wenigstens so ehrlich zuzugeben, daß ihr Gott abwesend war. Abwesend wie alles Wundersame in dieser Welt.

Sie, Kallyê, war nicht mehr das kleine, staunende Mädchen im Silbergarten. Der Weg hin zu der Frau, die sie nun war, war hart und steinig gewesen. Sie würde die Unschuld der Jugend nicht zurückholen können. Nicht mit allem Wünschen der Welt.

Ihr Glaube war nichts als eine Lüge. Die Liebe war nichts als eine Lüge. Und sie, eine Eulykierin, war dazu ausgebildet worden, andere diese Lügen glauben zu machen. Wer aber selbst die Leere mit Lügen füllte, mußte ein solches Los auch ertragen. Kallyê atmete erneut tief durch.

Es nützte nichts. Die Erlebnisse auf der Karavelle waren Vergangenheit. Und ebenso stand es um Nukulahi. Sie war Priesterin, sie hatte zu dienen.

Vor allem mußte sie endlich mit ihren Aufzeichnungen all dessen fertig werden, was sie in Andhakleia zusammengetragen hatte.

Die Tempeldienerinnen hatten ihr jede beschriebene Pergamentrolle förmlich aus der Hand gerissen, seit man sie angewiesen hatte, einen vollständigen Bericht über die Geschehnisse in der Hauptstadt von Kurjameos abzufassen. Der Strom an Nachrichten aus dem Norden des Kontinents war seit der Katastrophe offenbar versiegt. Zahlreiche ihrer Schwestern galten als verschollen, insbesondere jene, die in den Hafenstädten des Merkantilischen Imperiums ihren Dienst versehen hatten. Aus dem Norden erreichte Thalliopê nur mehr ein spärliches Rinnsal an Nachrichten. Und auch um die Länder der Ehernen Liga stand es nicht zum Besten. Viele Schwestern waren gerüchteweise bei politischen Umwälzungen und anderen Unglücken ums Leben gekommen. Doch zu ihrer Überraschung hatte sich keine wie sie zur Rückkehr entschlossen. Vielleicht hatten sie keine Gelegenheit dazu gehabt?

Noch immer war sich Kallyê nicht sicher, was die Schwestern im Umfeld der *Philophore*, der obersten Herrin des Silbergartens, über ihre Rückkehr dachten. Und dies war es, was sie am meisten verunsicherte.

Hinter Kallyê waren Schritte zu hören.

»Nein, ich bin noch nicht fertig. Du mußt mir etwas mehr Zeit geben. Die derzeitige Politik Goldwangos ist leider nicht ganz so ...«

»Schwester Kallyê, Tochter der Ulanyê?«

Die Eulykierin drehte sich überrascht um und erkannte, daß hinter ihr nicht eine der jungen Archivarinnen aus dem Dunkel zwischen den Regalen getreten war, sondern Eutemyê, die erfahrenste *Manteia* des Tempels, eine Priesterin aus dem engsten Umfeld der *Philophore*. Sie galt zudem als persönliche Vertraute der obersten Hohenpriesterin.

»Oh, Schwester, entschuldige! Ich dachte, du wärest eine der Archivarinnen.«

»Nein«, die Priesterin lächelte, ohne daß dieses Lächeln ihre Augen erreichte. »Die Höchste möchte dich sehen!«

»Persönlich? Mich? Jetzt?«

»Ja. Komm mit!«

Kallyê warf der Priesterin einen mehr als überraschten Blick zu. Hastig legte sie Blatt und Schreibfeder beiseite, raffte ihre Tunika und folgte der *Manteia* durch das Labyrinth aus Regalwänden hinunter zum Haupteingang des Tempelarchivs. Sie wußte, daß die *Philophore* die meisten wichtigen Entscheidungen selbst fällte; doch daß sie die eigentliche Herrin des Silbergartens das letztemal persönlich gesprochen hatte, lag lange Jahre zurück. Es war bei ihrer Ernennung zur Agentin des Tempels gewesen. Nervös fragte sich Kallyê, ob dies ein gutes oder ein schlechtes Zeichen sei.

Sie und Schwester Eutemyê durchquerten im Schatten liegende Treppen, verschwiegene Innenhöfe und von brennenden Ölschalen ausgeleuchtete Säulengänge des Tempelbergs. Selbst zu dieser späten Stunde waren immer Priesterinnen und gut bewaffnete Eiserne Männer zu sehen, die dienstbeflissen ihren Tätigkeiten nachgingen.

Dann, endlich, hatten sie das hintere Portal des Silbernen Tempels erreicht, jenen gewaltigen, säulengetragenen Bau, der als der heiligste Ort der gesamten Anlage galt. Im vorderen Bereich befand sich nicht nur die große Orakelhöhle mit der Statue der Wolfssphinx, hier lagen auch die Ratssäle, von denen aus die neun Herrinnen des Silbergartens unter Anleitung der *Philophore* Stadt und Land regierten.

Eutemyê und Kallyê gelangten zu einem großen Doppelportal mit üppigen Einlegearbeiten aus Silber und blauem Mondstein. Zwei Männer der Eisernen Garde traten zur Seite und öffneten die schweren Portalflügel, sobald sie die beiden Priesterinnen bemerkten.

Eutemyê schritt wieder voran und geleitete ihre Glaubensschwester in den großen Bogensaal hinter den Türflügeln, an dessen Stirnseite auf einem marmornen Sockel ein hoher Stuhl aus reinstem Silber stand. Armlehnen, Sitz- und Rückenfläche waren mit blauschimmernden Kissen ausgestattet. Neben diesem Stuhl verblaßten alle Throne von Königen und Kaisern, die Kallyê je mit eigenen Augen gesehen oder aus Erzählungen in Erinnerung hatte.

Flankiert wurde der Silberstuhl von zwei großen steinernen

Wolfssphingen, deren Blicke entlang der hohen Säulen, die links und rechts der Halle aufragten, auf das Eingangsportal gerichtet waren. Sie hatten nichts Rätselhaftes, sondern wirkten lauernd und unnahbar.

Kallyê hatte die Audienzhalle der *Philophore* betreten, wo der Rat der Tempelherrinnen zu tagen pflegte und die heiligsten Staatsfeiern zelebriert wurden.

Über ihr, an der Gewölbedecke, war ein gewaltiges Fresko zu sehen, das mit Tausenden von Mondsteinen geschmückt war. Angestrahlt wurde es von hellodernden Fackeln, die in silbernen Halterungen steckten und deren knisternder Schein den Saal in geheimnisvolles Licht tauchte. Es stellte die Flucht der Sphinx nach Eulykien dar, damals, als die Himmlische von dem mächtigsten der alten Götzen mit einem Fluch belegt wurde, der sie an ihre eulykische Heimat band. Es hieß, daß die Sphinx, angekommen im Mondreich, den grausamen zweiköpfigen Nachtwolf besiegt habe, der ihre Vorfahren in Angst und Schrecken versetzt hatte.

Kallyê ertappte sich bei dem Gedanken, daß auch diese Mär sicher nur eine Lügengeschichte war, erfunden, um Volk und Pilger zu beeindrucken. Mit aller Macht versuchte sie die ketzerische Vorstellung abzustreifen. So etwas durfte sie nicht denken. Nicht an diesem heiligen Ort.

Auch hier, links und rechts des Portals, standen zwei Eiserne Männer in dem prächtig blinkenden Rüstzeug der Ehrenwache. Um die Schultern trugen sie graue Umhänge aus Wolfsfell; bewaffnet waren sie mit Kurzschwertern und langen Lanzen. Nur Eingeweihte wußten, daß die Ohren der Männer mit Wachs verstopft waren. So stellten die Priesterinnen sicher, daß sie keines der Geheimnisse, die hier besprochen wurden, nach außen tragen konnten. Ihr Blick war starr nach vorn auf den erhöhten Sockel mit dem silbernen Stuhl gerichtet.

Auf dem Marmorboden hallte es, als Kallyê und ihre Schwester langsam und ehrfurchtsvoll durch den Saal auf ihn zuschritten. Doch der Stuhl war verwaist.

»Schwester Eutemyê, laß uns bitte allein!«

Die rauchige Stimme der *Philophore* war zwischen den Säulen zu ihrer Rechten erklungen und hinterließ in der Halle einen leisen Widerhall. Erst jetzt entdeckte Kallyê, daß die Hohepriesterin in einem dunklen Erker stand, etwa zehn Schritte von dem Podest mit dem Silberstuhl und den beiden großen Wolfssphingen entfernt.

Der volle Name der obersten Herrin des Silbergartens lautete Hymnê, Tochter der Xanyê. Schon ihre Mutter war *Philophore* des Orakels gewesen. Die Hohepriesterin hatte ihnen den Rücken zugekehrt und blickte durch eines der hohen Fenster zum Nachthimmel auf.

Die Eulykierin wußte, was sich jenseits der Fenster befand – der Silbergarten.

Neben der Kontorsleiterin verneigte sich Eutemyê demutsvoll in Richtung Erker, drehte sich auf dem Absatz um und schritt zurück zu dem Portal, das die Eisernen Männer hinter ihr schlossen.

Kallyê verharrte ein wenig verloren inmitten der Halle, keine sieben Schritt von dem Podest entfernt. Als sie die Stimme der *Philophore* gehört hatte, war sie niedergesunken und hatte ihr Haupt demütig dem Boden zugewandt.

»Erhebe dich, Tochter, und komme zu mir!«

Kallyê blinzelte aufgeregt, als sie dem Wunsch der *Philophore* nachkam und sich gemessenen Schrittes dem Erker näherte. Endlich durfte sie einen staunenden Blick durch das Fenster nach draußen werfen!

Keine zwei Schritt unterhalb des Audienzsaals, befand sich ein großer Innenhof, der von prachtvollen Säulengängen gesäumt wurde. Doch so erhaben die marmornen Säulen im Licht der dort aufgestellten Feuerschalen auch wirkten, ihre grazile Schönheit verblaßte im silbernen Gleißen Hunderter filigraner Bäume, Blumen und Sträucher, die die Mitte des Hofs schmückten. Jede der kostbaren Silberpflanzen dort unten erweckte den Eindruck, als wäre sie einzig deswegen dem dunklen Erdreich entsprungen, um sich im Licht des Mondes zu wiegen. Ein Mond, der nicht mehr war ...

Früher, als junges Mädchen, hatte Kallyê die geheimnisvolle Legende des Silbergartens für bare Münze gehalten. Heute wußte sie, daß die funkelnde Pracht dort im Innenhof Menschenwerk war. Und doch schmälerte dieses Wissen kaum die Wirkung, die der glitzernde Garten auf seine Betrachter ausübte. Jede der Silberpflanzen, die dort aufgestellt worden waren, war für sich ein Meisterwerk der Handwerkskunst. Bis ins kleinste Detail glichen sie den Originalen, die ihnen einst Pate gestanden haben mußten.

Viele Novizinnen waren jeden Tag damit beschäftigt, die filigranen Kunstwerke mit alchimistischen Flüssigkeiten zu besprühen, um Stengel, Blüten und Blätter vor dem Anlaufen zu bewahren. Kallyê war sich sicher, daß hier im Lauf der Jahrhunderte der größte Silberschatz des Kontinents zusammengetragen und zu einem Wunderwerk der Kunst verarbeitet worden war, das auf der Welt seinesgleichen suchte. Ja, es hieß sogar, daß selbst die weitgereisten Kataueken den Silbergarten Thalliopês zu den größten von Menschen geschaffenen Wundern der Welt zählten.

Erst als Kallyê das Knistern von Pergament hörte, vermochte sie sich von dem funkelnden Anblick jenseits der Fensteröffnung loszureißen. Die *Philophore* trug eine kostbare Tunika, in die Hunderte feinster Silberfäden eingearbeitet waren. Sie mochte fünfzig oder sechzig Lebensjahre zählen; niemand wußte das so genau. In ihrem Haar schimmerten graue Strähnen, doch ihr Gesicht, das an diesem Abend von einer halbhohen, mit Misteln geschmückten Zeremonialhaube umrahmt war, wirkte seltsam alterslos.

Der Blick der Herrin ruhte auf einem der von Kallyê abgefaßten Berichte. »Du bist vor der Zeit nach Thalliopê zurückgekehrt, Tochter!«

Diesmal war aus der Stimme Hymnês mütterliche Wärme herauszuhören. Kallyê senkte den Blick.

»Ja, Höchste Herrin. Angesichts der Umstände hielt ich es für geraten, zum Silbernen Tempel zurückzukehren.« Sie räusperte sich befangen. »Seit Monden waren Nachrichten aus der Heimat ausgeblieben. Es hieß sogar, daß Thalliopê selbst der Katastrophe zum Opfer gefallen sei.«

»Ich weiß, das Unglück hat den Kontinent allerorten getroffen. Wer wüßte das besser als wir.«

Die *Philophore* ließ die Pergamentbogen in ihrer Hand sinken und trat einen Schritt auf Kallyê zu, um sie eingehend zu betrachten. Seltsam, aber Kallyê fragte sich in diesem Moment, wie schwer die Tempelherrin wohl an ihrer silberbestickten Tunika zu tragen hatte.

»Viele Schwestern sind bei der Katastrophe ums Leben gekommen«, fuhr Hymnê bewegt fort. »Schwestern, deren Aufgabe es war, Wissen zu sammeln – so wie du. Wissen zum Wohle des Orakels. Du aber hast als einzige die Heimreise angetreten, während in Andhakleia das wichtigste politische Treffen der Liga seit vielen Jahren abgehalten wurde. Sag mir, Tochter, warum hast du diesen Entschluß gefaßt? Du weiß doch, daß allein die Herrinnen des Silbergartens über deine Rückkehr bestimmen.«

Der Blick der *Philophore* wirkte mit einemmal betrübt, und Kallyê mußte schlucken, als sie Enttäuschung über ihr Verhalten aus den Gesichtszügen der *Philophore* herauszulesen glaubte.

»Höchste«, hob Kallyê wieder zu sprechen an, und in ihrer Stimme lag Unsicherheit. »Es hieß, daß die Heimat verheert sei, so wie man es von einigen Ländern des Nordens berichtete. Ich dachte sogar schon, ich sei die einzige, die übriggeblieben ist.« Kallyê verstummte verzagt, sie wußte selbst, daß diese Antwort verworren klingen mußte.

Die *Philophore* lächelte milde und berührte Kallyê sanft an der Wange. Doch ihr Blick war der einer Katze, die einen Singvogel auf einem nahen Ast betrachtet.

»Meine Tochter, wie lange kennen wir uns nun schon?«

Die Kontorsherrin schluckte. »Elf Jahre, Höchste. Ich stand Euch das erste Mal als junge Novizin gegenüber.«

»Und habe ich es dir in all der Zeit jemals an Unterstützung mangeln lassen?«

»Nein, Höchste Herrin.«

»Siehst du. Es gibt nichts in der Welt, das Eulykien schaden könnte«, fuhr die *Philophore* fort. »Eulykien steht unter dem Schutz der Göttlichen. Deine unerwartete Rückkehr hat die Herrinnen des Silbergartens beunruhigt. Einige der Schwestern sind regelrecht verärgert. Sie meinen, daß ein halbes Jahr ohne Nachricht vom Silbertempel kein Grund für eine eigenmächtige Heimreise sei. Fünf Wochen nach deiner Abfahrt traf Schwester Tatyanê in Andhakleia ein, die dich über die jüngsten Entwicklungen in Kenntnis setzen sollte. In ihrer ersten Nachricht an uns hat sie sich sehr befremdet über deine Abwesenheit in Andhakleia gezeigt. Einige der Schwestern meinen sogar, daß du töricht gehandelt habest und uns deswegen wichtige Entscheidungen während des Ligistentreffens verborgen geblieben seien. Ja, sie behaupten sogar, dein Entschluß habe dem Orakel zutiefst geschadet.«

Also hatte Kallyê die Blicke der Schwestern in den vergangenen Tagen richtig gedeutet. »Aber was ist mit den Umtrieben in der andhakleischen Universität und dieser Sache mit dem Weltennetz? Ich dachte ...«

Die *Philophore* schüttelte milde den Kopf und legte Kallyê einen Finger auf die Lippen. »Das Weltennetz? Was glaubst du, Tochter, wie oft das Orakel schon danach befragt wurde? Hast du wirklich angenommen, wir wären in all den Jahrzehnten und Jahrhunderten von dieser Frage verschont geblieben? Nein.«

»Und die Umtriebe an der andhakleischen Universität ...?« Kallyês Stimme war nur mehr ein Hauch.

»Darum, Tochter, hätten wir uns später ebensogut kümmern können! Hinzu kommt, daß viele deiner Berichte leider überholt sind. Manche Entscheidungen, die die Liga bis zu deiner Abfahrt getroffen hatte, wurden in den Wochen nach deiner Abreise wieder umgeworfen. Glücklicherweise konnte uns von alledem Tatyanê berichten, die jetzt deinen Platz in Andhakleia einnimmt.«

Hymnê, Tochter der Xanyê seufzte schwer, reichte Kallyê ihren Bericht und begab sich gemessenen Schrittes zu dem Silberstuhl an der Stirnseite der Halle. Dort ließ sie sich in aller Würde nieder. Ihre Hände lagen auf den silbernen Wolfsköpfen, die die Knäufe der Stuhllehnen zierten, und ihre Finger spielten mit deren gefletschten Zähnen.

Wie ein geprügelter Hund schlich Kallyê hinter ihr her und ging vor dem Thron auf die Knie. Beklommen starrte sie auf die beschriebenen Bögen in ihrer Hand, und ihre Augen wurden feucht. Hastig blinzelte sie. Sie wollte nicht, daß die oberste Herrin des Silbergartens ihre Schwäche sah. Welche Folgen hätte sie wohl zu gewärtigen, wenn die Schwestern ihr nicht mehr trauten?

»Und Ihr, Höchste? Zweifelt auch Ihr an mir?« Das war die dringendste aller Fragen, die sie quälte. Bang schaute sie zu der Hohenpriesterin auf.

»Ach Kallyê«, hub die *Philophore* mit warmer Stimme an, die so gar nicht zu dem kalten Schimmer in ihren Augen passen wollte. Es war das erste Mal, daß Hymnê sie bei ihrem Namen genannt hatte. Die Tempelherrin beugte sich nach vorn und legte die Rechte sachte auf ihr Haupt. »Niemand von uns ist ohne Fehl. Ja, du hast einen falschen Entschluß gefaßt. Aber bis zu jenem Tag hast du dem Tempel stets treu gedient. Ich habe den anderen Herrinnen des Silbergartens dargelegt, daß ich dich kenne. Daß du in deinem Amt besonderen Belastungen ausgesetzt bist und daß du unserer Gemeinschaft niemals ohne einen triftigen Grund schaden würdest. Dem ist doch so, Tochter?«

In der Stimme Hymnês lag unvermittelt eine gewisse Schärfe.

»Niemals würde ich das tun, Höchste«, schreckte Kallyê hoch. »Es tut mir so ... leid. So unsagbar leid.« Ein Beben hatte ihren Körper erfaßt. »Ich wollte doch nur das Richtige tun ...«

»Das hatte ich mir gedacht.« Die *Philophore* streichelte über ihr Haar und zog ihren Kopf mütterlich zu ihrem Schoß. Kallyê spürte die beruhigende Wärme, die von der obersten Tempelherrin ausging. Ein Gefühl der Erleichterung machte sich in ihr breit.

»Und doch scheint es mir, als gäbe es da noch etwas, das dich bewegt, Tochter.« Weiterhin liebkosten die Finger der *Philophore* ihr Haar. »Es ist der Tonfall, in dem deine Berichte abgefaßt sind. Diese ungewöhnliche Schärfe, dieser Sarkasmus, der in deinen

Zeilen mitschwingt … Man könnte fast meinen, du hättest an deiner Aufgabe zu zweifeln begonnen. Als wolltest du der Bürde entfliehen, die dir aufgetragen wurde.«

Die Eulykierin schreckte hoch. Ein mitleidsvoller Zug lag in Hymnês Zügen. Einzig ihre Augen unter der mistelgeschmückten Zeremonialhaube blitzten in ungewöhnlicher Kühle.

Kallyê wußte, daß sie sich mit ihrer ungestümen Bewegung verraten hatte.

»Möchtest du mir nicht sagen, welcher Kummer dich quält, Tochter? Denke daran, ich habe dem Tempel selbst einige Jahre in deiner Stellung gedient. Wem willst du dich anvertrauen, wenn nicht mir?«

Es war, als hätten die Worte Hymnês eine alte Wunde aufbrechen lassen. Ohne daß Kallyê es verhindern konnte, verschleierte sich ihr Blick, und ein trockenes Schluchzen entfuhr ihrer Kehle.

»Höchste … es ist … es ist einfach alles!« Ihr Körper zitterte, und stockend brach es aus ihr hervor. »Mir scheint, als lebte ich nicht mein Leben, sondern … eine Lüge. Ich fühle mich so erschöpft, so leer, so beschmutzt.«

Tränen rannen unaufhaltsam über ihre Wangen. Sie wußte, daß die Schminke, die sie aufgetragen hatte, hoffnungslos verschmiert war. Sicher sah sie unendlich entwürdigend aus. Und doch vermochte sie nicht, ihrem Kummer Einhalt zu gebieten.

»Ich ertrage es nicht mehr, meinen Leib an Männer zu verschenken, nur um ihnen Geheimnisse zu entlocken. Meine Ränke haben Familien in die Armut und unbescholtene Andhakleier in den Tod getrieben. All das nur, um jenen an die Macht zu verhelfen, die mir verfallen waren. Jenen, von denen ich wußte, daß sie mir geben würden, was ich von ihnen verlangte. All das … nur um weitere Lügen zu spinnen. Selbst das Orakel, Höchste. Wir wissen doch, wie es um sein wahres Geheimnis bestellt ist!«

Kallyê hatte die Hände vor das Gesicht geschlagen und war sich sicher, daß sie jetzt den Zorn der Höchsten zu spüren bekäme. Eine Weile herrschte bedrückende Stille in der großen

Säulenhalle, die nur von dem Prasseln der Fackeln unterbrochen wurde.

Die *Philophore* räusperte sich vernehmlich, und die Eulykierin blickte verängstigt wieder zu ihr auf. Die Tempelherrin rückte ihr Silbergewand zurecht, doch zu Kallyês Überraschung war es nicht Zorn, sondern unendliches Bedauern, das in ihren Zügen lag.

»Hast du denn vergessen, Tochter, daß wir mit alledem nur die Zeit überbrücken, bis die Göttliche wieder zu uns zurückkehrt?« Diesmal klang die Stimme der Tempelherrin rauh und spröde. »Denk an die immerwährende Macht des Mondes, dessen Tochter die Sphinx ist. Er mag verdeckt sein, aber seine Kräfte sind noch immer fühlbar. Denk an die Macht der Gezeiten. Denk an unsere Fruchtbarkeit. Denke auch an all die Pflanzen, deren Säfte im Rhythmus des Silberlichts fließen. Eines Tages wird die Göttliche wieder zu uns zurückkehren. Daran glaube ich fest und unverbrüchlich. Und das solltest auch du.«

Kallyê nickte, und doch brachte sie kein Wort hervor.

»Ich sehe, deine Zweifel sitzen tief, Tochter. Erzähl mir, was es ist, was du statt dessen möchtest.«

»Ich komme mir so dumm vor, Höchste Herrin ...« Mittlerweile hatte Kallyês Stimme wieder an Festigkeit gewonnen. »Ich möchte nicht viel. Ich möchte ... ein ganz normales Leben führen. Vergessen finden. Eine Familie. Ich möchte wissen, wie es ist, über mein Leben selbst zu bestimmen.«

Die *Philophore* spannte sich, und wieder schlossen sich ihre Hände um die Knäufe der Stuhllehnen, wo sie mit den gefletschten Zähnen der silbernen Wolfsköpfe spielten.

»Du hast dich verliebt, Tochter? Ist es das? In einen Fremden aus Andhakleia? Hat er deine Zweifel geweckt?«

»Nein, Höchste, das ist es nicht.« Kallyê schüttelte heftig den Kopf, und die Lüge kam leicht über ihre Lippen. Der Mann, den sie liebte, stammte nicht aus Andhakleia ... Und es war sowieso unsinnig, sich über ihn den Kopf zu zerbrechen. Außerdem sahen es die Eulykier nicht gern, wenn sich eine Einheimische mit einem Ausländer abgab. Die *Philophore* starrte sie zweifelnd an.

»Du möchtest wirklich die Geborgenheit aufgeben, die dir die Schwesternschaft all die Jahre geschenkt hat, Tochter?«

Die ehemalige Kontorsleiterin zuckte lediglich hilflos mit den Schultern.

»Ja. Nein. Ich weiß es nicht ...«

Hymnê seufzte. »Gut, Tochter, du sollst Zeit bekommen, um dir über alles klarzuwerden. Bis unser Kalender den Vollmond zeigt, entbinde ich dich von deinen Aufgaben. Schwester Tatyanê wird deine Arbeit in Kurjameos fortsetzen. Doch ich entlasse dich nicht von den Pflichten, die dir auferlegt wurden. Bis auf weiteres muß ich dich wieder in den Stand einer Novizin zurückversetzen und unterstelle dich hiermit der Aufsicht Schwester Ulanyês.«

Die *Philophore* klatschte zweimal in die Hände, und der Widerhall brach sich laut zwischen den Säulen des kühlen Saals. Eine Schwester mittleren Alters trat aus den Schatten hervor. Hatte sie schon länger dort gestanden? Ausdruckslos starrte sie Kallyê an.

»Du wirst weiterhin deine ausstehenden Berichte abfassen«, fuhr die *Philophore* mit trockener Stimme fort, »und bis du eine Entscheidung gefällt hast, den Archivarinnen zur Hand gehen.«

Kallyê starrte die beiden Priesterinnen entgeistert an. Sie hatte die Worte der Hohenpriesterin gehört, doch es dauerte eine Weile, bis sie deren Bedeutung erfaßt hatte.

»Du darfst dich nun entfernen ... Novizin!«

Kallyê verneigte sich stumm. Dann wandte sie sich verwirrt dem Portal zu und folgte Schwester Ulanyê durch den Säulensaal. Immer und immer wieder hörte sie das letzte Wort der *Philophore. Novizin*!

Doch andererseits, die oberste Herrin des Silbergartens schien es ihrem Entschluß zu überlassen, der Schwesternschaft den Rücken zu kehren. War so etwas schon einmal vorgekommen? Sie wußte es nicht. Niemals hätte sie geglaubt, daß man sie einfach ziehen lassen würde. Immerhin wußte sie um das höchste Geheimnis des Orakels. Ihre Finger hielten noch immer die nutzlos beschrifteten Pergamentbögen umklammert, während sie auf den Rücken der fremden Schwester starrte. Die hatte bereits damit begonnen, Kallyê in ihre neuen Aufgaben einzuweisen. Doch sie hörte kaum hin.

Was würde sie mit ihrer unerwarteten Freiheit anfangen? *Falls* sie sich dazu entschloß ... Denn inzwischen kamen ihr neue Zweifel. Die Schwesternschaft war bislang ihre Familie gewesen. Sollte sie all das wirklich aufgeben? Nein, sie mußte noch einmal gründlich darüber nachdenken. In diesem Augenblick fiel Kallyê ein, wie sie gegebenenfalls das Vertrauen der Herrinnen des Silbergartens zurückgewinnen könnte. Sie hatte bislang noch nicht ihren Bericht über die Entdeckung der Purpurinseln abgeliefert. Sie mußte es lediglich so hinstellen, daß sie dieses Geheimnis erst während ihrer Fahrt nach Eulykien hatte lüften können. Ihr alter Plan! Wenn sie Surjadoras und Nukulahis Geheimnis verriet und sie beide dem Tempel auslieferte, würde die Schwesternschaft erkennen, daß ihre Rückkehr nach Thalliopê in Wahrheit von hohem Nutzen war.

Doch im selben Moment wußte Kallyê, daß sie das nicht konnte.

Nicht *mehr* konnte ...

Ein trauriges Lächeln umspielte ihre Lippen, als sich die Flügel des großen Portals hinter ihr schlossen. Die Wahrheit war, daß sie sich längst entschieden hatte. Im Kopf der Eulykierin erklang leise ein altes Kinderlied.

Es war das Lied vom Silbergarten.

Pfauensegel

Karavelle Stern von Andhakleia, *Hafen von Thalliopê, nachmittags am 12. Tag des Blütenmondes, im 460. Jahr der Abwesenheit Gottes*

Steuermann Lakshapheus zog sich die neu erworbene Felljacke enger um die Schultern. Drei Wochen weilten sie bereits in Thalliopê, und er hatte sich noch immer nicht an die Kälte gewöhnt. Im Gegenteil, er bibberte wie ein Zitteraal. Mißmutig schlug er mit seinem Messer gegen einen der Eiszapfen, die von der Reling wie gläserne Tropfsteine hingen, während er die Männer unten bei der Arbeit beobachtete.

So wie es die Kapitänin angewiesen hatte, sorgten die Seeleute jeden Tag aufs neue dafür, Deck und Aufbauten schnee- und eisfrei zu halten. Vor ihren Mündern tanzten graue Wolken, während sie die Planken mit Besen und breiten Holzschiebern schrubbten und kratzten.

Die Wanten waren bei der eisigen Kälte regelrecht steifgefroren. Und wann immer ein neuer Tag begann, lag auf Rahen und Decksaufbauten eine feine Schneeschicht, die das Schiff aussehen ließ, als wäre es mit grobem Mehl bestreut.

Lakshapheus war nur froh, daß sie sich nicht auf dem offenen Meer befanden. Die Eulykier, mit denen er gesprochen hatte, versicherten ihm zwar, daß in einem Mond wieder der Frühling einsetzen werde, aber er traute dieser Aussage nicht. Das Wetter hatte ihnen in den letzten beiden Jahren schon genügend Streiche gespielt.

Auch der Verkauf der Waren hatte ihnen nicht den gewünschten Gewinn gebracht – ganz davon abgesehen, daß die *Stern von Andhakleia* ohnehin nur halb beladen in den Hafen eingelaufen war. Hier lagen leider zu viele Fernhändler vor Anker. Und sie alle waren reichlich mit Gütern jeglicher Art beladen. Einzig das kurjamäische Elfenbein hatten sie wie erwartet zu einem Höchstpreis losschlagen können. Doch die Stimmung Surjadoras hatte das auch nicht heben können.

Der Steuermann seufzte, stieß den abgeschlagenen Eiszapfen mit der Stiefelspitze von Bord und beobachtete ein gutes Dutzend Eulykier nahe dem Gezeitentempel, die unermüdlich die Eisdecke mit Äxten und Hämmern bearbeiteten.

Plötzlich ließ ihn ein buntes Segel in der Hafeneinfahrt aufmerken; es hatte die Form eines riesigen Fächers. Bei den pöbelnden Götzen vom Ende der Welt – es war ein katauekisches Pfauenschiff! Und das im Blütenmond? Gewöhnlich war mit dem Eintreffen der Nauken in Ajuna erst einen Mond später zu rechnen.

Lakshapheus massierte seine kalten Finger und steckte sie in das Futteral seiner Jacke, um sie zu wärmen. Neugierig starrte er zu dem fremden Schiff hinüber. Es war schon einige Jährchen her, seit er ein Pfauenschiff gesehen hatte. Im Merkantilischen Imperium war das natürlich anders, doch in den Ländern der Ehernen Liga tauchten die katauekischen Händler bei weitem nicht so häufig auf. Für einen Moment tat ihm Gijao leid, der auf Weisung der Kapitänin unter Deck ausharren mußte. Wüßte er, daß seine Landsleute so nah waren, er wäre sicher ohne viel Federlesens über Bord gesprungen.

Die große Nauke hatte drei Masten und war wie die *Stern von Andhakleia* von Eis bedeckt. Das Vorschiff wurde von einem großen Vogelkopf mit Augen aus Edelsteinen und Bartfedern aus Silber geziert.

Welch eine selbstbewußte Zurschaustellung von Reichtum! Erst jetzt erkannte Lakshapheus, daß das gesamte Bugspriet der Nauke die Gestalt eines Raubvogels mit bogenförmig gespreizten Flügeln aufwies. Auf den beiden Auslegern des Katauekenschiffes, die Ähnlichkeiten mit jenen der coleopäischen Katamarane aufwiesen, balancierten Seeleute, die treibende Eisschollen beiseite schoben.

Das Pfauenschiff sorgte im Hafen für große Aufregung, insbesondere als es auf die Kaimauern zuhielt. Zahlreiche Eulykier versuchten dort mit der großen Nauke Schritt zu halten und winkten der Besatzung zu. Eulykische Lotsenboote geleiteten den Dreimaster zu einem freien Liegeplatz, und aus der

Ferne hörte man die kraftvollen Stimmen der fremden Seeleute an Bord.

»Hoi, hoi, hoi!« schallte es bis zur *Stern von Andhakleia* herüber, während die Katauеken die seitwärts gespreizten Rahen ihrer Pfauensegel hochzogen. Auch die Männer unten auf dem Hauptdeck der *Stern von Andhakleia* hatten das Einlaufen des Pfauenschiffes bemerkt. Sie versammelten sich an der Backbordreling und unterhielten sich aufgeregt.

Lakshapheus überlegte, ob man Gijao nicht doch aus dem Kabelgatt nach oben bringen sollte. Aber das war eine Entscheidung, die Kapitänin Surjadora selbst treffen mußte. Diese befand sich oben in der Stadt. Am Morgen hatte sich die *Prokinetrix*, die angeworbene Vorgeherin, bei ihr gemeldet. Es war gut möglich, daß man Surjadora heute aufrief, damit sie dem Orakel ihre Frage stellen konnte.

Auch Prinz Nukulahi hatte sich schon vor vielen Tagen in die lange Schlange der Pilger eingereiht. Er hatte sich ein Zelt besorgt, in dem er die Wartezeit überbrückte.

Der Steuermann mußte sich eingestehen, daß sein Leben keine so wichtigen Fragen aufwarf, die eine solche Mühe gerechtfertigt hätten.

Erneut wanderte sein Blick zu dem Pfauenschiff. Das Deck in der Mitte des großen Dreimasters war weit jenseits des üblichen in die Höhe gezogen worden. Es ähnelte dadurch eher einem Turm statt einem der gewöhnlichen Schiffsaufbauten.

Ob die Katauеken hochgestellte Priester an Bord hatten? Eigentümlich wirkte die riesige blaue Statue, die sie unmittelbar vor dem Fockmast aufgestellt hatten. Es handelte sich dabei um ein sechsarmiges Wesen mit Reißzähnen und großen Glotzaugen. Selbst die hartgesottensten Seeleute hielten ehrfurchtsvoll Abstand.

Lakshapheus beobachtete das Treiben noch eine Weile und wollte sich schon abwenden, als rings um ihn staunende Rufe erklangen.

»Habt ihr das gesehen?!« Unten an Deck war die Stimme von Oberbootsmann Brahthos zu hören, der aufgeregt zu der Nauke deutete. Als Lakshapheus ebenfalls einen Blick zu dem Pfauenschiff warf, war die seltsame blaue Statue vor dem Fockmast verschwunden. Eigenartig. Die war doch sicher vier Schritt hoch gewesen und äußerst massiv.

»Beiseite, ihr Zitterfressen!« Die laut grölende Stimme eines Unbekannten wurde weit über das Hafenbecken getragen. Das war kurjamäisch! Gab es hier noch weitere Landsleute? Der Steuermann wollte sich schon zu den Karacken und Karavellen hinter ihnen umdrehen, als es auf dem Kai, jenseits des großen Vorderkastells der Nauke, plötzlich blau aufschimmerte. Erschrocken riß er die Augen auf. Beim Buckligen, was war denn das für eine katauekische Schurkerei?

Was er vorhin an Deck des fremden Dreimasters erblickt hatte, war keine Statue gewesen. Da drüben stapfte ein gigantisches Ungeheuer mit sechs Armen am Kai entlang. Es sah aus wie aus einem Schauermärchen entsprungen. Beim Abwesenden Gott, das konnte doch unmöglich sein! So etwas gab es einfach nicht. War er verrückt geworden? Hartnäckig rieb sich der Steuermann die Augen, doch das blaue Ungeheuer stand noch immer dort hinten.

In seinen vielen Händen hielt das fürchterliche Geschöpf gewaltige Waffen, von denen sicher jede einzelne ausgereicht hätte, um mit einem Schlag einen der großen Lastkarren zu zertrümmern, die überall im Hafen herumstanden. Dutzende Menschen schrien ängstlich auf und rannten vor dem Ungetüm davon – doch noch mehr näherten sich dem bizarren Schauspiel voller Neugier.

Zielstrebig hielt das Ungetüm auf die große Allee hoch zum Tempelberg zu. Kataueken vom Pfauenschiff stolperten aufgeregt hinter dem Geschöpf her.

»Fünfarm wartet nicht!« Wieder brüllte das Ungetüm auf kurjamäisch, während es mit riesigen Schritten an den Pilgern auf der Serpentinenstraße vorbeistapfte.

Die klammerten sich ängstlich aneinander, fielen vor Schreck um oder rannten schreiend hinunter zum Hafen.

Beim Abwesenden Gott, wohin wollte dieses Wesen? Doch

wohl nicht zur Sphinx?! Oder doch? Dabei konnte es so etwas wie … das da … eigentlich gar nicht geben. Lakshapheus blinzelte und wischte sich noch einmal über die Augen. Doch das sechsarmige Ungeheuer grölte weiterhin laut auf kurjamäisch und stapfte unbeirrt die Allee hinauf. Der Steuermann sah besorgt zu seinen Männern. Die starrten ihrerseits entgeistert hinauf zu der Kreatur.

»Ihr habt es gehört, Männer. Ich habe auch keine Ahnung, warum … *das da* … kurjamäisch spricht. Aber ich habe ein verdammt ungutes Gefühl bei der Sache!« Lakshapheus' Finger krallten sich in das Holz der Reling.

»Wenn das den Eulykiern erst einmal klar wird, steht uns mit Sicherheit Ärger ins Haus. Also, ich will, daß drei Mann sofort die Tavernen abklappern und die Mannschaft zusammentrommeln. Der Rest macht das Schiff zum Auslaufen bereit! Und jetzt Bewegung!«

Unten brüllte Brahthos weitere Anweisungen, und die Männer schwärmten aus. Die Karavelle ähnelte jetzt einem Bienenstock. Der Steuermann ließ seinen Blick suchend über die Köpfe der Mannschaft wandern, dann hatte er endlich den Schiffsjungen ausfindig gemacht. Tvashi stand noch immer mit ungläubigem Gesichtsausdruck an der Reling und starrte zu der Allee mit dem sechsarmigen Ungetüm hinüber. Das war gerade dabei, sich mit einer eulykischen Priesterin zu … unterhalten.

»Nein, wir warten nicht, Schimmelgesicht!« drang entfernt das Röhren des Riesen an ihre Ohren.

»Tvashi, renn zur Stadt hinauf und sieh zu, daß du die Kapitänin und den Prinzen findest. Sag ihnen, daß wir auslaufen, falls es Ärger gibt!«

»Ich soll hinter dem Ungeheuer her?« Tvashi blickte den Steuermann entsetzt an.

»Stell dich nicht so an, Junge. Und jetzt Abmarsch!«

Der Schiffsjunge rannte los. Der Steuermann sah mit an, wie Tvashi an Land sprang, keuchend auf die säulengeschmückte Allee zuhielt und sich unter die vielen Menschen mischte, die dem Ungetüm wild gestikulierend nachstarrten.

»Seht mal, Steuermann!« Neben Lakshapheus war Schiffszimmermann Tarjixes getreten. »Da kommt noch eine Nauke!« Der Zimmermann deutete zum Horizont, wo sich erneut Pfauensegel aus dem Meer erhoben.

Lakshapheus schürzte die Lippen. »Ich hoffe für die Eulykier, daß die nicht noch so ein Ungetüm an Bord haben.«

Die Herrinnen des Silbergartens

Im Silbernen Tempel von Thalliopê,
in den Hallen hinter der Sphinx, eine Viertelstunde später

»Schnell. Holt alles aus den Archiven!« Hymnê, Tochter der Xanyê, wirkte beherrscht. Nur Priesterinnen, die der *Philophore* schon lange unterstanden, erkannten ihre Anspannung. »Alles zu Stichworten wie Riese, blau, Unhold, Götze und ...« Die oberste Herrin des Silbergartens fuhr sich durch das volle, graugesträhnte Haar, das sie wie immer um den Vollmond herum über die Schultern fließend trug.

»Wir werden improvisieren müssen. Eutemyê«, wandte sie sich elegant zu der hinter ihr stehenden Priesterin um, »du wirst ihm etwas ... Persönliches sagen müssen, etwas, das sich auf ihn selbst bezieht.«

»Ich kenne die wichtigste Regel als *Manteia*«, erwiderte die etwa Vierzigjährige mit einem säuerlichen Lächeln. »Sprich über das, was den Gläubigen mehr beschäftigt als alles andere: über ihn selbst.« Ihre Stimme war volltönend, aber es lag Unruhe darin.

Eine weitere, jüngere Priesterin kam in die Halle gestürzt. »Verzeiht, o Herrin! Er steht bereits in der Halle vor der Sphinx – und er ist entsetzlich schlecht gelaunt.«

»Ist es denn nicht möglich, von ihm eine Antwort zu erhalten? Wer ist er? Woher stammt er? Wie ist er hergekommen?«

»Er will nur mit der Sphinx sprechen«, sagte die Botin mit aufgerissenen Augen. »Und er hat mich Schlotterlurchin genannt ...«

»Haben wir irgendeine Agentin im Haus, die uns etwas über dieses Ungeheuer erzählen könnte?« schlug eine fahlgesichtige Priesterin vor.

»Ob er nun aus Belabadangbarad kommt, aus der Salamar oder aus den wilden Gebirgen im Osten: Wäre eine unserer Agentinnen dort auf dieses Wesen gestoßen, hätte sie sogleich darüber berichtet. Aber unsere Agentin aus Kurjameos ist unlängst heimgekehrt. Die Universität von Andhakleia ist doch für ihr Wissen berühmt.« Hymnê wandte sich der Botin zu. »Laß umgehend nach der Tochter rufen.«

»In welcher Sprache soll ich antworten?« fragte Eutemyê.

Hymnê betrachtete nachdenklich die verängstigte junge Priesterin, die noch an der Tür stand. »Offensichtlich spricht er Eulykisch. Andererseits wäre eine Antwort, die der ganze Kontinent versteht ...«

»Zerbrechen wir uns jetzt nicht den Kopf«, mengte sich eine Greisin namens Îonê ein, deren überraschend starke Stimme durch die fehlenden Zähne an Ausdruckskraft verlor, »welches Orakel für diesen denkwürdigen Gast dereinst in der Chronik von Thalliopê stehen wird. Antworten wir ihm zunächst!«

»Ja, antworte ihm auf eulykisch«, bestätigte Hymnê. »Sag ihm etwas darüber, daß er einzigartig ist, ehrfurchtgebietend, eine Naturgewalt, die sowohl zum Guten wie zum Bösen eingreifen kann ...«

»Er hat sechs Arme und ist wie zum Krieg gerüstet«, gab die Priesterin, die durch ein geheimes Guckloch in die Halle der Sphinx spähte, weitere Anregungen, »aber ihm scheint eine Hand zu fehlen.«

»Hand«, grübelte die alte Îonê heiser, »handeln, Handreichung, aushändigen, die Hände ringen, Hand in Hand, handgreiflich werden, die Hände in den Schoß legen, eine Handvoll Weisheit ...«

»Weisheit war gut«, bestätigte Hymnê. »Du, der du nach der Weisheit greifst ...«

»Er sieht nicht so aus«, sagte die Späherin mit blassem Gesicht, »als ob er sich raten ließe, die Hände in den Schoß zu legen.«

»Die Weisheit liegt ferne«, formulierte die *Philophore* weiter. »Du, der du in die Ferne schweifst. Wir müssen ihn auf eine Reise schicken, am besten zu den Aionarsgläubigen.« Sie blickte auf, wie aus einem Schlaf erwachend. »Wo bleiben die Antworten aus den Archiven?«

»Sie blättern noch.«

Aus der Halle der Sphinx dröhnte ein markerschütterndes Brüllen.

»Er hat die Frage gestellt«, meldete die Priesterin am Guckloch entsetzt. »Er fragt, was er ist und woher er kommt.«

»Îonê, schnell«, wandte sich Hymnê mit klirrendem Silberschmuck zu der Greisin um, »irgend etwas: eine schnelle Assoziation. Ein Reim – oder das Orakel von Thalliopê scheitert.«

»Alles, was mir einfällt, ist ein obskures Märchen: Die Wilden von Esanuk fürchten eine Spinnenkreatur, die mit der Kälte kommt. Die hat auch viele Arme …«

Ein Eiserner Mann drängte rücklings durch die Türe, die Augen flackernd vor Angst und hinaus in die Halle gerichtet. »Er brüllt! Herrinnen, ich fürchte …«

»Esanuk«, rief die oberste Herrin des Silbergartens, »wundervoll. Je weiter, desto besser! Eutemyê!«

Die Sprecherin des Orakels lief bereits zu der Leiter in den Geheimgang und wandte sich dort noch einmal den anderen Priesterinnen zu: »Einzigartig, Naturgewalt, Gut und Böse, fehlende Hand, Weisheit greifen, Ferne schweifen, Anhänger des Abwesenden Gottes, Esanuk, Spinnenwesen, viele Arme, Kälte. Sonst noch etwas?«

Wieder erklang ein grauenvolles Brüllen – und diesmal hallte es bereits durch das Maul der Sphinx und den Geheimgang zu den Herrinnen des Silbergartens.

»Hier ist sie!« Die Botin war zurückgekehrt und keuchte, so sehr war sie gerannt. Am Saum ihrer Tunika hielt sie Kallyê, die mit ihr in den Raum gestolpert kam und unsicher die Schwestern anblickte. Man hatte der Tochter inzwischen ein Novizinnengewand übergestreift. Vielleicht konnte sie dem Tempel doch noch von Nutzen sein.

»Novizin, du weißt, was draußen vor dem Orakel steht?«

Die Tochter nickte gefaßt. »Ein sechsarmiges Ungeheuer.«

»Richtig. Du wirst für das Orakel sprechen!«

»Ich? Aber ich bin doch gar nicht zur *Manteia* ausgebildet?« Kallyê starrte die Herrinnen des Silbergartens ängstlich an.

»Keine Zeit für Erklärungen! Du hast lange genug mit den Philosophen in Andhakleia zu tun gehabt. Besinne dich darauf, was du bei ihnen aufgeschnappt hast, und improvisiere! Denk an die fehlende Hand des Ungeheuers, an vielarmige Spinnenwesen aus Esanuk und sieh zu, daß du es möglichst weit fortschickst.«

Kallyê sah die *Philophore* überrumpelt an.

Îonê gab einen wütenden Laut von sich und schob die Tochter mit einer Kraft, die man der alten Frau nicht zugetraut hätte, auf die Leiter unter dem Geheimgang zu. Dankbar sprang Eutemyê, die bis dahin auf den Sprossen ausgeharrt hatte, zur Seite und machte Kallyê Platz.

Wieder war lautes Grölen zu hören, und es klang inzwischen mehr als gefährlich.

»Zeig, ob du einer Priesterin noch würdig bist! Wenn du versagst, Tochter, werden wir dich von deinen Pflichten als Priesterin nicht entbinden können!« Hymnê funkelte Kallyê ernst an. Die hetzte jetzt die Sprossen nach oben und verschwand in dem dunklen Zugang. Kurz darauf waren nicht einmal mehr ihre Füße zu sehen.

Eutemyê trat wie die anderen Schwestern an die Seite der *Philophore* und starrte lauernd zu dem Geheimgang hinauf. »Entbinden? Ich dachte, wir hätten bereits beschlossen, daß Kallyê hingerichtet wird?«

Hymnê nickte. Sicher hatten sie das. Der Tochter konnte man schließlich nicht mehr trauen. Kallyê hatte ihr Schicksal selbst herausgefordert. Auf keinen Fall durften sie aus falsch verstandenem Mitleid Gefahr laufen, daß die Agentin jemandem die Geheimnisse des Orakels verriet.

»Ja, aber das weiß die Tochter noch nicht. Die Hoffnung wird ihre Zunge in diesem Augenblick beflügeln. Sorgt ihr nur dafür, daß die Eisernen Männer bereitstehen. Wenn das hier vorbei ist, sollen sie Kallyê über das Labyrinth in den Neumondturm bringen. Der Henker erwartet sie dort bereits. Falls sie das hier überlebt …«

Das Orakel

Im Silbernen Tempel von Thalliopê,
in der Halle der Sphinx, kurz zuvor

Surjadora starrte mißmutig auf das geriffelte Holztäfelchen in ihrer Hand, auf dem ein rotes Wachssiegel mit dem Abdruck der Wolfssphinx prangte. Auf der Holzfläche daneben befand sich eine eingebrannte Ziffer.

Bereits vor fünf Stunden hatte sie der Sohn ihrer *Prokinetrix* darüber in Kenntnis gesetzt, daß sie bald aufgerufen werden würde. Fünf Golddubokinen hatte sie der Dienst dieser Frau gekostet, dafür waren ihr seit ihrer Anmeldung immerhin zwei Wochen Wartezeit erspart geblieben. Zeit, die sie dazu genutzt hatte, ihre Geschäfte zu tätigen. Noch immer verfluchte sie den Verlust ihrer Ladung im Meer des Schlafes. Sollten die Sorgen denn nie ein Ende finden?

In die Menschenmasse auf dem Vorplatz des Tempels war nur langsam Bewegung gekommen. Selbst jetzt, da es ihr endlich gelungen war, mit zahlreichen anderen Pilgern in die Tempelhalle vorzurücken, wo es bei weitem wärmer als unter freiem Himmel war, schien es noch Stunden zu dauern, bis man sie endlich aufrufen würde.

Die Orakelhalle war etwa vierzig Schritt tief. Schlanke, silberglänzende Säulen trugen ein Dachgestühl aus edlen Hölzern. Surjadora stand mit etwa hundert anderen Pilgern und Priestern inmitten dieser Säulen und starrte gebannt nach vorn, zur Stirnseite der Halle. Denn dort hockte, alles beherrschend, die Sphinx.

Sie kauerte, über vier Schritt hoch, in einer naturbelassenen Felsgrotte und war aus dunklem Gestein gehauen. Die Wolfstatzen ruhten am Boden, und ihr übermenschlich großes Frauengesicht war versilbert. Auch auf der Brust der Sphinx schimmerte es mondhell. Dort waren fremde silberne Runen zu erkennen, über deren Bedeutung sich die Kapitänin den Kopf zerbrach, ohne zu einem Schluß zu kommen.

Um sie herum wurde getuschelt. Ein *mercator* aus dem Imperium hatte leise eine Melodie angestimmt, in der Vorhalle des Orakels war das Blöken eines Opfertiers zu hören, und selbst jetzt noch nahmen Priesterinnen in prachtvollen Tuniken Geldspenden entgegen.

Weiter vorn war der wohltönende Aufruf einer dieser Eulykierinnen zu hören, und der *mercator* neben ihr warf einen freudigen Blick auf sein Holztäfelchen. Hatte er nicht vor drei Stunden noch sein Bedauern darüber ausgedrückt, daß er erst weit nach ihr an der Reihe wäre? Empört erinnerte sich Surjadora an den klingenden Beutel, den der Mann vor einer Stunde einer schmalbrüstigen Orakelpriesterin in die Hand gedrückt hatte. Sie zog die Felljacke über ihrem Sari straff und blickte erbost in die Runde.

In diesem Augenblick waren vor dem Tempel aufgeregte Schreie zu hören. Ein lauter Ruf folgte, und aus verborgenen Nischen huschten zur Überraschung der Kapitänin ein halbes Dutzend Eiserner Männer mit blankgezogenen Waffen. Hatte da etwa eine Gruppe Pilger die Geduld verloren? Es hätte sie nicht gewundert.

»Aus dem Weg, Schlotterlurchin!« Eine dröhnende Stimme hallte in das Tempelinnere. Irritiert wandte sich Surjadora dem Eingang der Halle zu. Von dort erklang lautes Stampfen, und für einen Moment dachte sie, einer der Pilger wolle sich mit Hilfe eines Elefanten Einlaß verschaffen.

»Fünfarm spricht mit Stinkorakel!«

Ein riesiges sechsarmiges Ungeheuer mit blauer Haut, Glotzaugen und fürchterlichen Reißzähnen verdunkelte schlagartig den hohen Eingang zur Halle und brüllte so laut, daß der rituelle Silberschmuck am Dachfirst zu klingen begann. In seinen Pranken lagen Waffen, von denen jede zwei- bis dreimal so groß war wie die, welche ein Mensch zu halten vermochte.

Das vielarmige Wesen hatte die großen, halboffenen Portaltüren mit einer beiläufigen Bewegung aufgestemmt. Rumpelnd prallten diese gegen die steinerne Front: Türen aus schwerem Metall, die zu öffnen vier Mann der Tempelwache erforderte …

Vor dem blauhäutigen Riesen purzelten ein halbes Dutzend

eulykischer Wolfskrieger in den Raum, die sich schnell wieder aufrichteten und zögerlich einen Halbkreis vor ihm bildeten. Nervös blickten sie sich zu den Priesterinnen um, die mit offenen Mündern dastanden. Offenbar wußte niemand so recht, wie man mit diesem fleischgewordenen Alptraum umgehen sollte.

Rechts von Surjadora schrie jemand entsetzt auf, und panisch drängten die Pilger zurück bis zu den Außenwänden der Orakelhalle. Ängstliches Wimmern, von Furcht gedämpft, huschte durch den Saal. Surjadora selbst wurde erst aus ihrer Erstarrung gerissen, als sie von dem *mercator* angerempelt wurde, über dessen Gebaren sie sich eben noch aufgeregt hatte. Wie einige andere auch, versuchte er, hinter einer der Säulen Schutz zu finden. Aus seinen Augen schrie Todesangst. Surjadora stand allein und ungeschützt vor der Reihe der anderen Pilger und konnte noch immer nicht fassen, was sich vor ihren Augen abspielte. Ungeheuer wie dieses im Eingang der Tempelhalle gab es doch nur in den alten Sagen! In den Geschichten, die von den Heiligen kündeten! Was war nur mit der Welt geschehen?

Das Ungetüm stapfte jetzt mit schweren Schritten nach vorn und würdigte dabei die Eisernen Männer, die hastig seinen Schritten auswichen und sich zu keinem Angriff durchringen konnten, keines Blicks. Vom Vorplatz her war der leise Hall von Signalhörnern zu hören.

Surjadora starrte dem Riesen hinterher und bemerkte dreierlei. Zum einen, daß einer der sechs Arme des Geschöpfs in einem bläulichen Stumpf auslief. Offenbar hatte ihm dort jemand die Hand abgeschlagen. Zum anderen, daß das Ungetüm das Kurjamäische auf übelste Weise verunglimpfte. Zum dritten aber, daß vor ihr auf dem Boden das gesiegelte Holztäfelchen des *mercators* lag. Er mußte es bei seiner Flucht verloren haben.

Surjadora bückte sich kaltblütig und hob es auf, während sie den blauhäutigen Koloß weiterhin im Auge behielt. Der durchmaß die Halle mit großen Schritten und hielt erst inne, als er direkt vor der Wolfssphinx stand.

»Schau nicht, Starrglotze! Rede!« Wieder hallte sein lautes Grölen durch den Raum. Vor dem Standbild wirkte das Ungeheuer gar nicht mehr so groß. Der Riese musterte die Sphinx schnaufend, trat noch näher heran und schien sie mit seinen Nüstern zu beschnuppern. Dann richtete er sich wieder auf.

»Was ist Fünfarm? Woher komme ich?« Sein Brüllen übertraf jede Befürchtung.

Eine Weile war es totenstill in der Halle. Surjadora aber hatte das unbestimmte Gefühl, dieses Wesen von irgendwoher zu kennen. Natürlich!

Damals, im coleopäischen Kerker! Mit einem Schlag erinnerte sie sich an die sechsarmigen Götzenstatuen, die Gijao für den coleopäischen Richter angefertigt hatte. Beim Abwesenden Gott! Vor ihnen in der Halle stand ein *Fang*, einer der katauekischen Blauen Götter!

»Sprich, Schweigfratze, sonst setzt es was!« Die Rückenmuskeln des Blauen Gottes spannten sich bedrohlich, als er die Waffen hob. »Fünfarm will Antwort, Schnarchorakel, stinkiges!«

Ein leises Kratzen erklang aus der Felsgrotte, und ein hallendes Flüstern war zu hören. Hunderte Köpfe reckten sich trotz der drohenden Gefahr nach vorn, um die Stimme verstehen zu können. Surjadora bemerkte, daß unter den Priesterinnen und Eisernen Männern in der Zwischenzeit große Umtriebigkeit ausgebrochen war. Wieder waren leise die Alarmrufe zahlreicher Signalhörner zu hören.

Ein junger Mann mit hellem kurzem Haar eilte in diesem Augenblick durch das Portal in die Orakelhalle, an der Hand eine Frau mit einer Mütze aus rotem Leopardenfell und Fellmantel. Eine Katauekin!

Die beiden blieben stehen, als ob sie gegen eine unsichtbare Wand gelaufen wären. Aber was war das? Begriff der Blondschopf die Gefahr nicht, in der sie sich alle befanden? Warum grinste er so unverschämt, als er den Blauen Gott entdeckte?

»Das soll eine Antwort sein, Blechfresse?« Der *Fang* brüllte wutentbrannt. Einige der Pilger weiter vorn gingen vor lauter Furcht auf die Knie und hielten sich die Ohren zu.

»Wahnsinnig geworden, Steinschlampe? Ich schippere doch nicht um die halbe Welt, um mich auf den nächsten Kontinent schicken zu lassen.« Das Ungeheuer war so wütend, daß ihm Dampf aus Nase und Ohren quoll.

Nur zögerlich mischte sich ein stockendes Flüstern in das Gebrüll. Die Sphinx? Im Gegensatz zu dem Blauen Gott wirkte sie wie tot. Was war, wenn es sich bei dem Orakel in Wahrheit nur um ein schnödes Standbild handelte? Was war ...? Die Gedanken der Kapitänin gingen im fürchterlichen Wutgebrüll des Wesens unter.

»Viele Arme? Ich zeig dir viele Arme, Lügenschwester!« Mit einem Sprung war das sechsarmige Wesen bei der Sphinx und schlug mit zwei großen, gebogenen Schwertern zu. Es klirrte, und das prachtvolle Antlitz der Sphinx war an zwei Stellen aufgeplatzt.

»Steinschädel, sturer!« Aus dem Maul des Ungeheuers fuhr eine weitere Dampfwolke, als es herumwirbelte, eine riesige, versilberte Altarplatte umfaßte und diese hochstemmte. Berstend brach sie aus der Verankerung. Marmorne Zapfen polterten zu Boden, und Staub lag in der Luft.

Irgendwo kreischte eine Priesterin. Wolfsmänner brüllten Befehle, und zwei von ihnen stürmten auf den Riesen zu. Einige der Pilger rannten schreiend zum Ausgang.

»Da hast du deine Weisheit, Grottenköterin!« Mit einem röhrenden Aufschrei warf der *Fang* der Wolfssphinx die Platte an den Kopf. Ein lautes Krachen hallte durch den Saal, und dröhnend fiel die Platte nieder auf die Wolfstatzen und dann zu Boden. Abgesplitterte Stücke flogen durch die halbe Halle. Das gesamte obere Viertel des Frauenkopfes bestand nur mehr aus versilbertem Trümmerwerk, das langsam auseinanderfiel. Über den ganzen Schädel zogen sich Sprünge. Aus zwei Runen auf der Brust war das Silber herausgesprengt worden.

Das Ungeheuer keuchte und drehte sich mit einer Geschwindigkeit zu den Eisernen Männern um, die man dem Riesen auf den ersten Blick nicht zugetraut hätte. Von überall her kamen weitere Wolfsmänner auf ihn zugeeilt. Der *Fang* schnaubte und hob fauchend seine vielen Arme mit den riesigen Waffen an. Für einen Moment wirkte er wie die groteske Parodie einer gewaltigen blauen Spinne, die nur darauf wartete, daß ihr die Beute ins Netz ging. Eine der blauen Pranken schwenkte jetzt eine große, hellebardenartige Waffe über seinem Haupt.

Die Wolfsmänner wichen sogleich zurück. In der Halle gegenüber weinten Priesterinnen.

Dann stampfte der Blaue Gott wieder zum Ausgang zurück, die zwei bogenförmigen Schwerter nach beiden Seiten sichernd, und eine scharf geschliffene Schwungscheibe über sich kreisend.

Vom Eingang her waren erneut Entsetzensschreie zu hören. Jene, die von dort aus die unglaubliche Szene in der Halle mitverfolgt hatten, sahen zu, daß sie geschwind wieder nach draußen kamen. Auch den Eisernen Männern erschien es vorteilhafter, für den blauen Koloß eine Gasse inmitten der Pilger zu schaffen, als sich auf einen Waffengang mit ihm einzulassen.

»Vorwärts, Nasenlurch«, grölte der Riese, als er an dem Kurzhaarigen vorbeistapfte, der die Halle zuvor mit der Katauekin betreten hatte, »wir gehen!«

Beim Abwesenden Gott, der junge Mann schien mit diesem Ungeheuer vertraut zu sein!

Fassungslos sah Surjadora mit an, wie die drei die Tempelhalle verließen. Kurz darauf waren auf den Treppen zum Orakeltempel und auf dem Vorplatz aufgeregte Schreie zu hören.

In der Halle selbst herrschte Totenstille. Zwei Priesterinnen sackten ohnmächtig zu Boden, und niemand der Umstehenden fühlte sich aufgefordert, ihnen zu helfen. Einzig ein leises Knirschen und Bröckeln war von der Stirnseite der Halle her zu hören. Es ging von der schwer beschädigten Wolfssphinx aus, aus der sich noch immer kleinere Gesteinsbrocken lösten.

Gerade räusperte sich jemand, als ein gedämpfter Frauenschrei zu hören war. In diesem Augenblick barst die Decke über der Grotte, in der die Sphinx kauerte. Unzählige Ziegel regneten mit Getöse auf die Statue herab, und mit ihr stürzte der Schatten eines menschlichen Körpers in die Tiefe – eine Frau!

Schreiend fiel sie auf den Rücken der Sphinx, versuchte sich irgendwo an den Flügeln festzuhalten, hing eine Weile zappelnd an ihrer Flanke und wurde dann von weiterem Geröll getroffen, das sie endgültig zu Boden warf. Stöhnend lag die Unbekannte auf einer der riesigen Wolfstatzen.

Surjadora bemerkte erst jetzt, daß sie fast allein mitten in der Halle stand. Die Neugier mußte ihre Schritte gelenkt haben. Sie war noch immer fassungslos. Doch niemand schien sie weiter zu beachten. Die Köpfe der Pilger waren starr auf die blonde Priesterin gerichtet, die sich ächzend erhob, bis sie taumelnd vor der Statue stand. Ihre schlichte Tunika war über und über mit Staub bedeckt. Die Erkenntnis traf Surjadora wie ein Schlag. Sie kannte die Gestürzte. Es war die Kontorsleiterin Kallyê!

Bei der Kakerlakenkutsche des Buckligen! Da oben, genau über dem Kopf der Sphinx, war offenbar eine Kammer gewesen, die durch das Wüten dieses *Fangs* ebenfalls Schäden erlitten hatte! Zornig blickte die Kapitänin zu den Reihen der Priesterinnen, und einer von den Pilgern sprach in der *lingua dei* das aus, was jeder dachte: »Betrug!«

Empörtes Raunen lief durch die Reihen, während vor dem Tempel neuer Tumult ausbrach. Eine der Priesterinnen deutete hastig zu zwei herumstehenden Eisernen Männern, dann zu Kallyê.

Deren Körper spannte sich plötzlich. Mit ungläubigem Blick wirbelte die Eulykierin zu der Sphinx herum. Sie schien die Eisernen Männer, die auf sie zugehastet kamen, nicht einmal zu bemerken. Starr blickte sie zum demolierten Antlitz der Sphinx auf und taumelte keuchend zurück. Ein Zittern durchlief den Körper der Kontorsleiterin, und flehend streckte sie dem Standbild die Arme entgegen. Ein verzweifelter Ruf folgte.

Was war mit dieser verlogenen Priesterin los? Die Eisernen Männer hatten sie unterdessen rüde gepackt und zogen sie zum Ausgang.

Das Schauspiel wurde von den wütenden Blicken der Umstehenden verfolgt, deren empörtes Raunen immer lauter wurde. Einige der Pilger hatten bereits damit begonnen, die umstehenden Priesterinnen zu beschimpfen, die sich hilflos nach den Wolfsmännern umschauten.

Da knackte es laut in der Halle, und ein sirrender Nachhall wie Silber auf Glas durchschnitt die Luft. Wieder ruckten die Köpfe herum, und alles starrte wie gebannt auf die ramponierte Wolfssphinx. Die hatte zu zittern begonnen.

Bei allen Heiligen, sollte der Wahnsinn hier denn überhaupt kein Ende finden? Selbst Surjadora trat vorsichtshalber ein wenig zurück, obwohl sie bestimmt fünfzehn Schritt von der Statue entfernt war. Einige Priesterinnen hielten sich entsetzt die Hände vor den Mund, andere suchten hinter den Rücken der Eisernen Männer Schutz, die doch nichts anderes tun konnten, als das Schauspiel gebannt zu betrachten.

Das gesamte Gestein wurde nun von einem feinen Gitternetz aus Rissen überzogen. Man konnte förmlich mit ansehen, wie immer mehr und immer feinere Spalten und Linien über den Körper der Statue liefen. Der ganze Koloß bebte wie der Deckel auf einem der Kochtöpfe von Schiffskoch Garuleos.

Schlagartig verstummte das Knirschen, und für einen Moment stand die Statue still. Dann peitschte ein lauter Knall durch die Halle, und Priesterinnen, Krieger und Pilger wurden von einem gewaltigen Windzug zu Boden geschleudert. Zu ihren Köpfen flogen Hunderte von Gesteinssplittern durch die Luft ... und verharrten von einem Moment auf den anderen über ihnen, so als ob sie dort auf zähes Harz getroffen wären. Einer der Wolfsmänner starrte bleich auf einen spitzen Brocken, der knapp vor seinem Brustpanzer schwebte und ihn sicher durchbohrt hätte, wäre er nicht mitten im Flug zum Stehen gekommen.

Ehrfürchtige Laute erklangen überall in der Halle. Auch Surjadora war von der Druckwelle zu Boden geschleudert worden. Vorsichtig erhob sie sich wieder. Wohin man auch sah, überall in der Halle glitzerte es mondhell. Gesteinssplitter unterschiedlicher Form und Größe schwebten über ihnen im Raum. Einige der Brocken wirbelten noch immer um die eigene Achse, andere zitterten leicht. Dann, als ob sie an unsichtbaren Fäden gehangen hätten, die eine unbekannte Macht mit einem Schlag kappte, prasselten sie überall in der Halle zu Boden. Surjadora fühlte, wie sie von kleineren und größeren Brocken gestreift wurde, doch sie nahm die Berührungen kaum wahr.

Ihr Blick war allein auf jene Gestalt gerichtet, die nun dort auf allen vieren stand, wo sich eben noch die Statue befunden hatte.

Die Kreatur mit glänzendem Silberfell, funkelnder Mähne und großen Flügeln war wohl an die drei Schritt hoch. Ihre Schwingen schimmerten weiß wie Alabaster. Ein heller Schein, weich wie das Licht des Mondes, ging von dem Wesen aus und tauchte die Felsnische hinter ihr in geheimnisvolles Licht. Der Körper aber war nicht mehr der eines Wolfes, sondern der einer Löwin. Das Geschöpf schüttelte sich auf anmutige Weise, so als ob es lange im Schlaf gelegen hätte. In der Nähe sah man weitere kleinere Gesteinsbrocken in der Luft herumwirbeln. Auch sie wurden vom Silberlicht getragen, bevor sie langsam zu Boden glitten.

In einer grazilen Bewegung legte das Wesen seine Flügel an und hockte sich mit zusammengelegten Pranken auf den Boden, nicht länger wachende Wölfin, sondern ruhende Löwin. Dann erst warf es seine Mähne nach hinten.

Ein lautes Raunen lief durch die Tempelhalle, und wohin Surjadora auch sah, überall gingen die Menschen ehrfürchtig auf die Knie. Jetzt erkannte auch sie es. Denn das Antlitz, das das Wesen enthüllt hatte, ließ keinen Zweifel daran, wer sich hier vor ihrer aller Augen niedergelegt hatte: eine Sphinx.

Die wahre Sphinx!

Sie trug ein Gesicht, halb Frau, halb Löwin. Ihr Blick aber war wundersamer als alles, was die Kapitänin jemals zuvor gesehen hatte. Starr und leer war er auf Surjadora gerichtet, die verloren inmitten der Halle stand. Eine Gänsehaut lief über ihren Rücken, und ohne daß sie dies bemerkte, glitten ihr die Holztäfelchen aus den Händen.

Die riesigen Katzenaugen, mit denen die Sphinx bis auf den Grund ihrer Seele zu blicken schien, waren nachtschwarz und von erschreckender Tiefe. Surjadora meinte sich in diesem Blick verlieren zu müssen. Wo in dieser unergründlichen Schwärze

Pupillen hätten sein sollen, waren statt dessen die Sterne des Nachthimmels zu sehen.

»Stell deine Frage, Surjadora Kerishades aus dem Volk der Kurjamäer.«

Surjadora keuchte überrascht auf und fühlte, wie ihr die Knie weich wurden. Die Sphinx hatte sie angesprochen. Sie persönlich! Die Stimme war nur in ihrem Kopf zu hören gewesen. Und sie klang, als legte sich Sternenlicht perlend auf ein Bett aus Schnee.

Ein Wunder! Bereits das zweite an nur einem Tag.

Ruckartig zog sie den Mantel über ihrem Sari straff und versuchte, sich an diese bis in die kleinste Einzelheit ausformulierte Frage zu erinnern, die ihr die Gesalbten Meister vom Schreienden Stern mit auf den Weg gegeben hatten.

Doch sie war innerlich viel zu aufgewühlt, als daß sie sich auf den genauen Wortlaut hätte besinnen können. Alles, was ihr in diesem Augenblick in den Sinn kam, war lediglich das, was sie selbst am meisten bewegte. Ihre Lippen formulierten bereits die Frage, bevor ihr bewußt wurde, was sie tat.

»Wie finde ich das Geheimnis des Weltennetzes?«

Die Sphinx hielt Surjadora weiter mit ihrem Sternenblick im Bann. Wieder ertönte die rätselhafte Stimme tief hinter der Stirn der Kurjamäerin:

»Im Steinernen Meer, im Schlund des Wolfes,
lebte der Treueste des Löwen, Weber und Gedankenschmied.
Wenn seine Fährte gefunden wird und Mond den Stein berührt,
ist dir die Macht gegeben, ein neues Netz zu spannen
und eine alte Macht zu zerstören.«

Die geheimnisvollen Worte der Sphinx verhallten in ihrem Kopf. Doch Surjadora wußte, daß sie sich an jedes einzelne von ihnen bis an ihr Lebensende erinnern würde. Niemals zuvor hatte sie sich der Schöpfung so nahe gefühlt. Sie blinzelte und bemerkte, daß ungezählte Blicke auf ihr ruhten. Sie sah Priesterinnen weinen – diesmal vor Glück.

Ein halbes Dutzend Pilger machte mutig den Anfang; fasziniert und verstört zugleich traten sie zwischen den Säulen hervor. Der Ausdruck ihrer Augen zeugte von der gleichen Verzückung, die auch sie soeben erlebt hatte.

Langsam nur wurde sich Surjadora des Umstandes bewußt, daß draußen vor dem Tempel Alarmrufe zu hören waren. Galten sie diesem *Fang*? Verwüstete er jetzt die Stadt? In diesem Moment stürmte ein leomannischer Adliger ungehindert von der ausgedünnten Wolfsgarde in die Tempelhalle und brüllte einer Gruppe von Pilgern zu: »Kommt schnell, Katauеken greifen den Hafen an!«

Als sein Blick auf die Sphinx fiel, sank er staunend zu Boden. Katauеken griffen den Hafen an? Surjadora warf dem wundersamen Geschöpf einen letzten, ehrfurchtsvollen Blick zu, dann drehte sie sich um und rannte los. Im Hafen lag schließlich auch ihr Schiff!

Der Blaue Gott

Vor dem Silbernen Tempel von Thalliopê, etwa zur gleichen Zeit

Nukulahi lag am weißen Strand von Nuku'atepe und war glücklich. Über ihm wiegten sich die Kronen der Palmen im warmen Sommerwind, und zu seinen Füßen flüsterte die Brandung ein Schlummerlied. Seine Rechte aber ruhte warm und weich in der Hand seiner Liebsten. Glücklich drehte sich der Prinz zu ihr um und streichelte ihr blondes Haar ... Doch etwas stimmte nicht.

Der Boden erzitterte. Überall am Strand bildeten sich große und kleine Trichter, durch die der weiße Sand ins Innere der Erde sickerte. Die ganze Welt bekam Löcher. Auch seine Liebste neben ihm wurde stumpf und schal: eine Gestalt aus grauem Sand, die mit jedem neuen Erdstoß mehr auseinanderfiel. Ihr bröckelnder Mund aber öffnete sich, und sie sprach ...

»Gafft nicht, Fellpuper!«

Der Prinz riß entsetzt die Augen auf und sah über sich die Stange seines kleinen Zeltes, das er wie die anderen Pilger auf dem Vorplatz des Silbernen Tempels aufgestellt hatte. Er war noch immer in mehrere Lagen Decken eingehüllt und wurde sich auf einmal der Kälte bewußt, die beißend in sein Fleisch schnitt.

Ein Traum. Wieder war es nur ein Traum gewesen, aus dem er erwacht war. Ein Alptraum ...

Draußen, vor dem Zelt, schrien unentwegt Menschen. Aufgeregte Stimmen in verschiedenen Sprachen riefen durcheinander. Erneut hallte von irgendwoher ein wütendes Grölen über den Vorplatz. »Aus dem Weg, Schlotterlurchin!«

Bei Eomes! Das war Coleopäisch!

Jemand rempelte von außen gegen die Zeltplane, und Nukulahi beeilte sich, so schnell wie möglich in seine Schuhe zu schlüpfen. Den wärmenden Turban hatte er vorsichtshalber gar nicht erst aufgewickelt. Er griff zu seinem neuen Speer, riß die schwere Plane beiseite und stürzte nach draußen.

Um ihn herum, auf dem Platz vor den Treppen des Tempels, erstreckte sich ein regelrechtes Zeltlager. Über zwei Wochen hatte Nukulahi gebraucht, um über die serpentinenartige Allee bis hierher vorzudringen. Anders als die Kapitänin hatte er sich keine *Prokinetrix* leisten können.

So war ihm nichts anderes übriggeblieben, als sich ein billiges Zelt zu mieten und die beschwerliche Wartezeit auf sich zu nehmen, wie es auch andere Pilger taten. Garuleos, der Schiffskoch, versorgte ihn über Tvashi vier- bis fünfmal am Tag mit Brühe und warmem Essen. Doch an die Kälte hatte sich der Prinz noch immer nicht gewöhnen können.

Neben einheitlichen Zelten aus hellem Stoff, wie auch Nukulahi eines besaß, waren auf dem Vorplatz einige sehr exotische Unterkünfte zu sehen. Manche von ihnen ähnelten regelrechten Palästen aus rotem, blauem und sogar purpurnem Tuch. An Masten und Standarten hingen die Flaggen unbekannter Reiche.

Anders als die Tage zuvor drängten sich die Menschen auf dem Platz furchtsam gegen die Wände der umgebenden Gebäude. Andere stierten unverwandt zum Eingang des Tempels und gestikulierten wild mit den Armen. Hatte es etwas mit den beiden Zelten vor der großen Treppe zu tun, die niedergestürzt waren? Dort oben strömten jetzt Dutzende von Pilgern zusammen und versuchten einen neugierigen Blick in das Tempelinnere zu werfen.

»Gigas!«, »Gigantos!« erklang es in der aufgebrachten Menge.

Bei Eomes, was war denn bloß geschehen? Nukulahi verfluchte sich dafür, daß er sich entschlossen hatte, sich die Wartezeit mit einem Schläfchen zu verkürzen.

Plötzlich waren überall in der Stadt die lauten Klänge von Signalhörnern zu hören. Auf den Zinnen der Mauern standen eulykische Krieger. Aufgeregt deuteten sie hinunter zum Hafen.

Kallyê hatte ihm erklärt, daß diese Krieger in der Ehernen Liga unter der Bezeichnung Eiserne Männer bekannt waren, die gegen Gold auch Kriege für fremde Reiche ausfochten. Offenbar erstreckte sich die Geschäftstüchtigkeit der Frauen dieses Landes nicht nur auf die üblichen Handelswaren.

Die Menschenmasse auf dem Platz wogte nun wie ein Schwarm aufgeschreckter Moras zu dem nahen Stadttor, um einen Blick nach unten auf den Hafen zu werfen. Doch ein ganzer Trupp Eiserner Männer in blinkenden Rüstungen und grauen Wolfsfellen hielt sie mit Speeren, Schilden und Kurzschwertern zurück, während hinter ihnen Dutzende weiterer Krieger in Richtung Bucht stürmten.

Was geschah dort unten? Nukulahi wandte sich an einen Pilger und sprach ihn in der Himmelssprache an. Doch obwohl dieser sehr vornehm gekleidet war, zuckte der Fremde mit den Achseln und bedeutete ihm mit arrogantem Augenaufschlag, ihn in Ruhe zu lassen.

Wieder war der schmetternde Klang der Signalhörner zu hören, deren Hall sich in den Gassen der Stadt brach. Immer mehr Krieger stürmten auf das Stadttor zu. Ihre Gesichter waren grimmig, und sie hatten ihre Waffen blankgezogen.

Nukulahi wollte sich gerade dazu entschließen, ebenfalls einen Blick durch das Stadttor zu wagen, als aus dem Orakeltempel lautes Scheppern und Dröhnen drang. Zahllose Köpfe auf dem Platz wandten sich um. Es klang, als ob etwas Schweres zu Bruch gegangen wäre.

Wieder hörte Nukulahi ein lautes Grölen, und erneut hatte er den Eindruck, als ob im Tempel jemand auf coleopäisch geflucht hätte. Aber wie konnte das sein? Die Pilger auf dem Platz blickten ebenso verstört wie er selbst. Da zog jemand an seiner Kleidung.

»Prinz Nukulahi ...« Neben ihm stand Tvashi mit verschwitztem Gesicht, und er keuchte vor lauter Anstrengung. »Der Steuermann ... läßt ausrichten ... daß im Hafen ... Kataueken eingetroffen sind! Sie haben einen *Riesen* mitgebracht.«

»Einen was?« Ungläubig starrte Nukulahi den Schiffsjungen an. Was sollte das sein? Aber eines hatte er sehr wohl verstanden: Schmaläugige waren in der Stadt.

»Steuermann Lakshapheus läßt die Karavelle vorsichtshalber zum Auslaufen klarmachen. Ich soll der Kapitänin Bescheid geben«, keuchte der Junge weiter.

Nukulahi deutete seinerseits zum Tempeleingang.

»Die Schiffsführerin ist leider schon im Tempel.« Dort war unvermittelt das laute Dröhnen schwerer Schritte zu hören. Wie Aioklarven aus einem Sandnest strömte in diesem Augenblick ein gutes Dutzend Eiserner Männer aus der Halle. Sogleich bildeten sie ein Spalier und schufen energisch eine Gasse zwischen den Pilgern.

Hinter ihnen aber füllte von einem Augenblick zum anderen ein blaues, sechsarmiges Ungeheuer das wuchtige Eingangsportal zur Orakelhalle aus. Das Geschöpf wirkte wie ein lebender Berg aus blauem Fleisch, so massig und groß war es. Und es hatte sechs Arme! Wie ein Käfer! In jeder seiner Hände trug es eine riesige Waffe. Es waren nur fünf, wie Nukulahi am Rande feststellte. Eine Hand fehlte.

Schnaubend blickte sich das Ungetüm auf dem Platz um. Die Pilger drängten schreiend vor ihm zurück. Einige von ihnen flohen bereits in die Gassen zwischen den hellen Gebäuden der Stadt. Nukulahi starrte ungläubig die Treppen empor, als sich das Wesen auch schon wieder in Bewegung setzte.

Unfaßbar, welche Wunder der Rand der Welt bereithielt!

Gleich neben dem Prinzen stießen die Eisernen Männer einige Neugierige beiseite, und geschwind bildete sich vor dem ehrfurchtgebietenden Wesen eine Schneise in dem Gewirr aus Menschen und Zelten, die zusehends dem Stadttor entgegenwuchs.

Plötzlich wußte Nukulahi, wo er dieses Geschöpf schon einmal gesehen hatte. Auf Coleopa, im Kerker des schmaläugigen Nautikers! Gijao hatte davon gesprochen, daß es sich dabei um ein göttliches Wesen handelte. Der Prinz war verwirrt. Verehrten die Eulykier diese Wesen ebenfalls? Bis eben hatte er angenommen, das Orakel habe die Gestalt eines großen, vierbeinigen Federschnabels.

Andererseits …

Hinter dem Ungetüm hetzten ein junger blonder Mann und eine Schmaläugige aus dem Tempel. Die Frau trug einen ähnlichen ledernen Rückenbeutel, wie Nukulahi ihn schon bei Gijao gesehen hatte. Bei Eomes! Was hatte Tvashi gesagt? Kataueken waren nach Thalliopê gekommen. Wenn das Orakel ursprünglich aus der Heimat des Nautikers stammte, wollten sie das Wesen jetzt am Ende wieder zurückbringen? Dann wäre seine Fahrt hierher völlig umsonst gewesen.

Nukulahi schob entschlossen zwei wimmernde Pilger beiseite und betrat in aller Würde die Gasse, die sich vor ihnen aufgetan hatte. Der Blaue Gott stand noch immer breitbeinig vor den Tempelstufen, doch der Prinz sah nichts Bedrohliches in seiner Haltung. Er schritt zielsicher auf das sechsarmige Ungetüm zu und verneigte sich feierlich. Ein Raunen ging durch die Reihen.

Das blauhäutige Geschöpf hielt mitten im Schritt inne und starrte ihn aus riesigen Glotzaugen an. Fast glaubte der Prinz, in seinem schrecklichen Antlitz so etwas wie Verwunderung lesen zu können. Nukulahi schluckte und schaute an dem blauen Fleischberg hinauf. So aus der Nähe wirkte das Geschöpf noch viel schrecklicher.

Der Coleopäer räusperte sich. Er hatte sich seine Frage schon vor vielen Tagen überlegt.

»Mein Name ist Prinz Nukulahi. Ich stamme vom fernen Reich der Tausend Inseln. Doch dort herrscht jetzt ein Thronräuber über mein Volk. Sag, ehrenwertes Orakel, wie finde ich ein Heer, das mir hilft, meine Heimat zurückzuerobern?«

Schnaubend glotzte ihn der Blaue Gott an, und einen Augenblick lang war auf dem ganzen Platz nur das Klirren seiner Waffen zu hören.

»Mach es dir doch selbst, Fischlippe!« brüllte ihn der Sechsarmige an wie ein ausbrechender Vulkan.

Wie bitte? Verwirrt betrachtete Nukulahi das Ungetüm, als er sich unvermittelt von einer riesigen Pranke gepackt fühlte, die ihn unsanft zur Seite schob.

Schwere Schritte ließen den Boden erbeben, als das Ungeheuer auf das Stadttor zustampfte. Ihm hinterher stürmten der junge blonde Mann und die Schmaläugige, die er bereits zuvor auf den Treppen des Tempels gesehen hatte.

»Er hat mit dir geredet! Er hat tatsächlich mit dir geredet!« Tvashi zerrte ungläubig an Nukulahis Pluderhose. Doch der Prinz starrte noch immer in Richtung Stadttor. Er konnte es einfach nicht fassen, welche Antwort ihm dieses Orakel gegeben hatte. Und dafür sollte er sich mit der Kapitänin auf den weiten Weg hierher begeben haben?

Er und Tvashi wurden von der Menschenmasse zum Tor gedrängt. Alle wollten wissen, was das sechsarmige Ungeheuer als nächstes tun würde.

Wenig später stand Nukulahi dort, wo der weite Platz auf das Tor stieß, und endlich konnte er einen Blick hinunter zum Hafen der Stadt werfen. Der Anblick war unglaublich!

Mitten im Hafenbecken schwängerte eine dicke schwarze Rauchfahne die Luft, die langsam gen Westen trieb. Ein Schiff war dort in Brand geraten. Nukulahi war sich sicher, um welchen Segler es sich dabei handelte. Schließlich kündeten die Legenden seiner Vorfahren voller Schrecken von diesen Schiffen: Es war eine Dschunke der Schmaläugigen.

Doch noch ein weiteres dieser Schiffe lag im Hafen vor Anker. Von dort aus schien man die brennende Dschunke beschossen zu haben. Aus ihrem breiten Bauch quoll ein endloser Strom schwer bewaffneter schmaläugiger Krieger. Sie alle waren in blinkendrote Kriegsgewänder gehüllt und hielten eine Vielzahl bizarrer Waffen in ihren Händen. Von hier oben sahen sie aus wie fürchterliche Blutkäfer.

Es waren Dutzende, nein, Hunderte, die dem hölzernen Leib des Seglers entstiegen! In dichten Trauben stürmten sie in Richtung Allee, während von überall her eulykische Wolfskrieger ausschwärmten und ebenfalls Schlachtformationen einnahmen. Auch ihre Zahl belief sich inzwischen auf über Hundert, und es wurden von Augenblick zu Augenblick mehr. Dutzende der Eisernen Männer kamen aus Nischen und verborgenen Toren aus der Flanke des Berges gestürmt. Offenbar war der Berg, auf dem die Mauern Thalliopês standen, mit geheimen Tunneln unterhöhlt.

Doch abgesehen von den rotgekleideten Schmaläugigen und den grauen Wolfskriegern, die beiderseits geordnet Stellung bezogen, herrschte im Hafen Panik. Menschenmassen drängten zu den Schiffen am Kai, Krämer stießen in wilder Flucht ihre Karren um, und einige versuchten sich sogar über das Eis im Hafenbecken zu dem Gezeitentempel zu flüchten, der wie ein weißes Mahnmal der Ruhe aufragte.

Auf der Allee aber war die Gestalt des Blauen Gottes zu erkennen, der mit großen Sätzen auf die Kaianlagen der Stadt zuhielt.

Aus der Ferne drang das Gebrüll der katauekischen Blutkäfer an Nukulahis Ohren, als diese auf einen Befehl hin losrannten und sich dem sechsarmigen Ungeheuer geschlossen in den Weg warfen.

Die Schmaläugigen richteten überlange Lanzen aus, doch das blauhäutige Wesen fegte diese mit wenigen Schlägen beiseite und stürzte sich auf die Blutkäfer wie eine hungrige Riesenspinne.

Leiber wirbelten empor, und abgetrennte Gliedmaßen regneten herab. Unablässig warfen sich die Schmaläugigen auf den Sechsarmigen, doch der war wie ein Hai, der im Schwarm jagt. Und jede Welle, die sich ihm entgegenwarf, prallte an ihm ab wie von den Flanken eines Wals.

Bei Eomes! Die Schmaläugigen wollten das sechsarmige Ungeheuer töten!

Hatte Gijao nicht erzählt, daß sein Volk diese Wesen wie Götter verehrte? Wieso gingen sie dann mit Lanzen, Peitschen und Schwertern auf es los?

Die Eisernen Männer Eulykiens hingegen beobachteten das Treiben aus sicherer Position, statt sich auf ein übereiltes Kräftemessen mit den Schmaläugigen einzulassen.

In was für eine Geschichte war er da nur hineingeraten?

Unmöglich konnte dieser Blaue Gott das Orakel sein. Er war ein solcher Narr! Aufgebracht drehte sich der Prinz um und sah nach Tvashi. Der war von Schaulustigen eingeklemmt worden und schrie wie am Spieß. Wütend stürmte der Prinz nach hinten und fegte jeden beiseite, der ihm nicht freiwillig aus dem Weg gehen wollte. Er stand bereits im Tor, als er den Jungen endlich erreicht hatte.

Tvashi heulte und hatte ein zerschrammtes Gesicht. Der Prinz zog ihn mit sich zum Vorplatz, als er einen neuen Trupp Eiserner Männer erblickte, die auf das Tor zugeeilt kamen.

»Ich muß doch der Kapitänin noch Bescheid geben«, schluchzte der Junge auf.

Nukulahi versuchte es mit einem aufmunternden Lächeln und strich Tvashi über den Kopf. »Die wird das hier schon mitbekommen. Glaube mir. Komm!«

Der Prinz ergriff den Jungen und zog ihn sanft über den Platz. Er wollte ihn außer Reichweite der zunehmend panisch werdenden Menschenmasse bringen. Außerdem mußte er herausfinden, ob der Silberne Tempel nicht das wahre Orakel barg. Sie standen bereits bei einem eingeknickten Zelt aus grünem Tuch, als Nukulahi auf der gegenüberliegenden Seite des Platzes ein bekanntes Gesicht entdeckte. Angespannt hielt er inne.

Die Priesterin schrie und schlug um sich. Unerbittlich wurde sie von zwei Eisernen Männern vom Tempel fortgezerrt. Sosehr sie sich auch gegen sie zur Wehr setzte, die beiden Männer schleiften sie ungerührt auf eine Seitengasse zu. Keiner der Pilger beachtete die drei. Tvashi, der neben ihm stand, hatte sich seine Tränen fortgewischt und starrte ebenfalls entgeistert zu der Frau hinüber.

»Ist das nicht Kontorsleiterin Kallyê?«

»Ja, das ist sie.« Nukulahis Gesicht glich einer steinernen Maske. »Ich glaube, sie braucht unsere Hilfe.«

Schurkenstreich

Hafen von Thalliopê, wenige Augenblicke später

Es war mehr eine böse Vorahnung als ein Anzeichen wirklicher Gefahr, die Surjadora die Tempeltreppen hinunter und über den Vorplatz stürmen ließ. Überall schoben und drängten sich Massen von Pilgern dem Hafen entgegen. Einige der Zelte auf dem Platz waren umgestürzt, und immer wieder erblickte die Kapitänin kleinere Trupps Eiserner Männer in blinkenden Rüstungen und grauen Wolfsumhängen, die zum Stadttor eilten oder die Mauern besetzten.

Schwere Rauchschwaden hingen über dem Hafen trübe in der winterlichen Luft. Was war dort los? Die Kapitänin boxte eine blaßgesichtige Einheimische beiseite, die ihr trotz des Chaos, das überall herrschte, teure Schnitzereien andrehen wollte. Anschließend kämpfte sie sich durch die dicht an dicht stehende Menschenmenge hindurch, die vor und hinter dem Stadttor stand und erregt zum Hafen deutete.

Als sich Surjadora endlich zu ihnen durchgeschlagen hatte, konnte sie nicht fassen, was sich in der Bucht zu Füßen der Stadt abspielte.

Weit über hundert katauekische Soldaten in roten Waffenröken waren an den Kaianlagen der Stadt aufmarschiert und lieferten sich einen erbitterten Kampf mit dem sechsarmigen *Fang*, der zuvor das Inventar des Orakeltempels in Trümmer gelegt hatte.

Im Hafenbecken lagen zwei große Pfauenschiffe. Das eine brannte, und zahlreiche Seeleute versuchten, dem Feuer mit Wasser und Schnee Herr zu werden. Aus dem Stimmengewirr der Umstehenden war herauszuhören, daß mit der einen Nauke das sechsarmige Ungeheuer eingetroffen war, diese Nauke aber von dem Pfauenschiff mit den vielen Kriegern an Bord in Brand geschossen worden war. Offenbar hatte sich das brennende Pfauenschiff auf der Flucht befunden.

Das Verfolgerschiff aber spuckte mit jedem Atemzug weitere katauekische Soldaten aus, die mit überlangen Speeren und Peitschen bewaffnet waren. Soeben ging dort unten eine Einheit mit Armbrüsten in Stellung.

Ihnen gegenüber – und sie von allen Seiten einschließend –, standen Hunderte von Eisernen Männern, die lauernd auf einen Befehl zum Angriff warteten. Doch die Priesterinnen, die diesen Befehl hätten geben können, beobachteten das kriegerische Treiben lediglich. Offenbar hatten die Eulykierinnen nicht vor, ihre Männer in einem Kampf aufzureiben, dessen Ziel und Ursprung niemand so recht zu verstehen schien, der aber eindeutig nicht der ihre war.

Unten machten sich die Kataueken mit den Armbrüsten bereit, nahmen unter dem Kommando eines Offiziers Aufstellung und feuerten eine Salve auf den Blauen Gott ab. Unzählige Bolzen bohrten sich in den Körper des Ungetüms. Trotzdem schien ihn der tödliche Geschoßhagel nicht aufhalten zu können. Brüllend und tobend ließ er seine Waffen kreisen, und die roten Katauekensoldaten um ihn herum fielen wie die Fliegen.

Bei Aionar, welch ein Gemetzel! Deutlich konnte man eine langgezogene Spur verrenkter Körper ausmachen, die sich vom Beginn der Allee bis zu dem tobenden *Fang* erstreckte. Surjadora führte die Linie gedanklich bis zu den Liegeplätzen der Schiffe fort und stöhnte unwillkürlich auf. Beim Abwesenden, diese Spur führte unmißverständlich zu jenem Kai, an dem die *Stern von Andhakleia* lag! Angestrengt spähte sie, bis sie ihr Schiff ausgemacht hatte. An Deck herrschte Tumult, und sie konnte erkennen, daß die Karavelle in diesem Augenblick dabei war abzulegen. Erleichtert atmete sie aus. Man konnte sich wirklich auf Lakshapheus verlassen.

Surjadora griff unter ihre Felljacke und zog ihr Sehrohr hervor, das sie mitsamt ihrem Logbuch und einigen weiteren Habseligkeiten bei sich trug. Ursprünglich hatte sie vorgehabt, sich mit einigen Eintragungen die Wartezeit im Orakeltempel zu verkürzen.

Mit einem klickenden Geräusch zog sie das Linsenrohr aus und verfolgte den Kampf am Hafen. Die Kraft des sechsarmigen Ungeheuers war unglaublich. In seiner Fratze standen Tobsucht und Zerstörungswut; seine vielen Arme fuhren wie die Windschaufeln der andhakleischen Himmelswarte unerbittlich auf und nieder und schlugen eine blutige Schneise in die Reihen der Schmaläugigen. Surjadora fieberte mit den fremden Soldaten, und mit einemmal schien es, als schafften sie es, den *Fang* mit mehreren Harpunen einzufangen.

»Ja, zeigt es dem verfluchten Vieh endlich!«

Zufrieden wollte die Kapitänin das Sehrohr wieder zusammenklappen, als sie Zeuge wurde, wie der fleischgewordene Gott zu dem blonden jungen Mann herumfuhr, den sie bereits kurz im Orakeltempel erblickt hatte. Der Fremde war gestürzt. Mit einer beinahe zärtlichen Geste hob er ihn in die Höhe. Surjadora stutzte.

Das sechsarmige Monster rannte nun in gewaltigen Sätzen auf den Liegeplatz ihrer Karavelle zu, hinter sich ein Gewirr aus Riemen und Schnüren herziehend, mit denen ihn die katauekischen Soldaten gespickt hatten.

»Nein!« entfuhr es Surjadora. Sie wurde blaß. Die Segel ihres Schiffes waren längst gesetzt und die Karavelle schon gute zehn Schritt von der Kaimauer entfernt. Das konnte das Ungetüm nicht schaffen. Niemals!

Sie ließ den runden Ausschnitt ihres Sehrohrs zum Heckkastell ihres Schiffes wandern. Dort stand Steuermann Lakshapheus. Doch was war das? Neben ihm befand sich mit einem Säbel in der Hand diese verfluchte Katauekin, die sie ebenfalls vom Tempel her kannte.

Das blauhäutige Ungeheuer sprang und ruderte wild mit seinen Armen in der Luft. Ein Krachen folgte, und das Geschöpf hing wie eine blaue Spinne an dem Beiboot hinter dem Heckkastell. Männer sprangen von Bord.

»Nein – *verfluuucht!«* Surjadora schrie lauthals. Mit aller Kraft, die sie aufbrachte, stürmte sie die Allee hinunter. Sie hetzte vorbei an Pilgern, Krämerinnen, Eisernen Männern und Leichen, geradewegs auf den Hafen zu. Dorthin, wo die Segel der *Stern von Andhakleia* zu sehen waren.

Zu ihrem Schiff – das in diesem Augenblick der Hafenausfahrt entgegensteuerte.

Spuren im Labyrinth

Im Tempelberg Thalliopês,
zur selben Zeit

Nukulahis Speer wirbelte nach vorn, und sein stumpfes Ende riß den Kopf des überraschten Wolfskriegers nach hinten. Der Mann stöhnte nicht einmal, so unerwartet hatte ihn der Hieb getroffen. Er sackte zu Boden, bevor er auch nur im entferntesten begriff, wie ihm geschah.

Mit einer schnellen Bewegung packte ihn der Prinz und zog ihn in die Seitengasse, in der er dem Mann aufgelauert hatte.

Er und Tvashi hatten die beiden Wolfskrieger durch die schmalen Gassen Thalliopês verfolgt, bis diese einen gedrungenen Rundturm aus gelben Steinen erreicht hatten, ein flaches Gebäude, das sich dicht an den felsigen Hang jenes Berges schmiegte, auf dem die Eulykier ihre reiche Hauptstadt errichtet hatten. Der niedrige Turm hatte einen Durchmesser von nicht einmal vier Schritt und wurde, wie viele Gebäude der Stadt, von einem Rundfries mit Wölfen geschmückt. Auf seinem Dach lag, wie überall, weißer Schnee.

Nur hin und wieder waren ihnen Eulykier entgegengekommen; die meisten Städter schien der Alarm auf die Hauptstraßen und zu den Toren der Stadt getrieben zu haben.

Die beiden Krieger hatten sich beim Turm mit einem dritten Wolfsmann getroffen. Dieser hatte die Gittertür bewacht, die den Zugang ins Innere des Turms versperrt hatte. Er hatte ihnen aufgesperrt, und die beiden Krieger waren mit Kallyê im Innern des Gebäudes verschwunden.

Nukulahi war sofort klar gewesen, daß es sich bei dem gedrungenen Rundturm um einen Zugang ins Innere des Berges handeln mußte.

Der Prinz hatte sich daraufhin in einer Seitengasse versteckt, während Tvashi den Schlüsselwart mit aufgeregten Rufen die Straße hinuntergelockt hatte – so weit, bis der eulykische Krieger auf Höhe des Coleopäers gewesen war.

Nachdem er sich des Mannes entledigt hatte, kam Tvashi auch schon herbeigeeilt und schaute sich aufgeregt um.

»Die Eisernen Männer werden uns foltern, wenn sie das hier entdecken!« Das Gesicht des Jungen wies hektische Flecken auf, als er die Straße hinunterspähte. »Oder noch schlimmer: Vielleicht sperren sie uns lebenslang ein, und wir bekommen nie wieder Garuleos' kandierte Früchte zu essen!«

Nukulahi mußte schmunzeln, und das trotz des Ernstes ihrer Lage. Über die Prioritäten, die man im Leben setzen sollte, würde er ein anderes Mal mit dem Jungen reden.

Sorgsam durchsuchte er Rüstung und Kleidung des fremden Kriegers und fischte dann einen Bund mit Schlüsseln hervor, die er Tvashi in die Hand drückte.

»Schnell jetzt!« Nukulahi wuchtete den Körper des Fremden auf die Schultern. Erst als Tvashi ein Zeichen gegeben hatte, daß die Gasse leer sei, eilten sie auf das runde Gebäude mit der Gittertür zu. Der Schiffsjunge schob einen großen Schlüssel in das Schloß, drehte ihn und drückte sie auf.

Geschwind huschten sie ins Innere des Gebäudes, und Tvashi schloß hinter ihnen wieder zu. Der Prinz spürte deutlich die Muskeln des Mannes, den er trug. Vor diesen Kriegern sollte er sich wirklich in acht nehmen. Wie sie es bereits von der Tür aus hatten erkennen können, war das Innere des Rundturms völlig leer. Keine vier Schritt über ihnen befand sich bereits das Gebälk, vor ihnen aber gähnte eine düstere, mannshohe Öffnung im Fels, in der steinerne Treppenstufen schräg in die Tiefe führten.

Nukulahi warf einen schnellen Blick nach draußen. Dort war es, sah man von den Signalhörnern ab, die unablässig erklangen, nach wie vor ruhig.

»Schade, daß wir kein Licht dabeihaben.«

Tvashis Stimme war nicht mehr als ein Flüstern. Nukulahi berührte ihn leicht an der Schulter. Der Junge zitterte.

Der Prinz richtete sein Augenmerk wieder auf den düsteren Zugang vor ihnen. »Warten wir doch erst einmal ab, was uns dort unten erwartet«, sagte er und legte Wärme und Zuversicht in seine Worte.

Tvashi straffte sich, und ein Funke von Entdeckergeist schien in ihm erwacht.

»Gut. Wir werden das Schiff schon schaukeln ... Du gehst vor, ja?« flüsterte er, vor Aufregung die geziemende Anredeform vergessend.

Den Eulykier noch immer auf den Schultern tragend, lauschte der Coleopäer und stieg dann langsam die steinernen Stufen hinab. Hinter ihm waren die vorsichtigen Schritte des Schiffsjungen zu hören.

Das Vertrauen, das der Junge in ihn setzte, war wirklich beunruhigend. Im stillen fragte sich der Prinz, ob es richtig gewesen war, Tvashi in diese Lage zu bringen. Nein, beantwortete er sich die stumme Frage selbst. Es war Selbstsucht gewesen. Er hatte nicht anders handeln können. Als er Kallyê mit den beiden Wachen gesehen hatte, hatte er sofort an Tuilaepe denken müssen. An jenen Moment, als Tongaros Schergen sie fortgebracht hatten und sie sich noch ein letztes Mal zu ihm umgewandt hatte ...

Sie hatte er nicht retten können. Bei Kallyê würde er nicht noch einmal versagen. Leise klirrte der Bund mit den Schlüsseln in den Händen des Jungen, und Nukulahi tastete nach dem Tuch Tuilaepes, das er wie stets eng am Körper trug. Von neuem Mut erfüllt, ging er weiter.

Die Treppe beschrieb einen Bogen, und wenige Augenblicke später konnte Nukulahi flackernden Lichtschein erkennen. Außer dem Prasseln des Feuers war nichts zu hören. Vorsichtig spähte er in eine kleine Höhle, wo zwei Fackeln in gußeisernen Halterungen an den Wänden hingen. Drei Gänge zweigten von hier ab.

Der Prinz ließ den Körper des Wolfsmannes zu Boden gleiten und streckte sich. Der Mann war nicht gerade leicht. Hastig wickelte er seinen Turban ab und riß den Stoff in Streifen. Wenig später war der Eulykier gefesselt und geknebelt.

Tvashi hatte ihm bei alledem mit offenem Mund zugesehen. »Ich sag dir, Nukulahi, die machen uns fertig, wenn die den hier entdecken. Ehrlich!«

Der Coleopäer schenkte dem Jungen ein feines Lächeln. Es

war das erste Mal gewesen, daß ihn Tvashi so vertraut beim Namen genannt hatte.

»Deswegen wirst du auch dafür sorgen, daß er nicht flüchtet.«

»Ich?« Tvashi sah ihn mit großen Augen an. Natürlich wollte er den Jungen aus der unmittelbaren Gefahrenzone heraushalten, wenn er den Kriegern weiter in den Berg hinein folgte.

»Ja, du versteckst dich in der Felsnische dort oben«, Nukulahi deutete auf eine dunkle Stelle, die nicht weit entfernt war, »und falls er aufwacht und Lärm machen will, nimmst du sein Schwert und ... piekst ihn.«

Noch einmal überprüfte er den Sitz des Knebels. Dann verband er dem Bewußtlosen auch noch die Augen.

Tvashi zog dem Krieger vorsichtig das eulykische Kurzschwert aus der Waffenscheide und wog es staunend in der Hand.

»Und du traust mir das wirklich zu? Ich meine, wohin gehst du denn jetzt?«

Nukulahi kniete vor dem Jungen nieder und legte seine Hände auf dessen Schultern. In diesem Augenblick, als er Tvashi mit dem Schwert in der Hand dastehen sah, wurde dem Prinzen bewußt, daß auch der Schiffsjunge seit ihrer ersten Begegnung älter geworden war. Er war nicht mehr der kleine Junge, sondern befand sich bereits auf der Schwelle zum Erwachsenwerden.

»Ich werde Kallyê holen. Keine Ahnung, was sie getan hat, aber ich ahne, daß ihr ein Unrecht widerfährt. Du wirst hier warten. Falls aus einem der Gänge jemand kommt, versteckst du dich. Sobald es aber in der Stadt dunkel wird, verschwindest du. Gleichgültig, ob ich dann schon wieder zurück bin oder nicht.«

Tvashi starrte auf das Schwert in seiner Rechten. »Und was ist, wenn dir etwas passiert?«

Nukulahi schüttelte sanft den Kopf und legte all die Zuversicht, die ihm geblieben war, in sein Lächeln.

»Ich weiß schon auf mich aufzupassen. Und jetzt ...«, der Prinz legte seinen Finger auf die Lippen. Tvashi nickte beklommen.

Der Coleopäer stand auf. Dann wandte er sich einer der Fackeln zu und zog sie aus ihrer Halterung. Sorgfältig leuchtete er den Boden ab. Er war dreckig, so wie er es vermutet hatte.

Überall waren Stiefelschritte zu erkennen, doch nur zu einem Gang führte eine leichte Schleifspur, wie sie die Schleppe einer Tunika hinterließ. Einer Tunika, wie Kallyê sie getragen hatte. Aufmunternd zwinkerte er Tvashi noch einmal zu, der mit bangem Blick neben dem Bewußtlosen stand, und eilte den Gang hinunter.

Es dauerte eine Weile, dann hatte Nukulahi eine Weggabelung erreicht. Wieder prüfte er den Boden, und wieder konnte er die verräterische Schleifspur ausmachen. Ständig zweigten weitere Gänge ab, und er stieß auf neue Wegkreuzungen. Die Luft hier unten wurde zunehmend stickig. Und noch etwas bereitete ihm Unwohlsein. Das Ganggewirr unter dem Berg erinnerte ihn fatal an einen Erdbau mit seinen Windungen und Irrwegen, wie ihn die hellgelben Prawakäfer anlegten. Nur viel, viel größer.

Der Prawakäfer legte die Irrwege an, um seine Feinde zu narren und so vor ihnen sicher zu sein. Die Kadaver der Verirrten, die nie wieder aus den Gängen herausfanden, dienten ihm als Nahrung.

Der Coleopäer schüttelte diesen unangenehmen Gedanken ab, lief weiter und bemühte sich verzweifelt, sich den Weg einzuprägen, den er bisher zurückgelegt hatte.

Zweimal mußte er innehalten, als er Stimmen hörte. Irgendwo hasteten Eiserne Männer entlang. Sicher waren sie auf dem Weg zum Hafen. In einigen der Höhlen und Gänge standen Kisten, die zu überprüfen sich Nukulahi keine Zeit nahm. Hin und wieder konnte er weitere Treppen sehen, die nach oben führten, sogar an alten Türen kam er vorbei. Doch die Spur, die die Tunika hinterließ, führte ihn zunächst weiter nach links, dann weiter nach rechts.

Plötzlich konnte er im nahen Gang vor sich einen Lichtschein ausmachen. Weitere eulykische Krieger kamen ihm von dort entgegengeeilt.

Nukulahi hastete zurück. Er konnte die Fackel nicht einfach löschen, dann würde er später im Dunkeln stehen. Ungestüm eilte er daher zu der letzten Gangkreuzung zurück und steckte die Fackel in eine herrenlose Halterung an der Wand. Anschließend schlüpfte er in einen der Gänge.

Die Männer rannten an ihm vorbei, ohne die Fackel weiter zu beachten. Es waren ein gutes Dutzend Eulykier, alle bis an die Zähne bewaffnet. Der Prinz konnte von Glück sagen, daß sie nicht jenen Gang gewählt hatten, in dem er sich verbarg. Nach und nach verhallte der Gleichtakt ihrer Stiefel.

Nukulahi huschte zurück zu seiner Fackel, nahm diese wieder an sich und schlich dorthin zurück, woher die Männer gekommen waren. Wieder stieß er auf eine höhlenartige Wegkreuzung mit zwei Gängen, die rechts und links von ihm abzweigten. Er überprüfte den Boden, doch die Tunikaspur war verwischt. Man konnte lediglich Dutzende von Stiefelabdrücken erkennen, die darauf hindeuteten, daß aus beiden Abzweigungen Krieger in diese Kammer gehastet waren.

Was jetzt? Nukulahi lauschte und glaubte plötzlich aus dem linken Gang eine gedämpfte Frauenstimme vernommen zu haben.

Entschlossen wandte er sich in diese Richtung. Einige Zeit später zweigte von dem Gang, den er entlangeilte, wieder eine jener eigentümlichen Treppen nach oben ab. Kurz davor konnte er eine Schleifspur ausmachen: Kallyê!

Nukulahi legte die Fackel auf den Boden des Ganges, wo diese prasselnd weiterbrannte. Mit festem Griff umschloß er seinen Speer und schlich vorsichtig die vor ihm liegende Wendeltreppe hinauf, die sich spiralförmig nach oben schraubte. Schon bald stand er im Finstern und mußte sich an den Wänden entlangtasten. Erst leise, dann lauter waren über ihm Stimmen zu hören. Aufgeregte Stimmen.

Durch die schmalen Ritzen eines Fallgitters über ihm fiel ein Lichtschein.

Der Prinz kniff die Augen zusammen und versuchte hindurchzuspähen. Staub ließ ihn blinzeln, doch er erkannte erleichtert, daß er gefunden hatte, wonach er suchte. Dort oben standen die beiden Wolfskrieger. In ihrem Klammergriff hielten sie Kallyê, die mit aufgerissenen Augen auf eine alte, zahnlose Priesterin einredete.

»Das könnt ihr nicht machen!« hörte er Kallyê schreien, und im Klang ihrer Stimme mischte sich Fassungslosigkeit mit nackter Angst. Neben der alten Priesterin stand ein dritter Mann, dessen Gesicht durch eine silberne Wolfsmaske verhüllt wurde. Sein Oberkörper war trotz der Kälte nur mit einem einfachen Wolfsfell bekleidet, und unter der nackten Haut zeichneten sich harte Muskelstränge ab. In seinen Händen aber ruhte eine große Axt, die er soeben aus einem Holzblock gezogen hatte.

»Du hast diese Wahl selbst getroffen, Kallyê«, antwortete die Alte zischelnd. »Du hättest wissen müssen, daß es für eine Priesterin wie dich nur einen Weg gibt, die Schwesternschaft zu verlassen.«

Kallyê wimmerte, und die alte Priesterin gab den Eisernen Männern ein Zeichen. Verzweifelt wehrte sich die junge Eulykierin, doch die Krieger drückten sie unnachgiebig nach vorn, bis ihr Kopf den Holzblock berührte. Der Maskenträger wog die Axt in seiner Hand.

Nukulahi hatte genug gesehen. Mit einem Satz stemmte er die Falltür auf und sprang in den Raum. Die Köpfe der Anwesenden ruckten mit ungläubigen Blicken zu ihm herum.

Er nahm Kampfhaltung an und lauschte in sich hinein. Für einen Moment glaubte er wieder im Palastgarten zu stehen. Damals, bei seiner Hochzeitfeier ... Er meinte sogar den Duft der Käfer- und Fischgerichte riechen zu können. Rund um ihn herum schrien die Gäste. Dazwischen der spitze Schrei Tuilaepes ...

Wut kochte in ihm hoch. Und er hörte wieder den Takt der Buruganis.

Tam teram. Tam teram.

Die beiden Wolfskrieger schleuderten Kallyê dem Axtträger entgegen und zogen ihre Schwerter. Mit lauerndem Blick kreisten sie ihn ein. Einer der beiden fixierte ihn aufmerksam, als wollte er die Taktik seines Gegners vorausahnen. Dann griff er mit einer geschmeidigen Bewegung zu seinem Stiefel und hielt plötzlich einen Dolch in der Hand. Aus dem Ansatz heraus schleuderte er ihn gegen Nukulahi.

Tam teram. Tam teram.

Dach der Brandung. Nukulahi wirbelte den Schaft seines Speers nach oben. Der Dolch wurde aus seiner Flugbahn gerissen und prallte gegen eine der Wände.

Der Krieger hob eine Augenbraue und ging zum Angriff über. Der andere tat es ihm gleich.

Wirbel der Lagune, Schlag des Wals, Sprung des Zirjak. Nukulahi tanzte den Tanz des Todes, und die Wolfsmänner tanzten mit ihm. Sie waren gut, sehr gut. Metall schrammte gegen Fels, Holz hämmerte auf Leder, und über allem lag das angestrengte Keuchen der Kontrahenten.

Regen auf Fels. Mit einer Serie von überraschenden Tritten und Schlägen gelang es dem Prinzen, einen der Krieger zurückzutreiben und gegen die Kammerwand zu schleudern. Der Eiserne Mann zu seiner Linken schrie auf vor Wut, und sein Schwert pfiff durch die Luft.

Tam teram. Tam teram.

Dach der Brandung. Das harte Eisen fuhr splitternd in den Speerschaft und ließ die Waffe entzweibrechen. Nicht schon wieder!

Faust des Südens. Nukulahis Schlag traf den Mann mitten ins Gesicht, und er konnte hören, wie das Nasenbein brach.

Speer in Brandung. Schon steckte die Spitze seiner geborstenen Waffe tief in der linken Augenhöhle des Kriegers. Schreiend taumelte der Mann zurück.

Der Axtträger warf Kallyê rüde zu Boden und trat mit wütendem Knurren nach vorn. Der zweite Krieger hatte sich indessen von den Schlägen erholt und drang erneut auf den Prinzen ein. Von rechts und links sausten Hiebe auf Nukulahi herab. Lautes Keuchen erfüllte den Raum.

Tam teram. Tam teram.

Lauf des Jovo, Welle des Südens. Nur mit Mühe gelang es dem Coleopäer, den tödlichen Streichen zu entgehen. Da spürte er ein Brennen auf seiner Brust. Der letzte Hieb hatte dort einen blutigen Striemen hinterlassen.

Durchdringend starrte ihn der Eiserne Mann an und leckte

dann grinsend den Blutstropfen an der Spitze seiner Waffe ab. Hinter ihm stampfte der Axtträger heran. Es war Zeit zu handeln.

Tam teram. Tam teram.

Fall auf Wasser. Wirbel der Lagune. Der Coleopäer ließ sich zu Boden gleiten, und seine Beine erfaßten die seines ersten Gegners in einem komplizierten Grätschschritt. Dann rollte er seinen Körper einmal um die Achse. Der Wolfsmann schrie auf, stürzte zu Boden, und der Ellenbogen des Coleopäers traf den Eisernen Mann mit aller Wucht an der Schläfe. Die Augen des Kriegers wurden glasig.

»Aaaaarrrr!«

Nukulahi sah aus den Augenwinkeln heraus, wie der Axtträger seine Waffe hochriß. Die halbmondförmige Schneide blitzte im Licht einer Fackel auf und sauste bereits im nächsten Moment auf ihn herab. Doch mitten im Schlag flog ein Schatten heran: Kallyê! Mit überraschender Kraft warf sie sich gegen den Henker, und die Axt fuhr funkensprühend an der Wand entlang. Eine tiefe Kerbe prangte im Gestein. Mit einer unwilligen Bewegung schleuderte der Henker die Kontorsleiterin gegen die Wand. Die alte Priesterin war indes zur Tür geeilt und bemühte sich, sie aufzusperren, um nach draußen zu gelangen.

Mit einem Satz war der Prinz wieder auf den Beinen.

Flug des Aiok. Sein Tritt erwischte den Maskierten mitten auf der Brust.

Regen auf Fels, Faust des Südens. Nukulahis Schläge schüttelten den Mann durch wie schwerer Gewitterregen das Vordach einer Hütte. Die Axt flog durch den Raum, und ineinander verkeilt stürzten die beiden Gegner zu Boden. Nukulahi mußte nun seinerseits furchtbare Schläge einstecken. Er griff zum Gesicht des Mannes, und dessen Maske flog zur Seite. Der Henker schrie entsetzt auf.

Dem Prinzen enthüllte sich ein schrecklich entstelltes Antlitz, eine mit Narben und wulstigen Kratern übersäte Fratze, die kaum noch etwas Menschliches hatte. Längst vergangene Schlachten und Kämpfe mußten das Gesicht in diesen fürchterlichen Zustand gebracht haben. Der Krieger ließ unvermittelt von ihm ab, rollte sich winselnd zur Seite und versuchte, sein Gesicht hinter den großen Händen zu verbergen.

Ein dumpfes Geräusch war zu hören. Der Coleopäer fuhr hoch und sah, daß in der Tür, knapp neben dem Kopf der alten Priesterin, der Wurfdolch des niedergestreckten Wolfsmannes steckte. Noch immer zitterte er, mit solcher Wucht hatte er sich in das Holz gebohrt.

Die Alte drehte sich ängstlich zu Kallyê um, die bleich und mit zerzausten Haaren hinter ihr stand. In der Hand hielt sie ein Kurzschwert.

Der Hüne vor Nukulahi wimmerte wie ein Kind. Schnell überblickte der Prinz den Raum. Der nunmehr einäugige Wolfsmann knirschte vor Schmerz mit den Zähnen und stöhnte. Er stellte keine Gefahr mehr dar. Der andere war noch immer bewußtlos.

Nukulahi hob die silberne Gesichtsmaske auf, zögerte – und warf sie dem Entstellten zu. Hastig griff der Mann danach und musterte ihn aus seinen mißgestalteten Augen. Eine Mischung aus Verwirrung und Dankbarkeit lag in seinem Blick. Dann streifte er sich die Maske wieder über – und blieb an der Wand liegen. Nukulahi griff nach einem der Schwerter und fühlte noch immer die Blicke auf seinem Körper, die ihm der Henker durch die Augenschlitze hindurch zuwarf.

Ein lautes Klatschen war zu hören, und der Coleopäer fuhr herum.

Kallyê hatte die alte Priesterin an den Haaren gepackt und schlug ihr links und rechts ins Gesicht. Immer mehr steigerte sie sich in ihre Wut hinein, so daß Nukulahi sich gezwungen sah einzugreifen. Die alte Priesterin lag wimmernd am Boden und hatte die Hände schützend vor das faltige Gesicht gezogen.

»Hör auf damit! Wir müssen fort.«

Erst jetzt bemerkte er, daß Tränen Kallyês Blick verschleierten. Ihre Stimme war ein stockendes Schluchzen. »Wohin denn? Wohin können wir schon gehen? Sie werden uns finden, egal, wo wir uns verstecken.«

Sie wirkte wie das leibhaftige Elend. Der Prinz wartete, bis sie sich wieder einigermaßen beruhigt hatte. »Darum werden wir uns später kümmern. Erst einmal müssen wir sie fesseln.«

Die Eulykierin sah Nukulahi an und nickte fügsam. Sie rissen Stoffstreifen aus der Tunika der alten Priesterin und fesselten diese und die Eisernen Männer. Der Maskenträger wollte nach seiner Waffe greifen, doch als ihm Nukulahi drohend die Spitze des Schwertes an die Kehle setzte, fügte er sich. Während Kallyê ihn fesselte, blickte er sie unentwegt durch die Sichtschlitze der Maske hindurch an.

Der Coleopäer drehte sich wieder zu seiner Schicksalsgefährtin um.

»Weißt du, wo wir hier sind?«

Kallyê wirkte verzagt. Sie sah in diesem Augenblick sehr verletzlich aus, und das erste Mal, seit sie einander begegnet waren, hatte Nukulahi das Gefühl, daß sie keine Rolle spielte, um ihm zu gefallen. Er mochte, was er sah. Entschlossen blinzelte die Eulykierin die Tränen fort und wischte sich über die Augen.

»Im Neumondturm. Hier werden die Todesurteile vollstreckt. In den Stockwerken über uns befinden sich weitere Kammern. Dort ist die Eiserne Garde einquartiert, die allein der *Philophore* unterstellt ist.«

Der Prinz hatte sich entschieden. Energisch zog er Kallyê mit sich zu der Holzluke am Boden und dort die Stufen nach unten. Sie folgte ihm erst widerstrebend, dann bereitwillig.

Unten brannte noch immer die Fackel. Nukulahi ergriff sie und wandte sich wieder in jene Richtung, aus der er gekommen war. Jetzt mußten sie nach rechts abbiegen und dann nach links.

Oder umgekehrt? Der Prinz überlegte einen Moment und eilte dann nach links.

Wieso war hier eine Wegkreuzung? Er hastete zusammen mit Kallyê wieder zurück und beschritt den anderen Weg. Der schien der richtige zu sein. Doch zwei Gangabschnitte später stieß er auf einen Raum, den er nie zuvor gesehen hatte.

»Wir haben uns verirrt, richtig?« Kallyês Stimme hallte leise im Gang, als sie sprach.

»Ich weiß nicht …« Nukulahi schaute sich um.

Die Augen der Eulykierin schimmerten feucht. »Das ganze Leben ist ein einziger Irrtum, oder?« Sie schluckte hart, dann wurde ihr Blick klarer, und sie musterte ihn aufmerksam. »Wieso bist du gekommen, um mich zu holen?«

Der Prinz musterte Kallyê – ihre tränenhellen Augen, den wunden Blick, das zerzauste Sonnenhaar. »Ich weiß nicht. Du warst in Gefahr. Ich mußte es tun.«

Sie wich zurück, bis sie an der gegenüberliegenden Gangwand stand. Ausdruckslos starrte sie ihn an.

»Ich bin Priesterin, Nukulahi. Ich war es ... Weißt du, daß die Sphinx im Tempel erwacht ist? Die *wahre* Sphinx! Ich habe es gespürt, als mich die Krieger fortgeschleift haben.«

Er schüttelte sein Haupt und bemerkte, wie ein Zittern durch ihren Körper lief. Dann war es mir ihrer Selbstbeherrschung vorbei. Laut schrie sie ihren Schmerz heraus. »Mein ganzes Leben habe ich mich danach gesehnt. Mein ganzes Leben! Und jetzt, da es geschehen ist, will mich die Schwesternschaft umbringen. Mich, die ich alles, wirklich alles für diesen Tempel getan habe!«

Ihre Hände krallten sich in ihre verschmutzte Tunika.

»Dabei sind die da oben doch auch nicht viel anders als ich!« Ihre Worte hallten von den nackten Gangwänden wider. Weinend sackte sie zusammen und wandte ihr Gesicht der steinernen Wand zu.

Ihr Schmerz rührte Nukulahi, und das erste Mal, seit er Coleopa verlassen hatte, drohte auch ihn die Verzweiflung zu übermannen. Er hatte sie vor dem Henker gerettet – aber konnte er sie auch vor den dunklen Erinnerungen retten, die ihre Lebensfreude, ihren Stolz geraubt hatten? Welch ein Narr er gewesen war! Er hatte gehofft, an Kallyê wieder gutmachen zu können, was er bei Tuilaepe zu tun versäumt hatte. Schlagartig erkannte er, was er sich bislang nicht hatte eingestehen wollen. Selbst wenn es ihm gelänge, nach Coleopa zurückzukehren und Tuilaepe aus den Händen Tongaros zu befreien, würde nichts so sein, wie es vor dem Verrat gewesen war. Er würde Tuilaepes Leib befreien können – wenn sie noch lebte. Aber das, was sie in der Zeit seiner Abwesenheit durchgemacht hatte, die Wunden ihrer Seele – würde er die jemals heilen können? Er hatte sie allein gelassen. Würde sie ihm jemals verzeihen können? Nukulahis Hände schlossen sich fester um die Fackel, und er wünschte sich, sich einfach hier auf den kalten Boden legen zu können, an Kallyês Seite. Nichts weiter tun zu müssen, als zu warten. Die Zeit anzuhalten. Den Schmerz fortzuschieben. Und die Schuld.

Tief atmete er ein.

Bei Eomes, nein. Er würde das alles durchstehen. Gleichgültig, was kommen würde. Das war er seinem Vater, seiner Mutter und auch Tuilaepe schuldig.

Kurz warf er einen Blick zurück in den Gang, aus dem sie gekommen waren. Als er dort nichts hörte, hockte er sich neben die Eulykierin. Wenigstens ihr konnte er helfen. Jetzt und hier. Zumindest würde er es versuchen.

Sanft strich er ihr eine Strähne des hellen Haars aus dem verweinten Gesicht und lächelte ihr aufmunternd zu.

»Ich weiß nicht, warum dich deine ... Schwestern ... töten wollten. Aber vielleicht liegt es daran, daß du doch ein wenig anders bist als sie?«

Die Eulykierin blickte ihn an und schüttelte den Kopf. Ihre Schminke war verlaufen und färbte die Spur ihrer Tränen schwarz. »Nein, du hast keine Ahnung, was ich alles schon in meinem Leben getan habe. Du würdest mich verachten. Du weißt überhaupt nichts von mir. Mein Leben ist eine einzige Lüge. Auch euch habe ich angelogen ... und dich. Ich wollte euch sogar dem Tempel ausliefern, nur, damit wir uns an dem Reichtum deiner Heimat ...«

Kallyê winkte müde ab, und Nukulahi betrachtete sie voller Ernst.

»Ich weiß, daß du nicht das warst, was du vorgegeben hast. Damals auf dem Dach, bei Schiffsführerin Surjadora ... spätestens im Meer des Schlafes wußte ich, daß du es warst, die uns belauscht hat.«

Ungläubig starrte ihn die Eulykierin an. »Du wußtest das?«

»Ja, dein Gang hat dich verraten.« Der Prinz lächelte. »Ich habe mich immer gefragt, warum du das getan hast, aber daß du uns nicht schaden würdest, das habe ich hier gespürt.« Nukulahi faßte sich an seine Brust, und die Eulykierin blinzelte unsicher.

»Deiner Sphinx wäre ich gern begegnet, jetzt da sie erwacht ist, wie du sagst. Ich habe diesen Blauen Gott, den Gijaos Landsleute verehren, für das Orakel gehalten und ihm meine Frage gestellt.« Er schüttelte über seine eigene Dummheit den Kopf. »Hast du ihn gesehen?«

Kallyê schluckte. »Ja, ich weiß, wen du meinst. Er kam in den Tempel und wollte wissen, wer er ist und woher er kommt. Ist das nicht eigenartig?«

Nukulahi hob eine Augenbraue. »Weißt du, was er mir geantwortet hat?«

Kallyê schüttelte den Kopf.

Er versuchte, die coleopäische Grobheit zu übersetzen. »Mach es dir selber, Fischlippe!«

»Was?!« Kallyê schniefte und mußte lachen. »Das hat dir dieser Riese geantwortet?«

»Ja.« Auch Nukulahi mußte lächeln, dann wurde er wieder ernst. »Es ist wirklich unheimlich, was mit der Welt geschieht. Aber wer weiß, vielleicht hat dieser katauekische Gott sogar recht? Die ganze Zeit über habe ich mich darauf verlassen, daß mir Schiffsführerin Surjadora schon helfen würde. Oder ihr König. Aber der hat mich noch nicht einmal angehört. Selbst das Orakel ist mir jetzt verwehrt. Die Wahrheit ist wohl, daß ich mir bei alledem tatsächlich selbst helfen muß. Ich weiß nur noch nicht, wie.«

»Gestattest du, daß ich dir dabei helfe?« Verwundert sah der Prinz die Eulykierin an, doch sie sprach weiter. »Dich hat man aus deiner Heimat vertrieben, und ich muß jetzt ebenfalls aus der meinen fliehen. Vielleicht gelingt es mir, in Andhakleia Gold aus dem Kontor zu holen. Mit etwas Glück können wir damit ein Schiff ausrüsten.«

Der Coleopäer seufzte. »Ich brauche kein Schiff, ich brauche eine ganze Flotte. Eine ganzes … Heer, wie ihr das hier nennt. Aber wer weiß, vielleicht ist das ein Anfang.«

Die beiden blickten sich an und lächelten. Nukulahi erhob sich räuspernd und reichte Kallyê die Hand, um sie hochzuziehen. »Und nun, heimatlose Gefährtin, laß uns zusehen, daß wir zurück zu den anderen kommen.«

Kork & Eis

Karavelle Stern von Andhakleia, *Hafen von Thalliopê, etwa zur selben Zeit*

Ein dumpfes Rumpeln ertönte weit hinten am Außenkleid der schwankenden Karavelle und wurde durch den nahezu leeren Laderaum bis nach vorn zum Kabelgatt getragen. Gijaos Kopf ruckte hoch, doch außer Finsternis konnte er nichts wahrnehmen. Finsternis – und diese schneidende Kälte, die durch die Bordwände kroch und sich schmerzend in seine Glieder grub. Legten sie bereits wieder ab? Es hatte ganz den Anschein.

Gijao zog mißmutig die Decke über den Körper. Der Schiffskoch versorgte zwar auch ihn dreimal am Tag mit warmer Mahlzeit, aber die mangelnde Bewegung ließ ihn langsam zu einem Eisklotz werden. Die kurzen Spaziergänge, die ihm Kapitänin Surjadora während der Nacht an Deck einräumte und bei denen ihn stets vier Kurjamäer im Auge behielten, trugen auch nicht dazu bei, daß es ihm besser ging.

Flucht!

Seit Wochen schon war dies sein einziger Gedanke. Seit Wochen? Seit Monden!

Wenn er nur endlich wieder Tageslicht sehen könnte!

Inzwischen war er zu allem bereit. Jeden Pakt würde er dafür eingehen und jeden Preis dafür zahlen. Sollten ihn ruhig die Blauen Götter holen, wenn ihm nur dieser eine Wunsch bewilligt würde.

»Tarjixes, chiave!«

Gijao fuhr hoch. Das war Merkantilisch. Da hatte jemand den Schiffszimmermann nach Schlüsseln gefragt. Im Laderaum vor dem Kabelgatt war ein Lichtschein auszumachen. Die Schritte zweier Männer erklangen, und das Schloß wurde aufgesperrt. Kurz darauf blendete ihn unvermittelt das Licht einer Sturmlaterne. Gijao preßte schmerzhaft die Augen zusammen. Der Lichtschein richtete sich auf seine Hände mit den Ringen.

Schiffszimmermann Tarjixes kannte er, aber den anderen hatte er noch nie gesehen. Da stand ein blonder junger Mann, dessen Felljacke an der linken Schulter blutverschmiert war.

»Hochehrwürdiger Herr«, grüßte ihn der Unbekannte in leidlich gutem Katauekisch. Sogar die Anrede war korrekt – für einen sehr hochrangigen Ajunäer. Wer war das? Ein Ajunäer. Sicher. Aber wie kam er an Bord? Egal, wenn er ihn nur endlich hier herausbrachte.

Der Nautiker erhob sich und glättete seine Kleidung. Fragend musterte er den Blonden.

Der verzog schmerzhaft das Gesicht, versuchte es dann aber mit einem Grinsen.

»Ich bin Strolch, Träger der Hand des Blauen Gottes.«

Wie bitte? Wollte sich der junge Mann einen Scherz mit ihm erlauben? Gut, er hatte soeben selbst einen Schwur auf die Blauen Götter geleistet. Oder vielmehr in ihrem Namen geflucht. So etwas aber taten Kataueken, nicht ajunäische Barbaren.

Erst jetzt erkannte er, daß der Zimmermann vor Furcht zitterte. Der Blonde hielt ein Schwert in der Hand. War das Schiff schon wieder auf Piraten gestoßen?

Über ihm an Deck waren die trappelnden Geräusche zahlreicher Seeleute zu hören. Der Mangalier runzelte mißtrauisch die Stirn und verneigte sich vorsichtshalber.

»Mein Name ist Gijao näng Singua. Herr Dritten Ranges der *Kammer der Nautik*.«

Er war sich nicht sicher, ob ihn der Blonde gehört hatte. Einen Moment lang waren ihm die Augen zugefallen. Hektisch riß er sie wieder auf und holte tief Luft. Doch Gijao hatte bereits gesehen, daß ihm ein Bolzen aus der linken Schulter ragte.

Der Kerl war schwer verletzt. Ein Wunder, daß er sich überhaupt noch auf den Beinen halten konnte. Oben lauerten sicher noch mehr von seiner Sorte.

»Du gehst … auf Nauke oben.« Unwirsch bedeutete der Verletzte ihm und dem Zimmermann voranzugehen. Sie waren bereits auf der Treppe hoch zum Hauptdeck, als ihr Begleiter taumelte. Sein Blutverlust war offenbar zu hoch. Gijao nahm sich vor, die Schwäche des Blonden bei nächster Gelegenheit auszunutzen. Oben aber war mit einemmal ein lautes Brüllen zu hören, während ihnen Kälte durch das Gatter der Ladeluke entgegenschlug.

»Wenn die Segelbraut volle Fahrt sagt, macht ihr volle Fahrt, Pluderbüchsen, zittrige!«

Bei den Blauen Göttern, wer war das denn jetzt schon wieder? Die Worte waren jedenfalls mangalisch gewesen.

Gijao trat zusammen mit Tarjixes an Deck und entdeckte einige Seeleute, die auffällig still und mit eingezogenen Köpfen ihrer Arbeit nachgingen. Achtern ließen sie gerade die Kaianlagen hinter sich. Im Hafen brannte es. Das Schiff war inzwischen ein ganzes Stück vom Land entfernt. Aber da vorn war ein kleines Fischerboot …

Gijao dreht sich zu diesem Strolch um und sah, daß der junge Mann zusammengesunken gegen eine Holzwand lehnte. Dann aber erblickte er etwas Blaues, seitlich hinter ihm. Der Mangalier riß entsetzt die Augen auf.

Gleich vor dem Vorderkastell stand eine gewaltige Gestalt mit sechs Armen und starrte über die Aufbauten hinweg in Fahrtrichtung. Sein Rücken war mit Bolzen gespickt, und in den Händen hielt er Waffen. Fürchterlich große Waffen, wie sie nur ein Gott zu tragen vermochte. Ein leibhaftiger *Fang!*

»Jetzt wird gesegelt, Muschelbeißer.«

Gijao bekam es mit der Angst zu tun. Daß ihn die Blauen Götter holen sollten, war doch nur eine dumme Redensart gewesen. Mehr nicht.

Aber die Blauen Götter *hatten* ihn offensichtlich erhört! Und jetzt *waren* sie ihn holen gekommen!

Doch noch hatte ihn der *Fang* nicht entdeckt. Gijaos irrlichternder Blick fiel auf eine Korkboje. Der Blonde lehnte noch immer schwer atmend an der Holzwand.

Mit einem Satz sprang der Mangalier zu der Boje, ergriff sie und rannte mit ihr auf die Reling zu. Nur weg von dem *Fang*! Der Nautiker sah noch, wie ihm einige Männer entgeistert hinterherblickten, dann flog er auch schon durch die Luft. Im nächsten Moment schwappten über ihm die eisigen Fluten zusammen.

Mit aller Kraft hielt Gijao die Boje umklammert und tauchte wieder auf. Er schnappte nach Luft. Verzweifelt winkte er dem Fischerboot zu und schrie um Hilfe, während hinter ihm die *Stern von Andhakleia* dem offenen Meer entgegensegelte.

Die eisige Kälte durchdrang seine Kleider und biß sich durch bis zu seinem Körper.

Da entdeckte er, daß eine junge Katauekin am Steuerrad des Achterdecks stand. Der Tornister, die Haare, die Mütze, das Profil ... Kiaora? Seine Tochter?

Das konnte doch unmöglich sein!

»Neiiiin!« Gijao brüllte laut. Doch bevor er sich verständlich machen konnte, schwappte ihm Eiswasser in den Mund. Statt des Namens, den er dem Schiff hinterherrufen wollte, entfuhr ihm ein Gurgeln. Er prustete und spuckte Wasser. Das Wasser zog immer schwerer an seiner Kleidung, und die Kälte raubte ihm nach und nach das letzte bißchen Kraft. Er schaffte es eben noch, sich an der Boje festzuklammern. Als ihm schwarz vor Augen wurde, packten ihn starke Hände und hievten ihn aus der vereisten Hafeneinfahrt. Männer mit kehligen Stimmen schlugen ihm auf die Wangen und rissen ihm die nassen Kleider vom Leib. Jemand rubbelte ihn mit einem Tuch trocken. Dann hüllten sie ihn in eine Decke, und der Mangalier spürte, wie ihm die Lippen auseinandergezwungen wurden und ihm jemand eine Flasche mit scharfem Schnaps an den Mund setzte. Gijao schluckte krampfhaft.

Seine Haut prickelte, als malträtierten ihn Hunderte bösartiger *Lings* mit heißen Nadeln. Am liebsten hätte er geschrien. Doch dafür fehlte ihm die Kraft. Alles, wozu er sich aufraffen konnte, war, einen Blick auf die fernen Segel der *Stern von Andhakleia* zu werfen, an deren Steuerrad seine Tochter stand ...

Das Geheimnis des Silbergartens

Im Tempelberg Thalliopês, in den Abendstunden

Seit Stunden schon irrten Nukulahi und Kallyê durch das verzweigte System aus Gängen und Wegkreuzungen. Inzwischen hatte sich auch Nukulahi eingestanden, daß er sich hoffnungslos verirrt hatte. Er verfluchte sich selbst dafür, den Weg nicht vernünftig markiert zu haben. Doch für Reue war es jetzt zu spät.

Hin und wieder hatten sie die Schritte von Kriegern gehört, die durch das Gangsystem eilten. Doch ob sie hinter ihnen her waren oder auf dem Weg zum Hafen, vermochten sie nicht zu sagen. Im Gegenteil, sie hatten genug damit zu tun, um diesen Trupps aus dem Weg zu gehen.

Unterdessen war die Fackel, die Nukulahi beim Zugang gefunden hatte, sichtbar heruntergebrannt, und das Licht, das sie spendete, reichte kaum noch aus, um ihren Weg mehr als fünf Schritt weit auszuleuchten.

»So kommen wir nicht weiter.« Nukulahi bemühte sich, seinen Ärger zu unterdrücken. »Entweder finden wir bald eine neue Fackel, oder wir versuchen uns wieder an einer der Treppen nach oben.«

Kallyê seufzte. »Gern, wenn wir endlich wieder auf eine stoßen.«

»Wer hat denn dieses irrwitzige Gangsystem überhaupt gebaut?« wollte Nukulahi wissen.

Die Eulykierin zuckte mit den Schultern, während sie voranstolperte. »Ich weiß es nicht. Der Überlieferung nach gab es das Labyrinth schon, als der Grundstein Thalliopês gelegt wurde. Andere Legenden behaupten, daß unsere Vorfahren es in den Götzenkriegen zu ihrem eigenen Schutz schufen. Und dann gibt es noch Sagen, die behaupten, daß die Sphinx einst ... egal. Angeblich soll es hier unten spuken ... buuuh!«

Nukulahi lächelte, dann fragte er: »Die Götzenkriege? Surjadora hat mir davon erzählt. Eure Sagen sind voll von Begebenheiten aus den Götzenkriegen.«

»Ja, die Sphinx verschlug es in jener Zeit hierher. Vor vielen hundert Jahren. Gibt es bei deinem Volk denn keine Legenden darüber?«

»Nein. Unsere Geschichte beginnt mit der Schöpfung durch den göttlichen Fischer, der uns seinen Sohn Eomes sandte. Von ihm stammen die Hohen Familien ab. Auch durch meine Adern fließt das Blut des Gottessohnes.«

»Gottessohn? Von welchem Gott? Dem Abwesenden?«

Nukulahi wandte sich überrascht zu Kallyê um. »Wie ich schon sagte: der göttliche Fischer. Vielleicht ist er hier unter einem anderen Namen bekannt. Er hat nicht nur das Reich der Tausend Inseln erschaffen, sondern auch den Rand der Welt.«

»Du bist hier am Rand der Welt, wie du es immer ausdrückst.«

Nukulahi wußte nicht, was er darauf antworten sollte. Das war richtig, andererseits aber auch wieder nicht. Er wollte Kallyê gerade von seiner Vermutung erzählen, daß Eomes einst vielleicht auch den Rest der Welt besucht habe, als unvermittelt steinerne Stufen vom Gang abzweigten. Endlich wieder eine der Treppen!

»Wollen wir es versuchen?« Der Coleopäer hatte die Frage nur geflüstert, doch die Entscheidung wurde ihm abgenommen, da die Fackel erlosch.

»Uns bleibt wohl nichts anderes übrig«, erklang Kallyês Stimme aus dem Dunkel hinter ihm.

Der Prinz zog sie zu den Stufen. Vorsichtig tasteten sie sich die schmale Wendeltreppe hinauf. Es waren keine Stimmen zu hören, und die Luft wurde jetzt etwas besser.

Plötzlich endete die Treppe, und Nukulahi stieß gegen eine bogenförmige Tür, glatt wie Marmor und mit einem eisernen Riegel versehen. Er lauschte, konnte aber nirgends ein Geräusch vernehmen. Schließlich gab er sich einen Ruck und versuchte, den schweren Riegel zu bewegen. Mit einem schabenden Geräusch glitt er beiseite, und die Tür ging auf. Der Anblick, der sich ihnen bot, war atemberaubend.

»Bei der Sphinx! Ausgerechnet ...« Kallyês Stimme war von Ehrfurcht, aber auch Ärger erfüllt. Sie standen am Rand eines großen, säulengeschmückten Innenhofes, der über und über mit Marmor verkleidet war. Zwischen den Säulen standen große Feuerschalen, in denen helle Flammen tanzten. Sie gaben nur wenig Rauch ab, der sofort nach oben getragen wurde. Dort, weit über ihren Köpfen, war der dunkle Nachthimmel zu erkennen, der sich wie ein gewaltiges, düsteres Quadrat abzeichnete. Vor ihnen aber lag das faszinierendste von Menschen geschaffene Wunderwerk, das Nukulahi je in seinem Leben gesehen hatte: ein Garten, dessen Pflanzen vollständig aus Silber gefertigt waren!

»Das ist der Silbergarten, Nukulahi. Ich habe dir vor einiger Zeit von ihm erzählt.«

Irgendwo war ein sanftes Plätschern zu hören, und der Coleopäer erinnerte sich wieder an das Kinderlied, das ihm Kallyê im Hafen von Sadi vorgesungen hatte. Vor seinen Augen funkelte eine Pracht, wie er sie sich noch nicht einmal in seinen Träumen vorzustellen vermocht hätte. Hunderte silberner Bäume, Blumen, Sträucher und Gräser wurden vom Licht der Flammen angestrahlt. Tausendfaches Glitzern und Gleißen ließ ihn alles um sich herum vergessen.

Kallyê wandte sich von dem prachtvollen Anblick ab, schaute sich vorsichtig im Innenhof um und blickte dann an der Fassade zu den Fenstern der oberen Stockwerke hinauf.

»Wir müssen aufpassen«, flüsterte sie. »Ich habe hier früher als Novizin gedient. Von der Grotte mit der Sphinx abgesehen, ist der Garten der denkbar schlechteste Ort, an dem wir derzeit überhaupt sein könnten. Wir stehen mitten im Silbernen Tempel. Aber da hinten ist ein Geräteraum. Vielleicht finde ich dort eine Laterne, damit wir wieder Licht haben. Warte hier.«

Kallyê huschte im Schatten der vielen Säulen entlang zu einer Tür am jenseitigen Ende des Silbergartens. Nukulahi achtete nicht weiter darauf. Der Anblick dieses geheimnisvollen Ortes hatte ihn vollständig in seinen Bann gezogen.

Staunend wandelte der Prinz durch den Garten.

Kühle Nachtluft streichelte seine Wangen, als er einen geschlängelten Pfad aus silbernen Platten entdeckte, der ihn Schritt für Schritt in das prachtvolle Wunder hineinführte. Er bückte sich vorsichtig unter einem silbernen Ast hindurch, an dessen Enden filigrane Blätter hingen. Sein Blick schweifte über Glockenblumen mit silbernen Kelchen, funkelnde Sträucher, deren silbriges Geäst im Flackerlicht wie Gespinst aus Mondlicht schimmerte, und tausend andere Pflanzen, die glanzvoll das Licht reflektierten.

In der Mitte des gestaltgewordenen Wunders aus Silber aber stand ein geschwungener, hüfthoher Brunnen aus dem gleichen Metall. Wasser plätscherte aus blütenen Kelchen in Becken, die großen, halboffenen Muscheln ähnelten.

Verzückt trat Nukulahi an den Brunnen heran und blickte auf die Wasseroberfläche einer dieser Schalen. Im Silberwasser spiegelte sich sein Gesicht. Dunkel und kummervoll.

Hinter sich erahnte er das flackernde Licht der Feuerschalen, das sich auf den Ranken und Blättern des Silbergartens brach. Vor der Katastrophe hätte man im Wasser sicher das Licht des Mondes über sich am Nachthimmel schimmern sehen können. Doch seit langem war der Himmel bedeckt. Ob es in seiner Heimat ebenso war? Coleopa. Sein geknechtetes Königreich …

Trauer überkam ihn, und jetzt, allein und ohne Kallyê an seiner Seite, gestattete er sich, seinem Kummer freien Lauf zu lassen. Tränen rannen über seine Wange und tropften in den silbernen Muschelbrunnen. Auf der Oberfläche des Wassers bildeten sich kleine Kreise. Doch inmitten dieser Kreise … Für einen Herzschlag glaubte der Prinz, den Mond am Nachthimmel grün aufblitzen zu sehen. Den Mond?

Auf einmal war um ihn herum ein leises Knistern zu hören. Es klang, als ob Hunderte Feuerscheite barsten, nur viel weicher. Träumte oder wachte er? Von irgendwoher glaubte er das Rauschen der Brandung zu hören. Nukulahi blickte sich um. Was geschah mit dem Garten? Die Zweige, Blätter und Blüten funkelten in silbergrünem Licht, das sich vor Nukulahis ungläubigem Blick ausbreitete, bis es jede einzelne Pflanze erfaßt hatte. Zu seinem maßlosen Erstaunen erhoben sich neben ihm glitzernde Kinokbäume und Juwafarne, wie sie auf den Inseln seiner

Heimat gediehen. Waren die Pflanzen eben schon dort gewesen? All die silberne Pracht um ihn herum wirkte so ... lebendig!

Plötzlich war der Garten von unzähligen funkelnden Lichtreflexen erfüllt, die gleich einem Fischschwarm zum Nachthimmel aufstiegen. In diesem Augenblick schien es dem Prinzen, als läge kein Wolkenschleier mehr über der Welt, mehr noch: als erstrahlten am Firmament wieder die Sterne. Ein Laut des Verzückens entrang sich seiner Kehle.

»Bist du verrückt? Was machst du da?«

Kallyês zischende Stimme drang störend in sein Bewußtsein. Nukulahi blinzelte und schaute sich um. Das grüne Leuchten war verschwunden. Um ihn herum erstrahlte der Silbergarten wie zu jenem Augenblick, als er ihn betreten hatte. Und der Mond war immer noch hinter dunklen Wolken verborgen.

Er mußte wachen Auges geträumt haben. Verwundert starrte er Kallyê an, die mit zwei Laternen in der Hand zwischen den Säulen stand und ihm aufgeregt zuwinkte. »Nun komm schon, wir müssen fort von hier!«

Der Prinz verließ den Garten auf demselben Weg, auf dem er ihn betreten hatte. Noch immer wußte er nicht so recht, ob das, was er soeben erlebt zu haben glaubte, wirklich war.

»Halt!«

Der laute Ruf eines Wolfsmannes gellte über den Innenhof. Ein halbes Dutzend Krieger stürmte von der anderen Seite her auf sie zu.

»Du Narr, nun haben sie uns entdeckt! Nimm deine Beine in die Hand!«

Kallyê rannte vor ihm auf die große Säule zu und schlüpfte durch die marmorne Geheimtür ins Innere des Labyrinths. Nukulahi hastete hinterher und schaffte es gerade, die Tür zuzuziehen, als von draußen auch schon klirrende Schläge auf sie einprasselten. Mit einem Ruck zog er den eisernen Riegel vor.

Unter sich konnte er schwach das Schimmern der Laternen ausmachen. Kallyê war auf der Wendeltreppe weiter in die Tiefe gerannt. Der Prinz beeilte sich, mit ihr Schritt zu halten.

Wolfsgeheul

Im Labyrinth des Tempelberges, wenig später

Das rauhe Gestein der unebenen Gangwände schimmerte gelblich im Licht der Laternen. Es schien, als ergriffen Schatten vor ihnen die Flucht. Kallyê hatte Nukulahi eine Laterne in die Hand gedrückt und nunmehr die Führung übernommen. Wieder eine Abzweigung.

Immerhin, inzwischen stand ihnen mehr Licht zur Verfügung als zuvor. Kallyês Vorschlag war einfach und bestechend: Sie würden so lange durch dieses Gangsystem laufen, bis sie wieder auf Spuren von Eisernen Männern stießen. Denen würden sie dann nach draußen folgen. Doch bisher hatten sie keinerlei Spuren ausmachen können. Überhaupt hatte Kallyê den Eindruck, daß sie in immer unheimlichere Regionen des Labyrinths vorstießen.

»Hast du ... hast du das da oben im Silbergarten eigentlich nicht gesehen?« Nukulahis Stimme klang unsicher, und Kallyê schüttelte verärgert den Kopf, als sie sich die Szene vergegenwärtigte. Wieso hatte Nukulahi inmitten des Silbergartens stehen müssen, weithin für alle und jeden zu sehen? Kein Wunder, daß man sie entdeckt hatte! Auf der anderen Seite ... Sie konnte ihn verstehen. Der Silbergarten war auch ihr trotz ihres Kummers und des Wissens um seine Verlogenheit wie ein Wunder erschienen, als sie ihn nach all den Jahren wieder erblickt hatte. Selbst wenn er in Wahrheit kein Wunder war – er war dennoch wunderschön. Ihr Zorn verging, und sie bemühte sich um Gleichmut, als sie antwortete:

»Ja, sieben Eiserne Männer!«

»Aber hast du denn nicht dieses Funkeln gesehen?«

Unvermittelt blieb Kallyê stehen, und beinahe wäre der Prinz in sie hineingelaufen. »Silber funkelt im Licht nun einmal!« polterte sie, und die Wut kehrte zurück.

»Nein, das meine ich nicht. Ich spreche von dem ganzen Grün, das die Pflanzen im Garten erfaßt hat. Von diesen Funken, die zum Nachthimmel aufgestiegen sind.«

Kallyê starrte ihn mit schräggelegtem Kopf an und strich sich das wirre Haar aus der Stirn. Nukulahis Gesicht war offen und frei von jeder Falschheit. Ein schönes Gesicht, wie sie nicht zum ersten Mal bemerkte. Offenbar glaubte er, was er sagte.

Gerade wollte sie zu einer Antwort ansetzen, als aus der Ferne klagendes Geheul zu hören war, ein langgezogenes Wimmern, das seinen unheimlichen Widerhall bis in ihren Gang fand.

»Verdammt!« Kallyê hob ihr Beuteschwert an. »Die Eisernen Männer haben die Rauhwölfe von der Kette gelassen! Wenn die uns aufspüren, stecken wir ernsthaft in Schwierigkeiten.«

»Rauhwölfe?« Nukulahi blickte sie fragend an, und sie erklärte ihm, daß die Eisernen Männer die Wölfe aus den tiefen Wäldern Eulykiens abrichteten, um sich diese für den Kampf dienstbar zu machen.

»Gut, dann weiter«, antwortete er kühl.

Kallyê atmete tief ein. Hätte Nukulahi jemals einem dieser zähnefletschenden Tiere von Angesicht zu Angesicht gegenübergestanden, wäre er gewiß nicht so ruhig geblieben. Sie rannte los, und Nukulahi folgte ihr. Das Geheul wurde lauter. In diesem Moment zeichnete sich eine Gestalt im Tunnel vor ihnen ab. Sie war nur schwach im Laternenlicht zu erkennen. Unverzüglich blieben sie stehen und blendeten den Schein ihrer Lampen ab. Doch der Schatten bewegte sich nicht. Nukulahi hob sein Schwert und huschte vorsichtig weiter voran. Kallyê beobachtete das Spiel der Muskeln an seinen Unterarmen. Ja, der Prinz war manchmal selbst wie ein Raubtier. Sie war froh, daß er an ihrer Seite war. Leise folgte sie ihm.

Als sie näher kamen, erkannten sie, um was es sich handelte: einen Toten! Einer der Eisernen Männer.

Irgend etwas hatte ihn grausam zerfleischt. Ein Stück hinter ihm lagen zwei weitere Krieger. Überall war Blut, das sich in Lachen am Boden gesammelt hatte oder in Spritzern die Wände bedeckte. Kallyê würgte, und auch Nukulahi wurde blaß. Die Mienen der Toten waren von Furcht und Schrecken verzerrt.

»Bei Eomes, was ist hier geschehen?« Nukulahi klang entsetzt.

»Ich weiß es nicht.« Mit der Hand vor dem Mund trat Kallyê

neben ihn. »Es sind Wolfsführer. Sie richten die Rauhwölfe ab. Aber es sieht so aus ... als ob sie selbst von den Tieren angefallen worden wären. Sie müssen sich wie rasend gebärdet haben.«

Nukulahi nahm sie an der Hand und führte sie an den Leichen vorbei. Im Vorbeigehen nahm er einem der Männer den Speer ab. Seine Spitze war mit Blut verschmiert.

Schweigend zogen sie weiter, und Kallyê war froh, daß Nukulahi sie nicht losließ. Die Wärme, die von ihm ausging, beruhigte sie. Bei ihm konnte sie sicher sein, daß er sie nicht hintergehen würde wie die *Philophore*.

»Beim Biß eines Blutkäfers, das fehlt uns gerade noch!«

Nukulahis Stimme riß Kallyê aus ihren trübsinnigen Gedanken. Der Prinz hielt mitten im Schritt inne und deutete verärgert nach vorn. Der Gang, den sie gewählt hatten, war über und über mit Geröll angefüllt. Der Lichtschein ihrer Laternen irrlichterte über eine große Halde gelblichbraunen Gesteins, das sich stellenweise zwei Schritt hoch auftürmte. Steinstaub tanzte im Flackerlicht ihrer Laternen.

»Wenn wir vorsichtig sind, können wir vielleicht hinüberklettern«, schlug Kallyê vor. Dann sah sie, daß direkt über dem Schutthügel ein riesiges Loch in der Gangdecke klaffte.

»Wenn du mich fragst, kann es noch nicht lange her sein, daß die Decke eingestürzt ist«, bemerkte Nukulahi.

»Das Labyrinth ist alt«, erwiderte Kallyê. »Es würde mich nicht wundern, wenn wir auch woanders auf solche bösen Überraschungen stießen. Und was jetzt? Wollen wir hier oder woanders unser Glück versuchen? Mir scheint, daß hier unten ein Weg so gut wie der andere ist.«

Verzagt ließ sie die Laterne sinken, als in den Gängen hinter ihnen ein schauriges Heulen laut wurde. Diesmal klang es deutlich näher, und es war so fürchterlich, daß Kallyê vor Angst all ihren Kummer vergaß.

»Wenn du mich fragst, so befindet sich über uns irgendein Raum.« Der Prinz deutete mit dem Speer zur Gangdecke. »Schau dir nur das große Loch an. Wenn wir irgendwann wieder Tageslicht sehen wollen, müssen wir nach oben gelangen.«

Die Eulykierin zuckte mit den Schultern. »Nun gut. Alles ist besser, als hier abzuwarten, bis die Wölfe unsere Witterung aufgenommen haben.«

Nukulahi suchte sich einen sicheren Weg nach oben. Kleinere Gesteinsbrocken kullerten hinab, als er den Schutthügel erklomm. Vorsichtig klopfte er die Deckenöffnung ab, fand eine Stelle, an der er sich hochziehen konnte, und schwang sich mit einem Ruck hinauf. Schon war er verschwunden.

Es wurde still im Gang. Der Eulykierin wurde schmerzlich bewußt, daß sie – allein im Dunkeln mit der Laterne in der Hand – ein hervorragendes Ziel abgab. Ängstlich blickte sie über die Schulter und schalt sich eine Närrin. Verdammt, bis vor wenigen Monden noch hatte sie die Verantwortung über das eulykische Kontor in Andhakleia getragen. Hier aber führte sie sich wie ein kleines Mädchen auf, das sich davor fürchtete, allein einen der verrufenen Wälder ihrer eulykischen Heimat zu durchqueren.

Angestrengt lauschte sie in die Finsternis, doch das Heulen wiederholte sich nicht. Dennoch erwartete sie jeden Augenblick einen der blutrünstigen Rauhwölfe aus dem Dunkeln auf sie zuhuschen zu sehen. Sie schüttelte sich vor Grauen. »Nukulahi, sag doch etwas!«

»Unvorstellbar! Hier ist wirklich ein Raum«, hallte es gedämpft von oben. »Ach, was sage ich, eine riesige Halle. Das mußt du selbst sehen.«

Kallyê atmete tief ein und kletterte auf den Geröllberg. Nukulahi reichte ihr durch das Loch hindurch die Hand und zog sie kraftvoll zu sich empor. Für einige Herzschläge war Kallyê ihm wieder so nah wie damals bei ihrer Rettung im Ozean des Morgens. Sie verspürte ein seltsames Kribbeln, und ihr schwindelte. Beide räusperten sich verlegen, dann wandte sich der Coleopäer mit hocherhobener Laterne von ihr ab.

Kallyês Augen weiteten sich vor Staunen.

Um sie herum erstreckte sich ein gewaltiger Tempel, dessen Wände sich schwach am Rand des Lichtkreises ihrer Laternen abzeichneten. Der gesamte Untergrund war mit dunkel geäderten Marmorplatten ausgekleidet. Unmöglich konnte das edle Gestein aus der Gegend um Thalliopê stammen! Ob man die Platten einst aus dem Jarmatengebirge hierher geschafft hatte? Die Eulykierin wußte es nicht. Ihr fehlte indes auch die Muße für solche Überlegungen.

Längst war ihr Blick auf eine unheimliche Allee mannshoher Statuen gefallen, die das Kuppelgewölbe zu ihrer Linken und Rechten säumten. Es waren Wölfe! Der alte Tempel wurde von majestätischen Wolfsstatuen gesäumt. Mahnenden Wächtern gleich hockten sie auf Sockeln, die ihr bis zur Hüfte reichten. Ein jeder der steinernen Wölfe hatte den Hals gereckt und das Maul zum stummen Geheul aufgerissen, als wollte er dem Mond huldigen, der weit jenseits der Gewölbedecke verborgen lag; ein zehnfach steingewordenes Klagegeheul, das Kallyês Innerstes wegen seiner Lautlosigkeit erzittern ließ.

»Sind das ... Wölfe?« Nukulahis Frage hallte in dem Gewölbe wider. »Sie ähneln den Statuen, die dein Volk oben in der Stadt aufgestellt hat. Nur, daß diesen Tieren die Flügel fehlen.«

»Du meinst die Wolfssphingen?« Kallyê mußte sich regelrecht dazu zwingen, den Blick von den unheimlichen Vierbeinern abzuwenden. »Ja, du hast recht. Ich weiß nicht, wozu dieser Ort einst gedient hat. Das Gewölbe ... muß alt sein. Sehr alt.«

Kallyê schauderte und versuchte sich auf die Überlieferungen ihres Volkes zu besinnen. Wenn sie sich nicht völlig irrte, handelte es sich bei alldem hier um ein letztes Überbleibsel aus der Zeit der Ankunft der Sphinx. Sie mochte es Nukulahi gegenüber nicht eingestehen, aber dieser Tempel erinnerte sie an einen heidnischen Ort. Unwillkürlich mußte sie an das gewaltige Deckengemälde im Ratsaal der Herrinnen des Silbergartens denken. Die Legenden besagten, daß die Sphinx nach ihrer Ankunft in Eulykien zahlreiche Feinde besiegt habe. Dabei spielten eigentümliche Mythen um alte Wolfsgötzen eine gewichtige Rolle. Hieß Eulykien wörtlich übersetzt nicht *Land des schönen Wolfes*? Und galten die Wölfe in ihrer Heimat nicht noch heute als Kinder des Mondes?

Mit Macht drängte sich Kallyê eine alte Sage auf – die Geschichte einer Kreatur, die angeblich hier unten im alten Labyrinth ihr Unwesen trieb. Der Nachtwolf. Aber das war nur ein Schauermärchen. Geeignet, um Kindern Angst zu machen. Dennoch ... Vielleicht waren sie hier, inmitten des Tempelberges, auf den Ursprung dieser Sage gestoßen? Kallyê schluckte.

»Sieh doch, da hinten!« Nukulahi wies zum Ende der steinernen Wolfsallee. Dort funkelte etwas silbern im fahlen Schein ihrer Lichtquellen. Ohne ihre Antwort abzuwarten, eilte der Prinz voran, und Kallyê hatte Mühe, mit ihm Schritt zu halten.

Je näher sie der Stirnseite des Kuppelgewölbes kamen, desto deutlicher wurde das mondhelle Funkeln. Endlich hatten sie das letzte Wolfspaar hinter sich gelassen, als sich vor ihnen ein gewaltiges Felsrelief aus der Dunkelheit schälte. Die Eulykierin gab einen erstaunten Laut von sich.

Über die gesamte Wand erstreckte sich ein kolossales Kunstwerk, erschaffen von einem Bildhauer, dessen Name ebenso vergessen war wie die Ereignisse, die er in das Felsgestein gemeißelt hatte. Ungezählten Erhöhungen, Kanten und Vertiefungen formten Bilder und Skulpturen, die Kallyê an die blutrünstige Vergangenheit ihres Landes gemahnten. Wolfsfratzen mit gefletschten Zähnen stülpten sich so lebensecht aus der Wand, als drückten die Leiber der abgebildeten Kreaturen von innen gegen den Fels. Es waren Dutzende, nein, Hunderte dieser Kreaturen. Der fürchterliche Reigen der Schreckgestalten reichte bis weit hinauf zur Kuppeldecke. Kampflustige Krieger in Wolfsfellen verneigten sich vor den Wolfartigen. Ihre Gesichter trugen wahnhafte Züge, und für einen Augenblick glaubte die Eulykierin in ihnen die Eisernen Männer ihrer Heimat wiederzuerkennen. Waren das überhaupt Menschen? Bei einigen der abgebildeten Gestalten war sich Kallyê nicht so sicher.

»Mir scheint, daß hier ein geheimer Kriegerritus dargestellt ist«, erklärte Nukulahi. »Kann es sein, daß ihr Eulykierinnen eure Männer nicht immer beherrscht habt?«

Der Prinz war unerschrocken an der Wand entlanggeschritten und bei einem großen Felsportal angelangt, das inmitten des majestätischen Reliefs prangte. Die fürchterlichen Wolfsgestalten, mit denen einst auch die beiden Türflügel überzogen gewesen sein mochten, waren von unbekannter Hand herausgeschlagen und durch zwei große Halbmonde aus reinstem Silber ersetzt worden.

»Wir beherrschen unsere Männer nicht, wir leiten sie. Das ist ein Unterschied ...« Kallyê trat an die Seite des Prinzen und ignorierte seinen belustigten Blick. »Aber diese Halbmonde dort ... das sind Schutzzeichen!«

»Schutz wovor? Glaubst du, daß hinter dem Portal etwas Gefährliches auf uns wartet?«

Nukulahi suchte nach einem Knauf oder einem Riegel, mit dem sich das Portal öffnen ließ, doch ihm war kein Erfolg beschieden. Glatt und nahezu fugenlos versperrten die steinernen Türflügel den Zugang auf was auch immer dahinter verborgen liegen mochte.

Kallyê trat einige Schritte zurück und erspähte gleich über dem Spitzgiebel des Portalbogens ein eigentümliches Hohlbild, das sich finster und bedrohlich inmitten des schauerlichen Wolfsreigens abzeichnete. So sehr sie sich auch bemühte, das Bildnis auszuleuchten, die Konturen des Ungetüms blieben stets im Schatten.

»Ist das Blut?« Nukulahi bückte sich und strich mit dem Finger prüfend über den glatten Marmorboden. Kallyê zuckte zusammen und hielt die Laterne tiefer.

»Wie seltsam! Es handelt sich um roten Staub ...« Die beiden schauten sich um und entdeckten weitere Flecken, die in jene Richtung führten, aus der sie gekommen waren. »Sieh doch«, fuhr der Colcopäer fort, »das sind Spuren. Solche, wie sie die Hunde in Andhakleia hinterlassen. Nur viel größer!«

Der Eulykierin stellten sich die Nackenhaare auf. Was wäre, wenn die silbernen Halbmonde nicht vor einer Gefahr *jenseits* des Portals schützten, sondern vielmehr gegen etwas *innerhalb* dieses Tempels angebracht worden waren?

Die Sphinx war, so unwirklich es ihr noch immer erschien, zum Leben erwacht. Nukulahi hatte von Lichtern im Silbergarten gesprochen. War es möglich, daß nun auch die alte Schauergeschichte um den Schrecken des Labyrinths Gestalt angenommen hatte? Kallyês Blick irrlichterte erneut zu dem Schemen über dem Portal.

»Nukulahi, laß uns hier verschwinden. Sofort!«

Verwundert starrte der Prinz sie an, doch Kallyê ließ sich nicht beirren und zog ihn energisch mit sich.

»Was ist denn? Wir ...«

»Still! Dieser Ort ist verflucht. Wir hätten ihn niemals betreten dürfen. Wir müssen sofort weg von hier!«

Der Prinz verstummte, als er den panischen Ausdruck auf ihrem Gesicht gewahrte. Hand in Hand hetzten sie an den riesigen Standbildern vorbei, zurück zu der zerklüfteten Öffnung im Boden des unheimlichen Felsdoms. Erst jetzt fragte sich Kallyê, wodurch die gewaltige Bruchstelle im Untergrund überhaupt verursacht worden war. Waren das dort am Rand des Loches nicht Kratzspuren? Es schüttelte sie vor Grauen, als sie sich der Folgen dieser Überlegung bewußt wurde.

Eilig ließen sie und Nukulahi sich auf die Spitze des Schuttberges hinab und hasteten zur gegenüberliegenden Seite des Ganges.

»Verrätst du mir, warum wir den Saal so fluchtartig verlassen haben?« Nukulahis Stimme schwankte zwischen leichter Verärgerung und gebotener Vorsicht.

Kallyê blieb ihm die Antwort schuldig, denn in diesem Augenblick wurde im Labyrinth ein derart schauerliches Heulen laut, daß selbst Nukulahi zusammenfuhr. Es klang nahe. Sehr nahe. Gehetzt blickten sich die beiden Schicksalsgefährten an, dann rannten sie los und stolperten weiter voran durch die Stollen und Gänge.

Plötzlich hielt Nukulahi im Laufen inne und betrachtete aufmerksam die Spuren im Staub.

»Hier! Hier habe ich vorhin gestanden. Dann ist das da hinten die Gangbiegung, wo ich meine Fackel vor den Wolfsmännern versteckt habe.« Sie sah ihn fragend an, doch er schüttelte unwillig den Kopf.

»Einerlei, ich weiß wieder, wo wir sind. Folge mir!«

Nukulahi ließ sie los und eilte ungestüm voran. Kallyê blieb nichts anderes übrig, als hinter ihm herzustolpern. Der Prinz schien sich seiner Sache sicher zu sein. Zielstrebig schwenkte er bei der nächsten Abzweigung nach links.

Wieder gellte das schauerliche Geheul durch die Gänge. Nukulahi wandte sich zu ihr um. »Wie groß sind diese Rauhwölfe eigentlich?«

Kallyê deutete im Laufen auf die Höhe ihrer Hüfte. Der Lichtschein ihrer Laterne tanzte aufgeregt über die Wände.

In der Ferne gellte ein markerschütternder Schrei.

»Tvashi! Bei Eomes, nein!« schrie Nukulahi und stürmte noch schneller den Gang hinunter. Kallyê stutzte. Tvashi? Hatte der Prinz etwa den Jungen mit in das Labyrinth genommen? Und ihn am Ende irgendwo allein zurückgelassen? Sie rannte, so geschwind sie nur konnte.

Endlich erreichten sie eine kleine Höhle, und ein fremdartiger Geruch schwängerte die Luft. Vor der Treppe zu einem Rundturm über ihnen lag ein Wolfsmann. Er war gefesselt, seine Kehle war zerfleischt, und an mehreren Stellen klafften Bißwunden. Wer hatte ihn den Wölfen in diesem Zustand hilflos ausgeliefert? Hastig blickte sie sich um. Tatsächlich: Im gegenüberliegenden Gangabschnitt stand Tvashi. In der einen Hand hielt er eine Fackel, in der anderen ein Schwert der Eisernen Männer. Mit beidem fuchtelte er wild in der Luft herum.

Vor ihm aber standen knurrend zwei Rauhwölfe, aus deren grauem Fell auch die Umhänge der Eisernen Männer bestanden. Knurrend hatten sie ihre Reißzähne gefletscht und versuchten sich dem Jungen zu nähern. Einer von ihnen trug noch immer ein ledernes Halsband mit einer eisernen Kette. Sie wirkte wie … durchgebissen.

»Rühr dich nicht von der Stelle, Tvashi. Hab keine Angst, dann passiert dir nichts.« Nukulahis Stimme klang unsagbar ruhig, während er Speer und Schwert hob. Kallyê richtete den Lichtschein ihrer Laterne auf die Vierbeiner und hob ebenfalls ihr Schwert.

Die Wölfe wandten die Köpfe und starrten sie lauernd an. Hechelnd hing die rote Zunge zwischen ihren Lefzen hervor. Die

Wölfe waren groß – viel größer, als Kallyê sie in Erinnerung hatte. Und ihr Gebiß wirkte kräftig und stark. Kallyê sah, wie Nukulahi den Speer zum Wurf anhob, als plötzlich wieder dieses markerschütternde Heulen durch die Gänge hallte. Die beiden Wölfe winselten und nahmen mit großen Sätzen Reißaus.

Verwirrt warf Nukulahi Kallyê einen Blick zu. Doch sie zuckte nur hilflos die Achseln. Ein beißender Geruch schwängerte die Luft, und die Eulykierin konnte nur mühsam ein weiteres Würgen unterdrücken.

Nukulahi hielt in der Bewegung inne, und als Kallyê seinem Blick folgte, erstarrte auch sie. Direkt hinter Tvashi füllte ein riesiger Schatten den Gang aus. Ein Schatten, der mit großen Sprüngen auf sie zugehetzt kam. Ein wirklich riesiger Schatten!

»Tvashi, weg da!« schrie sie. Keinen Moment zu spät. Der Kopf des Schiffsjungen ruckte herum, dann warf er sich schreiend nach vorn. Da flog auch schon Nukulahis Speer durch den Raum. Die Antwort war ein wütendes, dunkles Knurren. Kallyê spürte, wie ihr der Angstschweiß ausbrach.

Unmittelbar darauf schoß ein riesiger Wolf auf sie zu. Nein, nicht einfach ein Wolf: ein knurrendes, zweiköpfiges Ungetüm mit glühendgelben Augen! Bei der Sphinx, das war der Nachtwolf der eulykischen Legende! Nahm der Schrecken denn überhaupt kein Ende?

Sein Fell war schwarz wie die Nacht, und schaumiger Geifer tropfte ihm aus den gefletschten Mäulern.

In einem der beiden Hälse steckte der Speer, den Nukulahi geworfen hatte. Zornig funkelte das Ungeheuer den Prinzen an. Kallyê mußte ein Kichern unterdrücken, das sich ihre Kehle hinaufschlich. Das konnte nicht sein! Es war unmöglich! Voller Entsetzen kämpfte sie gegen den Irrsinn an, der sich ihrer zu bemächtigen drohte.

Dann schnappte der eine Kopf zu, und das Wolfsungeheuer riß sich ohne Mühe den Speer aus dem Leib. Kiefer zermalmten die Waffe, und Dutzende Splitter regneten zu Boden. Tvashi brüllte auf vor Furcht und wollte weglaufen, doch da war auch schon der zweite Kopf herumgefahren und schnappte zu.

Gellend schrie der Junge auf. Tvashi wurde am Bein gepackt und in die Höhe gerissen. Nein, es waren zwei Schreie. Nicht nur der Schiffsjunge schrie, sondern auch Nukulahi, der nun vorwärtsstürmte.

Instinktiv griff Kallyê nach ihrem Dolch und schleuderte ihn auf den Kopf des Ungeheuers, der den Schiffsjungen gefangenhielt. Sirrend fand er in einem Auge sein Ziel. Das Wesen fauchte wütend auf, und Tvashi fiel blutüberströmt zu Boden. Noch immer erstarrt und unfähig, einen klaren Gedanken zu fassen, starrte Kallyê die fleischgewordene Alpgestalt an. Nukulahi hechtete derweil unerschrocken über Tvashi hinweg und ergriff noch im Laufen das Schwert, das dieser hatte fallen lassen. Mit zwei Waffen in den Händen baute er sich über dem schwer verletzten Jungen auf und stand jetzt dicht vor dem zweiköpfigen Ungeheuer.

Der Nachtwolf war einen Schritt vor ihm zurückgewichen. Der andere Kopf packte den Dolch und zog ihn aus dem Auge des Bruderschädels.

Klirrend fiel die Waffe zu Boden. Ungläubig sah Kallyê mit an, wie das Auge innerhalb weniger Atemzüge verheilte. Auch von der Speerwunde war nichts mehr zu sehen. Starr vor Schreck, fiel ihr die Laterne aus der Hand und zerschellte am Boden zu unzähligen kleinen Splittern.

Doch was war das? Plötzlich lag ein Flimmern und Glitzern in der Luft. Es umschwebte den Prinzen, schien gleichsam von ihm auszugehen. Dutzende kleine Funken umkreisten ihn, gleich Mondlicht, das sich auf den Blättern des Silbergartens brach. Das Ungetüm starrte den Prinzen knurrend an, wich aber zurück.

Es schnappte in die Luft, und Geifer sprühte durch den Raum. Wütend brüllte es Nukulahi aus stinkenden Kehlen an, dann wirbelte es herum und hetzte zurück in den Gang, aus dem es gekommen war. Augenblicke später war nur noch sein Geheul zu hören.

Kallyê verstand nicht, was soeben geschehen war. Sie verstand überhaupt nichts mehr. Ihre Welt, alles, woran sie geglaubt hatte, war an diesem Tag zerbrochen. Ja, sie hatte gezweifelt. Nicht selten hatte sie gedacht, ihr Leben sei eine Lüge. Aber jetzt schien sich alles umzukehren. Alles, was sie für eine Lüge gehalten hatte, wurde wahr. Vielleicht war dies die gerechte Strafe für ihre Zweifel.

»Der Nachtwolf! Nukulahi, das war der Nachtwolf!«

Kallyê löste sich aus ihrer Starre und eilte zu Tvashi, der stöhnend am Boden lag. Die Zähne des Ungeheuers hatten sich tief in seinen Oberschenkel gegraben, Blut strömte aus den Wunden.

Diesmal war es ihre eigene Tunika, aus der sie Stoffbahnen riß. Es war einerlei. Sie brauchte die Ordenstracht nicht mehr. Mit kundiger Hand legte sie einen Verband an.

»Was hast du eben gesagt?« Nukulahi wirkte, als wäre er selbst soeben aus einem Alptraum erwacht. Hilflos stand er mit beiden Schwertern in der Hand neben ihr und starrte in die Gänge. Kallyê zögerte. Sollte sie ihm von ihren Befürchtungen und wirren Gedanken berichten? Würde er sie nicht eine versponnene Vettel schelten?

»Ich hatte dir doch gesagt, daß man sich erzählt, hier ... spuke es«, antwortete sie und bemühte sich, ihrer Stimme einen möglichst beiläufigen Klang zu geben.

»Das eben war kein Spuk! Das war ... verdammt wirklich.« Nukulahi starrte sie ungläubig an. »Warum hast du mich nicht früher vor diesem Vieh gewarnt?«

Kallyê strich dem wimmernden Tvashi über den Kopf und sah die helle Angst in seinen Augen. Auch er hielt den Atem an, wartete auf ihre Antwort. Die Worte kamen nur zögernd über ihre Lippen.

»Aber Nukulahi, das ist doch bloß eine Legende. Ein Märchen, mit dem man Kinder erschreckt. Der zweiköpfige Nachtwolf! Angeblich hat er unser Land beherrscht, bevor die Sphinx kam und ihn besiegte – und ihn in den Berg verbannte ...«

»Aber ...«, Tvashi griff mit schmerzerfülltem Gesicht nach ihrer Hand und drückte sie so fest, daß es weh tat, »aber der Wolf *hatte* doch zwei Köpfe.«

Sie nickte erschöpft. Nukulahi kniete neben ihr nieder und streichelte besorgt Tvashis Wange.

»Bloß ein Märchen. Eine Legende ... Hast du nicht selbst gesagt, daß das Orakel bis heute auch nicht mehr war? Für meinen Geschmack sind es ein bißchen viel Legenden, die plötzlich anfangen herumzulaufen.«

Kallyê sah ihn beschwörend an und warf einen Blick auf Tvashi. Nukulahi verstand. Entschlossen stand er auf. »Laß uns zusehen, daß wir Tvashi zu jemandem bringen, der ihm helfen kann.«

Versucht man die Schicksalsfäden all jener zu entwirren, von denen diese Chronik berichtet, mag man angesichts der Ereignisse, die sich damals in Thalliopê zutrugen, kaum noch an einen Zufall glauben.

Rätselhaft bleibt bis heute, warum ausgerechnet dort, wo das leibhaftige Rätsel Gestalt annahm, sich die Wege einiger jener kreuzten, die am Ende noch so viel zu dem Leid, aber auch zu der Hoffnung auf unserer Welt beitragen sollten. Mir jedenfalls, die ich mir zum Ziel gesetzt habe, der Wahrheit über die damaligen Ereignisse auf den Grund zu gehen, dient das vorliegende Geschehen als Mahnmal dafür, daß die Wahrheit des einen nicht unbedingt die Wahrheit des anderen sein muß.

Der Aufenthalt in Eulykien erwies sich somit nicht nur für jene als Prüfstein, die mit der gekaperten Karavelle STERN VON ANDHAKLEIA gen Norden weiterzogen, er war auch denen eine Bewährungsprobe, die zurückblieben. Vielleicht war ihr Los sogar am bittersten.

Neben Kapitänin Surjadora, die hilflos am Kai mit ansehen mußte, wie ihr einziges Schiff unter fremder Führung dem Horizont entgegensegelte, hatten sich von der Mannschaft Steuermann Lakshapheus, Oberbootsmann Brahthos und acht weitere Männer durch einen Sprung von Bord retten können. Zimmermann Tarjixes, Schiffskoch Garuleos und der

Großteil der Mannschaft aber waren auf der Karavelle zurückgeblieben und der Willkür des Blauen Gottes ausgeliefert, so daß sich ihre Wege für geraume Zeit von den zurückgebliebenen Schicksalsgefährten trennten …

Diesen schlossen sich einen halben Tag später noch vier weitere Seeleute an, die die Ereignisse in den Tavernen der Stadt regelrecht verschlafen hatten.

Auch Gijao überstand den Sprung ins eisige Wasser letztlich unbeschadet. Doch wie groß mag seine Freude, aber auch sein Entsetzen gewesen sein, als er feststellte, daß es sich bei der größtenteils zerstörten Nauke im Hafenbecken um die VOLLENDETE HARMONIE handelte, das Schiff seines alten Freundes Schaung näng Nohei! Die andere Nauke aber, jene, die für die Zerstörung der VOLLENDETEN HARMONIE verantwortlich war, war von Eisernen Männern umzingelt, die keinen Katauëken durch ihre Reihen ließen – auch nicht zum Schiff. Nach längeren Verhandlungen mit den Herrinnen des Silbergartens sammelte der katauekische Hauptmann Kang seine Krieger ein und nahm die Verfolgung des Blauen Gottes wieder auf.

Wie die unverhofft festsitzenden katauekischen Seeleute des Pfauenschiffs blieb damit auch der Mangalier weiterhin ein in der Fremde Gestrandeter. Es gelang ihm zwar, kurz mit seinem Freund Kontakt aufzunehmen, doch das Ansehen der Kataueken hatte nach dem Zwischenfall in der Stadt erheblich gelitten. Die Eisernen Männer schwärmten auf Befehl der Herrinnen des Silbergartens aus, um sämtliche Kataueken zu verhören. Energisch suchten sie vor allem nach den Schiffsführern der zerstörten Nauke, um Antworten auf die Fragen zu erhalten, welche die blutigen Geschehnisse aufgeworfen hatten. So kam es, daß Gijao, nachdem Schiffsführer Schaung näng Nohei verhaftet worden war, eines Nachts wieder vor der Tür der heruntergekommenen Hafenkaschemme stand, die Surjadora mit ihren letzten verbliebenen Geldreserven angemietet hatte. Verzweifelt bat er darum, sich bei ihnen verstecken zu dürfen. Von der zurückgebliebenen Mannschaft wurde der Nautiker fast wie ein alter Freund begrüßt, denn sie alle hatten in den zurückliegenden Monden zuviel gemeinsam durchgestanden. Selbst Surjadora hieß den unerwarteten Besucher willkommen, wobei einige zu der Ansicht gelangten, daß es ihre Niedergeschlagenheit war, die sie dem Mangalier gegenüber Nachsicht üben ließ. Daß es seine Tochter Kiaora war, die die Karavelle entführt hatte, verschwieg Gijao der Kapitänin.

Die Sorge Surjadoras und der Mannschaft galt in diesen Tagen vor allem Tvashi, den Prinz Nukulahi und Kallyê heimlich in die Taverne gebracht hatten. Es heißt, Surjadora sei rasend vor Sorge gewesen,

als sie den fiebernden Jungen erblickt habe.
Kallyê, die ebenso wie Gijao gezwungen war, sich zu verstecken, erwies sich schon bald als unverzichtbare Hilfe in der fremden Stadt. Sie war es auch, die der Kapitänin einen vertrauenswürdigen Medicus nannte, der sich Tvashis annahm. Doch seine Behandlung war teuer und langwierig, und die verbliebenen Geldmittel waren schnell aufgezehrt. Surjadora hatte sich bereits dazu entschlossen, den in Gold eingefaßten Halbmond, den sie in der Himmelswarte Andhakleias gefunden hatten, zu verkaufen, als ihr Prinz Nukulahi eines Abends zwei Geldbeutel mit weit über einhundert eulykischen Goldmünzen präsentierte. Mit Hilfe Kallyês hatte er in der Stadt seinen wertvollsten Besitz verkauft: Das LINKE AUGE DES EOMES – den coleopäischen Stirnreif des Prinzen mit dem großen Saphir!
Die benötigten Arzneien konnten somit weiterhin besorgt werden, und auch die Mannschaft schöpfte wieder Hoffnung.
Surjadora, Nukulahi und Lakshapheus sprachen in diesen zermürbenden Tagen oft über die Prophezeiung der Sphinx. Doch erst als die Kapitänin einwilligte, auch Gijao und Kallyê zu Rate zu ziehen, kam man dem ersten Geheimnis der Weissagung ein Stück näher. Denn Gijao berichtete für alle überraschend, daß das nördlich von Eulykien gelegene Jarmatengebirge unter den Nautikern

seiner Heimat als STEINERNES MEER bekannt sei.

Doch war das riesige Gebirge im Süden Ajunas wirklich mit jenem STEINERNEN MEER identisch, von dem die Sphinx gesprochen hatte?

Kallyê erinnerte daran, daß in Menetenê, einer Stadt weit im Norden Eulykiens, ebenfalls ein bedeutender Silbertempel der Schwesternschaft stand, der über eine umfangreiche Bibliothek verfügte. Da die Eulykierin bezweifelte, daß man so weit im Norden des Landes nach ihr suchen würde, schlug sie vor, den dortigen Tempel aufzusuchen, um in seinem Archiv weitere Nachforschungen anzustellen.

Kurz, es waren Entwicklungen und Aussichten, die Kapitänin Surjadora alles in allem nicht sonderlich behagten. Schließlich hatte sie in ihrem Leben mehr Zeit auf hoher See denn auf dem Festland zugebracht. Doch letztlich ließ auch sie sich davon überzeugen, Nukulahis Gold in einem Unternehmen zu Land anzulegen. Sollte ihr schon sonst nichts geblieben sein, so wollte sie doch wenigstens das Ziel ihrer langen Reise erreichen.

Es dauerte vier lange Monde, bis sich Tvashi so weit erholt hatte, daß die Gruppe endlich aufbrechen konnte. Nur zwei Seeleute beschlossen, ihr Glück bei anderen Kauffahrern zu suchen. Der Rest entschied sich dafür, weiter an der Seite ihrer Kapitänin zu verbleiben. Ende des Jahres 460 erreichte die Gruppe Menetenê, und unter falschem Namen durchforstete Kallyê das umfangreiche Archiv der Priesterinnen drei Monde lang. Sie fand heraus, daß das Jarmatengebirge auch von den Bewohnern zweier anderer ferner Reiche auf den Namen MEER AUS STEIN getauft worden war. Und nicht nur das: In einem alten Text war von einem jarmatischen Gebirgszug die Rede, der den Namen WOLFSZINNEN trug. Ein erster Hinweis auf den SCHLUND DES WOLFES?

Doch wo sich diese WOLFSZINNEN befanden, wußte keine der Archivarinnen zu sagen. Stets hieß es, man müsse sich dafür an die Bergvölker in den Jarmaten wenden, die als wild und kriegerisch galten. Surjadora legte daher Wert darauf, die Mannschaft bestens mit Ausrüstung und Waffen auszustatten, bevor sie weiterzogen.

So schmolz der Rest der Barschaft dahin, und die Truppe war sogar gezwungen, einige Monde lang in der Umgebung Menetenês einer Arbeit nachzugehen, um alles beschaffen zu können, was benötigt wurde.

Dann aber, gegen Ende des Dürremondes im Jahre 461, brach der auf siebzehn Mann geschrumpfte Trupp auf.

Es folgte eine abenteuerliche und entbehrungsreiche Expedition durch die fremde Gebirgswelt, bei der Surjadora und die ihren feststellen mußten, daß die Suche nach den WOLFSZINNEN der berüchtigten Suche nach der Stecknadel im

Heuhaufen glich. Nur dreimal in all den Monden trafen die Gefährten auf Jarmaten, die wenigstens einige Brocken Eulykisch sprachen, und erst der letzte von ihnen wies sie in die richtige Richtung. Hätte die tapfere Gruppe diesen Mann nicht als Führer gewonnen, wäre die Suche gewiß erfolglos geblieben. So aber gelang ihnen gegen Ende des Schwemmondes eine Entdeckung, die alles verändern sollte.

Daß sie einem hohen Mysterium der Kirche auf der Spur waren, wußten die Gefährten bereits – auch wenn dies nicht die eigentliche Triebfeder für ihre Anstrengungen war. Ob sie ihre Suche aber kurz vor dem Ziel noch abgebrochen hätten, hätten sie geahnt, daß ihre Bemühungen von den Kirchenoberen nicht unbemerkt geblieben waren? Ich wage es zu bezweifeln.

So aber knüpfte das Schicksal erneut sein Netz. Es verband die Fäden, die es bereits in Coleopa und Kurjameos gesponnen hatte, verwob sie mit jenen aus Eulykien und Serkan Katau und verknotete sie schließlich, inmitten des Jarmatengebirges, mit einem fünften. Dieser aber hatte einige Monde zuvor in Gautamar seinen Ursprung genommen …«

SCHWESTER DOLORES, CHRONIK EINER VERLORENEN ZEIT, BD. II, NIEDERGELEGT ZU CANTAMO IM 540. JAHR DER ABWESENHEIT GOTTES

AGENTUS IN REBUS DEI

An Bord der kirchlichen Karavelle Sankt Malachibar, *im Hafen von Gautamar, 23. Tag des Hitzemondes, im 461. Jahr der Abwesenheit Gottes*

In der engen Schiffsmesse duftete es nach dem Essen, das der Kajütsjunge, ein *novize* aus dem Palast des *princeps* von Gautamar, schon vor über einer Stunde aufgetragen hatte. Nun waren die gautamarischen Speisen, die hübsch dekoriert auf einem Tablett neben Massimilios Schlafkoje angerichtet waren, längst erkaltet.

Wie schon die Tage zuvor, hatte man ihm in Honig gebackene Pawpaws und köstliche Bananen serviert. Auch das Hauptgericht, gegrilltes Hühnerfleisch und Brei aus gestampftem Mais und Erbsen, hätte der Priester bei einer anderen Gelegenheit sicher nicht ausgeschlagen. Doch Massimilio verspürte keinen rechten Appetit. Denn heute war jener Tag, an dem er auslaufen würde, um die Pläne Kapitänin Surjadoras zu durchkreuzen.

Der *pater* saß auf einer Seekiste und studierte die Karten, die ihm die Priester des *ordo silentii mysteriorum* in den Bergen von Gondallo ausgehändigt hatten. Eine der Karten hatte er vor sich ausgebreitet. Auf ihr zeichneten sich die Küstenlinien des westlichen Südajunas ab. Zwei weitere Pergamente, die die bekannten Geländepunkte des Jarmatengebirges nördlich Eulykiens zeigten, lagen eingerollt auf seinem Schoß. Grau und gelb hoben sie sich von dem hellen Stoff seiner Soutane ab.

Wochenlang hatten die Kartographen des Roten Ordens ihre Archive durchstöbert. Wie er erfahren hatte, war sogar eine jener geheimnisvollen Roten Kammern mit Dokumenten aus der Zeit des Alten Imperiums geöffnet worden, um die darin befindlichen Hinweise mit jenen abzugleichen, die der unglückliche Meister Karabad in Elephantinos zutage gefördert hatte.

Der Weg, den die *scriptoren* auf den Karten verzeichnet hatten, würde ihn mit etwas Glück genau zu jenem Ort führen, der an der Wand der elephantinischen Basilika mit einem Halbmond gekennzeichnet war. Wenn sich die Befürchtungen des Roten Ordens bestätigten, würde sie dort finden, was Generationen von kirchlichen Würdenträgern verwehrt geblieben war: das Versteck des Buckligen.

Sorgenvoll schloß der *pater* die Augen und richtete ein Stoßgebet an den Abwesenden Gott. Hoffentlich würde es ihm gelingen, Surjadora zuvorzukommen. Völlig unabhängig davon, was sie im Grab der Baumeisterin gefunden hatte, bestand auch aus einem anderen Grund dringender Anlaß zur Sorge, daß der Kapitänin bei ihrer Suche Erfolg beschieden sein könnte. Selbst der Rote Orden hatte bis vor kurzem noch die Hoffnung gehegt, daß sich die Kapitänin an den Antworten des Orakels die Zähne ausbeißen würde – ebenso wie die Gesandtschaften der Kirche in den Jahrzehnten und Jahrhunderten zuvor. Doch nun hieß es, die Sphinx von Thalliopê sei erwacht. Ausgerechnet die Sphinx!

Zunächst hatte Massimilio die Nachricht für Seemannsgarn gehalten. Doch vor zwei Tagen war eine Karacke mit Pilgern aus Eulykien in den Hafen von Gautamar eingelaufen, die allesamt schworen, im Silbernen Tempel Thalliopês dem leibhaftigen Rätsel höchstselbst gegenübergestanden zu haben. So unglaublich das auch klang, deckten sich ihre Aussagen doch mit jenen Seltsamkeiten, die ihm bereits auf der Reise nach Gautamar zu Ohren gekommen waren. Da war von menschenfressenden Schlangen die Rede, die unter alten Ruinen hervorgekrochen kamen. Zwei Pilger aus Antilopia behaupteten, daß ihnen vor ihrer Abreise der heilige Guelfo erschienen sei, und auf dem Leonîl hatten Fischer erst kürzlich einen Kahn abgebrannt, weil sie davon überzeugt waren, daß sich auf ihm ein Schiffsgeist niedergelassen habe. Er, Massimilio, hatte all das für Gerüchte und Sinnestäuschungen gehalten. Doch vor nicht einmal einer Woche war es mitten in Gautamar zu einem Ereignis gekommen, für das auch er keine Erklärung mehr fand. Während einer Vorstellung des *Theatro Phantasmagorico* auf dem Vorplatz der heiligen Malachias-Basilika hatten die Roten Ritter vom *ordo executionis silentii finiti* etwas gejagt, von dem das Publikum einhellig behauptete, es habe sich dabei um einen blauen, sechsarmigen

Riesen gehandelt. Das Ungeheuer hatte ein entsetzliches Blutbad unter den Zuschauern angerichtet und war danach entkommen. Noch immer durchkämmten Bewaffnete die Stadt, um das Unwesen aufzuspüren. Bislang erfolglos.

Heute morgen erst hatte ihn der Rote Orden darüber in Kenntnis gesetzt, daß die Jagd auf das Ungetüm von einem Priester geleitet wurde, der ihn auf der Reise in die Jarmaten begleiten würde. Ein *pater,* der der Kirche lange in der merkantilischen Provinz Cornia gedient hatte. Der *ordo silentii mysteriorum* schien sehr viel von dem Priester zu halten, und Massimilio war bereits außerordentlich neugierig auf ihn. Etwas Unheimliches griff nach der Welt, und er war froh, diesen Dingen nicht allein entgegentreten zu müssen. Noch war der Mann nicht eingetroffen, aber seinen Name hatte man ihm bereits verraten: Francisco!

Massimilio schreckte aus seinen Gedanken, als sich eine Fliege auf seinem kahlen Haupt niederließ. Verärgert strich er sich über die Kopfhaut, und das Insekt suchte brummend das Weite. Erst jetzt wurde er gewahr, daß seine Hand zitterte. Wie lange würde er sie behalten dürfen? Er schloß die Finger zur Faust und atmete tief ein.

Wieder einmal fragte er sich, wann auch er das rote Ornat des *ordo silentii mysteriorum* würde tragen müssen. Schon jetzt sah ihn der Rote Orden als Geheimnisträger an. Massimilio war davon überzeugt, daß ihn allein die Umstände seiner Mission davor bewahrt hatten, verstümmelt zu werden. Ein Vertrauensbeweis höchsten Ranges. Der Rote Orden wußte, daß er seine Stimme und seine Hände auf der anstrengenden Reise, die vor ihm lag, noch benötigen würde.

Seufzend rollte der *pater* die Karten zusammen und erhob sich mit knackenden Gelenken. Dann verstaute er die Pergamentbögen in der muffigen Seekiste unter ihm und warf einen letzten Blick auf das Tablett mit seiner Mahlzeit, die unangetastet neben seiner Koje stand. Nein, er hatte noch immer keinen Appetit. Entschlossen schritt er auf die Tür der Schiffsmesse zu, um an Deck zu gelangen.

Dort ging es zu wie in einem Taubenschlag. Das Geschrei der Seeleute empfing ihn, und vom Meer der Säulen her wehte ihm ein warmer Wind ins Gesicht. Wie es sich für ein Schiff der Kirche gehörte, trugen die Matrosen der *Sankt Malachibar* allesamt saubere Westen aus blauem Leinen und enganliegende Kniehosen, die von Gürteln gehalten wurden, deren kupferne Schnallen ein Aionarsstern zierte.

»Vorsichtig, Männer!« Auf dem Bugkastell stand Kapitän Ranares, dessen lautes Gebrüll selbst die Rufe der Matrosen übertönte. Er beaufsichtigte die Arbeiten am Ladebaum, wo einige der Seeleute damit beschäftigt waren, Fässer mit Frischwasser in den Schiffsbauch zu verladen. Zehn weitere Fässer standen noch immer an der Hafenmole, wo auch Käfige mit lebenden Schweinen und Hühnern darauf warteten, an Bord gebracht zu werden.

Kapitän Ranares entdeckte Massimilio erst, als er neben der Außenbordwand stand. Knapp grüßte er ihn. Der Schiffsführer war ein kräftiger Mann mit Vollbart und gehörte dem *ordo militis dei*, dem bewaffneten Arm der Kirche an. Er genoß einen hervorragenden Ruf als Piratenjäger und stand eigentlich im Dienste eines Kirchenstaates am Rande des *Meers der Säulen*. Doch wie Massimilio hatte der Rote Orden ihn eigens für die bevorstehende Mission nach Gautamar beordert.

Dabei waren er und Kapitän Ranares bei weitem nicht die einzigen Kirchendiener, die die große Stadt am Leonîl aufgesucht hatten. Im Gegenteil, die Straßen der Hafenstadt waren von unzähligen Brüdern und Schwestern aus aller Herren Länder bevölkert. Denn hier, im Herzen des Kontinents, wurde dieser Tage das *concilium magnissimum* abgehalten. Es sollte dazu beitragen, Antworten auf Fragen zu finden, die die große Katastrophe überall auf dem Kontinent aufgeworfen hatte. Sogar *primarchin* Altheia weilte zur Zeit in der Stadt.

Das große Unglück beherrschte die Gemüter eines jeden, der zum Konzil gekommen war. Zu den Sorgen, die sich die Kirche wegen eines bevorstehenden Krieges zwischen dem Merkantilischen Imperium und den Staaten der Ehernen Liga machte, gesellten sich nun auch noch jene, die von … Fabelwesen ausgingen. Es bereitete Massimilio noch immer Mühe, an die Existenz dieser Schrecken zu glauben.

Sorgenbeladen trat er an die Reling und warf einen Blick auf die Stadt, über der heiß die Mittagssonne brannte. Nach wie vor trübte ein eigentümlicher Schleier das Blau des Himmels und raubte dem gleißenden Tagesgestirn jene Pracht, die es in den Jahren zuvor besessen hatte. Sein Licht wirkte irgendwie ... schmierig. Am Himmel war nichts als ein blasser Lichtfleck verblieben, der selbst an den wenigen unbewölkten Tagen kaum auszumachen war, und das nicht nur in Andhakleia oder in den Bergen von Gondallo, sondern auch hier, viele tausend Meilen entfernt im Südosten.

Östlich des Hafenbeckens, jenseits eines Kais, an dem zwei Bananenbarkassen vertäut waren, konnte er das Glitzern des Leonîls ausmachen. Seine trägen Fluten wälzten sich als mächtiges Band fast quer durch den Kontinent. Die Seitenarme des Stroms reichten bis hoch nach Cantamo und zu den Pardischen Sümpfen.

Gautamar selbst erstrahlte in warmen Ockertönen. Massimilio wußte, daß sich die Stadt bis weit zum Horizont erstreckte. Sie war in etwa so groß wie Maganta, die Hauptstadt des Merkantilischen Imperiums. Die bunt bemalten Pfähle, mit denen die stolzen Gautamannen die Veranden und Terrassen ihrer Häuser abstützten, strahlten wie Farbkleckse auf einer Leinwand aus Lehm. Auf gewisse Weise verliehen sie dem Stadtbild etwas Hoffnungsvolles. Doch auch Gautamar hatte schwer unter den Folgen der Katastrophe zu leiden. Hunger und Flüchtlingselend suchten die Stadt heim, und an den Landesgrenzen des Reiches kam es immer wieder zu Überfällen.

Der Marschschritt einer Kriegerkolonne hallte durch den Hafen. Einige Seeleute sahen von ihrer Arbeit auf, und auch Massimilio wandte den Blick dem großen Lehmgebäude mit der geeichten Stadtwaage zu. Hinter dem Bauwerk kamen in einer geordneten Zweierreihe Kirchenritter mit blinkendem Küraß und roten Umhängen zum Vorschein. Es waren Rote Ritter des *ordo executionis silentii finiti*. Die Gautamannen, die im Hafen ihren Geschäften nachgingen, hielten vorsichtig Abstand zu ihnen. Die Kolonne marschierte geradewegs auf die *Sankt Malachibar* zu. Es mußte die Verstärkung sein, die ihm der Rote Orden versprochen hatte.

Massimilio zählte zwanzig Mann. Es dauerte nicht lange, und der Befehl des Ersten Ritters, der die Männer anführte, brachte den Trupp zum Stehen. In einer disziplinierten Zweierreihe bauten sich die Ritter am Kai unmittelbar vor dem Schiff auf. Aus den Augenwinkeln heraus nahm Massimilio wahr, daß Kapitän Ranares wie beiläufig über die Reling ins Hafenbecken spuckte. Die Rivalität zwischen dem *ordo militis dei* und den Roten Rittern war hinlänglich bekannt.

Der Erste Ritter wandte sich zackig zum Schiff um, klemmte sich den bronzenen Helm mit dem roten Busch unter den Arm und betrat die Karavelle, ohne die Erlaubnis des Kapitäns einzuholen. Glücklicherweise war Ranares so vernünftig, auf Protest zu verzichten. Der Anführer der Roten Ritter beachtete ihn kaum und schritt unter den mißtrauischen Blicken der Mannschaft auf Massimilio zu, dessen weiße Soutane ihn unverwechselbar als *pater* auswies.

Im Hintergrund trieb Kapitän Ranares die Matrosen wieder zur Arbeit an, und kurz darauf glich das Schiff erneut einem Bienenstock. Weitere Fässer und Kisten wurden an Bord gebracht.

»*Pater* Massimilio?« Der Ordenskrieger verneigte sich knapp. Er trug sein Haar kurz geschoren, und seine Wangen waren geschabt. Eine frische Narbe prangte an seiner Stirn. Sicher hatte er vor einigen Tagen am Kampf gegen den sechsarmigen Riesen teilgenommen. Mit einer lässigen Bewegung streifte der Erste Ritter seinen rechten Handschuh ab und legte ihn in den Helm. Dann griff er nach einem Bambusrohr, das er in sein Waffengehänge geschoben hatte, und reichte es ihm. Nicht die kleinste Regung im Mienenspiel des Mannes verriet Massimilio, welche Gefühle der Ritter für ihn hegte.

Der Merkantilier zerbrach das Kirchensiegel, mit dem das Bambusrohr verschlossen war, ließ die Schriftrolle herausgleiten und warf einen Blick auf den Inhalt. Es handelte sich um weitere Anweisungen des Roten Ordens.

»Hauptmann Kenophar, wie ich annehme?« Massimilio ließ sich von dem Treiben an Bord nicht beirren, rollte das Schriftstück wieder zusammen und steckte es ein. Der Erste Ritter nickte knapp und wartete auf Anweisungen.

»Nach Aussage von Kapitän Ranares sind bereits gestern die vier Kisten mit der Gebirgsausrüstung eingetroffen. Ich schlage vor, daß du mit deinen Männer überprüfst, ob etwas fehlt. In drei Stunden laufen wir aus. Die letzte Gelegenheit, *princeps* Chlodfrith von Gautamar noch um das Fehlende zu bitten.«

»Wie du wünschst, *pater.*« Kenophar trat neben ihm an die Reling und rief mit fester Stimme einige Befehle, woraufhin Bewegung in die Ritter an der Hafenmole kam. Auch sie gingen jetzt an Bord. Der Erste Ritter wollte seinen Männern schon entgegengehen, als ihn Massimilio noch einmal zurückrief.

»Einen Moment, Bruder. In deiner Begleitung sollte sich ein *pater* aus Cornia befinden. Ein Mann namens Francisco. Wo ist er?«

»Dort ist er, Bruder.« Kenophar deutete zum Steg, wo in diesem Moment ein Priester in weißer Soutane Kapitän Ranares um Erlaubnis bat, an Bord kommen zu dürfen.

Massimilio bedeutete Kenophar, daß er gehen dürfe, und beobachtete den fremden *pater* aufmerksam, der sich durch das Gewühl an Bord zu ihm durchschob. Der Priester war ein hochgewachsener, hagerer Mann mit länglichem Gesicht, der die Vierzig gerade erreicht haben mochte. Seine Schläfen waren grau, und in seiner Miene stand ein Ernst, wie man es selbst in diesen Tagen nicht bei vielen Priestern sah. Wie er selbst trug er eine schlichte weiße Soutane, hatte aber ein fast halbmondförmiges Sichelschwert mit rotem Knauf umgegürtet. Das Amtszeichen eines *iudicators?* Massimilio hatte eine solche Waffe noch nie gesehen. Was ihn aber vor allem überraschte, war, daß sich Bruder Francisco auf einen Gehstock abstützte, der auf eine Verletzung am Bein schließen ließ. Er wußte nicht zu sagen, *was* er erwartet hatte, aber der Bruder war anders, als er ihn sich vorgestellt hatte.

»Ich freue mich, dich zu sehen, Bruder *iudicator.*«

Der Priester aus Cornia versuchte sich an einem knappen

Lächeln und zog seinerseits ein gesiegeltes Schreiben hervor. »Die Anrede ist nicht ganz treffend, Bruder.«

Massimilio nahm das Dokument entgegen und riß überrascht die Augen auf. Vor ihm stand kein *iudicator*, sondern ein *agentus in rebus dei!* Ein Sonderbeauftragter der Kirche, dessen Rang sogar über dem eines Kirchenfürsten lag.

Welch eine Auszeichnung! Der Titel wurde nur für eingeschränkte Einsätze ausgestellt und konnte auch nur vom Roten Orden oder der *primarchin* selbst verliehen werden. Dem Schriftstück war sogar zu entnehmen, daß es bereits das zweite Mal war, daß man Francisco auf diese Art berufen hatte.

Ehrfürchtig gab er dem *agentus in rebus dei* das Schriftstück wieder zurück. »Entschuldige, Bruder *agentus*, das konnte ich nicht wissen. Ich schließe aus alledem, daß *du* die vor uns liegende Mission leiten wirst.«

Francisco nickte. »Ich hoffe, das stellt kein Hindernis für dich dar bei der Erfüllung unserer gemeinsamen Pflicht.«

»Nein, selbstverständlich nicht«, versicherte ihm Massimilio hastig. Dennoch spürte er einen leisen Stich in der Brust. War das Neid oder Mißgunst? Er war töricht. Der Rote Orden hatte sicher gute Gründe für eine solche Entscheidung. Massimilio senkte die Stimme.

»Ich habe bereits davon gehört, daß du den Einsatz gegen diesen ... Riesen vor der Malachias-Basilika geleitet hast. Er hatte wirklich sechs Arme?«

Die Stirn Franciscos umwölkte sich, und er nickte zögernd. »Ja, was du gehört hast, ist wahr. Wahr wie so viele Gerüchte, die in den letzten Wochen das Konzil erreicht haben. Besinnen wir uns lieber auf die Aufgabe, die vor uns liegt. Ich schlage vor, daß wir die Schiffsmesse aufsuchen, wo wir ungestört reden können ...«

Schon lenkte der *agentus* seine Schritte zum Achterkastell, und das Pochen seines Gehstocks auf den Planken des Schiffes gemahnte Massimilio an das rhythmische Ticken einer Pendeluhr. Ja, es wurde Zeit, daß sie Gautamar verließen, um Kapitänin Surjadora zuvorzukommen.

Das Steinerne Meer

Jarmatengebirge, in der ersten Hälfte des Mosquitomondes, im 461. Jahr der Abwesenheit Gottes

»Lawine! Deckung!« Ein dumpfes Rollen brach sich an den steilen Felswänden und hallte als schweres Echo durch den Paß, auf dem sich Surjadora und ihre Männer bereits seit den Morgenstunden vorwärtsbewegten. Die Kapitänin vergaß den Schmerz in ihren Beinen, der sie seit Wochen quälte, und sprang in Deckung. Wie ihr jarmatischer Führer drückte sie sich an die kühle Steilwand.

Prasselnd schlugen die Steine dort auf, wo sie eben noch gestanden hatte, Steinstaub schwängerte die kalte Gebirgsluft. Dann herrschte Ruhe, abgesehen von dem Pfeifen des Windes, der schon seit Monden ihr ständiger Begleiter war.

Das war gerade noch einmal gutgegangen!

Surjadora atmete tief durch und sah sich nach ihren Begleitern um. Die hatten ebenfalls Schutz hinter Felsen und Vorsprüngen gesucht und kamen nun einer nach dem anderen wieder hervor. Seit Wochen schon marschierten sie und ihre Leute hinter ihrem Führer Gamjar her. Jeder der Seeleute war schwer bepackt und gut bewaffnet, denn die Bergwelt war für ihre Gefahren berüchtigt. Ganze Sippen lebten davon, Reisenden aufzulauern und ihnen erst das Leben und dann ihre Besitztümer zu nehmen. Hinzu kamen die üblichen Gefahren durch tierische Bewohner dieser kalten Welt: Bären, Wölfe, Schneeleoparden und andere.

Doch die größte Bedrohung ging von den Bergen selbst aus. Wie auf See konnte das Wetter hier oben schlagartig wechseln. In den letzten Wochen waren sie und ihre Männer jeden Tag mindestens einmal von schweren Regenfällen heimgesucht worden. Und vor einer halben Woche hatte sich ein reißender Schlammbach seinen Weg in die Täler gesucht und dabei fast Prinz Nukulahi mit sich gerissen.

Dementsprechend mißtrauisch beäugten die Männer die zerklüfteten Bergrücken, die sich zu beiden Seiten steil erhoben –

so als erwarteten sie, daß der Steinschlag eben nur der Vorbote einer noch viel schwereren Lawine gewesen sei.

Surjadora teilte die Bedenken der Männer zwar, aber sie hatte nicht vor, sich ihre Sorge anmerken zu lassen. Wenn sie Schwäche zeigte, würden auch ihre Leute verzagen. Dann wäre es nur noch eine Frage der Zeit, wann es zur Meuterei käme. Meuterei? Surjadora schalt sich eine Närrin.

Es gab kein Schiff mehr, das sie kommandierte. In Wahrheit fragte sie sich schon lange, was die Seeleute dazu bewog, bis heute treu an ihrer Seite auszuharren. Eine Treue, die sie manche Nacht insgeheim zu Tränen rührte.

»Weiter, Männer! Bald haben wir es geschafft!«

Die Kurjamäer warfen den Paßwänden grimmige Blicke zu und schulterten erneut ihre Lasten. Die Kapitänin sah, wie Gijao ihrem Schiffsjungen Tvashi aufmunternd das Haar strubbelte. »Mein Vetter Liän sagt immer, ein Weg entsteht, indem man ihn geht, mein Junge.«

Tvashi war noch immer blaß vor Sorge, doch sah er grinsend zu dem Katauеken auf. »Weiß dein Vetter auch, wie lang unser Weg noch ist?«

Lakshapheus war an die Seite der beiden getreten.

»Natürlich weiß er das«, beantwortete er die Frage für Gijao und warf diesem einen zwinkernden Seitenblick zu. »Denn es gibt offenbar nichts, worauf der keine Antwort wüßte. Und jetzt vorwärts, junger Mann.«

Selbst Gijao mußte schmunzeln. Hinter den dreien aber hatte sich Prinz Nukulahi wieder aufgerichtet, der die Eulykiern während des Steinschlags mit seinem Körper geschützt hatte.

Ja, es war schon eine eigenartige Gemeinschaft, zu der ihre Mannschaft seit den Ereignissen in Thalliopê zusammengewachsen war.

Surjadora überprüfte die Trageriemen ihres Rucksacks und trat an die Seite des Jarmaten, der geduldig darauf wartete, daß die Männer aufschlossen.

»Ist es noch weit, Gamjar?«

Der Mann schüttelte den Kopf. Seine Füße steckten in dicken

Stiefeln mit Ledersohlen. Der Schaft war aus buntem Filz gefertigt, aus dem auch sein Mantel und seine Hose bestanden. Seine langen Haare aber waren nach der Sitte seines Dorfes zu Zöpfen geflochten, die er um den Kopf gewickelt trug. Die Kapitänin erinnerte dies an einen Kranz.

Mittlerweile hatte sie in Erfahrung gebracht, daß es ein gemeinsames Volk der Jarmaten, so wie sie es angenommen hatte, gar nicht gab. Brauchtum, Kleidung, ja, selbst die Sprache der Menschen hier war von Tal zu Tal verschieden.

»Wir werden den Kamm bald erreicht haben, *Makeja*«, antwortete der Führer in seinem eigentümlichen Dialekt.

Gemeinsam mit den anderen folgte sie dem Jarmaten weiter den Paß hinauf. Surjadora fragte sich, wie hoch sie schon aufgestiegen waren.

Am Morgen hatten sie Adler gesehen, die weit unter ihnen ihre Kreise zogen. Sie mußten also dem Himmel näher sein als je ein Kurjamäer zuvor. Auch hatte sie immer noch nicht herausfinden können, warum Gamjar sie ständig bei diesem Namen nannte: *Makeja*. Nach dem, was sie seinen Erklärungen entnommen hatte, schien damit eine wandernde Kriegerin gemeint zu sein, die für die Anbahnung von Hochzeiten verantwortlich war. Seltsam, höchst seltsam!

Jedenfalls hatte sich Gamjar als Glücksgriff erwiesen. Prinz Nukulahi hatte ihn bei einem Stamm angeworben, der hauptsächlich von der Ziegenzucht lebte. Er selbst behauptete von sich, Orchideensucher zu sein.

Der Jarmate hatte ihr berichtet, daß Händler aus Belabadangbarad für die Gewächse einen guten Preis zahlten, um aus ihnen Gewürze, Duftwasser und auch Gifte zu gewinnen. Surjadora nahm sich vor, sich daran zu erinnern. Falls es ihr je wieder gestattet sein sollte, ein Schiff ihr eigen zu nennen …

Hinter sich hörte sie angestrengtes Keuchen. Hin und wieder warf Surjadora einen besorgten Blick über die Schulter. Die meisten hatten sich zwar an die dünne Bergluft gewöhnt, doch noch immer mußten sie mit Ausfällen rechnen. Meist waren es nur leichte Kopfschmerzen, die die Seeleute plagten, aber es war immerhin auch schon vorgekommen, daß einer der Männer sich übergeben hatte.

Auch Surjadora hatte des öfteren gegen aufsteigende Übelkeit ankämpfen müssen, sich bislang aber beherrschen können. Hoffentlich rissen sich auch ihre Begleiter weiterhin zusammen.

Gamjar war ihnen zu einer Klamm vorausgeeilt. Von dort, wo er stand, eröffnete sich ein überwältigender Ausblick auf die Gebirgswelt.

»Da sind wir, *Makeja.* Das dort sind die Wolfszinnen.«

Der Wind zerrte an Surjadoras Kleidung, und ein feiner Sprühregen wehte ihr ins Gesicht, als sie dem Fingerzeig des Mannes folgte. Obwohl die Kapitänin geglaubt hatte, schon alles gesehen zu haben, was das Gebirge zu bieten hatte, war sie sprachlos. Bis zum Horizont erstreckte sich das Jarmatengebirge. Manche der Berggipfel ragten wie Messerklingen in den Himmel, während tief unter ihnen ein Meer aus Nebel die Täler bedeckte.

Inzwischen hatten auch die anderen zu ihr aufgeschlossen. Erstaunte Laute erklangen, als sie die majestätische Schönheit dieses Ortes erblickten. Gamjars Finger wies auf drei, durch schroffe Flanken miteinander verbundene Bergkuppen, die sich westlich von ihnen erhoben. Sie gemahnten an eine kühne Brückenkonstruktion, die der Abwesende Gott selbst über das Dach des Jarmatengebirges gespannt zu haben schien. Wind und Gezeiten hatten die drei Bergkuppen abgeschliffen, in denen man mit wenig Vorstellungskraft die Köpfe heulender Wölfe erkennen konnte.

»Gamjar, welcher der drei ist unserer?«

»Der rechte, auf dem Schnee liegt, *Makeja.*« Der Jarmate deutete zu dem höchsten der drei Felsriesen, von dessen Kuppe eine Schnee- und Eiszunge bis ins Tal hinabreichte. »Wir nennen ihn *Fargrad* – den Wolfsschlund.«

Surjadora hob eine Augenbraue. Die Gipfel und Überhänge vieler Berge im Jarmatengebirge waren von Schnee bedeckt. Aber dieser Berg dort war sicher der einzige, der den unheilvollen Eindruck erweckte, als ob Geifer aus seinem steinernen Riesenmaul tröffe.

»Die Sippen dieser Berge meiden den *Fargrad*. Sie sagen, er verschlingt jeden, der es wagt, ihn zu betreten.« Gamjar kratzte sich am Kopf und wirkte ungewöhnlich ernst. »Vor langer, langer Zeit, so berichtete mir ein Ziegenhirte, der in einem Tal nur drei Tagesmärsche von hier entfernt lebt, zogen Krieger aus einem fremden Land zu den Wolfszinnen. Es sollen sehr viele gewesen sein. Doch als sie oben auf dem *Fargrad* angelangten, hörten sie ein lautes Fauchen, und der Berg fraß die Männer. Einen nach dem anderen. Niemand von ihnen entkam.«

Die Kapitänin hob belustigt eine Augenbraue. »Ich hoffe, Ihr nehmt diesen Unsinn nicht für bare Münze, Gamjar.«

Der Jarmate zuckte unmerklich mit den Schultern. »Ich erzähle Euch nur, was ich gehört habe, *Makeja*. Es gibt andere Dinge hier im Gebirge, die ich mehr fürchte. Schlimmere Dinge ...«

»Ist er das?« Steuermann Lakshapheus war an ihre Seite getreten und deutete mit dem Kinn zu dem eigenartigen Berg. Der Rest der Männer hatte die mitgeführten Lasten abgesetzt und nutzte die Gelegenheit, um zu rasten.

»Ja. Nach Aussage von Gamjar ist er der Schlund des Wolfes.« Surjadora kniff die Augen zusammen und hielt die Hand über ihre Stirn, um besser sehen zu können. Auch Gijao, Kallyê und Nukulahi hatten sich mittlerweile zu ihnen durchgekämpft und musterten den eigentümlichen Felsgiganten.

»Kapitänin, würdet Ihr mir einen Augenblick Euer Sehrohr leihen?« Zu Surjadoras Verwunderung starrte ihr Steuermann statt zum Berg hinab zum Tal.

»Natürlich.« Sie holte das Rohr hervor und drückte es ihm in die Hand. Lakshapheus zog es aus und starrte eine Weile hinunter in das Tal zu ihren Füßen.

»Eigenartig. Eben dachte ich, unten im Nebel eine Bewegung ausgemacht zu haben. Etwas im Tal schimmerte rot.« Er schüttelte der Kopf und gab Surjadora das Rohr zurück. Mißtrauisch schaute auch sie nach unten. Doch dort war nichts zu sehen. Prinz Nukulahi hatte vor zwei Tagen eine ähnliche Entdeckung gemacht. Irrtum oder nicht? Sie würde die Nachtwache vorsichtshalber verstärken.

»*Makeja*, ich weiß nicht, was Ihr auf dem *Fargrad* sucht. Aber Ihr müßt jetzt entscheiden, welchen Weg wir einschlagen.« Gamjar beschrieb mit den Armen eine ausladende Geste. »Der Berg ist groß. Von hier aus mag der Wolfsschlund klein wirken, aber sind wir erst dort, werdet Ihr es selbst sehen.«

Surjadora und ihre Kameraden blickten sich eine Weile nachdenklich an. »Gamjar, wir suchen so etwas wie eine ... Höhle oder einen anderen Einstieg in den Berg.«

Der Jarmate lächelte und entblößte dabei seine braunen Zahnstummel.

»So etwas habe ich mir schon gedacht, *Makeja*. Aber ohne einen weiteren Hinweis wird eine solche Suche Monde dauern.«

»Verdammt! Und was jetzt?« Lakshapheus hatte die Frage leise gestellt, so daß der Rest der Männer ihn nicht hören konnte.

»Mein Vetter Liän würde wohl sagen, Schwierigkeiten nehmen zu, wenn man seinem Ziel nahe kommt. Aber das Ziel bestimmt auch die Art, wie man zu ihm gelangt.«

»Und was meinte Euer Vetter damit?« hakte Prinz Nukulahi ungehalten nach.

»Das, stolzer coleopäischer Königsspross ... weiß ich leider auch nicht.«

»Vielleicht bedeutet das, daß wir uns den Berg noch einmal genauer anschauen sollten?« Die Eulykierin war vorgetreten und betrachtete den Gipfel mit unbewegtem Gesichtsausdruck. »Nach allem, was Euch die Sphinx prophezeit hat, Kapitänin, glaube ich noch immer, daß unsere Suche hier ein Ende finden wird. Vielleicht haben wir ja etwas übersehen?«

»Ich wüßte nicht, was.« Surjadora straffte mißmutig die Felljacke über ihrem Sari. »Der Spruch war alles, was ich von der Sphinx erfahren habe.«

»Von der Sphinx vielleicht.« Prinz Nukulahi strotzte geradezu vor Tatendrang. »Aber was ist mit dem Fund in Eurer Stadt, Schiffsführerin? Der hat uns doch überhaupt erst hierhergeführt.«

»Richtig!« Lakshapheus mischte sich wieder in die Unterhaltung ein. »Wir haben doch noch den Halbmond aus diesem roten

Gestein. Vielleicht ist darauf ein Hinweis verborgen, den wir noch nicht entdeckt haben?«

Surjadora schüttelte den Kopf, zog dann aber den in Pergament eingewickelten Gegenstand unter ihrer Felljacke hervor. Sie schlug das Bündel auf und enthüllte den rötlichgrauen, in Gold eingefaßten Halbmond mit dem Zapfen am hinteren Ende, so daß jeder einen Blick darauf werfen konnte.

In Thalliopê war sie kurz davor gewesen, den Schmuckstein zu verkaufen, um den Arzt für Tvashareo bezahlen zu können. Daß sie den Halbmond noch immer besaß, lag allein daran, daß ihr Nukulahi zuvorgekommen war, indem er seinen Stirnreif versetzt hatte. Surjadora fragte sich, ob sie ihm dafür eigentlich schon gedankt hatte.

»Ich habe das Ding schon hundertmal untersucht, aber da ist nichts.«

»Die Kapitänin hat recht. Ich habe den Schmuckstein auch schon ein paarmal in den Händen gehalten.« Ihr Steuermann schnaubte ungehalten. »Das einzige, was wir über diesen Halbmond wissen, ist das, was uns die Inschrift auf der Grabplatte verrät. Demnach könnte es sich hierbei um einen Schlüssel handeln. Vielleicht zu einem Versteck?«

Kallyê, die die ganze Zeit über den eigentümlichen Wolfsberg angestarrt hatte, wandte sich wieder zu ihren Begleitern um. »Eine Inschrift?«

»Richtig! Was ist mit der Inschrift?« Der Prinz schaute fragend in die Runde. »Wenn es sich bei der Toten um eine Anhängerin dieses Leomedes gehandelt hat, enthält sie womöglich einen Hinweis, den wir übersehen haben.«

Surjadora hatte versucht, die Ereignisse in der Himmelswarte aus ihrem Gedächtnis zu drängen. Im nachhinein kam es ihr immer noch unglaublich vor, daß sie sich dazu hatte überreden lassen, in das Wahrzeichen Andhakleias einzubrechen. Sie drückte den Halbmond Nukulahi in die Hand und entfaltete das Pergament. »Ich habe damals aufgeschrieben, was auf der Grabplatte steht.«

Laut las sie vor:

»Hier ruhen
Schlüssel und verschlossen
Lucretia Siolante da Gona
Treulich diente sie
dem findigen Geist in Sternenhöh
XIX, I, VIII, III, X, XVI, IX«

Kallyê schob den Katoueken beiseite, der sich neugierig nach vorn gedrängt hatte, und griff nach dem Pergament. »Bitte, darf ich? Ich verfüge über eine gewisse Erfahrung, was das Verschlüsseln von Botschaften anbelangt …«

Niemand widersprach ihr, und so überflog Kallyê ihrerseits die Zeilen. »Kapitänin, seid Ihr sicher, daß Ihr alles notiert habt, was dort stand?«

»Gewiß!« Surjadora war geradezu empört über diese Frage.

»Habt Ihr herausbekommen, was die Zahlenfolge hier unten bedeutet?« Kallyê tippte auf besagte Stelle und schaute fragend in die Runde. Die Kapitänin zuckte die Schultern. Als die Ereignisse in Andhakleia sich überschlagen hatten, hatte sie sich nicht weiter damit beschäftigt.

Die Eulykierin überflog die Zeilen nochmals.

Plötzlich lachte sie. »Wie einfach!«

Sie hielt das Pergament so, daß jeder einen Blick darauf werfen konnte. Dann deutete sie zu dem Namen der toten Baumeisterin. »Ich glaube, daß die Ziffern für eine Buchstabenfolge stehen. Auf den Gesamttext angewendet, ergibt die Methode keinen Sinn. Aber wenn man nur den Namen der Toten nimmt, dann kommt man zu einem anderen Ergebnis. Seht selbst: Der neunzehnte Buchstabe im Namen ist ein G, der erste ein L, der achte ein A und so fort. Daraus ergibt sich ein Wort in der *lingua dei*: glacies! Und das bedeutet Eis.«

Es dauerte eine Weile, bis sich Surjadora der Sinn von Kallyês Ausführung erschloß. Zu ihrer Zufriedenheit erging es den anderen nicht viel besser.

»Eis?« Nukulahi strich sich nachdenklich die dunklen Haare hinter das Ohr. »Vielleicht wollte die Tote damit einen Hinweis geben, wo sich die verborgene Tür befindet, zu der der Schlüssel paßt?«

»Ah, jetzt verstehe ich meinen Vetter Liän«, rief Gijao aus. »Er könnte schon wieder recht behalten.«

»Ich weiß, was Ihr meint, Gijao!« Die Eulykierin deutete auf den Gletscher, der sich von der Spitze des Wolfsberges ins Tal hinabwälzte. »Ich sehe dort nur einen Ort mit Eis.«

Nachdenklich wandte sich Surjadora zu dem Jarmaten um, der geduldig ihre Besprechung abgewartet hatte. »Gamjar, ist es möglich, daß du uns den Gletscher hinaufführst?«

Er runzelte die Stirn. »Das ist nicht ganz ungefährlich, *Makeja*. Wir werden bestimmt drei Tage für den Aufstieg brauchen.«

Surjadora ließ ihr Sehrohr über den Wolfsberg wandern. »Wie lange es dauert, ist mir egal. Wenn wir das alles nur endlich hinter uns bringen!«

Mond auf Fels

Auf dem Fargrad, *Jarmatengebirge, vier Tage später*

»Hier, ich hab was gefunden!« Die Stimme von Oberbootsmann Brahthos überschlug sich regelrecht, als er die anderen aufgeregt zu sich winkte. Es schien ihm nicht bewußt zu sein, daß er die ganze Zeit über mit den Fingern an seiner Brust nestelte, dort wo früher sein kupferner Gottesstern gehangen hatte. Der Anhänger war ihm in Thalliopê von Kiaora entrissen worden, die zusammen mit dem *Fang* die *Stern von Andhakleia* gekapert hatte. Jedenfalls hatte er das Gijao wie jedem, der es wissen oder nicht wissen wollte, kummervoll erzählt.

Von allen Seiten eilten die Männer auf den Seemann zu.

Auch der Mangalier ließ von der Suche an der vereisten Felswand ab. Er wischte sich den Pulverschnee aus dem Gesicht, rückte seinen Schal zurecht und stapfte durch die verharschte Ebene zu jener Stelle, an der Brahthos stand.

Eine halbe Woche lang hatten sie den mächtigen Berg, der aus der Ferne wie ein heulender Wolfskopf aussah, erklettert. Ihr jarmatischer Führer Gamjar hatte sie in den letzten Tagen immer weiter zu jener Stelle hinaufgeführt, wo sich die beiden schroffen Gipfel des hohen Berges gabelten und ihm so das Aussehen eines weit aufgesperrten Rachens verliehen.

Am oberen Ende der breiten Fläche aus Schnee, die Gijao an einen Fluß erinnerte, den die Kälte hatte erstarren lassen, waren sie auf eine große, wie poliert wirkende Felswand gestoßen. Sie lag im Schatten einer weit ausladenden Schneewächte. Doch von einer Höhle, wie sie es sich erhofft hatten, war weit und breit keine Spur zu sehen.

Schiffsführerin Surjadora bestand dennoch darauf, Felswand und Umgebung abzusuchen. Die erschöpften Männer hatten sich murrend dem Befehl gefügt. Aber es war ihnen deutlich anzumerken, daß sie es für ein Wunder hielten, sollten sie hier wirklich fündig werden. Ein Wunder, das nun eingetreten zu sein schien.

Vielleicht würde es sich ja doch lohnen, sich der Schiffsführerin bei ihrer Wanderung in die Berge angeschlossen zu haben, dachte Gijao. Ursprünglich hatte er sich bei den Kurjamäern nur vor den Eulykiern verstecken wollen, um nicht wie sein guter Freund, der Schiffsführer Schaung näng Nohei, einem Verhör unterzogen zu werden. Doch als er erfahren hatte, daß Surjadora der leibhaftigen Sphinx gegenübergestanden hatte und ihre Suche einem alten Rätsel der ajunäischen Kirche galt, hatte er seine Pläne umgestoßen – gemahnte ihn dies doch wieder an den Auftrag des Unsterblichkeitsberaters des *Herrn der Unwandelbaren Ordnung*. Fast fünf Jahre waren vergangen, seit Hüang näng Lüoging ihn auf die Suche nach einem möglichst eindeutigen Zeichen des Himmlischen Willens ausgeschickt hatte.

Zeichen dieser Art hatte er inzwischen viele sammeln können. Alle am selben Ort und Tag! Zuerst der *Fang*, der zusammen mit seiner Tochter Kiaora über den Ozean des Abends nach Thalliopê gekommen war – und die er jetzt wieder verloren hatte. Zum anderen das Auftauchen des zweiköpfigen Nachtwolfs, der Tvashi angefallen hatte, und zum dritten das Erwachen der Sphinx in der Orakelhalle von Thalliopê.

Das waren gleich drei Zeichen jener Art, wie sie Hüang näng Lüoging sicher gemeint hatte. Aus diesem Grund wollte er dabei sein, wenn sich die Prophezeiung der Sphinx erfüllte.

Daß sie wiederum viele Monde unterwegs wären, hatte er nicht vorausahnen können. Zweimal hatte er es sich schon überlegt, ob er nicht wieder nach Thalliopê zurückkehren sollte. Doch er hatte sich eingestehen müssen, daß ihm seine Begleiter mehr ans Herz gewachsen waren, als er hatte wahrhaben wollen. Vor allem, seit Surjadora ihr Verhalten ihm gegenüber geändert hatte. Nun gut, auch er hatte sich verändert …

Brahthos war mittlerweile von einem guten Dutzend neugieriger Seeleute umringt, unter denen sich Surjadora, Kallyê und Lakshapheus befanden. Auch Nukulahi hatte den Ruf des Kurjamäers gehört. Er eilte zusammen mit Tvashi herbei, der, seit er seine Bißverletzung überwunden hatte, wieder von allen als Glücksbringer angesehen wurde.

Solange es dem Jungen gutging, nahm die Mannschaft jede Anstrengung klaglos auf sich. Seine oftmals unfreiwilligen Scherze brachten die Männer stets zum Lachen. Selbst Surjadora gab sich in seiner Nähe gelöst und heiter. Inzwischen war aus Tvashi ein kleiner Mann geworden. Gijao mußte schmunzeln. Er und der dunkelhäutige Prinz hatten die stillschweigende Übereinkunft getroffen, sich um den Jungen zu kümmern. Wenn sich die Schiffsführerin seiner gerade nicht annahm, dann war stets einer von ihnen an Tvashis Seite.

»Ausgezeichnete Arbeit, Oberbootsmann!« hörte er die Schiffsführerin sagen.

Gijao schob sich zwischen den Männern hindurch, um ebenfalls einen Blick auf das zu erspähen, was Brahthos entdeckt hatte.

Die Gruppe stand dicht gedrängt um ein Felssims, das der Seemann vom Schnee befreit hatte. Dort befand sich eine künstlich geschaffene Mulde im Gestein, die die Form eines Halbmondes aufwies. Sie war von Eis und Schnee verkrustet, vor allem aber wirkte sie wie das Gegenstück zu dem Schmuckstein, der sich im Besitz der Schiffsführerin befand. Die hatte bereits ein Messer gezückt, um das Eis aus der Vertiefung zu kratzen.

»Verdammt, so geht das nicht. Männer, ich brauche Feuer, um das Eis zu schmelzen. Eine Fackel!«

Auf Anweisung von Lakshapheus hin rannte ein Seemann zum Lager mit den Zelten, das sie etwas entfernt im Schatten einer weiteren Felswand aufgeschlagen hatten.

Der Mann, der dort über das Kochfeuer wachte, blickte dem Läufer neugierig entgegen. Die beiden durchwühlten die Rucksäcke mit der Ausrüstung, dann eilte der Seemann zur Felswand zurück. In seiner Linken trug er eine am Kochfeuer entzündete Fackel, die die beiden aus einem Hammer, Stoffresten und Lampenöl gefertigt hatten. Die Flammen leckten ungestüm über den Stoff, und der Seemann zog eine rußende Fahne hinter sich her, die der Bergwind schon bald verwehte.

»Gut gemacht, Krishphos.« Surjadora nahm dem Mann die Fackel aus der Hand. Mit Lakshapheus' Hilfe versuchte sie die

Mulde vom Eis zu befreien, doch vergebens. Dreimal wollte die Kapitänin den halbmondförmigen Stein in die Mulde drücken, aber stets scheiterte der Versuch daran, daß der Zapfen an seinem hinteren Ende in der Tiefe der Mulde gegen ein festes Hindernis stieß. Eis, wie es schien.

»Kapitänin, so funktioniert es nicht.« Lakshapheus hatte sich resigniert wieder erhoben, doch Surjadora machte verbissen weiter. Endlich sah auch sie die Nutzlosigkeit ihres Tuns ein. Enttäuscht richtete sie sich auf.

»Vielleicht müssen wir das Ganze mit Öl übergießen und dann abwarten, ob das Eis tiefer im Gestein schmilzt?«

Surjadora schaute fragend in die Runde, doch Gijao las wenig Hoffnung in ihrem Blick. Er hätte ihr gern geholfen. Noch immer gingen sie vorsichtig miteinander um, doch der Hochmut vergangener Tage wich immer öfter einem vertrauten Lächeln oder einem Wort der Anerkennung.

Ein Laut riß Gijao aus seinen Gedanken. Nukulahi war vorgetreten und hatte Surjadora den rötlichen Halbmond aus der Hand genommen. Der Prinz starrte auf den Stein in seiner Hand, als könnte er dort lesen, was mit ihm zu tun sei. Und dann – begann er zu singen.

Trotz der Kälte lief ein warmer Schauer über Gijaos Rücken. Durch seine vielen Lehrstunden mit dem coleopäischen Richter Buralofa, der ihn einst unterhalb des coleopäischen Königspalasts gefangengehalten hatte, kannte er zumindest die Grundzüge der coleopäischen Sprache. Dennoch verstand er nichts. Der Prinz sang in einer fremden Zunge, einer Sprache, die keiner ihm bekannten ähnelte. Und doch schien sein Gesang ein Lied gewordenes Wort, schien Frage und Antwort zugleich.

Die Melodie verklang, und der Prinz wirkte entrückt, so als wäre er in einem Traum gefangen. Zielstrebig ging er auf die vereiste Nische zu.

Die Umstehenden bildeten eine Gasse und hielten den Atem an. Gijao folgte ihm. Was hatte Nukulahi vor? Entschlossen beugte sich der Prinz über das Gestein und drückte den Halbmond samt dem goldenen Zapfen in die Vertiefung. Es zischte, so als träfe glühendes Metall auf Wasser. Fauchend fuhr eine warme Dampfwolke empor. In Nukulahis Gesicht perlten von einem Augenblick zum anderen Hunderte feinster Wassertröpfchen. Gijao ließ den Prinzen nicht aus den Augen.

Ausrufe des Staunens erhoben sich um ihn herum. Der Coleopäer blinzelte überrascht, als wäre er soeben aus tiefem Schlaf erwacht …

»Donnerwetter, Prinz! Wie habt Ihr das angestellt?« Surjadora war zu ihnen getreten und schaute ihn fassungslos an. »Wir haben doch eben …«

Gijao sollte nie erfahren, was die Schiffsführerin sagen wollte, denn in diesem Moment ertönte tief im Berg ein gewaltiges Rumpeln. Die Felswand vor ihnen erbebte, so als würfe sich im Innern des Berges eine Herde wild gewordener kurjamäischer Elefanten gegen das Gestein.

Von allen Seiten rieselte Schnee auf sie herab. Selbst der verharschte Untergrund, auf dem sie standen, blieb von der Erschütterung nicht verschont. Der Boden bebte, und die Spuren, die die Männer im Schnee hinterlassen hatten, füllten sich wieder, bis sie kaum noch auszumachen waren. Ein scharfes Knacken ließ sie wieder zur Felswand herumfahren, wo nun ein Riß das Gestein durchzog, eine Wunde im Berg, die den Fels lotrecht gespalten hatte. War das wirklich ein Riß?

»Weg hier! Weg hier!« schrie Gamjar, der bereits auf das Lager zurannte.

Weitere Teile der vereisten Wächte über ihren Köpfen splitterten ab und stürzten in die Tiefe. Die Männer stoben schreiend auseinander und liefen dem Jarmaten hinterher.

Gijao und Surjadora blickten sich an, und wie auf ein unsichtbares Zeichen hin nahmen sie den Prinzen zwischen sich, der noch immer verwirrt auf den Halbmond starrte. Zu dritt rannten sie die zitternde Felswand entlang, schnurstracks auf das Lager zu, das sich im Schutz zweier überhängender Felsen befand.

Als sie wieder zurückschauten, wallte dort, wo sie eben noch gestanden hatten, eine riesige schmutziggraue Schneewolke auf. Ein Knirschen ging von der Felswand aus. Dem Nautiker kam es so vor, als bewegte der Berg selbst sich und streckte im Erwachen seine steinernen Glieder.

Der vereiste Überhang brach endgültig ab und donnerte mit lautem Getöse in die Tiefe. Die weiße Schneewolke wirbelte noch ungestümer auf und fegte mit Macht über die Ebene, bis ihre Ausläufer das Lager erreicht hatten. Kalter Wind zerrte an den Planen der Zelte, und mehrere Männer wurden von den Füßen gerissen. Gijao spürte, wie sich feine Eisnadeln schmerzhaft in seine Haut bohrten. Gedämpfte Schreie drangen an seine Ohren, während alles um ihn herum in klirrendkaltem Grau versank. Er hustete und spuckte Schnee, als er sich zusammen mit Surjadora und Nukulahi neben eines der Zelte fallen ließ.

Ein lautes Tosen erfüllte die Luft, und etwas Schweres walzte nicht weit von ihnen entfernt den Abhang des Berges hinunter. Nach und nach erstarb das Beben. Doch noch immer brach sich ferner Donnerhall an den Bergwänden um sie herum.

Der Mangalier kam stöhnend auf die Beine und klopfte den Schnee von seiner Kleidung. Schmelzwasser rann kalt seinen Nacken hinab. Was hatte der Prinz getan? Über dem Lager hatte sich eine dicke weiße Frostschicht ausgebreitet. Zwei der Zelte waren in sich zusammengefallen, und noch immer wirbelten graue Flocken durch die Luft. Um ihn herum schälten sich dunkle Schatten aus dem trüben Weiß, und aus zahlreichen Kehlen drangen saftige Flüche. Auch Surjadora hatte sich wieder aufgerichtet und gab laut die Anweisung, daß sich jeder Mann mit Rang und Namen melden solle.

Gijao machte den Anfang. Er war froh, kurz darauf das gebrochene Kieksen Tvashis zu hören, dem der Stimmbruch seit einigen Wochen schwer zu schaffen machte. Während sich die anderen Männer bei der Kapitänin meldeten, ging er zögernd vom Lager fort und wagte einen Blick in das Tal, von dem aus sie zu diesem ungastlichen Ort aufgestiegen waren.

Dort unten fegte eine Welle aus wirbelndem Weiß über die Flanke des Berges. Längst hatte die Lawine den Gletscher erfaßt und rollte über ihn hinweg. Das schier endlos wirkende Eisband, das sich unterhalb des Lagers in die Tiefe wand, war von Rissen,

Spalten und Bruchkanten durchzogen. Oder waren sie erst jetzt sichtbar geworden?

Gijao war froh, daß sie sich weit jenseits des Gefahrenherdes befanden. Denn die Lawine, die Nukulahi ausgelöst hatte, war verheerend.

»Das heißt, wir haben mit Krishphos und Ghando zwei Mann verloren? Verdammt!«

Gijao wurde durch die Stimme Surjadoras aus seinen Gedanken gerissen und ging zu seinen Gefährten zurück. Mit Erstaunen bemerkte er, daß ihm Surjadoras Worte einen Stich versetzten. Unruhig suchte er die Gesichter der Umstehenden ab. Da waren Lakshapheus und Kallyê, die sich fluchend den Schnee aus den Kleidern klopften und sich dann zu Surjadora und Nukulahi gesellten.

Gefährten. Ja. Die Mannschaft, oder das, was von ihr übriggeblieben war, war ihm binnen der letzten Monde zu Gefährten geworden. Der Verlust der beiden Seeleute würde schmerzen.

»Seht doch! Seht doch!« Tvashi deutete aufgeregt hinüber zur Felswand, wo sich der Wirbel aus tanzendem Schnee etwas gelichtet hatte. Die Köpfe der Überlebenden flogen herum, und auch der Nautiker folgte der ausgestreckten Hand des Jungen.

Tatsächlich! Dort, wo sie vorhin noch gestanden hatten, gähnte eine finstere Öffnung im Felsgestein. Gijao rückte nachdenklich seine Felljacke zurecht und griff zu dem Tornister mit dem *Staubigen Spiegel der Roten Steine*. Er fragte sich, ob diese Entdeckung den Preis wert war, den sie dafür entrichtet hatten.

Die Kakerlakenkutsche

Im Schlund des Wolfes, Jarmatengebirge, etwas später

»Unglaublich! Seht euch das an!« In Kallyês Stimme lag Ehrfurcht, als der Schein der Laternen die große Höhle notdürftig erhellte. Aus ihren Tiefen war ein Scharren und Quietschen zu hören, dessen Bedeutung sich Nukulahi nicht erschloß.

Es war seltsam, aber vorhin, als er den halbmondförmigen Stein der Schiffsführerin in der Hand gehalten hatte, war um den Stein herum wieder dieses eigentümliche Funkeln zu sehen gewesen, wie damals im Silbergarten. Und wie damals, als er dem zweiköpfigen Nachtwolf entgegengetreten war.

Er verstand nicht, warum die Erscheinung von keinem anderen gesehen worden war. Davon abgesehen hatte er offenbar wieder gesungen. Kallyê und Surjadora hatten ihn darauf angesprochen. Doch wie schon damals in Andhakleia war ihm nicht bewußt, was er getan hatte. Halt, nein, das war nicht richtig. Da war zumindest eine schwache Erinnerung an ein Lied, die er nicht zu fassen vermochte. Der Gedanke, daß er Dinge tat, an die er anschließend keine Erinnerung mehr hatte, war ihm unheimlich. Es war besser, sich wieder auf das Wesentliche zu besinnen. Und das war in diesem Augenblick die Höhle.

Es roch nach Steinstaub, Rauch und ... ja, da war noch ein anderer Geruch. Er war stechend. Der Prinz hätte beim besten Willen nicht sagen können, um was es sich dabei handelte. Seine Finger umschlossen fest den Griff des Speers, den die Schiffsführerin ihm in Menetenê besorgt hatte. Angesichts seines bisherigen Glücks fragte er sich, wie lange diese Waffe wohl unversehrt bliebe. Er suchte den Blick Kallyês. Er mochte die Eulykierin. Sogar sehr. Doch jedesmal, wenn er sich dies eingestand, dachte er auch an Tuilaepe. Kallyê war so anders als die Prinzessin. Schmerzhaft mußte er sich eingestehen, daß es ihm immer schwerer fiel, sich an die Züge und das Mienenspiel seiner Braut zu erinnern. Wenn er nicht bald nach Coleopa zurückfand, würde er auch dort ein Fremder sein.

Die Gruppe lief vorsichtig eine steinerne Rampe hinunter. Sie befand sich gleich hinter dem Zugang, der sich in der Felswand hinter ihnen aufgetan hatte, und führte sachte abfallend zum Boden der Höhle. Es mochten nicht mehr als zwei Schritt Höhenunterschied sein, aber das Gestein war glatt, und die Rampe vermittelte den Eindruck, als ob hier einst große Lasten in die Tiefe des Berges gebracht worden wären.

Ihre Blicke wurden wie magisch von mächtigen Zahnrädern aus dunklem Holz und Stein angezogen. Einige von ihnen waren gebrochen, und die Zacken griffen ineinander. Die Räder waren durch ein Gewirr aus Stangen verbunden, zwischen denen sich Ketten spannten. Diese bestanden nicht etwa aus Metall, sondern aus gelblichem Gebein. Unwillkürlich fragte sich Nukulahi, welche Tiere über derart mächtige Knochen verfügten, daß man aus ihnen Kettenglieder herstellen konnte.

Die eigentümliche Konstruktion ähnelte jener, die er in der Himmelswarte gesehen hatte, nur war sie viel gewaltiger. Der Coleopäer mutmaßte, daß all das Gestänge allein dazu diente, die mächtigen Portaltüren zu bewegen, die in der Höhlenwand verborgen gewesen waren. Die Felstüren ihrerseits hingen an säulenartigen Konstruktionen. Sie waren oben und unten im Fels verankert und mit Zahnrädern bestückt, um die schwere Ketten liefen. Einer der Torflügel hatte sich zur Gänze geöffnet, der andere nur ein Stück.

Von der Höhle zweigten Gänge ab, und in der Mitte befand sich ein Schacht, der von einem Metallgeländer umgeben war. Nukulahis Begleiter hatten sich unterdessen in der Höhle verteilt und betrachteten ungläubig das mechanische Wunderwerk.

»Ich will nicht, daß ihr irgend etwas anrührt, das uns den Zugang wieder versperrt.«

Surjadora war mit hinter dem Rücken verschränkten Armen neben das Geländer getreten und musterte – wieder ganz Schiffsführerin – ihre Mannschaft.

»Ich will, daß immer mindestens ein Mann oben beim Zugang bleibt und uns warnt, falls das Wetter umschlägt. Ich wünsche ferner, daß kein weiterer meiner Männer mir hier verlorengeht!«

Schweigen legte sich über die Höhle, und die Männer senkten in Erinnerung an ihre toten Gefährten die Köpfe.

»Oberbootsmann Brahthos«, fuhr Surjadora fort, »nehmt Euch so viel Männer, wie Ihr braucht, und schafft die Ausrüstung in die Höhle. Heute Nacht werden wir nicht unter freiem Himmel schlafen. Der Rest schließt sich Steuermann Lakshapheus an. Wir werden dieses ... Bauwerk einer näheren Inspektion unterziehen. Was wir suchen, sind Bücher, Pergamente und technische Gerätschaften, die«, sie warf einen knappen Blick auf die Zahnräder, »etwas transportabler aussehen als das hier!«

In die Kurjamäer kam Bewegung.

Nukulahi sah, daß Gijao zusammen mit Tvashi an das Geländer in der Mitte der Höhle herangetreten war und dort seine Laterne über den Schacht hielt. Der Schmaläugige stieß einen anerkennenden Pfiff aus. »Beim Mantikorenthron, seht euch das an!«

Nukulahi und Kallyê traten ebenso wie Surjadora und der Steuermann an seine Seite und warfen einen Blick hinunter. Beißender Rauch schwängerte die warme Luft, die ihnen aus der Tiefe entgegenwehte. Dort unten hatte es gebrannt!

Inmitten der Schwaden aber war weiteres Gestänge zu erkennen, das an den Felswänden nach oben bis zu der Mechanik in der Höhle führte. Tief unten glaubte der Prinz eben noch den Umriß eines riesigen Schaufelrades auszumachen, über das ein letztes Rinnsal an Schmelzwasser floß.

»Phosphor!« murmelte Gijao überrascht. »Ich weiß zwar nicht, wie das ganze Gerät in den Berg gekommen ist, aber wer das hier dereinst gebaut hat, war reich! Sehr reich! Auch an Erfindergeist. Seht ihr das Mühlrad? Feuer brachte Eis zum Schmelzen und hat mittels der Apparatur die Felstore geöffnet!«

Gijao suchte Surjadoras Blick. »Ehrwürdige Blüte des Steinigen Staatenbundes, du hast zwar erklärt, daß wir das Versteck eines großen Erfinders suchen, aber du hast dich darüber ausgeschwiegen, *wie* groß er war. Wer das hier gebaut hat«, er deutete auf den Schacht, »muß über die Mittel eines Kaisers verfügt haben! Was genau suchen wir hier eigentlich?«

Surjadora schürzte die Lippen und lächelte wie ein Coleopäer, der beim Käferkampf auf den richtigen Pawi gesetzt hatte. »Nun, Nautiker näng Singua, was wir hier suchen, werdet Ihr noch früh genug erfahren. Ich schlage daher vor, daß wir ausschwärmen und uns all das hier genauer ansehen. Schiffsjunge Tvashareo?«

Der Junge blickte auf und sah die Kapitänin erwartungsvoll an. »Du kommst mit mir und Gamjar. Kallyê und Prinz Nukulahi«, der Blick der Kapitänin war fest auf die beiden gerichtet. »Ihr wißt, um was es geht. Ich wäre Euch daher sehr verbunden, wenn Ihr unseren katauekischen Freund unter Beobachtung hieltet, während wir uns hier umsehen.«

Nukulahi spürte den mißtrauischen Blick Gijaos auf sich, der sich verstimmt an die Schiffsführerin wandte. »Ah, man hat neuerdings wieder Geheimnisse vor dem guten alten Gijao? Das betrübt mich, nach allem, was wir zusammen erlebt haben. Sei gewarnt, ehrwürdige Blüte des steinigen Staatenbundes. Mein Vetter Liän würde sagen, fünf können ein Geheimnis nur dann bewahren, wenn vier von ihnen tot sind ...«

Surjadora grinste den Schmaläugigen herausfordernd an. »Aber mein lieber Gijao, solche Schwarzseherei ausgerechnet von Euch? Auch in Kurjameos kennen wir Weisheiten dieser Art. Wir pflegen zu sagen, daß jedes Geheimnis stets nur eine gewisse Zeit ein Geheimnis bleibt. Seid versichert, wenn ich gefunden habe, was ich suche, werdet Ihr der Erste sein, den ich davon in Kenntnis setze. Ganz bestimmt!«

Schmunzelnd drehte sie sich zu Lakshapheus, Tvashi und Gamjar um. Der Jarmate schien über das Entdeckte ebenso erstaunt wie sie alle zu sein.

»Und nun, meine Herren, schauen wir doch einmal, ob wir fündig werden.« Tvashi warf einen fragenden Blick in die Runde, nahm hastig seine Laterne auf und folgte der Schiffsführerin und dem Jarmaten in einen Gang zu ihrer Rechten. Steuermann Lakshapheus hatte derweil ein halbes Dutzend Männer um sich geschart und betrat mit ihnen einen weiteren Stollen. Mißmutig starrte ihnen der Schmaläugige hinterher.

Gijao tat Nukulahi fast ein wenig leid. Ihr Verhältnis zueinander war sicher noch immer von einer gewissen Fremdheit bestimmt, dennoch hatte der Nautiker mittlerweile seine höchste Achtung erworben. Was auch immer Gijaos Landsleute Coleopa einst angetan hatten, der Schmaläugige war dafür nicht persönlich verantwortlich.

»Und?« blaffte Gijao. »Was tun wir jetzt? Herumstehen?«

»Nein, ich denke, wir sollten dem Vorschlag der Schiffsführerin folgen und uns ebenfalls etwas umsehen.« Nukulahi hob seine Laterne an und beschrieb eine auffordernde Geste. »Hier sind ja noch weitere Gänge.«

»Gut, folgt mir!« Kallyê zwinkerte ihnen beiden zu und eilte voraus. Nukulahi mußte sich beeilen, um mit ihr Schritt zu halten. Unwillig trottete Gijao hinter ihnen her und schimpfte währenddessen immerzu leise in seiner Landessprache, ehe er schließlich verstummte.

Behutsam erkundeten sie die Stollen. Der Prinz mußte dabei ständig an seine unheimliche Begegnung im Labyrinth unter Thalliopê zurückdenken. Er hatte immer noch nicht ganz verstanden, wie es ihm gelungen war, das zweiköpfige Wolfsungeheuer zu vertreiben, wenngleich er längst davon überzeugt war, daß es mit den wundersamen Ereignissen im Silbergarten in Zusammenhang stand. Wenn der Garten doch mehr als nur eine Legende war, dann mochte er vielleicht tatsächlich bei der Ankunft der Sphinx in Eulykien entstanden sein. Und wenn diese Legende zutraf, dann vielleicht auch jene, nach der der zweiköpfige Nachtwolf einst von der Sphinx in die Tiefe des Stadtberges verbannt worden war. War vielleicht im Garten etwas von den Kräften der Sphinx auf ihn übergegangen? Der Gedanke kam ihm kühn und anmaßend vor.

Im Gegensatz zu dem Labyrinth im Tempelberg Thalliopês wirkten die Stollen, die dieser Leomedes einst in den Berg getrieben hatte, durchdacht und geplant. Bald zeigte sich, daß sie dazu dienten, eine ganze Reihe von Grotten, Höhlen und Kammern miteinander zu verbinden. Endlich erreichten sie eine weitere große Höhle, die einst als Werkhalle gedient haben mochte.

Über die Jahrhunderte hinweg schien Feuchtigkeit in sie eingesickert zu sein. Ein dünner Panzer aus Eis und Reif hüllte Werkbänke, Materialien und Gerätschaften in das frostige Gewand eines ewig währenden Winters. Der Lichtschein ihrer Laternen riß Dutzende aufgebrochener Kisten aus der Dunkelheit. Am meisten Aufsehen erregte eine mächtige Schmiede inmitten der großen Höhle. Umgeben von einer aufwendigen Konstruktion aus eisernen Zahnrädern, Ketten und durchgebogenen Gerüststangen, hing dort ein riesiger Schmiedehammer von der Höhlendecke, der einst auf einen wuchtigen Amboß herabgefahren sein mochte. Lange Eiszapfen zierten die froststarre Apparatur und verliehen ihr das Aussehen einer großen Meeresschildkröte, die inmitten ihrer ohnehin trägen Bewegung erstarrt war.

»Ich fasse es nicht. Seht euch das an!« Kallyê deutete entsetzt auf zwei riesige Laufräder an den Höhlenwänden, in denen Fell und Knochen nahezu elefantengroßer Geschöpfe steckten. Auch sie waren von Frost und Eis bedeckt. Vorsichtig näherten sie sich einem der Räder.

»Ich weiß nicht, was das für Tiere gewesen sind, aber das löst immerhin das Rätsel, wie der Hammer einst angetrieben wurde.«

Wie Nukulahi starrte auch Gijao entgeistert auf den seltsamen Fund.

Bei Eomes, wenn noch nicht einmal seine Begleiter wußten, was das vor ihnen war, dann mußten sie hier wirklich auf ein eigentümliches Wunder gestoßen sein. Nukulahi fragte sich insgeheim, welch ein Mann dieser Leomedes gewesen war. Und nicht nur das. Wofür diente all das hier? Wie waren die Gerätschaften überhaupt ins Gebirge gekommen?

»Spürt ihr den Luftzug?« Der Prinz hielt einen Finger in die Höhe. Seine beiden Begleiter schauten verunsichert von den Überresten der Geschöpfe in den großen Laufrädern auf.

»Ich glaube, das kommt von da hinten.« Kallyê deutete zu einem weiteren Stollen, der von der Konstruktion mit dem Schmiedehammer verdeckt war.

»Laßt uns nachsehen, wohin der Gang führt.« Eine Atemwolke umspielte Nukulahis Lippen. Diesmal eilte er voraus. Wie erwartet wurde der Windzug stärker, als sie den Stollen betraten. Doch nicht nur das: Am Ende des Ganges war Licht zu erkennen. Tageslicht!

Augenblicke später betraten sie eine weitere Höhle, die in Schnee und Frost erstarrt vor ihnen lag. Ihre Ausmaße waren gewaltig. Der halbe coleopäische Königspalast hätte mit Leichtigkeit in ihr Platz gefunden.

Ihnen gegenüber klaffte ein gigantischer Durchbruch in der Felswand, durch den hindurch man einen freien Blick auf das östliche Jarmatengebirge werfen konnte. Das unwirkliche Panorama der Gebirgswelt ließ Nukulahi wieder gewahr werden, in welcher Höhe sie sich befanden. Die Ränder der enormen Öffnung waren mauerhoch mit Eis und Harsch verkrustet, die der Wind bis tief in die Felsenhalle hinein getrieben hatte. An manchen Stellen türmten sich schritthohe Schneewehen auf.

»Bei den ungezählten Häuptern der Hydra! Das ist … unglaublich!«

Nukulahi sah den Schmaläugigen das erste Mal wirklich fassungslos. Gijao deutete in die Mitte der Halle, wo unter all dem Weiß eine große, wallförmige Erhebung zu sehen war, die geradewegs auf den Durchbruch zuführte.

»Das dort sieht in meinen Augen aus wie die Anlegestelle für ein Schiff! Aber in dieser Höhe ergibt das keinen Sinn.«

Erst jetzt entdeckte auch Nukulahi, daß auf der kaiförmigen Erhebung die Reste von Gerüsten standen, die vor langer Zeit unter der Eislast zusammengebrochen sein mußten. Auch sie waren von einer dicken Schicht Schnee bedeckt.

Er mußte zugeben, daß sie wie die Überreste von Kränen wirkten, wie er sie im Verlauf seiner Reise in den Häfen gesehen hatte, in denen sie angelegt hatten.

Kallyê hatte sich längst an ihnen vorbeigedrängt und war tiefer in die Halle vorgedrungen. Staunend blickte sie auf eine der Seitenwände der riesigen Höhle und winkte ihnen zu. »Kommt her. Das müßt ihr mit eigenen Augen sehen, sonst glaubt ihr es nicht!«

Bevor Nukulahi oder Gijao es verhindern konnten, war Kallyê auch schon aus ihrem Blickfeld verschwunden.

Die beiden folgten ihr vorsichtig über den glatten Untergrund. Nun bemerkten auch sie, daß die große Höhle über einen weiteren Durchbruch verfügte – eine Öffnung im Felsgestein, die zu einer zweiten Felsenhalle mit gewaltigen Ausmaßen führte. Sie hatten den Zugang kaum erreicht, als maßlose Verblüffung sie im Schritt innehalten ließ.

Das, was dort in der Nachbarhöhle unter einer dicken Schicht Eis begraben lag, konnte unmöglich Wirklichkeit sein.

»Bei den Blauen Göttern! Das hier scheint wirklich eine Werft gewesen zu sein. Das sieht ja aus wie ein … Schiff!« Gijao deutete fassungslos zu dem Objekt vor ihnen, das bereits vor langer Zeit ein Raub der Flammen geworden war. Schwarze Holzgerippe schimmerten unter einem glitzernden Eispanzer hindurch, der wie geschmolzenes Glas auf den Streben und Planken des verkohlten Gefährts lag. Um was auch immer es sich dabei einst gehandelt hatte – Nukulahi mußte zugeben, daß der Fund tatsächlich an den Rumpf eines Schiffes gemahnte. Aber das konnte unmöglich sein. Doch was war es dann?

Vorsichtig folgte er dem Schmaläugigen, der aufgeregt das hölzerne Gerippe untersuchte.

»Wollt ihr da noch lange herumstehen?« Kallyê trat hinter den verkohlten Trümmern hervor, und ihre Stimme hinterließ einen schwachen Widerhall. »Ihr solltet eure Gesichter sehen. Glaubt es ruhig. Das hier war eine Erfindung, mit der man durch die Luft reisen konnte. Ein Wolkenschiff! Keine Ahnung, wie sein Besitzer es zum Fliegen gebracht hat.«

»Verehrteste aller Mondblüten«, hob Gijao argwöhnisch an und beschrieb eine beschwichtigende Geste. »Ich gebe zu, daß alles hier sehr an eine Werft erinnert. Aber zunächst sollten wir dieses … Objekt näher in Augenschein nehmen, bevor wir eine solch kühne These aufstellen.«

Nukulahi pflichtete ihm insgeheim bei.

Die Eulykierin schüttelte den Kopf und strich sich aufgeregt eine ihrer hellen Haarsträhnen aus dem Gesicht. »Hier hinten ist ein Raum, in dem Pläne, Skizzen und noch andere Merkwürdigkeiten aufbewahrt wurden. Das meiste ist ebenfalls verbrannt, aber das, was übrig ist, scheint mir ziemlich aufschlußreich. Ich weiß auch, was dieses Ding einst geladen hatte. Schaut nur!«

Die Eulykierin winkte sie ungeduldig zu sich, und Nukulahi beeilte sich, die verkohlten Trümmer des Wolkenschiffs, wie es Kallyê ausgedrückt hatte, zu umrunden. An der Felswand hinter dem verbrannten Gefährt standen zwanzig Kisten, deren Vorderseiten von verrosteten Gittern verschlossen waren. Käfige!

In jedem von ihnen hätten der Länge und Breite nach problemlos zwei Menschen Platz gefunden. Auch sie waren von einer dicken Frostschicht bedeckt. Sie alle waren leer – bis auf einen.

Nukulahi trat an die Seite der Eulykierin, die auf den Inhalt des Käfigs deutete. »Müßtest du uns nicht sagen können, was das ist, Nukulahi?«

Was meinte Kallyê damit? Der Coleopäer warf einen Blick durch das Gitter und wurde bleich.

Das Refugium des Erfinders

Im Schlund des Wolfes, Jarmatengebirge, etwas später

Surjadora lehnte sich aufgeregt gegen das kalte Metall der Balustrade. Dann hob sie ihre Laterne weit über den Kopf, so daß der flackernde Schein die kreisrunde Halle mit Zwielicht erfüllte. Der Gang, den sie und Tvashi eingeschlagen hatten, hatte sie rasch zu einer Höhle geführt, die auf halber Höhe ringförmig von einer Galerie umgeben war. Hinter ihr, in der Felswand, befanden sich Aussparungen, in denen die ausgeblichenen Überreste alter Folianten standen. Unter ihnen aber, im Zentrum der Felshalle, stand das rätselhafteste Wunderwerk, das sie je zu Gesicht bekommen hatte. Befestigt auf einem quaderförmigen Sockel aus Granit, thronte dort eine große, wundersame Kugel aus rostrotem Metall. Das Gebilde besaß einen Durchmesser von gut und gern drei Schritt und funkelte irritierend im Schein ihrer Lampen.

»Was ist das denn?« Auch Tvashi hielt seine Laterne in die Höhe und richtete den Lichtschein auf den eigenartigen Fund.

»Ich weiß es nicht, Schiffsjunge Tvashareo. Aber ich hoffe, daß wir es herausfinden werden.« Surjadora bedachte den Jungen mit einem liebevollen Blick. Doch als er zu ihr aufschaute, wandte sie sich verlegen von ihm ab und lenkte ihre Aufmerksamkeit wieder auf den Fund vor ihnen.

Erst auf den zweiten Blick bemerkte sie, daß die Außenwand der Kugel in Wahrheit von mehreren Metallringen gebildet wurde: rötlich schimmernde Reifen, die oben und unten sternförmig ineinanderliefen und an den Seiten von weiteren, konzentrisch angeordneten Ringen eingefaßt wurden.

Die Konstruktion wies noch mehr Eigentümlichkeiten auf. Zum einen ruhte sie ihrerseits in einem kreisrunden Gestell, das aus weiteren Metallreifen bestand. Auch diese Reifen schimmerten rostrot. Zum anderen konnte man im Innern, durch die Streben hindurch, eine Plattform mit Stangen und Hebeln ausmachen, die sich schwach aus den Schatten schälte. Merkwürdig.

Surjadora entschloß sich, sich das Gebilde unter ihnen aus der Nähe anzusehen. Auf der anderen Seite der Galerie befand sich eine abwärts führende, rostige Stiege. Gerade als sie darauf zugehen wollte, hörte sie Schritte. Steuermann Lakshapheus näherte sich der Höhle. Ihr treuer Weggefährte hielt ein kopfgroßes Gebilde in der Hand. Unwillkürlich wich sie zurück, als sie erkannte, um was es sich dabei handelte: einen menschlichen Schädel!

»Scheint, daß wir geklärt hätten, was aus den einstigen Betreibern dieser Anlage wurde.« Lakshapheus hob den Schädel an, so daß ihn auch Tvashi sehen konnte, und stellte ihn dann in eine der Aussparungen in der Felswand. Der Schiffsjunge rückte etwas von der Nische ab. Im Schattenspiel ihrer Lampen wirkte es so, als starrte sie der Tote vorwurfsvoll aus leeren Augenhöhlen heraus an.

»Die Männer haben weiter hinten Kammern mit Betten und Schlafnischen entdeckt. In gut der Hälfte von ihnen liegen Skelette. Wir vermuten, daß sie im Schlaf gestorben sind. Vielleicht wurden sie vergiftet. Wir haben auch Kochstellen, Kammern mit Brennholz und vieles andere mehr entdeckt. Das war mal eine richtige Wohnstätte.«

»Für wie viele Leute?« Surjadora dachte an den ungeheuren Aufwand, den es gebraucht hatte, eine Anlage wie diese in einer solchen Gebirgslage zu errichten – und vor allem auch zu unterhalten. Eigentlich ein Ding der Unmöglichkeit. Aber vieles hier schien auf den ersten Blick unmöglich.

»Meiner Einschätzung nach haben hier gut und gerne sechzig Mann gelebt. Einiges deutet darauf hin, daß die Höhlen hastig geräumt wurden. Wenn wir nicht noch mehr Skelette entdecken oder uns die Anzahl der Schlafstätten narrt ...«, der Steuermann hielt kurz inne, bevor er weitersprach. »Nun, was ich damit sagen will, ist, daß die, die hiergeblieben sind, offenbar das schlechtere Los gezogen haben.« Lakshapheus schmunzelte unvermittelt. »Das gilt aber nicht unbedingt für uns, Kapitänin. Seht Euch an, was wir in einer versiegelten Kammer gefunden haben.«

Lakshapheus griff in den Beutel an seinem Gürtel und zog einen fingerlangen Glasflakon hervor, der am oberen Ende mit Wachs versiegelt war. Behutsam wischte er den Staub von seinem Fund und hielt das Gefäß in das Licht seiner Laterne. Surjadora konnte eine dunkle Flüssigkeit erkennen.

»Was ist das? Tinte?« Sie nahm ihrem Steuermann das Fläschchen vorsichtig aus der Hand und riß die Augen auf, als sie erkannte, um was es sich dabei in Wirklichkeit handelte. »Du meine Güte, das ist Purpur!«

Lakshapheus zwinkerte ihr belustigt zu. »Wie ich schon sagte, die ganze Anlage muß einst recht überstürzt verlassen worden sein. Oder Purpur war damals noch nicht so viel wert wie heute. Auf jeden Fall haben wir gerade mehrere Kisten mit diesen Flakons gefunden.«

»Mehrere Kisten!« Surjadora mußte sich vor Überraschung am Geländer festhalten und lachte dann über das ganze Gesicht. All ihre Sorgen waren von einem Augenblick zum anderen vergessen. »Lakshapheus, ist Euch klar, welch ein Vermögen wir damit in Händen halten? Wenn es uns gelingt, diesen Schatz aus den Bergen zu schaffen, sind wir gerettet!«

Auch der Steuermann lächelte breit und fuhr sich mit der Hand zufrieden über den Wickelbart. »Ich habe mir schon gedacht, daß Euch diese Nachricht gefallen wird.«

Fassungslos schüttelte Surjadora den Kopf. Sie überlegte bereits, was sie mit dem Erlös anstellen würde. Mehrere Kisten! Das entsprach dem Gegenwert von zwei oder drei Schiffen. Auch Tvashi lächelte und freute sich mit ihnen über den Fund.

Energisch rief sie sich wieder zur Besinnung. »Gut, dann sollten wir nachsehen, was wir hier noch alles finden.«

Sie bedeutete dem Schiffsjungen mit einem Kopfnicken, ihr zu folgen, während Lakshapheus die Galerie auf der anderen Seite umrundete.

Noch immer galt Surjadoras Neugier vorrangig der rätselhaften Gitterkugel in der Mitte der Halle. Doch zunächst blieb sie vor einer der Felsnischen mit den Folianten stehen und stellte ihre Laterne auf dem Boden der Galerie ab. Überall zwischen den Buchreihen klafften große Lücken; ein Hinweis darauf, daß man auch hier vor langer Zeit vieles beiseite geschafft hatte.

»Tvashareo, leuchte mir bitte!«

Der Schiffsjunge hob seine Laterne, und Surjadora nahm einen der Folianten zur Hand. Der lederne Buchrücken war mit grauem Schimmel bedeckt. Vorsichtig schlug sie den schweren Wälzer auf, und Staub rieselte zu Boden. Doch die Kälte schien ihn vor weiteren Beschädigungen bewahrt zu haben. Surjadora zog verwundert die Stirn in Falten. Die Seiten des Buchs waren in einer Schrift beschrieben, die ihr völlig unbekannt war. Sie bestand aus Spiralen und verschnörkelten Glyphen. Einige Seiten weiter stieß sie auf die Zeichnung einer Art Pumpe. Zumindest soweit sie das einzuschätzen vermochte. Kopfschüttelnd klappte sie den Band wieder zu und stellte ihn zurück. Anschließend griff sie nach dem nächsten. Auch hier fanden sich Konstruktionsskizzen inmitten seitenlanger Ausführungen in derselben geheimnisvollen Schrift. Die Kapitänin versuchte sich noch an einer Reihe weiterer Werke, stets mit dem gleichen Ergebnis: Allesamt waren sie in der unlesbaren Runenschrift verfaßt. Dabei schien sich jeder der Bände mit einer eigenen Thematik zu befassen. So wies einer von ihnen Skizzen von Körben auf, die an großen Kugeln hingen. In den Körben aber standen Menschen. Ein zweiter beschäftigte sich mit der Konstruktion von Torsionsgeschützen, wie leicht zu erkennen war, und einem dritten lagen Zeichnungen von kastenartigen Geräten bei, an deren Seiten Trichter und spiralförmige Röhren angebracht waren.

Sie und Tvashi sahen einander an, aber keiner von ihnen hatte eine Idee, wofür all das gut sein sollte.

Vielleicht wußten die Philosophen daheim in Andhakleia mehr darüber. Die Gesalbten Meister schienen jedenfalls recht behalten zu haben. Alle Funde, die sie bislang gemacht hatten, deuteten darauf hin, daß Leomedes wirklich der Begründer des *ordo mechanici dei* war.

Dennoch, die meisten der Folianten verfügten über keine erhellenden Skizzen, die ihr verraten hätten, mit welchen Themen sie sich befaßten. Verärgert wandte sich Surjadora von den Büchern ab. »Sollen die Philosophen doch zusehen, ob sie etwas damit anfangen können …«

Tvashi kratzte sich bei der Erwähnung der Philosophen am Kopf. »Kapitänin Surjadora, ich weiß ja nicht, ob das wichtig ist, aber ist Euch aufgefallen, daß alle Buchrücken von einem kleinen Halbmond geziert werden? So einem wie dem, mit dem der Prinz den Zugang zur Höhle geöffnet hat.«

Verblüfft schaute die Kapitänin Tvashi an und überprüfte seine Entdeckung. Tatsächlich! Sie schlug noch einmal einen der Bände auf und entdeckte, daß der Halbmond auch unter den Zeichen der eigenartigen Schrift auftauchte.

»Gut beobachtet, Tvashareo. Sehr gut sogar! Mir scheint, daß es sich dabei um einen Buchstaben handelt. Wer weiß«, sie lächelte, »vielleicht handelt es sich um das Kürzel des ehemaligen Besitzers.«

»L wie Leomedes?«

Verdammt, jetzt führte auch der Junge schon diesen Namen im Mund! Vermutlich hatte er ihn bei einem ihrer Gespräche mit Nukulahi oder Lakshapheus aufgeschnappt.

»Wer weiß. Zumindest glaube ich kaum, daß es Zufall ist, daß auf allen Büchern dieses eine Zeichen prangt.«

Anerkennend strich sie dem Jungen über den Kopf, der vor Verlegenheit ganz rot wurde. Er setzte ein schiefes Grinsen auf. Auch Surjadora schmunzelte verlegen. Derlei körperliche Zuneigungsbekundungen waren sonst nicht ihre Art. Erst recht nicht bei ihrem Schiffsjungen.

Unterhalb der Galerie waren Geräusche zu hören. Lakshapheus war längst nach unten geeilt. Surjadora bedeutete Tvashi, ihr zu folgen, und sie beide stiegen die rostigen Sprossen hinab. Kurz darauf standen sie dicht neben der gewaltigen Gitterkugel, die in mattem Rot glänzte.

Lakshapheus hingegen war in die Betrachtung einer schrankgroßen Konstruktion versunken, die nicht weit von der Kugel entfernt stand. Die Apparatur bestand aus einer verwirrenden Anordnung von Schwungscheiben, Zahnrädern und großen, spiralförmigen Federn. Der Blick der Kapitänin wanderte zurück zu der Kugel aus Metallstreben in der Mitte der Halle.

»Und, Steuermann? Habt Ihr schon herausfinden können, um was es sich dabei handelt?« Surjadora fuhr über das bogenförmige Gestänge der Gitterkugel, das sich rauh anfühlte. So als hätten seine Erbauer in die Legierung Sand eingearbeitet.

Lakshapheus nestelte nachdenklich an seinem Wickelbart. »Keine Ahnung. Bei dem Kasten an der Wand könnte es sich um ein großes Uhrwerk handeln. Vielleicht läßt sich damit die Gitterkugel drehen?« Er deutete zu der Apparatur im Zentrum der Halle. »Das Gestell mit den Metallringen um die Kugel herum ist jedenfalls beweglich. Von der Apparatur mit den Zahnrädern führen durch den Fußboden Stangen und Ketten zu dem Sockel der Gitterkugel. Alles ziemlich verzwickt. Seltsam scheint mir im übrigen, daß das Metall nach all der Zeit noch so gut erhalten ist.«

Dieser Umstand gab Surjadora ebenfalls zu denken. Die gesamte Anlage wirkte, als ob sie bereits vor Jahrhunderten aufgegeben worden wäre. Unvermittelt fiel ihr Blick auf eine kleine Tür, durch die man die Kugel betreten konnte. Die Kapitänin rüttelte daran, doch sie war versperrt. Wenigstens konnte sie durch die Streben hindurch einen Blick auf die Plattform im Innern werfen. Sie war so gebaut, daß ein Mann aufrecht darin stehen konnte. Die Hebel, die aus dieser Basis ragten, schienen Lakshapheus recht zu geben. Vielleicht ließ sich die Kugel tatsächlich bewegen? Doch wie und wozu? Die eigentümliche Konstruktion umgab ein Geheimnis, das sie hier und heute wohl nicht zur Gänze würden lüften können.

Dann aber machte sie eine Entdeckung, die ihr schier den Atem raubte. Sicher, es war nur eine Vermutung, aber …

»Steuermann, seht Ihr das?« Die Kapitänin trat einen Schritt zurück, um einen besseren Überblick auf die Kugel zu bekommen. »Tvashareo, halt die Lampe höher!« Der Schiffsjunge führte den Befehl Surjadoras hastig aus.

Die Kapitänin wandte sich wieder ihrem Steuermann zu. »Lakshapheus, seht Ihr, daß die waagerechten Streben der Kugel in konzentrischen Kreisen angebracht sind? Erinnert Euch das nicht an die Zeichnung, die ich damals für Prinz Nukulahi angefertigt habe? Das sind ... Breitengrade!«

In ehrfürchtigem Staunen deutete sie auf den breitesten der Metallringe. »Seht Ihr diesen Reifen? Das muß der Äquator sein.«

Lakshapheus sah die Kapitänin aufgewühlt an. »Ihr meint, daß die senkrechten Streben für ... die Längengrade stehen?«

»Richtig. Zusammen bilden sie ...« Surjadora holte tief Luft. Lakshapheus sah sie an, und gemeinsam flüsterten sie ihre Vermutung, ehe sie zur Gewißheit wurde. »... das Weltennetz!«

Andachtsvoll schweigend betrachteten sie die Konstruktion. Surjadora fühlte, wie sie von neuerlicher Aufregung übermannt wurde. Das Weltennetz! Sie ahnte, daß sie kurz davor stand, nun endlich fündig zu werden.

»Lakshapheus, ich denke, hier sind wir richtig. Schauen wir nach, was hinter den beiden Zugängen an der Wand dort verborgen ist.«

Mit einem Ruck wandte sie sich von dem unglaublichen Fund ab und trat zu einer von zwei Türen. Jene, der sich ihr Steuermann zugewandt hatte, öffnete sich unter seinem Zugriff mit lautem Knarren. Dahinter erstreckte sich ein weiterer Gang.

»Wenn Ihr nichts dagegen habt, Kapitänin, versuche ich hier mein Glück.« Surjadora hob auffordernd die Rechte. »Gebt mir Bescheid, wenn Ihr etwas findet.« Schon war er verschwunden.

Die Kurjamäerin wandte sich der verbliebenen Tür zu. Sie rüttelte an dem verrosteten Knauf. Es knirschte, und Holz splitterte. Unvermittelt hielt sie den Griff in der Hand. Er war abgebrochen.

»Tvashareo, hoch mit der Lampe!«

Sie stellte die ihre auf den Boden, und Tvashi leuchtete ihr ein weiteres Mal. Seine Wangen waren gerötet. Entschlossen trat die Kapitänin mit dem Fuß zu.

Einmal. Zweimal. Das alte Holz splitterte unter ihren Tritten. Schließlich warf sie sich mit ihrem gesamten Gewicht gegen das Hindernis. Krachend flog Tür auf, und Surjadora rieb sich die schmerzende Schulter. Sie und Tvashi mußten husten, weil Staub die Luft schwängerte. Sobald er sich gelegt hatte, nahm die Kapitänin ihre Laterne zur Hand und betrat den hinter der Tür liegenden Raum. Dieser war sehr viel kleiner als die Höhle, doch was sie erblickte, ließ ihr Herz ein weiteres Mal höher schlagen.

Auf Tischen und steinernen Regalen standen zahlreiche nautische Geräte: Oktanten, Sextanten, Zirkel und ein großer Kompaß, daneben bizarre Gerätschaften mit Glasröhren, die an Sanduhren erinnerten. In den Wänden zu ihrer Rechten und Linken hingegen befanden sich Aussparungen, in denen Hunderte eingerollter Pergamente lagerten. Ein schneller Griff überzeugte sie davon, um was es sich dabei handelte: alte Land- und Seekarten! Und über allen lag das Weltennetz!

In den Beständen des Raums klafften ebenfalls große Lücken, doch der Wissensschatz, den er barg, war noch immer gewaltig.

Surjadora stellte ihre Lampe auf einem der alten Tische ab und nahm einen Folianten nach dem anderen zur Hand. Erwartungsvoll blätterte sie durch die alten Seiten. Auch diese Bücher befanden sich in einem erstaunlich guten Zustand, wenn auch jedes in der seltsamen Runenschrift abgefaßt war. Als sie sich wieder dem Kartenmaterial zuwenden wollte, fiel ihr Blick auf einen prachtvollen Band, der sich mit der Konstruktion einer Uhr beschäftigte. Darin enthalten waren Tafeln mit Abbildungen von Zahnrädern, Federn und Zeigern sowie unterschiedlichen maritimen Illustrationen. Surjadora atmete befreit aus und ließ sich auf einem alten Hocker nieder.

Sie konnte ihr Glück kaum fassen. Das war es, was sie gesucht hatte. Das mußte die Anleitung zum Bau jener legendären Uhr sein, mit der der heilige Myriander einst auf See seine Position bestimmt hatte.

Surjadora lächelte in stillem Triumph.

All die Monde auf See, all die Schicksalsschläge, die sie erlitten hatte … Doch jetzt hielt sie in Händen, was Generationen von Seefahrern vor ihr gesucht und nie gefunden hatten. Sie schüttelte den Kopf und lachte. Erst leise, dann immer lauter.

Surjadora merkte kaum, daß Tvashi an ihre Seite getreten war und sie und das Buch verwundert anblickte.

Vergnügt schlug sie sich auf die Schenkel. »Tvashi, wir haben gefunden, wonach wir gesucht haben! Wir werden berühmt. Mehr noch, wir werden Geschichte schreiben.«

Verwundert starrte der Junge sie an. Erst jetzt wurde sich Surjadora des Umstandes gewahr, daß sie ihn soeben mit seinem Spitznamen angeredet hatte, bei dem ihn sonst nur der Rest der Mannschaft rief. Prüfend musterte sie seine Gesichtszüge. Auch er würde an ihrem Ruhm teilhaben. Irgendwann ... Ja, irgendwann würde sie Tvashi reinen Wein einschenken müssen. Auch wenn sie bezweifelte, daß der Junge ihr verzeihen würde ...

Ein lautes Geräusch an der Tür ließ sie beide auffahren. Lakshapheus stand im Türrahmen und keuchte, so sehr war er außer Atem.

»Kapitänin, der Gang führt zu zwei riesigen Höhlen. Da steht so etwas wie ein Schiff. Nukulahi und die anderen sind auch dort. Ihr solltet Euch das besser selbst ansehen. Aber nicht nur deswegen ... ich befürchte, mit dem Prinzen stimmt etwas nicht.«

Göttersohn

Im Schlund des Wolfes, Jarmatengebirge, kurz darauf

»Mein ganzes Volk wurde verraten! Mein ganzes Volk!« Nukulahi schlug mit Händen und Füßen unablässig auf die Käfige ein. So lange, bis er sich vor Erschöpfung nicht mehr auf den Beinen halten konnte. Seine Glieder schmerzten, und er fühlte sich wie ausgebrannt. Alles, woran er geglaubt hatte, hatte sich als Lügengespinst erwiesen. Wenn er in sich hineinlauschte, fand er nichts, was ihm noch Halt gab.

Da war nur Leere.

Eine Leere wie jene, die den Panzer des großen Käfers erfüllte, der in dem Käfig hinter ihm lag.

Verzweifelt sank der Prinz zu Boden. Nur ganz am Rande gewahrte er, wie viele der Käfige er in seiner Raserei zerstört hatte. Überall um ihn herum war die Höhle mit Holzsplittern übersät. Dazwischen lagen zerrissene Fetzen von Karten, die aus einem Nachbarraum stammten, den ihm Kallyê gezeigt hatte. Die Eulykierin und Gijao hielten vorsichtshalber Abstand zu ihm und schauten ihn besorgt an. Nein, das war keine Besorgnis. Das war Mitleid!

Er brauchte kein Mitleid.

Hinter dem verbrannten Wrack des Wolkenschiffes wurden eilige Stiefelschritte laut. Wenige Augenblicke später hatten sich Surjadora, Lakshapheus und Tvashi in einem Halbkreis um ihn herum aufgestellt und warfen einen ungläubigen Blick auf die Verwüstung, die er angerichtet hatte.

»Was ist hier geschehen?« Die Schiffsführerin hatte die Frage leise gestellt, doch Nukulahi schlug lediglich die Hände vors Gesicht. Ihm war schlecht. Am liebsten hätte er sich übergeben. Nur der letzte Rest an Selbstachtung bewahrte ihn davor, sich vor den anderen diese Blöße zu geben.

Kallyê räusperte sich und durchbrach die verlegene Stille. »Es sieht so aus, als ob Leomedes und Eomes, der auf Coleopa verehrt wird, ein und dieselbe Person wären.«

»Wie bitte? Keine Zweifel, Prinz?« Surjadora trat vor und schaute ihn besorgt an. Unter ihren Stiefelabsätzen knirschte es. Nukulahi schreckte hoch. Die Antwort kam schwach und stockend über seine Lippen. »Nein, keine Zweifel ... Die Legende besagt, daß Eomes den Himmel mit einem fliegenden Schiff bereist habe ... Und am heiligen Mauga Kara'tubo, dem größten Vulkan im Reich der Tausend Inseln, kam er auf großen Maitas vom Himmel herabgeritten. Sie sollen die Stammväter aller anderen Käfer im Reich der Tausend Inseln gewesen sein. Ich weiß nicht, ob das stimmt, aber ihr Aussehen ist überliefert ...« Er deutete mit einer müden Bewegung hinter sich zu dem eingetretenen Holzverschlag, in dem die leere Hülle des riesigen Käfers lag. Die schwarzen Flügeldecken des Monstrums wurden jeweils von zwei hellen Halbmonden geziert, deren sichelförmige Innenseiten zur Körpermitte wiesen.

»Und Ihr meint nicht, daß es sich hierbei nur um eine Kette seltsamer Fugungen handelt, Prinz?« Surjadora straffte den Mantel über ihrem Sari, und sie klang wenig überzeugend. Hilflos wandte sie sich dem verkohlten Wolkenschiff zu. »Ein Schiff, das fliegen kann, ich meine, das klingt doch nun wirklich unglaubwürdig.«

Auch Lakshapheus schüttelte bestimmt den Kopf. »Das Ding kann schließlich alles mögliche gewesen sein. Aber ein Schiff, das fliegt ... nein. Das erscheint mir lächerlich.«

»Seid Euch nicht so sicher, Kapitänin. In dem Raum da hinten«, Kallyê deutete auf eine Öffnung in der Felswand, keine vier Schritt von den Käfigen entfernt, »finden sich Abbildungen und Konstruktionsskizzen, die etwas anderes aufzeigen.«

Surjadora wirkte sprachlos.

Die Eulykierin trat an Nukulahis Seite und strich ihm sanft über den Arm. Ihre Finger waren weich, die Berührung ungewohnt und beruhigend zugleich. Er wollte ihre Hand zunächst abschütteln, vermochte es jedoch nicht. Die Wahrheit war: Es tat gut, Kallyê an seiner Seite zu wissen. Und für einen Augenblick wünschte Nukulahi sich, all das – Coleopa, sein Versagen und seine vielen Fehlentscheidungen – hinter sich lassen und wieder ganz von vorn beginnen zu können. Vor allem aber wünschte er sich, das hier nicht entdeckt zu haben.

Kallyês Stimme unterbrach seine Gedanken. »In dem Raum befinden sich auch eine ganze Reihe von Seekarten, unter ihnen auffallend viele, auf denen der coleopäische Archipel abgebildet ist. Jedenfalls nach Aussage Nukulahis. Wir haben sogar das Tonmodell einer Palastanlage gefunden, von der Nukulahi behauptet, es sei der Königspalast auf der Hauptinsel seines Reiches.« Kallyê räusperte sich. »Der Prinz hat es … zerschlagen.«

Nukulahi vergrub erneut den Kopf in den Händen, doch dieses Mal, um seine Bestürzung zu verbergen. Wie hatte er sich eben nur wünschen können, jene zurückzulassen, die auf ihn zählten – sein Volk, seine Familie … und vor allem seine Braut? Er griff nach Kallyês Hand und drückte sie sanft, dann aber schob er sie fort. Die Eulykierin beobachtete ihn aufmerksam. Er hatte ihr niemals gesagt, daß in Coleopa Tuilaepe auf ihn wartete. Warum hatte er ihr nie von dem wahren Grund erzählt, aus dem heraus er sie damals auf dem Schiff abgewiesen hatte? Bei Eomes … Nein, *bei Eomes* war nichts als ein leeres Wort. Eomes war nur … ein *Mensch* gewesen! Ein listiger und schlauer Mensch, aber ganz sicher nicht der Sohn des göttlichen Fischers, für den er sich ausgegeben hatte.

»Und wir haben weiter hinten Purpur gefunden …« Tvashis nachdenklicher Kommentar fiel trocken aus. Gijaos Kopf ruckte bei der Erwähnung des Fundes aufmerksam herum.

Lakshapheus winkte ab und gab dem Schiffsjungen einen leichten Knuff. »Junge, laß dir keine Flausen in den Kopf setzen. Fliegen können nur Vögel … und meinetwegen einige Insekten. Es ist sicher beeindruckend, was Menschen alles tun, um ihre Wünsche zu erfüllen, aber das heißt noch lange nicht, daß sie ihr Ziel auch erreichen. Wird schon seinen Grund haben, warum die das … Ding hier damals verbrannt haben. Selbst wenn Karten von Coleopa herumliegen: Das Reich des Prinzen kann man auch zur See erreicht haben. So wie wir.«

»Seid Euch da nicht zu sicher, Steuermann«, begehrte Kallyê nochmals auf. »Der Schwesternschaft liegen Berichte vor, nach denen der Mechanikerorden der Aionarskirche eine Möglichkeit gefunden hatte, sich in die Lüfte zu erheben. Das sind zwar nur Gerüchte, aber …«

»Eben, meine Gute«, unterbrach Lakshapheus ihren Redestrom, »das sind nur Gerüchte. Ich jedenfalls bin nicht bereit, solch einen Unsinn zu glauben.«

Nukulahi ließ ein schweres Seufzen hören, und seine Gefährten wandten sich wieder zu ihm um. »Aber ich glaube es … Ich habe mir viel zu lange etwas vorgemacht. Ich war ein solcher Dummkopf. Ich hätte viel früher darauf kommen können. Es gab so vieles, was mich hätte vorwarnen müssen. Wie konnte ich nur so blind sein? Wie konnten meine Vorfahren so blind sein?«

»Prinz …«, Lakshapheus wollte erneut etwas einwenden, aber auf einen Seitenblick Surjadoras hin schwieg er.

Verzweifelt fuhr sich Nukulahi durch das dunkle Haar. Kallyê hockte sich neben ihn, und ihr Haar glänzte im Schein der Laternen wie pures Gold. Forschend sah sie ihn an, dann nahm sie liebevoll seine Hände in die ihren und zwang ihn, sie anzusehen. Einen Moment lang schämte er sich dafür, daß seine Augen noch immer von Tränen verschleiert waren. Doch dann erwiderte er ihren Blick.

»Ist es nicht seltsam, Nukulahi? Beide haben wir unseren Glauben verloren. Jeder auf seine Weise.« Die Umstehenden schwiegen betreten, während Kallyê leise fortfuhr. »Aber *du* warst es, der mir das Vertrauen in den Menschen zurückgab, als *ich* keine Hoffnung mehr hatte. Ich weiß nicht, was derzeit mit der Welt geschieht. Ich weiß auch nicht, warum sich plötzlich Wesen erheben, die wir bis heute für Ausgeburten unserer Phantasie gehalten haben. Und ebensowenig weiß ich, welches Spiel sie mit uns treiben. Aber vielleicht ist das, was ich von dir gelernt habe, etwas, das wir alle lernen müssen: uns gegenseitig zu vertrauen! Daß wir in Wahrheit allein sind und unser Schicksal in die eigenen Hände nehmen müssen. Daß wir nicht darauf hoffen dürfen, daß uns höhere Mächte beistehen. Wer weiß, vielleicht ist das unser wahres Schicksal? Einander zu vertrauen. Freunde zu finden. Zu erkennen, daß nicht die Götter uns helfen, sondern wir selbst diese Kraft haben.«

Kallyês Stimme hatte etwas Tröstliches, sie erinnerte Nukulahi an seine Mutter Hai'pale. Damals, in seiner Kindheit, wenn er Kummer hatte und zu ihr gelaufen kam, um sich von ihr wieder ermutigen zu lassen. Sogar Gijao, der ganz in der Nähe stand und dem Gespräch wie die anderen schweigend gelauscht hatte, hob nachdenklich eine Augenbraue. Etwas leiser fügte Kallyê hinzu: »Ich bin dein Freund, Nukulahi. Deine Freundin ... wenn du willst.«

Sie erhob sich feierlich, und das erste Mal wirkte Kallyê auf den Prinzen wirklich wie eine Priesterin.

Für alle überraschend trat Tvashi an Nukulahis Seite, und der Prinz bemerkte, daß der Kehlkopf des Jungen vor lauter Aufregung hüpfte. Verlegen kratzte er sich am Bein, dort, wo ihn der Nachtwolf gebissen hatte.

»Wenn du mich nicht gerettet hättest, Nukulahi, wäre ich jetzt vielleicht tot. Ich würde ebenfalls gern dein Freund sein, wenn ich darf.«

Der Prinz lächelte wider Willen und knuffte dem Jungen sanft in die Seite. »Es ist mir eine Ehre! Es tut mir leid, daß ich mich so habe gehen lassen. Aber das Los meines Volkes scheint es zu sein, ständig von jenen verraten zu werden, die vom Weltenrand stammen.«

Schiffsführerin Surjadora räusperte sich und streckte Nukulahi freundschaftlich ihre Hand entgegen, in die er nach kurzem Zögern einschlug. Dann half sie ihm wieder auf die Beine. »Prinz, ich bin kein besonders gläubiger Mensch. Aber ich stehe nach wie vor zu meinem Wort. Wen kümmert es, ob dieser Leomedes und Euer Eomes ein und dieselbe Person gewesen sind? Im übrigen haben wir einige recht gute Nachrichten!«

Surjadora zwinkerte ihm aufmunternd zu. Er atmete tief ein. »Und das wäre?«

»Alarm!«

Surjadora kam nicht mehr dazu zu antworten. Parvateo, der talentierteste Segelmacher der Mannschaft, stürmte in diesem

Augenblick in die gewaltige Höhle und warf dem verbrannten Wrack einen kurzen, verwunderten Seitenblick zu. In seinem dichten Vollbart glitzerten Eisnadeln. »Kapitänin, Ritter in roten Umhängen kommen den Berg vor der Höhle hoch. Ich weiß nicht, was die hier wollen, aber sie sehen verdammt gefährlich aus. Oberbootsmann Brahthos glaubt, daß sie von Priestern angeführt werden.«

»Rote Ritter? Priester?« Kallyê wurde bleich. »Kapitänin, Ihr müßt machtvolle Gegner haben. Es gibt nur einen Orden, auf den diese Beschreibung zutrifft, und das ist der *ordo executionis silentii finiti!*«

Nukulahi sah Surjadora ratsuchend an, doch auch die Schiffsführerin und Lakshapheus wechselten verständnislose Blicke.

»Der was?« Surjadora faßte Kallyê besorgt am Arm. »Bitte, drückt Euch verständlich aus. Was meint Ihr damit?«

In der Stimme der Eulykierin schwang nackte Angst. »Die Ritter dienen der Roten Priesterschaft der Aionarskirche. Wenigstens von denen werdet Ihr doch schon gehört haben, oder? Sie sind ihr bewaffneter Arm. Die fanatischsten Kämpfer, über die die Kirche verfügt. Unbeugsamer als die Eisernen Männer und der Kirche bis in den Tod ergeben.«

Ohne auf Surjadoras Antwort zu warten, hob Kallyê den Speer des Prinzen auf, der zwischen den zerstörten Käfigen lag, und drückte ihm diesen hastig in die Hand. Sein Blick wanderte von der Waffe zu Kallyê. Schweiß perlte auf ihrer Stirn, und ihre Augen wanderten rastlos von einem zum anderen, als sie fortfuhr.

»Ja, versteht Ihr denn nicht?! Wo die Roten Ritter auftauchen, dort regiert die Furcht. Wo sie zuschlagen, dort herrscht der Tod. Erbarmen kennen sie nicht. Wen sie verschonen, den verschleppen sie in die Ordensburg der Roten Priester. Das Schicksal, das einem dort blüht, ist schlimmer als alles, was Ihr Euch vorzustellen vermögt. Kapitänin, jetzt geht es um unser aller Leben!«

Nukulahi stellte sich neben Kallyê, den Speer fest in der Rechten. Er wußte nicht, was genau die Roten Priester und ihre Ritter waren. Er wußte auch nicht, was sie hier wollten. Eines aber wußte er schon: Er würde nicht zulassen, daß einem seiner Gefährten ein Leid geschah.

Surjadoras Hände ballten sich wütend zu Fäusten. »Beim heiligen Myriander, ich werde mich auch von der Kirche nicht aufhalten lassen!«

Mit einer Schnelligkeit, die man ihr nicht zugetraut hätte, lief die Kurjamäerin an dem Wrack des Wolkenschiffes vorbei auf die Nachbarhöhle zu. Noch im Laufen riß sie ihren Säbel aus der Scheide.

»Was steht Ihr noch herum? Folgt mir!«

Rote Umhänge

Eingangsbereich der Höhlenanlage, kurz darauf

Die Höhle mit dem steinernen Eingangsportal war von Kampfeslärm erfüllt, als Lakshapheus und die Kapitänin sie erreichten. Auf der Rampe zum Ausgang lagen zwei Seeleute. Ihre verrenkten Gliedmaßen ließen keinen Zweifel, daß für sie jede Hilfe zu spät kam. Verwundert nahm der Steuermann zur Kenntnis, daß einer der steinernen Portalflügel der Höhlenöffnung geschlossen war. Immer wieder huschten draußen Schatten vorbei.

Ein Blick über die Schulter versicherte ihm, daß auch seine Begleiter zu ihm und der Kapitänin aufgeschlossen hatten. Der Prinz hielt seinen Speer in Hüfthöhe und bedeutete Kallyê, die in jeder Hand ein Wurfmesser trug, hinter ihm zurückzubleiben. Hoffentlich konnte man sich auf den Coleopäer verlassen. Er wirkte noch immer angeschlagen. Der Katauckc Gijao hingegen versteckte sich zusammen mit Tvashi und Segelmacher Parvateo, der sie alarmiert hatte, im Gang.

Die Männer in der Höhle hockten geduckt hinter Felsnischen und Teilen der großen mechanischen Apparatur. Allesamt hielten sie Bögen im Anschlag, mit denen sie auf den Eingangsbereich zielten. Doch die unheimlichen Angreifer hinter dem Felsportal boten ihnen kein Ziel. Immerhin, jetzt zahlte es sich aus, daß sich die Mannschaft seit Monden im Umgang mit Schußwaffen geübt hatte.

Die Kapitänin gab ihrem Steuermann ein stummes Zeichen, und mit eingezogenen Köpfen eilten sie zu Oberbootsmann Brahthos, der während ihrer Abwesenheit das Kommando übernommen hatte. Er hockte zusammen mit ihrem Führer Gamjar hinter einem großen Haufen Ausrüstung, den er und die Männer kurz zuvor in die Höhle geschafft hatten. Soeben legte der Seemann einen neuen Pfeil auf die Sehne. Der Jarmate reichte Lakshapheus derweil einen herrenlosen Bogen, der zuvor einem der Toten gehört haben mochte.

»Wie viele?« drang die Stimme der Kapitänin an sein Ohr.

Lakshapheus warf seinerseits einen kurzen Blick zum Ausgang der Höhle. Hinter der Portaltür waren herrische Befehle zu hören, die gedämpft bis zu ihnen hinunterhallten.

Brahthos schnaubte verstimmt. »Mehr als ein Dutzend. So auffällig, wie unsere Freunde dort oben gekleidet sind, war es kein Problem, sie rechtzeitig zu entdecken, als sie den Berg raufkamen. Der ganze Trupp wirkte angeschlagen. Scheint, daß sie vor einigen Stunden in die Lawine hineingeraten sind. Das sind Rote Ritter, Kapitänin. Kirchentruppen. Die kennen keinen Spaß. Jeder von denen wiegt drei unserer Leute auf. Wenn es ihnen gelingt, hier einzudringen, dann können uns noch nicht mal mehr die Hochheiligen retten.«

Surjadora nickte. »Gut gemacht, Oberbootsmann! Was ist mit den Männern da auf der Rampe?« Sie deutete zu den Toten.

Brahthos spuckte aus. »Wir haben versucht, das Tor zu schließen. Dafür sind wir den Ketten um die Zahnräder da hinten mit unseren Äxten zu Leibe gerückt.« Er deutete auf das Gewirr von Stangen und Rädern an der Basis der Torflügel. »Die Torflügel sehen zwar schwer aus, lassen sich aber mit fünf Mann bewegen. Leider sind uns die Ritter zuvorgekommen.«

Lakshapheus hatte dem Gespräch aufmerksam gelauscht. Wenn er einem Irrtum aufgesessen war, war er sich nicht zu schade, dies auch einzugestehen. So hielt er es auch in dieser Situation. Anerkennend klopfte er Brahthos auf die Schulter.

»Ihr habt getan, was möglich war!« Aufmerksam sah er dem langjährigen Seegefährten in die Augen. »Ich gestehe, daß ich Euch einige Zeit in Verdacht hatte, mit der Kirche gemeinsame Sache zu machen.«

Brahthos warf ihm einen scheelen Seitenblick zu. »Steuermann, ich bin zwar ein gläubiger Mensch. Aber ich weiß, wem ich Loyalität schulde.«

Draußen gellte ein lauter Ruf, und im Höhleneingang bezogen in diesem Moment vier Ritter Aufstellung. Vor sich hielten sie hohe Schilder, auf denen sich strahlendweiß ein achtzackiger Aionarsstern vor blutrotem Grund abhob. Die Ritter waren in wollene Umhänge derselben Farbe gehüllt und trugen Bronzehelme mit tief herabgezogenen Wangenklappen, die in Büschen aus rot gefärbtem Roßhaar ausliefen. Unmittelbar hinter ihnen, im Schutz der Schildträger, bezogen fünf weitere Ritter mit Armbrüsten Aufstellung. Ein weiteres Kommando wurde gebrüllt, und ein fünffaches Schnappen war zu hören, als die Ritter die Auslöser ihrer Waffen betätigten.

Einer der Bolzen flog fauchend an Lakshapheus' rechtem Ohr vorbei und prallte gegen die Felswand. Erschrocken duckte sich der Steuermann. Das war knapp gewesen. Andere hatten nicht so viel Glück. Ein Seemann, der sich hinter einem der übergroßen Zahnräder verborgen gehalten hatte, griff sich an die Brust und brach röchelnd zusammen, ein zweiter umfaßte schreiend sein rechtes Bein, das von einem der Geschosse durchbohrt worden war.

Als vom Eingang her ein neues Kommando ertönte, marschierten die Ritter der ersten Reihe mit gezückten Schwertern und geduckt hinter ihren Schilden im Gleichschritt die Rampe hinunter. Ihre Umhänge umwehten sie wie Banner aus geronnenem Blut. Weitere Schildträger bezogen Aufstellung, während die Armbrustschützen ihre Waffen aufs neue spannten.

»Schießt!« gellte Lakshapheus' wütender Befehl durch die Höhle. Auch er selbst spannte entschlossen den Bogen und schickte einen gut gezielten Pfeil auf die Reise.

Die Männer in der Höhle machten ihrer Furcht mit lautem Kriegsgeschrei Luft. Einen Moment lang erinnerte ihn der Kampfeslärm, der sich um ihn herum erhob, wieder an das Leben, das er früher geführt hatte, bevor Kapitänin Surjadora ihn auf dem Sklavenmarkt freigekauft hatte. Es war ein Leben gewesen, das von Kämpfen, dem Recht des Stärkeren und von Heimlichkeit bestimmt gewesen war. Das Leben eines Piraten.

Viele Jahre hatten er und seine damaligen Kameraden das Meer der Säulen unsicher gemacht. Sie hatten Handelsschiffe geplündert, Geiseln genommen und sie gegen Gold verkauft. Ständig waren sie auf der Hut vor anderen Freibeutern und Piratenjägern gewesen. Er hatte in seinem Leben mehr Blut und Klingen gesehen, als Surjadora und die anderen arglosen Männer ahnen konnten. Die Jahre waren wie im Rausch an ihm vorbeigeflogen. Damals hatten sie sich für unbezwingbar gehalten. Er und Teravade ... Seine Gefährtin von einst. Die Liebe seines Lebens.

Ihr hübsches Gesicht schälte sich aus dem Dunkel seiner Erinnerungen, so klar und deutlich wie nur selten in all den vergangenen Jahren. Krauses schwarzes Haar umrahmte ihr kühnes Profil, und das Lächeln, das sie ihm zuwarf, zeugte von der Unbekümmertheit ihrer Jugend.

Sie war tot. Ertrunken wie die meisten seiner damaligen Gefährten, nachdem ihr Schiff von einem Piratenjäger an der Küste einer der Kirchenstaaten aufgebracht worden war.

Man hatte sie in eine Falle gelockt. Kirchendiener hatten sich als einfache Händler ausgegeben, doch im Bauch ihrer Karacke hatten Ritter des *ordo militis dei* auf sie gewartet. Und sie hatten kein Erbarmen gekannt.

Und jetzt standen ihm hier schon wieder Kirchensoldaten gegenüber. Es war belanglos, für welchen Orden diese Ritter stritten. Was er fühlte, war Haß. Ein Haß, den er all die Jahre versucht hatte niederzuzwingen.

Mit Genugtuung sah er mit an, wie ein gutes Dutzend Geschosse gegen Schilde und Brustpanzer der Ritter hämmerten. Die meisten Pfeile prallten wirkungslos an den Schilden ab, andere verloren sich schlecht gezielt in der Weite hinter den Angreifern, doch auch unter den Rittern erklangen gedämpfte Schreie, wie er zufrieden hörte. Einer der Armbrustschützen griff sich an die Kehle und brach zusammen, und auch zwei der Schildträger knickten ein. Die Schilde der vier Angreifer am Fuß der Rampe waren von Pfeilen gespickt, doch es war ihnen bisher gelungen, dem Geschoßhagel standzuhalten. Ein neuer Befehl gellte durch die Höhle, und die Ritter verteilten sich im Laufschritt, um die Kurjamäer aus ihren Deckungen zu treiben.

Da ertönte ein lautes Scheppern. Der Kirchenstreiter, der den Befehl zum Ausschwärmen gegeben hatte, war in vollem Küraß aus zwei Schritt Höhe hinter eine der gewaltigen Knochenketten gesprungen. Kaum daß seine Stiefel den Boden berührten, trieb er einem der Matrosen auch schon das Schwert zwischen die Rippen.

Oben machte sich derweil die nächste Abteilung zum Angriff bereit.

»Los, noch eine Salve!« Lakshapheus spannte wütend seinen Bogen, und wieder reihte sich sein Pfeil in die Salve jener, die die Rampe hinaufjagten. Mit ihren Bogen würden sie schneller und häufiger schießen können als die Ritter mit ihren Armbrüsten. Denn die mußten erst aufwendig gespannt werden.

Die Ordensritter waren gezwungen, sich in den Schutz der Torflügel zurückzuziehen.

Doch Lakshapheus wußte, daß sie schon sehr bald unterliegen würden, wenn es ihnen nicht möglichst zügig gelang, die Eindringlinge auszuschalten.

In diesem Moment huschte ein Schatten an ihm vorbei: Nukulahi!

Der Coleopäer stürmte ungeachtet des Schußwechsels nach vorn und drang auf zwei der Ritter ein, die einen weiteren Seemann hinter einer Kiste hervorzerrten und ihn mit ihren Klingen gnadenlos durchbohrten.

»Schießt! Nicht nachlassen!«

Lakshapheus sah einen Ordenskrieger kampfbereit auf sich zustürmen. Mit kühler Präzision zog er die Sehne seines Bogens durch und ließ erst los, als der Mann ihn schon fast erreicht hatte. Der Ritter versuchte noch auszuweichen, doch das Geschoß bohrte sich tief in seinen Kopf. Gurgelnd brach er vor dem Steuermann zusammen.

Nukulahi fuhr derweil wie ein Orkan zwischen seine beiden Gegner. Mit einer eigentümlichen Drehbewegung wich er ihren Schwerthieben aus, ließ sich unvermittelt zu Boden gleiten und hatte den ersten der beiden Ritter bereits mit einem Grätschschritt zu Boden geworfen, bevor dieser erkannte, daß ihm ein ebenbürtiger Gegner gegenüberstand.

Lakshapheus lachte. Ja, auch er würde es diesen cantamäischen Kriegshunden zeigen – und wenn es das letzte war, was er im Leben tat.

Wütend ließ er den Bogen fallen und griff seinerseits nach Schwert und Schild jenes Ritters, der tot zu seinen Füßen lag, als Brahthos' alarmierter Ruf an seine Ohren drang. »Köpfe runter!«

Erneut war vom Eingang her das Schnappen der Armbrüste zu hören. Der Bolzenhagel ließ die Matrosen in Deckung gehen. Lakshapheus gelang es im letzten Augenblick, sich den Schild des Toten über den Kopf zu reißen. Ein lauter Knall brachte seine Ohren zum Klingen. Späne flogen ihm ins Gesicht, und er schmeckte Blut. Der Bolzen hatte den Schild glatt durchschlagen und nur um Haaresbreite seinen Kopf verfehlt.

Die Antwort der Kurjamäer bestand aus neuen Pfeilsalven, die wie wütende Hornissenschwärme die Rampe hinaufflogen und einen neuen Ausfall der Ritter im Keim erstickten.

Nukulahis zweiter Gegner brach indes zusammen. Der Coleopäer mußte es geschafft haben, den Kirchenstreiter in die Flugbahn der Armbrustbolzen zu stoßen.

»Lakshapheus!« Surjadoras gellende Stimme ließ den Steuermann herumwirbeln. Jener Ritter, der im vollen Küraß die Rampe hinabgesprungen war, stürmte mit gezücktem Schwert und hoch erhobenem Schild auf ihn zu. Lakshapheus mußte ihm nicht in die Augen blicken, um zu wissen, daß der Mann den Tod seines Kameraden rächen wollte. Wütend riß er seinerseits Schild und Schwert nach oben. Keinen Augenblick zu spät!

Holz schrammte gegen Holz, Stahl hämmerte gegen Stahl.

Schon waren sie in einen verbissenen, mörderischen Zweikampf verwickelt.

Bei Aionar, waren diese Ordensritter gute Kämpfer!

Lakshapheus hatte schon viele Kämpfe in seinem Leben ausgefochten und kannte ungezählte Schliche und Finten. Aber dieser Gegner schlug jeden seiner bisherigen Feinde um Längen.

Links und rechts. Links und rechts. Rhythmisch prasselten die Schwerthiebe des Kirchenstreiters auf ihn nieder. Stück für Stück wurde Lakshapheus zur Höhlenwand gedrängt. Der Schild in seiner Hand erinnerte längst an eine zertrümmerte Planke, die die See nach einem heftigen Orkan ausgespuckt hatte – als sein Gegner plötzlich zusammenzuckte und strauchelte. In seinem rechten Bein steckte der Schaft eines Pfeils. Aus den Augenwinkeln heraus sah Lakshapheus, wie Brahthos in einiger Entfernung verächtlich ausspuckte und erneut zum Köcher langte.

Der Steuermann ließ den zertrümmerten Schild fallen, umfaßte das Schwert mit beiden Händen und drang nun seinerseits auf den Ritter ein. Sein Kampfschrei vermischte sich mit dem der anderen Männer in der Höhle. Und nun war er es, der seinen Gegner vor sich her trieb.

Wütend wich er einem neuen Streich des Ordensritters aus. Verdammt, war diesem Kerl denn mit überhaupt nichts beizukommen?

Der Steuermann schlug eine Finte und warf sich dann mit voller Wucht gegen den Schildarm des Ritters. Beide gingen sie zu Boden. Polternd löste sich der Bronzehelm des Ritters und kullerte über den Fels. Lakshapheus kam mit vollem Gewicht auf seinem Gegner zum Liegen und blickte in ein bärtiges, von Narben entstelltes Gesicht, dessen Haupt von einem kurzen Bürstenschnitt geziert wurde. In den Augen seines Feindes funkelte fanatische Ergebenheit. Dieser Mann glaubte zutiefst an die Gerechtigkeit der Sache, für die er stritt!

Erbarmen kannte er keines.

Entschlossen ließ Lakshapheus die Waffe fallen, packte den Schwertarm des Kirchenstreiters mit der Linken und verhinderte mit seinem Körpergewicht, daß der Mann den Schildarm frei bekam. Immer wieder schlug er dem Wehrlosen mit der Faust ins Gesicht, so lange, bis sich der Ritter unter ihm nicht mehr rührte.

Lakshapheus' Rechte schmerzte, und seine Knöchel bluteten. Keuchend zog er sein Messer und stieß es dem Bewußtlosen in die Kehle.

Nein, auch er kannte kein Erbarmen.

Erschöpft richtete er sich der Steuermann auf und blickte sich um. Ihm war, als erwachte er aus einem Alptraum. Niemand schien mitbekommen zu haben, auf welche Weise er den Ritter in den Tod geschickt hatte. Oder doch? In einem Gang, nicht weit von ihm entfernt, standen Tvashi und der Kataueke. Der

Schiffsjunge starrte ihn ungläubig an. Auch Gijao warf ihm einen Blick zu, der einer unausgesprochenen Frage gleichkam. Ob der Nautiker ahnte, daß er nicht immer auf einem Handelsschiff zur See gefahren war?

Es war ihm gleichgültig. Ohne den Toten eines letzten Blickes zu würdigen, eilte Lakshapheus zu seinem Versteck, las seinen Bogen vom Boden auf und griff erneut zu dem Köcher mit den Pfeilen.

»Wenn das in dem Verhältnis so weitergeht, steht am Ende keiner mehr von uns«, meldete sich Surjadora besorgt zu Wort. Sie spähte vorsichtig über zwei prall gefüllte Rucksäcke hinweg zum Höhleneingang.

»Aber von diesen gottverdammten Kirchenrittern da oben auch nicht.« Lakshapheus' Augen blitzten vor Zorn, als er sich einen Überblick über die Lage in der Höhle verschaffte. Für einen kurzen Augenblick hatte er das Gefühl, als ob ihn die Kapitänin prüfend musterte.

Hastig versuchte er, sich wieder in den Griff zu bekommen. Nein, er würde es ihr nie sagen können. Er wußte, daß Surjadora Piraten abgrundtief haßte. Ihr Vater war durch Freibeuter ums Leben gekommen.

Einer der Verletzten war derweil von Prinz Nukulahi und Kallyê in einen Seitengang gezogen worden. Seine Position wurde jetzt von Segelmacher Parvateo eingenommen.

Der Rest der Mannschaft hatte bereits neue Pfeile auf die Sehnen gelegt. Sie wirkten entschlossen, ihr Leben um jeden Preis zu verteidigen. Lakshapheus lächelte grimmig. Auch er würde bis zum letzten Blutstropfen kämpfen.

»Ich will endlich wissen, mit wem wir es zu tun haben.« Kämpferisch schob der Steuermann sein Kinn nach vorn und brüllte laut nach oben. »Ich will wissen, wer Euer Anführer ist! Zeigt Euch! Redet!«

Aus den Augenwinkeln heraus nahm er wahr, wie Surjadora ihm einen erstaunten Seitenblick zuwarf. Doch sie schwieg und ließ ihn gewähren.

Von oben waren gedämpfte Stimmen zu hören, aber eine unmittelbare Antwort auf seine Frage blieb aus. Lakshapheus knurrte und spannte erneut den Bogen, doch Surjadora berührte ihn an der Schulter und schüttelte stumm den Kopf.

Dann wandte sie sich an die Kirchenritter. »Ich komme jetzt zur Rampe. Ich bin unbewaffnet!« Surjadora erhob sich entschlossen und straffte den Fellmantel über ihrem Sari. Lakshapheus' Körper spannte sich vor Sorge.

Er hatte damals auf dem Sklavenmarkt einen Eid abgelegt. Er hatte geschworen, sein Leben von Grund auf zu ändern, sollte ihn ein Wunder aus seiner Lage erretten. Das Wunder war in Gestalt der Kapitänin erschienen. Das würde er ihr niemals vergessen. Er würde nicht zulassen, daß dieser anständigen Frau etwas zustieß. Nicht solange er lebte.

»Nicht, Kapitänin!« versuchte er sie zurückzuhalten. »Wie können wir wissen, ob wir den verfluchten Rittern trauen dürfen?« Lakshapheus hielt sie am Saum ihrer Jacke fest, doch Surjadora schüttelte energisch seine Hand ab.

»Steuermann, so kommen wir doch nicht weiter. Das sollten die Männer da oben ebenso wissen wie wir.« Mit diesen Worten trat sie hinter dem Berg an Ausrüstungsteilen hervor und schritt auf die Rampe zu.

Lakshapheus' Finger krallten sich fester um den Bogen in seinen Händen. Eines war sicher: Er würde jeden Mann eigenhändig umbringen, der der Kapitänin etwas zuleide tat.

Surjadoras Stimme hallte erneut durch die Höhle. »Hier bin ich. Können wir jetzt reden, oder beschränkt sich Euer Gotteseifer darin, Menschen vom Leben in den Tod zu befördern? In diesem Fall können wir fortfahren wie bisher und weiterhin sinnlos Blut vergießen.«

Am oberen Ende der Rampe wurde es dunkel. Ein Mann mit rotem Wollumhang, unter dem eine weiße Soutane hindurchschimmerte, trat hinter der Deckung des geschlossenen Torflügels hervor. Er war schlank und wirkte im Gegensatz zu den Rittern, die er anführte, fast zerbrechlich. Sein Alter vermochte Lakshapheus nicht recht einzuschätzen, aber auf seinem asketischen Gesicht, das schwach im Licht ihrer Fackeln zu erkennen war, spiegelte sich ein Ernst, so als trüge dieser Mann die Bürde der gesamten Welt auf seinen Schultern.

Und noch ein Priester trat in den Eingang. Als er die kahle Kopfhaut des Mannes gewahrte, hätte sich Lakshapheus vor Zorn am liebsten den Bart ausgerissen. Das war dieser verdammte *pater* Massimilio!

Schon in Andhakleia hatte er gewußt, daß sie sich vor dem schleimigen Priester hüten mußten.

Keiner der beiden Gottesmänner wirkte auf ihn so, als verstünden sie sich besonders gut auf das Kriegshandwerk. Aber diese Sorte kannte er. Die harmlos Wirkenden waren oft die Schlimmsten. Lakshapheus' Hand, die den Bogen gespannt hielt, zitterte nicht. Ruhig und kalt fixierte er Massimilio. Nur eine falsche Bewegung, und der Kerl würde als erster sein Leben aushauchen.

In der Höhle lastete gespannte Stille, die nur von dem Stöhnen der Verletzten durchbrochen wurde. Die Kapitänin und die beiden Priester musterten sich schweigend, dann erhob der unbekannte Priester das Wort.

»Ihr also seid jene kurjamäische Kapitänin, die den Versuchungen des Buckligen nicht widerstehen konnte?«

»Ob es sich damit so verhält, wie Ihr behauptet, *pater*, vermag ich nicht zu sagen. Würdet Ihr mir bitte verraten, wem ich gegenüberstehe?«

»Ich bin *pater* Francisco, Kapitänin. Und mein Bruder neben mir ...«

»Das ist dieser elende Massimilio, Kapitänin«, entfuhr es dem Steuermann laut, und seine Stimme hallte dumpf von den Höhlenwänden wider. »Der Kerl, der damals etwas mit dem Einbruch in Eure Kajüte zu schaffen hatte!«

Massimilio suchte die Höhle wütend mit Blicken ab. »Und ihr habt den Tod Schwester Rawalpindas auf dem Gewissen, ihr elenden Mörder. Ihr werdet ...«

Der fremde Priester legte seinem Bruder die Hand auf den Arm und gebot ihm zu schweigen. »Das muß einstweilen reichen, Kapitänin. Ihr wißt, daß Ihr Euch versündigt habt?«

Die Kapitänin zögerte. »Das, *pater*, ist sicher eine Sache des

Standpunktes. Ich unterstehe nicht den Gesetzen der Kirche. Meine Mission dient allein dem Wohl Andhakleias und der Ehernen Liga.«

»Ihr gebt also zu, daß Ihr wißt, auf wessen Pfaden Ihr wandelt?« Die Stimme des Priesters hatte etwas Lauerndes. »Euch treibt nicht das Wohl Eures Heimatlandes, Kapitänin. Euch treibt die Sucht nach Ruhm. Eure Eitelkeit hat Euch auf Pfade geführt, die leider unumkehrbar sind. Ich hatte gehofft, Euch noch rechtzeitig von diesem Schritt abbringen zu können, aber leider war mir dies nicht vergönnt. Ihr habt an Geheimnissen gerührt, für die die Welt noch nicht bereit ist.«

Lakshapheus schnaubte verächtlich. Wie konnte dieser Mann sich anmaßen zu beurteilen, wofür die Welt bereit war und wofür nicht? Um das Weltennetz konnte es ja wohl kaum gehen. Das Geheimnis seiner Wiederentdeckung war ein Segen für die gesamte Schiffahrt!

Als hätte Surjadora seine Gedanken erraten, fragte sie: »*Pater*, worum geht es hier in Wahrheit? Um Macht? Meint Ihr das große Geheimnis, daß die Kirche uns in all der Zeit belogen hat?«

Pater Francisco faltete die Hände wie zum Gebet. »Seid Ihr wirklich so naiv zu glauben, daß sich weltliche und geistliche Belange so einfach voneinander trennen lassen, Kapitänin? Die Kirche belügt niemanden, doch sie schweigt über gewisse Dinge, wenn es angeraten scheint. Die Kirche ist wie eine Mutter, die treusorgend über ihre Kinder wacht. Alles, was sie tut, dient dazu, Schaden von ihnen abzuwenden. Dazu gehört auch, den mit eiserner Strenge zu strafen, der gegen ihre Gebote verstößt.«

»*Pater*«, die Stimme der Kapitänin klang mühsam beherrscht, »all das sind hohle Worte. Für wen haltet Ihr Euch? Für wen hält sich die Kirche, daß sie sich anmaßt, derart über das Leben anderer Menschen zu bestimmen? Was auch immer Ihr sagt, vor Euch stehen keine Kinder, die sich belehren lassen wollen. Ohne triftigen Grund lasse ich mir von niemandem vorschreiben, was ich zu tun und zu lassen habe.«

»Ihr wißt nicht, wovon Ihr sprecht, Kapitänin.« Aus der Stimme des *paters* sprach ein so tiefes Bedauern, daß Lakshapheus beunruhigt die Spannung der Bogensehne lockerte. Sollte er irren? Vielleicht gab es doch etwas, was sie übersehen hatten? Er glaubte es nicht. Aufmerksam lauschte er den Worten des Priesters, beobachtete aber weiterhin jede seiner Bewegungen. Ebenso wie die von Massimilio.

»Es hat seine Gründe, warum die Kirche ihre Geheimnisse hütet. Nicht zuletzt jene, die den Buckligen betreffen. Seid versichert, das Geheimnis um ihn kann die Welt in ihrem Bestand gefährden. Aus diesem Grund kann ich Euch nicht mehr gestatten, diesen Ort so zu verlassen, wie Ihr ihn betreten habt. Ich muß annehmen, daß Ihr und Eure Männer um all das hier wißt. Keinesfalls dürft Ihr mit diesem Wissen in die Länder Ajunas zurückkehren. Ergebt Ihr Euch freiwillig, werde ich Euch und Eure Männer der Obhut des *ordo silentii mysteriorum* überstellen. Auf diese Weise könnt Ihr zumindest Euer Leben retten. Überlegt es Euch, Kapitänin.«

Lakshapheus hielt die Luft an, und für den Bruchteil eines Augenblicks schoß ihm die Frage durch den Kopf, was er tun würde, wenn die Kapitänin auf diesen Vorschlag einginge. Doch Surjadora enttäuschte ihn nicht.

»Ihr werdet verstehen, daß ich auf dieses großzügige Angebot verzichte, *pater* Francisco. Ich glaube auch kaum, daß Ihr in der Lage seid, Euren Worten Taten folgen zu lassen. Mir unterstehen doppelt so viele Männer wie Euch.«

Über Lakshapheus' Gesicht flog ein Grinsen. Die Kapitänin log schamlos.

»Niemand von ihnen wird sich kampflos ergeben. Ihr mögt großartige Streiter in das Gebirge geführt haben, *pater*. Aber es sind zu wenige. Wenn Ihr die Höhle stürmt, dann verspreche ich Euch einen Waffengang, den Ihr nicht überleben werdet.«

Gut! Weiter so, Mädchen! spornte Lakshapheus seine Kapitänin in Gedanken an. Der Priester wirkte nachdenklich, während Surjadora fortfuhr. »Sicher, Ihr könntet versuchen, uns weiterhin zu belagern. Aber wer garantiert Euch, daß wir nicht über mehr Lebensmittel verfügen? Nachschub in diesem Gebirge zu erhalten dürfte Euch ebenfalls schwerfallen. Selbst wenn Ihr es versucht, so schwächt jeder Mann, den Ihr ausschickt, Eure Position.« Die Kapitänin atmete tief ein. »Aus diesen Gründen schlage ich vor, daß wir zu einer anderen, friedlichen Lösung kommen.«

Der Priester hatte den Ausführungen Surjadoras mit unbewegtem Gesichtsausdruck gelauscht. Nachdenklich warf er Massimilio einen Blick zu. Der war sichtlich bemüht auszumachen, wie viele von ihnen sich in Wahrheit in der Höhle aufhielten.

»Ich habe bereits eine Lösung gefunden, Kapitänin«, hallte die Antwort Franciscos zu ihnen herunter. »Ich bin kein Mann, der seine Untergebenen sinnlos in den Tod schickt. Aber ich habe eine Mission zu erfüllen, die bindend ist. Ich berücksichtige Euren Entschluß, Euer weiteres Schicksal selbst zu bestimmen. Wir werden die Höhle daher verschließen. Wir werden sie so versiegeln, daß kein Entkommen mehr möglich ist. Ihr und Eure Männer ... werdet verhungern!«

Überall in der Höhle war erregtes Flüstern zu hören, doch die Seeleute blieben standhaft. Niemand von ihnen dachte daran, sich einschüchtern zu lassen.

»*Pater*«, die Stimme der Kapitänin klang gepreßt. »Habt Ihr wenigstens Mitgefühl für einen Jungen?«

Der Priester hatte sich schon abgewandt, verharrte jetzt aber mitten im Schritt. Mit Bedacht drehte er sich wieder zu der Kapitänin um. »Ihr meint Euren Schiffsjungen Tvashareo?«

Verwirrt ließ der Steuermann den Blick zwischen der Kapitänin und den Priestern hin und her schweifen. Woher kannte der Priester den Namen Tvashis? Und warum dachte Surjadora jetzt ausgerechnet an ihn? Lakshapheus wandte sich zu dem Stollen um, wo sich der Junge zusammen mit dem Nautiker verbarg. Auf gewisse Weise wirkte Tvashi betroffen. So, als hätte man ihn auf frischer Tat bei einem Diebstahl ertappt.

Der Junge drehte sich seinerseits fragend zu dem Katаueken um. Der bedeutete ihm mit ernstem Gesicht, nach vorn zu treten. Aufgewühlt stolperte er durch die Höhle, bis er neben der Kapitänin stand. Die blickte ihn gefaßt an und strich ihm über das verstrubbelte Haar. Lakshapheus kannte Surjadora lange genug. Sie schien mit sich zu ringen.

Plötzlich glaubte er zu wissen, was Surjadora zu diesem Schritt trieb. Bereits damals, als Tvashi an Bord gekommen war, hatte er sich über ihr Verhalten gewundert. Denn er war weder der kräftigste noch der talentierteste Junge gewesen, der im Waisenhaus gelebt hatte. Doch die Kapitänin hatte unbedingt ihn gewollt.

Mit einem Ruck wandte Surjadora sich wieder eindringlich dem Priester zu.

»Tvashareo wurde gottgefällig erzogen, *pater*. Versprecht Ihr mir, ihm gegenüber Nachsicht zu üben?«

Der Priester bedachte Tvashi mit einem langen Blick. »Ich verspreche Euch, daß ich alles für ihn tun werde, was in meiner Macht steht. Komm zu mir, Junge.«

»Bitte gebt mir noch einen Augenblick.« Die Kapitänin hockte sich vor den Schiffsjungen und umfaßte seine Schultern. In ihrem Blick lagen Müdigkeit und Trauer. Ein schlechter Moment, dachte Lakshapheus. Aber sie muß es tun …

Bewegt beobachtete er, wie Surjadora leise zu Tvashi sprach. Er verstand ihre Worte nicht, aber das Entsetzen des Jungen bestätigte seinen Verdacht. Tvashi riß fassungslos die Augen auf.

Er wünschte ihr mit jeder Faser, der Junge möge sie nicht zurückstoßen. Nicht hier. Nicht vor diesem *pater*. Nicht in diesem Augenblick, der vielleicht ihr letzter gemeinsamer sein würde.

»Du lügst! Du lügst mich an!« Schreiend riß sich Tvashi von der Kapitänin los und stolperte rückwärts in Richtung Rampe. Anklagend deutete er auf Surjadora. »Schon *pater* Massimilio hat mir gesagt, daß ich mich vor dir hüten soll. Ich glaube dir nicht. Ich will dir nicht glauben. Weißt du überhaupt, wie es im Waisenhaus war?«

Die letzten Worte schrie der Junge förmlich heraus, und seine Stimme verhallte in der Höhle nur allmählich. Ebenso wie der Kapitänin liefen ihm Tränen über die Wangen. Lakshapheus' Blick wanderte über die Gesichter der Männer um ihn herum, die sich ratlos ansahen und nicht verstanden, was dort vorn vor sich ging.

Verdammt, Junge! dachte er. Verdammt!

In diesem Augenblick schossen Lakshapheus wieder die Ereignisse in Andhakleia durch den Kopf. Ihm wurde beklommen zumute. Sollte Tvashi etwa im Dienste *pater* Massimilios gestanden haben? War er es gewesen, der sie auf ihre Spur gebracht hatte?

»Ich lüge nicht, Tvashareo.« Die Stimme der Kapitänin stockte. Tvashi wischte sich mit dem Aufschlag seiner Jacke über das Gesicht und funkelte Surjadora zornig an. »Ich hasse dich!«

Ohne sich zu den anderen umzudrehen, eilte er die Rampe hinauf. *Pater* Massimilio trat ihm mit geöffneten Armen entgegen, und der Verdacht, den Lakshapheus hegte, wurde zur Gewißheit. Dieser verlogene Bastard. Zornig trat er hinter seiner Deckung hervor.

»Halt! Priester, ich will wissen, woher Ihr den Namen des Jungen kennt.« Seine Stimme peitschte durch die Höhle. Der Steuermann spürte, daß die Blicke aller Anwesenden auf ihn gerichtet waren, aber er ließ sich nicht beirren. Massimilio ergriff den Jungen, zog ihn zu sich und stellte sich neben ihn.

»Wie die Kapitänin schon sagte: Der Junge wurde in Gottesfurcht erzogen. Ihm haben wir es zu verdanken, daß die Kirche über Eure Schritte im Bilde war.« Der glatzköpfige *pater* musterte den Steuermann ernst und zog Tvashi mit sich nach draußen.

Lakshapheus schluckte trocken. Das durfte nicht sein. Und doch war es die Wahrheit. Lakshapheus sah die Qual in den Augen Surjadoras und fühlte sich hilflos. Dies war das Ende. In jeder Hinsicht. Das Ende.

»Nein!« gellte eine Stimme durch die Höhle. »Wer sich Freund nennt und Verräter ist, wird nicht ein zweites Mal ungestraft entkommen!«

Lakshapheus wirbelte herum. Hinter ihm stand Nukulahi, die Augen weit aufgerissen, das sanfte, ebenmäßige Gesicht vor Wut und Trauer verzerrt. Nie hatte Lakshapheus den Coleopäer derart außer sich gesehen. Wütend riß der Prinz seinen Speer nach hinten.

Da flog ein Schatten heran: die Kapitänin!

»Nicht, Nukulahi! Nicht!« Mit aller Macht warf sie sich gegen den Prinzen. Bevor er den Speer auf die Reise schicken konnte, hing die Kapitänin an seinem Wurfarm. Surjadora sah Nukulahi mit flehendem Blick an, und ihre Stimme klang verzweifelt.

»Tvashareo ist mein Sohn!«

Sprachlos ließ der Prinz die Waffe sinken. Auch Brahthos, der ihre Worte gehört hatte, starrte Surjadora ungläubig an. Lakshapheus sah zu Tvashi hinauf. Der Junge hatte sich umgewandt, die Arme hängend, das Gesicht verweint, die Augen leer. Der *pater* legte einen Arm um den Jungen. Wie eine Puppe ließ sich Tvashi zum Ausgang ziehen, die Augen unverwandt auf Surjadora gerichtet.

Lakshapheus wandte sich schaudernd ab und machte einen Schritt auf die Kapitänin zu. Es brach ihm das Herz. Er wollte sie trösten und wurde sich schmerzlich der Tatsache bewußt, daß er nicht wußte, wie er es anstellen könnte. Für manche Dinge gab es keinen Trost. Entmutigt ließ er die ausgestreckte Hand wieder sinken.

Oben, am Ende der Rampe, gellte in diesem Moment ein Befehl. Rumpelnd bewegte sich der offen stehende Portalflügel, und lautes Knirschen fand in der Höhle seinen Widerhall. Der Spalt, durch den hindurch das helle Grau des Gebirgshimmels schimmerte, wurde zunehmend schmaler. Dem Knirschen folgte ein dumpfes Dröhnen, das auch jene herumfahren ließ, die bislang nur auf die Kapitänin und Nukulahi geachtet hatten. Lakshapheus sah, daß Surjadora zitterte. Noch immer waren ihre Finger in Nukulahis Ärmel gekrallt, doch mittlerweile schien es ihm, als hielte sie sich an dem Prinzen fest.

Schweigend traten die Männer aus ihren Verstecken hervor und starrten im flackernden Schein ihrer Laternen nach oben, zum Eingang der Höhle. Doch der war jetzt versperrt. Von draußen gellte ein hoher, spitzer Schrei an ihre Ohren.

»*Neeeiiiin!*«

Es war Tvashis Stimme.

Eingeschlossen

Eingangsbereich des Höhlenanlage, zwei Tage später

Nukulahi warf ein Holzstück in das Lagerfeuer, das die Männer vor der Rampe aufgeschichtet hatten. Prasselnd stoben Funken zur Höhlendecke auf, und die Flammen leckten gierig nach dem neuen Scheit. Der Prinz hielt seine Hände über die Glut und rieb sich die klammen Finger, während es um ihn herum wieder heller wurde. Die Feuerstelle war nicht groß, und der Haufen aus zertrümmerten Türen und Tischen, den die Männer nicht weit von ihm entfernt aufgetürmt hatten, schien geeignet, dem Feuer noch eine kleine Ewigkeit Nahrung zu bieten.

Sie alle hatten sich die letzten zwei Tage über vor allem damit beschäftigt, die alte Höhlenanlage nach Brennbarem abzusuchen. Unterdessen schafften die Seeleute auch Gerüststangen, Teile alter Schlafkojen und anderes Mobiliar heran, das sie zuvor mit ihren Äxten in handliche Stücke zerlegt hatten. Nukulahi wußte, daß sie dies vor allem taten, um sich zu beschäftigen.

Der feine Rauchschleier, der die Höhle schon seit Tagen schwängerte, legte sich beißend auf Mund und Atemwege und zog nur gemächlich durch die Stollen und Gänge ab. Doch das war den Seeleuten gleich, wenigstens wärmten die Flammen ein wenig.

Rings um die Feuerstelle herum lagen Decken, Jacken und Rucksäcke, auf denen sich sechs der Männer niedergelassen hatten. Wie Nukulahi hatten sie sich ein Tuch um das Gesicht gewickelt, um sich vor dem Qualm zu schützen. Dennoch hörte man in der Höhle die ganze Zeit über gedämpftes Husten. Mit trüben Blicken starrten die Männer in die Flammen, deren flackernder Schein gespenstische Schatten an die Wände warf.

Nukulahi spürte, daß sich insgeheim jeder seiner Schicksalsgefährten fragte, ob es richtig gewesen war, in der Höhle zurückzubleiben, oder ob es nicht doch ratsamer gewesen wäre, sich den rotgekleideten Kriegern zu ergeben und sich in ihre Obhut zu begeben. Denn die Aussicht auf Rettung wurde mit jedem Tag geringer. Zunächst hatten sie noch gehofft, das Portal mit den ihnen zur Verfügung stehenden Mitteln aufstemmen zu können. Eine trügerische Hoffnung, denn ihre Gegner hatten die steinernen Torflügel offenbar von außen verrammelt.

Am gestrigen Tag hatten sie daher damit begonnen, die gesamte Anlage nach weiteren Ausgängen abzusuchen. Doch fündig geworden war keiner von ihnen.

Es war ein Spiel auf Zeit, das sie spielten. Das Feuerholz würde sicher noch eine gute Woche reichen, die Nahrungsmittel bei der derzeitigen Einteilung sogar drei Wochen. Danach aber würde jenes Schicksal auf sie warten, das vor langer Zeit schon andere vor ihnen ereilt hatte: Der Berg würde zu ihrem Grab werden.

Doch bis dahin blieb ihnen noch etwas Zeit.

Zeit, in der sie dringend eine andere Aufgabe lösen mußten. Und die hatte einen Namen: Surjadora!

Bis zum letzten Mann hatte sich herumgesprochen, was die Schiffsführerin dem Prinzen enthüllt hatte. Nachdem die rotgekleideten Krieger das Portal verschlossen hatten, war sie zu einem der Stollen geflüchtet und seitdem nicht wieder aufgetaucht.

Auch der Prinz machte sich langsam Sorgen um sie.

Gijao, Lakshapheus und einige der anderen Männer waren bereits ausgeschwärmt, um sie zu suchen. Sie waren sich sicher, daß die Schiffsführerin nicht weit gekommen sein konnte. Doch auch das war bereits eine Weile her, und inzwischen überlegte er sich, ob er ihnen bei ihrer Suche nicht helfen sollte.

Er hätte gern mit Surjadora gesprochen und sie zu trösten versucht. Ihr erklärt, warum er den Speer beinahe nach Tvashi geworfen hatte. Denn er hätte ihn geworfen, wenn sie nicht gewesen wäre, ohne Frage.

Mittlerweile bereute er sein Tun. Denn derjenige, den er in Wahrheit hatte treffen wollen, war Tongaro gewesen. Der einstige Freund, der Verräter. Wütend ballte Nukulahi seine Fäuste. Kallyê hatte zu ihm von Vertrauen gesprochen. Er hatte noch das Bild vor Augen, wie Tvashi vor ihn hingetreten war und ihm seine Freundschaft versichert hatte. Eine rührende Geste. Und doch hatte der Junge ihn und all die anderen verraten.

Aber Tvashi war nicht Tongaro. Er war noch immer ein Junge, der glaubte, was ihm die Erwachsenen einredeten. Die Mannschaft hatte ihn stets als Glücksbringer angesehen. Hatte sie ihr Glück mit dem Jungen jetzt endgültig verlassen?

Sein Blick wanderte zu Kallyê. Sie hatte sich der Männer angenommen, fand für jeden ein Lächeln oder ein aufmunterndes Wort, und bewahrte sie so davor, in übermächtige Angst zu verfallen. Dennoch, Surjadora fehlte hier und mit ihr alles, was diese stolze Frau auszeichnete: Härte und Strenge sich selbst und anderen gegenüber, vor allem aber ihr eiserner Wille, stets durchzuhalten und eine vermeintliche Niederlage in einen Sieg zu verwandeln. Sie hatte die erstaunliche Gabe, Menschen an sich zu binden. Wenn sie nicht zu ihnen zurückkehrte, würden die Männer aufgeben; dessen war sich der Prinz sicher.

Oberbootsmann Brahthos, ihr jarmatischen Führer und drei weitere Männer erkundeten derzeit die riesige Halle neben dem Wrack mit dem Wolkenschiff. Noch immer beseelte sie die schwache Hoffnung, daß man durch die dortige Öffnung in der Felswand einen Weg nach draußen finden könnte. Doch Nukulahi hatte sich bereits tags zuvor bis zu dem schneebedeckten Ausgang vorgearbeitet. Dahinter gähnte ein steiler Abgrund von mehreren hundert Schritt Tiefe, den niemand von ihnen würde bezwingen können.

Genug gehadert, das brachte nichts. Entschlossen zog Nukulahi seine Felljacke enger um die Schultern. Wenigstens hatte er seine eigene Verzweiflung überwunden, woran ebenfalls Kallyê ihren Anteil hatte. Die Leere, die ihn ausgehöhlt hatte, als er herausgefunden hatte, wer Eomes in Wirklichkeit war, war längst stummer Wut darüber gewichen, daß sein Volk schon weit vor den Schmaläugigen von einem Bewohner des Weltenrandes zum Narren gehalten worden waren. Sicher, dieser Leomedes mußte nach allem, was er mittlerweile wußte, über erstaunliche Wunderwerke geboten haben. Doch daraus zu folgern, daß Eomes ein Göttersohn gewesen sei …

Nukulahi spürte Groll in sich aufsteigen. Wie hatten er und sein Volk nur so leichtgläubig sein können? Das war es, was ihn am meisten beschäftigte. Daß die Bewohner des Weltenrandes sein Volk ganz nach Belieben für ihre Pläne einzuspannen vermochten. Er fragte sich, welche Pläne dieser Leomedes wohl mit den Coleopäern gehabt hatte.

Sollte es ihm je gelingen zurückzukehren, mußte er Coleopa aus der Abgeschnittenheit herausführen. Das war das eigentliche Grundübel, unter dem seine Heimat litt: Unwissenheit!

Diese Unwissenheit von seinem Volk zu nehmen würde seine dringlichste Aufgabe sein. Wenn es ihm gelang, hier herauszukommen ...

Der Prinz wandte sich zu Kallyê um, die neben Segelmacher Parvateo hockte und leise auf ihn einredete. Unter ihrem Arm hielt sie eine zusätzliche Decke. Nukulahi wußte nicht, woher Kallyê ihre Kraft nahm. Obwohl die Lage, in der sie sich befanden, völlig hoffnungslos war, bemühte sie sich, Zuversicht auszustrahlen. Dabei spürte Nukulahi, daß die Eulykierin ebenso verzweifelt war wie alle anderen.

Bei den Männern hatte sich herumgesprochen, daß Kallyê einst Priesterin gewesen war. Gestern hatte sich einer von ihnen an sie gewandt, um ihr von den Verfehlungen seines Lebens zu berichten. Kallyê hatte ihn darauf aufmerksam gemacht, daß sie Eulykierin war, doch das war dem Aionarsgläubigen einerlei gewesen. Und so hatte sie ihm Trost gespendet.

Wie lange ihr dies noch gelingen würde, wußte er nicht. Eines aber wußte er sehr wohl. Jetzt, wo er sie und Parvateo zusammen sah, spürte er Eifersucht in sich aufsteigen. Er drängte dieses Gefühl mit Macht zurück. Über so etwas durfte er nicht nachdenken. Sicher, Kallyê war ihm schon lange nicht mehr gleichgültig. Aber er war bereits jemandem versprochen. Daheim wartete Tuilaepe auf ihn.

Wenn sie denn noch auf ihn wartete. Wenn sie überhaupt noch lebte.

Das erste Mal seit Monden erkannte er klar und deutlich, was hinter seinem Kummer lag: Tuilaepe war ihm ein Name geworden. Ein Talisman, wie ihr Schleier, den er stets bei sich trug. Die Erinnerung an sie hielt das Versprechen wach, das er ihr einst am Nooga'Ka'ata gegeben hatte.

Doch in Wahrheit fürchtete er sich davor, zu ihr zurückzukehren. Ihn quälte die Angst, daß ihm sein Leben auf Coleopa fremd geworden sein könnte.

Nukulahi starrte ins Feuer und betrachtete die rote Glut. Dann schüttelte er unwillig den Kopf. Jetzt brauchte Kallyê ihn. Und nicht nur sie, auch Surjadora. Er mußte sich endlich so benehmen, wie man es von dem künftigen Herrscher eines Volkes erwartete. Nukulahi mußte über diesen Gedanken lachen. Da saß er, fern der Heimat, in einem Gebirge fest, das fast so groß war wie ganz Coleopa. Die Lage war völlig verzweifelt, und er machte sich Gedanken über die Zeit nach seiner Rückkehr. Unglaublich.

Es war stets die Hoffnung, die einen Menschen antrieb. Hoffnung auf Glück, Hoffnung auf Ruhm und, ja, auch die Hoffnung auf Rettung aus einer ausweglosen Gefangenschaft. Wenn sie die Hoffnung verloren, dann konnten sie sich gleich in den Schacht hinter dem Geländer werfen. Er jedenfalls war nicht bereit, die Hoffnung aufzugeben.

Entschlossen erhob er sich und ging zu Kallyê hinüber. Sie beide sollten sich besser auch auf die Suche nach Surjadora begeben.

In diesem Augenblick waren aus einem der Gänge Geräusche zu hören. Überrascht wandte er sich um und erblickte die beiden Gestalten, die sich darin abzeichneten.

Nacht

Im Innern der Höhlenanlage, in den Stunden zuvor

Die Dunkelheit um sie herum schien Surjadora so endgültig wie der Tod. Von Stunde zu Stunde kroch die Kälte tiefer in ihren Körper und ließ Hände, Arme und Gesicht immer tauber werden.

Wenn sie sich nicht endlich wieder aufraffte und zu den Männern zurückkehrte, würde sie hier sterben. Doch es war ihr gleichgültig. Sie hatte es nicht anders verdient.

Die Kapitänin lag zusammengekrümmt auf einer der Kisten in jener kleinen Kammer, in der Lakshapheus die Purpurampullen gefunden hatte. Eine dieser Ampullen ruhte in ihrer Rechten; klamm und feucht fühlte sie sich an. Sie wußte nicht, wie lange es her war, seit sie diese aus der Kiste gezogen hatte, doch es war belanglos. Denn die Ampullen bedeuteten ihr nichts mehr.

All der Reichtum um sie herum, all das, wofür sie ein Leben lang gelebt und gearbeitet hatte, schien ihr schal und inhaltslos. Noch immer hörte sie Tvashareos Stimme. *Ich hasse dich ...!*

Sie haßte sich selbst. Als sich der Zugang zur Höhle geschlossen hatte, war mit einemmal ein tiefer, dröhnender Ton in ihrem Kopf gewesen. Er hatte sich ausgebreitet, ihren Körper erobert wie ein Galan eine alte Jungfer.

Und dann war sie losgerannt. Lange Zeit. Bis sie diese Kammer erreicht hatte. Immer wieder war sie gestrauchelt, hatte sich in der Finsternis den Kopf angeschlagen und ihrem Leib Wunden zugefügt. Doch der Schmerz erreichte sie nicht. Mittlerweile ersehnte sie ihn. Ihr kalter Körper war inzwischen so gefühllos, wie es ihr Herz über Jahre hinweg gewesen war.

Hier lag sie nun, hellwach, körperlos. Nur mehr ein Schatten ihres einstigen Selbst. Das einzige, was ihr geblieben war, waren Erinnerungen, die steten Tropfen gleich in ihr Bewußtsein fielen. Sie ließ es geschehen und lauschte ihnen nach. Irgendwann würde das Faß ihres Herzens überlaufen. Dann würden die Tränen kommen. Vielleicht ...

Einst hatte sie geliebt. Kurz nachdem sie das erstemal mit der *Stern von Andhakleia* in die Fremde gefahren war. Und in einem stillen Winkel ihres Herzens liebte sie noch immer. Doch diese Liebe war zum Scheitern verdammt gewesen – und nicht ohne Folgen geblieben. Sie hatte es gewußt und es nicht wahrhaben wollen, hatte ihren Körper verborgen unter immer und immer weiteren Westen und Jacken. Bis sie wieder in Andhakleia gewesen waren. Und dort, eines Nachts, als es nicht mehr zu leugnen gewesen war und der Schmerz sie in Wellen überrollt hatte, immer und immer wieder, hatte sie die Abgeschiedenheit ihres Schiffes im Hafen aufgesucht. Sich auf den Boden ihrer Kajüte gehockt und sich den Saum ihres Saris in den Mund gestopft, um die Schreie zu ersticken. Wenig später hatte er vor ihr gelegen, klein, weich, lebendig – und voller Blut.

Ein Sohn … ihr Sohn.

Erschöpft hatte sie seine ersten Schreie mit dem Kleidungsstück zu dämpfen versucht. Ihn verzweifelt angefleht, leiser zu sein. Große Augen hatte er gehabt. Aus ihnen hatte er sie angesehen – und war verstummt, so als hätte er gewußt, daß ihre Zukunft davon abhing. Sie hatte sich davor gefürchtet und zugleich gewußt, daß sie ihren Sohn liebte. Doch sie hatte auch das Leben geliebt, das sie geführt hatte, und hatte es sich nicht nehmen lassen wollen. Von niemandem.

Sobald sie wieder in der Lage dazu gewesen war, hatte sie ihr Kind gewaschen und in eine Decke gewickelt. Und dann war sie mit tief ins Gesicht gezogener Kapuze durch die Nacht gestolpert.

Die Priesterin, die an der Pforte des Waisenhauses in Andhakleia gewacht hatte, hatte als zuverlässig gegolten. Und so hatte sie ihr das kleine Bündel übergeben und ihr rauh zugeflüstert: »Er heißt Tvashareo.«

Nach seinem Großvater, wie sie im stillen hinzugefügt hatte. Die Priesterin hatte nur genickt, den Kleinen genommen und die Pforte geschlossen.

Und dann war sie nach Hause gegangen. Langsam. So, als ob nichts geschehen wäre. Eine Zeitlang hatte sie sogar selbst daran geglaubt. Ihr Junge war eben der Preis, den sie dem Meer gezollt hatte.

Und wie reichlich hatte es sie dafür entlohnt. Die Fahrten auf der *Stern von Andhakleia* hatten ihr Vergessen geschenkt. Der Seewind die Erinnerungen fortgeblasen. Viele Jahre lang. Sie hatte getan, was zu tun sie sich von Kindesbeinen an gewünscht hatte und was ihr sonst als Frau in Andhakleia verwehrt geblieben wäre. Ja, sie war sogar als einzige Frau in den Kapitänsrat aufgenommen worden. Und sie war stolz darauf gewesen.

Die Jahre waren vergangen. Eines Tages hatten sie ihre Schritte erneut zu dem Waisenhaus gelenkt. Sie hatte es nicht beabsichtigt, war lediglich in Gedanken durch die Stadt geschlendert – und eingetreten.

»Ich suche einen Schiffsjungen«, hatte sie sich sagen hören. Und dann, als man sie durch die Räume geführt hatte: »Diesen dort!«

»Er heißt Tvashareo«, hatte ihr die Priesterin erklärt, »aber wir nennen ihn Tvashi.«

Die Mannschaft hatte den Kleinen gleich ins Herz geschlossen. Nur bei Lakshapheus hatte sie sich manchmal gefragt, ob er nicht etwas ahnte. Aber er hatte nie gefragt, und sie hatte es ihm mit freundschaftlicher Zuneigung gedankt. So weit sie dazu in der Lage gewesen war …

Ein weiteres Bild tauchte vor ihrem Auge auf. Sie sah sich auf der Brücke ihres Schiffes stehen. Stolz. Beherrscht. Umsichtig. Aber allein. Denn der wahre Preis, den sie all die Jahre über für ihre Tat gezahlt hatte, war … die Einsamkeit.

Voller Gram wiegte Surjadora ihren Körper. Endlich, endlich spürte sie den Schmerz. Und mit ihm kamen die Tränen.

Lautlos.

Ein endloser Strom.

Das erstemal in ihrem Leben wünschte sie sich eine Schulter, an die sie sich hätte anlehnen können, und der unerfüllbare Wunsch war so stark, daß sie glaubte, er werde sie zerreißen.

Einsamkeit. Ein Tod in Raten. Sie hatte nicht gewußt, wie viele Raten sie dem Leben bereits schuldig gewesen war. Diese, das wußte sie, war die letzte, die sie zu zahlen hatte.

Die nachtschwarze Dunkelheit legte sich um sie gleich einem Kokon aus eisiger Kälte. Surjadora breitete die Arme aus, um sie zu umfangen.

Dann sah sie das Licht.

Ein Ruf hallte wie von fern durch die Kammer.

»Ehrwürdige Blüte des Steinigen Staatenbundes?«

Es war Gijaos Stimme.

Was falsch und was richtig ist

Eingangsbereich der Höhlenanlage, wenige Stunden später

Lakshapheus streckte die Glieder und rieb sich die Kälte aus den Händen. Neben ihm stand Kallyê. Die ehemalige Kontorsleiterin hatte Surjadora eine Decke über die Schultern gelegt und versorgte die Schürfwunden an deren Hinterkopf. Gijao kehrte mit einer Schale warmen Wassers von der Feuerstelle zurück und reichte sie der Eulykierin.

Vor wenigen Stunden erst hatte der Nautiker die Höhle mit Surjadora im Schlepptau betreten. Lakshapheus war froh gewesen, daß er sie gefunden hatte, und war sofort zu ihnen geeilt. Grausam hatte die Kapitänin ausgesehen. Ihr Gesicht war von Schürfwunden bedeckt, ihr Gesicht verquollen und ihr kurzes Haar blutverkrustet. Noch nie hatte er sie in einem solchen Zustand erlebt.

Seit dieser Stunde brütete sie finster vor sich hin und schien nicht willens zu sein, mit einem von ihnen ein Wort zu wechseln. Ausgenommen vielleicht Kallyê.

»Ist hier noch Platz?« Nukulahi war wie ein Schatten zwischen die beiden Frauen getreten. Auf gewisse Weise wirkte er beinahe unbekümmert.

Er und Gijao wechselten kurz einen Blick miteinander. Der Prinz hatte doch etwas vor, oder?

»Sicher.« Kallyê wollte schon aufstehen, doch Nukulahi bedeutete ihr sanft, sich ebenfalls zu setzen. Mit einem befreiten Seufzen nahm er zwischen den Frauen Platz. Surjadora rührte sich kaum, doch die Eulykierin musterte Nukulahi argwöhnisch. Dieser griff sanft nach ihrer Hand und umschloß sie mit der seinen. Ein scheues Lächeln flog über ihr Gesicht, und Lakshapheus hob eine Augenbraue.

Dann wandte Nukulahi sich Surjadora zu. »Schiffsführerin, ich ...«

Surjadora winkte müde an. »Ich weiß, Prinz, ich weiß. Es ist gut, ich zürne Euch nicht.«

Lakshapheus sah, wie der Prinz erleichtert lächelte.

»Ich danke Euch«, erwiderte er schlicht und verstummte. Einen Augenblick sah der Prinz Kallyê an, dann wandte er sich erneut an Surjadora, deren Blick bereits wieder nach innen gekehrt war. Kein gutes Zeichen, wie Lakshapheus befand. Aber so war es nun einmal.

Gewisse Dinge brauchten ihre Zeit.

»Schiffsführerin, ich habe mich entschieden. Wenn wir Coleopa erst wieder zurückerobert haben, möchte ich, daß Ihr einige meiner Landsleute mit nach Kurjameos nehmt. Ich wünsche, daß sie von Euren weisen Männern und Frauen unterrichtet werden, damit sie alles über den Weltenrand lernen, was sie dort lernen können. Ich wünsche, daß Coleopa Anteil an der Welt hat, daß es Teil der Welt wird, statt weiter in Abgeschiedenheit vor sich hinzudämmern. Außer Purpur hat meine Heimat sicher noch einiges mehr zu bieten, das Eurer Anteilnahme würdig sein dürfte. Aber ich brauche Euch auch, damit mein Volk nicht wieder verraten wird.«

Surjadora blickte müde auf. Ihre Augen waren von Schatten umwölkt. Doch Lakshapheus sah in ihnen einen Anflug von Neugier aufblitzen. Jetzt begriff er, was der Prinz vorhatte.

»Seht, Schiffsführerin, da wir bislang nur zwischen den Inseln Handel treiben, laufen wir Gefahr, daß man uns ... Wie nennt Ihr das? Richtig. Daß man uns übers Ohr haut, wenn wir erst mit dem Festland in Verbindung treten. Versteht Ihr? Ihr seid die einzige, der ich traue.«

Lakshapheus schüttelte unmerklich den Kopf. Der Prinz war ein Schlitzohr. Offenbar versuchte er, die Kapitänin bei ihrer Ehre zu packen und damit ihren alten Kampfgeist aufs neue zu entfachen.

Die Schiffsführerin schüttelte den Kopf und erhob leise ihre Stimme. »Ihr seid ein Narr, Prinz. Habt Ihr noch immer nicht begriffen, in welcher Lage wir uns befinden? Überhaupt, wie könnt Ihr jemandem trauen, der Euch in diese Situation gebracht hat?«

Die Männer, die um die Feuerstelle herumsaßen, spitzten die

Ohren. Doch Surjadora schien von alledem nichts mitzubekommen und fuhr aufgebracht fort. »Ich war nicht in der Lage, mich um mein Schiff zu kümmern. Meine Männer habe ich durch meinen verbohrten Ehrgeiz in den sicheren Tod geführt. Und meine Familie …«, hier stockte sie, »selbst sie habe ich verraten! Also erzählt mir nichts von Vertrauen, Prinz. Ich bin dieses Vertrauens nicht würdig.«

Surjadora wandte sich ab und starrte wieder zu Boden.

Lakshapheus warf Nukulahi einen ernsten Blick zu. Mit einer stummen Geste forderte er den Prinzen auf, die Schiffsführerin weiter am Reden zu halten. Doch dann trat Gijao vor Surjadora.

»Ehrwürdige …«, er hielt nachdenklich inne und schien mit sich zu ringen. »Hochehrwürdige … Kapitänin Surjadora.« Der Kataueke lächelte schief und fuhr vertraulich fort. »Für die Sache mit dem Schiff trägst du keine Schuld. Niemand, der sich mit einem *Fang* anlegt, kann ein solches Ringen gewinnen. Darf ich dir ein kleines Geheimnis verraten? In Thalliopê, am Steuer deines Schiffes, sah ich meine Tochter. Ihr Name ist Kiaora.«

Unter den Seeleuten war aufgeregtes Tuscheln zu hören. Lakshapheus starrte den Nautiker fassungslos an. Der ließ sich davon nicht weiter beirren, sondern hockte sich dicht vor Surjadora und zwang sie damit, ihn anzusehen. In ihrem Blick lag erstmals wieder ein zorniges Funkeln.

»Ich weiß nicht, warum der *Fang* Kiaora zu seiner Gefährtin erwählte. Und ich vermag auch nicht zu sagen, warum dieser sich ausgerechnet dein Schiff ausgesucht hat, um davonzusegeln. Aber vielleicht wollte das Schicksal Rache dafür nehmen, daß du den guten Gijao ständig eingesperrt hast? Und das, obwohl du es mir zu verdanken hast, daß wir heil aus dem Meer des Schlafes herausgekommen sind. Doch wo auch immer dein Schiff jetzt sein mag, ich bin mir sicher, daß meine Tochter gut darauf achtgibt. Aber das ist nicht alles, was ich dir sagen will. Egal, was du glaubst, Kapitänin – für eine …«, diesmal grinste der Schmaläugige Surjadora wirklich schamlos an, »… für eine ajunäische Barbarin bist du eine verdammt gute Schiffsführerin.«

Surjadora fixierte den Nautiker wütend. Lakshapheus mußte sich eingestehen, daß der Schmaläugige seine Sache gut machte. Schon fuhr er in munterem Plauderton fort.

»Die Männer hier sind dir nicht gefolgt, weil sie es müssen, sondern aus freien Stücken. Weißt du, warum? Weil du Ehre und Anstand in den Knochen hast!« Gijao räusperte sich, als er fortfuhr. »Mein Vetter Liän würde wohl sagen: Gehe mit einem Menschen wie mit Holz um. Wegen eines wurmstichigen Stückchens würdest du nie den ganzen Stamm wegwerfen.«

Lakshapheus schüttelte stumm den Kopf. Vermutlich würde dieser Kataueke noch im Grab die Weisheiten seines Vetters rezitieren. Aus den Augenwinkeln heraus sah er, daß die Kapitänin den Nautiker aufmerksam beobachtete.

Nukulahi berührte die Kapitänin sanft am Arm. »Schiffsführerin, niemand von uns ist ohne Fehl. Also, vielleicht mögt Ihr uns jetzt erklären, was es mit Tvashi und Euch auf sich hat?«

Surjadora atmete scharf ein, als der Name des Schiffsjungen fiel. Lakshapheus konnte spüren, wie schwer es ihr fiel, darüber zu sprechen.

»Ich vermute, es hat mit unseren Sitten in Kurjameos zu tun. Liege ich richtig, Kapitänin?« fragte er sanft.

Surjadora sah zu ihm auf, seufzte schwer und zog sich die Decke, die ihr Kallyê gegeben hatte, enger um den Körper.

»Ja, Ihr habt recht, Steuermann«, antwortete sie mit einem Nicken. Die Worte sprudelten nur so aus ihr heraus. Sie schien fast erleichtert darüber zu sein, sich endlich offenbaren zu können. »Wie Ihr wißt, sehen die Gesetze in Kurjameos vor, daß sich eine Frau nach ihrer Heirat damit zufriedengibt, sich um Familie und Haushalt zu kümmern. Wer sich als Kurjamäerin mit dieser Rolle nicht bescheiden will, muß es vermeiden, in den Stand der Ehe treten.«

Surjadora stockte, doch er nickte ihr aufmunternd zu, und sie fuhr fort: »Eine Frau, die unehelich ein Kind zur Welt bringt, gilt als ehrlos. Wenn es sich dabei auch noch um einen Sohn handelt, muß sie die Familiengeschäfte mit seinem dreizehnten Lebensjahr an ihn abtreten. Sie darf ihn zwar beraten, aber Ihr wißt selbst, was für Folgen das für mich gehabt hätte. Ich hätte nicht weiter zur See fahren können.«

Lakshapheus fing Nukulahis und Gijaos erstaunte Blicke auf.

»Auch in Coleopa gibt es strikte Gesetze«, murmelte Nukulahi, »die aber von Insel zu Insel unterschiedlich sind. So dürfen auf Wana'tapu nur Männer das Bootsbauerhandwerk erlernen, dafür aber liegt die einträchtige Perlenfischerei auf Lavaka'motu streng in den Händen der Frauen. Ich habe nie darüber nachgedacht, welche Schicksale solche Gesetze nach sich ziehen können.«

»Aus diesem Grund«, fuhr Surjadora leise fort, »brachte ich Tvashareo heimlich zur Welt. Der Priesterschaft des Waisenhauses in Andhakleia habe ich stets mit großzügigen Geldspenden beigestanden. Sein Geburtsrecht habe ich Tvashareo dennoch all die Jahre verweigert.«

»Du bist zu streng mit dir selbst, ehrwürdige Surjadora«, wandte Gijao schmunzelnd ein und schüttelte mitfühlend den Kopf. »In meinen Augen ist das ein großartiger, geradezu gewitzter Plan. Vor allem, Tvashi später auf dein Schiff zu holen. Ich an deiner Stelle hätte sicher ähnlich gehandelt.«

Ob die Schiffsführerin das trösten würde, bezweifelte Lakshapheus. Andererseits, was hätte er in ihrer Lage getan? Er wußte es nicht.

Der Prinz hob eine Augenbraue. »Ich denke, daß es Tvashi nicht geschadet hat, seine Kindheit inmitten der anderen Waisenkinder zu verbringen. Vielleicht wären mir einige böse Erfahrungen erspart geblieben, wenn ich in meiner Jugend nicht nur Palastdiener zu Gesicht bekommen hätte. Wer weiß, vielleicht hätte ich dann sogar Tongaros Maske eher durchschaut.«

Surjadoras Augen blitzten im Feuerschein. Ungläubig blickte sie in die Runde. »Bin ich denn hier die einzige, die sieht, was ich dem Jungen angetan habe?«

»Nein, Kapitänin. Aber Ihr seid die einzige hier, die nicht zu sehen scheint, was Ihr Euch selbst mit alledem antut.« Lakshapheus' trockener Kommentar schnitt Surjadora das Wort ab, bevor sie sich weiter in Selbstzweifeln ergehen konnte. Ernst musterte sie ihre Gefährten.

Einige Augenblicke verstrichen. Dann atmete sie tief durch. »Nun gut.«

Sie zog sich mit knackenden Gliedern am Geländer hinter ihr nach oben. Auch die Männer an der Feuerstelle standen auf und blickten Surjadora erwartungsvoll an.

Nachdenklich massierte die Schiffsführerin ihre Finger. »Ich glaube zwar noch immer nicht, daß der Zweck die Mittel heiligt, aber ich habe auch nicht vor, weiter in Selbstmitleid zu versinken. Schließlich muß ich einen gewissen Jungen aus den Händen dieser verdammten Kirchenritter befreien.«

Lakshapheus, Gijao, Nukulahi und Kallyê schmunzelten einander zu.

»Steuermann, es scheint mir, daß ich einige Zeit nicht ganz bei der Sache war.« Sie räusperte sich. »Habt Ihr bereits eine Lösung für unsere lästigen Schwierigkeiten hier gefunden?«

Lakshapheus tauschte einen Blick mit Oberbootsmann Brahthos und hob bedauernd die Hände. »Tut mir leid, Kapitänin. Das Portal bekommen wir nicht auf. Etwaige Geheimgänge konnten wir nicht finden, und auch die Öffnung hinten in der großen Höhle stellt uns vor unüberwindbare Schwierigkeiten. Ich bedauere, Euch das mitteilen zu müssen, aber die Lage ist ziemlich ... verfahren.«

Surjadora zog lediglich eine Augenbraue hoch. »Verfahren? Soso. Gedanken müssen wir uns erst machen, wenn wir keine Nahrungsmittel mehr haben. Und so weit ist es ja noch nicht.«

Sie trat einen Schritt vor und musterte den Rest der Mannschaft. Die nahm unruhig Haltung an. »Disziplin, meine Herren, ist eine Tugend, die wir auch an diesem Ort nicht aus den Augen verlieren wollen. Nach dem Fest erwarte ich von allen, daß der kleine Zwangsaufenthalt dazu genutzt wird, Waffen, Ausrüstung und Kleidungsstücke wieder in einen Zustand zu versetzen, der einem Kurjamäer würdig ist.«

»Nach welchem Fest, Kapitänin?« fragte Lakshapheus entgeistert. Surjadora wandte sich zu Nukulahi um. »Nun, ich dachte mir, daß Seine Majestät vielleicht so gütig ist, für uns zu singen. So, wie er es bereits auf unserer Reise nach Eulykien getan hat.

Und vielleicht steuern auch wir ein paar kurjamäische Lieder bei, damit wieder etwas Schwung in diesen trüben Haufen kommt.«

Lakshapheus lächelte. Da war sie wieder, seine alte Kapitänin, die ihm stets gesagt hatte: Steuermann, Mutlosigkeit ist wie ein Leck – mit ihr geht das Schiff unter.

Er wäre nie auf die Idee gekommen, hier und jetzt eine Feier zu veranstalten. Aber Surjadoras Unverfrorenheit schien ihre Wirkung nicht zu verfehlen. Zwei der Männer lachten rauh, und die Kapitänin fixierte aufmerksam den Coleopäer.

»Prinz, kann ich auf Euch zählen?«

Nukulahis Blick wanderte über die erwartungsvollen Gesichter der Seeleute, in deren Gesellschaft er schon so lange reiste. »Es ist mir eine Ehre, Schiffsführerin Surjadora.«

Der Staubige Spiegel

Zwei Stunden später

»... der Treueschwur ist lang schon her, trennt von der Liebsten mich das Meer.« Der kehlige Gesang von Oberbootsmann Brahthos verhallte in der rauchgeschwängerten Höhle, und die Seeleute klatschten begeistert in die Hände. Der Widerhall ihrer Rufe und Pfiffe brach sich laut an den Felswänden, und Nukulahi hatte das Gefühl, als befänden sich an diesem Ort weit mehr Zuhörer, als tatsächlich versammelt waren.

Der Prinz mußte zugeben, daß der Plan Surjadoras aufgegangen war. Sie hatte eine doppelte Ration Dörrfleisch verteilen lassen, das an Stöcken über dem Lagerfeuer brutzelte, und jeden der Männer aufgefordert, ein Seemannslied anzustimmen. Zunächst hatte es etwas gedauert, bis die Seeleute ihre Anspannung überwunden hatten. Doch mit jedem Lied wurde die Stimmung gelöster. Und wer hätte gedacht, daß ausgerechnet der herrische Brahthos ein solch spitzbübisches Lied kannte?

»Danke. Danke.« Der Oberbootsmann winkte unwirsch ab. Dennoch stahl sich das erste Mal, seit der Coleopäer ihn kannte, ein Grinsen auf sein Gesicht. »Jetzt seid Ihr aber dran, Prinz!«

Mit diesen Worten setzte sich der Seemann nieder, und erwartungsvolle Stille machte sich in der Höhle breit, die nur von dem Prasseln des Feuers unterbrochen wurde.

Nukulahi erhob sich und fühlte die Blicke der Männer und Frauen auf sich. Es war lange her, seit er ein Lied angestimmt hatte. Er schloß die Augen und versuchte sich auf eine heitere Weise seiner Heimat zu besinnen. Ein Lied, das den Männern Hoffnung gab, auch wenn sie den Text nicht verstehen konnten. Vielleicht etwas Zotiges, wie jenes von dem untreuen Solar, das die Krieger seiner Heimat so gern anstimmten? Oder das Lied von der Bastknüpferin, die sich aufmachte, die Strahlen der Abendsonne einzufangen, um sie in ihre Schlafmatte zu weben? Auch Nukulahi wollte seinen Teil dazu beitragen, die Stimmung der Männer in dieser schweren Stunde zu heben.

Sein Blick fiel auf Kallyê, die lächelnd zu ihm aufsah. Er erinnerte sich wieder an jenen Abend im Hafen von Sadi, als sie ihm das Lied vom Silbergarten vorgesungen hatte. Damals hatte er es nicht für möglich gehalten, den wundersamen Garten eines Tages selbst zu betreten.

Es handelte sich dabei nur um ein Kinderlied, aber seine Melodie hatte er bis heute nicht vergessen können. Er ging im Geiste die Liedtexte seiner Heimat durch und fand einen, der zu Kallyês Melodie paßte. Seltsamerweise war es ebenfalls ein Kinderlied. Es handelte von einem kleinen Fischermädchen, das sich nach einem schweren Sturm hoffnungsvoll am Strand einfand. Bang wartete es dort auf die Rückkehr seines Vaters, der am Morgen zum Fischen aufs Meer gefahren war. Es erzählte von der Angst um ihn, aber auch von der Freude, als es draußen inmitten der Wogen einen Wal erblickte. Er hatte den Vater im Meer gefunden und brachte ihn auf seinem Rücken zu dem Mädchen zurück. Ja, er würde sich an diesem Lied versuchen. Er würde es der tapferen Eulykierin widmen.

Nukulahi ging in sich und hielt die Hand an sein Herz. Tief sog er die beißende Höhlenluft ein. Doch er war viel zu aufgewühlt, als daß ihn der Rauch hätte stören können.

Dann begann er zu singen. Leise und klar erhob er seine Stimme. Worte und Melodie fanden wie von selbst zueinander, ihm war, als hätten sie schon immer zusammengehört. Der warme Klang brach sich an den Höhlenwänden wie Brandung an den Klippen seiner Heimat. Und die hoffnungsvolle Melodie, die er angestimmt hatte, umschmeichelte seine Zuhörer von allen Seiten.

Die ganze Zeit über musterte er Kallyê, der vor Rührung Tränen gekommen waren. Auch Surjadora und die anderen schauten ihn bewegt an. Einer der Männer vergaß sogar, weiter an dem Stück Fleisch zu kauen, das er sich kurz zuvor in den Mund geschoben hatte. Nukulahi sang und wurde eins mit dem kleinen Mädchen am Strand. Er fühlte die Angst und die tiefe Sehnsucht nach einem Wunder, das es dem Vater gestattete, den Sturm zu überleben. Die letzten Worte des Liedes verklangen – als er aus den Augenwinkeln heraus ein silbernes Blitzen bemerkte.

Staunend hielt er inne. Außer ihm selbst schien niemand etwas bemerkt zu haben.

Die Männer sprangen auf und klatschten laut Beifall. Überall um ihn herum sah er strahlende Gesichter. Zwei der Seeleute hatten sich die Finger ihrer Rechten in den Mund geschoben und pfiffen laut vor Begeisterung. Auch Kallyê, Surjadora und die anderen erhoben sich und applaudierten ihm bewundernd für seine Darbietung. Doch Nukulahis Augenmerk galt etwas anderem. Er starrte hinauf zur Rampe.

Das Blitzen, das er zunächst für einen Funken des Lagerfeuers gehalten hatte, war noch immer zu sehen. Über der Rampe, kurz vor den steinernen Flügeln des Portals, zogen drei glitzernde Lichtflecken ihre Kreise. Weitere Silberfunken traten hinzu: vier, fünf, sechs, schließlich ein ganzes Dutzend. Es war, als stünde er wieder im Silbergarten Thalliopês. Eine Sternenwolke schien in die Höhle gefahren zu sei, um vor seinen Augen einen eigentümlichen Tanz aufzuführen. Jeder der Funken erstrahlte in immer heller werdendem Silber, und ein leises Knistern mischte sich unter den Beifall der Umstehenden.

Die Köpfe von Surjadora, Kallyê und Gijao ruckten herum, doch zugleich schien es dem Prinzen, als hätten die Funken ihre Leichtigkeit verloren. Schlagartig stürzte die gleißende Pracht zu Boden und erlosch von einem Augenblick zum anderen.

»Was war das?« Surjadora starrte gebannt in die Dunkelheit, die die Rampe jetzt wieder einhüllte.

Kallyê trat nach vorn, um den Ort des rätselhaften Geschehens aus der Nähe zu betrachten. »Ich habe das schon einmal gesehen. Damals, als Nukulahi dem Nachtwolf entgegentrat, um Tvashi zu retten.«

In ihrer Stimme lag grenzenloses Staunen.

Der Applaus der Seeleute war längst verstummt. Neugierig wanderten ihre Blicke zwischen Nukulahi und der Rampe hin und her. Doch er hatte selbst keine Erklärung für das Phänomen, das ihn seit den Ereignissen im Silbergarten begleitete.

Kallyê hatte sich inzwischen von Steuermann Lakshapheus ein brennendes Holzscheit reichen lassen und suchte den Boden vor der Rampe ab. »Ich glaube es nicht. Seht Euch das an!«

Um sie und Nukulahi herum versammelten sich die Männer auf der Rampe, um einen Blick auf das zu werfen, was die Eulykierin entdeckt hatte. Erstaunen machte sich breit.

Vor ihnen, am Boden, war eine Mulde im Felsgestein zu erkennen. Sie war etwa einen halben Finger tief und hatte die Gestalt eines Halbmondes. Doch nicht nur das: Sie schien das genaue Gegenstück zu jener Gesteinsvertiefung zu sein, die sie vor dem Zugang der geheimen Höhlen ausfindig gemacht und sich erschlossen hatten.

»Ich schwöre, ich habe die Rampe mehrfach abgesucht. Da war nichts!« Oberbootsmann Brahthos meldete sich zu Wort und schaute schuldbewußt zur Schiffsführerin.

»Ich glaube Euch.« Surjadora war in die Hocke gegangen und betastete das Innere der halbmondförmigen Mulde. »Sauber. Kein Eis. Kein Dreck. Nichts! Wenn das Ganze nicht so unheimlich wäre, würde ich sagen, die Vertiefung ist eben erst entstanden.«

Nachdenklich zog sie die Stirn in Falten, und Nukulahi spürte einige Herzschläge lang ihre Blicke auf sich ruhen.

»Und Ihr habt wirklich keine Erklärung dafür, Prinz?«

»Nein, Schiffsführerin.« Nukulahi wurde unter den erwartungsvollen Mienen der Männer unbehaglich zumute. »Ich gestehe, daß ich diese Funken nicht das erstemal gesehen habe. Kallyê meint, daß auf mir der Segen der Sphinx liege. Aber ich weiß nicht, ob das stimmt.«

Es war die Wahrheit. Er wußte es wirklich nicht. Auch Kallyê musterte ihn nachdenklich. Doch was auch immer sie für Gedanken hegte, sie schwieg.

»Gut.« Surjadora erhob sich wieder und verschränkte die Arme hinter dem Rücken. »Beschränken wir uns also auf die Fakten. Prinz, Steuermann, bitte folgt mir zu dem Stollen dort hinten. Ich beraume hiermit eine Offiziersbesprechung ein. Der Rest wartet hier so lange auf uns.«

Mit weit ausgreifenden Schritten eilte die Schiffsführerin die Rampe hinunter und ging auf einen der Stollen zu. Nukulahi und Lakshapheus tauschten einen verwunderten Blick, dann folgten sie ihr. Hinter ihnen tuschelten die Seeleute aufgeregt. Jeder von ihnen spürte, daß Surjadora eine Idee gekommen sein mußte. Nur welche?

Prinz und Steuermann hatten die Kapitänin schon bald eingeholt. Sie wartete im Schatten einer Gangbiegung auf sie und erhob leise ihre Stimme. »Meine Herren. Ich glaube, wir sind einer sehr aufschlußreichen Angelegenheit auf die Spur gekommen. Prinz, zunächst einmal denke ich, daß Ihr über Kräfte verfügt, über die Ihr Euch selbst noch nicht so recht im klaren seid. Vor einiger Zeit hätte ich das noch als Humbug abgetan. Aber seitdem ich die Sphinx in Thalliopê und dieses katauekische Ungeheuer mit den sechs Armen gesehen habe, bin ich mit solchen Urteilen vorsichtig geworden. Ich glaube, Prinz, Ihr könnt ... zaubern!«

»Wie bitte?« Die Eröffnung der Schiffsführerin hatte Nukulahi überrumpelt. Gerade von ihr hätte er eine solche Mutmaßung niemals erwartet. Er wollte widersprechen, doch Surjadora schnitt ihm das Wort ab.

»Prinz, erinnert Ihr Euch an unser Zusammentreffen mit den Gesalbten Meistern vom Schreienden Stern? Damals, nach unserem Einbruch in die Himmelswarte ... Die Philosophen deuteten an, daß Ihr über geheimnisvolle Kräfte verfügt. Was ist, wenn sie recht hatten? Bislang haben die Philosophen mit allen ihren Vermutungen richtig gelegen. In diesem Fall sollten wir uns Gedanken darüber machen, wie Ihr diese Kräfte in nutzbringende Bahnen lenken könnt.«

Was erwartete die Schiffsführerin von ihm? Gut, in den letzten Monden war es tatsächlich mehrfach zu seltsamen Ereignissen in seiner Nähe gekommen.

Aber daraus zu schließen, daß er zaubern könnte?

Nein, Nukulahi mochte sich nicht mit dem unheimlichen Gedanken anfreunden, Dinge in Gang setzen zu können, die sich seinem Verstand und seinem Willen entzogen.

»Vielleicht liegt auf mir vielmehr so etwas wie ein Fluch,

Schiffsführerin. Denkt über die Umstände nach, wie wir uns damals in meiner Heimat kennengelernt haben. Seitdem sind wir von einem Unglück ins nächste gestolpert. Vielleicht bin ich es, der für all das die Verantwortung trägt?«

Auf seinem Gesicht mußte ein komischer Ausdruck gelegen haben, denn Surjadora schmunzelte. Doch im Gegensatz zu ihm wirkte sie noch immer äußerst zuversichtlich. »Prinz, eher bin ich geneigt zu glauben, daß auf mir selbst ein Fluch liegt. Beschäftigen wir uns doch zunächst einmal mit dieser halbmondförmigen Vertiefung oben auf der Rampe.«

Lakshapheus strich sich nachdenklich über den Wickelbart und bedachte Nukulahi ebenfalls mit einem prüfenden Blick. »Ich erinnere daran, daß Ihr es wart, Prinz, der den Zugang zu dem Höhlensystem geöffnet hat. Und zwar ebenfalls mit Hilfe des Halbmondes.«

Nukulahi räusperte sich und dachte an die Ereignisse vor der Höhle zurück.

»Nehmen wir einmal an, Ihr habt recht, Schiffsführerin«, wandte er zögernd ein, »dann fehlt uns jedoch der passende Schlüssel. Der halbmondförmige Stein, den wir in der Himmelswarte gefunden haben, steckt noch immer außen in der Felswand. Wenn ihn die Priester nicht mitgenommen haben ...«

»Dieser bedauerliche Gedanke ist mir ebenfalls schon gekommen«, erwiderte Surjadora. »Was aber, wenn wir diesen Schlüssel nicht benötigen? Wenn das Geheimnis dieses ... Schlüssels ... ein ganz anderes ist? Mir ist da nämlich eine Idee gekommen.« Die Kapitänin zog den Mantel über ihrem Sari straff. »Ist Euch an dem Halbmond nichts aufgefallen?«

Nukulahi ging in sich und dachte nach. »Ihr meint den roten Stein, aus dem er geformt war? Ich gebe zu, daß ich einen Stein dieser Färbung noch nie zuvor gesehen habe.«

»Halt, das ist nicht richtig!« Der Steuermann kratzte sich am Kopf. »Die Schmucksteine, welche die Philosophen an ihren Turbanen trugen, waren aus demselben Material. Ebenso dieser andere spindelförmige Stein aus der Himmelswarte ...«

»... mit dem die Philosophen die Fähigkeiten des Prinzen

überprüft haben«, führte die Schiffsführerin weiter aus. »Meine Herren, der Gedanke mag kühn sein, aber denken wir doch einmal an die Magnetnadel eines Kompasses. Es gibt Materialien, die über Kräfte verfügen, die wir uns nicht erklären können. Vielleicht besitzen diese roten Steine ebenfalls wundersame Eigenschaften? Vielleicht brauchen wir lediglich etwas von diesem Gestein, um das Portal dort oben wieder aufzubekommen?« Sie deutete zum Höhleneingang. »Oder vielmehr: Vielleicht braucht Ihr, Prinz, etwas von dem Gestein. Schließlich hat es bei mir vor drei Tagen seine Wirkung verfehlt.«

Nukulahi zuckte mit den Achseln. »Ich bin gern bereit, es erneut zu versuchen, Schiffsführerin. Aber wo sollen wir diese roten Steine herbekommen? An den Halbmond vor der Höhle kommen wir nicht heran, und hier drinnen sind wir bislang auch nicht fündig geworden.«

Lakshapheus nickte ihm zustimmend zu.

»Doch, meine Herren«, ergriff Surjadora erneut das Wort. »Ich denke, wir verfügen sehr wohl über etwas von diesem eigenartigen Material. Oder anders ausgedrückt, ich glaube, wir verfügen über feines Pulver aus diesem Stoff. Das Navigationsinstrument von Gijao ist damit gefüllt.«

»Wie bitte?« Der Steuermann schaute die Kapitänin überrascht an.

»Mir ist der Gedanke selbst eben erst gekommen. Ich habe die katauekische Silberschüssel viele Wochen lang in meiner Kajüte aufbewahrt und genügend Zeit gehabt, sie ausgiebig zu studieren. Darin befindet sich Staub aus demselben roten Material wie die Steine, von denen wir reden. Schwenkt man die Schale, zeichnen sich in dem Staub merkwürdige Muster ab.«

»Ein gewagter Zusammenhang, Kapitänin.« Lakshapheus wirkte noch immer nicht so recht überzeugt. Doch Nukulahi legte ihm nachdenklich die Hand auf den Arm.

»Ich bin der letzte, der sich wünscht … zaubern zu können. Aber selbst ich muß zugeben, daß Surjadoras Worte etwas für sich haben. Zumindest ist es einen Versuch wert, und wir sollten alles ausschöpfen, um hier hinauszufinden.«

Nukulahi hatte noch immer große Schwierigkeiten damit, an etwas zu glauben, das es eigentlich nicht geben durfte. Doch so zu tun, als hätten die wundersamen Geschehnisse in seiner Nähe nicht stattgefunden … nein, es war an der Zeit zu handeln. Er wandte sich daher wieder an die Schiffsführerin. »Ich glaube nicht, daß Gijao uns seine Silberscheibe freiwillig aushändigt.«

»Laßt das meine Sorge sein, Prinz.« Surjadoras Haltung strahlte Entschlossenheit aus. »Außerdem: einen anderen Plan haben wir nicht. Wir sollten es also versuchen.«

Die Kapitänin wandte sich ohne ein weiteres Wort ab und lenkte ihre Schritte wieder in die große Höhle.

»Puh, das wird Ärger geben«, meinte Lakshapheus. »Eigentlich mag ich den Kataueken inzwischen ganz gern«, schmunzelte er dann. »Ich hoffe, Surjadora versucht es diesmal mit Reden und nicht mit Einsperren.«

Auch Nukulahi war gespannt, was als nächstes geschehen würde. Gemeinsam mit dem Steuermann folgte er der Kapitänin.

Die hatte unterdessen Oberbootsmann Brahthos zu sich gerufen und redete leise auf ihn ein. Der Seemann schritt wieder zur Rampe zurück, wo sich Gijao ahnungslos mit Kallyê unterhielt. Anschließend winkte er drei besonders kräftige Seeleute zu sich und tat so, als sollten sie eines der geborstenen Zackenräder oben am verschlossenen Ausgang inspizieren.

Surjadora ihrerseits trat mit ernstem Gesichtsausdruck vor den Schmaläugigen und sagte förmlich: »Gijao. Ich glaube, wir benötigen Eure Hilfe.«

»Wie kann ich dir helfen, ehrwürdige Schiffsführerin?«

»Wir benötigen Euren … Wie nennt Ihr ihn? Richtig, Euren … *Staubigen Spiegel*.«

Mißtrauisch kniff der Nautiker die Augen zusammen und umschloß seinen Tornister mit festem Griff. »Das geht nicht. Allein, daß du von seiner Existenz weißt, ist schon mehr, als ich verantworten kann.«

Gijaos Blick irrlichterte zwischen ihr und Lakshapheus hin und her, der sich jetzt ebenfalls zu der Kapitänin gesellt hatte.

Nukulahi seinerseits stand mit den anderen Seeleuten in einem Halbkreis vor der Rampe. Mit einer Kopfbewegung bedeutete er Kallyê, zu ihm zu kommen. Die Eulykierin tat, wie ihr geheißen, warf Nukulahi allerdings einen befremdeten Blick zu. Doch der Prinz hatte keine Zeit, sie in ihren Plan einzuweihen.

»Gijao, wir glauben, daß uns Euer … Silberspiegel aus unserer verzwickten Lage heraushelfen kann.« Die Stimme der Schiffsführerin klang ruhig, beinahe bittend. »Ich verspreche, daß wir versuchen werden, ihn weitestgehend unbeschädigt zu lassen. Alles, was wir benötigen, ist etwas von dem …«

»Weitestgehend unbeschädigt?« kreischte der Schmaläugige entsetzt auf. »Du willst ihn zerstören? Ihr wollt ihn zerstören?« Entgeistert stolperte er zwei Schritte zurück, auf das verschlossene Portal zu. Dabei kam er fast ins Straucheln. »Nein, ich gebe ihn dir nicht. Keinesfalls. Die Doktrin erlaubt es nicht. Ich verliere meinen Ruf, meine Ehre, alles … Fordere das Schicksal nicht heraus, Schiffsführerin!«

Surjadora wirkte bekümmert, so als hätte sie keine andere Antwort erwartet. Sie wandte sich mit einem Nicken an den Oberbootsmann. Der hatte sich mit seinen Männern bereits im Rücken des Nautikers aufgebaut und deutete auf den Schmaläugigen. »Packt ihn!«

Bevor Gijao wußte, wie ihm geschah, hatten ihn die Männer angesprungen und zu Boden gerissen. Mit Händen und Füßen wehrte er sich, doch gegen die Übermacht vermochte er nichts auszurichten. Zornig schleuderte er ihnen Flüche in seiner Heimatsprache entgegen. Die Männer hielten ihn ungerührt fest und fesselten ihn dann mit kräftigen Stricken. Erst als keine Gefahr mehr von ihm ausging, traten sie zurück.

»Es tut mir leid, Gijao«, ergriff Surjadora das Wort, und sie sprach Nukulahi damit aus der Seele, »aber ich hatte befürchtet, daß das, was wir jetzt zu tun beabsichtigen, nicht Eure Einwilligung finden wird.«

Sie bückte sich und bedeutete zwei Männern, Gijao an den Schultern festzuhalten. Dann schnürte sie seinen ledernen Tornister auf und griff nach dem silbernen Navigationsinstrument des Nautikers. Der bemühte sich nach Kräften, seine Fesseln zu lösen, und warf sich hin und her. »Barbaren, ihr alle seid erbärmliche Barbaren!«

Schließlich gab er auf. Enttäuscht schaute er zu der Schiffsführerin auf, und die Bitterkeit in seiner Stimme machte jedem in der Höhle klar, daß sie wieder einen Feind vor sich hatten.

»Schiffsführerin, ich dachte, man könne dir vertrauen. In Wahrheit sind deine Ratgeber Lüge und Bosheit. Wenn du dich am *Staubigen Spiegel der Roten Steine* vergreifst, dann solltest du mich nicht fesseln, sondern lieber umbringen. Egal, wo du dich versteckst, ich werde dich aufspüren und zur Rechenschaft ziehen. Wenn ich hier herauskomme, werde ich dafür sorgen, daß vor deinem geliebten Andhakleia schon bald die Kriegsflotte des Mantikorenthrons steht. Ich werde ...«

»Haltet endlich den Mund, Gijao.« Surjadora blaffte den Nautiker barsch an und zog das runde, schüsselförmige Instrument aus seinem Tornister hervor. Es funkelte silbern im Licht des Feuers. Oben war es mit einer kreisrunden Scheibe aus reinem Quarz abgedeckt, und am Rand konnte Nukulahi einen dicken Korkwulst ausmachen.

Gijao lag bleich am Boden und wirkte bis ins Mark erschüttert. »Hochehrwürdige Surjadora. Ich bitte dich«, flehte er sie an. Nukulahi begriff erst jetzt, *wie* wichtig ihm das Instrument war. »Bei allem, was dir heilig ist, bitte zerstöre den *Staubigen Spiegel* nicht. Wenn du ihn zerstörst, zerstört du mich mit ihm.«

Noch nie hatte Nukulahi den Nautiker so unterwürfig reden hören. Surjadora funkelte ihn wütend an. »Gijao, Ihr habt selbst eingestanden, daß es Eure Tochter war, die die *Stern von Andhakleia* entführt hat. Ihr seid mir also noch etwas schuldig. Im übrigen: Was wir vorhaben, kommt auch Euch zugute. Anschließend könnt Ihr Euren ... *Staubigen Spiegel* ... gern wiederhaben.«

Sie wandte sich zu Nukulahi um.

»Hier, Prinz, versucht Euer Glück!«

Der Schmaläugige gab einen entsetzten Laut von sich, als die Schiffsführerin dem Prinzen das silberne Instrument zuwarf.

Nukulahi fing die Silberschüssel auf und warf einen Blick durch die Kristallscheibe. Der Boden war mit rotem Staub bedeckt, den man hin und her schwenken konnte. Schwach erkannte er Linien, Punkte und geometrische Muster, die sich im Staub auf den Außenwänden des Instruments abzeichneten. Es war so, wie es die Schiffsführerin berichtet hatte. Eigenartig.

»Ich brauche ein Messer.«

Lakshapheus reichte ihm einen großen Dolch. Gijao stieß ein Wimmern aus. Nukulahi schnitt den Korkrand ab und kratzte anschließend den Kitt aus der Fuge zwischen der runden Kristallplatte und dem Silberboden. Die Kratzer im Silber, der harte Kitt – mit Sicherheit war die Gerätschaft weitaus älter als der Nautiker.

Schließlich hebelte er die Kristallplatte nach oben. Ein saugendes Geräusch ertönte, und der feine Staub in der Schale wirbelte ein wenig auf.

Vorsichtig trug Nukulahi die Silberschüssel mitsamt dem Inhalt zu der Ausbuchtung am oberen Ende der Rampe. Er nahm die Kristallplatte behutsam ab und legte sie zur Seite. Dann hockte er sich unter den fiebernden Blicken der anderen neben die halbmondförmige Vertiefung und kippte vorsichtig die Silberschüssel an. Geräuschlos rieselte der feine rote Staub in die Bodensenke.

Nukulahi ging sorgsam zu Werke, um nur ja nichts von dem Pulver zu verschwenden. Zu seinem eigenen Erstaunen stellte er fest, daß ihm mehr Staub zur Verfügung stand, als in der Mulde Platz fand. Behutsam stellte er das silberne Navigationsinstrument auf dem Gestein der Rampe ab und bedeckte es wieder mit der Kristallplatte. Dann näherte er sich mit der Hand dem roten Staub im Felsgestein.

Als er das eigentümliche Pulver berührte, schien es ihm, als kräuselte es sich unter seiner Berührung. Überrascht zog er die Finger zurück, doch eine Bewegung war nicht auszumachen. Verzweifelt wünschte er sich, daß sich das Tor öffnete. Nichts geschah. Der Prinz wollte bereits enttäuscht aufstehen, als er im Untergrund unvermittelt ein leichtes Beben spürte. Die silberne

Schüssel vibrierte auf dem Gestein, und hastig hielt der Prinz sie fest.

Feiner Staub rieselte von den Portalflügeln herab, und ein lautes Knarren und Knirschen hallte durch die Höhle. Erschrocken blickte sich der Prinz um. Seinen Gefährten erging es ebenso. Das Geräusch hörte sich so an, als ob sich Zackenräder, Ketten und Gestänge um sie herum in Bewegung gesetzt hätten. Doch diese standen still. Das Geräusch aber blieb und wurde immer lauter und eindringlicher.

Einige der Männer hinter ihm hielten sich bereits die Ohren zu. In kleinen Gruppen wichen sie zurück in den Hintergrund der Höhle. Jetzt befanden sich nur noch Gijao, Kallyê, Surjadora und er selbst auf der Rampe.

Das Portal dröhnte, und ein heller Riß zog sich längs durch das Felsgestein. Nein, das war kein Riß, das waren die Torflügel, die sich just vor ihren Augen öffneten. Rumpelnd und knirschend schwenkten sie nach außen auf, von einer unbekannten Kraft bewegt. Jeder von ihnen konnte erkennen, daß vor dem Portal Dutzende schwerer Felsbrocken lagen, die die Roten Krieger dort aufgeschichtet hatten. Mit Macht wurden sie beiseite geschoben, und einige von ihnen rollten bereits auf den Abhang des Berges zu. Ein letztes Beben durchlief das Gestein. Dann standen die Torflügel still. Offen lag der Zugang vor ihnen.

Die Nachmittagssonne brach sich blendend hell in dem Schnee vor der Höhle, und Nukulahi mußte blinzeln. Kalte Bergluft strich dem Prinzen über das Gesicht, und die Flammen des Feuers am Fuß der Rampe flackerten in dem Luftzug. Fassungslos starrten die Seeleute zum Eingang hinauf. Dann drang ohrenbetäubender Jubel an Nukulahis Ohren. Die ersten wollten schon ins Freie stürmen, als die laute Stimme Surjadoras durch die Höhle peitschte. »Hiergeblieben, Männer! Sind wir Kurjamäer oder dahergelaufene merkantilische Landratten? Oberbootsmann Brahthos, ich bitte darum, daß künftige Disziplinlosigkeiten dieser Art umgehend geahndet werden. Jeder packt seine Sachen, erst dann verlassen wir die Höhle.«

Aufgeregt griffen die Seeleute zu ihren Decken, Beuteln und Rucksäcken. Der Gedanke an die Freiheit, die jetzt zum Greifen vor ihnen lag, ließ sie die Befehle widerstandslos ausführen.

Nukulahi hielt derweil die Hand über die halbmondförmige Mulde, damit der Luftzug den roten Staub nicht verwehen konnte. Surjadora aber bückte sich zu Gijao, der bis dahin ebenso fassungslos zu dem offenen Höhleneingang gestarrt hatte wie die Männer hinter ihm. Dann durchtrennte sie seine Fesseln.

Schiffsführerin und Nautiker musterten sich mit kühlen Blicken.

Der Schmaläugige stand ohne ein weiteres Wort auf und rieb sich die Handgelenke, in die sich die Stricke tief eingeschnitten hatten. Dann ging er mit grimmigem Gesichtsausdruck auf Nukulahi zu.

»Geh weg da, Coleopäer!«

Nukulahi erhob sich und sah mit an, wie Gijao vorsichtig nach dem *Silbernen Spiegel* griff und nach einer Möglichkeit suchte, den Staub aus der Mulde wieder in das Silbergefäß zu füllen.

In diesem Moment knirschte es im Schnee vor der Höhle, und der lange Schatten eines Menschen fiel die Rampe hinab. Nukulahi wirbelte herum und hörte, wie die Männer hinter ihm entsetzt zu den Bogen griffen. Doch im Eingang der Höhle stand kein Roter Krieger, dort stand Tvashi. Nukulahi hielt den Atem an. Er hatte um ein Wunder gebeten, und nun schien es ihm, als geschähe auch ein zweites.

Der Junge wirkte verzweifelt. Seine Lippen waren blau angelaufen, und er bibberte vor Kälte. Zitternd hielt er seine Felljacke umschlungen. Sein Blick war tränenverschleiert, aber fest auf die Schiffsführerin gerichtet, die sich am Fuß der Rampe überrascht die Hand vor den Mund schlug.

»Ist … ist das wahr, was du gesagt hast? Bin ich wirklich dein Sohn?«

Keiner der Männer wagte es, sich zu rühren. Sogar Gijao schaute verdutzt auf. Surjadora starrte den Jungen ergriffen an und vermochte lediglich zu nicken.

Tvashis Stimme klang schwach. »Ich würde so gern wieder zur Mannschaft gehören. Ich … ich hab doch sonst niemanden.«

Tränen liefen über seine Wangen. Schluchzend sank er zu Boden. Surjadora stürmte an Nukulahi vorbei. Sie zerrte an den Knöpfen ihrer Felljacke, befreite sich von ihr und legte sie Tvashi um die Schultern. Dann nahm sie ihn in den Arm. »Natürlich gehörst du zur Mannschaft, Junge. Du bist doch ihr Kapitän …«

Entscheidungen

Jarmatengebirge, fünfzig Meilen entfernt,
zur selben Stunde

»Wir haben die Spur des Jungen gefunden, Bruder Francisco.« Massimilio schaute nachdenklich von dem Becher heißen Tees auf, den er in den klammen Fingern hielt, und musterte Kenophar, den Ersten Ritter des *ordo executionis silentii finiti*. Der Hauptmann war vor Bruder Francisco getreten, um ihm Meldung zu erstatten.

Der *agentus in rebus dei* saß neben ihm. Bereits seit dem Morgengrauen war er in die Betrachtung des roten, halbmondförmigen Steins versunken, den sie in der Felswand vor dem Portal gefunden hatten. Er war in Gold eingefaßt und wies einen Zapfen am hinteren Ende auf. Sie beide waren sich sicher, daß es sich dabei um eine Art Schlüssel handelte, um den Berg zu öffnen.

Bruder Francisco ließ den Fund sinken und schaute jetzt ebenfalls auf. In seinen Gesichtszügen lag ein Anflug von Erschöpfung. Massimilio konnte ihn gut verstehen. Auch er fühlte sich ausgelaugt.

Im Gegensatz zu ihnen beiden waren dem Ersten Ritter die Strapazen der letzten Wochen nicht anzumerken. Seinen Bronzehelm trug er schneidig unter den Arm geklemmt, und sein roter Wollumhang saß tadellos über den breiten Schultern. Mehr noch, in seinen Augen flackerte ein Tatendrang, für den ihn Massimilio insgeheim bewunderte.

Klaglos hatten er und seine Männer bisher jeden von Franciscos Befehlen ausgeführt. Dabei waren sie inzwischen nur noch zehn Mann. Beinahe die Hälfte der Ordensritter hatte ihr Leben bereits vor drei Tagen beim Aufstieg auf den unseligen Berg ausgehaucht, als die Lawine auf sie niedergegangen war. Fünf Mann waren während des kurzen Kampfes am Eingang der Höhle gestorben.

Noch immer war sich Massimilio nicht darüber im klaren, ob es sich bei dem verheerenden Schneerutsch während ihres Aufstiegs um eine schicksalhafte Laune der Natur gehandelt hatte oder ob die Lawine von ihren Gegnern absichtlich losgetreten worden war, um sie aufzuhalten. Das würde wohl auf immer ein Rätsel bleiben.

»Wie kommt es, daß du seine Spur erst jetzt ausfindig gemacht hast?« hörte er Francisco fragen, der den halbmondförmigen Stein einsteckte.

»Wir gingen bis jetzt davon aus, daß der Junge in Richtung Tal flüchtete, Bruder Francisco. Aber in Wahrheit war er so verrückt zurückzulaufen.« Kenophar nickte in Richtung des Berges. »Bruder Bajuo hat auf einem Hang weiter oben den Abdruck seiner Stiefel gefunden. Ganz in der Nähe des Gletschers.«

Francisco blickte den Ritter erstaunt an. Auch Massimilio fragte sich, was der Junge damit bezweckte. Das war sein sicherer Tod. Er beugte sich vor und stellte seinen Becher neben dem kleinen Lagerfeuer ab, das die Ritter aus dem Holz zweier karger Sträucher errichtet hatten.

Der *agentus in rebus dei* griff zu seinem Gehstock, erhob sich steif und blickte sich in dem kleinen Lager um. Die Ordensritter hatten es im Schutze zweier Felsen aufgeschlagen. Drei Zelte waren ihnen geblieben, in denen sie abwechselnd schliefen. Weiß zeichneten sich die hellen Stoffbahnen vor dem dunklen Gestein ab. In einer ordentlichen Reihe zu ihrer Rechten hatten die Krieger ihre roten Schilde mit dem weißen Aionarsstern aufgestellt. In ihrem Schutz lagen die Armbrüste und Behälter mit den Bolzen. Drei weitere Ritter warteten in einiger Entfernung auf Anweisungen.

Das Gebirge um sie herum war von schroffen Flanken, zerfurchten Graten und felsigen Überhangen geprägt. Scharf hob sich der verfluchte Berg vor dem Vormittagshimmel ab, auf dessen Gipfel sich die einstige Zuflucht des Buckligen befand.

Die Vorstellung, daß Leomedes von dort oben aus seine Ränke gesponnen, ja, vielleicht sogar seinen einstigen Verrat geplant hatte, schien Massimilio noch immer unvorstellbar. Die zögerlichen Aussagen des geflohenen Schiffsjungen, was er und die Seeleute in dem Höhlenlabyrinth des Berges entdeckt hatten, ließen indes keinen Zweifel daran, daß sie die verborgene Zuflucht wirklich aufgespürt hatten.

Francisco wandte sich wieder dem Ersten Ritter zu und blickte ihm prüfend in die Augen. »Du bist dir sicher, daß der Junge außer einer Hartwurst nichts mitgenommen hat?«

Hauptmann Kenophar nickte bekräftigend. »Auf Bruder Balthasar, der den Proviant verwaltet, ist Verlaß!«

Francisco nickte knapp und trat an den Rand des Lagers. Massimilio erhob sich ebenfalls und folgte ihm. Erst vor einer scharf abfallenden Felskante hielten sie inne. Aus der Tiefe schlug ihnen eine kalte Bö entgegen, doch Francisco ließ sich nicht davon beirren. Sein Blick war fest auf den verfluchten Wolfsberg gerichtet.

Pater Massimilio warf seinem Begleiter einen verstohlenen Seitenblick zu und mußte sich eingestehen, daß sein Glaubensbruder der Besonnenere von ihnen beiden war. Hätten die Ritter unter seinem Oberbefehl gestanden, hätte er sich vor drei Tagen gewiß dazu hinreißen lassen, sie in den Kampf gegen Surjadora und ihre Leute zu schicken. Wahrscheinlich wäre dann niemand von ihnen mehr am Leben. Er mußte sich eingestehen, daß die Lösung, die der *agentus* gefunden hatte, die bessere war. Ja, es hatte seinen Grund, warum die Brüder vom *ordo silentii mysteriorum* Francisco den Oberbefehl über dieses Unternehmen übertragen hatten. Er konnte noch viel von ihm lernen.

»Wir wissen beide, wohin der Junge unterwegs ist, Bruder«, merkte Massimilio leise an. »Es ist an dir, eine Entscheidung zu treffen.«

»Ja«, antwortete Francisco ruhig. »Aber der Junge läuft dem sicheren Tod entgegen. Die Felsen, die wir vor den Höhleneingang gerollt haben, sind zu groß und zu schwer, als daß er sie aus eigener Kraft beiseite schaffen könnte.«

Massimilio zog sich die Kapuze seines Umhangs über die kahle Kopfhaut. Ihn fröstelte. Sein Plan war es gewesen, sich für Tvashareo einzusetzen, auch wenn er ahnte, welches Schicksal den Jungen beim Roten Orden ereilt hätte. Doch zumindest hätte er sein junges Leben retten können. »Ich verstehe den Jungen nicht. Das muß er doch gewußt haben?«

Francisco schüttelte bedauernd den Kopf, stützte sich nachdenklich auf seinen Stock und stieß einen leisen Seufzer aus. »Die Jugend ist noch ohne Arg, so wie einst Paolo ...«

Verwundert schaute Massimilio seinen Begleiter an. Der richtete sich wieder auf. »Nichts weiter. Ich mußte nur an einen anderen Jungen denken. Vor einigen Jahren, in Monte Flora. Im Gegensatz zu dem Kurjamäerjungen hat er sein Schicksal nicht aus freien Stücken wählen können.«

Massimilio brannte die Frage auf der Zunge, von wem Francisco sprach. Doch der Ausdruck in den Augen des *agentus* ließ ihn zögern. Sicher war es eine schmerzvolle Erinnerung.

»Was soll nun geschehen?« fragte er statt dessen. »Wünschst du, daß wir dem Jungen nachsetzen?«

Ein Blick über die Schulter überzeugte ihn davon, daß Hauptmann Kenophar noch immer neben dem Lagerfeuer stand und sie beide erwartungsvoll musterte. Immerhin war der Junge seinen Leuten entkommen. Massimilio war sich sicher, daß der Erste Ritter darauf brannte, den Fehler seiner Männer wettzumachen.

Doch Francisco schüttelte entschieden das Haupt. »Wozu, Bruder Massimilio? Um einen weiteren Leichnam zu bestatten? Der Junge hat aus freien Stücken den Tod gesucht. Er wird ihn finden. Es steht nicht in seiner Macht, der Sache der Kirche weiteren Schaden zuzufügen.«

Massimilio wollte aus einem unbestimmten Gefühl heraus Widerspruch erheben, doch er mußte sich eingestehen, daß Francisco wohl recht hatte. Selbst wenn sie es wollten, würden sie den Jungen nicht einmal mehr retten können.

Francisco war derweil zum Lagerfeuer zurückgekehrt und wandte sich dort an den Ersten Ritter. »Bruder Kenophar, rufe die Männer zusammen und laß das Lager abbrechen. Wir ziehen weiter. Man erwartet unsere Rückkehr.«

Der Ordensritter nickte, und mit ruhiger Stimme erteilte er seine Befehle. Die Ritter setzten sich in Bewegung.

Ja, man erwartete ihre Rückkehr ebenso wie die Meldung ihres Erfolges. Die Zuflucht war versiegelt. Nicht zum ersten

Mal fragte sich Massimilio, welche Geheimnisse die Kirche noch hütete. Oder war allein schon der Gedanke daran ketzerisch? Welches Ausmaß an Verantwortung ruhte wirklich auf den Schultern der *primarchin* Altheia? Massimilio schloß nicht aus, daß man ihn oder Francisco eines Tages wieder an diesen Ort zurückschicken würde. Doch bis dahin würde noch Zeit vergehen. Einstweilen war die Welt sicher vor der Saat des Buckligen.

Ein Geschenk

Die Ebene vor dem Felsportal, einen Tag später

Surjadora stand mit hinter dem Rücken verschränkten Armen neben dem Lager, das die Männer nicht weit von dem Felsportal errichtet hatten. Aus der Ferne sah sie mit an, wie ihre Leute unter Führung von Lakshapheus und Brahthos die Kisten mit dem Purpur nach draußen schafften. Still lächelte sie in sich hinein, als sie Tvashareos gewahr wurde, der zusammen mit dem Prinzen und der Eulykierin die gläsernen Ampullen mit dem kostbaren Farbstoff mit Stoffetzen umwickelte und die Behältnisse auf das Gepäck der Seeleute verteilte. Sie hatte alles ausmisten lassen, was nicht wirklich gebraucht wurde, darunter Zelte, Eßgeschirr, Pfeile, Werkzeug und Kleidungsstücke. Sie würden eben mit dem Notwendigsten auskommen müssen.

Tvashareo sah auf und lächelte ihr scheu zu. Surjadora versuchte wieder, kühle Gelassenheit zu wahren, doch es gelang ihr nicht. Die letzten Tage hatten sie spüren lassen, wie schwer die Bürde war, die sie all die Jahre getragen hatte. Die Erleichterung, die sie jetzt empfand, war kaum in Worte zu fassen. Einerseits fühlte sie sich frei wie eine Möwe im Passatwind, andererseits ängstigte sie die Aussicht, daß sie von jetzt an ohne Tvashareos Einwilligung nicht mehr das Leben führen konnte, das sie gewohnt war. Aber vielleicht war dieses Los nur mehr als gerecht.

Wieder dachte sie an den gestrigen Tag zurück. Sie hatten zunächst einmal dafür gesorgt, daß Tvashi etwas Warmes zu essen erhielt. Dann hatten sie den erschöpften Jungen nahe dem Feuer ausschlafen lassen. Es hatte Surjadora große Überwindung gekostet, den Jungen nicht zwischendrin aufzuwecken, um mit ihm über ihre Verfehlung zu sprechen.

Wenigstens hatten sich die Männer allesamt sehr rücksichtsvoll verhalten. Niemand hatte es ihr gegenüber an Respekt mangeln lassen. Auch Tvashi machten sie keine Vorhaltungen. Alle waren sich einig darin, daß *pater* Massimilio den Jungen eingeschüchtert und mit Worten eingewickelt haben mußte. Auch sie war sich dessen sehr sicher.

Es waren prächtige Männer, in deren Begleitung sie reiste. Jeder von ihnen war mit Gold kaum aufzuwiegen. Sie alle würden an dem Schatz, den sie da aus dem Berg holten, beteiligt werden.

Am frühen Morgen, als Tvashareo wieder erwachte, war es endlich zu dem Gespräch zwischen ihr und dem Jungen gekommen, ein Gespräch, nach dem sie sich gesehnt, vor dem sie sich zugleich aber auch gefürchtet hatte. Drei Stunden hatten sie beide miteinander geredet, und nur sehr zögerlich waren sie einander nähergekommen. Zunächst hatten ihr die Worte gefehlt, und auch Tvashareo war es ähnlich ergangen. Doch schließlich hatte sie sich einen Ruck gegeben und einfach zu erzählen begonnen. Warum sie ihn abgegeben hatte. Welche Sorgen sie in all der Zeit geplagt hatten und warum sie ihn schließlich zurück zu sich aufs Schiff geholt hatte.

Anschließend hatte er gesprochen. Davon, wie das Leben im Waisenhaus wirklich gewesen war. Über die Stunden im *canet*, über sein Verhältnis zu den anderen Kindern und wie es *pater* Massimilio geschafft hatte, Zweifel in ihm zu wecken.

Surjadora seufzte. An die Mutterrolle würde sie sich wohl erst noch gewöhnen müssen. Sie war sich nicht sicher, ob ihr das jemals gelingen würde. Es war viel leichter, einen Menschen auf Abstand zu halten, als ihm so nahezukommen. Auch nach dem Gespräch begegneten sie und Tvashareo einander mit einer gewissen Scheu. Doch es war ein Anfang. Sie wußte, daß sie stark war und sich dieser Herausforderung stellen würde. Die Nacht in der Höhle, allein mit ihren Ängsten, hatte ihr die Augen geöffnet.

Vorwürfe hatte Tvashi ihr keine gemacht. Vielleicht würde das später kommen. Ihn dauerte vielmehr, daß er sowohl in den Häfen der Halbinsel Gwanapur als auch in Sadi Priester aufgesucht hatte, um *pater* Massimilio eine Nachricht zukommen zu lassen.

Über die wirklich wichtigen Entscheidungen, die noch anstanden, hatten sie noch nicht gesprochen, etwa wie sie sich verhalten würden, wenn sie wieder in Andhakleia wären. Oder wie man sich vor weiteren Nachstellungen durch die Kirche schützen könnte. Natürlich würde irgendwann herauskommen, daß ihnen die Flucht aus dem Jarmatengebirge gelungen war.

Und sicher würde Tvashareo irgendwann nach seinem Vater fragen ...

Surjadora atmete tief ein. Hoffentlich konnte sie wenigstens dieses Geheimnis noch eine Weile wahren.

In diesem Augenblick kam Lakshapheus über die schneebedeckte Ebene vor dem Höhlenzugang auf sie zugestapft. In den Händen hielt er einen Pfeilköcher, der oben mit Tuch bespannt war. Er stellte ihn vor ihr ab und musterte dann den Kataueken, der nicht weit von ihnen entfernt auf einem Felsen saß. Finster brütete Gijao vor sich hin.

Den ganzen letzten Tag hatte der Nautiker damit zugebracht, den Staub aus der Mulde herauszuklauben und ihn wieder in seinen Staubigen Spiegel zu füllen. Anschließend hatte er die Kristallscheibe mit Kerzenwachs versiegelt und die Gerätschaft fest mit Brettern und Stricken verzurrt. Seitdem weigerte er sich, auch nur ein Wort mit ihnen zu wechseln.

»Ich habe alles so gepackt, wie Ihr es angeordnet habt, Kapitänin.«

Surjadora nahm den Köcher auf, der schwer in ihrer Hand lag. Lakshapheus strich sich nachdenklich über den Wickelbart. »Ihr seid sicher, daß wir mit dem Ausmisten nicht etwas übertrieben haben?«

Surjadora blickte ihrem Steuermann fest in die Augen. »Nein, ich denke nicht. Gebt mir Bescheid, wenn Ihr fertig seid. Die Männer sollen sich in der Nacht alle noch einmal richtig ausschlafen. Was die Folianten betrifft, die wir mitnehmen, werde ich selbst eine Auswahl treffen. Die Philosophen müssen ja nicht wissen, wieviel wir zurücklassen.«

Lakshapheus' Lippen umspielte ein Schmunzeln. Dann wandte er sich um und stapfte zurück zum Eingang der Höhle.

Surjadora hingegen nahm den schweren Köcher auf und stapfte geradewegs auf den Kataueken zu. Er blickte sie kurz an und tat dann, als wäre sie Luft für ihn.

»Gijao, macht doch mal Platz und verhaltet Euch nicht so, als hätte ich eine ansteckende Krankheit.« Ohne auf ein Zeichen seiner Zustimmung zu warten, setzte sie sich neben ihn auf den Felsen und betrachtete die zerklüftete Bergwelt um sie herum. Beide schwiegen sie. Dann, ohne ihn anzusehen, richtete Surjadora das Wort an den Nautiker. »Gijao, wie lange kennen wir uns jetzt schon?«

»Ich habe nicht vor, mit dir zu reden.«

Surjadora beachtete seinen Einwand nicht. »Weit über drei Jahre, richtig? Ich erinnere mich noch gut, in welch einem Zustand ich Euch damals auf Coleopa angetroffen habe. Ich gebe zu, daß ich damals nicht sehr erbaut über Euer Erscheinen war. Und ich gebe ebenfalls zu, daß ich nichts dagegen gehabt hätte, wenn Ihr eines Tages über Bord gefallen wärt. Das hätte mir sicher manches Ärgernis erspart.«

»Du vergißt, daß ich schwimmen kann.« Gijao wandte sich ihr zornig zu und vergaß dabei seinen Vorsatz, nicht mehr mit ihr sprechen zu wollen.

»Ja, das ist ja der Haken bei Euch. Ihr schwimmt immer obenauf. Egal, in welchen Schlamassel wir auch hineingeraten. Ihr habt es stets geschafft, Euren Kopf aus der Schlinge zu ziehen. Ihr habt einen langen Atem, mein Freund. Wirklich.«

Mit dem Fuß schob sie ihm den Köcher zu, der im Schnee eine breite Furche zurückließ. »Ich weiß, daß ich Euch zweimal unsere Rettung zu verdanken habe. Da drinnen findet Ihr zwanzig Fläschchen mit Purpur.« Sie deutete auf den verschnürten Tragebehälter. »Ein kleines Vermögen, will ich meinen. Ich denke, daß Euch das genügend Mittel verschafft, zurück in Eure Heimat zu reisen. Mehr als genügend sogar.«

Entgeistert blickte sie der Kataueke an und öffnete dann hastig den Verschluß des Köchers. Ungläubig griff er hinein und zog eines der mit Stoff umwickelten Glasfläschchen hervor. Vorsichtig schob er die schützende Umwicklung nach oben und musterte den purpurfarbenen Inhalt.

»Bei den ungezählten Häuptern der Hydra! Das ist wirklich Purpur!«

»Habe ich Euch jemals angelogen?« Der Nautiker erwiderte

ihren Blick skeptisch, während Surjadora fortfuhr. »Fühlt Euch frei, von nun an zu tun und zu lassen, was Ihr wollt. Egal, wie schwer wir uns das Leben gegenseitig gemacht haben, ich denke, jetzt sind wir quitt.«

Nachdenklich verstaute der Katatueke das Behältnis wieder im Köcher. Surjadora erhob sich.

»Warte ...« Gijao schien mit sich zu ringen. »Was hast du denn jetzt vor?«

»Ganz einfach. Wir werden uns von Gamjar zurück an die Küste bringen lassen. Dort wird es uns sicher gelingen, eine Passage nach Kurjameos aufzutreiben. Tja, und dann werde ich versuchen, mein Versprechen zu erfüllen, das ich dem Prinzen gegeben habe.«

»Du willst wirklich zurück nach Coleopa? Ist dir überhaupt klar, wie weit sich die Purpurinseln über das Meer des Morgens erstrecken? Ihr könnt nicht allein einen Krieg gegen ein Reich gewinnen, das selbst mein Volk nicht erobern konnte.«

»Ich weiß, wie aussichtslos das erscheinen mag. Aber ich stehe dem Prinzen gegenüber im Wort. Im übrigen habe ich die schwache Hoffnung, daß sich die Lage in meiner Heimat seit meiner Abreise wieder etwas zu unseren Gunsten gewandelt hat.«

»Du bist verrückt, Schiffsführerin. Weißt du das?«

Surjadora lachte. »Verrückt war doch alles, was wir bisher unternommen haben. Und jetzt seht zu, daß auch Ihr Eure Ausrüstung zusammenpackt. Bei Sonnenaufgang beginnen wir mit dem Abstieg.«

Mit Hilfe ihres jarmatischen Führers Gamjar durchquerten Surjadora, Nukulahi und die anderen zügig das Gebirge und erreichten schließlich die Westküste Südajunas. Sie gelangten zu einer kleinen Hafenstadt namens Neitafjord, der zweitgrößten Stadt des kriegerischen Königreichs Vrinagard, dessen Rochenschiffe bis hinunter nach Eulykien gefürchtet sind. Hier trennten sich die Wege der Schicksalsgefährten.

Gijao ließ sich von einer Weingaleere aus Skara Hamurani in den Süden mitnehmen. Von seinen wahren Plänen wußte Surjadora nichts. Doch sie war davon überzeugt, daß der Kataueke versuchen würde, Belabadangbarad zu erreichen. Denn von Maganta im Norden des Kontinents abgesehen, würden vor der dortigen Küste am ehesten Pfauenschiffe zu erwarten sein, sobald die katauekischen Konvois wieder Ajuna ansteuerten. Der Abschied war kurz und verhalten.

Surjadora und ihren Leuten hingegen gelang es, an Bord einer Kogge aus Goldwango anzuheuern. Das Segelschiff befand sich auf der Rückreise von Eulykien. Ihr Eigner war der Sohn eines goldwangischen Herzogs, der sich mit dem Schiff auf die weite Reise zum Orakel von Thalliopê begeben hatte.

Der Weg führte sie erneut

durch das Meer des Schlafes, vorbei an Skara Hamurani und Ikarilla. In Honaghûsa schließlich schlugen sie den Großteil ihres Purpurs los. Der Erlös war gewaltig.

Surjadora kaufte von dem Gold eine urtumbrische Karacke und taufte sie in Erinnerung an das Ungeheuer, das ihren Sohn Tvashareo einst in Eulykien angefallen hatte und das Nukulahi hatte vertreiben können, auf den Namen NACHTWOLF. Sie hoffte, der Sieg über den zweiköpfigen Wolf werde ihnen Glück auf all ihren weiteren Wegen bescheren. Eine neue Mannschaft wurde angeheuert, dann fuhren sie mit der NACHTWOLF an der Halbinsel Gwanapur entlang zurück nach Kurjameos.

Gestärkt bei Fahrtantritt, waren Surjadora und Nukulahi noch sehr zuversichtlich, was ihr Vorhaben anbetraf, Coleopa zurückzuerobern. Alle waren sie davon überzeugt, daß die Lage in Kurjameos sich in der Zwischenzeit so weit beruhigt hätte, daß einer Unterstützung durch die Truppen von Maharadscha Mahatargos III. nichts mehr im Wege stünde.

Doch die Zuversicht, die Nukulahi und die seinen in Honaghûsa gesammelt hatte, schwand von Hafen zu Hafen. Der kleinen Gruppe wurde zugetragen, daß es weit im Norden zu Kämpfen zwischen mehreren Staaten der Ehernen Liga und den Resten des Merkantilischen Imperiums gekommen sei. Von Kurjameos hieß es gar, das Reich sei im Schulterschluß mit Truppen aus Elephantinos in die PROVINCIA odia einmarschiert. Überhaupt schienen die Staaten der Ehernen Liga nach Jahren des Zögerns kurz davor zu stehen, den Merkantiliern endgültig den Todesstoß zu versetzen.

Nukulahi fühlte sich angesichts all dieser Nachrichten sehr entmutigt. Denn für ihn bedeutete dies vor allem eines: Niemand war derzeit willig, eine Flotte von Kriegsschiffen zu bemannen und sie gegen ein unbekanntes Reich im Ozean des Morgens auszusenden. Es schien gerade so, als ob die weite Reise, die er zusammen mit Surjadora angetreten hatte, völlig bedeutungslos gewesen wäre.

Keiner der Gefährten konnte damals wissen, daß längst eine wundersame Kette von Ereignissen ins Rollen gekommen war, für die auch später niemand so recht eine Erklärung fand – eine Aneinanderreihung schicksalhafter Fügungen, die sich von Andhakleia bis nach Coleopa spannte.«

SCHWESTER DOLORES,
CHRONIK EINER VERLORENEN ZEIT,
BD. II, NIEDERGELEGT ZU CANTAMO
IM 540. JAHR DER ABWESENHEIT GOTTES

Abschieds-Copbuh

Grotte beim Nooga'Ka'ata, Königsinsel Nuku'atepe, Archipel von Coleopa, am Mittag des 10. Tages des Händlermondes, im 462. Jahr der Abwesenheit Gottes

Tuilaepe hielt sich am Ausleger des Katamarans fest. Dann ließ sie sich vorsichtig in das warme Meerwasser gleiten, das die riesige Grotte wie ein unterirdischer See ausfüllte. Um sie herum gluckste es heimelig, als das Wasser ihre nackte Haut berührte. Trotz der gewaltigen Walknochen, die am Rand der Grotte wie weiße Korallenstöcke aus dem Wasser ragten, schlug etwas anderes, dessen Anblick sich ihr an diesem Ort bot, sie stets aufs neue in seinen Bann.

Am Eingang der Felsenhöhle tanzten Sonnenkringel auf den Fluten. Ihr gedämpftes Gleißen brach sich auf der Wasseroberfläche und kleidete die Höhlenwände in ein magisches Gewand fahlblauer Lichtreflexe. Dazwischen mischten sich sanfte orangefarbene Töne. Sie stammten vom Widerschein des schimmernden Flusses Nooga'Ka'ata, der sich gleich vor der Grotte erstreckte, denn der Sand des Walfriedhofs war rot, und seine Farbe gemahnte an Blut.

In der Ferne, genau in der Mitte der gewaltigen Bucht, konnte die Prinzessin den Nuku'a Maui ausmachen, den Fels der vier Gesichter, der senkrecht aus dem Wasser ragte. Er unterstrich die Heiligkeit der Stätte. Tuilaepe wünschte, Nukulahi könnte all das sehen und diesen Augenblick mit ihr teilen.

Heute würden sie den Abschieds-Copbuh für Lumelume tanzen. Nach Aussage von Königsmutter Hai'pale hatte das Mädchen nur noch wenige Stunden zu leben. Es war so traurig. In all den Monden hatte sich ihr Zustand nicht verändert. Abgesehen von jenem rätselhaften Augenblick im Palast, als die Dienerin ihrer aller Leben gerettet hatte, war sie nie wieder sie selbst geworden. Zunächst hatten sie Hoffnung verspürt, doch die Monde vergingen, und inzwischen war das Mädchen abgemagert bis auf die Knochen. Königsmutter Hai'pale war davon überzeugt, daß

Lumelume der Lebensmut endgültig verlassen hatte. Und sie war damit nicht allein …

Ein lautes Schnauben hallte inmitten der Grotte auf, gefolgt von einer Wassersäule, die der Höhlendecke entgegenspritzte. Ein Schleier feiner Wassertropfen regnete auf Tuilaepe hinab. Die Prinzessin warf ihr nasses Haar zurück und spürte, wie sich ein erwartungsvolles Prickeln auf ihrer Haut ausbreitete. Auf sie wirkte das Schnauben wie eine Begrüßung, und doch war es ebenfalls ein Abschied.

Endlich stieß sie sich ab, um zu dem großen Wal zu schwimmen, der sich vor sechs Tagen in der Grotte eingefunden hatte. Der massige, schwarzweiße Körper des Tiers ragte vor ihr aus dem Wasser auf wie eine kleine Insel. Sicher maß der *Nooga* zwanzig Schritt in der Länge, aber genau vermochte Tuilaepe das nicht zu sagen. Doch in einem war sie sich sicher: der Wal war alt! Und er würde bald sterben.

Seine Haut war verkrustet und mit Rissen und Narben überzogen. Es waren alte und neue Wunden, die von einem Leben zeugten, das sich die Prinzessin nicht im entferntesten vorzustellen vermochte. Schon vor Tagen hatte sie den abgebrochenen Schaft eines großen Speers entdeckt, der aus der Flanke des *Noogas* ragte – ein deutliches Zeichen dafür, daß der sterbende Wal einst am Weltenrand gelebt hatte. Denn niemand in ganz Coleopa, nicht einmal ihr wahnsinniger Bruder, würde es wagen, einen heiligen *Nooga* auf solche Weise zu verletzen.

Doch diese Wunde war es nicht, warum sich der alte Wal auf den weiten Weg zum Nooga'Ka'ata begeben hatte. Sein langes Sterben hatte eine andere Ursache: Auf seinem Rücken prangte ein schwärender Krater aus Fleisch und Speck.

Die Wunde war breit, wie ein Arm lang war, und ihre wulstigen Ränder waren dick und angeschwollen. Die Verletzung wirkte auf Tuilaepe wie ein großes Geschwür, das aus einem unbekannten Grund nicht heilte. Blut und Eiter benetzten den Fleischkrater, und beständig huschten in dem stinkenden Ausfluß kleinere Krabben hin und her. Die Prinzessin vermochte nicht zu sagen, was eine solche Wunde verursacht haben konnte.

Was sie aber wußte, war, daß der *Nooga* Schmerzen litt und daß ihr das stolze Meeresgeschöpf unsagbar leid tat.

Zwei weitere Schwimmzüge, und sie war an ihn herangekommen. Sie wußte selbst nicht, warum sie sich so stark zu dem Wal hingezogen fühlte. Es war eine Zuneigung, die sie bereits bei seinem ersten Anblick erfaßt hatte. Die anderen Frauen hatten Angst vor dem Tier gehabt. Nicht aber sie; sie wußte, daß er ihr nichts zuleide tun würde. Im Gegenteil.

Sanft berührte sie den Wal mit den Händen. Sie spürte die gewaltige Fettschicht, die sich unter der rissigen Haut befand. Es war ein eigentümliches und doch zugleich vertrautes Gefühl, dem sterbenden Tier so nahe zu sein.

Der *Nooga* antwortete auf ihre Berührung mit einem schwachen, langgezogenen Quietschen, das sich an den Wänden der Grotte brach und die Prinzessin erschauern ließ. Tuilaepe spürte den Todeskampf, den das heilige Wesen ausfocht, als wäre es der ihre. Wehmut und Trauer füllten ihre Augen mit Tränen.

Nicht nur Lumelume, auch ihn würde sie verlieren.

Vorsichtig schwamm sie zum Kopf des Tiers. Der Wal bewegte sich schwach, und Tuilaepe fühlte unter sich das Schlagen seiner gewaltigen Flossen. Langsam erhob sich sein Kopf aus dem Wasser. Der Wal blinzelte.

Tuilaepe zitterte bei seinem Anblick, nicht vor Kälte, sondern vor Ergriffenheit, so wie jedesmal in den vergangenen Tagen, wenn sie sich dem Tier auf diese Weise näherte. Sie vermochte selbst nicht zu sagen, warum, aber auf eigentümliche Weise spendete ihr seine Nähe Trost.

Unterdessen war sie so weit um ihn herumgeschwommen, daß sie der *Nooga* aus seinen großen, dunklen Augen ansehen konnte.

Das war nicht der Blick eines Tieres. Sie spürte eine Intelligenz, wie sie nur einem heiligen Wesen zu eigen sein konnte. Die tiefgründige Schwärze seiner Augen bannte und umschmeichelte sie zugleich. Ihr war, als spiegelten sich in dem Blick des Wesens ihre eigenen Gefühle, Gedanken und Hoffnungen. Sie las Trauer und Schmerz. Doch da war noch etwas anderes. Sie fühlte so etwas wie eine … Bitte.

Bei Eomes! Vor Überraschung schluckte sie Wasser und mußte lauthals prusten. Tuilaepe beschrieb im Wasser ein paar zügige Bewegungen mit den Armen, um an der Oberfläche zu bleiben. Dann fing sie sich wieder. Für einen Atemzug war es ihr so vorgekommen, als hätte der *Nooga* die Grotte allein deswegen aufgesucht, um sie zu finden. Sie, Tuilaepe! Doch warum? Wollte er, daß sie sein Leiden verkürzte?

Eine solche Verantwortung konnte sie nicht übernehmen. Niemals! Der *Nooga* war heilig. Er würde auf natürliche Weise sterben müssen. So, wie auch Lumelume starb.

Die Wahrheit war, daß sie sich noch nicht einmal in der Lage fühlte, die Verantwortung für all die Frauen und Kinder zu tragen, die sie vor so vielen Monden an diesen Ort geführt hatte. Mit jedem Tag spürte sie, wie die Zuversicht in ihr ein wenig mehr schwand. Niemand glaubte mehr daran, daß Nukulahi eines Tages zurückkehren würde, nicht einmal Königsmutter Hai'pale. Glaubte sie denn selbst noch an seine Rückkehr? Machte sie sich nicht schon seit Jahren etwas vor?

Der *Nooga* blinzelte wieder. Dann wurde sein Blick trübe. Er wirkte müde. Wie gern hätte sie etwas gegen seine Schmerzen unternommen! Tuilaepe weinte lautlos. Doch sie konnte die Augen nicht von ihm abwenden.

»Prinzessin!« Schwach drang die Stimme von Semivenu, der Frau des Solars von Lolo'tuma, an ihre Ohren. Die Frau hatte sich in den letzten Monden als wichtige Stütze erwiesen. Tuilaepe atmete tief ein und bemühte sich, die Fassung wiederzugewinnen. Semivenu mußte nicht wissen, welche Gefühle sie plagten. Sie mußte Stärke zeigen. »Ich komme.«

Die Prinzessin warf dem Wal einen letzten Blick zu. Dann tauchte sie ab und glitt unter der Wasseroberfläche zu den Felsen zurück, an denen sie den letzten ihrer Katamarane festgemacht hatten. Als sie auftauchte, hatte sie sich wieder so weit beruhigt, daß sie der Solarsgattin offen ins Gesicht schauen konnte. Nackt wie sie war, stieg sie aus dem Wasser, nahm ein Tuch zur Hand und trocknete sich ab.

Semivenu betrachtete sie forschend und wartete ab, bis sie ihr

Kleid übergestreift hatte. Keine der Frauen verstand, warum sie jeden Tag aufs neue zu dem sterbenden Wal schwamm. Ja, einige von ihnen zogen sie bereits mit ihrer Stammutter Tuilaepe auf, die den coleopäischen Legenden zufolge einst einem Wal in Liebe zugetan war. Der Prinzessin war das gleichgültig.

Suchend sah sie sich zu dem Hintergrund der Höhle um, wo sich rundgeschliffene Felsen sanft aus dem Wasser erhoben. Zusammen bildeten sie ein schwarzes Plateau, das tief in die Grotte hineinreichte. Bei Flut wurde die Ebene überspült, doch bis es soweit war, würde das Zeremoniell abgeschlossen sein. Königsmutter Hai'pale und vier andere Frauen standen dort mit Körben voller Blumen in der Hand, mit denen sie den Ort schmückten, um der Dienerin die letzte Ehre zu erweisen.

»Ist es schon soweit?«

Semivenu schüttelte den Kopf. »Die Königsmutter selbst wird uns Bescheid gegeben, Prinzessin. Ich bin hergekommen, weil Pilulevu soeben aus Colepa'Taru zurückgekehrt ist. Es ist ihr gelungen, an neue Kunde aus dem Palast zu gelangen.«

Semivenu schaffte es nicht, weiter ihre kühle Maske zu bewahren. Aufgeregt öffneten und schlossen sich ihre Finger. »Es scheint, als wäre der Warakkäfer, den wir damals mit einer Nachricht zu meinem Gemahl sandten, doch angekommen.«

Tuilaepe riß überrascht die Augen auf. »Wenn das stimmt, dann weiß er, daß uns die Flucht geglückt ist. Vielleicht hat er auch andere Solare unterrichtet? Eomes sei Dank! Womöglich entscheiden sich jetzt einige von ihnen, sich dem Aufstand anzuschließen.«

Tatsächlich hatte Tongaro es meisterhaft verstanden, ihre Flucht zu vertuschen. Um seine Ehre zu retten, hatte er im Palast das Gerücht ausstreuen lassen, die Geiseln auf eine abgeschiedene Insel verlegt zu haben. Da sie ihr Versteck nicht verlassen konnten, ohne Gefahr zu laufen, von seinen Häschern entdeckt zu werden, hatten sie nichts tun können, um der Lüge entgegenzutreten.

»Folgt mir.« Semivenu drehte sich um, und Tuilaepe eilte ihr mit großen Schritten nach.

Aufgeregt durchmaßen sie das kleine Labyrinth an Höhlen, das sich hinter der Grotte erstreckte. Das Versteck war ihnen damals, als sie den Ort entdeckt hatten, wie ein Geschenk des Göttersohns selbst vorgekommen.

Von den Decken hingen Tropfsteine, die wie steinerne Wurzeln wirkten, welche sich kraftvoll ihren Weg in die Tiefe gebahnt hatten. Einige hatten sich mit vom Boden emporwachsenden Tropfsteinen schon vor langer Zeit zu Säulen prachtvoller Schönheit vereinigt, die ihrer Zuflucht etwas natürlich Erhabenes verliehen.

Dazwischen, in Mulden und Senken des Felsgesteins, lagen Decken, Matten, Kleidungsstücke und Werkzeuge. In kleinen Feuerschalen brannte rußend Walfett, dessen Flammen die Höhlen in ein flackerndes Licht tauchten.

Es hatte langer und ernsthafter Gespräche bedurft, um die Frauen davon zu überzeugen, daß sie sich an den Überresten der heiligen Tiere vergreifen durften. Auch Tuilaepe hatte sich lange Zeit über geweigert, ein solches Sakrileg zu begehen. Doch schnell war der Hunger übermächtig geworden, und ihnen war gar nichts anderes übriggeblieben, wollten sie überleben. Keine sprach es aus, aber jede von ihnen fühlte, seit sie das Fleisch der Wale das erste Mal verzehrt hatten, eine dumpfe Schuld in sich. Tuilaepe schwor sich, daß sie wenigstens den *Nooga* in der Grotte nicht anrühren würden.

Die Frauen hielten in ihren Tätigkeiten inne, als sie und Semivenu an ihnen vorübergingen, um in die kleine Kaverne mit dem oberirdischen Zugang zum Dschungel zu gelangen. Einige von ihnen hockten neben Kochstellen und kratzten Käferschalen aus, andere waren mit der Herstellung von Kleidungsstücken und Werkzeugen beschäftigt. Hinter allen aber lehnten Speere griffbereit an der Felswand, die oben zugespitzt und im Feuer gehärtet waren.

Es hatte sie Wochen und Monde gekostet, sich in dem Höhlenlabyrinth einzurichten. Doch die Not hatte sie erfinderisch werden lassen. Was sie nicht besaßen, mußten sie sich aus dem Dschungel besorgen. Sie hatten sich gegenseitig das Jagen und

Kämpfen, ja, sogar das Kochen und Nähen beibringen müssen. Es war erschreckend festzustellen, was ihnen als Mitgliedern der Hohen Familien ohne ihre Diener alles nicht von der Hand gehen wollte. Die ersten ihrer Werkzeuge hatten sie des Nachts aus Fischerdörfern gestohlen. Mehrfach waren sie dabei sogar gezwungen gewesen, Tongaros Krieger zu töten, um ihr Geheimnis zu wahren. Von den Kindern abgesehen, hatte niemand von ihnen seine Unschuld bewahren können. Auch dafür haßte Tuilaepe ihren Bruder.

Endlich erreichten sie eine Gruppe von Frauen, die sich um Pilulevu versammelt hatten. Die Haare der jungen Kundschafterin waren verfilzt und ihre Hände rissig. Gehüllt war sie in das schmutzige Gewand einer einfachen Bastknüpferin. Die Frauen hatten ihr eine Holzschüssel mit einer warmen Muschelsuppe gereicht, die sie hungrig auslöffelte. Nichts an ihr erinnerte mehr daran, daß es sich bei ihr um ein Mitglied einer der Hohen Familien handelte.

Als die Frauen Tuilaepe und Semivenu herannahen sahen, erhoben sie sich respektvoll. Die Prinzessin bedeutete ihnen, sitzen zu bleiben. Ohne viel Aufhebens sprach sie ihre Kundschafterin an. »Sag schon, Pilulevu, was hast du herausgefunden?«

Die junge Frau kaute und gab ein leises Rülpsen von sich. Einige der Frauen lachten verhalten. Pilulevu gefiel sich sichtlich in der Rolle der hartgesottenen Späherin. Sie alle wußten, daß sie bereits vor einem halben Jahr zwei Krieger Tongaros erstochen hatte.

»Der Widerstand im Reich der Tausend Inseln ist wieder aufgeflackert, Prinzessin. Scheint, daß Semivenus Gemahl Mut gefaßt hat, als ihn die Nachricht von unserer Flucht erreichte.« Die Blicke der Frauen wandten sich Semivenu zu, über deren Gesicht ein stolzes Lächeln huschte. Dann fuhr Pilulevu mit dem Bericht fort. »Es heißt, daß er und der Solar von Manaska'tapu im Handstreich Pilu'huata genommen haben. Tongaro hatte dort einen seiner Speichellecker als Solar eingesetzt. Auch der Name von Solar Fatafehi und seinen Söhnen ist in diesem Zusammenhang gefallen.«

»Ich wußte, daß der alte Recke nicht aufgeben würde!« Zuversichtlich ballte Tuilaepe die Hände vor der Brust zu Fäusten.

»Hast du noch mehr von meinem Gemahl gehört? Oder von Lolo'tuma?« Semivenus Stimme klang verzagt. Pilulevu schüttelte den Kopf. »Nein, leider nicht. Ehrlich gesagt sind das auch schon die einzigen guten Nachrichten. Angeblich wollten sich die Hohen Familien auf Rumu'atoa, Lavaka'motu und zwei weiteren Inseln dem Aufstand anschließen. Aber Tongaro ist ihnen allen zuvorgekommen. Er hat jeden der Solare hinrichten lassen.«

Im Hintergrund der Höhle erklang ein verzweifelter Schrei. Die Gattin des Solars von Rumu'atoa war in Tränen ausgebrochen. Zwei der Frauen nahmen sich ihrer an und führten sie zurück in die Nachbarhöhle.

Erstmals ließ Pilulevu Erschöpfung erkennen. »Es ist unheimlich. Aber es heißt, daß Tongaro über die Gabe des Zweiten Gesichts verfüge. Die, die an seiner Seite gekämpft haben, behaupten alle, er habe Visionen und könne die Gedanken seiner Feinde lesen. Deswegen sei es ihm auch möglich, den Rebellen stets einen Schritt voraus zu sein.«

Verängstigt sahen sich die Frauen an. Semivenu winkte entschieden ab. »Blödsinn. Wir sollten nicht jeden Unsinn glauben.«

»Ich weiß nicht«, erhob Tuilaepe besorgt die Stimme. »Als ich meinem Bruder das letztemal gegenüberstand, wirkte er ... verändert. Ich wundere mich noch immer darüber, wie er Richter Thaman so leicht besiegen konnte.«

»Und warum hat uns Tongaro dann noch nicht entdeckt?« Semivenu war nicht von ihren Zweifeln abzubringen.

»Vielleicht beschützt uns der Nooga'Ka'ata.« Eine der Solarsfrauen aus dem Hintergrund hatte sich zu Wort gemeldet. »Schließlich ist dieser Ort heilig.«

Pilulevu verzog zweifelnd das Gesicht und stellte ihre Suppenschüssel auf den Boden. »Vielleicht. Aber ich würde mich nicht darauf verlassen. Bei offiziellen Anlässen tritt Tongaro als betrauter Gesandter des Gottessohns auf. Er ist davon überzeugt, seine Kräfte von Eomes selbst erhalten zu haben.«

»Er ist wahnsinnig. Vollkommen wahnsinnig!« Tuilaepe schlug entsetzt die Hände vor den Mund. Wie hatte es nur zu alledem kommen können?

»Ich habe noch andere erschreckende Dinge gehört.« Ihre Kundschafterin stand auf und zog sich einen langen Dorn aus dem Kleid, den sie sich während ihres Marsches durch den Dschungel eingefangen hatte. »Von manchen Inseln werden merkwürdige Vorkommnisse gemeldet. Einer der Richter in Tongaros Diensten behauptet steif und fest, auf Lavaka'motu einer Muscheljungfer begegnet zu sein. Und auf Wana'tapu sollen neuerdings Blutkäfer leben, die fast so groß wie ein Unterarm sind.«

»Du übertreibst wirklich. Sind denn jetzt alle verrückt geworden?« Semivenu schüttelte ungläubig den Kopf. »Das sind doch bloß Fabelgestalten, mit denen man Kinder erschreckt.«

»Nein, ich übertreibe nicht«, widersprach Pilulevu. »Zumindest einen der Riesenkäfer habe ich mit eigenen Augen gesehen. Fischer haben ein totes Exemplar auf dem Markt von Colepa'Taru zur Schau gestellt. Die Biester gibt es wirklich.«

Fassungslos starrten sich die Frauen an.

»Riesenkäfer oder nicht, bitte kommt jetzt in die Grotte. Es ist alles vorbereitet. Lumelume ist sehr schwach. Ich weiß nicht, wie lange sie noch durchhält.« Hinter ihnen hallte die brüchige Stimme Hai'pales durch die Kaverne. Ihr Gesicht war grau, und Sorgenfalten hatten sich tief in ihr Antlitz gegraben. Auch an ihr waren die letzten Jahre nicht ohne Spuren vorübergegangen. Tuilaepe klatschte in die Hände, und jede der Frauen traf jetzt ihre Vorbereitungen.

Eine Viertelstunde später füllte sich die Grotte mit dem sterbenden *Nooga* mit Frauen. Nicht jede von ihnen konnte erscheinen, dafür hatten sie zu vielen Pflichten nachzukommen, dennoch waren es noch immer vierzig von ihnen, die Lumelume die Ehre des Abschieds-Copbuhs erweisen wollten.

Bis auf einige wenige hatte niemand die Dienerin gekannt, als sie noch gesund gewesen war. Ihnen allen aber war der Zustand Lumelumes stets Mahnmal dafür gewesen, welche Grausamkeiten Tongaro ihnen an Leib und Seele zuzufügen vermochte, sollte er sie je aufspüren.

Lumelume lag inmitten des felsigen Plateaus der Grotte auf einer weichen Lage Bastmatten. Sie trug das farbenprächtige Copbuh-Kostüm, das Hai'pale einst im Palast genäht hatte. Um sie herum lagen ungezählte rote und weiße Lolobe-Blumen. Die Gestalt der Blüten erinnerte an kleine Seesterne, die überall auf Coleopa als Glücksbringer galten. Blumen dieser und anderer Art fanden sich auch in den Nischen und Rissen der prächtig geschmückten Felswände um sie herum. Sie wirkten, als hätte ein Regenbogen sie mit bunten Farbtupfern bekleckst. Hin und wieder surrte ein verirrter Käfer durch die Grotte. Tuilaepe nickte Hai'pale dankbar zu. Sie hatte sich wirklich Mühe gegeben.

Das Augenmerk der Frauen war unterdessen allein auf die Dienerin gerichtet, die blaß und schwach vor ihnen lag. Lumelumes Wangen waren eingefallen, und über ihren Knochen spannte sich straff die Haut. Jeder konnte sehen, daß sie nur noch schwach atmete. Lumelume hatte früher selbst zu den talentiertesten Tänzerinnen des gesamten Inselreichs gezählt, und die Prinzessin hoffte sehr, daß sie mit einem klaren Winkel ihres Verstandes erfaßte, was um sie herum geschah.

Zwei Frauen mit bunt bemalten Buruganis traten hinter die Liegende. Mehr Instrumente besaßen sie nicht. Aber sie hatten vereinbart, daß jene, die den Copbuh nicht beherrschten, singen und klatschen würden.

Auf ein Zeichen der Königsmutter hin zogen sich die Frauen an den Rand der Grotte zurück. Innerhalb weniger Augenblicke wurde es ruhig. Einzig das leise Plätschern der Brandung war in der großen Höhle noch zu hören, dessen wiegender Rhythmus Tuilaepe glauben ließ, das Meer selbst würde atmen.

Selbst der *Nooga* schien die feierliche Spannung zu spüren, die sie alle umfangen hielt. Ruhig ragte der massige Leib des sterbenden Wals aus dem nassen Element. Nur das schwache Zittern seines Atemlochs verriet der Prinzessin, daß das Tier noch lebte.

Mit Tuilaepe traten acht weitere Frauen vor.

Der Copbuh war eine Lobpreisung der Schöpfung. Jede der

Tänzerinnen wußte, was zu tun war. Ohne ein Wort miteinander zu wechseln, stellten sie sich vor dem Lager Lumelumes hintereinander in drei Dreierreihen auf und nahmen die Ausgangsposition des Tanzes ein. Tuilaepe und die anderen Tänzerinnen gingen leicht in die Knie und verschränkten die Arme vor ihrer Brust auf jene Art, in der die grünen Wolkenweber die Sonne begrüßten, wenn sie morgens aus ihren Lehmbauten krochen.

Atemlose Stille lastete über dem Plateau. Die Buruganis setzten ein, und ihr Klang brach sich vielfach an den Wänden der Grotte. Schon lange hatte Tuilaepe nicht mehr getanzt, und erst jetzt spürte sie, wie sehr sie den Copbuh in all den Monden vermißt hatte. Die Musik gab die Tanzschritte vor, und gleichzeitig wiegten und drehten die Tänzerinnen sich im Spiel der Musik. Die Frauen um sie herum begannen zu klatschen, doch die Prinzessin achtete nur noch auf ihren eigenen Rhythmus.

Wachstum der Saat, Geburt des Morgens, Harmonie der Welt.

Es war ein Rhythmus, der sie und die anderen Tänzerinnen auf unsichtbare Weise miteinander verband. Sie glaubte, das Knistern der Schaumkronen auf den Fluten vor der Grotte hören zu können. Tuilaepe sprang, tanzte und wirbelte um ihre Achse, und die anderen Tänzerinnen taten es ihr gleich.

Keim des Geistes, Geheimnis der Niederkunft, Flut des Lebens.

Die Welt um sie herum versank in einem Rausch aus Musik, Formen und Farben. Tuilaepe lachte. Es mußte daran liegen, daß sie den Copbuh schon so lange nicht mehr getanzt hatte. Noch nie hatte sie die Kraft, die von ihm ausging, mit solcher Dringlichkeit gefühlt. Sie spürte schwach den kühlen Luftzug auf ihren erhitzten Wangen und hörte aus der Ferne lauten, elegischen Gesang. Wer war nur der wundervolle Sänger? Eine melancholische Melodie, die sie dennoch zu tragen schien, sie beflügelte und berauschte. Tuilaepe tanzte. Tanzte, als hätte sie nie etwas anderes in ihrem Leben getan. Ihr Leben? Ihr Leben war ein Tanz.

Die Prinzessin wußte nicht, wie lange sie dem Ruf der Melodie gefolgt war. Als sie wieder erwachte, fühlte sie sich erschöpft und ausgelaugt – und doch zugleich so heiter und aufgekratzt wie schon seit langer Zeit nicht mehr. Zu ihrem Erstaunen erkannte sie, daß sie am Boden lag. Wann war sie gestürzt? Zahlreiche helfende Arme reckten sich ihr entgegen und halfen ihr wieder hoch.

»Ein Wunder, seht doch!«

Tuilaepe wußte nicht, welche Frau gerufen hatte. Aus den Augenwinkeln heraus sah sie, daß sich um jede der Tänzerinnen kleine Grüppchen gebildet hatten. Waren sie denn alle zu Fall gekommen? Noch immer fühlte sie sich beschwingt.

»Tuilaepe, Kind, wie hast du das gemacht? Du hast die alte Macht des Copbuh entfesselt. Jene, von der die Legenden berichten.«

Erst jetzt entdeckte sie Königsmutter Hai'pale, die ergriffen neben ihr stand und sie voller Sorge und Bewunderung betrachtete. Die Wangen der alten Frau waren gerötet, und auf eine gewisse Weise wirkte sie frisch und erholt. Wie merkwürdig.

»Ich weiß nicht. Was meinst du?« Tuilaepe schwankte und mußte kichern. Sie fühlte sich, als hätte sie zuviel Kokoswein genossen. »Verzeih, ich muß wohl ausgerutscht sein.«

»Es gibt nichts zu verzeihen, Prinzessin. Sieh doch.« Hai'pale trat aus dem Weg, und Tuilaepe konnte einen Blick auf die Bastmatten werfen. Dort saß Lumelume und lächelte sie scheu an. Sie wirkte noch immer schwach, doch in ihren Augen lag eine Klarheit, wie die Dienerin sie schon seit Jahren nicht mehr gezeigt hatte. Sie war wieder ins Leben zurückgekehrt.

»Seht doch, der *Nooga!«* Pilulevus aufgeregte Stimme hallte durch die Grotte. Zahlreiche Köpfe wandten sich dem Wasser zu. Dort trieb der zerbrochene Schaft des großen Speeres, der noch bis vor kurzem aus der Flanke des Wals geragt hatte. Wie konnte das sein? Hatte ihn jemand herausgezogen? Tuilaepe entdeckte, daß der schwarzweiße Rücken des Wals praktisch narbenfrei war. Auch die große schwärende Wunde war verschwunden.

Ein kraftvolles Prusten war zu hören, und eine Wasserfontäne schoß der Höhlendecke entgegen. Als feiner Sprühnebel trieb sie bis zu ihnen herüber.

Mehr taumelnd als gehend eilte die Prinzessin auf das Ufer zu. Sie hatte das Gefühl, als ob der *Nooga* nur darauf gewartet hätte.

Er blinzelte und starrte sie unverwandt an. Alle Schwäche war von ihm genommen, ja, er wirkte wie die Verkörperung des Lebens selbst. Nicht den Tod, seine Heilung hatte er von ihr gewollt.

Für einen Atemzug glaubte Tuilaepe, in seinen unergründlich dunklen Augen versinken zu müssen. Sie las Dank darin und noch mehr ...

Ihr wurde schwindelig. Warum war sie noch immer so berauscht? Der *Nooga* prustete kraftvoll, dann glitt er zurück zum Eingang der Grotte. Seine Aufmerksamkeit galt allein ihr, und in seinem Blick lag ein Schwur, den die Prinzessin nicht verstand.

Dutzende von Frauen hatten sich mittlerweile um sie herum eingefunden und starrten staunend zum Wasser. Und jeder von ihnen schien bewußt, daß sie am heutigen Tag mehr als nur ein Wunder erlebt hatten.

Der Wal warf sich mit einem kraftvollen Ruck herum und tauchte ein in das rote Wasser des Nooga'Ka'ata. Seine breite Schwanzflosse war das letzte, was Tuilaepe von ihm sah.

Sterne am Horizont

An Bord der Nachtwolf, *Hafen von Andhakleia,*
am späten Nachmittag des 11. Tages des Händlermondes,
im 462. Jahr der Abwesenheit Gottes

Nukulahi stand am Schanzkleid des langgezogenen Achterkastells der *Nachtwolf* und hielt sein Gesicht in die feuchte Brise, die ihm aus Richtung der Hafeneinfahrt entgegenwehte. Ein leichter Nebel lag seit dem Morgen über Andhakleia und hatte sich auch während des Tages nicht gelichtet. Um ihn herum roch es nach Fisch und Teer, und der Prinz konnte hören, wie der hölzerne Rumpf der Karacke sanft und im steten Rhythmus der Brandung gegen die Kaimauer drängte.

Dort, wo der Andhuata in den Hafen einmündete, war dumpf der Klang von Nebelhörnern zu vernehmen. Nukulahi bedauerte es sehr, daß ihm der Nebel den Blick auf die offene See verwehrte. Denn dort, weit vor der Küste Ajunas, lag verborgen seine Heimat.

Außer der *Nachtwolf* waren im Hafen noch zahlreiche andere Schiffe vertäut. Schwarz ragten ihre aufstrebenden Masten aus dem Dunst und wirkten auf Nukulahi wie ein Wald aus gespenstischen Säulen, aufgestellt in dem vergeblichen Bemühen, die tiefhängenden Wolken über der Stadt und dem Hafen abzustützen. Auch die Türme und Mauern der Garnison, deren Wälle den Hafen zur See hin schützten, schimmerten düster inmitten des Graus. Nichts von alledem schien dazu geeignet, die Schwermut zu vertreiben, die den Prinzen schon seit Wochen gefangenhielt.

Denn all ihre Befürchtungen hatten sich bestätigt.

Kurjameos war derzeit in einen Eroberungskrieg verwickelt. Weit im Norden hatten die Truppen des Landes die Grenzen überschritten, um einen Gegner niederzuwerfen, der noch vor vier Jahren selbst Angriffspläne gehegt hatte. Die Aussicht, daß der Maharadscha von Kurjameos ihm dabei behilflich sein würde, seinen Thron zurückzuerobern, war damit noch geringer als in jenem Jahr, da er erstmals seinen Fuß auf kurjamäischen Boden gesetzt hatte. Mahatargos III. weilte nicht einmal in Andhakleia; es hieß, er führe eigens seine Truppen ins Feld. Selbst der oberste Berater des Maharadschas, der Weise Ramaogeus, auf dessen Unterstützung sie alle gehofft hatten, war erst gestern nach Andhakleia zurückgekehrt. Die anderen Weisen hatten ihnen berichtet, daß Ramaogeus vor zwei Monden in die Satrapie Biritemon bestellt worden sei, wo er verschiedene Dienste für seinen Landesherrn zu verrichten habe.

Erst vor einer Stunde war Schiffsführerin Surjadora zur Großen Schule aufgebrochen, um mit dem Weisen ein Gespräch unter vier Augen zu führen. Ihnen allen war bewußt, daß von diesem Gespräch alles für ihn abhing. Doch die Schiffsführerin war immerhin so ehrlich gewesen, ihm gegenüber einzugestehen, daß sie sich nicht allzu große Hoffnungen machen sollten.

Steuermann Lakshapheus hingegen hatte schon vor einigen Tagen vorgeschlagen, Söldner anzuheuern und sie mittels der *Nachtwolf* nach Coleopa zu bringen. Er sprach von einem gezielten Schlag, den sie führen mußten, und davon, daß bei einer solchen Unternehmung immerhin die Überraschung auf ihrer Seite sei. Surjadora hatte entschlossen zugestimmt, und selbst seine, Nukulahis, Bedenken hatten sie nicht von dem Plan Abstand nehmen lassen. Denn wußten sie, was sie in Coleopa wirklich erwartete?

Genausogut hätte er darauf hoffen können, daß Tongaro längst einem Unfall zum Opfer gefallen wäre.

Nein, die Lage, so wie sie sich ihm darbot, war hoffnungslos. Vielleicht würde er seine Heimat niemals im Leben wiedersehen ... Der Prinz seufzte tief.

Schritte hallten hinter ihm im Dunst. Ohne sich umzuschauen, wußte Nukulahi, wer sich ihm näherte: Kallyê. Niemand hatte einen solch federnden Gang wie sie.

Die Eulykierin stellte sich neben ihn und strich sich eine blonde Haarsträhne aus dem Gesicht. Auch sie versuchte, den Nebel im Hafenbecken mit den Augen zu durchdringen. Eine Weile schwiegen sie und lauschten dem Glucksen des Wassers an der Mole und den Rufen der Schauerleute im Hafen, die gedämpft an ihre Ohren drangen.

Verstohlen musterte er die Eulykierin. Sie war heute schön wie selten zuvor. Sie sah fast so aus wie am ersten Tag, als sie sich begegnet waren, damals in jenem Handelshaus, über das Kallyê geboten hatte. Längst führte dort eine andere Eulykierin die Geschäfte, und seine Begleiterin tat alles, um in Andhakleia nicht aufzufallen.

»Du machst dir Sorgen, richtig?« Kallyê wandte ihm unvermittelt ihr Gesicht zu. Nukulahi bemerkte erst jetzt, daß sie geschminkt war. Um ihre katzenhaften Augen lag ein grüner Strich, der an die eigentümliche Farbe des Mondes erinnerte, den sie so sehr verehrte.

Schon seit geraumer Zeit war der stumme Wächter der Nacht wieder sichtbar. Doch seine Farbe hatte sich verändert. Er schimmerte nicht mehr silberhell, wie damals vor der Katastrophe, sondern hatte die Farbe eines Türkis angenommen. Sein vom Nebel gedämpftes Licht spiegelte sich in den silbernen Halbmonden, mit denen Kallyê ihre Ohren schmückte. Das enge Kleid, das sie trug, umschmeichelte die weichen Kurven ihres Körpers. Trotz der Sorgen, die ihn plagten, fühlte Nukulahi, wie Hitze in ihm aufstieg. In den Monden, da sie mit den anderen zusammen gewesen waren, war es ihm leichtgefallen, seine Gefühle für die Eulykierin zu verbergen. Doch jetzt, da sie Andhakleia wieder erreicht hatten und Zeit für sich fanden, merkte er stets, wie seine Beine vor Aufregung zitterten und sich sein Herzschlag beschleunigte, wenn er allein mit ihr war.

Der Prinz räusperte sich. »Ja, ich mache mir Sorgen. Ich weiß nicht, ob ich das Angebot Surjadoras annehmen darf. Ich befürchte, daß wir alle den Tod finden, wenn wir den Versuch wagen, nur mit diesem einen Schiff in meine Heimat aufzubrechen. Glaube mir, Kallyê, ich würde Coleopa so gern wiedersehen. Aber nicht um jeden Preis.«

Warum hatte sie sich heute nur so schön gemacht? Verstohlen schaute er sich an Bord um, doch bis auf zwei Seeleute vorn auf dem Hauptdeck waren sie allein.

»Mir ist es egal, ob du der Herrscher eines großen Reiches bist, Nukulahi.«

Hörte er da ein leichtes Beben in ihrer Stimme? Ihre Hände schlossen sich um das Schanzkleid, und ihre Linke schob sich zu der seinen. Ihre Finger berührten einander. Nukulahi versteifte sich vor lauter Aufregung. Doch er wagte es nicht, seine Hand fortzuziehen. Wollte er das überhaupt?

»Andererseits darf ich mein Volk nicht im Stich lassen«, versuchte er seine Befangenheit zu überspielen. Er wußte, daß seine Stimme belegt klang. »Es kommt mir so vor, als wäre alles umsonst gewesen. Die ganze weite Reise ... Ich habe es versäumt, der Sphinx gegenüberzutreten. Und das, was ich im Gebirge erfahren habe, war so ernüchternd. Und jetzt? Ich habe alle enttäuscht, die mir vertraut haben.«

»Nein, Nukulahi. Geh nicht so hart mit dir ins Gericht. Oft erfahren wir erst ganz am Ende eines Weges, wozu der Pfad diente, auf den uns das Schicksal führte. Ich glaube fest daran, daß nichts von dem, was wir lernen und erfahren, umsonst geschieht.« Kallyê legte ihre Hand zärtlich auf die seine. Ihre Stimme wurde weicher. »Wenn du möchtest, bleibe ich an deiner Seite. Egal, wohin dein Weg dich führt. Ich ...« Kallyê sah ihn jetzt geradeheraus an, und der Prinz spürte, daß nicht nur ihre Stimme, sondern auch ihre Hand bebte. »Ich habe so etwas noch nie zu einem Mann gesagt. Aber ... ich liebe dich, Nukulahi.«

Unsicher senkte Kallyê den Blick. Nukulahi atmete scharf ein. Tief in seinem Innern hatte er gewußt, daß dieser Augenblick kommen würde. Aufgewühlt nahm er ihre Hand und drückte sie an seine Brust. Sein Herz war zerrissen. Ernst und traurig hob er ihr Kinn an.

»Du glaubst nicht, wieviel mir das bedeutet, Kallyê. Aber ... es gibt etwas, das ich dir noch nicht gesagt habe.« Er rang nach Worten und wußte, daß sie falsch klingen würden, egal was und wie er es sagte. »Ich bin nicht frei. In Coleopa wartet jemand auf mich.«

Kallyê zuckte bei seiner Eröffnung zurück und wandte ihren Blick geschwind von ihm ab, dem Nebel zu, der über dem Hafenbecken lag. Dann entzog sie ihm ihre Hand und atmete tief ein. Plötzlich schluchzte sie. Tränen rannen über ihre Wangen. Dennoch schaffte sie es, tapfer zu lächeln.

»Entschuldige. Ich bin es nicht gewohnt, abgewiesen zu werden.« Fahrig wischte sie sich über das Gesicht. »Eine Frau. Natürlich. Ich bin so dumm. Ich hätte wissen müssen, daß es einen Grund gibt, warum du unbedingt nach Coleopa zurückwillst.«

Nukulahi fühlte sich wie zerschmettert. Ein Orkan an Gefühlen tobte in seiner Brust. In den letzten Tagen hatte er oft über Kallyê und Tuilaepe nachgedacht. Die eine stand für den Rand der Welt, die andere für seine geliebte Heimat, fern im Ozean des Morgens. Die eine war ihm über all die Monde hinweg zu einer treuen Freundin geworden, die er um alles in der Welt nicht mehr missen wollte. Die andere war ihm stets Sinnbild für ein gestohlenes Leben geblieben, das nur darauf zu warten schien, daß er es sich zurückholte. Mit jeder Meile, die sie sich Andhakleia genähert hatten, war die Erinnerung an Tuilaepe wieder stärker geworden. In den letzten Wochen hatte er oft von jenem Abend kurz vor der Hochzeit geträumt, als er Tuilaepe am Nooga'Ka'ata gegenübergestanden hatte. Damals, als er ihr sein Versprechen gegeben hatte. Doch auch Kallyê beherrschte seine Träume. Konnte man zwei Frauen zugleich lieben? Seine Augen schimmerten feucht.

»Nein, Kallyê, das ist es nicht allein. Wenn es Tuilaepe nicht gäbe, wäre ich jetzt der glücklichste Mensch auf der ganzen Welt. Ich mag dich, seit ich dich das erste Mal gesehen habe. Aber mehr darf ich nicht zulassen. Ich würde das wenige verraten, an das ich noch glaube. Das wenige, was mir noch verblieben ist. Tuilaepe verläßt sich auf mich.«

Er mußte so verzweifelt geklungen haben, daß Kallyê sich ihm wieder zuwandte. Für einen Moment war er versucht, sie einfach zu küssen. Er mußte seine ganze Selbstbeherrschung aufbringen, um dem Wunsch nicht zu folgen.

Er fühlte, daß auch Kallyê das wußte. Er sah es an der Art, wie sie ihn ansah, während sie sich erneut die Tränen aus dem Gesicht wischte.

»Dummer Kerl.« Sie versuchte sich wieder an einem zaghaften Lächeln. »Leider ist es genau das, was ich an dir so liebe. Wer diese Tuilaepe auch ist, ich beneide sie. Seltsam, ich hätte nie geglaubt, daß ich so etwas einmal zugeben würde.«

Sie blinzelte und fuhr sich erneut mit der Hand über das Gesicht. Der dunkle Strich unter ihren Augen hatte sich längst über die Wangen verteilt, und die Farbe klebte nun auch an ihren Händen. Erst als sie die Hände fortnahm, wurde sie sich der verlaufenen Schminke bewußt. Peinlich berührt wandte sie sich von ihm ab.

Eine Welle der Zuneigung riß Nukulahi mit sich fort. Wieder nahm er ihre Hände und hielt sie in den seinen. »Du bist wunderschön, Kallyê. Und du bist mir so nah, wie es noch nie ein Mensch gewesen ist. Ich wollte dich nicht traurig machen. Bitte weine nicht«, flüsterte er.

Die Eulykierin schniefte und nickte dann langsam. »Gut«, sagte sie, und ihre Stimme gewann wieder an Festigkeit. »Wenn du nach Coleopa aufbrichst, komme ich mit. Ich will wenigstens wissen, wer meine Rivalin ist.«

Sie schaffte es sogar, sich ein Lächeln abzuringen. Es wirkte kämpferisch. »Freunde?«

Wider Willen mußte Nukulahi schmunzeln. Fest drückte er ihre warmen Hände in den seinen. »Ja, wir sind Freunde. Die besten, die ich mir vorzustellen vermag. Glaube mir, ich werde dich nie vergessen, wo immer ich bin. Daran wird auch Tuilaepe nichts ändern können. Weißt du, warum?«

Kallyê zuckte hilflos mit den Achseln. Nukulahi sah ihr tief in die Augen. Dann begann er zu singen. Leise stimmte er die Melodie vom Silbergarten an. Kallyê mußte lachen, als sie es hörte, und stimmte in das Lied ein. Ihrer beider Stimmen vereinigten sich in vollendeter Harmonie, und ihr melodischer Gesang wurde weit über das Wasser getragen. Aus den Augenwinkeln heraus sah Nukulahi, wie sich am Kai zwei Hafenarbeiter zu ihnen umdrehten und verblüfft zu der Karacke hochblickten. Der Prinz achtete nicht weiter auf sie. Dieser Augenblick gehörte allein ihm und der Eulykierin.

Als die letzten Strophen des Liedes verklungen waren, schauten sie sich an und schwiegen. Nur das Rauschen des Windes war zu hören, der sanft über die Aufbauten des Schiffes strich. Nukulahi fühlte sich Kallyê so nahe wie keinem anderen Menschen je zuvor; eine Empfindung, die bitterschön und schmerzlich zugleich war. Plötzlich sah er wieder jenes mysteriöse Funkeln. Es spiegelte sich in ihren Augen.

Überrascht wandte sich die Eulykierin von ihm ab und schaute an ihm vorbei zum Himmel über dem Meer. »Nukulahi, sieh doch!«

Der Prinz wandte sich um und blinzelte ungläubig. Die Wolken am Himmel über der Hafeneinfahrt waren aufgerissen. Das dunkle Himmelsgewölbe war so frei und klar wie in den Jahren vor der Katastrophe. Ja, fast schien es ihm, als ob die Nacht bereits den Tag verdrängt hätte. Am Firmament funkelte und blitzte es, als ob ein Schwarm himmlischer Leuchtkäfer aufgestoben wäre. Einen Augenblick später kam Bewegung in die glitzernde Pracht. Gleich silbernen Schneeflocken, wie er sie im Süden des Weltenrandes kennengelernt hatte, rieselten die Funkensterne der See entgegen. Hundertfach verlor sich das silberne Blitzen im Nebel jenseits der Hafeneinfahrt, dann sah der Himmel wieder so trübe aus wie in den Stunden zuvor. Atemlos starrte der Prinz auf das Wunder, das sich soeben vor ihren Augen abgespielt hatte. »Schon wieder! Kallyê, was mag das zu bedeuten haben?«

Ein lautes Nebelhorn ertönte vor der Hafeneinfahrt. Wenig später schälte sich der dunkle Schatten eines großen Schiffes aus dem Nebel. Es war eine Karavelle mit drei Masten. Die Segel waren gebläht, und stolz wehte die kurjamäische Flagge über dem Bugkastell. Unter dem Bugspriet aber bäumte sich unbeugsam ein hölzerner Elefant auf.

Der Prinz riß verblüfft die Augen auf. »Bei allen Schicksalsmächten, das ist nicht irgendein Schiff. Das ist die *Stern von Andhakleia*!«

Zusammen mit Kallyê stürmte er hinunter zum Hauptdeck, wo auch schon die beiden wachhabenden Seeleute an die Reling

getreten waren. Ungläubig starrten sie zu dem Schiff hinüber, das sich anschickte, die Hafeneinfahrt zu passieren.

»Ich fasse es nicht!« murmelte einer der Männer neben ihnen. Nukulahi und Kallyê waren neben sie getreten, um den Hafen überblicken zu können. Es gab keinen Zweifel. Das Schiff, das sich ihnen dort näherte, war tatsächlich die verschollen geglaubte Karavelle Surjadoras.

»Wenn das die Schiffsführerin erfährt!« Nukulahi lachte aufgewühlt und ergriff den Arm der Eulykierin, die ebenso erstaunt wirkte wie er selbst.

Erst jetzt entdeckten sie, daß die Karavelle nicht das einzige Schiff war, das sich dem Hafen näherte. Hinter dem Segler schälten sich weitere Schatten aus dem Meeresdunst, erst einer, dann noch einer und wieder einer. Es waren Dutzende und Aberdutzende von Booten unterschiedlichster Größen und Bauweisen. Sie schienen aus aller Herren Länder zu stammen. Und es wurden immer mehr! Unter ihnen entdeckten sie eine leomannische Kogge, eine danakingische Kivure, doch vor allem ungezählte Fischkutter, Schaluppen und Schuten. Die größeren der Schiffe zogen die kleineren an langen Tauen hinter sich her. Segel wurden eingeholt und Ruder ins Wasser gelassen.

Immer mehr Menschen strömten an den Kais zusammen und deuteten aufgeregt hinüber zu der seltsamen Flotte aus Handelsschiffen und Fischerbooten. Hafenwachen eilten herbei, doch sie schienen beruhigt, als Meldung von der Karavelle aus gemacht wurde.

»Ich verstehe das nicht. Was hat das zu bedeuten?« Unsicher wandte sich Nukulahi der Eulykierin zu. Die sah ihn gefaßt an. »Überlege dir, wo du die Funken das erstemal gesehen hast, Nukulahi. Im Silbergarten. Ich glaube, sie führen und leiten dich. Geahnt habe ich es schon seit langem, aber erst jetzt bin ich mir sicher. Dein Herz war rein, als wir den Garten betraten. Und jetzt ... jetzt geht dein sehnlichster Wunsch in Erfüllung. Ich glaube, all die Männer dort auf den Schiffen sind nur aus einem einzigen Grund hergekommen: Sie wollen dir helfen, Coleopa zurückzuerobern!«

Der Zimmermann

Arbeitszimmer des Hohen Philosophen,
Universität von Andhakleia,
etwa zur selben Zeit

»Euer Bericht liest sich faszinierend, Kapitänin.« Der Hohe Philosoph Ramaogeus tippte auf den ledernen Einband mit den Aufzeichnungen Surjadoras. »Als mich in Biritemon die Nachricht von *philosophos* Vishnaidas erreichte, habe ich mich natürlich unverzüglich auf die Rückreise nach Andhakleia begeben, um Euch zu sehen. Wir hatten schon nicht mehr damit gerechnet, daß Ihr von Eurer wirklich außerordentlichen Reise lebend zurückkehren würdet. Den Verlust Eures Schiffes bedauere ich natürlich.«

Surjadora konnte ihre Ungeduld kaum noch zügeln. Ruhig versuchte sie in dem Korbstuhl sitzenzubleiben, den ihr der Hohe Philosoph angeboten hatte. Doch ihre Finger krallten sich ungeduldig um die Lehnen.

Die Regale des Turmzimmers, in dem sie saßen, barsten förmlich unter dem Ansturm von Schriftrollen. Im ganzen Raum roch es nach Tinte und Pergament. Auch der Schreibtisch, hinter dem Ramaogeus saß, war mit Bergen von Büchern und Papieren übersät. Ein ausgestopfter Kevasalamander diente auf einem der Dokumententürme als Pergamentbeschwerer und glotzte sie aus leeren Glasaugen heraus an. Zwischen den Haufen aus Büchern und Papieren lagen Schreibfedern, Tintenfäßchen, Zirkel und andere Arbeitsutensilien. Der Hohe Philosoph mochte in der Stadt als unbestrittene Kapazität gelten, doch mit seiner Ordnungsliebe war es nicht weit her. Wie es um die Glaubwürdigkeit seiner Zusagen bestellt war, würde sich in dieser Stunde erweisen.

Immer wieder fiel Surjadoras Blick auf die drehbare Sanduhr an der Wand neben dem Turmfenster. Sie wußte, daß sich Ramaogeus nicht lange in Andhakleia würde aufhalten können.

Der Philosoph senkte verschwörerisch die Stimme. »Ach ja, Ihr werdet es kaum glauben. Der sechsarmige Riese aus Serkan

Katau, von dem Ihr berichtet habt, er war im Wolkenmond hier in Andhakleia.«

»Das weiß ich, *philosophos*.« Surjadora atmete scharf ein. »Das Gerücht ist mir bereits gleich nach meiner Ankunft in der Stadt zu Ohren gekommen. Ich würde viel lieber erfahren, wo er mein Schiff gelassen hat. Sollte ich dem Ungeheuer noch einmal über den Weg laufen, werde ich ihm eine Elephantinensalve verpassen und es im Ozean des Morgens versenken.«

»Versenken? Ein netter Gedanke, Kapitänin.« Der Philosoph legte die Ledermappe beiseite, zupfte sich ein Haar von seiner Augenbraue und betrachtete es nachdenklich. »Aber ich glaube, das haben schon andere versucht ...«

»Philosophos«, Surjadora beugte sich vor, und der Korbstuhl unter ihr ächzte empört. »Für mich ist das Vergangenheit. Was ist mit den Büchern, die ich in den Jarmaten gefunden habe? Was ist mit den anderen Entdeckungen, die uns geglückt sind?«

Ramaogeus hob einen Zeigefinger und bedeutete der Kapitänin, leiser zu sprechen. Mißtrauisch fixierte er die geschlossene Tür des Zimmers.

»Manchmal haben die Wände Ohren, Kapitänin.« Er räusperte sich. »Die Folianten, die Ihr uns übergeben habt, haben meine Kollegen in hellste Aufregung versetzt. Sie alle sind in der geheimnisvollen Vivo-Schrift abgefaßt. Vielleicht ist es uns mit ihrer Hilfe möglich, die alte Geheimschrift endlich zu entschlüsseln. *Philosophos* Vishnaidas ist jedenfalls außerordentlich zuversichtlich, daß ihm das eines Tages gelingen wird. Wer weiß, welche Geheimnisse die Bücher uns dann offenbaren? Und was die Sache mit dem Schiffswrack dort oben im Gebirge anbelangt ... Nicht wenige von uns halten es durchaus für möglich, daß ... Leomedes ... zu solch außerordentlichen Erfindungen sehr wohl imstande war.«

Surjadora ballte ihre Hände zu Fäusten. Das alles kümmerte sie nur wenig. »Es freut mich, daß Ihr zufrieden seid. Aber was ist mit der Bauanleitung für diese Schiffsuhr? Die Abbildungen in dem Buch sind doch das, wofür ich sie halte, oder?«

Der Hohe Philosoph lächelte unter seinem Turban und strich

sich zufrieden über die Ärmelaufschläge seines Gewandes. »Ich weiß, Kapitänin. Ich will es daher nicht weiter spannend machen. Es sieht so aus, als ob Ihr gefunden hättet, was Ihr gesucht habt. In den nächsten Monden werden wir versuchen, die Uhr nachzubauen. Vielleicht werden wir bereits in ein oder zwei Jahren soweit sein, ein Schiff auszuschicken, um diese Uhr zu erproben.«

»Erst in ein oder zwei Jahren?« Surjadora ließ sich enttäuscht zurück in ihren Stuhl sinken. »Ich hätte nicht gedacht, daß das so lange dauern würde.«

»Übt Euch in Geduld, Kapitänin. Immerhin sieht es so aus, als ob Ihr die Macht des Weltennetzes wiederbelebt hättet.«

Nachdenklich legte er seine Hand auf den ledernen Einband vor ihm auf dem Tisch. »Das erinnert mich an etwas anderes. Ein erstaunliches Gerücht ist mir zu Ohren gekommen. Es heißt, Ihr habt neuerdings einen Sohn …«

Surjadora fuhr über ihren Sari und bemühte sich, möglichst gleichmütig zu wirken. Sie hatte sich schon gedacht, daß Ramaogeus davon erfahren würde. »Das ist richtig. Sein Name ist Tvashareo.«

»Euer Schiffsjunge also …« Ramaogeus hob eine Augenbraue, doch die Kapitänin ließ sich nicht davon beirren.

»Er wird mich, das heißt, ich werde ihn auf seinen Fahrten begleiten, damit er von mir alles über Schiffe, Nautik und Handel lernt, was er selbst einst als Kapitän und auch als Vorstand meiner Familie wissen muß. Er wird von jetzt an statt meiner an den Sitzungen des Kapitänsrates teilnehmen. Die Herren sollen nicht glauben, daß sie es mit ihm leichter haben werden als mit mir. Dafür werde ich schon sorgen.«

Ramaogeus schmunzelte. »Das glaube ich Euch gern.«

»Etwas anderes, Hoher Philosoph.« Surjadora räusperte sich. »Wie steht es um die Sache mit Coleopa? Wie Ihr wissen solltet, bin ich noch immer gewillt, dorthin zurückzukehren, um dem Prinzen bei seinem Kampf um den Thron beizustehen.«

Ramaogeus warf die Stirn in Falten und nahm eine Schreibfeder zur Hand, die er unruhig hin und her drehte. »Im Norden herrscht Krieg, Kapitänin. Davon solltet Ihr gehört haben. Der Maharadscha ist nicht in der Stadt, und die Truppen werden an anderer Stelle benötigt.«

»Ich bitte Euch!« Surjadora hielt nun nichts mehr. Sie stand auf und trat entschlossen an den Tisch des Philosophen. In ihrer Stimme lag ein Anflug von Empörung. »Ihr und Eure Kollegen habt mich einmal um den halben Kontinent geschickt, *philosophos* – eine Reise, bei der ich weit mehr als nur ein Schiff verloren habe. Ihr müßt zugeben, daß all meine Entdeckungen vor allem Euch und dem Staat zugute kommen. Aber was bleibt mir? Ich stehe praktisch wieder am Anfang. Bedenkt doch, welcher Reichtum auf Kurjameos wartet, wenn es uns gelingt, Prinz Nukulahi wieder in Amt und Würden zu setzen. Seine Majestät Mahatargos III. hat nichts zu verlieren. Ein Krieg verschlingt Geld. Das wißt Ihr ebensogut wie ich. Geld, das durch den Handel mit Coleopa wieder in die Kriegskasse zurückfließen würde.« Surjadora atmete tief ein, um sich etwas zu beruhigen. Dann fuhr sie fort. »Der Krieg gegen das Merkantilische Imperium kann noch Jahre dauern. Vielleicht Jahrzehnte. Vier Jahre sind mittlerweile verstrichen, seit man den Prinzen auf Coleopa gestürzt hat. Wenn wir noch länger zögern, verspielt er seine Königswürde vielleicht auf immer. Ich bitte Euch eindringlich, hört auf meinen Rat. Ich habe beinahe ein halbes Jahrzehnt meines Lebens in Eure Dienste gestellt. Jetzt ist es an der Zeit, daß Ihr auch etwas für mich tut. Für mich und für Prinz Nukulahi. Wenn Ihr meinen Bericht gelesen habt, dann wißt Ihr, welchen Anteil er an all den Entdeckungen hatte.«

Mehr gab es nicht zu sagen. Surjadora trat wieder einen Schritt zurück und musterte den Hohen Philosophen schweigend. Der massierte sich sorgenvoll die Schläfen und dachte über das Gehörte nach. Seufzend erhob auch er sich und betrachtete dann eine alte Seekarte mit den Küstenlinien Südajunas, die an der Wand neben dem Regal hing.

»Gut, Kapitänin. Ich werde versuchen, Euch zu helfen. Aber bedenkt, ich bin nicht der Maharadscha. Ich kann Euch keine Schiffe in Aussicht stellen. Aber ich bin bereit, all meinen Einfluß geltend zu machen, Euch mit Waffen und Ausrüstung zu versorgen.«

Surjadoras fühlte Enttäuschung in sich aufsteigen. »Wie sieht es mit Soldaten aus?«

»Fünfzig Mann. Mehr sind derzeit in Andhakleia nicht abkömmlich.«

Die Kapitänin seufzte. Es würde also auf ein einsames Kommandounternehmen hinauslaufen, ganz wie Lakshapheus es prophezeit hatte.

Auf der Treppe vor der Tür waren Stiefelschritte zu hören. Es klopfte. Mißtrauisch wandte sich Ramaogeus dem Eingang des Turmzimmers zu. »Herein!«

Die Tür öffnete sich, und eine Philosophin, von der Surjadora wußte, daß sie ebenfalls zum Geheimbund der Gesalbten Meister gehörte, betrat aufgeregt den Raum. »Hoher Philosoph, unten im Hafen ist es zu einem erstaunlichen Ereignis gekommen.«

Die Gelehrte wandte sich jetzt Surjadora zu. »Außerdem ist hier jemand, der unbedingt die Kapitänin sprechen will.«

Ein Mann schob sich ungestüm an der Gelehrten vorbei, und Surjadora traute ihren Augen kaum, als sie ihn erkannte. »Tarjixes!«

Der Zimmermann der *Stern von Andhakleia* grinste die Kapitänin unverschämt unter seinem Vollbart an. Auch er freute sich offenbar sehr, sie nach all der Zeit lebend wiederzusehen. »Melde mich gehorsamst zurück, Kapitänin.«

Surjadora trat vor und berührte den alten Kämpen am Arm. Sie konnte es immer noch nicht glauben. Tarjixes blinzelte ihr freundlich zu.

»Die Männer und ich haben Euch die *Stern von Andhakleia* unversehrt zurückgebracht. Und nicht nur sie. Werft einmal einen Blick auf den Hafen.«

Surjadora bedachte Ramaogeus mit einem knappen Seitenblick und trat dann ans Fenster. Der Nebel, der den ganzen Tag lang über der Stadt gelegen hatte, hatte sich inzwischen gelichtet. Noch immer schwängerte Dunst die Luft, doch von dem Turmzimmer aus hatte sie eine großartige Aussicht über die Dächer der Stadt. Endlich erfaßte sie den Hafen. Dort, in der Ferne, dümpelten zahlreiche Schiffe unterschiedlicher Größe im Wasser, vor allem Fischerboote und andere Kähne, die der Bezeichnung Schiff eigentlich nicht gerecht wurden. Der ganze Hafen war mit ihnen angefüllt.

»Tarjixes, ich verstehe nicht ... Klärt mich bitte auf.«

»Gott, wo soll ich anfangen.« Der alte Seemann beäugte die beiden Gelehrten mißtrauisch, die ebenfalls an das Fenster herangetreten waren. »Also, ich fasse mich kurz. Nachdem das blaue Ungeheuer im Meer der Säulen endlich von Bord gegangen war, haben wir wieder Kurs auf Eulykien gesetzt. Aber als wir Thalliopê erreichten, wart Ihr schon fort. Wir sind dann wieder in den Norden gesegelt. Nahezu ohne Ladung und ohne anderes Vermögen. Ihr fragt mich besser nicht, was wir in der Zeit alles angestellt haben, um zu überleben. Auf der Höhe von Danakinga sind wir jedenfalls in einen Sturm geraten. Fast zwei Monde hingen wir im Hafen von Kibego fest, einem kleinen Fischernest unten am Südzipfel der Halbinsel Gwanapur. Und da wir nicht wußten, wie wir das Schiff wieder flottkriegen sollten, wandte ich mich an den dortigen Ältestenrat.« Tarjixes räusperte sich verlegen.

»Ja und?« Surjadora konnte es kaum abwarten zu hören, was als nächstes geschehen war.

»Na ja«, fuhr der Zimmermann fort. »Einige der Männer hatten den Fischern zuvor im Suff von den Purpurinseln erzählt, die wir mit Euch zusammen entdeckt haben. Die Danakinger wollten natürlich wissen, ob das wahr sei. Ich hab ihnen dann den Fleck vorn an Deck gezeigt. Ihr hattet uns doch verboten, ihn zu entfernen. Ihr wißt schon, damals vor Coleopa, als Tvashi den Käfer aus dem Wasser gefischt hatte.«

Überrascht schaute Surjadora ihren Zimmermann an. »Erzählt weiter!«

»Eigentlich ging es mir nur darum, die Kibegoer dazu zu bewegen, uns bei der Instandsetzung der *Stern von Andhakleia* zu helfen. Ich gebe zu, ich hab mich vielleicht ein bißchen wichtig gemacht. Hab behauptet, daß wir wieder zu den Purpurinseln zurückwollten, um Prinz Nukulahi als König einzusetzen ... und, na ja, daß er jeden reich belohnen würde, der uns dabei hilft.«

»Wie bitte?« Die Kapitänin schaute ihren Zimmermann ungläubig an, der sich verlegen am Hals kratzte. »Irgendwie hat sich die Geschichte dann wohl selbständig gemacht. Da unten leben eine ganze Menge Menschen, denen es seit der Katastrophe am Nötigsten fehlt. Auf jeden Fall hatten wir bei unserer Abfahrt plötzlich vier Fischerkähne am Hals, alle bis zur Reling mit abenteuerlichen Gesellen gefüllt, die dem Prinzen ebenfalls helfen wollten. Und in jedem Hafen, den wir angelaufen haben, wurden es mehr.«

Ein breites Lächeln stahl sich auf Surjadoras Gesicht. »Zimmermann, sagt schon: Wie viele Boote befinden sich dort unten im Hafen?«

»Ich schätze mal, es sind so um die sechzig. Keine Ahnung, wie wir die wieder loswerden sollen.«

»Sechzig?« Surjadora riß vor Staunen die Augen auf. »Wie viele Männer?«

Tarjixes rechnete nach und räusperte sich. »Gut und gern fünfhundert Mann. Die sind gerade dabei, den Prinzen zu begrüßen.«

»Gut gemacht, Tarjixes. Wirklich gut gemacht.« Surjadora rieb sich die Hände und wandte sich wieder Ramaogeus zu, der dem Zimmermann ungläubig zugehört hatte. »Also, Hoher Philosoph, wie steht es mit Eurer Zusage. Helft Ihr mir noch immer?«

Der hob in einer hilflosen Geste die Schultern und deutete dann aus dem Fenster. »Ich bitte Euch, Kapitänin. Ihr wollt doch nicht wirklich mit dieser Ansammlung von Waschtrögen einen Krieg anzetteln?«

»Doch, Hoher Philosoph«, in den Augen der Kapitänin blitzte Entschlossenheit, »genau das beabsichtige ich zu tun!«

Die kommenden Wochen waren ausgefüllt mit anstrengenden Vorbereitungen. Das Heer tatendurstiger Männer und Frauen, die der STERN VON ANDHAKLEIA im Kielwasser bis nach Kurjameos gefolgt waren, wollte verköstigt und unterhalten werden; Kapitänin Surjadora mußte mit den Beamten der andhukleischen Hafenmeisterei um Liegegebühren für insgesamt 56 Schiffe feilschen, und die Waffenschmiede, Bogenbauer und Rüstungsmacher der Stadt, die schon mit den Vorbereitungen des Feldzuges Seiner Majestät Mahatargos III. ausgelastet waren, arbeiteten vom frühen Morgen bis spät in die Nacht hinein, um den zusätzlichen Bedarf an Kriegswerkzeugen erfüllen zu können.

Dreieinhalb Wochen nach Kapitänin Surjadoras denkwürdigem Gespräch in den Räumen der Universität erfüllte auch der Hohe Lehrmeister Ramaogeus sein Versprechen. Der Hafen erzitterte im Marschtritt von fünfzig ausgebildeten kurjamäischen Seesoldaten, die anschließend auf der STERN VON ANDHAKLEIA eingeschifft wurden.

Ramaogeus ließ die großen Schiffe der Flotte zusätzlich mit neuen Siebener-Elephantinen bestücken und mit so viel Munition ausstatten, daß sie kurjamäischen Piratenjägern zur Ehre gereichten. Sogar einen altgedienten Kriegselefanten samt Treiber hatte der Hohe

Philosoph in den Hafen schaffen lassen, doch da die Laderäume der großen Schiffe bereits zum Bersten mit Männern und Material angefüllt waren, mußten die Gefährten das Tier zurücklassen.

Längst hatte sich in Andhakleia herumgesprochen, mit welchen Absichten sich Kapitänin Surjadora und Prinz Nukulahi trugen. Und so schlossen sich ihnen noch weitere sieben Kutter und Kähne an, deren Besatzungen von einer merkwürdigen Mischung aus Heldenmut, Entdeckerlust und Gier nach dem Reichtum der Purpurinseln getrieben wurden.

Schließlich war der Tag des Aufbruchs gekommen. Kurz nach Tagesanbruch des 9. Dürremonds stach die sicherlich eigentümlichste Kriegsflotte in See, die der Ozean des Morgens bis dahin gesehen hatte, um den weiten und gefahrvollen Weg über das offene Meer zu wagen. An Bord befanden sich 483 wagemutige Männer und Frauen, die zu jener Zeit noch nicht ahnen konnten, welche Opfer die Reise ihnen abverlangen würde. Hätten sie es gewußt, so wäre ihr Entschluß womöglich anders ausgefallen …

SCHWESTER DOLORES,
CHRONIK EINER VERLORENEN ZEIT,
BD. II, NIEDERGELEGT ZU CANTAMO
IM 540. JAHR DER ABWESENHEIT GOTTES

Ruhe vor dem Sturm

Archipel von Coleopa, später Nachmittag des 14. Tages des Hitzemondes, im 462. Jahr der Abwesenheit Gottes

Es dämmerte. Surjadora schritt auf dem Vorderkastell der *Stern von Andhakleia* auf und ab, unterbrach ihren stummen Marsch aber immer wieder, um einen Blick nach Steuerbord zu werfen. Denn dort, fern am Horizont, versank die Abendsonne als roter Glutball im Ozean des Morgens. Ihr gedämpftes Licht tauchte das Meer in eine Sinfonie aus Rot- und Orangetönen. Die Kapitänin liebte den Anblick. Doch heute kam es ihr vor, als hätten die Wogen die Farbe von Blut angenommen. Denn Blut würde schon bald fließen.

Es war irrwitzig zu glauben, daß sie heute noch Ruhe finden würde.

Sie riß sich von dem Anblick des Horizonts los und musterte die grüne, dichtbewaldete Insel, vor der die Flotte seit dem Morgen vor Anker lag. Ihr Name war nach Aussage von Prinz Nukulahi Pirapa'tapu. Sie war der Länge nach von Hügelketten überzogen, auf deren Hängen hohe Bäume und ausladende Farne in üppigem Grün wucherten. Die Küste weiter im Osten wurde von wild wachsenden Mangrovendickichten gesäumt, doch an jener Stelle, an der sie vor Anker lagen, erstreckte sich ein märchenhafter Strand, dessen Sand golden schimmerte.

Über dem Dschungel gewahrte sie Trauben schwarzer Punkte, die sich unruhig hin und her bewegten: Schwärme von Käfern. Surjadora fragte sich, ob sich darunter auch die begehrten Purpurkäfer befanden, nach denen die Händler zweier Kontinente gierten.

Rings um die *Stern von Andhakleia* herum tanzte die wohl denkwürdigste Kriegsflotte auf den Fluten des Meeres, die die Welt jemals gesehen hatte. Surjadora konnte immer noch nicht glauben, daß sie es tatsächlich gewagt hatte, mit einer solch bizarren Armada in den Ozean des Morgens vorzustoßen. Sie war stolz darauf, daß es ihr gelungen war, all die Fischkutter, einfachen Segler und großen Ruderboote bis nach Coleopa zu führen. Stets hatten die größeren Schiffe die kleineren ins Schlepptau genommen, und alle hatten achtgegeben, sich auch bei stürmischer See nicht aus den Augen zu verlieren. An die Engpässe, die sich ergaben, wenn man über sechzig Schiffe und ihre Besatzungen über einen Zeitraum von so vielen Wochen zu verpflegen hatte, wollte sie lieber nicht mehr zurückdenken.

Der warme Seewind trug leise Männergesänge an ihre Ohren. Surjadora war zufrieden. Die Freiwilligen, die sich dem Prinzen angeschlossen hatten, hatten eine letzte Atempause verdient, bevor sie in die Schlacht zogen. Es war eine sonderbare Schar, die sich ihnen angeschlossen hatte: Fischer, Handwerker und Fahrensleute, die die Not aus ihren Ländern vertrieben hatte. Glücksritter, die sich Ruhm und Ehre versprachen, erfahrene Söldner und draufgängerische Händlersburschen, die die Aussicht auf Gold lockte, aber auch ganze Familien, die die Hoffnung erfüllte, in der Heimat von Prinz Nukulahi einen Neubeginn wagen zu können. Allesamt einte sie ein Eifer, der Surjadora jeden Tag aufs neue ins Staunen versetzte. Und nicht zum erstenmal fragte sie sich, ob es bei alledem mit rechten Dingen zuging.

Wie auch immer, jetzt waren sie am Ziel ihrer Reise angelangt. Fast auf den Tag genau vier Jahre, nachdem sie selbst das erste Mal coleopäischen Boden betreten hatte.

Drei Mastlängen entfernt hatte die *Nachtwolf* Anker geworfen, deren massiger Rumpf rot im Licht der Sonne schimmerte. Die urtumbrische Karacke, die sie in Honaghûsa erworben hatten, eine leomannische Kogge, die als Versorgungsschiff diente, und die *Stern von Andhakleia* waren mit Abstand die größten Schiffe der Flotte. Die *Nachtwolf* wurde von Lakshapheus kommandiert, den sie kurz vor ihrer Abfahrt zum Kapitän befördert hatte – mit Einwilligung Tvashareos selbstverständlich.

Im Grunde hatte Surjadora sich noch immer nicht so recht daran gewöhnt, daß sie jeden ihrer Schritte vor dem Jungen rechtfertigen mußte. Er war jetzt der Familienvorstand. Daß sie noch immer als Kapitänin Dienst tun durfte, hatte sie allein seiner Einwilligung zu verdanken. Tvashareo war in den zurückliegenden Wochen immer selbstbewußter geworden. Dennoch wagte er es nur sehr selten, Widerspruch zu erheben, wenn sie einen Entschluß faßte. Dafür war der Junge zu intelligent. Er wußte, welche Erfahrungen ihm noch fehlten. Aber selbstverständlich bestand er darauf, bei jeder Offiziersbesprechung dabeizusein.

Ja, sie hatte einiges verloren, aber viel gewonnen. Ihr Leben war reicher geworden.

Sie sah, wie die *Nachtwolf* ein Boot zu Wasser ließ und Kapitän Lakshapheus sich anschickte, zu ihr überzusetzen. Sie hatten bei Sonnenuntergang eine letzte Einsatzbesprechung vereinbart, bevor sie morgen tiefer in das Reich der Tausend Inseln vorstoßen würden.

Auf dem Hauptdeck der *Stern von Andhakleia* versammelten sich derweil die Offiziere der Seesoldaten, die Ramaogeus ihnen mitgegeben hatte. Besonders gefreut hatte es die Kapitänin, daß sich unter ihnen auch Geschützmeister Bashorides befand, der ihnen schon vor vier Jahren wertvolle Dienste geleistet hatte.

Schritte waren auf der Treppe zum Bugkastell zu hören, und Nukulahi enterte zusammen mit Tvashareo das Vorschiff. Ernst begrüßte sie der Prinz.

Wie einstmals war er wieder ganz auf coleopäische Art gekleidet. Er trug seine alte bronzene Kriegsschürze und hatte sein langes Haar zu einem Zopf geflochten. Seine Haut war mit Ölen eingerieben, und der vornehme Glanz, der auf ihr schimmerte, betonte seine hohe Herkunft. Sogar einen Stirnreif aus Gold hatten sie vor ihrer Abreise anfertigen lassen, so daß jeder schon von weitem sehen konnte, wer vor ihnen stand. Dieser Schmuck war zwar nicht vergleichbar mit dem *Linken Auge des Eomes*, das der Prinz in Eulykien versetzt hatte, aber er stand ihm gut zu Gesicht. In seinen Händen hielt er den besten kurjamäischen Speer, den sie hatten auftreiben können.

Auch an Tvashareo erinnerte nichts mehr an einen einfachen Schiffsjungen. Selbstverständlich hatte sie dafür gesorgt, daß er standesgemäß eingekleidet wurde. Er trug jetzt Stiefel mit silbernen Schnallen, strahlendweiße Pluderhosen, eine marineblaue

Weste aus teuren Stoffen und einen Turban in der gleichen Farbe. Auch er wirkte vornehm. Anfangs hatte sich Tvashi die Kleidungsstücke, die sie für ihn ausgesucht hatte, nur mit Murren übergestreift. Doch mittlerweile schien er sich daran gewöhnt zu haben. Ja, man konnte fast meinen, er trage sie mit einem gewissen Stolz.

»Prinz«, die Kapitänin richtete sich kerzengrade auf, »hat der Gefangene noch etwas Neues gesagt?«

Sie spielte auf den coleopäischen Gewürzhändler an, den sie tags zuvor auf dem offenen Meer gestellt hatten. Er war der erste und bislang einzige Coleopäer, den sie entdeckt hatten, und sie erinnerte sich noch gut an das Entsetzen auf seinem Gesicht, als er begriffen hatte, woher sie stammten. Daran hatte sich auch nichts geändert, als sie ihm Nukulahi überlassen hatten. Inzwischen hatten sie ihn im Kabelgatt eingesperrt, so wie einst Gijao. Surjadora empfand beinahe Bedauern darüber, daß der Kataueke nicht mehr bei ihnen weilte. Offenbar kam sie in die Jahre und wurde weich.

»Nein, nichts, was er uns nicht schon gestern erzählt hätte.« Prinz Nukulahi klang mißmutig.

»Gut, dann schlage ich vor, daß wir noch auf die Ankunft von Kapitän Lakshapheus warten und uns dann mit den Offizieren in die Schiffsmesse begeben. Tvashareo«, sie wandte sich an ihren Sohn, »vielleicht bist du so nett und bittest Garuleos um zwei Flaschen Wein. Ich denke, heute abend sollten wir noch einmal alle zusammen anstoßen. Wer weiß, wann wir uns wiedersehen.«

»Jawoll, Mutter.« Tvashareo blinzelte ihr frech zu und kletterte dann nach unten aufs Hauptdeck.

Surjadora blickte dem Jungen hinterher. »Ich mache mir Sorgen, daß Tvashareo etwas passieren könnte.«

»Macht Euch keine Gedanken, Schiffsführerin«, versuchte der Prinz sie zu beruhigen. »Ich habe bereits mit den Männern geredet. Jeder von ihnen hat mir versprochen, ein Auge auf ihn zu haben.«

»Danke.«

In diesem Augenblick schlug das Beiboot der *Nachtwolf* dumpf gegen den Rumpf der Karavelle. Die Männer auf dem Hauptdeck ließen das Fallreep nach unten, und Lakshapheus enterte das Hauptdeck.

»Gehen wir.« Surjadora stieg hinunter und nahm ihren ehemaligen Steuermann in Empfang.

Bald darauf hatten sie sich alle zusammen mit den Seesoldaten in der Schiffsmesse eingefunden. Die Männer nahmen an dem langgezogen Klapptisch Platz und warteten, bis auch Tvashareo eingetroffen war. Es wurde eng in dem Raum, doch niemand erhob Klage. Surjadora wartete ab, bis ihr Sohn die Weinflaschen in ein Regal gestellt und ebenfalls Platz genommen hatte. Erst jetzt erhob sie sich und straffte ihren Sari. Sie würde diese Angewohnheit wohl nie ablegen können. Ruhe kehrte ein.

»Gut, meine Herren, kommen wir gleich zur Sache. Wie bereits jedem hier bekannt sein sollte, haben wir uns vorgenommen, Nuku'atepe, die Königsinsel des Reiches, anzugreifen. Unser Ziel ist die Hauptstadt Colepa'Taru. Im dortigen Palast residiert der Thronräuber Tongaro, den wir zu stürzen beabsichtigen. Abzüglich der Besatzung, die wir benötigen, um die größeren unserer Schiffe einsatzbereit zu halten, stehen uns für das Unternehmen genau 483 Mann zur Verfügung. Das ist wenig im Vergleich zu dem, was unser Gegner an Kräften aufbieten kann. Aber wir haben die besseren Waffen, und ... wir haben die Überraschung auf unserer Seite. Prinz Nukulahi, bitte berichtet, was Ihr von dem Gefangenen erfahren habt.«

Surjadora setzte sich auf eine der Seekisten und überließ Nukulahi das Wort, der sich seinerseits erhob. Schatten umwölkten seine Stirn.

»Im Reich der Tausend Inseln tobt seit einigen Jahren ein Krieg«, hob er zu sprechen an. »Der gesamte Osten, also jenes Gebiet, in dem wir uns befinden, ist fest in der Hand des Thronräubers. Im Westen hingegen haben sich einige Solare erhoben, die ihm offenbar schon seit Jahren Widerstand leisten. Aber der Widerstand steht kurz vor dem Zusammenbruch – jedenfalls nach dem, was ich erfahren habe. Wie ich hören konnte, hat Tongaro vor drei Wochen eine große Streitmacht ausgehoben. Ich vermute, um den Aufstand im Westen endgültig niederzuschlagen.«

Geschützmeister Bashorides hob die Hand, und seine Baßstimme dröhnte durch den kleinen Raum. »Gibt es Möglichkeiten, mit den Aufständischen in Verbindung zu treten?«

»Nein, ich wüßte nicht wie«, Nukulahi schüttelte den Kopf. »Doch wenn das Gerücht stimmt, bietet sich uns die Gelegenheit für einen überraschenden Angriff. Tongaro rechnet mit Gegnern aus dem Westen, nicht aber aus dem Osten. Ich rechne mit hundert, allenfalls einhundertfünfzig Kriegern in der Königsstadt. Aber«, Nukulahis Züge verdunkelten sich vor Ernst, »wir sollten dennoch auf einige Überraschungen gefaßt sein. Die Angaben sind leider drei Wochen alt.«

»Vielleicht ist der Aufstand im Westen ja erfolgreicher, als Tongaro dem Volk weismachen will?« Lakshapheus klang nachdenklich. »So oder so, wir werden es wohl schon bald herausfinden.«

»Wie steht es um die Bewaffnung Eures Volkes, Majestät?« Einer der Soldatenoffiziere sah Nukulahi fragend an. Der gab nur zögernd Auskunft. »Wir Coleopäer kämpfen mit Speeren, Äxten, Messern, Netzen und Schleudern. Wir kennen kein Eisen. Das Metall, das wir verwenden, nennt ihr Bronze. Viele Krieger meines Reiches können sehr gut mit Bogen umgehen, wenngleich deren Reichweite nicht an jene Waffen heranreicht, die Eure Männer gebrauchen. Fürchten solltet Ihr Euch vor allem vor jenen Kriegern, die lange Rohre bei sich tragen. Mit ihnen verschießen sie Giftpfeile.«

Geschützmeister Bashorides wandte sich an die Runde. »Halten wir also fest, daß wir einen leichten Vorteil haben. Sollen die Coleopäer ruhig kommen. Nötigenfalls verpasse ich den Kerlen ein paar ordentliche Salven mit den Elephantinen.« Zwei der Seesoldaten lachten, verstummten aber, als sie der wütende Blick Nukulahis streifte.

»Jetzt zum Schlachtplan, meine Herren.« Surjadora erhob sich wieder. »Bei gutem Wind sollten wir die Königsstadt Colepa'Taru am frühen Morgen des 16. Tages des Hitzemondes erreicht haben. Wir werden versuchen, unsere Gegner noch im

Schlaf zu überraschen. Natürlich läßt sich nicht gänzlich verhindern, daß man unser Kommen bemerkt. Wir müssen daher zumindest im Hafen Colepa'Tarus mit starkem Widerstand rechnen. Aber unsere Gegner können nicht überall zugleich sein. Denn wir bestimmen, wo wir zuschlagen.« Surjadora machte eine bedeutungsvolle Pause. »Der Angriff wird daher aus mehreren Richtungen erfolgen. Hauptmann Kuruleus, Bannerträger Prahdoros und Bannerträger Burithaon, auf Euch ruht die Hauptlast unserer Offensive. Ihr werdet unmittelbar nachdem die Stadt in Sicht kommt, mit Euren Schiffen ausschwärmen, mit jeweils einhundert Mann an der Küste von Nuku'atepe anlanden, die Strände besetzen und mit Euren Haufen versuchen, in die Stadt einzufallen. Ich bitte darum, daß Ihr die Stadt und einfache Colepa'Taris weitestgehend verschont. Weist Eure Leute an, im Zweifel den Namen des Prinzen auszurufen. Das sollte klarstellen, auf welcher Seite wir stehen. Kapitän Lakshapheus und ich werden uns mit dem Rest der Schiffe darum bemühen, die Kräfte des Gegners auf See zu binden. Unser Ziel ist die Bucht mit dem Hafen. Dort werden wir den Rest der Männer absetzen, um unsere Gegner mitten ins Herz zu treffen. Wenn alles gutgeht, stehen wir im Palast, bevor der Thronräuber begreift, was überhaupt vorgefallen ist.«

»Welcher der Gruppen werdet Ihr Euch anschließen, Nukulahi?« Tvashareo, den längst jeder im Raum vergessen hatte, schaute den Prinzen erwartungsvoll an. Überrascht fuhren die Köpfe der Anwesenden zu dem Jungen herum, und Surjadora fühlte einen eigentümlichen Stolz.

»Keine der Gruppen.« Die Hand des Prinzen schloß sich fest um den Schaft seines Speeres. »Ich werde ein paar der Männer durch den Dschungel führen, bis zu dem Berg, der hinter Colepa'Taru aufragt. Dort befindet sich der Königspalast. Mit etwas Glück gelingt es uns so, Tongaro in den Rücken zu fallen.«

»Eine reine Vorsichtsmaßnahme, falls wir doch auf mehr Widerstand stoßen, als anzunehmen ist«, fügte Surjadora hinzu.

»Na, dann wünsche ich Euch Glück, Prinz.« Hauptmann Kuruleus legte seine Hand siegesgewiß auf den Helm, der in seinem

Schoß lag. »So wie es aussieht, werden wir wohl schon mit der Siegesfeier begonnen haben, wenn Ihr eintrefft.«

Die Männer lachten. Surjadora, Nukulahi und Lakshapheus hingegen sahen einander sorgenvoll an. Niemand von ihnen mochte die Zuversicht des Hauptmanns teilen.

Entdeckt!

Nooga'Ka'ata, Königsinsel Nuku'atepe, Archipel von Coleopa, am 15. Tag des Hitzemondes, früher Morgen

»Tongaro hat Schleudermaschinen bauen lassen. Dafür hat er das Frauenhaar gebraucht.« Pilulevu war noch immer außer Atem. Die Kundschafterin war eine Woche fort gewesen, und Prinzessin Tuilaepe hatte sich Sorgen ihretwegen gemacht. Sie, Hai'pale und Semivenu hatten sich im flackernden Licht einer Tranlampe um die junge Frau geschart und lauschten besorgt ihrem Bericht.

Im Dunkeln über ihnen schimmerten die Tropfsteine der Höhle. Sie gemahnten Tuilaepe an lange Finger, die aus dem Dunkeln ragten. In ihrem Innersten spürte sie, daß sich abseits ihrer Zuflucht Ereignisse anbahnten, die sich gleichermaßen anschickten, nach ihnen zu greifen.

Da die Sonne noch nicht aufgegangen war, schliefen die meisten der Frauen noch. Und so sprachen sie ganz leise. Die Prinzessin konnte es nicht beweisen, aber sie hatte das Gefühl, daß sich Pilulevu inzwischen mit einem der Colepa'Taris auf ein Liebesverhältnis eingelassen hatte. Ganz davon abgesehen, daß das nicht standesgemäß für ein Mitglied der Hohen Familien war, war es überdies außerordentlich gefährlich. Was, wenn der Mann herausfand, wohin Pilulevu sich immer wieder zurückzog?

»Schleudermaschinen?« fragte Semivenu.

»Ja. Er hat sie im Hafen aufstellen lassen. Angeblich haben ihm die Gefangenen vom Weltenrand bei ihrem Bau geholfen. Ihr wißt schon, jene, die den Untergang des fremden Schiffes überlebt haben. Damals nach Eurer Hochzeitsfeier.« Pilulevu sah Tuilaepe an. Die nickte ausdruckslos.

»Und das ist bei weitem noch nicht alles«, fuhr die junge Frau fort. »Seit über einer Woche läßt Tongaro den Wald nahe der Stadt abholzen. Mittlerweile ist ganz Colepa'Taru von einer großen Palisade aus Kinokstämmen umgeben.« Pilulevus Hände schlossen sich aufgeregt um den Griff ihres Messers, das in einem schlichten Gürtel ihres Kleides steckte. »Im Palast soll es außerdem ständig nach Schwefel stinken. Niemand weiß, was Tongaro dort treibt. Und gestern, als ich die Stadt verließ, was ehrlich gesagt gar nicht so leicht war, trafen überall auf den Straßen Krieger ihre Vorbereitungen, die auf eine Schlacht hindeuten.«

»Das kann nur bedeuten, daß Tongaro einen Angriff auf die Stadt erwartet.« Aufmerksam schaute Tuilaepe in die Runde. »Vielleicht haben Solar Fatafehi und die seinen im Westen einen Sieg errungen und sind im Anmarsch auf Nuku'atepe?«

»Vielleicht«, merkte Hai'pale an. »Aber das widerspricht den Nachrichten, die Pilulevu noch vor zwei Wochen aufgeschnappt hat.«

»Ja, aber was soll es dann sonst bedeuten?« Tuilaepe wandte sich wieder Pilulevu zu. »Was meintest du damit, daß es nicht so leicht war, aus der Stadt zu kommen?«

Die junge Frau wirkte schuldbewußt. »Es ist keinem Colepa'Tari mehr gestattet, die Stadt zu verlassen. Einer der Wächter hat mich dabei erwischt, wie ich es trotzdem versucht habe. Nun ja, ich mußte ihn töten.«

»Wie bitte?« fuhr Semivenu hoch. »Weißt du überhaupt, welch ein Wagnis du damit eingegangen bist?«

»Was hätte ich denn sonst tun sollen?« gab Pilulevu aufgebracht zurück.

»Bist du dir wirklich sicher, daß dir niemand gefolgt ist?« Auch Tuilaepe war besorgt.

»Ich weiß, was ich tue«, widersprach die Kundschafterin. »Ich habe meine Spuren so gut es ging verwischt.«

In diesem Augenblick stürmte eines der Mädchen in die Höhle. Sie wirkte zu Tode erschrocken. »Prinzessin, Semivenu, kommt schnell. Da draußen auf dem Nooga'Ka'ata ... Es sind Krieger in die Bucht gesegelt. Es tut mir leid, aber ich habe sie erst entdeckt, als sie das Ufer schon erreicht hatten. Ich glaube, sie suchen den Strand ab. Wenn sie so weitermachen, sind sie in einer halben Stunde bei uns.«

»Was?« Semivenu sprang auf und schrie Pilulevu wütend an. »Du weißt also, was du tust, ja?«

»Hört auf!« Tuilaepe erhob sich und trat zwischen die beiden.

»Eure Streiterei nützt uns nichts. Weckt sofort die anderen auf. Alle sollen sich bewaffnen. Wir werden nicht wie Aioks darauf warten, daß man uns die Flügel ausreißt. Wir werden kämpfen!«

Hai'pale nahm einen großen Stock zur Hand, lief in die Haupthöhle und trommelte damit laut gegen einen Fels. Heiser schrie sie: »Alarm! Tongaros Männer kommen!«

Tuilaepe griff sich ihren Speer und rannte mit Semivenu und Pilulevu von Höhle zu Höhle, um all jene zu wecken, die den Ruf nicht vernommen hatten.

Schon nach kurzer Zeit hatten sich vierzig bis an die Zähne bewaffnete Frauen um sie geschart. Den meisten von ihnen war der Schreck so sehr in die Glieder gefahren, daß ihnen nicht anzusehen war, daß sie noch bis eben in tiefem Schlaf gelegen hatten. Mehr waffenfähige Frauen standen ihnen nicht zur Verfügung. Der Rest war zu alt zum Kämpfen oder mußte zurückbleiben, um die Kinder zu schützen.

Erwartungsvoll sahen die Kriegerinnen Tuilaepe, Semivenu und Pilulevu an. Die Prinzessin trat vor und beugte sich zu dem Mädchen hinunter, das vorn beim Zugang zur Grotte Wache gestanden hatte. »Wie viele Krieger sind es?«

»Ich weiß nicht. Zwei oder drei Dutzend. So genau war das nicht zu erkennen. Es war ja noch dunkel.« In ihrer Stimme schwang offene Angst.

»Die Sonne ist noch immer nicht zur Gänze aufgegangen«, wandte die Schwester eines Solars aus dem Süden ein. Sie hielt kämpferisch einen Speer umfaßt, doch das aufgeregte Heben und Senken ihres Brustkorbes verriet Tuilaepe die Furcht, die sie in Wahrheit empfand. Keine von ihnen hatte bisher einen offenen Kampf austragen müssen. Abgesehen vielleicht von Pilulevu.

Die Prinzessin nickte verstehend. »Das heißt, wir können die Dunkelheit nutzen. Wenn Tongaros Krieger den Zugang zur Grotte erst einmal entdecken, werden sie mit Sicherheit auf den Katamaran aufmerksam werden. Wir müssen ihnen also zuvorkommen.«

Sie berührte Semivenu am Arm. »Wir machen es so, wie wir es für einen solchen Fall vorgesehen haben. Du nimmst dir zehn

Frauen und versteckst dich am Eingang der Grotte. Ihr anderen«, sie wandte sich an die Frauen um sie herum, »kommt mit mir und Pilulevu. Wir schwimmen nach draußen und verbergen uns zwischen den Walknochen und oben in der Felswand. Wir werden sie überraschen. Vor allem müßt ihr leise sein. Erst auf mein Zeichen hin greifen wir an. Habt ihr mich verstanden?«

Die Frauen gaben ihr ein Zeichen der Zustimmung.

»Gut, dann folgt mir.« Die Prinzessin führte die Schar an. Es war eine gespenstische Prozession. Keine der Frauen sprach ein Wort, als sie der Prinzessin durch das Höhlenlabyrinth zur Grotte nacheilten. Geschwind entledigten sie sich aller hinderlichen Kleidungstücke, dann glitten sie ins Wasser.

Tuilaepe schwamm ihnen voraus. Es dauerte nicht lange, und sie hatten den Zugang zur Grotte hinter sich gelassen. Draußen, über der Bucht des Nooga'Ka'ata, dämmerte es bereits. Im Osten war ein schmaler roter Lichtstreif am Horizont zu erkennen. Die Sonne ging auf. Sie mußten sich beeilen.

Jetzt erspähte auch Tuilaepe die fremden Krieger. Noch waren sie nur als Schemen auszumachen, doch sie näherten sich der Grotte, wie das Mädchen gesagt hatte. Einige von ihnen hielten Speere in der Hand. In unregelmäßigen Abständen blieben sie stehen und deuteten zu den Felswänden empor. Offenbar wußten sie, daß die Frauen sich hier irgendwo versteckt hielten.

Sie hatten sich eben zu lange darauf verlassen, daß es Tongaro nicht wagen würde, die heilige Ruhe des Nooga'Ka'ata zu stören. Jetzt war es zu spät für Reue.

Die Prinzessin machte einen weiteren kräftigen Schwimmzug und versuchte ihre Begleiterinnen im Auge zu behalten. Schließlich gab sie Pilulevu ein stummes Zeichen. Die bedeutete der Hälfte der Frauen, ihr zu einem großen Walskelett nahe dem Ufer zu folgen, dessen weiße Knochen spitz aus dem Wasser ragten.

Tuilaepe selbst wies den Rest an, mit ihr zu einem schroffen Felsen rechter Hand der Grotte zu schwimmen. Sie würden von dort auf den Überhang über dem Eingang der Felshöhle klettern. Die Frauen folgten ihr stumm, und die Prinzessin war stolz auf jede einzelne von ihnen. Sollte Tongaro jemals vertrieben werden, würden sie alle Mühe haben, in ihr altes Leben zurückzufinden. Falls sie überlebten.

Lautlos glitten Tuilaepe und ihre Begleiterinnen auf den Fels zu, zogen sich vorsichtig aus dem Wasser und bezogen ihre Positionen in der Wand über der Grotte, etwa drei Schritt über dem Meeresspiegel. Still duckte sich die Prinzessin hinter einen Vorsprung und spannte ihre Muskeln. Von hier oben aus sollte es ihnen gelingen, ihre Feinde einfach umzureißen. Der Seewind strich sanft über ihren nassen Leib hinweg, und sie fröstelte. Den Frauen um sie herum erging es nicht viel besser. Alles hing jetzt davon ab, wie schnell die Sonne aufging. Und davon, ob ihre Gegner sie entdeckten, bevor sie sie angreifen konnten.

Am Strand waren unterdessen Schritte zu hören. Die Krieger kamen immer näher. Vorsichtig lugte Tuilaepe hinter dem Vorsprung hervor. Fast jeder der Krieger trug Brustpanzer und Beinschützer, die schwach im anbrechenden Tageslicht schimmerten. Die Männer mußten von einer der ferneren Inseln stammen, denn ihre Rüstungen sahen anders aus als jene, die Tuilaepe kannte.

Die Krieger sprachen leise miteinander und suchten weiterhin die Felswand ab. Seltsam, was war das für eine Sprache? Und warum hatte einer der Krieger derart helles Haar? Jetzt waren sie fast heran.

In diesem Augenblick ertönte vom Wasser her ein schriller Kampfschrei. Pilulevu!

Die verdammte Närrin. Das war zu früh! Die Frauen stürmten mit gezogenen Speeren hinter dem Skelett des Wals hervor und schwammen und staksten schwerfällig die kurze Strecke bis zum Ufer. Die fremden Krieger rissen ihre Waffen hoch.

»Angriff!« Auch Tuilaepe hielt nun nichts mehr; zusammen mit den anderen Frauen ließ sie sich in die Tiefe fallen. Nur zwei von ihnen gelang es, einen der Männer zu packen und zu Boden zu reißen. Tuilaepe selbst klatschte senkrecht in die Fluten vor dem Grotteneingang und tauchte geschwind wieder auf. Am Strand war es unterdessen zu vereinzelten Kämpfen gekommen. Da, ein Schatten!

Die Prinzessin riß ihren Speer hoch, doch der fremde Krieger wirbelte den seinen mit der Eleganz eines Richters herum. Mit nur einem Schlag prellte er ihr die Waffe aus der Hand. Der Speer flog zum Eingang der Grotte. Erst jetzt konnte sie ihrem Gegner ins Gesicht blicken. Entgeistert riß sie die Augen auf. Dem Krieger vor ihr erging es ebenso. Beide wirbelten sie zu den ihren herum und brüllten aufgeregt:

»Aufhören! Stellt sofort die Kämpfe ein!«

Die Männer und Frauen senkten mißtrauisch die Waffen und starrten sie beide entgeistert an. Tuilaepe strich ihr langes nasses Haar zurück und lächelte überglücklich. »Ich dachte schon, du hättest dein Versprechen vergessen, Nukulahi.«

Der Waschtrogkrieg

Vor der Küste Nuku'atepes,
drei Stunden nach Sonnenaufgang,
16. Tag des Hitzemondes, im 462. Jahr der Abwesenheit Gottes

»Das gefällt mir nicht. Ganz und gar nicht!« Surjadora stand hinter dem Schanzkleid des Achterdecks und klappte wütend ihr Sehrohr zusammen, mit dem sie einen Blick auf die nahe Küste vor Colepa'Taru geworfen hatte. Oberbootsmann Brahthos, der neben ihr am Steuerrad stand, knurrte mißmutig, während am Rumpf der Karavelle das Wasser vorbeirauschte. Die Segel waren stolz gebläht, und unten, auf dem Hauptdeck, waren zahlreiche Seeleute damit beschäftigt, neue Munition vom Stauraum aufs Vorderkastell zu schaffen, unter ihnen auch Tvashareo.

Auf dem Meer um die *Stern von Andhakleia* herum tanzte ein Wald aus Segeln. Von Surjadoras Warte aus schien das Meer gar bis zum Horizont mit Booten und Katamaranen bedeckt zu sein. Dazwischen trieben Trümmerteile und die Körper ungezählter Leichen. Ihre Leute, aber auch Coleopäer.

Unablässig schwirrten Trauben von Pfeilen durch die Luft, die wie Hornissenschwärme auf die Schiffe beider Seiten niederfuhren. Männer schrien auf, das Klirren von Waffen wurde laut, und dazwischen dröhnte das Rumpeln der Siebener-Elephantinen, mit denen sie seit dem Morgengrauen Strand und Meer bestrichen.

Ihr Gegner hatte sie erwartet. Fast hätte man glauben können, sie wären verraten worden. Alles wirkte so, als ob der Thronräuber schon seit langem mit ihrem Kommen gerechnet hätte. Colepa'Taru war von einem hohen Palisadenwall umgeben, der einen überraschenden Einfall ihrer Leute in die Stadt verhinderte, und vor der Bucht zum Hafen hatten etwa vierzig Katamarane auf sie gelauert, darunter ein Dutzend riesiger Exemplare, die fast die Größe ihrer Kutter erreichten. Große Plattformen waren auf ihnen montiert, auf denen drehbare Katapulte standen, mit denen die Krieger des Thronräubers die Flotte beschossen. Die

Reichweite der Waffen stand der der Elephantinen auf der *Stern von Andhakleia* und der *Nachtwolf* in nichts nach.

Mittlerweile hatten sie sieben der großen Katamarane versenken können, doch auf jeden einzelnen von ihnen hatten sie eigens Jagd machen müssen. Der Schaden, den die Coleopäer mit ihren Katapulten unter der Armada angerichtet hatten, war immens. Sie schossen nicht nur Steine ab, sondern auch Tonkugeln, die mit roten Käfern gefüllt waren. Wenn die Geschosse trafen, stob regelmäßig eine rote Wolke beißfreudiger Käfer auf, denen die Männer kaum etwas entgegenzusetzen hatten. Zahlreiche der Opfer hatten sich vor lauter Verzweiflung ins Meer gestürzt, wo sie elendiglich ertrunken waren.

Bis jetzt war es lediglich Hauptmann Kuruleus und Bannerträger Burithaon geglückt, ihre Männer an der Küste anzulanden. Dabei hatte sich herausgestellt, daß die Boote ihrer Flotte weitaus beweglicher waren als die Segler ihrer Gegner. Doch die Truppen waren bei den Palisaden der Stadt auf heftigen Widerstand gestoßen. Inzwischen lief es auf einen Stellungskampf hinaus, den sich Landungstruppen und Verteidiger lieferten.

Bannerträger Prahdoros und seine Mannen hingegen versuchten noch immer, den Sperrgürtel an coleopäischen Schiffen zu überwinden, der sich ihnen vor der Stadt entgegengestellt hatte. Nachdem es den ersten beiden Landungstrupps gelungen war, die Coleopäer auszukreuzen, hatten sich ihre Gegner ganz auf ihn und seine Leute geworfen. Über vierzig Schiffe hatten sich vor der Bucht ineinander verkeilt und lieferten sich blutige Gefechte von Mann zu Mann.

Auf dem Bugkastell der Karavelle ließ Geschützmeister Bashorides erneut die Siebener-Elephantinen ausrennen. »Schuß!«

Rumpelnd dröhnten die Arcuballistae und bestrichen den großen Katamaran mit ihren Bleigeschossen, auf den sie bereits vor einer halben Stunde die Jagd eröffnet hatten. Volltreffer!

Die Schreie der Coleopäer gingen in dem Splittern und Krachen unter, mit dem die Geschosse den Segler in Trümmer legten. Das war das achte der Katapultschiffe!

In einiger Entfernung erfaßte Surjadora die *Nachtwolf*. Kapitän

Lakshapheus hatte einen weiteren der großen Katamarane mit dem Bug seines Schiffes gerammt, und die Männer auf dem Vordeck ließen einen Hagel aus Pfeilen und Speeren auf die Coleopäer herabregnen. Im Gegensatz zu der *Stern von Andhakleia* war die Karacke bereits zweimal getroffen worden. Surjadora erkannte einen schweren Treffer auf dem Vordeck, außerdem hing der Schlagbaum des Besanmastes wie der gebrochene Flügel am Leib eines dicken Vogels herab. Sie war sich sicher, daß Lakshapheus mit den Schäden fertig werden würde.

»Oberbootsmann, könnt Ihr die verbliebenen großen Katamarane ausmachen?«

Die Kapitänin schaute sich suchend auf dem Meer um und sah zornig mit an, wie soeben einer der Kutter von den Besatzungen zweier Feindschiffe geentert wurde. Bei der Jagd nach den großen Katamaranen hatte sie sich viel zu weit von den anderen Schiffen entfernt. Sie durfte sich nicht noch einmal zu solch einer Unbedachtheit hinreißen lassen.

»Da hinten, Kapitänin!« Brahthos deutete nach achtern, wo die leomannische Kogge lag. Sie hatten das Versorgungsschiff bewußt angewiesen, im Hintergrund zu bleiben. Ein Fehler! Die Coleopäer hatten die Kogge entdeckt, eingekreist und mit ihren Katapulten gezielt unter Beschuß genommen. Neben ihr spritzte in diesem Augenblick eine große Wassersäule auf. Fast zeitgleich ging ein schwerer Ruck durch den Großmast, der splitternd einknickte und dann mit Getöse in sich zusammenfiel. Rahen und Takelwerk prasselten auf das Hauptdeck des Leomannenschiffes nieder.

»Sollen wir den Männern zu Hilfe eilen?« wollte Brahthos wissen. Er rieb aufgeregt an seinem neuen achtzackigen Gottesstern, den er sich in Andhakleia beschafft hatte. Anstelle einer Antwort klappte Surjadora erneut ihr Sehrohr aus und ließ den runden Ausschnitt über die See wandern. Das Meer vor der Küste ähnelte einem Schiffsfriedhof. Überall auf dem Wasser trieben leckgeschlagene Boote, verwaiste Katamarane und Trümmer, die sich weder Freund noch Feind zuordnen ließen.

Geschwind rechnete sie nach. Abzüglich der Schiffe, die angelandet waren, und jenen, die die Coleopäer auf dem Gewissen hatten, waren ihnen noch siebzehn Schiffe verblieben. Wenn es ihnen nicht bald gelang, die Hafeneinfahrt zu stürmen, um dort ebenfalls Landungstruppen abzusetzen, würden die Männer von Hauptmann Kuruleus und Bannerträger Burithaon über lange Sicht auf verlorenem Posten stehen. Nein, sosehr es auch schmerzte, die Kogge mußte sich selbst überlassen bleiben. Sie würden ihre verbliebenen Kräfte dazu nutzen, den Sperrgürtel zu durchbrechen, den die Krieger des Königsmörders vor der Hafeneinfahrt errichtet hatten – dort, wo Bannerträger Prahdoros und seine Leute einen verbissenen Kampf ausfochten. Surjadora straffte ihren Sari.

»Oberbootsmann, ich übernehme. Sorgt Ihr dafür, daß sich die Landungstrupps bereitmachen. Laßt Kapitän Lakshapheus signalisieren, daß wir Kurs auf die Bucht von Colepa'Taru nehmen. Wenn uns jetzt nicht der Durchbruch gelingt, dann nie.«

»Jawoll, Kapitänin!« Brahthos überließ ihr das Steuerrad und rannte nach unten aufs Hauptdeck. Laut brüllte er seine Befehle, und neue Ordnung hielt unter den Männern Einzug.

Kurz darauf sah die Kapitänin Tvashareo mit zwei Fahnen in der Hand die Wanten entern und der *Nachtwolf* Signal geben. Drüben, auf dem Heckkastell, wurde mit einem Flaggensignal geantwortet.

»*Nachtwolf* bestätigt!« gellte die helle Stimme ihres Sohnes aus den Wanten. »Sie folgen uns.«

Surjadora drehte das Steuerrad entschlossen nach Backbord. Unter ihr knirschten die Ketten der Ruderanlage. »Männer, die Segel hart an den Wind!«

Sofort stürmte über ein Dutzend Seeleute zu den Nagelbänken und zog und fierte mit lauten Rufen die Brassen. »Hol weg! Hol weg!«

Die Kapitänin sah zufrieden mit an, wie sich die Rahen in den Wind drehten und die Segel sich wieder blähten. Stampfend gewann die Karavelle an Geschwindigkeit. Der Seewind trieb fernes Kriegsgeschrei an ihre Ohren.

Am Bug der Karavelle knirschte es. Das Schiff war gegen ein Trümmerteil gestoßen, das auf dem Wasser trieb. Doch Geschützmeister Bashorides, vorn auf dem Vorderkastell, winkte ihr beruhigend zu. Kurz darauf rauschten sie an einer Schaluppe vorbei, in der zwei tote Urtumbrier lagen. Ihre Körper waren mit Pfeilen gespickt.

Surjadora versuchte, den schrecklichen Anblick vorbeiziehen zu lassen, und überzeugte sich davon, daß auch die *Nachtwolf* neuen Kurs gesetzt hatte.

Es dauerte nicht lange, und sie hatten wieder jenes Seegebiet erreicht, in dem die meisten der Schiffe unter ihrem Kommando in Gefechte verwickelt waren. Vor dem Bug der *Stern von Andhakleia* erstreckte sich ein langgezogener Wall ineinander verkeilter Schiffsrümpfe und Segel, der sich bedrohlich vor der mächtigen Kulisse der Königsinsel abhob. Lautes Kriegsgeschrei gellte zu ihnen herüber. Pfeile flogen durch die Luft, Entermesser, Säbel und Spieße blitzten auf.

Von Steuerbord her schoß unvermittelt ein Katamaran auf die Karavelle zu. Geschützmeister Bashorides ließ die Siebener-Elephantinen auf der Steuerbordseite erneut ausrennen und eine Breitsalve abschießen. Das vertraute Rumpeln der beiden Arcuballistae dröhnte über das Deck, und um den Katamaran herum spritzte ein Wald aus Fontänen auf. Ängstlich beschrieben die Coleopäer ein Ausweichmanöver, dann hatte die *Stern von Andhakleia* den Gegner auch schon hinter sich gelassen. Surjadora steuerte geradewegs auf den Gürtel kämpfender Schiffe zu, die sich vor der Bucht regelrecht ineinander verbissen hatten. Sie suchte eine Stelle, an der keines ihrer Schiffe lag, korrigierte den Kurs und hielt mit aller Macht darauf zu.

»Geschützmeister Bashorides!« Laut peitschte ihre Stimme über das Deck. »Macht Euch auf einen harten Kampf gefaßt.« Der Mann nickte. Längst hatte er die Elephantinen auf beiden Seiten des Schiffes wieder spannen lassen.

»Oberbootsmann Brahthos, wo sind die Bogenschützen?«

»Bogenschützen antreten!« gellte sein Befehl über das Deck. An Reling und Schanzkleid versammelten sich zahlreiche Bewaffnete, die Pfeile auf die Sehnen legten. Immer näher kamen sie dem Kordon an Schiffen. Ihre Gegner erkannten, was sie vorhatten, und deuteten wild gestikulierend zu ihnen hinüber. Dann waren sie heran.

Ein Pfeilhagel regnete auf die *Stern von Andhakleia* herab. Auf dem Vorderkastell gingen gleich drei Seesoldaten zu Boden. Dann krachte der Bug der Karavelle gegen die Feindboote, und das Schiff bäumte sich unter der Wucht auf.

»Schießt!« Die Baßstimme von Geschützmeister Bashorides schallte heiser vom Vordeck. Wieder ertönte das Rumpeln der Elephantinen.

Die Kapitänin fluchte, als die Segel der umliegenden Schiffe ihr den Blick versperrten. Doch das laute Krachen, das auf die Salve folgte, war wie Musik in ihren Ohren.

Coleopäische Krieger in bronzenen Kriegsschürzen versuchten das Deck zu entern. Die Bogenschützen schossen eine Breitsalve ab, und der Angriff kam zum Erliegen. Kurz darauf stürzten einige von ihnen selbst über die Reling, getroffen von Geschossen, die die Kapitänin nicht erkennen konnte.

Die Karavelle hatte durch den Rammstoß etwas an Fahrt verloren, doch wieder fuhr der Wind in die Wanten und bauschte die Segel. Beim Abwesenden, wo war Tvashareo?

Surjadora entdeckte den Jungen neben einem der Toten. Er griff sich dessen Bogen und legte ebenfalls einen Pfeil auf die Sehne. Doch er kam nicht mehr dazu, ihn abzuschießen. Die *Stern von Andhakleia* hatte den Sperrgürtel längst durchbrochen und die feindlichen Boote hinter sich gelassen. Die Kapitänin fuhr herum und überzeugte sich davon, daß es einem der Fischerboote gelang, ihr im Kielwasser zu folgen. Dann kam noch ein Schiff. Und noch eines.

Fünfzig Schritt von ihr entfernt schlug der massige Leib der *Nachtwolf* ebenfalls eine Bresche in den Wall aus Schiffen. Sie erkannte Kapitän Lakshapheus, der seinen Männern etwas zurief und sich dann die Zeit nahm, die Hand zum Gruß zu heben. Auch seine Männer ließen einen Hagel an Bolzen, Kugeln und Pfeilen auf die Feinde herabregnen.

Endlich befanden sie sich im Rücken der Verteidiger. Surjadora warf das Schiff nach Luv, und Geschützmeister Bashorides ließ eine weitere Geschoßsalve abfeuern. Die Männer an den Arcuballistae leisteten geradezu Übermenschliches.

Nun brach der Widerstand der Insulaner in sich zusammen. Die ersten Katamarane setzten bereits Kurs auf die Insel. Sie suchten ihr Heil in der Flucht.

»Gut so!« entfuhr es der Kapitänin. Immer mehr Booten gelang es, sich freizukämpfen und ebenfalls auf die Bucht zuzusteuern. Die Kapitänin beschrieb einen Kurs, der es möglichst vielen ihrer Schiffe ermöglichte, im Schutz der Elephantinen auf den Hafen zuzusteuern.

Als sich die Boote gesammelt hatten, hielt auch Surjadora nichts mehr. Die Karavelle passierte zusammen mit der *Nachtwolf* die breiten Felsen, die den Eingang zur Bucht flankierten. Auf einer von ihnen hatten die Coleopäer einfache Basthütten errichtet. Sicher befanden sich dort Hafenwächter.

»Segel bergen!« Auf Surjadoras Ruf hin geiten die Männer der *Stern von Andhakleia* die Segel und machten sie an den Rahen mit Zeisingen fest, um Fahrt von dem Schiff zu nehmen. Endlich lag die prachtvolle Kulisse der Königsstadt vor ihnen.

Über der Stadt, auf den Flanken des dunklen Basaltberges, thronte die palastartige Festung aus strahlendweißen Gesteinsblöcken, ganz so, wie Surjadora es von ihrem ersten Aufenthalt her in Erinnerung hatte. Sie lächelte grimmig. Sicher wartete dort bereits der Thronräuber Tongaro auf sie und haderte mit seinem Schicksal.

Am Hang des Berges hingegen, bis zur Bucht mit dem weißen Sandstrand, erstreckte sich das eigentliche Häusermeer Colepa'Tarus.

Aber was war das?

Überall am Strand der Bucht verteilt, standen Colepa'Taris, um die fünfzig Krieger, bewaffnet mit Bogen und Blasrohren, und dazu an die zweihundert Städter. Kaum hatten die angreifenden Boote und Schiffe die Felsen am Hafeneingang hinter sich gelassen, wurden die Menschen an Land von den Kriegern nach vorn gedrängt. Hektisch schwärmten sie aus und wühlten den Sand zu ihren Füßen auf. Surjadora konnte erkennen, daß unter der Sandschicht hölzerne Gitterwände und Stangen mit langgezogenen Fischernetzen verborgen waren. Mühsam stemmten die Colepa'Taris die Konstruktionen in die Höhe und verankerten sie mit weiteren Stangen und Seilen. Am Rand der Bucht, rings um sie herum, befand sich plötzlich eine behelfsmäßige Wand aus Fischernetzen, Holzgittern und zugespitzten Pfählen. Die Colepa'Taris rannten zurück in die Stadt. Ihnen entgegen kamen weitere Krieger, die mit Bogen und Blasrohren in einer lockeren Postenkette hinter der Wand aus Netzen und Gittern in Stellung gingen.

Brahthos stürmte hoch zum Achterdeck. »Kapitänin, seht Ihr das da vorne?«

»Natürlich sehe ich das, Oberbootsmann.« Die *Stern von Andhakleia* befand sich jetzt mitten in der Bucht. Die Sicht wurde zeitweilig von den Segeln und Masten der anderen Schiffe um sie herum versperrt, aber Surjadora war schließlich nicht blind.

»Das sind Sperren! Die sollen verhindern, daß wir mit unseren Männern ungestraft landen. Aber viele Krieger hat dieser Tongaro offenbar nicht mehr. Ich bin mir sicher, daß er eine Reihe von ihnen von den Palisaden abziehen mußte. Keine Sorge. Gebt Signal, daß die Schiffe einen Korridor öffnen sollen. Mit unseren Elephantinen werden wir den Männern den Weg schon freischießen.«

Ein schweres Rumpeln war von den Klippen zu hören. Surjadora und ihr Oberbootsmann fuhren herum und starrten erstaunt auf eine schwere Kette aus bronzenen Gliedern, die sich hinter dem letzten ihrer Boote vor die Hafeneinfahrt legte. In den Hütten zwischen den Felsen waren keine einfachen Wächter postiert gewesen; die Coleopäer hatten damit vielmehr schwere Winden getarnt.

Eine Hafenkette. Daß man sie hinter ihnen hochzog, konnte nur eines bedeuten: Man wollte nicht, daß sie wieder aus der Bucht herauskamen!

Da bemerkten sie, daß auch am Strand, hinter der Absperrung, die Wände einiger Basthütten niedergerissen wurden. Es handelte sich um Verkleidungen, die sie ebenfalls narren sollten. Dahinter aber verbargen sich schwere Wurfmaschinen: drei große Katapulte links der Bucht, drei Katapulte auf der Landzunge zu ihrer Rechten. Einige der coleopäischen Krieger trugen Gluttöpfe heran.

»Das sieht mir verdammt noch mal nach einer Falle aus!« Surjadoras Stimme gellte über das Deck. »Bashorides, nehmt endlich die verdammten Wurfmaschinen unter Beschuß!«

»Das ist nicht so einfach«, brüllte er zurück. »Dafür müssen unsere Schiffe den Weg freimachen!« Aufgebracht fuhr sie herum. Tatsächlich, die Segel und Masten der umliegenden Schiffe lagen in der Schußbahn. Genau das schienen ihre Gegner geplant zu haben.

Nahe den coleopäischen Wurfmaschinen schwängerten dunkle Rauchsäulen die Luft, die der warme Seewind zerfaserte und bis zu den Dächern der Stadt trieb. Allmählich erfaßte auch Surjadora ein Gefühl der Panik.

Verbissen kämpfte sie das lähmende Gefühl nieder. »Brahthos, laßt unverzüglich die Enternetze hochziehen und das Deck mit Sand bestreuen. Die Männer sollen sich zum Löschen bereithalten!« Der Oberbootsmann nickte, während sie fortfuhr. »Und dann laßt endlich das Signal zum Angriff geben! Wir müssen hier raus!«

»Jawoll, Kapitänin!« Brahthos stürmte wieder nach unten. Energisch brüllte er seine Befehle.

Das hektische Treiben, das das Schiff erfaßte, erinnerte Surjadora an einen Bienenstock. Sie hörte, wie die Befehle von Schiff zu Schiff weitergegeben wurden. Ein Vorauskommando, bestehend aus drei Schaluppen, hatte beinahe den Strand erreicht.

In diesem Augenblick schnellten die Wurfarme der coleopäischen Katapulte nach vorn. Ein Lärm ertönte, als ob es am Himmel donnerte. Drei feine Rauchsäulen spannten sich bogenförmig durch die Luft. Ein schweres Prasseln und Fauchen folgte, und zwei der kleineren Schiffe standen unvermittelt in Flammen. Aber nicht nur das Schiff, auch das Wasser zwischen den Kähnen brannte lichterloh. Gierig leckten die Flammen nach dem Rumpf eines weiteren Schiffes.

Surjadora stürzte entsetzt an das Schanzkleid. Gott, was in der Welt vermochte es, Wasser in Brand zu setzen?

Wieder ertönte der infernalische Lärm. Die Coleopäer zielten nicht einmal genau, das brauchten sie auch nicht. Erneut schlugen die fremden Geschosse mit grellem Leuchten im Wasser der Bucht auf. Die Wogen brannten, und die Feuerzungen gierten nach weiteren Rümpfen. Dicke Rauchschwaden trieben über die Bucht. Aus Hunderten von Kehlen gellten laute Entsetzensschreie.

Surjadoras Hände krallten sich entsetzt um die Reling. Wenn ihnen nicht geschwind etwas einfiel, waren sie verloren. Sollte der verdammte Thronräuber am Ende doch noch über sie triumphieren?

Der Thronräuber

Palast von Colepa'Taru, kurz zuvor

»Hier, Nukulahi!« Tuilaepe deutete auf zwei große Felsen aus schwarzem Basalt, die düster aus dem Boden des Dschungels ragten. »Dort liegt der Zugang zu dem geheimen Gang. Er führt hinab in den Korallentrakt. Dorthin, wo sich die Käfersammlung deines Vaters befindet.«

Der Prinz betrachtete Tuilaepe heimlich. Wie schon beim Nooga'Ka'ata wurde er sich wieder des Umstandes gewahr, daß sich seine Braut in den Jahren seiner Abwesenheit verändert hatte. Sogar einen Speer wußte sie zu führen – ein Anblick, an den er sich erst noch gewöhnen mußte. Ja, sie war erwachsener geworden. Reifer.

Aber vielleicht traf das nach all der Zeit auch auf ihn zu? Auf jeden Fall war sie noch immer so schön wie damals, als er ihr das erste Mal begegnet war.

Er wandte sich zu den zwanzig kurjamäischen Soldaten um, die hinter ihm auf dem Hang des Berges lagen, gut verborgen im Dickicht des Dschungels. Zwischen zwei großen Farnen schimmerte das blonde Haar Kallyês hindurch, die es sich nicht hatte nehmen lassen, ihn auf seiner gefährlichen Mission zu begleiten.

Nukulahi vermochte seine Gefühle immer noch nicht so recht einzuschätzen. Natürlich hatte er nicht damit gerechnet, daß Kallyê und Tuilaepe einander so schnell begegnen würden. Die Situation machte ihn befangen, auch wenn er alles tat, um sich nichts anmerken zu lassen.

Tuilaepe ahnte selbstverständlich nicht, wie nahe er und die Eulykierin sich gekommen waren. Und Kallyê hatte sich während ihres Kriegsrates in der Grotte der Frauen ebenfalls nicht anmerken lassen, wie es um ihre Gefühle zu ihm stand. Im Gegenteil. Sie war sehr freundlich zu Tuilaepe gewesen, wie er fand. Darüber hinaus war die Eulykierin ihm und der Prinzessin bewußt aus dem Weg gegangen. Eigenartig war nur, daß die Prinzessin Kallyê stets mißtrauisch beäugte, wenn sie sich unbeobachtet wähnte. Das gleiche traf auch auf seine Mutter Hai'pale zu, die ihn zuvor noch stürmisch begrüßt hatte.

Nein, jetzt war nicht die Zeit, sich den Kopf über seine Gefühle zu den beiden Frauen zu zerbrechen. Schließlich hatte er sich längst entschieden. Jetzt galt es, Tongaro für all das zur Rechenschaft zu ziehen, was er ihnen und seinem Volk angetan hatte.

Nukulahi gab Kallyê und den kurjamäischen Soldaten einen Wink. Vorsichtig traten sie hinter den ausladenden Kinokbäumen hervor und arbeiteten sich auf allen vieren zu ihnen heran. Trotz des trüben Dämmerlichts, der den Dschungel um sie herum erfüllte, schimmerten ihre Harnische golden. Ihre spitz zulaufenden Helme waren mit Bändern ineinander verdrehter, grüner und weißer Seidentücher umwickelt. Allesamt waren sie mit Säbeln, Bogen und Speeren bewaffnet. Schiffsführerin Surjadora hatte darauf bestanden, ihm bei dieser Mission die geübtesten Kämpfer mitzugeben, die ihnen in der ganzen Flotte zur Verfügung standen.

Nukulahi war unterdessen an die Seite von Tuilaepe gehuscht, die neben dem Felsen stand und den Berg hinunterblickte. Unter ihnen, nicht weit von ihrem Standort entfernt, erhob sich strahlendweiß der alte Königspalast mit seinen Türmen, Mauern und grünen Dächern. Paläste dieser Bauweise hatte er mehrfach in den Ländern der Ehernen Liga gesehen. Inzwischen hatte er eine Erklärung dafür. Eomes …

Nukulahis Herz füllte sich wieder mit Bitterkeit. Er hatte seinen Glauben an alles, was in seiner Heimat als heilig galt, verloren. Das war auch der Grund, warum er seine Begleiter ohne Scheu zum Walfriedhof geführt hatte, um von dort ungesehen in den Dschungel vorzustoßen. Offenbar hatte ihn sein Gefühl nicht getrogen. Tongaro betrachtete sich von Eomes als auserwählt. Die heiligen Stätten hatte er unangetastet gelassen.

Jenseits des Palasts war das Dächermeer Colepa'Tarus auszumachen. Dunkel hoben sich die Giebel der Häuser und Pavillons wie Flügeldecken großer Käfer vor der blauen See ab. Doch anders, als er seine Heimatstadt in Erinnerung hatte, war sie jetzt mit einem großen Wall aus Palisaden umgeben. Hinter ihr hatten unzählige Krieger Aufstellung bezogen. Es waren weit mehr, als er gedacht hatte. Schwach hallte Kriegsgeschrei zu ihnen herauf.

»Es sieht nicht gut aus für deine Freunde.« In Tuilaepes dunklen Augen lag ein Ausdruck, den er nicht zu deuten verstand. Dann wies sie zur Küste und der offenen See.

Da sah der Prinz es selbst. Der Angriff all der tapferen Männer und Frauen, die sich ihm angeschlossen hatten, war vor den Palisaden ins Stocken geraten. Sie lieferten sich einen heftigen Schußwechsel mit den Kriegern Tongaros, den keine Seite für sich entscheiden konnte.

Ebenso ungünstig gestaltete sich die Lage der angreifenden Schiffe auf dem Meer vor der Bucht seiner Heimatstadt. Tongaro hatte etwa vierzig Katamarane aufgeboten, von denen der Großteil einen Sperrgürtel vor der Stadt errichtet hatte. Die Schiffe, die Surjadora noch zur Verfügung standen, hatten sich regelrecht in sie verbissen. Auf der See dahinter befanden sich weitere Segler, darunter Katamarane, so groß, wie Nukulahi sie noch nie zuvor gesehen hatte. Auf ihnen waren Wurfmaschinen montiert, die alles unter Beschuß nahmen, was in ihre Reichweite geriet. Er entdeckte die *Stern von Andhakleia* und die *Nachtwolf*, die mit einem halben Dutzend der großen Katamarane im Gefecht lagen.

»Wie konnte das geschehen, Tuilaepe?« Der Prinz betrachtete die Szene vor Nuku'atepe voller Entsetzen. »Ich dachte, Tongaro hätte sein Heer in den Westen entsandt?«

»Ich verstehe es nicht«, erwiderte Tuilaepe. »Ich finde für die Vorbereitungen, die Tongaro getroffen hat, auch keine rechte Erklärung.« Mitfühlend berührte sie ihn am Arm. »Vielleicht ist ja doch etwas an dem Gerücht dran, daß Tongaro Visionen hat?«

Nukulahi mußte wieder an das zurückdenken, was ihm die Frauen von seinem Todfeind berichtet hatten. War das denkbar? Andererseits, was hatte er in den zurückliegenden Jahren nicht alles erlebt, was er zunächst auch für unmöglich gehalten hatte?

»Und du bist dir sicher, daß Tongaro den geheimen Gang noch nicht entdeckt hat?«

»Nein.« Tuilaepes Antwort fiel trocken aus. »Aber dein Plan, über die Festungsmauer zu klettern, ist noch viel unsicherer.«

»Gut, versuchen wir es also. Ich schätze, es wird an uns liegen, eine Entscheidung herbeizuführen.« Prinz und Prinzessin schauten sich in die Augen, und Nukulahi spürte, daß seine Braut gern allein mit ihm gewesen wäre. Auch er hatte ihr vieles zu berichten, doch zunächst mußten sie ihren Bruder aus dem Weg räumen. Auf sein Nicken hin zogen sie sich wieder zurück und standen kurz darauf im Schatten der Felsen, zu denen Tuilaepe sie geführt hatte. Mittlerweile waren auch Kallyê und die Soldaten herangekommen.

»Und, wie steht es um die Schlacht?« Die Eulykierin blies sich auf bezaubernde Art eine Haarsträhne aus dem Gesicht. Sie trug ein enges Lederkostüm und war mit Kurzschwert und Messern bewaffnet. Tuilaepe antwortete eine Spur zu hastig.

»Nicht gut. Hilf mir lieber, den Zugang zu öffnen.«

Die Eulykierin trat zu der Prinzessin, und mit Hilfe eines Soldaten stemmten sie eine Basaltplatte beiseite, die dick mit Moos bewachsen war. Darunter schimmerte dunkel ein alter Schacht.

Tuilaepe griff zu einem Sack und reichte Nukulahi und zweien der Soldaten eine Käferlaterne. Sie schüttelte die Lampe, bis es wütend darin brummte. Der Prinz empfand ein Gefühl der Genugtuung, als er die staunenden Gesichter Kallyês und der Soldaten sah. Auf Coleopa waren sie die Fremden. Es dauerte eine Weile, bis die Männer begriffen, zu welchem Zweck die Gittergefäße mit den Leuchtkäfern dienten.

Mit ihrer Laterne voran ließ sich Tuilaepe entschlossen in den Schacht gleiten und war kurz darauf im Gang verschwunden. Ja, sie wirkte weitaus energischer, als er sie in Erinnerung hatte. Andererseits, hatte er sie je wirklich gekannt?

Nukulahi verdrängte den Gedanken, mied den prüfenden Blick Kallyês und zögerte nicht länger. Er folgte ihr. Auch die Eulykierin und die Soldaten schickten sich an, es ihnen gleichzutun.

Der basaltene Gang war einen knappen Schritt hoch und breit. In einer leichten Schräge führte er auf den Palast zu. Die Soldaten mußten ihre Rüstungen ausziehen und sie vor sich herschieben, um sich durch den Tunnel hindurchzwängen zu können. Schnell war die Atemluft schal und verbraucht. Schließlich erweiterte sich der Gang zu einem niedrigen Raum.

Tuilaepe erwartete Nukulahi hockend und hob ihre Laterne an, die die Kammer mit grüngelbem Licht erfüllte. Sie legte ihre Finger auf die Lippen und deutete stumm zu einer Platte in der Decke über ihnen. Nukulahi nickte, ergriff seinen Speer mit fester Hand und stemmte sich dann mit der Schulter gegen sie. Ein leises Kratzen erklang im Gestein, als die Platte nachgab und nach oben kippte. Vorsichtig lugte er durch den Spalt, der sich vor ihm auftat.

Der Saal, in den der Gang mündete, war mit Vitrinen und Schaukästen vollgestellt, ein Raum, der Nukulahi wohlvertraut war. Hier hatte er als kleiner Junge alles Wissenswerte über die Käferwelt der Reichs der Tausend Inseln gelernt. Vorsichtig schaute er sich um. Doch von den Schaukästen abgesehen war der Saal leer. Er drückte die Bodenplatte ganz auf und sprang mit einem Satz nach oben. Zügig folgten ihm Tuilaepe, Kallyĉ und die ersten der Soldaten, die sich unverzüglich wieder ihre Rüstungen anlegten.

Aber was war das? Die Käfer in den Schaukästen waren entfernt worden. Statt dessen hatte Tongaro den Saal zu einer Art Trophäenraum umwandeln lassen. Es war entsetzlich.

Anstelle der Käfer waren die abgeschlagenen Häupter von weit über fünfzig Toten hier ausgestellt. Bleich grinsten sie Nukulahi und seine Begleiter aus dunklen Augenhöhlen heraus an. Viele von ihnen waren mit Schmuck und anderen Machtinsignien behängt, anhand derer man die Gebeine zuordnen konnte. Nukulahi erkannte die Schädel der Solare von Ubu'akapa und Togo'labahi sofort an den diamantenen Ringen, die neben ihnen lagen. Es schien sich bei den Schädeln ausschließlich um die Oberhäupter Hoher Familien zu handeln, die unter Tongaros Schreckensherrschaft ein unrühmliches Ende gefunden hatten.

»Eomes!« Tuilaepe berührte vor Entsetzen ihre Lippen. Dann deutete sie zu einer Vitrine an der Stirnseite des Raums. Ihr Holz war mit reich ornamentiertem Blattgold beschlagen.

»O nein …« Nukulahi trat einen Schritt vor und ging auf die Vitrine zu. Auf einem Kissen ruhte ein Schädel, auf dem schief ein Goldreif ruhte, in den ein großer Saphir eingelassen war. Der Edelstein funkelte grün im Sonnenlicht, das schräg durch die Gitterfenster in die Halle fiel. Es handelte sich um das *Rechte Auge des Eomes*, das Insignium der coleopäischen Königswürde.

Daneben befand sich ein weiteres Kissen. Es war leer. Nukulahi ahnte, für wessen Haupt es bestimmt war.

»Dein Vater?« erklang einfühlsam die Stimme Kallyês. Sie war unbemerkt neben ihn getreten und deutete stumm auf den Schädel.

»Ja, König Halapua. Der wahre Herrscher dieses Reiches!« Nukulahis Stimme klang belegt. »Ich verstehe nicht, warum Tongaro den Reif nicht trägt …«

»Nein, Nukulahi, *du* bist der wahre Herrscher unserer Heimat!« Tuilaepe trat entschlossen vor und ergriff das *Rechte Auge des Eomes*. Feierlich wandte sie sich zu ihm um und wollte ihm das Zeichen der Königswürde aufsetzen.

»Nicht!« Nukulahi wehrte sie ab. »Noch hat man mich nicht gekrönt!«

»Die Prinzessin hat recht«, schlug sich Kallyê energisch auf die Seite Tuilaepes. »Willst du diesem Tongaro etwa nackt gegenübertreten? Du bist der wahre Regent! Das mußt du jedem zeigen, der sich uns entgegenstellt.«

Die Augen der beiden Frauen blitzten voller Grimm, auch wenn sie beide selbst überrascht schienen, so deutlich einer Meinung zu sein. Ob Tuilaepe doch etwas ahnte? Der Prinz schaute unbehaglich von einer zur anderen und gab sich schließlich geschlagen. Mit Sicherheit würde er den kürzeren ziehen, wenn er sich beiden Frauen zugleich widersetzte. Wenn er es sich recht überlegte, hatten sie sogar recht. Er durfte nicht zögern.

So nahm er Tuilaepe den Reif ab und setzte ihn vorsichtig auf. Er hoffte, daß er seinem Vater damit Ehre machte.

Hinter ihm war unterdessen auch der letzte der Soldaten aus dem Geheimgang gestiegen. Der Prinz konnte die Bewunderung der Männer fühlen, als er sich ihnen mit dem Zeichen der coleopäischen Herrscherwürde auf dem Haupt zuwandte. Einige der kurjamäischen Soldaten schienen erst jetzt zu begreifen, wem sie sich angeschlossen hatten.

»Folgt mir!« Mit raumgreifenden Schritten übernahm Nukulahi die Führung und schlüpfte entschlossen in den Nachbarsaal, wo sich jene Tür befand, die die Schausäle mit den übrigen Gemächern des Korallentrakts verband. Die Soldaten bemühten sich, ihm möglichst geräuschlos zu folgen. Dennoch knirschten die Riemen ihrer Harnische, und hin und wieder klirrte es leise, wenn Metall gegen Metall schlug.

Vorsichtig versuchte der Königssohn die Tür zum Gang zu öffnen. Doch sie war von außen verriegelt. Seine Begleiter starrten sich verärgert an.

»Was jetzt?« fragte einer der Soldaten.

Nukulahi dachte verzweifelt nach. Auch Tuilaepe wußte keinen Rat. Kallyê hingegen drückte ihr Ohr an die Tür und lauschte. Dann zuckte sie gleichmütig mit den Schultern. »Irgendwann werden die Wachen ohnehin bemerken, daß wir da sind.«

Entschlossen zwinkerte sie dem Prinzen zu und deutete zu einem der langen Tische. Die Eulykierin hatte recht. Er gab den Soldaten ein Zeichen.

Sechs der Männer ergriffen den Tisch und hoben ihn wie einen Rammbock an. Auf sein Nicken hin stürmten sie los.

Laut krachte das schwere Holz gegen den Portalflügel, der unter seiner Wucht erzitterte. Zwei weitere Male nahmen sie Anlauf, dann flog die Tür aus den Angeln. Krachend und polternd stürzte sie in den dahinterliegenden Gang. Speere und Bogen im Anschlag, stürmten die Soldaten an Nukulahi, Tuilaepe und Kallyê vorbei nach draußen.

Der Lärm hatte ausgereicht, um zwei Krieger zu alarmieren, die im Korallentrakt Wache gestanden hatten. Bevor der erste von ihnen auch nur einen Laut von sich geben konnte, wurde er bereits von einem Pfeil niedergestreckt. Der andere hingegen brüllte laut um Hilfe, bevor es den Soldaten gelang, auch ihn zu überwältigen.

Schon wollte einer der Kurjamäer mit seinem Säbel zum tödlichen Hieb ausholen, als Nukulahi ihm in den Waffenarm fiel. Der Prinz riß Tongaros Krieger am Schopf hoch und herrschte ihn an. »Los, sag mir, wo ist der Mörder meines Vaters?«

Der Krieger wurde bleich, als er erkannte, wer vor ihm stand. Verwirrt stammelte er: »Er residiert oben, in den Gemächern Eurer Familie.«

»Schalte ihn aus.« Nukulahi erteilte den Befehl auf Groß-Kurjamäisch, und der Soldat neben ihm schlug aus dem Ansatz heraus zu. Bewußtlos kippte der Krieger auf den Boden. Zwei der Kurjamäer fesselten ihn kurzerhand und schleppten ihn zurück in die Schauräume. Anschließend stürmten sie tiefer in den Palast.

Sie kamen an verschreckten Palastdienern vorbei, die sich bei ihrem Erscheinen hinter Türen und Einrichtungsgegenständen versteckten. Die Blicke jener, die schon zu Lebzeiten seines Vaters im Palast gedient hatten, weiteten sich ungläubig, als sie den Prinzen erkannten. Nukulahi war es nur recht. Jeder sollte wissen, daß er zurückgekehrt war.

Vereinzelt stellten sich ihnen Krieger in den Weg, doch sie zogen sich zurück, sobald sie der Übermacht gewahr wurden, die auf sie zustürmte. Alarmschreie gellten weithin durch den Palast.

Nukulahi führte seine Begleiter über verschwiegene Treppen und unbelebte Gänge hinauf zu den Gemächern seiner Familie. Es waren Wege, die sonst nur die Diener nahmen. Schon als kleiner Junge, hatte er es geliebt, den Palast zu erkunden. Die Räumlichkeiten der Palastdiener waren ihm stets viel aufregender erschienen als jene, die seine Familie bewohnte. Jetzt kam ihm dieses Wissen zugute.

Endlich erreichten sie den großen Speiseraum, von dem aus ein Gang auf kurzem Weg zu den Königsgemächern führte. Dort aber wurden sie bereits erwartet.

Zehn Krieger hatten sich an der Stirnseite des Raums verschanzt. Gerüstet waren sie mit golden blinkenden Kriegsschürzen, und in den Händen hielten sie Schilde und Speere. Jeder von ihnen hatte sich gemäß der Kriegertraditionen seiner Heimat eingeölt, so daß ihre muskulösen Körper gefährlich im Licht schimmerten, das auch hier durch große Gitterfenster in den Saal fiel. Ihr Haar aber war auf lavaka'motische Art zu langen Zöpfen geflochten, die auf dem Rücken mit purpurnen Bändern geschmückt waren. Wahrscheinlich handelte es sich bei ihnen um Mitglieder von Tangoros Leibgarde.

Die Krieger musterten den Prinzen mit kühler Verachtung; in ihren Augen las Nukulahi fanatische Ergebenheit. Doch wo war Tongaro?

Der Verräter selbst war nirgendwo zu entdecken. Versteckte er sich etwa vor ihm?

Hinter ihnen, in den Gängen, die sie durchquert hatten, gellten schon die Rufe weiterer Krieger.

»Angriff!« befahl Nukulahi.

Brüllend stürmte der Großteil der Soldaten auf die Leibgarde Tongaros zu. Der Rest sicherte den Gang hinter ihnen, indem sie ihn mit ihren Bogen unter Beschuß nahmen. Ihre Gegner rissen die Schilde hoch und stürmten den Soldaten entgegen. Krachend trafen die Kontrahenten aufeinander. Klingen blitzen auf, Speere bohrten sich splitternd in Schilde und Rüstungen, und Augenblicke später waren die Kämpfenden in blutige Mann-zu-Mann-Gefechte verwickelt.

Nukulahi verschaffte sich einen schnellen Überblick. Tuilaepe preßte sich seitlich von ihm mit ihrem Speer gegen eine der Wände, Kallyê hingegen hatte entschlossen Schwert und Dolch gezogen.

»Folgt mir. Aber seid vorsichtig.« Der Prinz bahnte sich mit seinem Speer und einigen gezielten Tritten einen Weg durch die Kämpfenden hindurch.

Lauf des Jovo, Dach der Brandung, Welle des Südens.

Einer der Krieger fiel, von seinen Hieben getroffen, nach hinten – genau in die Klinge eines kurjamäischen Soldaten.

Sprung des Zirjak, Wirbel der Lagune, Speer in Brandung.

Ein weiterer von Tongaros Kriegern stürzte zu Boden. Dann hatte der Prinz den breiten Gang erreicht, der zum Bildersaal führte. Er lag frei vor ihnen, und die Tür am anderen Ende war einladend geöffnet. Nukulahi zog Tuilaepe und Kallyê mit sich, dann stürmten sie auf die Gemächer seiner Familie zu, die hinter dem Eingang lagen.

Trotz des Kampflärms, der den Gang hinter ihnen ausfüllte, war es in dem alten Bildersaal auffallend ruhig. Nukulahi schaute sich aufmerksam um. Nur wenig erinnerte ihn hier an frühere, glücklichere Zeiten.

Im Gegenteil. Tongaro hatte den Saal vollständig ausräumen lassen. Unter dem gewaltigen Walbildnis aus zahllosen bunten Muscheln stand jetzt ein Thron aus kostbarem, rotschimmerndem Mahgeniholz. Der Königsstuhl war mit üppigen Schnitzereien von Zaikars und Blutkäfern bedeckt, den beiden berüchtigtesten Raubkäferarten im Reich der Tausend Inseln. Oben, am Kopfende der Lehne, schimmerte ein kopfgroßer Stern aus purem Rotgold, der Nukulahi an den Aionarsstern erinnerte, den er in den Ländern seiner neuen Freunde kennengelernt hatte. Die Wände hingegen waren mit breiten purpurnen Stoffbahnen behängt, und in den Ecken des Raums standen große goldene Kandelaber, in denen Dutzende von Kerzen steckten. Von alledem abgesehen war der Raum leer. Er ähnelte in seiner Schlichtheit einem der Übungssäle, in denen ihn sein alter Lehrmeister Buralofa einst in der schwierigen Kampftechnik der Richter unterwiesen hatte.

Erst jetzt entdeckte der Prinz Tongaro. Sein ehemaliger Freund stand ganz allein an einem der Fenster, von denen aus man einen hervorragenden Blick auf die Königsstadt und den Hafen hatte.

Wie früher trug der Thronräuber stolz das blinkende Rüstzeug der coleopäischen Krieger. Auch er hatte seinen Körper mit Ölen eingerieben, und seine Haut glänzte matt im einfallenden Licht. Sein Haupt mit den beiden seitlich herabhängenden Zöpfen aber wurde wie das von Nukulahi von einem goldenen Reif geziert. In der Rechten hielt er seine Waffe. Es war die ehrwürdigste Hela im ganzen Reich, jene Waffe, die einst der Oberste Richter Buralofa getragen hatte.

»Ich habe lange auf dich gewartet, Nukulahi!« Ohne sich zu ihm umzudrehen, sprach Tongaro ihn an. Aus seiner Stimme troff Hohn. »Ich hoffe, mein kleiner Empfang hat dir Freude bereitet.«

Dann wandte sich sein Todfeind zu ihm um. Nun verstand Nukulahi, warum Tongaro sich einen neuen Herrscherreif hatte schmieden lassen. Über seiner Stirn funkelte nicht etwa ein Edelstein, sondern einer jener Roten Steine, die er von seiner langen Reise her kannte.

Was mochte das bedeuten?

Nukulahi spannte seinen Körper. Links und rechts von ihm postierten sich Kallyê und Tuilaepe neben der Tür. Über Tongaros Gesicht huschte ein böses Lächeln, und in seinen Augen blitzte die Herrschsucht.

»Weiber beherrschen dein Leben, alter Freund. Habe ich recht? Ein Weib führt die armseligen Krieger an, die du vom Rande der Welt bis in mein Reich gebracht hast. Und Weiber begleiten dich sogar auf deinem Weg in den Tod. Du hast dich verändert ...«

»Ich bin nicht hergekommen, um mir deine Reden anzuhören, Tongaro.« Nukulahi umschloß mit festem Griff seinen Speer. »Heute werde ich dich für deine Taten zur Rechenschaft ziehen.«

»So, wirst du das?« Tongaro wandte sich gänzlich vom Fenster ab und schlich wie ein kurjamäischer Tiger auf den Thron zu. »Wirf einen Blick auf die Bucht, Nukulahi.«

Der Prinz zögerte, doch Tongaro beschrieb eine gönnerhafte Geste. »Tu es und sieh deinen Freunden vom Weltenrand beim Sterben zu.«

Vorsichtig näherte sich der Prinz den Fenstern. Was er sah, ließ ihn schaudern. Dort unten, in der Bucht, lag der Großteil ihrer Flotte. Zahlreiche Schiffe brannten, und dicke, schwarze Rauchschwaden trieben über die Stadt. Selbst das Meer schien Feuer gefangen zu haben.

»Du ... du hast das Eomesfeuer entzündet?« Nukulahi fuhr entsetzt zu Tongaro herum.

Der starrte ihn hämisch an. »Du hast es in der Hand, Nukulahi. Ergib dich, und ich werde deinen Freunden einen qualvollen Tod ersparen. Oder sagen wir, ich werde ihnen ein paar kostbare Tage Aufschub gewähren, bevor ich mir etwas anderes für sie einfallen lasse.«

Nukulahi fühlte Zorn in sich aufsteigen. »Nein, Tongaro, wir werden es jetzt zu Ende bringen!«

Der Mörder seines Vaters lachte gefährlich. »Ich wäre auch enttäuscht gewesen, wenn du dich anders entschieden hättest. Und jetzt, mein Freund, mach dich zum Sterben bereit!«

Drachenpfeile

Bucht von Colepa'Taru, zur gleichen Zeit

Surjadora mußte husten. Tränen der Wut liefen über ihre Wangen. Was sie hier erlebten, war keine Schlacht mehr. Es war ein Inferno aus Feuer und Rauch, in das ihre Feinde sie gelockt hatten. Fette Qualmwolken trieben in schwarzen Schwaden über der Bucht, und rings um sie herum brannte die See. Sechs ihrer Schiffe standen bereits in Flammen. Männer stürzten schreiend über Bord. Aus der Ferne gemahnten sie an lebende Fackeln.

Doch das Wasser war den Seeleuten keine Hilfe. Feuer hatte ihre Leiber eingehüllt, und wann immer sie auftauchten, stoben erneut Flammen auf. Die meisten von ihnen ertranken, da nur wenige von ihnen schwimmen konnten.

In der Bucht stank es nach Rauch, Schwefel und etwas anderem, das niemand von ihnen kannte. Ihre Versuche, die Brandherde, die der Gegner entfacht hatte, mit Wasser zu löschen, hatten sich als aussichtslos erwiesen. Die Männer hatten schließlich versucht, das Feuer mit Sand zu ersticken. Doch in den meisten Fällen war selbst das unmöglich.

Jene Männer, die es bis zum Strand geschafft hatten, hingen hilflos in den Netzen fest. Noch bevor sie den Streben, Gittern und Stangen des Walls mit ihren Äxten zu Leibe rücken konnten, wurden sie mit einem Hagel aus Speeren und Pfeilen eingedeckt.

Der Angriff war längst ihrer Gewalt entglitten. Surjadora wußte nicht einmal, ob Bannerträger Prahdoros überhaupt noch lebte. Viele der Landungsboote dümpelten immer noch in der Bucht, anstatt auf die Küste zuzuhalten. Statt einen entschlossenen Ausfall zu wagen, suchten die Mannschaften auf den Booten Schutz bei den beiden größeren Schiffen. Die Furcht vor dem Beschuß und das Schicksal der Männer am Strand schienen jede Vernunft erstickt zu haben. Jetzt rächte es sich, daß die Flotte kaum über erfahrene Seesoldaten verfügte. Abgesehen von ihrer eigenen Besatzung achtete niemand mehr auf die Befehle, die Surjadora gab.

Tvashareo stolperte hoch zum Achterdeck. In seinem Gesicht stand blankes Entsetzen. Hastig wischte sich Surjadora die Tränen aus dem Gesicht und war beinahe froh darüber, daß der Rauch ihre Schwäche verbarg.

»Werden wir jetzt sterben?« Tvashareos Lippen bebten vor Furcht.

»Nicht, solange wir nicht aufgeben, Junge!« Es war ein Wunder, daß das Feuer noch nicht auf die *Stern von Andhakleia* übergegriffen hatte. Tatsächlich war es allein dem engen Kordon an Schiffen mit ihren Segeln, Masten und Rümpfen zu verdanken, die es bisher verhindert hatten, daß die Karavelle selbst getroffen wurde. Doch wie lange noch?

Surjadora hatte längst Sturmsegel setzen lassen, damit die Karavelle wieder an Fahrt gewann. Gerade waren einige Seeleute dabei, mit langen Stangen zu verhindern, daß ihnen eine Schaluppe zu nahe kam, deren Decksaufbauten lichterloh brannten.

Das beständige Dröhnen der Siebener-Elephantinen war längst verstummt. Geschützmeister Bashorides lag mit einem verirrten Holzsplitter in der Brust auf dem Hauptdeck, und Oberbootsmann Brahthos hatte das Kommando über die Geschützbedienungen übernommen. Doch die dichten Rauchschwaden um sie herum versperrten die Sicht auf den Feind. Hin und wieder ließ Brahthos dennoch auf die Küste schießen, wenn er glaubte, ein lohnenswertes Ziel erspäht zu haben. Doch es war im Grunde mehr ein Zeugnis ihrer Hilflosigkeit denn ein Angriff. Wenn die Männer ihr nur wieder gehorchen würden!

Surjadora drehte das Steuerrad, um einer brennenden Lache auszuweichen, die sich auf dem Wasser steuerbords vor ihnen befand. Auf keinen Fall durfte der hölzerne Rumpf der Karavelle mit dem Feuer in Berührung kommen. Sie war sich inzwischen sicher, daß es sich um ein Öl oder eine andere brennende Flüssigkeit handelte, mit der die Coleopäer die Bucht beschossen.

Ein lautes Fauchen ließ sie und Tvashareo herumwirbeln. Nicht weit von ihnen entfernt stand plötzlich das Focksegel der *Nachtwolf* in grellen Flammen. Die Coleopäer schossen sich langsam ein. Die große Karacke von Kapitän Lakshapheus schien ihnen offenbar das gefährlichste der Schiffe. Auf dem Vorderkastell explodierte ein weiterer Feuerball. Brennende Trümmer und Menschen stürzten über Bord.

Auf dem Achterdeck der Karacke wurden Flaggensignale gesetzt. Surjadora konnte sie wegen der fetten Rauchschwaden nicht genau erkennen. Wieso verließ Lakshapheus nicht das Schiff? »Tvashareo, hast du gesehen, was die *Nachtwolf* uns signalisiert hat?«

Der Junge wandte sich ihr mit bleichem Gesicht zu. »Kapitän Lakshapheus wünscht uns Glück auf allen Wegen, Mutter.«

Aufgewühlt starrte Surjadora zu der Karacke hinüber. Was hatte ihr alter Weggefährte vor?

Die tapferen Seeleute der *Nachtwolf* hißten trotz des Feuers an Bord das Großsegel, und das mächtige Schiff steuerte schwerfällig auf die Küste zu, genau dorthin, wo die Coleopäer eine ihrer Batterien aus Wurfmaschinen aufgestellt hatten. Zahlreiche Männer sprangen jetzt über Bord. In den Händen hielten sie Planken und andere Holzteile. Wieder schnellte einer der Wurfarme nach vorn, und diesmal wurde die Karacke hinten auf dem Achterdeck getroffen. Dort, wo ...

»Lakshapheus!« schrie Surjadora gellend. Doch da, wo sie eben noch den Kapitän mit seinem unverkennbaren Wickelbart hatte stehen sehen, stob jetzt fauchend ein lodernder Feuerball auf. Eine dicke schwarze Rauchsäule stürmte über dem Heckkastell himmelwärts, und fette Rauchschwaden verstellten gnädig den Blick auf das Inferno, das sich dort austobte.

Auch der Großmast hatte mittlerweile Feuer gefangen. Weitere Männer stürzten schreiend ins Wasser, doch noch immer trieb das lichterloh brennende Schiff in Richtung Küste der Bucht zu. Mit lautem Knirschen schob sich der mächtige Rumpf der *Nachtwolf* in den Sand, und von den Masten regneten brennende Trümmerteile auf Schiff und Strand herab. Surjadora begriff, was Lakshapheus mit seinem Opfergang bezweckt hatte: Die brennende Karacke stand genau in der Schußlinie der drei Wurfmaschinen. Es würde dauern, bis die Coleopäer die schweren Katapulte wieder zum Einsatz bringen konnten.

Doch da waren noch immer die Wurfmaschinen auf der Landzunge gegenüber. Auch von dort wurden sie beschossen. Wenn es ihr gelang, diese Katapulte außer Gefecht zu setzen, dann würde der Rest ihrer Leute vielleicht endlich den Mut finden, den Strand zu stürmen.

Knapp über ihrem Fockmast hinweg beschrieb ein weiteres der coleopäischen Geschosse seine Bahn und hinterließ am Himmel über ihnen eine faserige Rauchspur. Die Coleopäer hatten zu hoch gezielt. Diesmal.

»Lakshapheus' Opfer soll nicht umsonst gewesen sein«, brach es bitter aus Surjadora hervor. »Wir werden es ihm nachmachen! Setzt die Segel, Männer!« brüllte sie. »Ich will da oben jeden Fetzen sehen, der uns zur Verfügung steht!«

Die Seeleute begriffen, was sie vorhatte, und schauten entsetzt zu ihr hoch. Doch dann enterten sie die Wanten, um in die Rahen zu gelangen. Surjadora drehte energisch das Steuerrad, und die Karavelle beschrieb einen Bogen. Dabei kamen sie einem der Kutter auf der Backbordseite zu nahe; mit dumpfem Laut schrammten die Rümpfe aneinander. Unwichtig. Von der *Stern von Andhakleia* würden bald ohnehin nur noch verkohlte Trümmer übrig sein.

Wenn das ihr Ende sein sollte, dann würde sie den verdammten Coleopäern wenigstens zeigen, daß ein Kurjamäer den Tod nicht fürchtete. Energisch fuhr sie zu Tvashareo herum. »Los, nimm dir eine Planke oder irgend etwas anderes und sieh zu, daß du von Bord kommst.«

»Du willst dich opfern?« Tvashareo ergriff sie am Arm »Das lasse ich nicht zu.«

»Verschwinde endlich, Tvashi!«

Doch der Junge schüttelte hartnäckig den Kopf. »Nein, wenn du stirbst, sterbe ich mit dir!«

Aufgewühlt blickte sie den Jungen an, als ein lautes Heulen sie herumfahren ließ. Mit infernalischem Jaulen flog ein eigentümliches Geschoß fast horizontal über die Bucht auf die Batterie mit den drei Katapulten zu. Es zog einen rauchenden Funkenschwarm hinter sich her, raste knapp über die Netze am Strand hinweg und fuhr zwischen die Wurfmaschinen, wo es mit lautem Knall explodierte. Glühende Fetzen sprühten über den Strand. Schreiend brachten sich die coleopäischen Krieger in Sicherheit. Ein weiteres der wundersamen Geschosse raste mit sprühendem Funkenstreif heran. Auch dieses war auf die Geschützstellung gezielt. Und diesmal traf das feurige Geschoß besser.

Einige der Gluttöpfe am Strand explodierten in einem großen Feuerball. Ein mächtiger Rauchpilz stob zum Himmel auf, und auf Coleopäer und Katapulte regneten unzählige Feuerzungen herab.

Beim heiligen Myriander, das waren katauekische Drachenpfeile! Wer war ihnen denn da zu Hilfe gekommen?

»Mutter, sieh doch!« Tvashareo deutete auf die Einfahrt zur Bucht. Dicht hinter der Hafenkette, die ihre Gegner zwischen den Felsen gespannt hatten, erhob sich der riesige Rumpf eines Pfauenschiffs. Die Rahen des fächerförmigen Segels waren hochgezogen, und überall auf der Nauke war Bewegung auszumachen. Das gesamte Bugspriet des Schiffes hatte die Gestalt eines Raubvogels mit weit gespreizten Flügeln. Auf Surjadora wirkte er, als hätte er soeben ein Opfer erspäht, auf das er sich zu stürzen beabsichtigte. Doch der Kopf des Vogels war schwarz verfärbt, so als wäre er einst selbst dem Feuer ausgesetzt gewesen. Mehr noch, Surjadora kam das Schiff bekannt vor. Natürlich, es erinnerte sie an jene Nauke, die in Thalliopê in Brand geraten war!

Schwach konnte sie hinter dem massigen Vogelkopf zwei Katauekеn in prächtigen Kleidern ausmachen.

Surjadora griff hustend nach ihrem Sehrohr, klappte es aus und richtete den runden Ausschnitt auf den Bug des Pfauenschiffes. Einer der Katauekеn da oben war ihr bekannt. Gut bekannt sogar. Ungläubig ließ sie das Rohr sinken.

»Gijao, du verdammter Mistkerl. Wenn es irgendwo Ärger gibt, kann man sich wirklich darauf verlassen, daß du dabei bist.« Ermattet schüttelte sie den Kopf.

Kaum hatte sie die Worte ausgesprochen, stürmte Tvashareo auch schon an die Reling zum Hauptdeck.

»Gijao ist gekommen! Gijao ist gekommen!«

Die Männer jubelten, und Oberbootsmann Brahthos brüllte neue Befehle. Auch die Besatzungen auf den Booten um sie herum faßten endlich wieder Mut. Entschlossen steuerten sie auf den Strand zu. Surjadora steckte das Sehrohr weg und sah, wie ihr der Nautiker aus der Ferne seinen Gruß entbot.

Traurig erwiderte sie ihn.

Tvashi trat wieder an ihre Seite und versuchte sie zu trösten. »Jetzt wird alles wieder gut, Mutter. Nukulahi wird vielleicht Augen machen.«

Ahnungsvoll schaute Surjadora zu dem Palast über der Stadt auf. Seine Mauern schimmerten inmitten der Rauschwaden wie weißes Gebein. Wieder mußte sie an das grausame Schicksal ihres alten Weggefährten Lakshapheus denken …

»Wenn der Prinz noch lebt, mein Junge. Nur wenn er noch lebt.«

Unbesiegt

Palast von Colepa'Taru, zur gleichen Zeit

Nukulahi und Tongaro hielten mit festem Griff ihre Waffen umfaßt und umkreisten einander wie schwarze Zaikars beim Revierkampf. Beide hatten die Kampfposition der Richter eingenommen und belauerten sich mit ihren Blicken. Ihre Körper warfen im Licht, das durch die golden schimmernden Fenstergitter hereindrang, lange bedrohliche Schatten, die einander unheilvoll berührten, nur um wieder auseinanderzugleiten. Es glich einer düsteren Vorahnung auf das, was folgen würde. Sie schickten sich an, den Tanz des Todes zu tanzen, und nur einer von ihnen würde ihn überleben.

Tongaro gab einen rätselhaften Laut von sich. Es klang wie ein tiefer Seufzer. Seine Augenlider begannen von einem Augenblick zum anderen zu flattern. Doch noch immer wirkten seine Bewegungen elegant, beinahe spielerisch.

Vom Eingang der Halle her hallte ein entsetzter Laut an Nukulahis Ohren. Doch er konnte sich jetzt nicht um die beiden Frauen kümmern, die ihnen dort mit bangen Blicken zuschauten.

Der Prinz schoß nach vorn. *Lauf des Jovo. Flug des Aiok. Regen auf Fels.*

Nukulahi versuchte wie der Orkan zu sein, der eine Schneise in einen Wald aus Bäumen schlug. Versuchte zu sein wie die schwere Flut, deren Brecher hart auf die Felsen prallten.

Zorn des Meeres, Wirbel der Lagune. Speer in Brandung.

Doch Tongaro war gut, sehr gut sogar. Jedem von Nukulahis Schlägen trat er in vollendeter Harmonie entgegen. Gewandt konterte er Stoß um Stoß und wich all seinen Hieben aus. Und er lachte.

Nukulahi sprang zurück und keuchte vor Anstrengung. Wieder umkreisten sie einander. Er hatte das Gefühl, als spielte der Thronräuber mit ihm. Doch das war es nicht, was ihn am meisten beunruhigte. Angst machten ihm Tongaros Augen. Die Pupillen seines Todfeindes hatten sich so stark verdreht, daß zwischen den Lidern nur mehr das entseelte Weiß der Augäpfel hindurchschimmerte. Er meinte einem Blinden gegenüberzustehen, doch in Wahrheit schien Tongaro ihm auf den Urgrund seiner Seele blicken zu können.

»Dein Tod ist bereits beschlossene Sache, mein Freund«, wisperte sein Gegner. Seine Bewegungen hatten etwas Lauerndes, und seine Stimme war wie beißender Rauch. »Du bist nur hier, weil es meinem Willen entsprach. Endlich kann ich vollenden, was ich begonnen habe. Meine Schwester wird meinen Sohn zur Welt bringen, und ich werde die alte Blutlinie erneuern. Deine blonde Freundin vom Weltenrand aber«, seine Stimme troff vor Hohn, »wird mein Spielzeug sein, wenn mich Tuilaepe langweilt. Und ich langweile mich schnell.«

»Niemals, du Bastard!« Kallyês Stimme hallte von der Tür her auf, und ein metallisches Blitzen lag in der Luft. Die Linke des Königsmörders schnellte nach oben, und Nukulahi keuchte überrascht auf, als Tongaro den Dolch der Eulykierin noch im Flug auffing.

»Aber wenn ich es recht bedenke«, fuhr Tongaro im gleichen wispernden Tonfall fort, »ist eine Frau doch wie die andere. Oder wie siehst du das, Nukulahi?«

Ansatzlos schleuderte Tongaro den Dolch zurück. Nahe der Tür war ein dumpfer Laut zu hören. Nukulahi wirbelte erschüttert herum. Der Dolch steckte tief in Kallyês Leib, die den Griff fassungslos umschlossen hielt. Blut sickerte zwischen ihren Fingern hindurch. Dann ging sie stöhnend in die Knie. Entsetzt bemühte sich Tuilaepe sie aufzufangen.

Mit einem gewaltigen Schrei auf den Lippen stürmte Nukulahi auf Tongaro zu. In seinen Augen loderte der Zorn, und der Speer in seinen Händen war wie der Stachel eines Skorokäfers. Haßerfüllt stach er auf seinen Gegner ein.

Doch der lachte nur.

Jeden seiner Schritte, jede Finte schien er vorauszuahnen. Er konterte und parierte Nukulahis Schläge, so als wäre der Prinz ein ahnungsloser Schüler, der seine erste Kampfstunde ausfocht.

Dann aber ging Tongaro seinerseits zum Angriff über, und

Nukulahi wußte nicht, wie ihm geschah. Er sah die Hela kommen. *Dach der Brandung.*

Es war eine Finte. Mit einer spielerischen Bewegung setzte Tongaro nach, und sein machtvoller Hieb traf den Prinzen wie ein Blitz. Sein Körper wurde herumgeschleudert, und er stürzte tief nach hinten in den Raum. Nur seinem Geschick war es zu verdanken, daß er nicht zu Boden ging. Hastig kehrte er wieder in die Ausgangsstellung zurück.

Tongaro kam ruhig auf ihn zu. »Begreife endlich, du kannst nicht gewinnen. Erinnerst du dich an den Tag, als der neue Stern am Himmel stand?«

Erneut wirbelte die Waffe des Thronräubers nach vorn.

Welle des Südens. Doch auch diese Abwehrbewegung schien Tongaro vorauszuahnen. Tief bohrte sich die Spitze der Hela in Nukulahis Oberschenkel. Schmerzen durchfluteten seinen Körper, und Blut strömte aus der Wunde. Der Prinz taumelte.

»Eomes hat uns beschenkt, mein Freund. Er hat mich beschenkt. So wie er einst vom Himmel herabgestiegen ist, um das Reich zu formen, ließ er an jenem Tag seine Geschenke auf die Welt herabregnen, als ich die Macht ergriff.«

Ein weiteres Mal schlug Tongaro hart zu. Der Hieb traf Nukulahi völlig unvorbereitet am Kinn. Für einen Augenblick blitzten vor seinen Augen Sterne, und er stürzte schwer zu Boden. Ein schmerzerfüllter Laut drang an sein Bewußtsein. Er selbst war es, der ihn ausgestoßen hatte. Im Hintergrund schrie Tuilaepe vor Entsetzen. Nukulahis Schädel dröhnte.

Tongaro fuhr ungerührt fort. »Es ist das geronnene Blut des Himmels, das mich an meine ehrenvolle Aufgabe gemahnt. An meine Aufgabe, das Reich neu zu ordnen.«

Der Königsmörder trat vor, und wieder stach er zu. Nukulahi versuchte der Waffe verzweifelt mit einer Drehung seines Körpers zu entgehen, doch die Hela bohrte sich in sein Bein, zielgenau dorthin, wo ihn das kalte Metall schon einmal getroffen hatte. Mit einem Ruck drehte Tongaro die Waffe, bevor er sie aus dem Fleisch zog. Der Schmerz war wie Feuer, und Nukulahi schrie. Tongaro liebte es anscheinend, ihn zu quälen.

»Oben auf dem Mauga Kara'tubo, auf dem Götterberg«, fuhr er im Flüsterton fort, »hat er uns einst ein Zeichen hinterlassen. Einen Stern, Nukulahi. Der Stern kündigte Eomes' Wiederkehr an. Ich war der einzige, der das erkannte.«

Nukulahi fühlte, wie ihn die Sicherheit verließ. Die Schmerzen hatten ihm das Wasser in die Augen getrieben, und sein Blick war verschleiert. Verschwommen erkannte er den Roten Stein in dem goldenen Stirnreif des Thronräubers. Geronnenes Himmelsblut. Natürlich! Der Stein mußte etwas mit Tongaros unheimlichen Kräften zu tun haben. Bereits vorhin, als er den Saal betreten hatte, hätte er darauf kommen können. Er mußte ihm den verdammten Stein entreißen. Das war es!

Nukulahi setzte sich über den scharfen Schmerz in seinem Bein hinweg und riß seinen Speer noch einmal nach oben. Er stach so hart zu, wie er es nur vermochte. Der Stoß war auf den Stirnreif gezielt. Doch Tongaro starrte ihn mit dem unheimlichen Weiß seiner Augen an und parierte auch diesen Hieb, so als hätte er ihn schon lange kommen sehen. Ein leichte Drehbewegung der Hela, und einen Augenblick später fühlte Nukulahi, wie ihm die Waffe aus der Hand gefegt wurde. Mit einem dumpfen Klirren landete der Speer vor dem Thron.

»Du Narr.« Tongaro zielte mit der Spitze der Hela auf Nukulahis Kehle und ritzte die Haut an seinem Hals. Der Prinz spürte, wie der Schweiß auf seiner Stirn perlte. Ebenso wie Tongaro wußte er, daß er verloren hatte. All die Anstrengungen, all die Jahre, alles umsonst.

Tongaro beugte sich mit der Waffe in der Hand über ihn und legte den Kopf schief. Er genoß es, ihn zu demütigen.

»Begreifst du es jetzt? Ich habe Visionen, Nukulahi. Sie werden von Tag zu Tag stärker. Jeden deiner Schritte kann ich im voraus sehen. Ich kann sogar die Gedanken meiner Feinde lesen. Nichts bleibt mir verborgen. Eomes selbst hat mich mit Kräften gesegnet, die alles übertreffen, was du dir vorzustellen vermagst!«

Nukulahi sah schmerzerfüllt zu dem Mörder seines Vaters auf und keuchte. »Nein, Tongaro. Du bist der Narr. Eomes war nie göttlich. Er ist es nie gewesen. Er war ein Bewohner vom

Weltenrand, der uns alle getäuscht hat – genau so, wie uns damals die Schmaläugigen getäuscht haben.«

»Du lügst!« brüllte Tongaro. Sein Kopf ruckte hoch, und sein Blick flackerte. Die gefährliche Spitze der Hela an Nukulahis Hals zitterte erstmals. »In meinen Adern fließt göttliches Blut!«

Dem Prinzen kam ein irrwitziger Gedanke. Was hatte Kallyê noch im Hafen von Andhakleia gesagt? *Oft erfahren wir erst ganz am Ende eines Weges, wozu der Pfad diente, auf den uns das Schicksal geführt hat.*

»Du glaubst mir nicht?« stöhnte er. »Dann lies sie … Lies meine Gedanken und entscheide, ob ich wahr gesprochen habe. Eomes war ein einfacher Mensch. Du bist es, den er am meisten zum Narren gehalten hat!«

Tongaro zitterte. Nukulahi spürte die plötzliche Unsicherheit seines Todfeindes, spürte, wie sich Tongaro versenkte. Seine Lider zuckten, und seine Pupillen waren plötzlich wieder zu sehen, die wild in den Höhlungen seiner Augen irrlichterten.

Nukulahi schrie auf. Er hatte das Gefühl, als legte sich eine Presse um seinen Kopf. Ihm wurde übel. Doch von einem Augenblick zum anderen verschwand das unheimliche Gefühl.

»Neeeiiin!« Mit einem gurgelnden Geräusch taumelte Tongaro zurück. Er griff sich an die Stirn. »Das ist nicht wahr. Du lügst. Du mußt einfach lügen!«

Nukulahi wußte, daß jetzt die einzige Gelegenheit gekommen war, seiner Herr zu werden. Verzweifelt richtete er den Oberkörper auf und sah sich um. Er lag in einer Lache aus Blut. Seinem Blut. Doch nirgends fand er etwas, das sich als Waffe hätte verwenden lassen können.

»Ich werde dich töten, du verdammter Bastard! Dafür wirst du sterben.« Tongaro packte seine Waffe mit festem Griff und stürzte auf ihn zu. Die Gelegenheit schien vorbei. Die Augen seines Todfeindes verdrehten sich wieder auf unheimliche Weise.

In diesem Moment flog von der Seite her ein langer Schatten heran. Tongaro brüllte auf und wurde noch im Sprung herumgerissen. Sein Schrei mischte sich mit jenem von Tuilaepe. Die ganze Zeit über hatte sie neben Kallyê am Boden ausgeharrt, doch jetzt stand sie da, und auf ihrem Gesicht lag tödliche Entschlossenheit. Sie war es, die den Speer quer durch den Saal geschleudert hatte.

Tief hatte sich die Waffe in Tongaros Brust gebohrt, dort, wo sein Herz schlug. Der Königsmörder röchelte. Einen Augenblick lang wankte er und starrte ungläubig auf den langen Schaft, der aus seiner Brust ragte. Dann entglitt ihm die Hela, und er stürzte schwer vor Nukulahi zu Boden. Sein Blick war wieder der eines normalen Menschen. Mit einem letzten, haßerfüllten Ächzen starrte der Verräter den Prinzen an. Dann schlossen sich seine Augen, und sein Kopf fiel zur Seite. Tongaro war tot.

Nukulahi wandte sich von dem Leichnam des Verräters ab und richtete sich auf. Mit quälenden Schmerzen im Bein schleppte er sich hinüber zu Kallyê.

Bleich lag sie vor ihm am Boden. Ihre Kleidung war mit Blut bedeckt, ihre Lider waren geschlossen, und das sonnenhelle Haar umschmeichelte ihren Kopf wie einen Totenkranz. Noch immer ragte die Klinge des Messers aus ihrem Leib.

Nukulahi durchfuhr ein Schmerz, der von seinem Herzen ausging und ihn das dumpfe Pochen in seinem Bein vergessen ließ. Nach und nach füllten sich seine Augen mit Tränen. Er war so dumm gewesen. Erst jetzt, da es zu spät war, fand er den Mut, sich seine wahren Gefühle für sie einzugestehen. Sich offen zu ihr zu bekennen. Er hatte sich etwas vorgemacht, all die Zeit über. Schluchzend bettete er das Haupt der Eulykierin in seine Hände. »Nicht, Kallyê. Bitte verlaß mich nicht!«

»Du liebst sie?« Tuilaepe trat an seine Seite und blickte ihn aus ihren großen dunklen Augen heraus an. Sie waren ein Spiegel seiner Verzweiflung. Oder war es die ihre? Es tat ihm so leid. Für Kallyê, für ihn, aber auch für sie.

Er nickte stumm und war nicht in der Lage, ein Wort herauszubringen.

Tuilaepe betastete den Hals der Eulykierin und lächelte tapfer. »Sie ist noch nicht tot, Nukulahi. Ich verspreche dir, daß du sie lebend wiedersiehst.«

Eine solche Wunde konnte niemand überleben. Oder doch?

Da lag etwas in Tuilaepes Blick, eine Sicherheit, die ihn seine Zweifel vergessen ließ.

»Geh und beende den Krieg da draußen«, fuhr sie mit tonloser Stimme fort. »All das sinnlose Blutvergießen. Es muß endlich aufhören.«

Nukulahi starrte die Prinzessin mit einer Mischung aus Kummer und Hoffnung an. Er wußte nicht, *was* Tuilaepe zu tun beabsichtigte. Und ebensowenig verstand er, *warum* sie es tun wollte.

Müde richtete er sich auf und hatte das Gefühl, als stünde sein Bein in Flammen. Noch einmal schauten er und Tuilaepe sich tief in die Augen. Doch das Band, das sie geeint hatte, war zerrissen. Nukulahi fühlte sich unsagbar schuldig.

Unbeholfen griff er zu seiner Kriegsschürze und zog traurig ihren Schleier hervor, jenes Unterpfand der Liebe, das er all die Jahre über bei sich getragen hatte. Er verdiente es nicht mehr. Wahrscheinlich hatte er es nie verdient.

»Das gehört dir.«

Zögernd schlossen sich Tuilaepes Hände um das Stück Stoff. »Geh jetzt.«

Der Prinz wandte sich mit einem letzten Blick auf Kallyê ab und humpelte auf die Tür zu.

Abschied

Karavelle Stern von Andhakleia*, auf dem Meer vor der Königsinsel Nuku'atepe, vier Tage später*

Auf dem Bugkastell der Karavelle standen drei kurjamäische Seesoldaten in blinkenden Uniformen, die große Nebelhörner in den Händen hielten. Dreimal ließen sie die Instrumente erschallen, und ihr tiefer, dunkler Ton wurde weit über die See getragen. Zackig setzten sie die Hörner ab, drehten sich im Gleichschritt um und stiegen die Treppe zum Hauptdeck hinunter, wo die gesamte Mannschaft angetreten war. Die Männer hatten sich herausgeputzt, und ihre Augen waren unverwandt auf die See gerichtet.

Surjadora stand zusammen mit König Nukulahi, Kallyê, Tvashi und Gijao neben der Reling und betrachtete das offene blaue Meer, das sich weit bis zum Horizont spannte. In der Ferne waren die Silhouetten weiterer Inseln des Archipels zu erkennen. Doch die Gedanken der Kapitänin weilten einzig und allein bei dem kleinen Totenschiff, das Schiffszimmermann Tarjixes für diesen Anlaß angefertigt hatte. Seine Segel waren gebläht, und der Wind trieb es von der *Stern von Andhakleia* fort, dorthin, wo die Sonne sich eben anschickte unterzugehen.

Auf das Totenschiff hatten sie die wenigen Reste gebettet, die sie von Kapitän Lakshapheus gefunden hatten. Der Rumpf des Schiffs wies kleine Löcher auf. In spätestens einer halben Stunde würde es sich zur Gänze mit Wasser gefüllt haben und sinken.

Die Hände der Kapitänin ruhten fest auf der Schulter ihres Sohnes. Tvashi lief eine Träne über die Wange, und auch ihr selbst war beklommen zumute. Lakshapheus hatte sie fast fünfzehn Jahre ihres Lebens begleitet. Ihr schien es, als wäre mit ihm auch ein Teil von ihr selbst gestorben.

Schweren Herzens löste sie sich von Tvashi, straffte ihren Sari und drehte sich mit starrer Miene zu der Mannschaft um, die in mehreren Reihen hintereinander stand, ganz zuvorderst jene tapferen Männer, die mit Lakshapheus und ihr zusammen das

Jarmatengebirge durchstreift hatten. Nach der Seeschlacht waren nur noch sieben von ihnen am Leben. Der Wind fuhr über die Aufbauten und strich über Kleider und Gesichter der Männer hinweg. Davon abgesehen war es totenstill.

Surjadora räusperte sich. »Wegtreten!«

In die Mannschaft kam Bewegung, und nach und nach verliefen sich die Männer an Bord. König Nukulahi und Kallyê standen noch immer am Schanzkleid, hielten sich bei den Händen und starrten hinaus auf die See. Es hieß, daß die Eulykierin bei dem Kampf zwischen Nukulahi und Tongaro fast umgekommen wäre. Doch die coleopäische Prinzessin Tuilaepe hatte sie auf wundersame Weise gerettet. Die Soldaten, die Nukulahi in den Palast gefolgt waren, konnten später nur berichten, daß sie die Prinzessin in der Nähe Kallyês hätten tanzen sehen. Surjadora wußte nicht, was sie davon zu halten hatte. Doch der Eulykierin war von einer Verwundung nichts mehr anzumerken, und sie selbst hatte von alledem nichts mitbekommen.

Die Prinzessin selbst konnten sie auch nicht befragen, da sie anschließend verschwunden war. Niemand von ihnen wußte, wohin. Doch der Anlaß für ihre Flucht war nicht schwer zu erraten. Surjadora zumindest glaubte zu wissen, was der Grund dafür war. Sie hatte schon lange geahnt, daß Nukulahi sein Herz an die Eulykierin verloren hatte, vielleicht schon lange bevor er es sich selbst gegenüber eingestanden hatte.

Gijao drehte sich zu ihr um. Sie konnte immer noch nicht fassen, daß er nicht in seine Heimat zurückgekehrt war. Statt dessen hatte er in Thalliopê seinen Purpuranteil dafür verwendet, die Kataueken aus der eulykischen Gefangenschaft auszulösen und die Reparatur jener Nauke zu bezahlen, die dort von seinen Landsleuten in Brand geschossen worden war. Surjadora hatte erst vor vier Tagen erfahren, daß sie einem gewissen Schaung näng Nohei gehörte, einem alten Freund Gijaos, den er davor bewahrt hatte, in der Fremde zu stranden.

Für den heutigen Anlaß hatte sich der Nautiker in ein feines katauekisches Seidengewand gehüllt. Die Kapitänin fand es eigenartig an ihm. Vier Jahre kannten sie sich bereits, doch in all der Zeit hatte er kurjamäische Kleidung getragen. Was Lakshapheus wohl zu dem Aufzug gesagt hätte?

Sie merkte Gijao an, daß er sich ein wenig um sie sorgte. Das mußte er selbstverständlich nicht. Sie hatte sich im Griff. So wie immer.

Aber es tat trotzdem gut, ihn in dieser Stunde bei sich zu wissen. Früher hätte sie sich nicht vorstellen können, daß sie einmal Gefallen an katauekischer Gesellschaft finden würde. Aber das war, bevor sie Gijao kennengelernt hatte. Ihr kam es wie eine kleine Ewigkeit vor.

»Hochehrwürdige Surjadora«, hob der Katauekc einfühlsam an, »mein Vetter Liän würde wohl sagen, daß ein guter Freund wie ein Spiegel ist. Er offenbart dir deine Stärken und deine Schwächen. Vor allem aber zeigt er dir, was du wert bist. Ich denke, Lakshapheus hätte solchen Mut nicht bewiesen, wenn er nicht davon überzeugt gewesen wäre, daß du ihn verdienst.«

War Lakshapheus ein Freund gewesen? Ja, sicher war er das. Die Kapitänin räusperte sich ergriffen. »Ich danke Euch, Gijao.«

Nukulahi und Kallyê traten jetzt ebenfalls an ihre Seite. Mit seinem purpurnen Umhang und dem goldenen Kopfschmuck wirkte der Coleopäer wahrlich wie ein König. Noch immer humpelte er, eine letzte Erinnerung an den Kampf gegen den Thronräuber. Sicher würde es noch eine Weile dauern, bis die Wunde an seinem Bein verheilt wäre. Doch Nukulahi hatte in all der Zeit, da sie zusammen unterwegs gewesen waren, noch ganz andere Dinge überstanden.

Die coleopäischen Frauenkleider, die Kallyê trug, waren ebenso gewöhnungsbedürftig wie die Kleider Gijaos. Daß die Eulykierin ähnlich empfand, war offensichtlich; ständig zupfte sie an dem ungewohnten Stoff. Trotz des traurigen Anlasses, der sie heute hatte zusammenkommen lassen, huschte ein verliebtes Lächeln über ihre Lippen. Nukulahi hatte Surjadora bereits davon unterrichtet, daß Kallyê auf Coleopa bleiben würde. Als seine Gemahlin.

Der frisch gekrönte König plante noch immer, sein Reich für Neuerungen zu öffnen. An Kallyê würde es sein, die Coleopäer all das zu lehren, was sie von den Ajunäern wissen mußten. Ja, die beiden wirkten trotz allem sehr glücklich. Surjadora freute sich für sie.

»Leider kann ich nicht an Bord bleiben, Schiffsführerin«, erhob der König seine Stimme. »Es gibt zuviel zu tun. Im Westen des Reiches toben noch immer Kämpfe. Ich muß Solar Fatafehi unbedingt Krieger zur Unterstützung schicken. Und auch in Colepa'Taru stehen viele Entscheidungen an. So muß ich meiner neuen Aufgabe als Herrscher leider schneller gerecht werden, als ich dachte.«

»Macht Euch keine Gedanken, Majestät«, antwortete Surjadora. »Wir haben die nächsten Wochen noch genügend Zeit für Plaudereien. Wo auch immer Lakshapheus jetzt ist, ich bin mir sicher, daß er es zu würdigen gewußt hätte, daß Ihr Euch für seine Totenfeier Zeit genommen habt.«

Nukulahi musterte sie ernst. »Ich habe Euch viel zu verdanken, Schiffsführerin. Euch, Lakshapheus, Euren Männern, ja«, er wandte sich zu Gijao um, »selbst Euch.«

Der Kataueke grinste schief. »Oh, was das betrifft, König Nukulahi, würde mein Vetter Liän wohl sagen ...«

Nukulahi schnitt ihm schmunzelnd das Wort ab. »O nein, Gijao, bitte verschont mich mit weiteren Weisheiten Eures Vetters. Es scheint wohl nichts zu geben, worauf er nicht eine Antwort wüßte.«

Selbst Tvashi mußte lachen, und auf gewisse Weise wirkte es befreiend. Nukulahi beugte sich in aller Würde zu dem Jungen hinunter und stupste ihn sanft gegen die Brust. »Ich hoffe, du läßt dich in den nächsten Tagen im Palast blicken. Ein alter Freund meines Vaters will dich unbedingt kennenlernen. Er hat sich angeboten, dir zu zeigen, wie man Purpurkäfer fängt und von ihnen den Farbstoff gewinnt.«

»Ich dachte, man tritt einfach drauf, Nukulahi?« Tvashi wurde rot. »Äh, ich meine natürlich: König Nukulahi.«

»An den Titel muß ich mich selbst erst noch gewöhnen.« Der neue König lachte. Er und Kallyê reichten ihnen die Hände zum Abschied. Dann schritten sie gemeinsam zum Fallreep auf der gegenüberliegenden Seite der Karavelle, wo bereits ein prächtig geschmückter Katamaran auf sie wartete, um sie zur Königsinsel zurückzubringen. Tvashi begleitete die beiden bis zur Reling, um ihnen nachzuwinken.

»Gijao«, wandte sich Surjadora an den Kataueken, »was haltet Ihr davon, wenn wir in meine Kajüte gehen und dort eine Flasche guten merkantilischen Weins leeren. Lakshapheus hat merkantilische Weine geliebt.«

Der Nautiker verneigte sich. »Es ist mir eine Ehre.«

»Wußtet Ihr, daß ich Lakshapheus auf einem Sklavenmarkt freigekauft habe? So haben wir uns kennengelernt.« Beide gingen sie auf das Achterdeck zu, und Gijao schüttelte überrascht den Kopf.

»Nein, wirklich? Das mußt du mir erzählen.«

Die Kapitänin öffnete die große Tür zum Kastell und ließ dem Kataueken den Vortritt. Nachdenklich wandte sie sich noch einmal um.

Ihr Blick wanderte über die Aufbauten der Karavelle und glitt stolz an den Masten des Schiffes empor. Die *Stern von Andhakleia* hatte während der Schlacht auf wundersame Weise keinen einzigen Treffer abbekommen. Vielleicht war das ja ein gutes Zeichen.

Das Leben ging schließlich weiter. Es ging immer irgendwie weiter.

Sie drehte sich zur Tür um, um Gijao zu folgen. Es würde sicher nicht bei einer Flasche bleiben. Sie gab Brahthos ein Zeichen, der vom Oberdeck aus die Männer im Auge behielt. »Steuermann, Euer Schiff!«

Die Walbraut

Strand des Nooga'Ka'ata, Königsinsel Nuku'atepe, zur selben Stunde

Tuilaepe blickte hinaus auf den Nooga'Ka'ata und weinte. Der rote Untergrund und das Licht der Abendsonne ließen die Bucht wie einen riesigen roten Rubin erstrahlen, gebettet in eine Fassung aus weißen Knochen und rings umhüllt von goldenem Sand. Einzig geschaffen, um der Königsinsel zur höchsten Zierde zu gereichen.

Der glutene Himmelsball war soeben hinter der fernen Landzunge untergegangen, die die Bucht wie eine schützende grüne Hand umschloß. Noch überglomm sein Licht Gestein und Gesträuch. Schwarz und majestätisch erhob sich inmitten all dieser Pracht der Nuku'a Maui, der Fels der vier Gesichter.

Die Prinzessin stand am Strand vor der Grotte, die ihr und den anderen Frauen in all den Monden Zuflucht und Heimstatt gewesen war. Doch jetzt lag sie still und verlassen hinter ihr und gemahnte sie an die Einsamkeit, die ihr Herz umfangen hielt. Tuilaepe trauerte um Nukulahi, den sie verloren hatte.

Sie hatte ihn vom ersten Moment an geliebt, damals, als sie sich hier am Walfriedhof getroffen hatten, um einander kennenzulernen. Was hatte er ihr zum Abschied versprochen? *Eines Tages werden wir beide noch einmal an diesen Ort zurückkehren. Und dann sollst du erfahren, wie es ist, wenn wahre Liebe aus einem Lied spricht.*

Es war allein die Liebe zu ihm gewesen, die ihr in all den Jahren Hoffnung geschenkt hatte. Sie war ihre Stütze gewesen, wenn die Schwäche sie übermannt hatte, ihr Trost, wenn die Angst sie heimgesucht hatte, und ihr Ansporn, wenn sie kurz davor gestanden hatte aufzugeben.

Doch sie hatte seine Liebe verloren. Nukulahis Lieder galten jetzt einer anderen. Die fremde Frau zu retten war der letzte Liebesdienst gewesen, den sie ihm erwiesen hatte.

Alles, was ihr geblieben war, war Verzweiflung.

Verzweiflung und bittere Tränen.

Sie wußte nicht zu sagen, wie lange sie schon am Strand ausgeharrt hatte, als sie einen elegischen Ton vernahm. Und dann noch einen. Unvermittelt schreckte sie aus ihren düsteren Gedanken auf. Was war das? Die Klänge wiederholten sich und wurden weit über die Bucht getragen; sie steigerten sich zu einer melancholischen Melodie, die über dem Wasser schwebte und den Weg zu ihren Ohren fand. Es war eine Weise, die traurig und zugleich heiter klang. Sie war wie ein Ruf, und Tuilaepe spürte die Sehnsucht, die darin mitschwang. Das Lied liebkoste und umschmeichelte sie.

Die Prinzessin wischte sich über das Gesicht. Verwirrt suchte sie die Bucht ab, dann sah sie ihn. Es war jener alte *Nooga*, der sich vor einigen Monden in die Grotte verirrt hatte. Sein schwarzweißer Leib ragte wie eine kleine Insel aus dem Wasser. Der Wal sang sein Lied und beobachtete sie aus der Ferne. Langsam glitt er mit seiner mächtigen Schwanzflosse durch die Fluten und kam auf sie zu.

Tuilaepe sah ihn und lachte. Wie hatte sie nur so blind sein können? Sie war nicht allein. Sie war es in all der Zeit nicht gewesen. Was hatte man ihr als junges Mädchen prophezeit? Ein Sänger werde ihr Herz erobern. Doch nicht Nukulahi war damit gemeint gewesen.

Wärme stieg in ihr auf, und die Prinzessin fühlte, wie neue Liebe in ihr Herz strömte. Sie erinnerte sich wieder an die alte coleopäische Sage, nach der Eomes seine einstige Geliebte zurückgelassen hatte. Sie hatte Tuilaepe geheißen, so wie sie. Der göttliche Fischer aber hatte den verdienstvollsten und stärksten seiner sterblichen Krieger in das Reich der Tausend Inseln entsandt. Er hatte sie getröstet, sie hatten sich ineinander verliebt, und dann hatten sie Hochzeit gefeiert.

Jener *Nooga* dort war der König des Meeres. Und sein Liebeslied galt allein ihr. Und sie? Sie war seine Walbraut.

Noch immer sang der *Nooga* sein Lied. Vor Entzücken schien ihr das Herz zerspringen zu wollen. Wieder liefen ihr Tränen über das Gesicht, doch diesmal waren es Tränen des Glücks. Tuilaepe schlüpfte aus ihren Sandalen und eilte lachend auf die Bucht zu. Meerwasser umspülte ihre Zehen.

Rings um sie herum erklang das sanfte Rauschen der Brandung. Warm und weich stieg das Wasser an und legte sich wie ein Hochzeitsgewand um ihren Leib. Dann tauchte sie endgültig in die Fluten ein. Eine heimelige Schwere erfüllte sie.

Der Walkönig aber sang. Die ganze Zeit über sang er sein Lied. Es war der Friedhof der Wale, an dem er seine Weise angestimmt hatte. Doch es war nicht der Tod, den er pries. Es war das Leben.

Anhang

Der Gotteskalender

(Der auf Ajuna gebräuchliche Kalender)

Das Jahr auf der Gezeitenwelt hat 365 Tage. Es ist in zwölf Monate zu dreißig Tagen untergliedert. Zusätzlich gibt es fünf Feiertage, die keinem der Monate zugeordnet sind. Alle vier Jahre wird als Schalttag ein weiterer Feiertag eingeschoben.

Ajunäisches Datum	*Entsprechendes Datum auf der Erde*
Fest der Rückkehr des Lichts	1. Januar
Wolkenmond	Januar
Sturmmond	Februar
Blütenmond	März
Fest der Segel	1. April
Händlermond	April
Dürremond	Mai
Roter Erntemond	Juni
Sternenfest*	1. Juli
Hitzemond	Juli
Sturzregenmond	August
Flutregenmond	September
Fest der Fleischwerdung	1. Oktober
Schwemmond	Oktober
Mosquitomond	November
Grüner Erntemond	Dezember
Fest der Götzenschlacht	31. Dezember

Feiertage

Zum *Fest der Götzenschlacht* erinnert man sich der großen Schlacht, in der Aionar und seine Heiligen das Heer der Götzen und ihrer verblendeten Anbeter in den Bergen von Nurandar besiegten. Um Aionar und seine Gefolgschaft zu bezwingen, hatten die Götzen die Sonne verdunkelt. Erst als der letzte falsche Gott besiegt war, kehrte das Licht zurück.

* auch Fest der Entrückung Gottes, in Schaltjahren folgt das Fest der Erinnerung

Diesem Wunder gedenkt man am folgenden Tag mit dem *Fest der Rückkehr des Lichts*. In der vorherigen Nacht werden alle Lichter und Feuer gelöscht, um dann in einem Festakt bei Sonnenaufgang neu entzündet zu werden.

Das *Fest der Segel* eröffnet die Jahreszeit, in der die Pfauenschiffe aus dem fernen Serkan Katau die Küsten Ajunas erreichen und die Überseehandelssaison beginnt. In den Hafenstädten des Merkantilischen Imperiums und der Ehernen Liga beginnen mit diesem Tag auch häufig Warenschauen.

Mit dem *Sternenfest* (auch *Fest der Entrückung Gottes*) feiert man jenen Tag, an dem Aionar, der Abwesende Gott, den Priestern die Welt zum Pfand gab, um dann zu den Sternen aufzusteigen.

Zum *Fest der Fleischwerdung Gottes* gedenkt man jenes Tages, an dem Aionar sich in Fleisch kleidete, um den Völkern Ajunas das Licht des wahren Glaubens zu bringen.

Alle vier Jahre gibt es einen Schalttag, der auf das Sternenfest folgt und der ebenfalls ein Festtag ist. Es ist das *Fest der Erinnerung*. An diesem seltensten aller Feiertage werden in den Bergen nahe Gondallo die ›Eisheiligen‹ in die Hauptbasilika des *ordo silentii mysteriorum* getragen. In langen Prozessionen ziehen sodann Pilger an den Märtyrern des Glaubens vorbei und beschenken sie mit einfachen Feldblumengebinden.

Der Archipel von Coleopa

Das Reich der Tausend Inseln

Im Ozean des Morgens, gut 1500 Meilen westlich der Küste des ajunäischen Kontinents, erstreckt sich über 2000 Meilen von Ost nach West der ›Archipel von Coleopa‹ – ein für Ajunäer aufgrund seiner abgeschiedenen Lage sagenumwobenes Inselreich, das unter diesem Namen ursprünglich in nur vier bekannten Kirchenschriften Erwähnung gefunden, aber gerade deswegen die Phantasie der Gelehrten und Kartographen des Imperiums beflügelt hat. Dies geschah nicht zuletzt, weil der Name der Inselwelt in zweien dieser Dokumenten von einem rätselhaften Begriff in der *lingua dei*, der ›Sprache Gottes‹, abgeleitet wurde: *coleoptera* – Käfer.

Ein Teil der Gelehrten mutmaßte, man müsse das coleopäische Inselreich an den westlichen Gestaden des Kontinents Esanuk suchen, wieder andere hingegen wollten Beweise dafür gefunden haben, daß mit dem Archipel die Donnernden Inseln im Norden der Jaguarinseln gemeint seien. Doch da kein einziger ajunäischer Seefahrer einen Beweis für diese Theorien vorlegen konnte, blieb Coleopa bis zu seiner Entdeckung durch die kurjamäische Kapitänin Surjadora eine Legende.

Die jüngere Geschichte Coleopas

Wer allein die Leistungen der kurjamäischen Expedition des Jahres 458 AG würdigt, vergißt, daß Coleopa bereits 170 Jahre zuvor entdeckt wurde. Nicht den Ajunäern gebührt die Anerkennung, sondern den Fernhändlern vom Kontinent Serkan Katau, genauer gesagt einem unerschrockenen mangalischen Schiffsführer namens Urragu näng Songohan.

Nachdem das Reich der Tugend nach einer Phase der kontinentalen Stagnation beschlossen hatte, seine Dienervölker auf die Weltmeere zu entsenden, erreichten mangalische Seefahrer in Diensten des *Herrn der tausendzweihundertdreiundzwanzig Kammern*, des Kaisers von Katau, erstmals das ferne Ajuna und nahmen mit den *mercatoren* des Merkantilischen Imperium Kontakt auf.

Urragu näng Songohan wurde in der Folge im Auftrag dreier Handelshäuser der *Eroberung* Mangalische Küste mit vier Dschunken ausgeschickt, jenseits Eulykiens und Westajunas auch den Ozean des Morgens nach neuen

Rohstoffquellen und Handelspartnern abzusuchen. Der Mangalier entdeckte bei dieser Gelegenheit ein neues Steinbild ehedem sechsten, inzwischen siebten Grades, das ihn schließlich zu dem einsamen Inselreich führte. Das Steinzeichen ist der Kammer der Nautik seitdem unter der Bezeichnung Purpurherz bekannt.

Näng Songohan nahm die Inseln als Statthalter des *Herrn der Unwandelbaren Ordnung* rituell in Besitz, errichtete einen gut gesicherten Stützpunkt auf der Insel Lavaka'motu und beutete das gewaltige Reich im Namen seiner Auftraggeber systematisch aus.

Da den Coleopäern Waffen aus Eisen unbekannt waren, gelang es den ›Schmaläugigen‹, wie die Kataueken von den Coleopäern genannt wurden, in den kommenden Jahren eine Insel nach der anderen zu erobern. Als die Kataueken rund ein Drittel des Reiches besetzt hielten, formierte sich ein geschlossener Widerstand im Inselreich, der letztlich auch zur Rebellion auf den besetzten Inseln führte. Auf dem Höhepunkt des Krieges setzten die Coleopäer das sagenumwobene ›Eomesfeuer‹ gegen die Schiffe der Invasoren ein, mit dessen Hilfe es ihnen gelang, die Feinde vollständig von den Inseln zu vertreiben.

Zu diesem Zeitpunkt hatten die auftraggebenden Häuser Serkan Kataus längst die bedeutendste Einnahmequelle Coleopas ausfindig gemacht: den Purpur! Der intensiv rote Farbstoff wurde bei den Würdenträgern Serkan Kataus und Ajunas schnell zu einem Statussymbol ersten Ranges. Die Käfer, aus denen sich dieser Farbstoff gewinnen ließ, waren bereits in den Jahren zuvor nach Serkan Katau gebracht worden, wo sie seitdem von der neugegründeten *Kammer des Purpurgeheimnisses* in der Eroberung Schang La Pur gezüchtet werden.

In den folgenden Jahren wurde zwar immer wieder eine Strafexpedition zum Inselreich erwogen, doch die konservativ-isolationistischen Kräfte des Tugendhaften Wegs der Himmlischen Tugend waren stärker. Offiziell aufgegeben wurde die Eroberung jedoch nie.

Bis heute beansprucht der *Herr der Unwandelbaren Ordnung* die Herrschaft über die geheimnisvolle katauekische Kolonie im Ozean des Morgens unter einem verheißungsvolleren Namen, der seinen Weg bis nach Ajuna fand – wo er zu jenem Stoff wurde, aus dem die Träume von Händlern und Glücksrittern gewoben sind: die Purpurinseln!

Fragt man hingegen die Bewohner Coleopas nach dem Namen für ihre Heimat, so wird man vom ›Reich der Tausend Inseln‹ hören, der ›Mitte der Welt‹. Die einstige Invasion vom ›Rande der Welt‹ aber haben die Coleopäer noch lange nicht vergessen – ein Drama, dessen Wiederholung sie bis heute fürchten …

Coleopäische Sagen

Dem coleopäischen Schöpfungsmythos gemäß, wurde das tropische Inselreich einst von Eomes, dem Sohn des göttlichen Fischers, des Weltenschöpfers, mit Hilfe eines Fischernetzes aus dem Meer gezogen und anschließend seinem Vater zum Geschenk überreicht. Dieser Mythos, der auf den unzähligen Inseln von Generation zu Generation in zahlreichen Variationen weitergegeben wird, bestimmt das Leben und den Glauben der Coleopäer.

Davon abgesehen sind die Lieder und Erzählungen der Bewohner des Reichs der Tausend Inseln voll von den wundersamsten Motiven. Die Legende von der ›Walbraut‹ mag nach dem Schöpfungsmythos um Eomes die bekannteste sein. Doch auch Geschichten von verführerischen Muscheljungfern, Heldenlieder über tapfere Krieger, die gegen übernatürliche Schrecken der Lüfte und der See antreten, und solche, die vom erfolgreichen Kampf gegen die Invasoren vom Rande der Welt künden, sind auf den Inseln weit verbreitet.

Klima & Geographie

Die Eilande des Reichs der Tausend Inseln sind ausnahmslos vulkanischen Ursprungs. Manche der Vulkane sind noch heute aktiv, darunter der als heilig geltende Mauga Kara'tubo auf der Insel Peni'tapu.

Wer sich den Inseln nähert, erblickt an den Küsten traumhafte Strände aus weißem Sand, der aus zerschliffenen Korallen und Muscheln besteht und den die Wellen im Lauf der Jahrhunderte angespült haben.

Einige der Inseln, etwa Ubu'akapa oder Lavaka'motu, sind so groß wie so manche Provinzen des Merkantilischen Imperiums – wenngleich sie bei weitem nicht so stark besiedelt sind.

Der geographischen Lage zwischen dem 13. und 15. südlichen Breitengrad entsprechend, ist das Klima Coleopas ganz allgemein feucht-tropisch. Die Wetterlage wird wesentlich vom SO-Passat beeinflußt, mit zeitweise starken Niederschlägen in den dem Wind zugewandten Küstenbereichen. Während des Übergangs der Regenzeit zur Trockenzeit und umgekehrt wird der Archipel immer wieder von Wirbelstürmen und schwersten Unwettern heimgesucht.

Die eigentliche Regenzeit auf Coleopa liegt zwischen dem Nebel- und Händlermond. Zwischen dem Blütenmond und dem Weinmond hingegen erfreuen sich die Insulaner gewöhnlich einer recht milden Trockenzeit mit angenehm kühlen Nächten, erfrischenden Passatwinden und nur gelegentlichen Schauern.

Jahreszeiten, wie man sie auf Esanuk oder im Süden Ajunas beobachten kann, existieren auf Coleopa nicht. Im Reich der Tausend Inseln wird lediglich der Wechsel von einer feuchten und einer weniger feuchten Periode wahrgenommen.

Flora & Fauna

Die niederschlagsreichen Gebirgslagen der Purpurinseln werden von tropischen Regenwäldern mit riesigen Baumfarnen und Harthölzern geprägt – darunter die coleopäischen Kinokbäume und die mannshohen Juwafarne. Kokospalmen und verschiedene Fruchtbäume (darunter Frangipani, Hibiskus und Kasuarinen) werden von den Insulanern kultiviert.

Regelrecht ›bezeichnend‹ für das Inselreich ist die Fauna dieses Lebensraums. Abgesehen vom Artenreichtum des Meeres, dominieren auf den Inseln wegen eines eigentümlichen Mangels an konkurrierenden Arten Käfer in allen möglichen Größen, Formen und Gestalten, darunter sogar solche wie die seltenen *Kokosbeißer* – armgroße Käfer, die nur auf Lolo'tuma vorkommen und die sich infolge ihrer Größe zu Lungenatmern entwickelt haben.

Viele der Käfer sind überaus gefährlich und beherrschen den Luftraum über den Inseln, so daß Vögel nahezu unbekannt sind. Wieder andere wurden von den Coleopäern auf unterschiedliche Weise domestiziert, wie die recht häufig auftretenden *Purpurkäfer*, Lieferanten jenes begehrten Farbstoffes, denen die Inseln ihren Ruhm verdanken.

Größere Säugetiere sind auf Coleopa gänzlich unbekannt. Daneben existieren auf den Inseln aber drei Dutzend Reptilienarten, darunter das farbenfrohe Solarschamäleon, die sich bis auf wenige Ausnahmen vorrangig von Käfern ernähren.

Die Inseln Pilu'huata und Lolo'tuma werden darüber hinaus alle vier Jahre von den roten, handtellergroßen und recht beißfreudigen Schwemmkrabben heimgesucht. Zu Tausenden fallen die wohlschmeckenden Tiere über die Inseln her, um die warmen Quellen auf den dortigen Vulkanhöhen zu erreichen: ihre bevorzugten Brutgebiete. Etwa einen Monat später strömt eine regelrechte Krebstier-Lawine aus Hunderttausenden daumennagelgroßen Jungtieren zurück zum Meer.

Wale, vor allem die majestätischen *Noogas*, gelten bei den Bewohnern des coleopäischen Archipel als heilig und werden aufgrund ihrer Gestalt als ›kleine Kinder‹ der Inseln angesehen.

Bedingt durch die Strömungen und Winde im Ozean des Morgens einerseits und begünstigt durch die mangelnden nautischen Fähigkeiten der ajunäischen Seefahrer andererseits, konnte sich auf dem Archipel nahezu unberührt von den übrigen Völkern der Gezeitenwelt eine eigenständige Hochkultur entfalten

Regiert werden die Coleopäer von einem König, der im Palast von Colepa'Taru residiert, einer Anlage aus blütenweißen Korallenblöcken, deren Grundstein der Legende nach von Eomes selbst gelegt wurde.

Dem König unterstehen insgesamt 43 Solare – meist auf ihren persönlichen Einfluß bedachte, eifersüchtige Inselherrscher, deren Rang am ehesten dem eines irdischen Fürsten entspricht. Intrigen und Kämpfe unter den Solaren sind nicht unbekannt, seit der katauekischen Invasion aber seltener geworden.

Wie die Herrscherfamilie führen die Solare ihre Blutlinie auf den Göttersohn Eomes zurück. Als dieser am Ende des Schöpfungsaktes das Reich der Tausend Inseln verließ, teilte er die Inseln gemäß der Sage unter seinen Kindern auf. Die Solarsfamilien stellen somit nicht nur die politische, sondern auch die spirituelle Oberschicht der Inselwelt.

Als Gesandte des Königs gelten die Richter des Reiches, eine knappe Hundertschaft bestens ausgebildeter und ausgerüsteter Krieger mit Sonderbefugnissen, die jenen der Solare nur wenig nachstehen. Ihre Aufgabe ist es nicht nur, als verlängerte Arme des coleopäischen Königs Rechtsstreitigkeiten zu klären, sie vermitteln auch bei Zwistigkeiten zwischen den Solarsfamilien und verfolgen Gesetzesbrecher. In besonderen Fällen sind sie sogar befugt, Mitglieder der Solarsfamilien abzuurteilen, wenn sie diesen ein Verbrechen nachweisen können.

Im Ansehen der Bevölkerung gleich unter den Richtern stehen die reisenden Händler des Archipels, die auf ihren großen Katamaranen, dem dominierenden Bootstyp in Coleopa, der auch die katauekischen Nauken inspiriert hat, unerschrocken zwischen den Inseln hin und her reisen – ein gefährliches Gewerbe, da die Händler von Kokoswein über Vanille und andere Gewürze bis hin zu Perlen, Silber und Gold alle möglichen Güter transportieren und dadurch häufig zum Opfer jener Raubfischer werden, die sich zu Hunderten zwischen den Inseln tummeln.

Die Händler sind aber nicht nur für den Warenverkehr bedeutend, sie überbringen auch Nachrichten und verbreiten Gerüchte zwischen den Inseln – auf Coleopa, wie anderswo in der Gezeitenwelt auch, vielleicht das begehrteste Gut.

Das Gros der coleopäischen Bevölkerung lebt am Meer, und nur die

Hälfte der Inselwelt ist überhaupt von Menschen besiedelt. Einige der Solare herrschen zwar nominell über riesige Gebiete innerhalb des Reiches, doch faktisch kontrollieren sie lediglich die Küstenregionen der ihnen untergeben Inseln. Dort betreibt der einfache Coleopäer im kleinen Rahmen Ackerbau (üblicherweise mit Brandrodung, bisweilen bis zu organisierter Plantagenwirtschaft) und Fischerei. Dem Gesetz nach untersteht er zwar den Solaren, doch die meisten von ihnen bekommen zeit ihres Lebens als höchste lokale Gewalt nur den oder die Dorfältesten zu Gesicht, in deren Obhut die Geschicke des Gemeinwesens liegen.

In und nahe den coleopäischen Städten, von denen kaum eine mehr als 4000 Menschen faßt, sind auch die handwerklichen und künstlerischen Zentren des Inselreiches zu finden; darunter Bronzeschmieden, Hochöfen, Fischräuchereien, Perlensticker-Werkstätten, Färbehütten und vieles mehr. Geleitet werden diese Einrichtungen von Handwerkern, die dafür bekannt sich, ihr Wissen eifersüchtig zu hüten und beständig darum zu rangeln, als auserwähltes Mitglied ihrer Zunft irgendwann zum persönlichen Lieferanten des örtlichen Solars bestellt zu werden.

Architektur

Die reich verzierten Häuser der coleopäischen Oberschicht sowie jene der Städte bestehen meist aus Basalt, Kalkstein sowie dem Holz der Regenwälder. Beim Bau ihrer Paläste versuchen sich die Solare untereinander in Prunk und Größe zu überbieten; längst haben einige ihrer Anwesen die Palastanlage des Königs auf Nuku'atepe übertroffen.

Allgemein ist der coleopäische Baustil von der dominierenden Fauna der Inselkette beeinflußt: Käfer! Die Hausdächer sind wie die harten Flügeldecken der Insekten geschwungen, und manchesmal erinnert sogar das ganze Gebäude an die Gestalt dieser Tiere. Nur auf Lolo'tuma und Pilu'huata wird abweichend eine Bauweise bevorzugt, die an die Schwemmkrabben erinnert, die regelmäßig über die Inseln herfallen.

Auf Lavaka'motu wiederum konnten sich bis heute Merkmale der mehrdächigen katauekischen Turm-Architektur halten, die mit dem üblichen Baustil des Reichs der Tausend Inseln eine wundersame Symbiose eingegangen ist.

Die kleineren Fischerdörfer auf den Inseln werden hingegen von Bast- und Holzhütten dominiert. Der übliche Grundstoff für diese Behausungen ist Kiwok, ein Rindenbaststoff, der zu den gängigsten Erzeugnissen im Reich der Tausend Inseln zählt. Aus Kiwok bestehen auch die Kleidung und der Wandschmuck der Insulaner. Das leichte Gewebe wird in einem aufwendigen Verfahren aus der Rinde des Kinokbaumes gewonnen und häufig mit phantasievollen Mustern aus Naturfarben bemalt.

Die coleopäischen Frauen sind darüber hinaus sehr geschickt in der Herstellung von geflochtenen Waren für den täglichen Bedarf, wie Sitzmatten, Kissen, Körbe und sogar Schleier. Als Flechtmaterial verwenden sie hauptsächlich die Blätter der Kokospalme und des Schraubenbaums; für die luftigen Schleier hingegen verarbeiten sie die Rinde des seltenen Puri-Puri-Baums – im Archipel ein echtes Luxusgut, das unter den Solarsfrauen überaus begehrt ist.

Coleopäische Geheimnisse

Neben dem coleopäischen Schöpfungsmythos um den Gottessohn Eomes, der auf Geschehnisse verweist, die anscheinend mit den ältesten Mysterien Ajunas verbunden sind, lassen sich auf den Inseln noch weitaus greifbarere Wunderlichkeiten finden.

So zählen zu den bedeutendsten Rätseln der Inselkette nicht nur der heilige Vulkan Mauga Kara'tubo nördlich von Nuku'atepe, sondern auch der mythische Nooga'Ka'ata, der auf der Königsinsel gelegene Walfriedhof, sowie der Nuku'a Maui, der ›Fels der vier Gesichter‹.

Der Solar von Manaska'tapu gilt als traditioneller Hüter der Pelo'Fetuma, jener in der Lagunenstadt Manas'Taru gelegenen Perlschnurbibliothek, die als altehrwürdigste des Inselreiches angesehen wird. Angeblich birgt sie Aufzeichnungen, die noch aus den Schöpfungstagen Coleopas stammen. Als Indiz für die Richtigkeit dieser Annahme darf der Umstand gewertet werden, daß aus ihren Schnüren die Rezeptur des gefährlichen Eomesfeuers rekonstruiert wurde.

Ähnliche Rätsel mögen die Lava'Eomoi bergen, die geheimnisvollen Feuerhöhlen auf Koko'tubele, die seit alters mit einem Tabu belegt sind. Auf Togo'labahi rühmt man sich der Lolo'Lagao, der ›Lagune der Wunder‹. Der Solar von Pilu'huata wiederum residiert in einem Palast, dessen Hauptgebäude von einem acht Schritt hohen Spiralturm geziert wird – kein menschliches Bauwerk, sondern eine monströse Muschel, die Perlentaucher vor sieben Generationen am Meeresgrund fanden.

Auf Lavaka'motu hingegen halten sich bis heute Gerüchte, daß inmitten des Dschungels Nachfahren der katauekischen Invasoren ein geheimes Reich errichtet hätten.

Auch die Riten und Traditionen des coleopäischen Volkes bergen Rätsel, deren Ursprung im Dunkel der Vergangenheit liegt. Der heilige Copbuh, der ›Tanz des Lebens‹, aber auch die geheime Kampfkunst der Richter, von den Kriegern aller Inseln als ›Tanz des Todes‹ ebenso bewundert wie gefürchtet, sind die bekanntesten jener tief im Brauchtum verwurzelten Mysterien im Reich der Tausend Inseln.

Coleopäische Begriffe & Bezeichnungen

Die geheime Kampfkunst der Richter

Dach der Brandung
Eine Parade mit der beidhändig ergriffenen Waffe (Hela, Speer oder Stock), bei der der Richter den von oben oder von der Seite ausgeführten Schlag seines Gegners so zu parieren versteht, daß der Schlag am Körper vorbeigelenkt wird. Meist folgt dieser Parade ein eigener Angriff, dem der zu diesem Zeitpunkt meist ohne Deckung dastehende Gegner nichts entgegenzusetzen hat.

Fall auf Wasser
Eine Ausweichbewegung, bei der der Richter seinen Körper weich auf dem Erdboden abrollt, sich anschließend mittels Körperdrehung aber sofort wieder erhebt

Faust des Südens
Ein gerader Schlag mit der Faust, der auf Kinn, Nase oder Kehlkopf des Gegners gerichtet ist

Flug des Aiok
Ein Grätschsprung, um einem auf die Beine oder den Unterkörper gerichteten Hieb zu entgehen

Lauf des Jovo
Eine Technik, bei der der Richter seine Hela, seinen Speer oder Stock wie beim Stabsprung in den Boden rammt und sich daran in einer schwungvollen Bewegung so abstößt, daß es ihm möglich ist, mit einem Fußtritt den Kopf des Gegners zu erreichen. Wahren Meistern dieser Kampftechnik mag es auf diese Weise sogar gelingen, mehrere Gegner gleichzeitig zu attackieren.

Regen auf Fels
Eine Abfolge kurzer, hart geführter Faustschläge, die auf Kopf und Oberkörper des Gegners gerichtet sind

Speer in Brandung
Ein gezielter, von oben nach unten geführter Stoß mit Hela oder Speer, meist auf Herz oder Leibmitte des Gegners gerichtet

Schlag des Wals
Ein wuchtiger Schlag mit Hela, Speer oder Stock, wobei die Waffe fest am unteren Ende ergriffen und dann im weiten Bogen gegen Kopf, Arme oder Waffe des Gegners geführt wird

Sprung des Zirjak
Ein gerader Strecksprung, bei dem der Richter versucht, seinen Gegner mit den Füßen am Kopf oder an der Brust zu treffen

Welle des Südens
Eine komplizierte Ausweichbewegung, bei der der Richter seinen Körper weit nach hinten beugt, ohne das Gleichgewicht zu verlieren

Wind auf Stein
Eine Grundstellung, bei der der Richter seinen Körper ausbalanciert. Sie soll es ihm ermöglichen, umgehend jede gewünschte Kampfposition einzunehmen

Wirbel der Lagune
Eine blitzartige Körperdrehung, die meist dazu dient, mittels eines Rundumschlages mehrere Gegner auf einmal zu treffen oder aber auf Distanz zu halten

Coleopäische Käferarten

Aiokkäfer: plumper, nahezu faustgroßer Käfer von blauschwarzer, seidigglänzender Farbe, der seine Eier in Sandnester ablegt; nachtaktiv, ernährt sich vorwiegend von kleineren Käferarten und deren Larven. Bei Coleopäern aufgrund seines saftigen Fleisches beliebt

Bavakkäfer: fingerlanger Käfer mit gelbschwarz gemusterter Flügeldecke; legt Eier in daumengroßen Nestern aus Sekret und Rindenstücken ab, die er an die Unterseiten der Zweige des Puri-Puri-Baumes hängt; verteidigt diese Nester mit (für Menschen) schmerzhaften Stichen

Beulenkäfer: schlammbrauner, mittelfingerlanger Schwimmkäfer von abstoßend aufgedunsenem Äußeren; nachtaktiv, versteckt sich tagsüber zwischen Mangrovenwurzeln. Gilt gebacken als Delikatesse

Jovokäfer: fingernagelgroßer, goldfarbener Laufkäfer; tritt oftmals in Schwärmen zu 40 bis 50 Tieren auf; bevorzugt schattige Lichtungen in Wassernähe; ausgesprochen standorttreu; entzieht sich Freßfeinden durch schnelle Flucht

Kuwukäfer: gelbgrün gestreifter Blattkäfer, der sein Gelege an Stengeln und hohen Blütenständen anbringt; besprüht Freßfeinde mit einem stinkenden Sekret

Leuchtkäfer: schlanke, grünlich leuchtende Käferart; nachtaktiv; werden von Coleopäern gern zu Beleuchtungszwecken eingefangen

Maitas: riesige Flugkäfer der coleopäischen Legende, auf denen der Gottessohn Eomes von seinem Himmelsschiff herabgeritten kam; der Mythologie zufolge die Stammväter aller anderen Käferarten im Reich der Tausend Inseln

Majokkäfer: handspannengroßer, schlanker Raubkäfer von rötlichgelber Farbe; Einzelgänger, verfügt über große Beißwerkzeuge und Säuredrüsen, mit denen er die Eier von Meeresschildkröten und Vögeln aufzubohren vermag, die ihm als Brutgelege dienen

Morakäfer: blauschwarzer Schwarmkäfer, der hüfthohe, turmartige Erdbauten inmitten des Dschungels errichtet; staatenbildend; zur Brutzeit alle vier Jahre zu Tausenden ausschwärmend, wobei er die coleopäischen Ernten gefährdet. Larven und ausgewachsene Käfer gelten als ausgesprochen schmackhaft

Pawikäfer: revierbildender, bis zu handgroß werdender Rempelkäfer mit sandfarbener Flügeldecke, Weibchen kleiner; nahe der Strände lebend. Männchen stoßen Knurrlaute aus, um Weibchen anzulocken und männliche Rivalen zu vertreiben. Männliche Exemplare werden von Coleopäern gern zu Zwecken des Wettkampfs aufeinandergehetzt

Prawa: hellgelber Wühlkäfer, der Erdbauten mit zahlreichen Irrwegen anlegt, um Freßfeinde zu narren. Lebt von Aas

Pura: blaubraunschillernder Laufkäfer mit haarfeinen Beinen, dämmerungsaktiv. Gilt auf Coleopa als Delikatesse

Purpurkäfer: auf Coleopa verhältnismäßig häufig auftretender Flugkäfer, aus dem der begehrte Farbstoff gewonnen wird

Solajuvi: einzig auf Jama'tape im fernen Westen Coleopas vorkommende Käferart, die für ihren Sterbegesang berühmt ist

Vevikäfer: häufig auftretender, braungrüner Schwimmkäfer von Fingernagelgröße, der die coleopäischen Flüsse und Seen bevölkert. Beliebter Speisekäfer

Warakkäfer: handspannengroßer, äußerst standorttreuer Käfer von blaugrauer Farbe; wird von den Solaren Coleopas (ähnlich den Brieftauben Ajunas) zur Übermittlung kurzer Nachrichten genutzt, indem man ihm beschriftete Perlmuttblättchen auf die Unterseite klebt

Zaikarkäfer: gefährlichste natürliche Raubkäferart Coleopas; feuerrote Zeichnung der Flügeldecken und äußerst kräftige Beißwerkzeuge, die an jene des Majoks heranreichen. Als Nahrung dienen ihm nahezu alle anderen Käferarten Coleopas; fällt bei Trockenheit sogar Solarschamäleons und Menschen an

Zirjakkäfer: palmblattgrüner Blatt- und Rindenkäfer, der mit seinen Hinterbeinen lärmende Geräusche verursacht, um Weibchen anzulocken; entzieht sich Freßfeinden durch blitzartige Sprünge, mit denen er eine Entfernung von bis zu sechs Schritt überwinden kann

Das Königreich Kurjameos

Das tropische Königreich Kurjameos gehört zu den Gründungsstaaten der Ehernen Liga. Im Süden wird das Reich vom Ozean des Morgens begrenzt, im Südosten erstreckt es sich bis zu den Ländern der Halbinsel Gwanapur und im Norden bis zur *provincia odia*. Kurjameos gehört damit zu jenen Staaten der Ehernen Liga, die über eine direkte Landesgrenze zum Merkantilischen Imperium verfügen, dem mächtigen Rivalen im Norden Ajunas.

Als eines der größten Reiche im ajunäischen Westen ist Kurjameos zu weiten Teilen mit Dschungel bedeckt. Zugleich gehört es zu den ältesten Nationen des Kontinents, dessen Geschichte weit in die Vergangenheit reicht.

Das Land

Der Name des Königreiches wird auf das mächtige Gebirge im Landesinnern zurückgeführt: das alles beherrschende Kurja-Massiv. Aus der Ferne erscheint es meist blau oder violett und weist dank eines Gletschers eine weiße Kuppe auf. Die Lautsilbe ›Kurj‹ findet sich auch in den Begriffen ›der Mächtige‹, ›mächtig‹ oder ›stolz‹; Kurjameos wird daher von Ausländern irrtümlich oft als ›Land der Mächtigen‹ übersetzt. In Wahrheit bedeutet es ›Land *am* Mächtigen (Gebirgsmassiv)‹. Die Bedeutung des Kurja-Massivs spiegelt sich auch in den traditionellen, mit bunten Bändern umwickelten und nach oben hin spitz zulaufenden Kriegshauben wider, die die Angehörigen des kurjamäischen Militärs tragen.

In dem Kurja-Gebirge entspringt auch der Andhuata, jener mächtige Strom, der sich bis zu seiner Einmündung in den Ozean des Morgens nahezu 250 Meilen durch das Land wälzt.

Wo sich Kurjamäer angesiedelt haben, findet man gerodetes Kulturland, in dem weite Felder mit grüngelbem kurjamäischem Mais überwiegen – das Grundnahrungsmittel des Landes. Daneben werden Hirse und Süßrohr angebaut. Die unzähligen, zum Schutz vor wilden Tieren eingezäunten Dörfer des Reiches liegen meist im Schatten hoher Fruchtbäume, die wie Inseln inmitten der Felder aufragen.

Beinahe 70 Prozent des Landes sind noch immer von Dschungel bedeckt, wilde Waldgegenden, in denen der gefürchtete Kurjatiger ebenso heimisch ist wie Rhinozerosse, verschiedene Affenarten und nicht zuletzt die kurjamäischen Elefanten, die auch zu Kriegszwecken eingesetzt werden.

Kurjameos' Geschichte wurzelt tief in der Vergangenheit des ajunäischen Kontinents. Zur Zeit der Bardenverbrennungen kam es auch in hier zu massiven Übergriffen auf Geschichtenerzähler, Bibliotheken und private Schriftsammlungen, so daß selbst aus jener Epoche, da Aionar in Fleisch gekleidet war, nur wenige Sagen und Dokumente erhalten geblieben sind. Manche der alten Legenden mögen in Form von schriftlichen Aufzeichnungen bis heute gut bewacht in den Roten Kammern der Kirche überdauert haben. Doch nur weniges davon hat seinen Weg in die Bestände der Universität von Andhakleia gefunden, eine auf dem ganzen Kontinent hochgeschätzte Lehranstalt, die gegen den Widerstand hoher Kirchenvertreter im Jahr 349 AG, also zwei Jahre nach der erlangten Unabhängigkeit des Landes, gegründet wurde.

Wie in den meisten Ländern, in denen der Glaube an den Abwesenden Gott Aionar fester Bestandteil des täglichen Lebens ist, beginnt die offizielle Geschichtsschreibung des Reiches mit jenem Jahr, da Aionar seiner Fleischlichkeit entsagte. Doch die imposanten Bauten, die sich allerorten finden, legen Zeugnis davon ab, daß Kurjameos auf eine weitaus ältere Historie zurückblickt, die vielleicht eher in Jahrtausenden zu bemessen ist. So ist das Reich geradezu übersät mit Heiligendenkmalern, prachtvoll verzierten Aionarsbasiliken, prächtigen Palästen und einsamen Höhlenklöstern, wobei manche der Bauten erst nachträglich Aionar und seinen Heiligen geweiht worden zu sein scheinen. Die wenigen Dokumente, die den Philosophen der Universität von Andhakleia zu diesem Thema vorliegen, sprechen von finsteren Tier- und Götzenkulten, die das Land in heidnischen Zeiten wie einen Flickenteppich überzogen haben. Selbst die Kirche räumt ein, daß erst der Hochheilige Chrysantho den wahren Glauben ins Land getragen habe. Einige besonders eifrige Kirchendiener geben sogar vor zu wissen, Chrysantho sei einst ein kurjamäischer Maharadscha gewesen, der von der heiligen Sarmantha, der ersten *primarchin* der Kirche des Abwesenden Gottes, höchstselbst bekehrt wurde.

Darüber hinaus deuten manche Sitten und selbst die Sprache des Landes darauf hin, daß Kurjameos auf ruhmreiche frühere Epochen zurückblicken kann – Zeitalter, die auf ausgedehnte Eroberungen ferner Länder, Wanderungen ganzer Völkerschaften oder aber auf das Handelsgeschick des kurjamäischen Volkes schließen lassen. So wird das Groß-Kurjamäische, eine Sprachgruppe, die in verschiedenen Zungen vom Elephantinischen Reich bis hinunter nach Danakinga gesprochen wird, von den Gelehrten auf Verbreitung durch die Ahnen zurückgeführt.

Die offizielle Staatssprache in Kurjameos wird als Hoch-Kurjamäisch bezeichnet, doch diese ist im Grunde nicht mehr als eine Schriftsprache. Selbst in Kurjameos werden zahlreiche Dialekte gesprochen, die von Satrapie zu Satrapie Unterschiede aufweisen und oft sogar innerhalb der Provinzen von Dorf zu Dorf anders klingen.

Das wichtigste politische Ereignis in jüngerer Zeit fand im Jahr 347 AG statt, als sich Kurjameos – zu diesem Zeitpunkt noch unter dem Namen *provincia kurjamea* geführt – mittels einer Rebellion von der Herrschaft der *mercatoren* in Maganta lossagte. Grund dafür war eine lang geplante Reform, welche die riesige Provinz in mehrere Teile zerschlagen sollte. Das Gebiet der heutigen Satrapie Biritemon im Norden des Reiches sollte dabei der *provincia odia* zufallen, ein Vorhaben, das auf eine Intrige der *mercatoren* aus Pentarosae zurückging. Die Rebellion der empörten Kurjamäer zeitigte Erfolg und löste unter den ebenfalls unzufriedenen südlichen *provincae* des Imperiums einen politischen Flächenbrand aus.

Im Jahr 353 AG wurde in der Alten Basilika zu Andhakleia die Eherne Liga als Handels- und Schutzbund (und ernst zu nehmender Konkurrent des Rest-Imperiums) gegründet. Schon ein Jahr später mußte die Liga eine erste Bewährungsprobe bestehen, denn das Merkantilische Imperium schlug militärisch zurück und bedrängte neben Kurjameos auch zahlreiche Staaten im Osten des aufständischen Bundes, vor allem Leonien. Die Auseinandersetzung wurde letztlich weniger durch die vereinte Schlagkraft zugunsten der Liga entschieden, sondern durch die Uneinigkeit in der *camera magna* im Rat der *mercatoren* zu Maganta.

Den kurjamäischen Herrschern war die Symbolkraft des Reiches im Rahmen der Ehernen Liga stets bewußt. Im Fall eines neuerlichen Militärschlags des Imperiums wäre Kurjameos das erste Angriffsziel. Aus diesem Grund war die kurjamäische Außenpolitik – meist im Zusammenspiel mit den Vertretern Pardingards und Leoniens, die ebenfalls über direkte Landesgrenzen zum Merkantilischen Imperium verfügen – stets von großen diplomatischen Anstrengungen geprägt, welche stets den militärischen Zusammenhalt des Bundes zum Ziel hatten. Erst das Jahr der Katastrophe 458 AG und der damit einhergehende Zusammenbruch des Merkantilischen Imperiums (und im Zuge dessen auch der Ehernen Liga) stellte diese Politik grundsätzlich in Frage.

Paläste, Basiliken & Architektur

Kurjameos' Städte liegen meist auf Hügeln und an Hängen über dem Dschungel, wobei als Baumaterial Basalt und Marmor aus dem Kurja-Massiv besonders beliebt sind. Da nur die Basiliken und Paläste mehr als drei Stockwerke hoch errichtet werden dürfen, sind die Städte verhältnismäßig großflächig angelegt.

Stets werden weiche Formen bevorzugt, schattige Durchgänge und Höfe, sonnenüberflutete Flachdächer und ausladende Balkone, die mit tropischen Pflanzen und Blumen, bunten Helden- und Heiligenstatuen sowie reichen Ornamenten geschmückt sind.

Die Komplexität der kurjamäischen Architektur schlägt sich im *Kurja-Mandala* nieder, einer als Geheimwissenschaft betriebenen Architektur, in der sich der Kosmos, Heilige und Helden, Gestirne und Elemente, sprich das geordnete Sein der Welt manifestieren. Die bis zu 30 Schritt hohen Basiliken mit ihren mehrstufigen, freskenübersäten Kuppelgewölben, den Prozessionsstraßen und Schreinen sind demzufolge als steinernes Abbild der vom Abwesenden Gott hinterlassenen Harmonie angelegt.

Staatsform

Kurjameos ist seit der Loslösung vom Merkantilischen Imperium eine Monarchie mit einem Maharadscha an der Spitze, der von seinem Herrschersitz in der Hauptstadt Andhakleia aus über die Geschicke des Landes gebietet. An seiner Seite regieren sieben Satrapen als weisungspflichtige Statthalter über die verschiedenen Provinzen des Reiches, die sogenannten Satrapien.

Bei seinen Entscheidungen wird der Maharadscha vom ›Elfenbeinrat‹ unterstützt, einem zur Amtszeit von Mahatargos I. eingeführten Beraterkreis aus 15 Mitgliedern, die zu zwei Dritteln aus Angehörigen des Adels, zu einem Drittel aus bürgerlichen Vertretern großer Handelshäuser, zwei Kirchenvertretern und drei Philosophen der Universität von Andhakleia bestehen. Traditionell übt der Hohe Philosoph, der Dekan der Universität, als erster Berater des Maharadschas den Vorsitz über dieses Gremium aus.

Satrapien & Herrschersitze

Die sieben Provinzen oder Satrapien des Reiches sowie jene achte im Süden des Landes, über die der Maharadscha selbst gebietet, sind jeweils so groß wie ein durchschnittlicher Stadtstaat innerhalb der Ehernen Liga. Die bedeutendsten unter ihnen sind die Königsprovinz Andhatemon (Hauptstadt Andhakleia), die als Tor zum Ozean des Morgens den Handel zur See kontrolliert, ferner die durch seine Glasmacherkunst reich gewordene Satrapie Kurjatemon (Herrschersitz Kurjanassos), dessen Hauptstadt sich direkt an die Hänge des Kurja-Massivs schmiegt, sowie die ganz im Norden gelegene

Satrapie Biritemon (Herrschersitz Bavakuleos), dessen Herrscher über die größten Truppenkontingente des Landes gebietet – darunter zwei Hundertschaften Söldner aus Fieberland, Urtumbra und Danakinga.

Als Souveräne ihrer Provinz verfügen die Satrapen allesamt über nicht unwesentliche Machtmittel, die die streitsüchtigen Herrscher häufig auch gegeneinander einzusetzen wissen.

Viele Kurjamäer haben angesichts der friedliebenden Politik ihres derzeitigen Maharadschas Mahatargos III. vergessen, daß noch dessen listiger Großvater Mahatargos I. einst nur Herrscher über der Satrapie Kurjatemon war. Erst durch einen gewaltsamen Putsch gelang es ihm, die Herrschaft über die Königsprovinz Andhatemon an sich zu reißen und damit die Maharadschawürde zu erlangen.

Militär

Kernbestandteil der kurjamäischen Truppen sind die aus den alten imperialen Einheiten hervorgegangenen Kurjagarden, die einen Großteil der Fußkämpfer stellen. Sie sind vor allem im Dschungelkampf bewandert und an den rot-weißen Bändern zu erkennen, mit denen ihre Kriegshauben geschmückt sind.

Darüber hinaus setzen die Streitkräfte der Satrapen – ebenso wie einige Nachbarländer, darunter insbesondere das Elephantinische Reich – auf zum Teil schwer gepanzerte Kriegselefanten, die festungsgleiche Plattformen auf dem Rücken tragen. Auf ihnen finden bis zu sechs Bogenschützen oder aber eine Fünfer-Elephantine Platz, kleinere Versionen jener Arcuballistae, die auch auf den Kriegsschiffen des Reiches zum Einsatz gelangen.

Der Maharadscha von Andhakleia unterhielt darüber hinaus bis zum Jahr 458 AG eine kleine Flotte aus Galeeren zur Küstensicherung und Piratenjagd. Die Seesoldaten, die zu diesem Dienst abkommandiert waren, trugen stolz das Grünweiß der kurjamäischen Kriegsmarine.

Handelsgüter & Wirtschaft

Die Reichtümer des Landes Kurjameos gleichen denen anderer Länder der Region: Mais, Tee, Metalle, Edelhölzer und –steine sowie Gold und Silber – wobei in den Grenzgebieten zwischen den einzelnen Satrapien um den Besitz der ergiebigsten Gold- und Edelsteinminen erbittert gerungen wird. Darüber hinaus gedeihen an den Hängen des Kurja-Massivs einzigartige Gift- und Heilpflanzen, denen auch potenzfördernde Wirkung zugesprochen wird.

Im Ausland ist Kurjameos nicht nur berühmt für seine filigranen und traditionellen Elfenbeinschnitzereien, sondern vor allem für seine Glasmacherkunst. Buntes kurjamäisches Glas ist geradezu sprichwörtlich in der Ehernen Liga und stellt zugleich das wichtigste Exportgut des Landes dar. Freilich sind die kurjamäischen Glasexporte in der Liga ein steter Quell für Hader, da kurjamäische Glasgefäße zunehmend die Ton- und Keramikwaren anderer Ligastaaten verdrängen.

Die Schattenseiten von Kurjameos

Auch wenn der Glaube an den Abwesenden Gott schon vor langer Zeit zur Staatsreligion erhoben wurde, darf dies nicht über die Tatsache hinwegtäuschen, daß sich im Hinterland des großen Reiches zahlreiche heidnische Sekten gehalten haben. Noch immer verfolgt die Kirche obskure Tier- und Götzenkulte, und die Anhänger einer geheimen Sekte aus Meuchelmördern, die ›Kurj-Shakar‹, glauben bis heute fest daran, mit ihren Ritualmorden einem blutsaufenden Tigergott zu dienen, der einst vom Hochheiligen Chrysantho an der Stelle des heutigen Kurjanassos erschlagen worden sein soll.

Auch Ursprung und Zweck des geheimnisvollen *Kurja-Mandala*, der Geheimlehre der großen Baumeister des Landes, gibt Rätsel auf. Angeblich beruht es auf einer ›Offenbarung der Sterne‹ weit vor den schrecklichen Geschehnissen des Götzenkrieges. Die kirchlichen Kosmographen an der Himmelswarte zu Andhakleia glauben daher, in der über das ganze Land verstreuten Kosmossymbolik Fragmente des göttlichen Sternenbuches wiederzuerkennen. Furchtsamere Gemüter hingegen vermuten in ihr einen mathematischen Geheimcode, der jenem, der ihn zu deuten versteht, Macht über die Bewohner eines ganzen Landstrichs verleihen könne.

Eulykien

Eulykien, das Reich an der Südwestspitze Ajunas, gilt als eine der bedeutendsten Hochkulturen, deren religiöses Leben nicht von der Kirche des Abwesenden Gottes beherrscht wird.

Da das Land südlich des 40. Breitengrades liegt, weist sein Klima vier Jahreszeiten auf, darunter einen Winter mit regelmäßigem Schneefall.

Der eulykische Kulturkreis erstreckt sich über ein Gebiet von etwa tausend Meilen. Die wichtigsten Großstädte liegen vornehmlich an der Süd- oder Westküste; große Metropolen, etwa Menetenê, finden sich aber auch weit im Landesinnern.

Hauptstadt und mit rund 100 000 Einwohnern bei weitem die größte Stadt des Landes ist Thalliopê, das durch das Orakel nicht nur kontinentale Bedeutung erlangt hat.

Kulturelle Aspekte

Die Lebensweise in Eulykien wird durch zwei Aspekte geprägt: das Matriarchat und den Mond- und Wolfskult.

Eulykierinnen sind, insbesondere in den Küstenregionen, die Trägerinnen von Regierung, Religion, Handel und Tradition. Sie gelten als außerordentlich geschäftstüchtig.

Die Erbfolge ist matrilinear, eine typische Eulykierin heißt Kallyê, Tochter der Ulanyê. Familienoberhäupter und Würdenträgerinnen werden mit Herrin angesprochen. Silberhaarigkeit gilt als Inbegriff von Weisheit.

Die Regierung in Thalliopê liegt in den Händen der neun *Herrinnen des Silbergartens*, wobei die oberste Priesterin, die *Philophore*, als Sprecherin gilt.

Der Einfluß der großen Handelshäuser Eulykiens dehnt sich über weite Teile Ajunas aus. Sie werden allesamt von Frauen geführt, meist Priesterinnen in geheimer Mission, die dem Orakel von Thalliopê dienen.

Die Rollenverteilung der Geschlechter ist eng mit dem Mond- und Wolfskult verbunden. Der Mond wird als Ort oder Gestirn gesehen, wo die Mondgöttin im Silbernen Garten wohnt, dessen weltliches Abbild sich im Silbernen Tempel Thalliopês befindet. Sie ist die Göttin der silberhaarigen Weisheit, Mutter aller Menschen und Herrin all jener ewigen Kreisläufe, die sich in Tag und Nacht, Monaten, Gezeiten und den Zyklen von Wachstum und Fruchtbarkeit zeigen.

Die Haartracht der Frauen richtet sich nach dem Mondstand: fließend bei Vollmond, hochgesteckt bei Neumond.

Die Mondsichel gilt wie in weiten Teilen Ajunas als Schutzsymbol.

Die Wölfe – Eulykien bedeutet wörtlich übersetzt *Land des schönen Wolfes* – gelten als Söhne des Mondes und geben die Ideale der Männlichkeit vor. Männer sehen sich als Angehörige eines Rudels, das typischerweise einer Frau dient; das gilt auch für Handwerker, Fischer, Bauern und Künstler. Für Krieger ist die Wolfsjagd Initiationsritus, das Fell des Wolfes Zeichen des Standes, aber auch der Identifikation mit ihrer bezwungenen animalischen Seite.

Fleisch zu essen gilt als Standeszeichen und Fisch zu essen als unmännlich, obwohl gerade die arme Bevölkerung hier kaum eine Wahl hat.

Das vorherrschende Ideal verlangt vom Mann, zu einem starken Krieger heranzuwachsen. Durch seinen Mut und seine Schönheit überzeugt er eine Frau, ihn als Gatten zu erwählen. Eulykier treten daher in weiten Bereichen Südajunas als die berühmten Eisernen Männer auf, um durch Sold oder Beute zu Reichtum zu gelangen. Heiratsfähige Männer präsentieren sich in Arenen, auf Heiratsmärkten, bei Festen und ähnlichen Anlässen, um die Aufmerksamkeit einer möglichst wohlhabenden Frau zu erringen. In der Oberschicht kommt auch Polyandrie (Vielmännerei) vor.

Trotz des eulykischen Kriegerideals haben Kriegsversehrte auf dem Heiratsmarkt einen schweren Stand. Die Eisernen Männer sind in Ajuna als Wachen und Söldner begehrt, weil sie erfahren darin sind, Konflikte zu vermeiden, und nur im Notfall ihre beträchtlichen Kampffähigkeiten einsetzen.

Sprache

Die eulykische Sprache zeigt überraschende Verwandtschaften zu mittelajunäischen Sprachen, namentlich Groß-Kurjamäisch und dem alten Mantisch Gautamars. Einige der Legenden deuten auf eine Einwanderungswelle aus dem Norden während der Götzenkriege hin.

Frauennamen werden stets auf dem Schlußlaut ê betont, männliche Namen von deren Stamm mit -akyr oder -akys abgeleitet.

Die Sphinx

Das ›leibhaftige Rätsel‹ gilt als herabgestiegene Tochter der Mondgöttin und Begründerin der eulykischen Hochkultur. Trotz ihrer Bedeutung für Thalliopê und das ganze Reich findet ihr Kult in anderen Städten und Landesteilen wenig Beachtung.

Die Kirche Aionars akzeptiert die Anhängerinnen der Sphinx als Geringere Schwestern, weil das Orakelwesen als von Aionar gesegnet gilt und die Herrinnen des Silbergartens klug genug sind, den (in ihrer Religion überflüssigen) Abwesenden Gott nicht in Frage zu stellen.

Die Schattenseiten Eulykiens

Im Hinterland nehmen die einzelnen Elemente des Kulturkreises in zahllosen, oft barbarischeren Varianten Gestalt an. Im Binnenland betreiben Gutsherrinnen mit vielen Leibeigenen Landwirtschaft, die Männer in den Silberbergwerken werden ausgebeutet und führen häufig ein Leben voller Angst. In den Bergregionen grassieren unter den Hirten oft bedrohliche Wolfssekten, mancherorts hört man von bösen Mondhexen und ihren Zaubertränken aus Wolfsmilch, von Gestaltwandel, Werwölfen, Blutwölfen und dem zweiköpfigen Nachtwolf – auch wenn letzterer gemäß der Legende von der Sphinx bezwungen worden sein soll.

Eulykischem Silbergeschmeide werden mancherorten unheimliche Kräfte zugesprochen.

Feinde des Reiches

Der Reichtum des Landes ist weithin bekannt. Aus diesem Grund liegt Eulykien in ständigem Konflikt mit Nachbarländern. Während Übergriffe der östlichen Reiche Ajunas bis hoch nach Belabadangbarad eher selten sind, überschreiten im Norden immer wieder wilde Jarmatenhorden die Landesgrenze, um Dörfer, Silberminen und reiche Gutshöfe zu brandschatzen – Raubzüge, denen die Eiserne Garde mit rücksichtslosen Strafaktionen begegnet, ohne dem Problem auf lange Sicht Herr zu werden.

Als Erzfeind Eulykiens gilt das Königreich Vrinagard im Südwesten Ajunas, dessen Rochenschiffe in allen Hafenstädten Eulykiens gefürchtet sind und dem es bereits dreimal gelang – wenn auch nur für kurze Zeit –, den äußersten Nordwesten des Mondreiches zu besetzen.

Hadmar von Wieser & Thomas Finn

Dramatis personae

der Romane »Das Weltennetz« und »Die Purpurinseln«

Altheia, *primarchin* der Kirche des Abwesenden Gottes

Anaxketos, Kapitän der Karacke *Leokothea*

Bajuo, Ritter des ordo *executionis silentii finiti*

Bashorides, Geschützmeister der *Stern von Andhakleia*

Bavaphios, *pater, scriptor* im Dienste der kurjamäischen Kirche

Brahthos, (Ober-)Bootsmann der *Stern von Andhakleia*

Buralofa, Oberster Richter Coleopas

Burithaon, Bannerführer, kurjamäischer Seesoldat

Chlodfrith, *princeps* der Kirchenprovinz Gautamar

Darius, *pater*, Sprecher des *ordo silentii mysteriorum*

Edyakyr, Hauptmann der Eisernen Männer in Andhakleia

Ephistaiphos, *pater*, Mitglied des *ordo silentii mysteriorum*

Eutemyê, *Manteia* (Sprecherin) des Orakels von Thalliopê

Fatafehi, Solar Coleopas, Freund Halapuas

Fatihia, Lieblingsgattin von Mahatargos III.

Francisco, *pater*, ehemals *collector*, später *iudicator* der Kirchenprovinz Cornia

Gamjar, jarmatischer Wegekundiger

Garuleos, Schiffskoch der *Stern von Andhakleia*

Ghando, Matrose an Bord der *Stern von Andhakleia*

Gijao näng Singua, Herr 3. Ranges der *Dritten Kammer der Nautik* von Tschöng-Hau Leng, Nautiker einer versunkenen Nauke – Forschungsreisender für Hüang näng Lüoging. Vater von Kiaora näng Singua

Hai'pale, Mutter Prinz Nukulahis

Halapua, Vater Prinz Nukulahis, gestürzter König des Reichs der Tausend Inseln

Hüang näng Lüoging, Priester 5. Ranges der *Geheimen Kammer* von Mantikor Leng, Hoherpriester, Unsterblichkeitsberater, Erster Hüter der *Seidenen Bibliothek*

Hymnê, Tochter der Xanyê, *Philophore* (Oberste Priesterin) des Orakels von Thalliopê

Iambê, Dienerin Kallyês

Îonê, alte Priesterin des Orakels von Thalliopê

Kallyê, Tochter der Ulanyê, Enkelin der Adyssê, eulykische Kontorsleiterin in Andhakleia und Agentin des Orakels von Thalliopê

Karabad, Malermeister aus Elephantinos

Kenophar, Erster Ritter des *ordo executionis silentii finiti*

Kiaora näng Singua, Herrin 2. Ranges der *Zweiten Kammer der Nautik* von Tschöng-Hau Leng, Nautikerin der *Vollendeten Harmonie* und Tochter von Gijao näng Singua

Krishphos, Leichtmatrose an Bord der *Stern von Andhakleia*

Kuruleos, Hauptmann, kurjamäischer Seesoldat

Lakshapheus, Steuermann der *Stern von Andhakleia*, ehemaliger Pirat

Leomedes, geheimnisvoller Gründer des *ordo mechanici dei*, einer der acht Hochheiligen, gilt als der ›Bucklige‹ und damit als Vater der Lüge und des Verrats

Liän näng Singua, Herr 3. Ranges der *Dritten Kammer der Nautik* von Tschöng-Hau Leng – Vetter von Gijao näng Singua

Lucretia Siolante da Gona, Architektin und Baumeisterin, gilt als Erbin der Lehren des Leomedes

Lumelume, Dienerin im Königspalast von Nuku'atepe

Mahatargos III., Maharadscha von Kurjameos

Massimilio, *pater* aus dem Merkantilischen Imperium, Leiter des kirchlichen Agentennetzes an der Universität von Andhakleia

Niccola Lodovico Malatesta, berühmter merkantilischer Maler und Bildhauer

Nukulahi, Prinz und späterer König Coleopas

Nutuga, *pater*, Mitglied des *ordo silentii mysteriorum*

Parvateo, Segelmacher an Bord der *Stern von Andhakleia*

Pateliso, Solar von Lavaka'motu, Vater von Tongaro und Tuilaepe

philosopha chimaira, Gelehrte der Universität von Andhakleia, Mitglied der Gesalbten Meister vom Schreienden Stern

philosophos hippogriffus, Gelehrter der Universität von Andhakleia, Mitglied der Gesalbten Meister vom Schreienden Stern

philosophos lykanthropus, Gelehrter der Universität von Andhakleia, Mitglied der Gesalbten Meister vom Schreienden Stern

Pilulevu, Schwester des Solars von Wana'tapu

Prahdoros, Bannerführer, kurjamäischer Seesoldat

Purusheos, *princeps* und damit Kirchenfürst Andhakleias

Ramaogeus, Leiter der Universität von Andhakleia, Erster Berater des Maharadschas von Kurjameos, Mitglied im Kosmographenrat der Himmelswarte, als *philosophos unicornus* Mitglied der Gesalbten Meister vom Schreienden Stern

Ranares, Kapitän der Kirchenkaravelle *Malachibar,* Mitglied des *ordo militis dei*

Rawalpinda, Gelehrte der Universität von Andhakleia und eingeschleuste Agentin der Kirche

Schahikehe, *mater,* Mitglied des *ordo silentii mysteriorum*

Schaung näng Nohei, Herr 2. Ranges der *Zweiten Kammer der Schiffahrt* von Tschöng-Hau Leng, Kapitän der *Vollendeten Harmonie*

Semivenu, Gattin des Solars von Lolo'tuma

Strolch, Abenteurer und Dieb aus Maganta

Surjadora, Trägerin des Kontorschlüssels der Familie Kerishades, Kapitänin der Karavelle *Stern von Andhakleia*

Tarjixes, Schiffszimmermann der *Stern von Andhakleia*

Thaman, Richter Coleopas

Tongaro, Sohn des Solars von Lavaka'motu, Jugendfreund Nukulahis und Bruder Tuilaepes; Anführer der coleopäischen Verschwörung

Tuilaepe, Prinzessin von Lavaka'motu, Braut Nukulahis und Schwester des Thronräubers Tongaro

Tvashi, eigentlich Tvashareo, Schiffsjunge der *Stern von Andhakleia*

Vanakinos, Kapitän der *Bavakuleos* im Rang eines Hauptmanns der kurjamäischen Seesoldaten

Varuidas, Gelehrter der Universität von Andhakleia, Astronom, Mitglied der Gesalbten Meister vom Schreienden Stern – Entdecker des Kometen

Vishnaidas, Gelehrter der Universität von Andhakleia, Mitglied der Gesalbten Meister vom Schreienden Stern

Glossar: Orte und Völker

Ajuna: einer von drei Kontinenten der Gezeitenwelt, auf dem sich unter anderem das Merkantilische Imperium und die Eherne Liga befinden

Andhakleia: Hauptstadt von Kurjameos, bekannt für seine Universität

Belabadangbarad: Landstrich im Osten Ajunas

Cantamo: bedeutendste *terra dei* der Kirche des Abwesenden Gottes, Sitz der *primarchin*; am Äquator gelegen

Coleopa: die sagenhaften Purpurinseln, ehemalige katauekische Kolonie. Das ›Reich der Tausend Inseln‹ erstreckt sich über ein Gebiet von über 2000 Meilen über den Ozean des Morgens und reicht von der Königsinsel Nuku'atepe im Osten bis hin nach Vavaska'tepe im Westen. Regiert wird es von einem König und den ihm untergebenen Solaren. Die Fauna der Inseln wird von Käfern in allen möglichen Formen dominiert, Säugetiere leben dort aus unbekannten Gründen nicht, Vögel sind außerordentlich selten.

Danakinga: Reich am Meer der Säulen auf der Halbinsel Gwanapur im Südwesten der Ehernen Liga

Elephantinos: Staat im Nordwesten der Ehernen Liga; Grenze zum Merkantilischen Imperium

Esanuk: einer von drei Kontinenten auf der Gezeitenwelt, westlich von Ajuna gelegen; gilt in Ajuna als Land der Heiden

Eulykien: Staat im äußersten Süden Ajunas, regiert von den ›Herrinnen des Silbergartens‹, bekannt für das berühmte Orakel von Thalliopê und die Eisernen Männer

Fieberland: kleiner Stadtstaat am Meer der Säulen im mittleren Norden der Ehernen Liga

Gautamannen: Einwohner Gautamars

Gautamar: Republik und Hauptstadt der Gautamannen an der Mündung des Leonîls im Südosten der Ehernen Liga

Goldwango: Stammesherzogtümer der Goldwangir im mittleren Norden der Ehernen Liga

Gondallo: Gebirgsstadt im Norden Ajunas, bekannt für die Ordensburg des *ordo silentii mysteriorum*

Gwanapur: eine von mehreren Bezeichnungen für die Halbinsel zwischen dem Ozean des Morgens und dem Meer der Säulen; fast alle Reiche Gwanapurs gehören der Ehernen Liga an

Honaghûsa: Stadtstaat am Meer der Säulen im Südosten der Ehernen Liga

Ikarilla: großer Staat im äußersten Osten der Ehernen Liga

Jarmaten: Sammelbezeichnung für unterschiedliche Sippen und Völker, die im Jamartengebirge seßhaft sind

Jarmatengebirge: majestätischer Gebirsgzug im Süden des Kontinents Ajuna, mit zahlreichen Tälern und Bergen, darunter mehrere ›Siebentausender‹

Kataueken: dominierende Hochkultur Serkan Kataus (→ *Reich der Tugend*)

Kurjameos: bedeutendes Reich im Nordwesten und mächtigster Staat der Ehernen Liga; Grenze zum Merkantilischen Imperium; Hauptstadt Andhakleia

Leomannen: Einwohner Leoniens

Leonien: Stammeskönigreich der Leomannen im Osten und flächengrößter Staat der Ehernen Liga, am Leonîl gelegen

Leonîl: einer der drei großen Ströme des Kontinents, im Westen Ajunas

Maganta: Hauptstadt des Merkantilischen Imperiums und der *provincia Maganta*

Mangalier: Bewohner der *Eroberung* Mangalische Küste

Mangalische Küste: *Eroberung* im Westen Serkan Kataus; Hauptstadt Tschöng-Hau Leng

Mantikor Leng: Hauptstadt des *Reiches der Tugend*, größte Stadt der Gezeitenwelt; bedeutende Bauwerke: Große Pagode von Gingang Gao, Gärten von Hüanging Gar, Nekropole

Markomassa: Stadtstaat am Meer der Säulen auf der Halbinsel Gwanapur im Westen der Ehernen Liga, großer Sklavenmarkt

Meer der Säulen: größtes Binnenmeer der Ehernen Liga im Westen Ajunas

Menetenê: Stadt im Norden Eulykiens

Mezzogenia: Hauptstadt einer *provincia* im Norden des Merkantilischen Imperiums

Monte Flora: Hauptstadt der *provincia* Cornia

Neitafjord: zweitgrößte Stadt Vrinagards

Ozean des Abends: das Weltmeer westlich des *Reiches der Tugend*, zwischen Tschang Po Tschar, Belabadangbarad und den Donnernden Inseln

Ozean des Morgens: das Weltmeer östlich des *Reiches der Tugend*, zwischen Rochland, Esanuk und Eulykien

Pardingard: Stammesherzogtum an den Quellen des Leonîls (Pardische Sümpfe) im Nordosten der Ehernen Liga; Grenze zum Merkantilischen Imperium

Pentarosae: Hauptstadt der *provincia odia*

Porto Oldo: Hafenstadt im äußersten Norden Ajunas

provincia odia: *provincia* im Süden des Merkantilischen Imperiums; Grenzprovinz zur Ehernen Liga; Hauptstadt Pentarosae

Purpurinseln→ Coleopa

Reich der Tausend Inseln → Coleopa

Reich der Tugend: größtes Reich Serkan Kataus, unterteilt in sechzehn *Eroberungen,* regiert vom *Herrn der Unwandelbaren Ordnung*

Sadi: große Stadt im Norden Ikarillas

Serkan Katau: einer von drei Kontinenten der Gezeitenwelt, auf der Weltenkugel gegenüber von Ajuna und Esanuk gelegen, Sitz des *Reichs der Tugend*

Skara Hamurani: ehemalige Garnisonsstadt des Alten Imperiums im Südwesten Ajunas, heute in der Hand von Piraten

Stadt der Mantikoren → Mantikor Leng

Thalliopê: Hauptstadt Eulykiens, Sitz des berühmten Orakels

Totgeborene Stadt: sagenumwobene Ruinenstadt am unteren Leonîl, als Steinbild auch den Nautikern bekannt

Tschöng-Hau Leng: Hauptstadt der *Eroberung* Mangalische Küste

Turga: mächtiges Reitervolk des Buschlandes im nordöstlichen Serkan Katau; zahlreiche Stämme, von Kriegshäuptlingen (Khan) geführt

Unvollendeter Palast: geheimnisvolles Bauwerk zwischen dem *Reich der Tugend* und der Weltenmauer, Residenz der Blauen Götter

Urtumbra: kleiner Stadtstaat am Meer der Säulen im Zentrum der Ehernen Liga

Vrinagard: Königreich mit kriegerischer Tradition im äußersten Südwesten Ajunas, dessen Rochenschiffe bis hinunter nach Eulykien gefürchtet sind

Weißes Meer: größtes Binnenmeer des Merkantilischen Imperiums im Nordwesten Ajunas

Fremdwortregister

agentus in rebus dei: Sonderbeauftragter der Kirche des Abwesenden Gottes, der im Rang über einem *princeps* steht

Aionar: der Abwesende Gott

Bonze/Bonzin: die weiß gewandete Beamtenkaste des *Reiches der Tugend*

collector: hochrangiger Priester innerhalb einer Kirchenprovinz, der in Vertretung eines → *princeps* reist

Eomes: Göttersohn der coleopäischen Mythologie, Sohn des großen Fischers

Eroberung: Landesteil des *Reichs der Tugend*, jeweils unterteilt in Präfekturen (Provinzen)

Fang: sechsarmiger Blauer Gott Serkan Kataus, Bewohner des *Unvollendeten Palasts*

iudicator: oberster Kirchenrichter innerhalb einer Kirchenprovinz

Kriegsherr der Geheimen Kammer, der die Mantikoren bezwang und verspeiste: erster ›Kaiser‹ des *Reiches der Tugend* (vor ca. 500 Jahren)

Küraß: westajunäische Rüstung, bestehend aus Brust- und Rückenplatte

Lauzöng, der/die: Tugendwächter; die blau gewandete Priesterkaste des *Reiches der Tugend*

Ling: Geist, unverständliches Wesen

lingua dei: Kirchensprache (auf Coleopa als ›Himmelssprache‹ bezeichnet)

Nauke: katauekisches Pfauenschiff; eine Mischung aus Dschunke und sehr großer Karavelle, optisch bestimmt durch Trimaran-Ausleger, Geschütz-Bugspriet und beidseitig ausragende, scharlachrote Fächersegel sowie ein nach hinten ragendes Flossensegel; Bauweise von Dreimastern für Forscher bis zu Achtmastern für Schatzschiffe und Truppentransporter

Nau Ke Ling: kategorischer Begriff für Schiffsgeister und ihre vom *Reich der Tugend* geduldeten Kulte, vor allem an der Mangalischen Küste

ordo curatoris dei: Orden der heiligen Eleutheria; zentrale Verwaltung der Kirche des Abwesenden Gottes

ordo executionis silentii finiti: Ritterorden, bewaffnete Exekutive des *ordo silentii mysteriorum*

ordo mechanici dei: Erfinderorden der Kirche

ordo militis dei: Orden des heiligen Malachias; bewaffneter Ritterorden, militärische Exekutive der Kirche

ordo nostrae dominae myreae: Orden der heiligen Myrea, Waisenstift

ordo silentii mysteriorum: ›die Roten Priester‹; Wächter der Roten Kammern und Bewahrer der verbotenen Geheimnisse der Kirche

pater: Priester des Abwesenden Gottes

primarch, primarchin: die Lebende Heilige; Oberhaupt der Kirche des Abwesenden Gottes seit der heiligen Sarmantha

princeps, principa: Oberhaupt einer Kirchenprovinz

scriptor: Kirchenschreiber, in der Regel Mitglied des → *ordo curatoris dei*

Solar: Statthalter des Königs auf den Inseln Coleopas

Staubiger Spiegel der Roten Steine: geheimnisvolles Navigationsinstrument der katauekischen Nautiker

Steinbild: Abbild im *Staubigen Spiegel der Roten Steine*, nach dem katauekische Nautiker navigieren

terra dei: Region, die ausschließlich unter kirchlicher Verwaltung steht

Wung Ling: Reisgeist; kategorischer Begriff für unzählige regionale und lokale Fabelwesen und ihre vom *Reich der Tugend* geduldeten Kulte

Ziang: die blutrot gerüstete Kriegerkaste des *Reichs der Tugend*

Seemannsvokabular

achtern: hinten, hinterer Teil des Schiffs

Backbord: links, linke Seite des Schiffs von achtern nach vorn gesehen

Bootsmann: oberster Matrose an Bord, der für die Instandsetzung des Schiffes, Verwaltung des Inventars, aber auch die Kontrolle der anderen Seeleute verantwortlich ist

Brasse: Tau, das dazu dient, die Rah vor und zurück zu schwenken

brassen: Drehen oder Schwenken der Rahen eines Masts

Bug: vorderer Teil des Schiffes

Bugwache → Segelwache

entern: emporklettern

fieren: langsam lose geben, insbesondere ein Tau, das unter Zug steht

Fockmast: bei einem Dreimaster der vordere Mast

Freiwache: die Wache, die gerade keine Wache geht; *auch:* die Freizeit des Matrosen

Glasen: Läuten/Schlagen der Schiffsglocke, um der Segelwache die verstrichene Zeit anzugeben; das Glasen ist Aufgabe des → Rudergängers

Heck: hinterer Teil des Schiffes

Heckwache → Segelwache

heißen: emporziehen, hissen, etwa ein Segel oder eine Flagge

hieven: eine Last emporziehen, etwa aus dem Laderaum

Kabelgatt: unter Deck gelegener Lagerraum für Tauwerk und sonstiges Material

Knoten: Maßeinheit der Schiffsgeschwindigkeit mittels Log

Koje: fest eingebautes Bett

Kombüse: Küche an Bord eines Schiffes

kreuzen: gegen den Wind ansegeln, indem das Schiff einen Zickzackkurs läuft

Ladebaum: kranartige Vorrichtung am Haupt- oder Großmast, um Waren in den Schiffsbauch zu hieven

längsseits: entlang der Seite, Bordwand an Bordwand

laschen: Ladung oder Ausrüstung seefest zurren, damit sie nicht verrutschen kann

Lee: die vom Wind abgewandte Seite

Log: Gerät zum Messen der Geschwindigkeit eines Schiffes

Logbuch: Schiffstagebuch

Lot: Gerät zum Messen der Wassertiefe, bestehend aus Lotleine und Lotblei

Lotgast: Seemann in den Rüsten am Bug eines Schiffes, der während der Fahrt die Wassertiefe bestimmt

Luv: jene Richtung, aus der der Wind kommt

Messe: Eß- und Aufenthaltsraum der Schiffsoffiziere

Oktant: Navigationsinstrument zum Messen des Winkels zwischen der Kimm und der Sonne, Mond oder einem Stern; Vorläufer des Sextanten

Rah: Rundholz, das waagerecht am Mast angebracht ist und an dem ein viereckiges Rahsegel gesetzt wird

Rudergänger: jener Seemann, der gerade das Schiff steuert

Segelwache: da ein Segelschiff rund um die Uhr fährt, wird die Mannschaft in zwei Gruppen, sogenannte Wachen, eingeteilt, die sich alle vier Stunden im Dienst an den Segeln abwechseln. In Ajuna lauten ihre Bezeichnungen ›Bugwache‹ und ›Heckwache‹

Sextant → Oktant

Steuerbord: rechts, rechte Seite des Schiffes von achtern nach vorn gesehen

Steuermann: Schiffsoffizier, der für die Navigation zuständig und während seiner Wache für die Führung des Schiffes verantwortlich ist

Strecktau: bei schwerem Sturm über Deck gespanntes Tau, an dem die Seeleute sich festhalten können, wenn Brecher das Deck überfluten

Zeising: kurzes Tau oder Band zum Festbinden eines Segels

Danksagung

Das Projekt der Gezeitenwelt gleicht in gewissem Sinn einem Kind, das von vier Autoren gemeinsam betreut wird. Doch zuweilen sind Kinder ein wenig rebellisch und wollen ihre eigenen Wege gehen – Wege, die so nicht vorgesehen waren.

So erging es mir, so erging es uns, als das Manuskript um die Abenteuer der unerschrockenen Kapitänin Surjadora, des tapferen Prinzen Nukulahi, des listigen Nautikers Gijao und all der anderen Recken immer umfangreicher wurde – so umfangreich, daß es letztlich zweier Bände bedurfte, um ihre hoffentlich ebenso spannende wie unterhaltsame Reise durch die Weiten der Gezeitenwelt zum Abschluß zu bringen.

Und so möchte ich mich an dieser Stelle bei meinen Kollegen Bernhard Hennen, Hadmar von Wieser und Karl-Heinz Witzko dafür bedanken, daß sie Verständnis für diese unerwartete Kursänderung aufbrachten. Insbesondere aber schulde ich Karl-Heinz Witzko für dessen Geduld Dank, da sich infolge der Teilung meines Manuskripts der Erscheinungstermin des nachfolgenden Gezeitenwelt-Romans »Traumbeben« nicht unwesentlich verschoben hat.

Darüber hinaus möchte ich an dieser Stelle noch einmal Momo Evers, Dietmar Cremers und Lars Schiele für Zuspruch und Kritik danken, mit denen sich mich durch das Auf und Ab der Gezeiten begleitet haben.

Unschätzbar war auch die Hilfe, die mir Robin Fermer bei der sachkundigen Transkription mancher Textpassagen ins Lateinische (unserer *lingua dei*) zukommen ließ. Nicht zu vergessen unsere Künstler Caryad und Franz Vohwinkel, die unsere Vorstellungen von der Gezeitenwelt auch in diesem Roman mit ihren phantasievollen Illustrationen und Karten auf wundervolle Weise einzufangen wußten.

Im Namen meiner Kollegen möchte ich an dieser Stelle auch Oliver P. Bayer würdigen, der auf der Webseite www.aventurium.de/gezeitenwelt/ ein überaus lebendiges Diskussionsforum für die Freunde unserer Saga errichtet hat. Dieser virtuelle Treffpunkt hat schon so manche neue Freundschaft entstehen lassen und bietet den Tüftlern unter unseren Lesern eine unschätzbare Hilfe bei der Aufdeckung der Geheimnisse der Gezeitenwelt.

Ganz besonders aber danke ich meiner Lektorin Friedel Wahren sowie Angela Kuepper, ohne deren freundschaftliche Unterstützung die Reise der *Stern von Andhakleia* sicher einen weitaus weniger epischen Verlauf genommen hätte.

Thomas Finn

Inhalt

Anhang

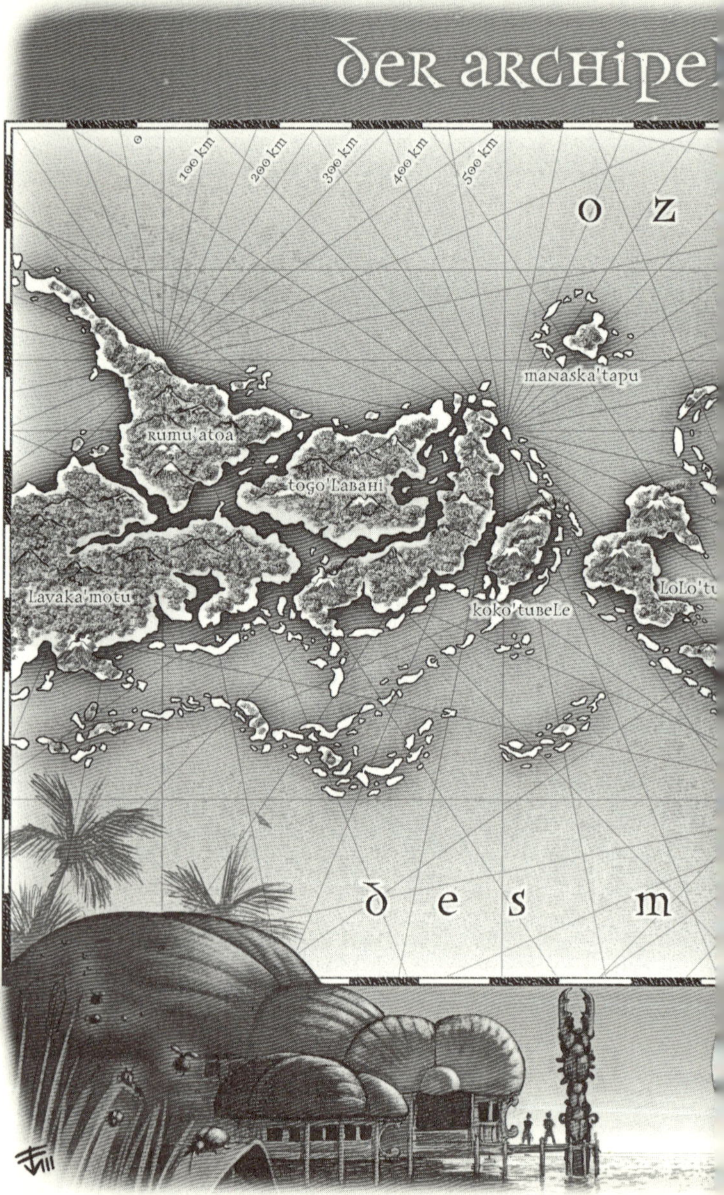
der archipe
0
100 km
200 km
300 km
400 km
500 km
O Z
manaska'tapu
rumu'atoa
togo'labahi
lavaka'motu
koko'tubele
lolo'tu
d e s m

von coleopa
a n
ubu'akapa
peni'tapu
huata
nuku'atepe
wana'tapu
R G e N S

0
500 km
1000 km
1500 km
2000 km
elephantinos
kurjameos
andhakleia
markomassa
n
no
o
so
s
sw
w
nw
der archipel
von coleopa
das meer
ozean
des
morgens
vrinagard
menetenê
eulykien
thalliopê

ajunas

antilopia
urtumbra
Leonien
Leonil
säulen
gautamar
honaghûsa
f von
illia
saöi
ajuna
silansiantang
manamurdag
belabadangbarad

PIPER FANTASY

Magus Magellans Gezeitenwelt 5

Das Traumbeben

Roman von Karl-Heinz Witzko

Hg. von Bernhard Hennen. Roman. 536 Seiten. Gebunden

Wie der Vorbote eines Alptraums, der die Gezeitenwelt heimzusuchen droht, entflammt der Unheilsstern auch am Himmel über Ikarilla, dem Land der Rösser und Palmen. Während anderswo fürchterliche Naturkatastrophen ganze Völker ins Verderben stürzen, löscht ein Meteorsplitter mit einem Schlag die Herrscherelite Ikarillas aus.
Allein der Jarmate Mojeb, der die Weltenkatastrophe im Alkoholrausch verschläft, zeigt sich unbeeindruckt von dem politischen Erdrutsch im Reich. Er ist ein Fremdling, gleichermaßen gefürchtet wegen seiner scharfen Klinge und seiner schlechten Scherze. Mit einer Schar unfreiwilliger Begleiter macht er sich auf den Weg nach Sadi, der Stadt der Tausend Heiligen, um dort eine Frau zu finden, die mancherlei Geheimnis umgibt.
Im fünften Roman der Gezeitenwelt dreht Karl-Heinz Witzko die Uhr ein weiteres Mal zurück und legt den fünften Grundstein der Saga. Neue, aber auch vertraute Heldinnen und Helden stoßen aufeinander und geraten in den Sog einer sich wandelnden Wirklichkeit, die ungeahnte Schrecken mit sich bringt.

06/1015/03/R

PIPER

Magus Magellan
Das Geheimnis der Gezeitenwelt

Roman. 387 Seiten. Serie Piper

Seit ein feuriger Stern vom Himmel fiel, erwacht auf der Gezeitenwelt ein neues Zeitalter der Magie. Während die Gelehrten allerorten nach Erklärungen für die unheimlichen Phänomene suchen, stößt die junge Studentin Varatea auf verborgene Manuskripte, die von einer früheren Epoche der Wunder berichten. Sie handeln von der Geschichte der Prinzessin Genia, die sich gemeinsam mit dem Ritter Lorenzo, ihrem zwielichtigen Geliebten, und einigen Getreuen auf der Flucht befindet. Es beginnt eine Jagd, wie sie die Gezeitenwelt noch nicht erlebt hat: Denn dies sind die Jahre, da Magier und Ungeheuer, Riesen und Hexen ihr Unwesen treiben. Und so führt Genias Flucht geradewegs in die wahr werdenden Träume und Alpträume eines jeden Menschen …
Magus Magellan ist ein Pseudonym für die vier Fantasy-Autoren Thomas Finn, Bernhard Hennen, Hadmar von Wieser und Karl-Heinz Witzko. In ihrem Epos über die Gezeitenwelt erzählen sie von der Wiedergeburt der Magie und fordern ihre Leser auf, in eine Welt zu folgen, in der Träume sich erfüllen und Legenden wahr werden. Bisher sind erschienen: »Der Wahrträumer«, »Himmlisches Feuer«, »Das Weltennetz«, »Die Purpurinseln« und »Das Traumbeben«.

01/1394/01/L

PIPER

Markus Heitz

Die Rache der Zwerge

Roman. 640 Seiten. Broschur

Markus Heitz hat den Zwergen ein unverwechselbares Gesicht gegeben. Nach mehr als einer Viertelmillion verkaufter Romane um Tungdil und seine Gefährten zieht der tapfere kleine Held erneut aus, um gegen die Feinde des Geborgenen Lands anzutreten. Diesmal machen ihm die gefährlichsten Wesen des Heitzschen Universums zu schaffen: üble Halbkreaturen, teils Albae, teils Orks, die sich mit todbringenden Maschinen umgeben und mordend durch das Zwergenreich streifen. Als dann noch der versteinerte Magus Lot-Ionan gestohlen wird, weiß Tungdil, daß sich ein furchtbares Unheil nähert. Erneut muß er zur Doppelaxt greifen, um sein Land zu retten …

Mit diesem rasanten Zwergen-Thriller hält Markus Heitz seine Leser ein weiteres Mal in Atem.

01/1525/01/R

SERIE PIPER

Markolf Hoffmann

Nebelriss

Das Zeitalter der Wandlung 1.
510 Seiten. Serie Piper

Fremdartige Invasoren fallen in die Welt Gharax ein und reißen die magischen Quellen an sich, auf die Kaiser, Götter und Priester ihre Macht gründeten. Ein Bündnis der letzten freien Reiche könnte die Feinde aufhalten, doch zwischen den Ländern herrschen Hass und Intrigen. Fürst Banister wagt eine gefährliche diplomatische Mission. Nur ein junger Zauberlehrling, der über die Macht verfügt, in die bizarre Dimension der Fremden einzutauchen, wird die Welt retten können – doch er fällt dem Feind in die Hände …

Mit diesem Band beginnt der große Zyklus des neuen Shooting-Stars deutscher Fantasy!

05/1803/01/L

Markolf Hoffmann

Flammenbucht

Das Zeitalter der Wandlung 2.
462 Seiten. Serie Piper

Während das Kaiserreich Sithar in Glaubenskriegen und Intrigen versinkt, gerät der Zauberlehrling Laghanos in die Fänge einer unheimlichen Sekte. Gepriesen als der Auserwählte, soll er die magischen Quellen durchschreiten und in den Kampf um die Sphäre ziehen. Schon bald erkennt Laghanos, dass er zum Werkzeug einer uralten Verschwörung wurde. Noch hält sich der Drahtzieher im Hintergrund, doch dann entbrennt der Kampf um den Leuchtturm Fareghi, das legendäre Machtzentrum der Magie …

Die Fortsetzung des neuen großen Fantasy-Epos »Das Zeitalter der Wandlung«

05/1804/01/R

SERIE PIPER

Kai Meyers Mythenwelt 1

Die ewige Bibliothek

Roman von James A. Owen. Aus dem Amerikanischen von Sara Schade. 256 Seiten. Serie Piper

Als in Wien eine alte Handschrift auftaucht, ist die Fachwelt mehr als erstaunt: Der Codex birgt unbekannte nordische Legenden, die weit in die Zeit vor der Edda zurückreichen. Die Suche nach der Herkunft des geheimnisvollen Fundes führt zu einer ewigen Bibliothek in des Bergen des Himalaya – und weiter nach Bayreuth, wo sich auf den Wagner-Festspielen das Ende der Welt ankündigt. Und während die Gegenwart in einem Albtraum aus Mythen und Legenden versinkt, erwachen die Geschöpfe der Phantasie, und eine gespenstische neue Genesis nimmt ihren Lauf.

05/1852/01/L

Kai Meyers Mythenwelt 2

Der unsichtbare Mond

Roman von James A. Owen. Aus dem Amerikanischen von Sara Schade. 208 Seiten. Serie Piper

An einem Mondtag in Silvertown verwandeln sich Flugzeuge in Drachen, Tiere und Menschen verschwinden, Gegenstände werden zu Fabelwesen. Mittelpunkt des mythischen Sturms ist eine riesige Bibliothek, die auch als Café dient und einem exzentrischen Ehepaar gehört. Als die Journalistin Meredith eine Seite aus einem uralten Codex im Briefkasten findet, steht fest: Zwischen der Handschrift und den Ereignissen in Silvertown gibt es Zusammenhänge …

Ein Roman wie eine phantastische Achterbahnfahrt – nach dem Konzept des Bestsellerautors Kai Meyer

05/1853/01/R

Daniela Knor

Klingenschwestern

Rhiana die Amazone 5. 352 Seiten. Serie Piper

Rhiana die Amazone befindet sich noch immer auf der Flucht vor den Häschern des Flammenbunds. Gemeinsam mit ihren Gefährten verschlägt es sie zu einer abseits gelegenen Burg, in der sie als Gäste eines geheimnisvollen Ordens logieren dürfen. Doch in ihrem neuen Unterschlupf ist nichts so friedlich wie es scheint. Denn der Flammenbund hat Rhiana aufgespürt und treibt einen Keil in die Bande von Rondras Klingenschwestern. Und als Rhiana und ihre Freunde sich gegen die strengen Gesetze des Ordens auflehnen, zeigen die Gastgeber ihr wahres Gesicht: Der Aufenthalt auf der Burg wird zur tödlichen Gefahr …

Ein neues Abenteuer um »Rhiana die Amazone«, die tapferste Kriegerin von Aventurien.

05/1874/01/L

Simon R. Green

Das dunkle Fort

Ein Dämonen-Roman. Aus dem Amerikanischen von Michael Windgassen. 304 Seiten. Serie Piper

Ein mächtiges Fort bewacht den finsteren Teil des Grenzwaldes. Doch nun ist der Kontakt zu den Wachtruppen abgerissen. Eine Gruppe Ranger um Duncan MacNeil wird ausgeschickt, um die Geschehnisse aufzuklären. Sie finden das Gebäude verlassen vor, und alles deutet auf ein schreckliches Verbrechen hin. Tief unter dem Fort lauert etwas Unvorstellbares. Und als auch noch eine Gruppe Gesetzloser in die Festung eindringt, schlagen die Mächte der Finsternis zu. Einer nach dem anderen fällt ihren Angriffen zum Opfer, bis Duncan dem mächtigsten aller Dämonen gegenübertreten muss …

»Green schafft eine sehr unheimliche, unwirkliche Atmosphäre, die den Leser sofort in ihren Bann zieht.«

Franz Rottensteiner

05/1858/01/R